Hope Mirrlees

{FLUCHT INS FEENLAND}

HOPE MIRRLEES

Flucht ins Feenland

Roman

Mit einer Einleitung von Neil Gaiman
und einem Nachwort von Michael Swanwick

Aus dem Englischen von Hannes Riffel

Piper
München Zürich

Die englische Originalausgabe erschien 1926 unter dem Titel »Lud-in-the-Mist«.
Neuausgabe 2000 bei Millennium / An imprint of Victor Gollancz, London.

Redaktion: Angela Herrmann

Dem Andenken an meinen Vater

ISBN 3-492-70019-5

Nachwort erstmals erschienen in: »Foundation, the International Review of Science Fiction« (www.sf-foundation.org)
(Übersetzung von Jakob Schmidt in Zusammenarbeit mit Hannes Riffel)
Gesetzt aus der Schneidler
Satz: Uwe Steffen, München
Druck und Bindung: Pustet, Regensburg
Printed in Germany

www.piper.de

Wie es scheint, stehen die Sirenen sowohl im Altertum als auch in der Moderne für die noch sittenlosen Impulse des Lebens, für überwältigende Sehnsüchte, für die Verzückungen der Liebe, der Kunst oder der Philosophie – magische Stimmen, die einen Menschen aus dem »Land der Herzenswünsche« rufen. Wenn er auf sie hört, kann es sein, daß er niemals zurückkehrt. Und es sind Stimmen, die weitersingen, ganz gleich, ob man weitersegelt oder innehält, um zu lauschen.

Jane Harrison

EINLEITUNG
von Neil Gaiman

Hope Mirrlees hat nur einen Fantasyroman geschrieben, doch er gehört zu den besten in englischer Sprache.

Das Land Dorimare (von Grund auf englisch, allerdings mit flämischen und niederländischen Fäden im Gewebe) hat die Magie und die Phantasie ausgestoßen, als der bucklige Wüstling Herzog Aubrey und sein Hofstaat zweihundert Jahre vor Beginn unserer Geschichte verbannt wurden. Die wohlhabenden und illusionslosen Bürger der Stadt schwören leichthin ›beim Hintern ihrer Großmutter‹ wie bei ›Sonne, Mond und Sternen‹ und den ›Goldenen Äpfeln des Westens‹. Feengüter sind ausdrücklich obszön geworden.

Allerdings werden immer noch Feenfrüchte aus dem Feenland über die Grenze geschmuggelt. Wer sie ißt, hat merkwürdige Visionen, und sie können Menschen in den Wahnsinn treiben – und darüber hinaus. Die Früchte sind so gesetzeswidrig, daß sie nicht einmal beim Namen genannt werden können: Früchteschmuggler werden für Seidenschmuggel bestraft, als würde die Änderung des Namens auch die Sache selbst ändern.

Der Bürgermeister von Lud-in-den-Nebeln, Nathan Hahnenkamm, ist weit weniger phantasielos, als er andere glauben lassen möchte. Er führt – oder würde das zumindest selbst gern glauben – ein vernünftiges Leben, wie alle anderen auch, insbesondere wie die Toten, die er bewundert.

Seine Welt ist jedoch oberflächlich, wie er bald erfahren wird: Seinem Sohn wurden Feenfrüchte verabreicht, ohne daß Hahnenkamm dies wußte.

Allmählich bemächtigt sich die Feenwelt – die auch die Welt der Toten ist, wie in den ältesten Märchen – seiner Stadt. Ein Kobold namens Ferdie Fetz läßt die reizenden jungen Damen von Fräulein Holzapfels Höhere Töchterschule verschwinden, über die Berge und auf Nimmerwiedersehen. Hahnenkamm stößt zufällig auf die Früchteschmuggler, und sein Leben nimmt eine Wendung zum Schlechteren. Herzog Aubrey wird gesichtet, lang zurückliegende Bluttaten haben Folgen, und schließlich muß Hahnenkamm die Elfenmarken überqueren, um seinen Sohn zu retten.

Das Buch beginnt als Reisebericht oder als historischer Roman, wird zu einer Pastorale, einem Schwank, einer Gesellschaftskomödie, einer Geistergeschichte und dann zu einer Detektivgeschichte. Die Sprache ist elegant, geschmeidig, wirkungsvoll und eindringlich – die Autorin fordert eine Menge von ihren Lesern, belohnt die Mühen allerdings um ein Vielfaches.

Die Magie von *Flucht ins Feenland* entstammt den englischen Volkssagen. Von Herzog Aubrey bis zu Oberon ist es kein allzu großer Schritt. Ferdie Fetz' »Ha, ha, *ha*« entspricht dem des Robin Goodfellow – auch Puck genannt – aus einem Lied, das Ben Johnson geschrieben haben soll. Den Volkskundler wird es nicht überraschen, daß der alte Portunus nicht spricht und Frösche verzehrt. Das Lied über ›Maiglöckchen, Gamander und Brotstückchen in Wein‹ wurde erstmals im siebzehnten Jahrhundert aufgezeichnet, und zwar unter dem Titel *Robin Good-Fellow or, the Hob-Goblin.*

Ich habe Ausgaben von ›Flucht ins Feenland‹ in der Hand gehalten, die behaupten, es handle sich dabei um eine nur dürftig verschleierte Parabel auf den Klassenkampf. Wäre der Roman in den sechziger Jahren geschrieben worden, hätte man ihn zweifellos für eine Geschichte über Bewußtseinserweiterung gehalten. Ich habe eher den Eindruck, daß es darin in erster Linie um Aussöhnung geht – das Alltägliche und das Wunderbare sollen ins Gleichgewicht gebracht werden. Schließlich haben wir beides nötig.

Es ist ein kleines goldenes Wunder von einem Buch, im besten Sinne des Wortes erwachsen und – wie alle hervorragenden Fantasies – ziemlich beunruhigend.

August 2000

{1. KAPITEL}

Meister Nathan Hahnenkamm

Der Freistaat Dorimare war ein ausgesprochen kleines Land. Angesichts des Meers jedoch, das ihn im Süden begrenzte, der Berge im Norden und Osten und einer fruchtbaren Ebene in der Mitte, die von zwei Flüssen bewässert wurde, bot er innerhalb seiner Grenzen eine beträchtliche landschaftliche Vielfalt. Nach Westen wurde das Erscheinungsbild des Landes – im Vergleich zur ländlichen Schlichtheit der Ebene – wenn nicht gar tropisch, so doch auf jeden Fall äußerst exotisch. Das war vielleicht auch nicht weiter erstaunlich, denn jenseits der Umstrittenen Hügel (der Westgrenze von Dorimare) lag das Feenland. Beide Länder unterhielten allerdings seit vielen Jahrhunderten keine Beziehungen mehr.

Der gesellschaftliche und wirtschaftliche Mittelpunkt von Dorimare war die Hauptstadt Lud-in-den-Nebeln, die am Zusammenfluß der beiden Flüsse lag, ungefähr fünfzehn Kilometer vom Meer und achtzig von den Elfenbergen entfernt.

Lud-in-den-Nebeln verfügte über alle jene Errungenschaften, die eine alte Stadt angenehm gestalten: ein uraltes Zunfthaus aus warmen goldenen Ziegelsteinen, das mit Efeu überwachsen war und bei Sonnenschein einer faulen Aprikose glich; einen Hafen, in den Schiffe mit weißen, roten und ockerfarbene Segeln einliefen; flache Backsteinhäuser, die nicht einfach nur dem Schutz der Menschen dienten, sondern die sich mit jeder Generation, die unter ihren uralten, beständigen Dächern lebte, erneuerten und veränderten. In Lud-in-den-Nebeln faßten alte Steinbogen kunstvoll gestaltete Gärten ein, in die man hineinspazieren konnte; es gab einen malerischen alten Friedhof auf einem Hügel und offene kleine Plätze, auf denen ulkige barocke Statuen verstorbener Bürger Empfänge gaben, denen Vögel, Liebespaare, Insekten und Kinder beiwohnten.

In Lud-in-den-Nebeln gab es wirklich unverhältnismäßig viele erfreuliche Dinge; denn es verfügte, wie wir gesehen haben, über zwei Flüsse!

Darüber hinaus war die Stadt überaus reichlich mit Bäumen gesegnet.

Eines der stattlichsten Häuser in Lud-in-den-Nebeln gehörte seit Generationen der Familie Hahnenkamm. Es bestand aus rotem Ziegelstein, und seine Stirnseite – die auf eine ruhige Gasse hinausging, die wiederum auf die Hauptstraße führte – war mit Stuck aus kunstvoll nachgebildeten Blumen und Früchten verziert. Den Türsturz schmückte ein herrlicher stilisierter Hahn – das Wahrzeichen der Familie. Hinter dem Haus erstreckte sich ein weitläufiger Garten, der bis an die Ufer der Scheck hinunter reichte. Obwohl darin kein Mangel an Blumen herrschte, fielen diese nicht sofort ins Auge, denn sie waren in einen mauerumgebenen Küchengarten eingesperrt, wo sie in ordentlichen Reihen die Gemüsebeete einfaßten. Im Frühling war hier auch die gefälligste aller Pflanzengemeinschaften anzutreffen – dichte Eibenhecken und blühende Obstbäume. Außerhalb des Küchengartens bedurfte es keiner Blumenbeete, denn es gab so viel anderes zu sehen. Hier wurde man von Kleinigkeiten überrascht – von den ersten verstohlenen Veilchen im März –, und mochten diese Überraschungen auch zerbrechlich, bunt und naturgegeben sein, so ahnte man doch, daß der Schöpfer ausschließlich mit ästhetischen Überlegungen beschäftigt ist und grundverschiedene Dinge nur deswegen zueinander gesellt, weil sie zusammen so gut *aussehen* – und wie vortrefflich übernehmen diese Überraschungen doch die Rolle eines üppigen Blumenbeets.

Im Frühsommer übernahmen die Tauben mit ihrem pflaumenblauen Brustgefieder im Garten der Familie Hahnenkamm die Rolle der Blumen. Auf korallenroten Beinen watschelten sie über die weite Rasenfläche, der ihre Nähe ein geradezu verblüffend grünes Leuchten verlieh. Und die Stämme der Birken konnten es allemal mit weißer Blütenpracht aufnehmen, selbst wenn die Akazien nicht in Blüte gestanden hätten. Und es gab auch einen weißen Pfau, der – trotz seiner Rastlosigkeit und seiner heiseren Schreie – in gewisser Weise einer Blume ähnelte. Die Scheck selbst war gefleckt wie die Palette eines Malers. Riesige Farbkleckse von Himmel und Erde spiegelten sich darin. Auf der Wasseroberfläche trieben im Herbst rote und gelbe Blätter, die von Bäumen im Feenland gefallen sein mochten, wo ihre Quelle entsprang – sogar der Fluß mochte als Blume betrachtet werden, die im Garten der Familie Hahnenkamm wuchs.

Außerdem gab es einen Laubengang, der von Weißbuchen gesäumt war.

Ihr verfügt über Phantasie? So ist es für Euch stets ein Abenteuer, einen Laubengang entlangzuspazieren. Ihr betretet ihn kühnen Schritts, doch bald wünscht Ihr Euch, Ihr wäret draußen geblieben – es ist keine Luft, die Ihr hier atmet, es ist Schweigen, das fast greifbare Schweigen der Bäume. Und die kleine runde Öffnung in der Ferne soll der einzige Ausgang sein? Ach, es wird Euch nie gelingen, Euch *dort* hindurchzuzwängen! Ihr müßt umkehren … zu spät! Die breite Pforte, durch die Ihr eingetreten seid, ist ebenfalls zu einer kleinen runden Öffnung zusammengeschrumpft.

Meister Nathan Hahnenkamm, das eigentliche Oberhaupt der Familie, war von seiner äußeren Erscheinung her ein typischer Dorimaraner: rundlich, rotgesichtig und rothaarig. In seinen haselnußbraunen Augen funkelte der Schalk wie die Forelle im Bach – oft noch, bevor er ihm scherzend Ausdruck verlieh.

Auch in geistiger Hinsicht wirkte er wie ein typischer Dorimaraner. Allerdings ist es nie ungefährlich, über die Seele eines Nachbarn zu urteilen. Auf lange Sicht neigt man dazu, einen Narren aus sich zu machen. Ihr solltet jedes Treffen mit einem Freund als Gelegenheit betrachten, bei der er Euch unwissentlich Modell sitzt – für ein Porträt, das wahrscheinlich immer noch unvollendet sein wird, wenn Ihr oder er sterben werden. Und auch wenn das Porträtieren eine fesselnde Beschäftigung ist, neigen Maler dennoch zum Pessimismus. Denn wie trefflich und vergnügt das Gesicht, wie prächtig der Hintergrund in der ersten Skizze auch wirken mag – die Augen, die Euch anblicken, werden mit jedem neuen Pinselstrich, mit jeder kleinsten Korrektur Eurer ›Wertvorstellungen‹, mit jeder Veränderung des Kontrastes beunruhigender werden. Und schließlich wird es Euer *eigenes* Gesicht sein, das Ihr voller Entsetzen anstarrt, wie in einem Spiegel bei Kerzenschein, wenn im ganzen Haus kein einziges Geräusch zu hören ist.

Alle jene, die Meister Nathan kannten, wären nicht nur überrascht, sondern auch äußerst skeptisch gewesen, hätte ihnen jemand gesagt, er sei kein glücklicher Mensch. Und doch war dies der Fall. Sein Leben war bereits an seiner Quelle von einer leisen, namenlosen Furcht vergiftet worden; von einer Furcht, die ihm nicht immer gewärtig war, denn über längere Zeit hinweg schlummerte sie fast – allerdings nur *fast,* nie gänzlich.

Er wußte genau, auf welchen Tag sie zurückging. An einem Abend vor vielen Jahren, als er noch ein junger Bursche gewesen war, waren er und einige Freunde aus Jux auf den Gedanken verfallen, sich als Gespenster ihrer Vorfahren zu verkleiden und die Dienstboten zu erschrecken. An Requisiten mangelte es nicht, lagen die Dachböden der Familie Hahnenkamm doch voller Gerümpel längst vergangener Tage: groteske Holzmasken, alte Waffen, Musikinstrumente und Kostüme – tragische, rituelle Gewänder, die sich für den täglichen Gebrauch wenig zu eignen schienen. Auch gab es ganze Truhen voller Seidentücher, die mit sonderbaren Szenen bestickt oder bemalt waren. Wer hat sich nicht schon einmal gefragt, in welchen geheimnisvollen Wäldern unsere Ahnen die Vorbilder für das Getier und die Vögel auf diesen Bildteppichen aufspürten? Und auf welchen Planeten sich die Szenen abspielten, die sie malten? Vergeblich stickten ihre toten Finger die Worte *Februar, Falkenjagd* oder *Ernte* an den Rand – wir stellen uns das spöttische Lächeln vor, das die schlauen Betrüger der Nachwelt dabei aufsetzten. Wir sollen sie für einfache Abbildungen halten, den unterschiedlichen Monaten gewidmet. Wir wissen es besser. Das sind keine gewöhnlichen Tätigkeiten sterblicher Menschen. Welche Geschöpfe vor vier oder fünf Jahrhunderten die Erde bevölkerten, welch seltsames Wissen sie sich aneigneten und welche finsteren Taten sie vollbrachten – wir werden es wohl nie erfahren. Unsere Vorfahren hüten ihr Geheimnis gut.

Unter dem Gerümpel der Familie Hahnenkamm herrschte auch kein Mangel an raffinierten zerbrechlichen Spielereien – Fächern, Porzellantassen, Siegelstempeln –, die nun, da die Kultur untergegangen ist, die sich damit die Zeit vertrieben hat, mitleiderregend und reizvoll erscheinen, ganz so wie Melodien, die einst fröhlich klangen, aber zwangsläufig schwermütig wirken, wenn die Generation zu Staub geworden ist, die sie ursprünglich gesungen. Aber diese besonderen Spielereien, so schien es, waren nie für den leichtfertigen Umgang gedacht; ihren Farben und Linien wohnte ein merkwürdiger Ernst inne. Außerdem wurde die Moral der flüchtigen Motive, mit denen sie dekoriert worden waren, oftmals durch Aphorismen oder Rätsel überhöht. Auf einem mit Buschwindröschen bemalten Fächer beispielsweise waren folgende Worte illuminiert: *Warum gleicht die Schwermut dem Honig? Weil sie süß ist und von Blüten gesammelt wird.*

Diese Bedeutungslosigkeiten stammten ganz offensichtlich aus einer späteren Zeit als die Masken und Kostüme. Nichtsdestotrotz schienen auch sie dem täglichen Leben der modernen Dorimaraner weit entrückt.

Nun, nachdem sie sich die Gesichter mit Mehl weiß bestäubt und so phantastisch wie nur möglich herausgeputzt hatten, ergriff Meister Nathan ein altes Musikinstrument, eine Art Laute, die in einem geschnitzten Hahnenkopf auslief und deren Saiten von Feuchtigkeit und Alter verrottet waren. »Laßt uns sehen, ob diesem alten Kerl noch ein Krächzen zu entlocken ist!« rief er und zupfte grob an den Saiten.

Ein Ton erklang, so getragen und verführerisch, daß allen das Blut in den Adern gefror. Einige Sekunden lang stand die Gesellschaft wie versteinert da.

Dann rettete eines der Mädchen die Situation, indem es ein komisches Kreischen ausstieß, sich die Hände auf die Ohren legte und rief: »Hab Dank, Nathan, für dieses Katzenkonzert! Das war ja schlimmer als eine quietschende Schiefertafel.« Und einer der jungen Männer rief lachend: »Das muß der Geist eines deiner Vorfahren sein, der entweichen und ein Glas seines roten Bordeaux trinken möchte.« Und der Vorfall schwand aus ihrer Erinnerung – aber nicht aus der Erinnerung von Meister Nathan.

Er war zu einem anderen Menschen geworden. Jahrelang war dieser Ton der Kulminationspunkt seiner nächtlichen Träume – der Fluchtpunkt, auf den sie trotz ihrer Gewundenheit und scheinbar sinnloser Kehren unaufhaltsam zuliefen. Für ihn bestand der Ton aus lebendiger Materie und war dem Gesetz chemischer Verändererungen unterworfen – zumindest insofern dieses Gesetz in Träumen galt. Wenn er zum Beispiel davon träumte, daß seine alte Amme in ihrem gemütlichen Zimmer einen Apfel über dem Feuer röstete und er zusah, wie dieser briet und brutzelte, blickte sie ihn mit einem sonderbaren Lächeln an, einem Lächeln, das er am hellichten Tage noch nie auf ihren Zügen gesehen hatte, und sagte: »Aber natürlich weißt du, daß das in Wirklichkeit kein Apfel ist. *Das ist der Ton.*«

Diese Erfahrung hatte auf seine Einstellung zum alltäglichen Leben einen eigenartigen Einfluß. Bevor er den Ton gehört hatte, hatten sein Mangel an Geduld und seine Sehnsucht nach Reisen und Abenteuern seinem Vater einiges Unbehagen bereitet. Einmal hatte er sogar geschworen, daß er eher Kapitän auf einem der Schiffe seines Vaters werden würde als der seßhafte Besitzer der ganzen Flotte.

Nachdem er jedoch den *Ton* gehört hatte, ließ sich in ganz Lud-in-den-Nebeln kein vernünftigerer junger Mann finden. Denn er hatte in Nathan etwas wachgerufen, das sich nur als wehmütige Sehnsucht nach jenen prosaischen Dingen bezeichnen läßt, die er bereits besaß. Beinahe kam es ihm so vor, als hätte er bereits all das verloren, was er noch in Händen hielt.

Dem entsprang eine allgegenwärtige Unsicherheit, begleitet von einem Mißtrauen gegenüber jenen einfachen Dingen, die ihm so lieb und teuer waren. Mit welchem vertrauten Gegenstand – mit Feder, Pfeife oder Kartenspiel? – wäre er beschäftigt, wenn *es*, die Gefahr aus dem verborgenen, über ihn herfiele? Würde er gerade seine Nachtmütze aufsetzen oder abnehmen oder wie jede Woche seine Bücher prüfen? Oft starrte er in panischer Angst seine Möbel an, seine Wände, seine Bilder – welch seltsame Ereignisse würden sie eines Tages mit ansehen, was würde ihm in ihrer Gegenwart eines Tages Entsetzliches widerfahren?

Daher betrachtete er die Gegenwart zuweilen mit der qualvollen Zärtlichkeit eines Menschen, der in die Vergangenheit blickt: seine Frau, die unter einer Lampe saß, stickte und ihm den Klatsch erzählte, den sie im Lauf des Tages aufgeschnappt hatte; oder seinen kleinen Sohn, der auf dem Boden mit der großen Dogge spielte.

Dieses sehnsüchtige Verlangen nach etwas, das doch noch existierte, schien im Krähen des Hahns seine Stimme zu finden, das von der Arbeit des Pflugs erzählte, vom ländlichen Geruch, dem beschaulichen Treiben auf den Bauernhöfen – all das geschah *jetzt,* um uns herum; und gleichzeitig beklagte es diese Dinge, als wären sie bereits vor Jahrhunderten verschwunden.

Aus diesem heimlichen Gift ließ sich jedoch auch ein Wonnegefühl herausdestillieren. Denn manchmal konnte sich Nathan jenes unbekannte *Ding,* vor dem er sich fürchtete, als eine Landzunge vorstellen, die er bereits umschifft hatte. Von dieser Warte aus betrachtet, war es ein erlesenes Vergnügen, nachts im warmen Federbett zu liegen, dem Atem seiner Frau und dem Rauschen der Bäume zu lauschen.

Dann sagte er zu sich selbst: »Wie angenehm das ist! Wie sicher! Wie warm! Welcher Unterschied im Vergleich zu jener einsamen Heide, als ich keinen Mantel besaß und der Wind die Risse in meinem Wams aufspürte, als mir die Füße schmerzten und der Mondschein nicht ausreichte, um mein Stolpern zu verhindern – und Es in der Finsternis lauerte!« Er steigerte sein wohliges Empfinden, indem er sich ein unangenehmes Abenteuer vorstellte, das er sicher hinter sich gebracht hatte.

Aus diesem Grund war er auch stolz darauf, sich in seiner Geburtsstadt so gut auszukennen. Wenn er beispielsweise von der Gildenhalle nach Hause ging, sprach er bei sich: »Quer über den Marktplatz, die Kirschkoboldgasse hinunter, am Wappenschild des Gasthofs *Herzog Aubrey* vorbei auf die Hauptstraße… ich kenne jeden Schritt des Wegs, jeden einzelnen Schritt!«

Und jeder Bekannte, der mit ihm ein paar Stunden verbrachte, jeder Hund, dessen Namen er kannte, vermittelten ihm ein Gefühl von Sicherheit und Stolz. »Das ist Wendelin, der Hund von Gockeline Flack. Das ist Mab, die Hündin von Beißrein, dem Metzger – ich kenne sie alle!«

Obwohl er sich dessen nicht bewußt war, tarnte er sich in Lud-in-den-Nebeln als Fremder – als Fremder, den niemand kannte und der deswegen fast so sicher war, als wäre er unsichtbar. Außerdem ist man immer stolz darauf, wenn man sich in einer fremden Stadt auskennt. Doch allein dieser Stolz drang vollkommen bis in sein Bewußtsein empor.

Der einzige äußerliche Ausdruck dieser heimlichen Furcht war eine plötzliche, unerklärliche Reizbarkeit, wenn aufgrund eines harmlosen Worts oder einer beiläufigen Bemerkung seine Furcht aufloderte. Er konnte es nicht ertragen, wenn die Leute sagten: »Wer weiß, was wir nächstes Jahr um diese Zeit tun?« Und er verabscheute Redewendungen wie »zum letzten Mal« oder »nie wieder«, gleichgültig, wie belanglos der Zusammenhang sein mochte, in dem sie ausgesprochen wurden. So fuhr er seiner Frau in die Parade – ohne daß sie den Grund dafür erfahren hätte –, wenn sie sagte: »Zu diesem Metzger gehe ich *nie wieder*« oder: »Diese Stärke ist eine Schande. Die habe ich *zum letzten Mal* für meine Halskrausen verwendet.«

Diese Furcht hatte in ihm auch das wehmütige Verlangen geweckt, in den Fußspuren anderer Leute zu gehen, weshalb er leidenschaftlichen Anteil am Leben seiner Nachbarn nahm; zumindest dann, wenn diese sich in anderen Kreisen bewegten als er. Das hatte ihm den – nicht ganz verdienten – Ruf eingebracht, ein ausgesprochen warmherziger, verständnisvoller Mensch zu sein, und die lebhafte Aufmerksamkeit, die er ihnen in Gesprächen schenkte, hatte ihm das Herz vieler Schiffskapitäne, vieler Bauern und vieler hart arbeitender alter Frauen gewonnen. Ihre langen, abschweifenden Geschichten über ihr einfaches, gewöhnliches Leben glichen dem sprichwörtlichen flüchtigen Blick des Reisenden, der zu nächtlicher Stunde in einen behaglichen, hell erleuchteten Salon blickt.

Er begehrte sogar, den Spuren *toter* Menschen zu folgen! Stundenlang trieb er sich auf jenem uralten Friedhof von

Lud-in-den-Nebeln herum, der seit undenklichen Zeiten *Schauerfeld* genannt wurde. Diese Gewohnheit konnte er rechtfertigen, indem er auf die bezaubernde Aussicht hinwies, die man von dort sowohl auf Lud-in-den-Nebeln wie auch auf das Umland hatte. Doch obwohl er diese Aussicht aufrichtig liebte, waren es die Grabinschriften, die ihn dorthin führten:

HIER LIEGT
EBNEZER KORN
BÄCKER
DER IM ALTER VON
ACHTUNDACHTZIG JAHREN
IM KREISE SEINER SÖHNE UND ENKELSÖHNE STARB,
NACHDEM ER LUD-IN-DEN-NEBELN
SECHZIG JAHRE LANG
MIT FRISCHEM BROT VERSORGT HATTE.

Wie gern hätte er mit dem alten Bäcker die Plätze getauscht! Und dann stieg der beunruhigende Gedanke in ihm auf, daß Grabinschriften vielleicht doch nicht ganz und gar vertrauenswürdig waren.

⁜2. KAPITEL⁜

Der Herzog, der sich vom Thron lachte, und andere dorimarische Sitten und Gebräuche

Bevor wir mit unserer Erzählung beginnen, ist es zum besseren Verständnis nötig, einen kurzen Überblick über die Geschichte von Dorimare und die Überzeugungen und Sitten seiner Bewohner zu geben.

Lud-in-den-Nebeln lag weit ausgebreitet an den Ufern zweier Flüsse, der Scheck und der Schanz, die am Stadtrand in einem spitzen Winkel aufeinandertrafen, in dessen Scheitel der Hafen lag. An den Hängen eines Hügels standen weitere Häuser, und oben befand sich das Schauerfeld.

Die Schanz war der größte Fluß in Dorimare, und auf der Höhe von Lud-in-den-Nebeln war sie so breit, daß sie dieser Siedlung alle Vorteile einer Hafenstadt bot, obwohl sie fünfzig Wegstunden landeinwärts lag. Die eigentliche Hafenstadt an der Mündung war dagegen nicht mehr als ein Fischerdorf. Die Scheck, die im Feenland entsprang (aus einem Binnenmeer, wie die Geographen behaupteten) und unterirdisch unter den Umstrittenen Hügeln hindurchfloß, war dagegen ein bescheidenes Flüßchen und spielte im Geschäftsleben der Stadt keine Rolle. Allerdings gebot eine alte dorimarische Maxime, man solle nie vergessen: *Die Scheck fließt in die Schanz.* Sie kam zur Anwendung, wenn jemand betonen wollte, wie unratsam es war, den Einsatz bescheidener Mittel zu verschmähen; möglicherweise wurde sie jedoch ursprünglich in einem anderen Zusammenhang gebraucht.

Der Reichtum und die Bedeutung des Landes ließen sich in erster Linie auf die Schanz zurückführen. Der Schanz war es zu verdanken, daß Mädchen in abgelegenen Dörfern von Dorimare sich mit Broschen aus Walroßzahn schmückten und gegen Zahnschmerzen zerstoßenes Einhorn auftrugen; daß die Kaminsimse in den Stuben fast aller Bauernhäuser mit einem Straußenei geschmückt waren; daß die kleinwüchsigen Händler aus dem hohen Norden auf den Straßen Bernstein feilboten und daß die vornehme Weiblichkeit von Lud-in-den-Nebeln, wenn sie einkaufen oder zum Kartenspiel zu ihren Freundinnen ging, von indigofarbenen kleinen Pagen mit purpurroten Turbanen begleitet wurden, die von den Zimtinseln stammten und die Marktkörbe und Elfenbeinspielmarken der Damen trugen. Denn die Schanz hatte Lud-in-den-Nebeln zu einer Stadt der Kaufleute gemacht, in deren Händen alle Macht und fast aller Reichtum des Landes Dorimare lagen.

Allerdings war das nicht immer so gewesen. In vergangner Zeit war Dorimare ein Herzogtum gewesen, und die Bevölkerung bestand aus Edelleuten und Bauern. Nur langsam hatte sich eine Mittelschicht herausgebildet. Und diese Schicht hatte – wie dies stets der Fall ist – herausgefunden, daß der Handel von einem Regenten (der von keiner Verfassung im Zaum gehalten wurde) und von einer rücksichtslosen Oberschicht ernsthaft behindert wurde. Bildlich gesprochen, staute sich die Schanz aufgrund dieser Tatsachen.

In der Tat waren die Herzöge mit jeder Generation launischer und selbstsüchtiger geworden, bis diese Schwächen schließlich in Herzog Aubrey ihren Höhepunkt fanden, einem buckligen Mann mit einem Angesicht von engelsgleicher Schönheit, der von einem lachenden Dämon der Zerstörungswut besessen zu sein schien. Er war dafür bekannt gewesen, daß er mit seiner Jagdgesellschaft aus reinem Mutwillen kurz vor der Ernte quer durch ein Getreidefeld galoppierte und ein herrliches Schiff nur deswegen in Brand steckte, weil er sich an den Flammen erfreuen wollte. Mit der Tugendhaftigkeit der Ehefrauen und Töchter seiner Untertanen verfuhr er auf die gleiche selbstherrliche Art und Weise.

In der Regel zeichneten sich seine Streiche durch einen leicht düsteren Humor aus. Wenn eine Jungfer beispielsweise am Vorabend ihrer Hochzeit ihre Jungfräulichkeit in Übereinstimmung mit uraltem Brauch rituell dem Geist des Bauernhofs darbrachte, der vom ältesten Baum des Freisassenguts symbolisiert wurde, sprang Herzog Aubrey hinter dem Stamm hervor, gab vor, jener Geist zu sein, und nahm die Jungfer beim Wort. Auch wird überliefert, daß er und einer seiner Zechbrüder gewettet hätten, es werde ihnen gelingen, den Hofnarren in den Selbstmord zu treiben. Zu diesem Zweck quälten sie seine Vorstellungskraft mit schwermütigen Weisen, die von der Vergänglichkeit aller schönen Dinge sangen, und mit trostlosen Fabeln, die den Menschen mit einem Schäfer verglichen, der dazu verurteilt war, machtlos mitanzusehen, wie seine Schafe eines nach dem anderen von einem ausgehungerten Wolf gerissen wurden.

Sie gewannen ihre Wette. Denn als sie eines Morgens das Zimmer des Narren betraten, baumelte er tot von der Decke. Viele glauben, daß der Widerhall des Gelächters, mit dem Herzog Aubrey dieses Schauspiel aufnahm, von Zeit zu Zeit noch immer aus jenem Gemach dringt.

Allerdings verfügte er auch über angenehmere Eigenschaften. Zum einen war er ein vorzüglicher Dichter, und diejenigen seiner Gesänge, die überliefert wurden, klangen so süß wie eine Blüte und so sehnsüchtig wie der Ruf des Kuckucks. Auf dem Lande erzählten sich die Leute immer noch Geschichten von seiner Leutseligkeit und Güte – wie er auf einer Dorfhochzeit mit einer Wagenladung Wein, Kuchen und Obst erschien oder wie er am Bett der Sterbenden saß, ernst und mitfühlend wie ein Priester.

Dennoch wiegelten die unbarmherzigen Kaufleute, von der Gier nach Reichtümern besessen, das Volk gegen ihn auf.

Drei Tage lang tobte in den Straßen von Lud-in-den-Nebeln ein blutiger Kampf, wobei die Edelleute von Dorimare niedergemacht wurden. Was Herzog Aubrey betrifft, der verschwand – manche sagen, ins Feenland, wo er noch heute leben soll.

Während dieser drei Tage des Blutvergießens verschwanden auch die Priester, und so verlor Dorimare gleichzeitig seinen Herzog und seinen Kultus.

In den Tagen von Herzog Aubrey begegnete man allem Feengut noch mit Ehrfurcht, und das feierlichste Ereignis des religiösen Jahrs war die Ankunft geheimnisvoller maskierter Fremdlinge aus dem Feenland. Sie führten milchigweiße Stuten am Zügel, die mit Feenfrüchten für den Herzog und den Hohenpriester bepackt waren.

Nach der Revolution jedoch, als die Kaufleute die legislative und administrative Macht an sich gerissen hatten, wurden alle Dinge aus dem Feenland für tabu erklärt.

Das ist kaum verwunderlich. Zum einen waren die neuen Herrscher der Meinung, daß der Verzehr von Feenfrüchten die Hauptursache für die Degeneration der Herzöge gewesen sei. In der Tat war den Feenfrüchten immer ein Zusammenhang mit Dichtung und Visionen unterstellt worden – Erscheinungen, die dem gesunden Menschenverstand einer aufstrebenden Bürgerschicht durchaus makaber vorkommen mochten, entspringen sie doch einem allgegenwärtigen Gefühl für die eigene Sterblichkeit. An den Männern der Revolution war gewiß nichts Makabres, und unter ihrem Regime verloren Dichtung und bildende Kunst ihren Sinn für die Tragik des Lebens.

Außerdem hatten die Dorimaraner jegliches Feengut immer mit Illusionen in Verbindung gebracht. Wollte man den Liedern und Legenden Glauben schenken, schienen die Dörfer im Feenland aus Gold und Zimtholz gebaut, und Priester, die sich von Mekkabalsam und Weihrauch ernährten, brachten der Sonne und dem Mond stündlich Brandopfer aus

Pfauen und Stieren dar. Betrachtete jedoch ein ehrlicher und scharfsichtiger Mensch diese Dinge lange genug, verwandelten sich die funkelnden Schlösser in knorrige alte Bäume, die Lampen in Glühwürmchen, die Edelsteine in Scherben und die prachtvoll gekleideten Priester und ihre herrlichen Opfergaben in alte Weiber, die über brennenden Zweigen vor sich hin brummelten.

Die Feen selbst, so lehrte die Überlieferung, waren grenzenlos eifersüchtig auf die soliden Errungenschaften der Sterblichen. In Unsichtbarkeit gehüllt, strömten sie auf Hochzeiten, Totenfeiern und Jahrmärkte – wo immer es gutes Essen gab – und sogen den Saft aus Obst und Fleisch. Doch vergebens, denn nichts von alledem vermochte ihnen Substanz zu verleihen.

Auch stahlen sie nicht nur Essen. In weit abgelegenen Gegenden herrschte noch immer der Glaube, daß ein Leichnam nur eine Täuschung der Feen war, Fleisch und Knochen nachgebildet, aber ohne echte Substanz – warum sonst zerfielen sie so schnell zu Staub? Der eigentliche Mensch dagegen, für den der Leichnam nur ein schwacher Ersatz war, war von ihnen ins Feenland verschleppt worden, um ihre blauen Kühe zu hüten und ihre Levkojenfelder abzuernten. Auf dem Lande machten die Leute in der Tat keinen klaren Unterschied zwischen Feen und Toten. Sie nannten beide das »Stumme Volk«; und die Milchstraße hielten sie für den Pfad, auf dem die Toten ins Feenland gebracht wurden.

Einer anderen Überlieferung zufolge konnten sie sich nur mit Dichtung und Musik verständigen; und auf dem Lande wurden Gedichte und Lieder immer noch »die Sprache des Stummen Volkes« genannt.

Für Männer, die Kanäle gruben und Brücken bauten, die wohlwollend zur Kenntnis nahmen, daß die Händler richtig abwogen und einheitliche Gewichte verwendeten, die gleichermaßen Wert auf die Gediegenheit von Tugenden und Waren legten, die ihren Reichtum der Schanz verdankten –

für solche Männer war es nur natürlich, daß sie für fadenscheinige Täuschungen nichts übrig hatten. Nichtsdestotrotz schufen die neuen Herrscher ihre eigene Form von Illusion, denn sie waren es, die in Dorimare die Rechtswissenschaft begründeten. Als Grundlage verwendeten sie das primitive Gesetzbuch der Herzöge und paßten es mit Hilfe juristischer Fiktionen den modernen Verhältnissen an.

Meister Josua Hahnenkamm (Nathans Vater), ein äußerst findiger und gelehrter Jurist, hatte in einer Abhandlung eine sonderbare Parallele zwischen dem Feengut und dem Gesetz gezogen. Die Männer der Revolution, so schrieb er, hätten die Feenfrüchte durch das Recht ersetzt. Doch während es nur dem regierenden Herzog und seinen Priestern gestattet war, die Früchte zu sich zu nehmen, wurde das Recht großzügig unter Reichen wie Armen verteilt. Nochmals: Das Feenland war eine Illusion, das Recht allerdings auch. Auf jeden Fall war es eine Art Magie, mit der die Wirklichkeit nach Belieben geformt werden konnte. Doch während Feenmagie und Illusionen dazu verwendet wurden, Menschen zu täuschen und auszurauben, beugte sich die Magie des Gesetzes seinem Willen und trug zu seinem Wohlergehen bei.

Im Auge des Gesetzes existierten weder das Feenland noch die Feengüter. Andererseits treibt das Gesetz, wie Meister Josua aufgezeigt hat, ein leichtfertiges Spiel mit der Wirklichkeit – und niemand schenkt ihm ernsthaft Glauben.

Nach und nach entwickelten die Dorimaraner einen fast körperlichen Widerwillen gegen alles, was mit den Feen und dem Feenland zu tun hatte, und die Gesellschaft folgte dem Beispiel des Gesetzes und nahm von ihrer Existenz keinerlei Notiz mehr. Sogar das Wort »Feen« wurde tabu und von höflichen Lippen nicht ausgesprochen, während die größte Beleidigung, die ein Dorimaraner einem anderen entgegenschleudern konnte, »Sohn einer Fee« lautete.

Auf den bemalten Decken alter Häuser, in den abblätternden Freskogemälden alter Scheunen, in den Fragmenten der

Flachreliefs, die in neue Gebäude eingemauert worden waren, und vor allem auf den tragischen Grabmälern des Schauerfelds wäre Winckelmann, wenn er – wie einst das Rokoko-Rom des achtzehnten Jahrhunderts – Dorimare besucht hätte, auf Spuren einer alten und erhabenen Kunst gestoßen, deren Stil den modernen Künstlern als Vorlage diente. Eine weitverbreitete Reklame für eine bestimmte Käsesorte beispielsweise, die einen dicken kleinen Mann abbildete, der mit Messer und Gabel einen wie ein Mond am Himmel stehenden riesigen Käse bedrohte, war eigentlich eine unbeabsichtigte Parodie auf ein uraltes dorimarisches Motiv, auf dem der Mond selbst einen Fries tragischer Flüchtlinge verfolgte.

Nun, ein paar Jahre vor dem Anfang unserer Geschichte, tauchte tatsächlich ein Winckelmann, wenn auch ein namenloser, in Lud-in-den-Nebeln auf – und seine Nachforschungen beschränkten sich nicht nur auf die bildenden Künste. Er veröffentlichte ein Buch mit dem Titel *Spuren der Feen – die Einwohner, Gebräuche, Künste, Vegetation und Sprache von Dorimare.*

Seine These lautete: Das Volk der Dorimaraner wies einige unverkennbare Merkmale der Feen auf, die nur durch die Hypothese erklärt werden konnten, daß vor langer Zeit Mischehen zwischen Menschen und Feen üblich waren. So behauptete er zum Beispiel, daß die roten Haare, die in Dorimare häufig vorkamen, ein solches Merkmal darstellten. Wenn man ihm Glauben schenkte, fanden sich diese Merkmale auch im Viehbestand von Dorimare. Diese Behauptung entbehrte nicht der Grundlage, denn es war nicht abzustreiten, daß von Zeit zu Zeit eine graubraune oder gescheckte Kuh ein Kalb mit leicht bläulichem Fell zur Welt brachte, dessen Kot von rotgoldener Farbe war. Die Überlieferung lehrte, daß das Vieh im Feenland blau war und daß Feengold zu Kot wurde, wenn es über die Grenze gelangte. Die Überlieferung lehrte außerdem, daß alle Blumen des Feenlands rot waren, und es war unbestreitbar, daß die Kornblumen von Dorimare von Zeit zu Zeit so rot wie Klatschmohn und die Lilien so rot wie Damaszenerrosen aufsprossen. Überdies entdeckte er Spuren der Feensprache in den Verwünschungen der Dorimaraner und in einigen ihrer Namen. Für Fremde mag es tatsächlich seltsam klingen, so hochtrabende Schwüre zu hören wie *Bei Sonne, Mond und Sternen, Bei den Goldenen Äpfeln des Westens, Bei der Seele Ernte, Bei den Weißen Frauen der Felder* oder *Bei der Milchstraße*; denn sie kamen im selben Atemzug mit solch hausbackenen Verwünschungen herausgepurzelt wie *Sapperlot noch mal, Zum Kuckuck auch, Verflixt und zugenäht* oder *Beim Hintern meiner Großtante*; ganz zu schweigen von Vornamen wie Traumliebchen, Ambrosius oder Mondschatz, die neben solch grotesken Familiennamen wie Glatzsteiß, Schnipser oder Pustepuder standen.

Im Hinblick auf den Stil der alten Bildteppiche und Flachreliefs vertrat er die Meinung, daß sie Flora, Fauna und Geschichte des Feenlands darstellten. Die allgemein anerkannte Theorie, die der ungezügelten Einbildungskraft der alten Künstler oder ihrer magelhaften Beherrschung des Mediums die Schuld an den merkwürdigen Vögeln und Pflanzen gab und die die phantastische Szenerie als rituelle Äußerung der alten Religionen zu erklären versuchte, wies er mit Verachtung von sich. Er beharrte darauf, jede Kunst und jedes Ritual müßten der Wirklichkeit nachgebildet sein, und das Feenland sei der Ort, wo alles das, was wir für Symbole halten, tatsächlich existierte.

Sollte der Altertumsforscher wirklich recht haben, dann hatte der Dorimaraner – ganz wie der Holländer des siebzehnten Jahrhunderts, der von Tulpen umgeben seine Tonpfeife schmauchte und seine Mahlzeiten von Delfter Fayencetellern aß – die ehrwürdige, hochgeistige Kunst eines abgelegenen, verbotenen Landes seinem eigenen gewöhnlichen Geschmack angepaßt – die Kunst eines Landes, das seiner Meinung nach von grotesken und bösen Geschöpfen bewohnt war, die sich seltsamen Lastern und finsteren Kulten verschrieben hatten... Und doch floß in den Adern der

Holländer von Dorimare, ohne daß sie sich dessen bewußt waren, das Blut jener bösen Geschöpfe.

Es fällt nicht schwer, sich den Aufruhr vorzustellen, den das Erscheinen dieses Buches in Lud-in-den-Nebeln auslöste. Der Drucker wurde selbstredend mit einer hohen Geldstrafe belegt, war jedoch nicht in der Lage, die Frage der Verfasserschaft zu klären. Das Manuskript, behauptete er, sei ihm von einem grobschlächtigen rothaarigen Burschen gebracht worden, den er noch nie zuvor gesehen habe. Alle Exemplare wurden vom Henker der Gemeinde verbrannt, und damit war die Angelegenheit notgedrungen erledigt.

Trotz der Gesetze, die beteuerten, das Feenland und alles, was damit zu tun hatte, existiere nicht, war es ein offenes Geheimnis, daß sich jeder in Lud-in-den-Nebeln bei Bedarf Feenfrüchte beschaffen konnte, auch wenn sie nicht mehr mit dem ganzen Gepränge althergebrachter Rituale ins Land gelangten. Bisher waren keine ernsthaften Anstrengungen unternommen worden, um herauszufinden, wer sie wie in die Stadt schmuggelte. Denn der Verzehr von Feenfrüchten wurde als widerliches Laster angesehen, dem sich verrufene und unbedeutende Menschen – wie die Indigoseeleute und die kleinwüchsigen Nordmänner – in gewöhnlichen Schenken hingaben. Es ist wahr, im Laufe der Jahrhunderte seit Herzog Aubreys Vertreibung waren von Zeit zu Zeit Fälle bekanntgeworden, in denen Jünglinge aus gutem Haus diesem Laster frönten. Aber allein schon einer solchen Sache verdächtigt zu werden, führte zu einer völligen gesellschaftlichen Ächtung. Dies – und das angeborene Grauen, das jeder Dorimaraner angesichts der Substanz verspürte – sorgte dafür, daß derartige Fälle äußerst selten vorkamen.

Ungefähr zwanzig Jahre vor dem Beginn dieser Geschichte war Dorimare jedoch von einer schrecklichen Dürre heimgesucht worden. Die Menschen sahen sich gezwungen, aus Wicken, Bohnen und Farnwurzeln Brot zu backen, die Marschen und Gebirgsseen wurden ihres Schilfbestands beraubt, um das Vieh mit Futter zu versorgen, während die Schanz auf die Größe eines gewöhnlichen Bächleins schrumpfte, wie alle anderen Flüsse von Dorimare auch – mit Ausnahme der Scheck. Während der ganzen Dürrezeit blieben die Wasser der Scheck unbeeinträchtigt; allerdings bot dies keinen Anlaß zur Verwunderung, denn ein Fluß, der im Feenland entspringt, verfügt wahrscheinlich über geheimnisvolle Quellen. Während die Dürre jedoch unbarmherzig weiterbrannte, erlag in den ländlichen Gegenden eine stetig wachsende Anzahl von Menschen dem Laster des Verzehrs von Feenfrüchten … mit für sie tragischen Folgen, denn obwohl die Früchte ihrem ausgetrockneten Rachen wohltaten, waren die geistigen Auswirkungen äußerst besorgniserregend. Jeden Tag erreichten die Stadt neue Gerüchte über Wahnsinn, Selbstmorde, orgiastische Tänze und wildes Treiben im Mondschein. Doch je mehr die Leute auf dem Lande von den Früchten aßen, desto heftiger begehrten sie sie, und obwohl sie zugaben, daß sie ihnen psychische Qualen verursachten, behaupteten sie, daß das Leben für diejenigen, die diese Qualen einmal erfahren hatten, ohne sie nicht mehr lebenswert war.

Wie die Früchte über die Grenzen gelangten, blieb ein Rätsel, und alle Anstrengungen des Magistrats, es zu verhindern, blieben wirkungslos. Vergebens erfanden die Rechtsgelehrten eine juristische Fiktion (wie wir gesehen haben, nimmt das Gesetz Feengut nicht zur Kenntnis), die aus Feenfrüchten eine Form von gesponnener Seide und damit innerhalb von Dorimare zu Schmuggelware machte. Vergebens wetterte der Stadtrat gegen alle Schmuggler und gegen alle Menschen mit verderbten Gedanken und schmutzigen Gewohnheiten – lautlos und unaufhaltsam deckte das Angebot an Feenfrüchten weiterhin die Nachfrage. Dann, mit dem ersten Regen, ließen beide allmählich nach. Die Unfähigkeit des Magistrats in dieser landesweiten Krise geriet jedoch nie in Vergessenheit, und »nutzlos wie der Magistrat während der Dürre« wurde in Dorimare sprichwörtlich.

Es läßt sich kaum bestreiten, daß die herrschende Klasse von Dorimare nicht mehr in der Lage war, mit ernsthaften Problemen fertig zu werden. Die reichen Kaufleute von Lud-in-den-Nebeln, die Nachkommen der Männer der Revolution und die erblichen Regenten von Dorimare waren zu diesem Zeitpunkt zu einer Bande träger, maßloser und launischer Herren verkommen, deren Herzen von der Tragik des Lebens ebensowenig berührt wurden wie die ihrer Vorfahren, ohne daß sie jedoch über deren lauteren Charakter verfügt hätten.

Eine gesellschaftliche Schicht, die darum kämpft, sich zu behaupten und ihre verborgene Form aus dem harten, widerstrebenden Material des Lebens selbst herauszuarbeiten wie eine Statue aus einem Marmorblock, muß sich von Natur aus von einer Klasse unterscheiden, die Hammer und Meißel aus der Hand gelegt und ihr Ziel erreicht hat. Der Reichtum war keine zarte, exotische Blüte mehr. Er war in Dorimare heimisch, winterhart und mehrjährig geworden und trieb Jahr um Jahr wieder aus, ohne daß ein Gärtner ihn jemals pflegen mußte.

Das wiederum verhalf der Muße zur Blüte, jenem Riß im festgefügten Mauerwerk der Werke und Tage, in dem unzählige eigenartige Pflänzchen ihre Wurzeln schlugen – gutes Essen und glänzendes Mahagoni; eine Kleidermode, die wie eine barocke Büste allein durch ihre Ausgefallenheit schon phantastisch wirkt; Schäferinnen aus Porzellan und die scherzhaften und zahllosen Streiche – all die materiellen und geistigen Spielereien einer bestimmten Kulturepoche eben. Aber sie setzten sich so deutlich wie nur möglich von den Spielereien jener älteren Kulturepochen ab, die den Dachboden der Familie Hahnenkamm füllten. Diesen haftete etwas Tragisches und leicht Unheimliches an, während alle Manifestationen der modernen Kultur dem Schein eines Kaminfeuers glichen – sie waren exzentrisch, aber behaglich.

Von dieser Art waren die Menschen, in deren Händen das Wohl des Landes lag. Und sie wußten zugegebenermaßen nur wenig über die einfachen Leute, über die sie herrschten, und sie scherten sich noch weniger um sie.

So war ihnen auch nicht bewußt, daß Herzog Aubreys Andenken auf dem Lande noch immer lebendig war. Uneheliche Kinder wurden immer noch als »Herzog Aubreys Sprößlinge« bezeichnet; die alten Frauen sagten weiterhin »Herzog Aubrey hat ein Reh geschossen«, wenn sie eine Sternschnuppe sahen, und am Jahrestag seiner Vertreibung warfen die Jungfrauen Kränze aus Efeu und Blausternen in die Scheck – die beiden Wappenpflanzen des Herzogs sollten ihnen Glück bringen. Für die Landbevölkerung gehörte er zu ihrem alltäglichen Leben. Wurde beispielsweise ein Loch in einem Faß oder ein Pferd mit dreckigem und verschwitztem Fell entdeckt, konnte ein spitzbübischer Knecht seiner Strafe entgehen, wenn er beteuerte, Herzog Aubrey sei der Übeltäter gewesen. Und es gab keinen Bauernhof und kein Dorf, in dem nicht mindestens ein Bewohner schwor, am Vorabend des Sankt-Johannis-Tags oder in einer Nacht während der Wintersonnenwende gesehen zu haben, wie er an der Spitze seiner Jagdgesellschaft von Feen vorbeigaloppiert sei, mit wehenden vielfarbenen Bändern und begleitet vom Klingeln zahlloser Glöckchen.

Über das Feenland selbst und seine Bewohner wußte die Landbevölkerung ebensowenig wie die Kaufleute von Lud-in-den-Nebeln. Zwischen beiden Ländern lag die Barriere der Umstrittenen Hügel, deren Ausläufer die Elfenmarken genannt wurden. Es hieß, daß in ihnen vielfältige Gefahren lauerten, sowohl körperlicher als auch geistiger Natur. Seit Menschengedenken hatte niemand mehr die Berge überquert, denn auf diesem Weg lauerte – so glaubte man – der Tod.

3. KAPITEL
Es wird ernst

Das gesellschaftliche Leben in Lud-in-den-Nebeln begann im Frühling und endete im Herbst. Den Winter verbrachten die Bürger lieber am eigenen Kamin. Sie hegten eine blinde Abneigung dagegen, sich nach Einbruch der Dunkelheit außer Haus zu begeben – eine Abneigung, die nicht so sehr der Furcht geschuldet war, sondern der Gewohnheit. Obschon die Gewohnheit von einer in Vergessenheit geratenen Gefahr herrühren mochte, die ihre Ahnen vor langer Zeit veranlaßt hatte, die Dunkelheit zu meiden …

Und so hießen sie die ersten Anzeichen des Frühlings stets mit Erleichterung und Freude willkommen. Anfangs konnten sie kaum glauben, daß er auch anderswo Wirklichkeit wurde und nicht nur eine optische Täuschung war, die sich auf ihre Augen und ihre Gärten beschränkte. Gewiß war der Rasen grün, die Lärchen und Dornbüsche sogar in überraschendem Maße, und die Mandelbäume blühten rosa. Die Felder und Bäume im fernen Dunst außerhalb ihrer Mauern wirkten dagegen immer noch grau und schwarz. Ach, die Farben in ihren Gärten waren lediglich den Lichtverhältnissen zu verdanken, und mit dem Licht würden auch die Farben schwinden.

Aber überall verwandelte sich langsam und unmerklich das winterliche Kleid der Bäume – der weiße Himmel und die amethystgraue Dämmerung – in ein grünes und goldenes Blätterdach.

Im Frühling stehlen sich die Bäume auf der ganzen Welt in unser Bewußtsein, und voller Freude beobachten wir, wie das Geflecht von Zweigen der Bergulme mit winzigen rotbraunen Blumen geschmückt wird – wie kleine Käfer, die sich in einem Spinnennetz verfangen haben – und wie kleine zitronenfarbene Knospen die Dornbüsche überziehen. Die langen rotgoldenen Dolden der Roßkastanien dagegen brechen mit einem geradezu sichtbaren Knall hervor. An der Buche schließlich sprießen winzige, vollendet geformte Blätter – wie auch an allen anderen Bäumen.

Anfänglich erfreuen wir uns an der Vielfalt von Farben und Formen der verschiedenen jungen Blätter – Birkenblätter gleichen einem Schwarm grüner Bienen; Lindenblätter sind so durchscheinend, daß sich die darüber und darunter liegenden Blätter darauf abzeichnen; die Ulmenblätter überziehen den Himmel mit einem wunderschönen Damastmuster und wachsen gleichzeitig am langsamsten.

Mit der Zeit fallen uns diese Besonderheiten nicht mehr auf, und bis zum Herbst verschmelzen sie zu einem dichten, unauffälligen grünen Vorhang, der hellere und buntere Dinge deutlicher hervortreten läßt. Es gibt nichts Gewöhnlicheres als einen vollständig belaubten Baum.

Im Frühling seines fünfzigsten Lebensjahrs hatte Meister Nathan Hahnenkamm erstmals ernstlich Grund zur Sorge. Der Anlaß war sein einziger Sohn Ranulph, ein Junge von zwölf Jahren.

In jenem Jahr war Meister Nathan ins höchste Amt des Staates gewählt worden – er wurde Bürgermeister von Lud-in-den-Nebeln und Großseneschall von Dorimare.

Ex officio war er Präsident des Stadtrats und Vorsitzender des Gerichtshofs. Laut der Verfassung, die von den Männern der Revolution entworfen worden war, war er im Fall eines Angriffs zu Lande oder zur See für die Sicherheit und Verteidigung des Landes verantwortlich. Er mußte dafür sorgen, daß angemessen Recht gesprochen und die Staatseinkünfte ordentlich verwaltet wurden. Und er mußte seine Zeit noch dem unbedeutendsten Bürger zur Verfügung stellen, wenn dieser eine Beschwerde vorzubringen hatte.

Von seinem Amt als Oberster Richter einmal abgesehen, waren seine Pflichten nicht weiter schwerwiegend – er mußte die Rolle des freundlichen und würdevollen Vorsitzenden eines behaglichen und exklusiven Klubs geben, denn das war, der Wahrheit die Ehre, aus dem Stadtrat geworden. Obwohl die Frage offenbleiben muß, ob seine offiziellen Verpflichtungen irgend jemandem auch nur den geringsten Nutzen brachten, waren sie doch so zahlreich, daß sie den größten Teil seiner Zeit in Anspruch nahmen und dazu führten, daß er sich der unterschwelligen Stimmungen in seinem Haus nicht bewußt war.

Ranulph war schon immer ein verträumtes, eher zartes Kind und für sein Alter zurückgeblieben gewesen. Bis in sein siebtes Lebensjahr hatte er seiner Mutter großen Verdruß bereitet, denn es gehörte zu seinen Angewohnheiten, Spielkameraden, die er sich nur einbildete, während er im Garten spielte, Bemerkungen zuzurufen. Auch redete er gern Unsinn (an den Ansichten von Lud-in-den-Nebeln gemessen leicht obszönen Unsinn) über goldene Becher, schneeweiße Damen, die azurblaue Kühe molken, und das Bimmeln mitternächtlicher Glöckchen. Allerdings neigen Kinder auf der ganzen Welt zu ungehörigen Vorstellungen, und diese Art von Gerede war unter den Kindern von Lud-in-den-Nebeln nicht ungewöhnlich, und da es mit fortschreitendem Alter fast immer verschwand, schenkte man ihm wenig Beachtung.

Als er ein paar Jahre älter war, nahm ihn der plötzliche Tod eines jungen Küchenmädchens so stark mit, daß er zwei Tage lang keinen Bissen anrührte und sich mit angsterfülltem Blick auf dem Bett hin und her wälzte wie ein frisch gefangener Vogel in einem Käfig. Als seine erschrockene und besorgte Mutter (sein Vater war geschäftlich unterwegs) ihn zu beruhigen versuchte, indem sie ihn daran erinnerte, daß er dieses Küchenmädchen nicht besonders gemocht hatte, als es noch am Leben war, rief er erregt: »Nein, nein, nicht an *ihr* liegt es ... sondern an dem, was ihr widerfahren ist!«

Aber all das war geschehen, als er noch ein kleiner Junge war, und als er älter wurde, schien er sich zu einem normalen Kind zu entwickeln.

Doch in jenem Frühling suchte sein Hauslehrer Dame Liliengold auf, um sich über seinen mangelnden Fleiß beim Lernen und plötzliche, übertriebene Zornausbrüche zu beklagen. »Der Wahrheit die Ehre, gnä Frau, ich glaube, dem jungen Herrn geht es nicht gut«, sagte er.

Und so schickte Dame Liliengold nach dem guten alten Hausarzt, der erklärte, Ranulph fehle nichts weiter, von einer leichten Überhitzung des Bluts abgesehen, ein im Frühling ausgesprochen weitverbreitetes Leiden. Er verordnete Borretschzweige in Wein – »der beste Fruchtlikör für faule Gelehrte« –, blinzelte dem Patienten zu, kniff ihn ins Ohr und fügte hinzu, daß man ihm im Juni einen Aufguß aus Damaszenerrosen verabreichen solle, um die Heilung vollends abzuschließen.

Doch die Borretschzweige führten keineswegs dazu, daß Ranulph seinen Lektionen größere Aufmerksamkeit schenkte. Dame Liliengold bedurfte keiner Hinweise des Hauslehrers mehr, um sich darüber klar zu werden, daß mit dem Jungen etwas nicht stimmte. Am meisten beunruhigte sie die gewaltige Anstrengung, die er offensichtlich unternehmen mußte, um auf seine Umwelt einzugehen. Wenn sie ihm beispielsweise beim Abendessen eine zweite Portion anbot, ballte er die Fäuste, und Schweißperlen brachen ihm auf der Stirn aus, so groß war die Anstrengung, mit Ja oder Nein zu antworten.

Ranulph und seine Mutter hatten sich nie besonders gemocht (sie hatte ihre Tochter Brünella immer vorgezogen), und sie wußte, daß sie auf die Frage nach seinen Beschwerden keine Antwort erhalten würde. Also fragte sie statt dessen Ranulphs Bundesgenossin und Vertraute, Meister Nathans alte Amme, Frau Hanfling.

Hanfchen, wie sie gerufen wurde, stand seit fast fünfzig Jahren in den Diensten der Familie Hahnenkamm, eigentlich seit Meister Nathans Geburt. Dieser Tage hatte sie den Titel der Haushälterin inne, obwohl sie nur noch leichte Pflichten erfüllen mußte, die hauptsächlich darin bestanden, auf die Schlüssel der Vorratskammer zu achten und gelegentlich die Wäsche zu flicken.

Sie war eine treffliche, rüstige alte Landfrau mit einem wunderbaren Talent, Kinder zu unterhalten. Sie kannte nicht nur sämtliche komischen Kindergeschichten von Dorimare auswendig (Ranulphs Lieblingsgeschichte handelte von einem Brillengestell, das den Ehrgeiz besaß, auf der Nase des Mannes im Mond zu sitzen, und das in seinen vergeblichen Versuchen, dieses Ziel zu erreichen, seinem unglücklichen Besitzer immer wieder von der Nase hüpfte), sondern sie war auch eine unvergleichliche – wenn auch sitzende – Spielkameradin, und von ihrem Lehnstuhl aus dirigierte sie mit anscheinend unermüdlicher Aufmerksamkeit die Manöver von Zinnsoldaten und die Bewegungen von Marionetten. Ihr gemütliches Zimmer im obersten Stockwerk des Hauses schien für Ranulph die Macht zu besitzen, jeden Gegenstand, der über seine Schwelle getragen wurde, in ein Spielzeug zu verwandeln: das Straußenei, das an einer purpurroten Kordel von der Decke hing; die bemalten kleinen Wachsbildnisse seiner Großeltern auf dem Kaminsims; das alte Spinnrad; sogar die leeren Spulen, die vorzügliche Holzsoldaten abgaben, und die Marmeladetöpfchen, die darauf warteten, mit einem Etikett versehen zu werden – sie alle eröffneten grenzenlose Möglichkeiten. Auch ihr Feuer schien zufriedener zu schnurren als andere Feuer, und in seinem glühenden roten Herzen schien sich eine ganze Bilderwelt zu verstecken.

Nun, etwas zaghaft (denn Hanfchen hatte eine spitze Zunge und hatte nie aufgehört, ihre Herrin als einen jungen und törichten Eindringling anzusehen) erzählte ihr Dame Liliengold, sie mache sich allmählich Sorgen um Ranulph. Hanfchen blickte sie über ihre Brille hinweg durchdringend an, schürzte die Lippen und bemerkte: »Nun, gnä Frau, es hat lange gedauert, bis Euch das aufgefallen ist.«

Doch als Dame Liliengold herauszufinden versuchte, was ihrer Meinung nach mit Ranulph los war, schüttelte sie nur geheimnisvoll den Kopf und murmelte, es sei zwecklos, über vergossene Milch zu jammern, und je weniger Worte verloren würden, desto besser.

Als die verwirrte Dame Liliengold schließlich aufstand, um zu gehen, rief die alte Frau schrill: »Gnä Frau, denkt daran – kein Wort zum Herrn! Er konnte Kummer noch nie ertragen, genau wie sein Vater. Meine alte Herrin hat oft gesagt: ›Also gut, Polly, dem Herrn erzählen wir nichts. *Er kann Kummer nicht ertragen.*‹ O ja, die Hahnenkamms sind erstaunlich sensibel.« Darin schwang natürlich die unausgesprochene Feststellung mit, daß »die Obachts im Vergleich dazu das Fell eines Büffels besitzen«.

Dame Liliengold beabsichtigte jedoch keineswegs, diese Angelegenheit Meister Nathan gegenüber zu erwähnen. Ob das nun an der größeren seelischen Sensibilität der Familie Hahnenkamm lag oder nicht – er reagierte auf den geringsten Kummer unerträglich gereizt, wie sie aus schmerzlicher Erfahrung wußte.

Offensichtlich war ihm noch nichts aufgefallen. Den größten Teil des Tages verbrachte er im Stadtrat und in seinem Kontor. Obendrein erstreckte sich seine Anteilnahme am Leben anderer Leute nicht auf den eigenen Haushalt.

Was seine Gefühle für Ranulph betraf, so muß eingeräumt werden, daß er ihn eher als ein Erbstück betrachtete denn als einen Sohn. Unterbewußt stellte er ihn sogar auf die gleiche Stufe mit dem Kristallkelch, mit dem Herzog Aubreys Vater das erste Schiff der Hahnenkamms getauft hatte, oder mit dem Schwert, mit dem seine Vorfahren geholfen hatten,

Herzog Aubrey vom Thron zu vertreiben – Gegenstände, auf die er nur selten einen Blick oder einen Gedanken verschwendete, auch wenn er bei ihrem Verlust vor Zorn und Verdruß halb verrückt geworden wäre.

Eines Abends Anfang April drängte sich ihm die Angelegenheit jedoch auf schmerzliche Art und Weise auf.

Inzwischen hatte der Frühling auf der ganzen Welt Einzug gehalten, und die Einwohner von Lud-in-den-Nebeln stellten sich allmählich auf den Sommer ein. Kupfergefäße wurden für die bevorstehenden Arbeiten in der Vorratskammer gesäubert und poliert, Gartenlauben wurden ausgefegt und geschrubbt, Angelzeug wurde ausgebessert. Und die Menschen nutzten die längeren Tage, um ihre Freunde zu Abendgesellschaften einzuladen.

Niemand in Lud-in-den-Nebeln liebte diese Empfänge mehr als Meister Nathan. Sie verschafften ihm vorübergehende Erleichterung, als würde die Melodie seines Lebens plötzlich in einer anderen, fröhlicheren Tonart gespielt. Obwohl sich nichts grundlegend verändert hatte, obwohl dieselben Stühle an denselben Plätzen standen und Menschen darauf saßen, denen er jeden Tag begegnete, obwohl er denselben leichten, dumpfen Zahnschmerz verspürte, war doch allem der Stachel – oder eher die Fadheit – genommen. Und so verschickte er mit großem Vergnügen Einladungen an seine Freunde, sich »zu einem Mondgraskäse zusammenzufinden«, wie er das jeden April seit fünfundzwanzig Jahren getan hatte.

Mondgras war ein Dorf in Dorimare, das für seinen Käse berühmt war – völlig zu Recht, denn er war so schön anzusehen wie parischer Marmor, der mit Jadeadern durchzogen ist, und geschmacklich konnte er es mit jedem guten Käse aufnehmen. In ihm verband sich der Duft der Weide mit dem reinlichen Gestank eines Kuhstalls. Ebendieser Käse war es, der im vorhergehenden Kapitel in einer satirischen Anzeige beworben wurde.

Um sieben Uhr hatte sich der Salon der Hahnenkamms mit einer Gruppe wohlgenährter, rosiger und farbenfroh gekleideter Gäste gefüllt, die plauderten und lachten wie ein Papageienschwarm. Nur Ranulph war schweigsam, aber das war von einem zwölfjährigen Jungen in Gegenwart von Erwachsenen nicht anders zu erwarten. Trotzdem hätte er sich nicht in einer Ecke herumdrücken und gar so unfreundlich auf die scherzhaften Bemerkungen der Gäste seines Vaters antworten müssen.

Meister Nathan verfügte selbstredend über einen gutbestückten Keller, und der Abend nahm mit einem Glas köstlichem Feldthymiangeist seinen Anfang – einem Likör, für den ebendieser Keller berühmt war. Darüber hinaus besaß der Oberbürgermeister einen Anteil an einem Keller, der allen Familien der herrschenden Klasse gemeinsam gehörte – einem Keller voller alter, heiterer Späße, die (im Unterschied zu den Weinflaschen) nie leer wurden. Jede denkbare lächerliche oder liebenswerte Eigenschaft eines Mitglieds dieser Gruppe wurde in einen dieser Späße destilliert, so daß sich jeder nach Belieben an den Eigenarten seiner Freunde berauschen, den ganzen komischen Trunk auf einen Zug leertrinken konnte. Mit diesen Späßen verdunstete die aufgestaute Verärgerung, die sich aus großer Vertrautheit zwangsläufig ergibt, und verwandelte sich in Liebenswürdigkeit. Wie der Saft der Traube förderten sie die Freundschaft – zumindest unter den Mitgliedern der Gruppe. Denn jede Spielart des Humors ist auch ein Totem, das gleichermaßem zu Eintracht und Absonderung führt. Die Eingeweihten schließt es zu einer eng verbundenen Brüderschaft zusammen, aber es trennt sie auch scharf vom Rest der Welt. Der Hauptgrund für den Mangel an Verständnis zwischen den Herrschenden und den Berherrschten in Dorimare mochte sein, daß sie unterschiedlichen Totems angehörten.

Alle Gäste dieses Abends hatten jedenfalls dasselbe Totem gemeinsam, und jeder einzelne war der Held eines alten Witzes. Meister Nathan wurde gefragt, ob seine purpurroten Samtkniehosen vielleicht *schwärzlich* purpurrot seien; denn vor vielen Jahren hatte er vergessen, für seinen Schwiegervater Trauer anzulegen, und als Dame Liliengold ihn schließlich vorsichtig auf diese Unterlassung aufmerksam gemacht hatte, hatte er wütend erwidert: »Ich *bin* in Trauer!« Als sie daraufhin mit hochgezogenen Augenbrauen einen Blick auf seine kanariengelben Kniestrümpfe warf, die er gerade erworben hatte, lautete seine verlegene Antwort: »Immerhin sind sie *schwärzlich* kanariengelb.«

Wenige Weine verfügen über einen vergleichbar vollmundigen Geschmack wie dieser alte Witz über Meister Nathan. Seine Zerstreutheit fand darin ihren Ausdruck, seine Fähigkeit, die Dinge so zu sehen, wie er sie sehen wollte (er war ernsthaft davon überzeugt gewesen, daß er Trauer trug), und in dem »*schwärzlich* kanariengelb« lag seine Neigung zu dem Glauben, man könne mit der Wirklichkeit spielen und ihr jede erdenkliche Form geben – auch dies hatte er geerbt, vielleicht von seinen Vorfahren innerhalb der Gerichtsbarkeit.

Dann wurde Meister Ambrosius Geißblatt gefragt, ob die Geißblatts einen Mondgraskäse wirklich für einen Käse hielten. Die Pointe bestand darin, daß Meister Ambrosius eine übertriebene Meinung von der Bedeutung seiner Familie hatte, und vor Gericht, als die Frage gestellt wurde, ob ein Drache (in abgelegenen Gegenden von Dorimare verbargen sich noch immer ein paar harmlose, schwächliche Drachen in Höhlen) ein Vogel oder ein Reptil sei, hatte er mit aller Entschiedenheit erklärt: »Die Geißblatts haben sie immer für *Reptilien* gehalten.« Und seine Frau, Dame Jasmin, wurde gefragt, ob sie ihr Abendessen »schriftlich« haben wolle, denn sie hatte die Angewohnheit, ihren Gatten bei jedem übereilten Versprechen – wie dem eines neuen Landauers – mit den Worten: »Ambrosius, das hätte ich gern schriftlich« festzunageln.

Auch Dame Liliengolds Bruder, Polidor Obacht, und seine Frau, Dame Traumliebchen, waren anwesend, und der alte

Matt Pustepuder und seine alberne, geschwätzige Dame, das Ehepaar Peregrin Firnis und das Ehepaar Gockelin Flack sowie das Ehepaar Hyazinth Glatzsteiß – kurz und gut, die ganze gesellschaftliche Elite von Lud-in-den-Nebeln, jeder und jede mit seinem oder ihrem treffenden Witz ausgestattet. Die alten Scherze wurden herumgereicht wie eine Flasche Portwein, und mit jeder Runde wurde die Gesellschaft ausgelassener.

Der namenlose Altertumswissenschaftler hätte in der kulinarischen Sprache von Dorimare ein weiteres Beispiel gefunden, um seine These zu untermauern – die Speisefolge, mit der Dame Liliengold ihre Gäste verwöhnte, klang wie eine Folge tragischer Sonette. Das erste Gericht trug den Namen *Das bittersüße Geheimnis* und bestand aus einer Kräutersuppe, deren geschmackliche Ausgewogenheit den Ruf einer jeden guten Köchin in Lud-in-den-Nebeln begründete. Daraufhin wurde *Traumlotterie* serviert, bestehend aus Delikatessen wie Wachteln, Weinbergschnecken, Hühnchenleber, Kiebitzeiern und Pfauenherzen, die unter einem Berg gekochtem Reis verborgen lagen. Dann folgte *Wahre Liebe in Asche*, eine besondere Zubereitungsart von Tauben, und zuletzt *Todesveilchen*, eine äußerst schwer verdauliche Nachspeise, die mit kandierten Veilchen garniert war.

»Und jetzt«, rief Meister Nathan vergnügt, »jetzt ist unser alter Freund an der Reihe! Füllt eure Gläser und trinkt auf den König der Mondgraskäse!«

»Auf den König der Mondgraskäse!« wiederholten die Gäste, stampften mit den Füßen auf und schlugen auf den Tisch, woraufhin Meister Nathan zum Messer griff. Gerade wollte er es in den herrlichen Käse stoßen, als Ranulph unvermittelt an seine Seite eilte und ihn mit Tränen in den Augen und mit schriller, angsterfüllter Stimme anflehte, den Käse nicht anzuschneiden. Die Gäste hielten dies für einen unbekannten Spaß und kicherten ermutigend. Meister Nathan sah seinen Sohn einen Augenblick lang erstaunt an und sagte dann unwirsch: »Was ist in den Jungen gefahren?

Hände weg, Ranulph, aber hurtig! Bist du verrückt geworden?« Doch Ranulph traten vor Wut die Augen aus dem Kopf. Er klammerte sich an den Arm seines Vaters und schrie mit schriller, kindlicher Stimme: »Nein, laß das! Laß das! Das lasse ich nicht zu!«

»So ist es recht, Ranulph!« sagte einer der Gäste lachend. »Setz dich gegen deinen Vater zur Wehr!«

»Bei der Milchstraße! Liliengold«, brüllte Meister Nathan, der allmählich die Geduld verlor, »was ist denn bloß in den Jungen gefahren?«

Dame Liliengold wurde sichtlich unruhig. »Ranulph! Ranulph!« rief sie vorwurfsvoll. »Geh sofort an deinen Platz zurück und hör auf, deinen Vater zu necken.«

»Nein! Nein! Nein!« kreischte Ranulph noch schriller. »Er darf den Mond nicht töten ... das lasse ich nicht zu. Wenn er das tut, welken alle Blumen im Feenland!«

Wie soll ich die Wirkung in Worte fassen, den dieser Ausruf auf die Gesellschaft hatte? Es würde nicht genügen, wenn ich Euch bäte, Euch *Eure* Gefühle vorzustellen, wenn der Sohn Eures Gastgebers in gemischter Gesellschaft plötzlich eine Flut von Obszönitäten ausstieße; denn Ranulphs Worte waren nicht nur ein Affront gegen den guten Geschmack – sie weckten darüber hinaus das abergläubische Entsetzen, das von der Verletzung eines Tabus ausgelöst wird.

Die Damen wurden alle puterrot, die Herren blickten streng drein, und Meister Nathan, dessen Gesicht hochrot angelaufen war, rief mit Donnerstimme: »Geh *augenblicklich* ins Bett, Ranulph ... Ich werde mich später mit dir befassen.« Ranulph, der plötzlich jegliches Interesse an dem Käse verloren zu haben schien, trottete widerspruchslos hinaus.

An jenem Abend wurden keine weiteren Späße gemacht, und auf den meisten Tellern blieb der Käse unberührt liegen. Trotz der Anstrengungen einiger Gäste erlahmte die Unterhaltung bedauerlicherweise, und es war kaum neun Uhr, als die Gesellschaft auseinanderging.

Als Meister Nathan schließlich mit Dame Liliengold allein war, verlangte er wütend eine Erklärung für Ranulphs Verhalten. Doch sie zuckte nur müde mit den Achseln und sagte, der Junge sei verrückt geworden. Sie erzählte ihm, daß sie schon seit einigen Wochen den Eindruck hatte, er sei nicht ganz bei sich.

»Warum hat mir das niemand gesagt? Warum?« tobte Meister Nathan. Erneut zuckte Dame Liliengold mit den Achseln, und in ihrem trägen Blick funkelte ein Anflug von Humor und Verachtung. Der Blick der Dame Liliengold verfügte übrigens über ein Merkmal, das unter den Luditen weit verbreitet war. Ihr würdet ihn vielleicht als verträumt und schläfrig bezeichnen, wäre da nicht ein leichter Zug um den Mund gewesen, der ihn zusammen mit der langen ironischen Oberlippe – wie bei einem alten Richter – in Frage stellte und spöttisch, ja geradezu humorvoll wirken ließ, ganz besonders dann, wenn er auf Meister Nathan ruhte. Auf ihre Art hatte Dame Liliengold ihren Gatten in ihr Herz geschlossen. Aber ihre Einstellung ihm gegenüber war der einer nachsichtigen Herrin einem zottigen, launischen Zirkushund gegenüber nicht unähnlich.

Meister Nathan ging im Zimmer umher, ballte die Hände und murmelte Verwünschungen über unfähige Frauen und die überwältigenden Sorgen eines Familienvaters. So sehr bedurfte er eines Opfers, an dem er seinen Zorn auslassen konnte, daß er tatsächlich wütend auf Dame Liliengold war, weil sie ihn geheiratet hatte und ihm all das Getue und den ganzen Wirbel aufnötigte. Seine schattenhaften Ängste traten mehr als sonst ans Licht.

Während Dame Liliengold dasaß und ihn beobachtete, fand sie, daß er ein wenig wie der Maikäfer wirkte, der in diesem Augenblick durch das offene Fenster hereingestürzt kam und mit einem leisen Klatschen immer wieder gegen seinen eigenen Schatten an der Zimmerdecke flog – einem Schatten, der wie ein großer, schwarzer, samtiger Falter ausah. Aber es waren seine Unbeholfenheit und seine tapsige, summende Wirkungslosigkeit, die sie an Meister Nathan erinnerte, nicht die Tatsache, daß er gegen einen Schatten anrannte.

Meister Nathan marschierte hin und her, der Maikäfer taumelte vor und zurück, sein weicher, anmutiger Schatten flatterte hierhin und dorthin. Dann segelte der Maikäfer plötzlich im Sturzflug von der Decke herab, und im selben Augenblick stürzte Meister Nathan aus dem Zimmer, nachdem er »Ich muß hinauf und nach dem Jungen sehen!« über die Schulter gerufen hatte.

Er traf Ranulph im Bett an, und beim Anblick der mitleiderregenden kleinen Gestalt, die herzerweichend schluchzte, spürte er, wie sein Zorn verflog. Er legte dem Jungen eine Hand auf die Schulter und sagte, nicht unfreundlich: »Komm, mein Sohn, Weinen hilft auch nichts. Morgen schreibst du eine Entschuldigung an Vetter Ambrosius und Onkel Polidor und all die anderen; und dann – nun, wir werden versuchen, die Sache zu vergessen. Wenn wir nicht ganz auf dem Damm sind, wissen wir manchmal nicht, was wir reden … Und deine Mutter hat angedeutet, daß dir während der letzten Wochen nicht immer ganz wohl war.«

»Etwas hat mich *gezwungen*, diese Dinge zu sagen!« schluchzte Ranulph.

»Nun, das klingt wie eine nette Ausrede«, sagte Meister Nathan etwas strenger. »Nein, nein, Ranulph, für derartiges Benehmen gibt es keine Entschuldigung. Bei der Seele Ernte!« Seine Stimme wurde zunehmend empört. »Woher hast du diese Einfälle und diese Ausdrücke?«

»Aber sie sind wahr! Sie sind wahr!« schrie Ranulph.

»Ich lasse mich auf keine Auseinandersetzung ein, ob sie *wahr* sind oder nicht. Ich weiß nur, daß man unter Damen und Herren über so etwas nicht spricht. Eine derartige Ausdrucksweise hat man unter meinem Dach noch nie gehört, und ich gehe davon aus, daß man sie in Zukunft auch nie wieder hören wird … Haben wir uns verstanden?«

Ranulph stöhnte, und Meister Nathan fügte in freundlicherem Tonfall hinzu: »Nun, wir wollen kein Wort mehr darüber verlieren. Und nun erzähl mir, was es heißen soll, wenn deine Mutter sagt, du seist nicht auf dem Damm!«

Doch Ranulphs Schluchzen wurde nur lauter. »Ich will von hier fort! Weit *fort*!« stöhnte er.

»Fort? Fort von hier?« In Meister Nathans Stimme lag ein Hauch von Ungeduld.

»Von ... von allem, was hier *geschieht*«, schluchzte Ranulph voller Verzweiflung.

Meister Nathans Herz zog sich unvermittelt zusammen. Doch er versuchte, jegliches Verständnis zu unterdrücken. »Was hier geschieht?« wiederholte er in einem Tonfall, der scherzhaft klingen sollte. »Ich finde nicht, daß in Lud gar soviel geschieht, oder?«

»Von allem«, stöhnte Ranulph. »Von Sommer und Winter, Tag und Nacht. *Von allem!*«

Meister Nathan hatte plötzlich das Bild der umliegenden Gegend vor Augen, still und reglos, wie vom Schauerfeld aus betrachtet.

War es möglich, daß auch Ranulph ein *echter* Mensch war – ein Mensch, in dessen Vorstellung Dinge geschahen? Er hatte sich für den einzigen echten Menschen in einer Welt von menschlichen Blumen gehalten. Für Meister Nathan war das ein Augenblick der Überraschung, des Triumphs, der Zärtlichkeit, der Besorgnis.

Ranulph hatte derweil aufgehört zu schluchzen und lag ruhig da. »Ich habe das Gefühl, daß ich mit Haut und Haar in meinen Kopf gekrochen bin, alles tut weh ... so wie die Welt in einem Zahn verschwindet, wenn man Zahnweh hat«, sagte er müde.

Meister Nathan sah ihn an. Der starre Blick, der leicht geöffnete Mund, der steife, reglose Körper, der von Qualen gefesselt wurde, die sich nicht auf bloße Rastlosigkeit zurückführen ließen – wie gut kannte er den Geisteszustand, der dieserart seinen Ausdruck fand! Aber es verschaffte sicherlich Erleichterung, wenn man der Stimmung gestattete, die Körperhaltung nach ihrer eigenen Gestalt zu formen.

Von seinem Sohn bedurfte er keiner weiteren Erklärungen mehr. Nur zu gut kannte er dieses Gefühl von Leere, das Einziehen der Sinne (wie die Fühler eines Tiers, wenn keine unmittelbare Gefahr mehr besteht, sie aber noch immer irgendwo lauert), so daß die äußere Welt verschwindet, während man selbst immer größer wird und schließlich ihren Raum ausfüllt. Gleichzeitig schrumpfte man auf den millionsten Teil seiner vorherigen Größe, verwandelte sich in nichts als Qual, bar jeglicher Gedanken und Gefühle. Er kannte auch jenen anderen Zustand, in dem man vor Tagen und Monaten flieht wie ein Hirsch vor den Jägern – wie Flüchtlinge vor dem Mond auf einem alten Bildteppich.

Wenn dagegen ein anderer Mensch auf diese Weise leidet, wie belanglos erscheint das doch, trotz allen Mitgefühls! Wie sehr ist man davon überzeugt, daß es einem gelingen wird, die Qualen mit logischem Denken und Überredungskünsten zu vertreiben!

Meister Nathan legte seine Hand auf Ranulphs Hand und sagte mit leicht heiserer Stimme: »Komm, mein Sohn, so geht das nicht.« Und dann fügte er mit einem Augenzwinkern hinzu: »Verjag die schwarzen Krähen von den Feldern.«

Ranulph stieß ein schrilles Lachen aus. »Da sind keine schwarzen Krähen – die Vögel sind alle goldfarben!« rief er.

Meister Nathan runzelte die Stirn – für derartiges Gerede hatte er nichts übrig. Aber er beschloß, nicht darauf einzugehen und sich an den Aspekt des Falls zu halten, der ihn mit echtem Mitgefühl erfüllte. »Komm, mein Sohn«, sagte er mit sanfter, aufmunternder Stimme, »sag dir einfach, daß morgen alles vorbei ist. Du hältst dich doch nicht etwa für den einzigen, dem dies widerfährt, oder? Bisweilen fühlen wir uns alle so, aber wir sind nicht unterzukriegen, wir jammern und grämen uns nicht oder lassen den Kopf hängen.

Wir heften ein Lächeln auf unser Gesicht und gehen unseren Geschäften nach.«

Während er sprach, platzte Meister Nathan fast vor Selbstzufriedenheit. Er war sich dessen nie bewußt gewesen, aber es war wirklich großartig, wie er im stillen gelitten hatte, all die Jahre hindurch!

Doch Ranulph hatte sich im Bett aufgesetzt und sah ihn mit einem sonderbaren Lächeln an.

»Ich bin nicht so wie du, Vater«, sagte er leise. Und dann wurde er wieder von starken Schluchzern geschüttelt und schrie mit verzweifelter Stimme: »Ich habe von den Feenfrüchten gegessen.«

Angesichts dieser ungeheuerlichen Worte stand Meister Nathan einen Augenblick lang reglos da. Vor Entsetzen war ihm schwindlig; dann verlor er die Selbstbeherrschung. Er stürmte auf den Treppenabsatz hinaus und brüllte aus Leibeskräften nach Dame Liliengold.

»Liliengold! Liliengold! *Liliengold!*«

Dame Liliengold kam die Treppe heraufgeeilt und rief mit angsterfüllter Stimme: »Was ist geschehen, Nat? Du liebe Zeit! Was ist *geschehen*?«

»Bei der Seele Ernte, beeil dich! Schnell! Der Junge hat gesagt, er habe… das Zeug gegessen, über das wir nicht sprechen. Sapperlot noch mal! Ich werde noch verrückt!«

Dame Liliengold flatterte auf Ranulph zu wie eine pummelige Taube.

In ihrer Stimme schwang jedoch nichts von der heiseren Zärtlichkeit der Tauben mit, als sie rief: »Ach, Ranulph! Du böser Junge! Du meine Güte, das ist *furchtbar*! Nat! Nat! Was sollen wir nur tun?«

Ranulph wich vor ihr zurück und warf seinem Vater einen flehentlichen Blick zu. Woraufhin Meister Nathan sie grob an den Schultern packte und zur Tür hinausschob. »Wenn das *alles* ist, was dir dazu einfällt, überläßt du den Jungen besser mir«, sagte er.

Dame Liliengold stieg die Treppe hinunter, und obwohl sie schreckliche Angst hatte und sich vor Kummer verzehrte, fühlte sie sich von Kopf bis Fuß wie eine Obacht. »Oh, diese Hahnenkamms«, murmelte sie zornig bei sich.

Für Exogamie sind wir noch lange nicht zivilisiert genug. Wenn etwas Schreckliches passiert, schieben verheiratete Paare diesem Umstand gern die Schuld zu.

Nun, fast sieht es so aus, als seien die Hahnenkamms von der schlimmsten Schande heimgesucht worden, die einer Familie in Dorimare widerfahren konnte. Meister Nathan war jedoch nicht mehr wütend auf Ranulph. Welchen Zweck hätte es, wütend zu sein? Obendrein war sein Herz von einer ganz neuen Zärtlichkeit erfüllt, und er konnte nicht anders, er mußte ihr nachgeben.

Stück für Stück entlockte er dem Jungen die ganze Geschichte. Allem Anschein nach hatte vor einigen Monaten ein wilder, boshafter Kerl namens Ferdie Fetz, der vorübergehend in Meister Nathans Ställen gearbeitet hatte, Ranulph den Schnitz einer Frucht gegeben, die er noch nie zuvor gesehen hatte. Als Ranulph sie gegessen hatte, war Ferdie Fetz in schallendes Gelächter ausgebrochen. »Ach, kleiner Herr, Ihr habt gerade *Feenfrüchte* gegessen, und Ihr werdet nie wieder derselbe sein … ha, ha, *ha*!«

Angesichts dieser Worte war Ranulph von Entsetzen und Scham überwältigt worden. »Inzwischen vergesse ich die Scham allerdings meist«, sagte er. »Nichts scheint mehr eine Bedeutung zu haben, ich will nur noch von hier fort … irgendwohin, wo es ruhig und schattig ist … und wo ich noch … mehr *Früchte* bekomme.«

Meister Nathan seufzte tief. Aber er sagte nichts: Er streichelte nur die heiße kleine Hand, die er in der seinen hielt.

»Und einmal«, sagte Ranulph und setzte sich mit geröteten Wangen und fiebrig glänzenden Augen im Bett auf, »einmal habe ich sie bei hellichtem Tage im Garten tanzen sehen – das Stumme Volk, meine ich –, ihr Anführer war ein grüner

Mann, und er hat mir zugerufen: ›Seid gegrüßt, junger Hahnenkamm! Eines Tages werde ich meinen Flötenspieler nach Euch aussenden, und Ihr werdet ihm eiligst folgen!‹ Oft sehe ich seinen Schatten in unserem Garten, aber er sieht nicht aus wie unsere Schatten, eher wie ein helles Licht, das über den Rasen flackert. Und ich werde gehen, ich werde gehen, eines Tages, ich weiß es!« Seine Stimme klang ängstlich und gleichzeitig triumphierend.

»Sei still, mein Sohn!« sagte Meister Nathan besänftigend. »Ich denke nicht, daß ich dich ziehen ließe.«

»Und seit … seit ich die … die *Frucht* gegessen habe«, fuhr Ranulph fort, »habe ich vor allem Angst … nun ja, nicht erst seit damals, vorher auch schon, aber seither ist es viel schlimmer geworden. Wie dieser Käse heute abend … auf einmal kann mir alles seltsam und schrecklich erscheinen. Aber seit ich … seit ich die Frucht gegessen habe, verstehe ich manchmal, warum sie schrecklich sind. Wie heute abend bei dem Käse – ich hatte solche Angst, ich konnte keine Minute länger schweigen.«

Meister Nathan stöhnte. Auch er hatte sich schon vor häuslichen Dingen gefürchtet.

»Vater«, sagte Ranulph unvermittelt, »was sagt der Hahn zu *dir*?«

Meister Nathan fuhr zusammen. Er hatte das Gefühl, seine eigene Seele spräche zu ihm.

»Was er zu mir sagt?«

Er zögerte. Über sein Innenleben hatte er noch nie zuvor mit jemandem gesprochen. Mit einer Stimme, die ein wenig zitterte, denn jedes Wort kostete ihn große Anstrengung, fuhr er fort: »Er sagt zu mir, Ranulph, er sagt … die Vergangenheit kehrt nie wieder, aber wir dürfen nicht vergessen, daß die Gegenwart aus der Vergangenheit hervorgeht und daß die Gegenwart immer bei uns ist. Und er sagt, daß die Toten sich danach sehnen, auf die Erde zurückzukehren, und daß sie …«

»Nein! Nein!« rief Ranulph kläglich. »*Das* sagt er nicht zu mir. Mich fordert er auf, fortzugehen ... die Wirklichkeit hinter mir zu lassen ... weil sie uns zerreißt. Das sagt er zu mir!«

»Nein, mein Sohn. *Nein*«, widersprach Meister Nathan. »*Das* sagt er nicht. Du hast ihn mißverstanden.«

Da fing Ranulph wieder an zu schluchzen. »Oh, Vater! Vater!« stöhnte er. »Sie verfolgen mich – Tag und Nacht. Halt mich fest! Halt mich fest!«

Mit einer leidenschaftlichen Zärtlichkeit, deren er sich nie für fähig gehalten hatte, legte sich Meister Nathan neben ihn, schloß den zitternden kleinen Körper in die Arme und murmelte liebevolle, besänftigende Worte. Allmählich hörte Ranulph zu schluchzen auf, und bald war er friedlich eingeschlafen.

⟨4. KAPITEL⟩ *Endymion Lear untersucht Ranulph*

Am nächsten Morgen erwachte Meister Nathan mit leichterem Herzen, als nach den Umständen eigentlich zu erwarten gewesen wäre. In Gestalt von Ranulph war er von einer entsetzlichen Schande heimgesucht worden, und es bestand kein Zweifel daran, daß Ranulphs Leben und Verstand in Gefahr waren. Doch unter seinen Sorgen regte sich das angenehme Gefühl, etwas Neues zu besitzen – jene Liebe für seinen Sohn, die er auf einmal in seinem Herzen entdeckt hatte. Sie weckte in ihm den Stolz und die Freude, die er als Junge angesichts eines neuen Ponys empfunden hätte.

Obendrein hatte er das törichte Gefühl, daß die Wirklichkeit nicht stabil und eine Tatsache nur ein Plastikspielzeug war oder eher eine giftige Pflanze, die man nur pflücken mußte, wenn es einem beliebte. Und selbst wenn man sie pflückte, konnte man sie immer noch fortwerfen und auf dem Boden verwelken lassen.

Er hätte seine Wut gern an Ferdie Fetz ausgelassen, doch der war im vergangenen Winter auf mysteriöse Weise verschwunden. Obwohl er noch den Lohn eines ganzen Monats ausstehen hatte, war er seither nicht mehr gesehen worden.

Trotz seiner Einstellung zu Tatsachen sah er sich jedoch aufgrund des Verantwortungsgefühls, das seiner neuen Liebe zu Ranulph entsprang, dazu gezwungen, in dieser Angelegeheit etwas zu tun, und er beschloß, Endymion Lear zu rufen.

Endymion Lear war vor ungefähr dreißig Jahren nach Lud-in-den-Nebeln gekommen – woher, das wußte niemand mehr zu sagen.

Er war Arzt, und seine Praxis wurde bald zur größten in der Stadt, beschränkte sich jedoch hauptsächlich auf die Geschäftsleute und den ärmeren Teil der Bevölkerung, denn die herrschenden Familien waren konservativ und Fremden gegenüber immer etwas mißtrauisch. Obendrein hielten sie ihn für respektlos, und seine Art von Humor war ihnen leicht unangenehm. Manchmal überraschte er eine feine Gesellschaft beispielsweise mit dem Ausruf: »Leben und Tod! Leben und Tod! Das sind die Farben, mit denen ich arbeite. Sind meine Hände befleckt?« Und mit einem sonderbaren, trockenen Kichern hielt er sie den umstehenden Damen und Herren hin.

Seine Sachkenntnis und Gelehrsamkeit galten jedoch als so umfassend, daß ihn selbst Personen, die ihn überhaupt nicht leiden konnten, in wirklich ernsten Fällen konsultierten.

Unter den einfachen Leuten galt sein Name viel, denn er war stets bereit, sein Honorar den Geldbörsen seiner Patienten anzupassen, und waren diese Börsen leer, stellte er seine Dienste kostenlos zur Verfügung. Denn seine Kunst bereitete ihm um ihrer selbst willen echte Freude. Einer der Geschichten zufolge, die man sich über ihn erzählte, war er eines Nachts aus dem Bett auf einen Bauernhof gerufen worden, der einige Wegstunden außerhalb der Stadtmauern lag, um dort festzustellen, daß sein Patient ein schwarzes Ferkel war, das als einziges aus einem wertvollen Wurf überlebt hatte. Doch er ließ sich von dieser Entdeckung nicht aus der Ruhe bringen und kümmerte sich die Nacht hindurch um das Tierchen; am nächsten Morgen konnte er bekanntgeben, daß es außer Gefahr sei. Als er nach seiner Rückkehr nach Lud-in-den-Nebeln damit aufgezogen wurde, daß er soviel Zeit auf ein derart nichtswürdiges Geschöpf verschwendet habe, erwiderte er, daß ein Schwein demselben Herrn diene wie der Bürgermeister und daß es der gleichen Sachkenntnis bedürfe, das eine wie den anderen zu heilen. Er fügte hinzu, daß ein guter Geiger um der Musik willen an seinem Spiel Freude empfinde und daß es ihm gleichgültig sei, ob er auf der Hochzeit eines Bauerntölpels oder der Beerdigung eines Kaufmanns spiele.

Seine Interessen beschränkten sich nicht auf die Medizin. Obwohl er kein gebürtiger Dorimaraner war, gab es kaum etwas, das er über die uralten Bräuche seiner Wahlheimat nicht wußte. Vor einigen Jahren war er vom Stadtrat gebeten worden, die offizielle Geschichte der Gildenhalle zu schreiben. Vor der Revolution war dies der Palast des Herzogs gewesen, das großartigste Gebäude in Lud-in-den-Nebeln. Dieser Aufgabe widmete er seit einiger Zeit seine wenigen Mußestunden.

Die Ratsherren kannten keinen schärferen Kritiker als Endymion Lear, und von ihm stammten die meisten Witze, die über sie in Lud-in-den-Nebeln im Umlauf waren. Gegen Meister Nathan schien er jedoch eine besondere Abneigung zu hegen. Und bei den seltenen Gelegenheiten, da sie sich begegneten, war sein Gebaren fast unverschämt.

Möglicherweise war diese Abneigung der Tatsache geschuldet, daß Ranulph ihn als kleines Kind ernstlich beleidigt hatte – er hatte mit seinen dicken Fingern auf ihn gedeutet und mit schriller Kleinkinderstimme geschrien:

»Hört den Ruf der Hahnenkamms erklingen,
da kann Endymion Lear nur noch schnattern und singen.«

Als seine Mutter ihn für seine Unverschämtheit gescholten hatte, antwortete er, der Reim sei ihm in seinen Träumen von einem komischen alten Mann beigebracht worden. Endymion Lear war totenbleich geworden – vor Wut, nahm Dame Liliengold an. Jahrelang sprach er von Ranulph nur in einem Tonfall kaum gezügelter Gehässigkeit.

Aber das war lange her, und man konnte davon ausgehen, daß er diesen Vorfall endlich vergessen hatte; schließlich war es nur kindliche Frechheit gewesen.

Die Vorstellung, diesem Emporkömmling die skandalöse Angelegenheit anzuvertrauen, die immerhin einem Hahnenkamm widerfahren war, war Meister Nathan ausgesprochen peinlich. Wenn einer jedoch in der Lage war, Ranulph zu heilen, dann Endymion Lear, und so schluckte Meister Nathan seinen Stolz hinunter und bat um einen Hausbesuch.

Während Meister Nathan in seinem Rauchzimmer (so wurde seine kleine Bude genannt) auf und ab schritt und auf den Arzt wartete, wurde ihm die Tragweite des Vorfalls in ihrer ganzen Entsetzlichkeit bewußt. Ranulph hatte das unaussprechliche Verbrechen begangen – er hatte Feenfrüchte gegessen. Wenn das jemals bekannt wurde – und dergleichen wurde immer bekannt –, wäre der Junge gesellschaftlich für alle Zeit erledigt. Seine Gesundheit war jedenfalls auf Jahre hinaus in Mitleidenschaft gezogen. Diese beiden Aspekte des Falls wippten in seinen ängstlichen Gedanken auf und ab... ein Hahnenkamm hatte Feenfrüchte gegessen; Klein-Ranulph war in Gefahr.

Da kündigte der Dienstbote Endymion Lear an.

Lear war ein rundlicher kleiner Mann von ungefähr sechzig Jahren, mit einer Stupsnase und einem blauen und einem braunen Auge.

Als Meister Nathan seinen durchdringenden, ein wenig verächtlichen Blick erwiderte, hatte er – wie schon oft in Lears Anwesenheit – das unangenehme Gefühl, daß der kleine Mann seine Gedanken lesen konnte. Also redete er nicht lange um den heißen Brei herum und erklärte ihm ohne Umschweife, weshalb er ihn gerufen hatte.

Endymion Lear stieß einen leisen Pfiff aus. Dann warf er Meister Nathan einen fast schon bedrohlichen Blick zu und fragte scharf: »Woher hatte er das Zeug?«

Meister Nathan erklärte ihm, Ranulph habe es von einem

Jungen namens Ferdie Fetz erhalten, der in seinen Diensten gestanden hatte.

»Ferdie Fetz?« rief der Arzt mit heiserer Stimme. »Ferdie Fetz?«

»Ja, Ferdie Fetz ... dieser vermaledeite Erzgauner«, erwiderte Meister Nathan böse. »Kennt Ihr ihn?« fügte er dann überrascht hinzu.

»Ob ich ihn kenne? Ja, ich kenne ihn. Wer kennt Ferdie Fetz nicht?« sagte der Arzt. »Versteht Ihr, da ich weder Kaufmann noch Ratsherr bin«, fügte er mit einem spöttischen Lächeln hinzu, »kann ich Umgang pflegen, mit wem ich möchte. Mit seinen Streichen war Ferdie Fetz die Geißel der Stadt, und die Bevölkerung war dem verehrten Bürgermeister nicht unbedingt dankbar dafür, daß er einen derart niederträchtigen Diener bei sich duldete.«

»Nun, wenn ich ihn das nächste Mal treffe, werde ich ihn jedenfalls nach Strich und Faden verprügeln!« rief Meister Nathan leidenschaftlich.

Endymion Lear sah ihn mit einem eigenartigen Lächeln an. »Und jetzt bringt Ihr mich besser zu Eurem Sohn und Erben«, sagte er nach einer Weile.

»Könnt Ihr ... könnt Ihr ihn heilen?« fragte Meister Nathan mit belegter Stimme, während er den Arzt rasch in den Salon führte.

»Eine solche Frage beantworte ich nie, bevor ich den Patienten untersucht habe, und nicht einmal dann immer«, erwiderte Endymion Lear.

Ranulph lag im Salon auf der Chaiselongue. Neben ihm saß seine Mutter, Dame Liliengold und stickte. Ihr Gesicht war blaß und ein wenig trotzig. Sie fühlte sich immer noch von Kopf bis Fuß wie eine Obacht und hegte starken Groll gegen die beiden Hahnenkamms, den Vater und den Sohn, weil sie sie in diese entsetzliche Angelegenheit hineingezogen hatten.

Der arme Meister Nathan stand hilflos da und fühlte sich

ganz schwach vor Sorge, während Endymion Lear Ranulphs Zunge begutachtete, ihm den Puls fühlte und dabei genaue Fragen hinsichtlich seiner Symptome stellte.

Schließlich wandte er sich an Meister Nathan und sagte: »Ich wäre gern mit ihm allein. Ohne Euch und Eure Dame wird er offener mit mir sprechen. Ärzte sollten ihre Patienten immer unter vier Augen untersuchen.«

Doch Ranulph stieß einen durchdringenden Schrei des Entsetzens aus. »Nein, nein, nein!« rief er. »Vater! Vater! Laß mich nicht mit ihm allein.«

Und dann fiel er in Ohnmacht.

Erneut verlor Meister Nathan die Selbstbeherrschung und surrte wie ein Maikäfer hin und her. Endymion Lear dagegen blieb vollkommen ruhig. Und wer die Ruhe bewahrt, bleibt zwangsläufig Herr des Augenblicks. Meister Nathan sah sich sanft, aber bestimmt aus seinem eigenen Salon geschoben, und die Tür wurde vor seiner Nase verriegelt. Dame Liliengold war ihm gefolgt, und ihnen blieb nichts weiter übrig, als im Rauchzimmer abzuwarten, was der Arzt zu entscheiden und zu tun geruhte.

»Bei Sonne, Mond und Sternen, ich gehe wieder hinein!« rief Meister Nathan aufgeregt. »Ich traue dem Kerl nicht, ich lasse Ranulph nicht mit ihm allein, ich gehe wieder hinein.«

»Ach, Unsinn, Nat!« winkte Dame Liliengold müde ab. »Bitte, *beruhige* dich. Einem Arzt *muß* man immer seinen Willen lassen.«

Ungefähr eine Viertelstunde lang schritt Meister Nathan mit kaum verhohlener Ungeduld im Zimmer auf und ab.

Der Salon lag dem Rauchzimmer gegenüber, dazwischen befand sich nur ein schmaler Korridor, und da Meister Nathan die Tür des Rauchzimmers geöffnet hatte, hörte er bald ein gedämpftes Stimmengemurmel aus dem Salon. Das war beruhigend, denn es ließ darauf schließen, daß Ranulph zu sich gekommen war.

Dann erstarrte er plötzlich, seine Augen weiteten sich, er

wurde aschfahl, und mit leiser, angsterfüllter Stimme sagte er: »Liliengold, hörst du das?«

Im Salon sang jemand ein Lied. Es war eine hübsche, schwermütige Melodie, und wenn man genau hinhörte, verstand man den Text.

Ach, kann ein Arzt kranke Menschen heilen.
Ach, kann ein Zauberer die Zukunft weissagen.
Ohne Maiglöckchen, Gamander und Brotstückchen in Wein?
Mit Weinrosen
Und einem Freudenfeuer?
Einer Erdbeerranke
Und Akelei?

»Gütiger Himmel, Nat!« rief Dame Liliengold mit einem gleichzeitig spöttischen und verzweifelten Blick. »Was zum *Kuckuck* ist jetzt schon wieder los?«

»Liliengold! Liliengold!« rief er mit heiserer Stimme und ergriff ihre Handgelenke, »*hörst* du denn nicht?«

»Ich höre ein gewöhnliches altes Lied, wenn du das meinst. Ich kenne es, seit ich denken kann. Es ist sehr nett und einfühlsam von Endymion Lear, das Kindermädchen zu spielen und die Wiege zu schaukeln!«

Meister Nathan dagegen hörte den Ton!

Einige Sekunden lang stand er reglos da, und auf der Stirn brach ihm der Schweiß aus. Dann stürmte er blind vor Wut über den Korridor. Allerdings hatte er vergessen, daß der Salon verriegelt war, und so rannte er durch die Haustür hinaus und stürzte durch die Verandatür herein, die auf den Garten hinausging.

Arzt und Patient waren offensichtlich so miteinander beschäftigt, daß sie weder Meister Nathans wilden Ansturm auf die Tür noch sein Hereinkommen aus dem Garten bemerkt hatten.

Ranulph lag auf der Chaiselongue. Sein Gesichtsausdruck

sprach von außergewöhnlicher Gelassenheit, und Endymion Lear kauerte über ihm und summte ihm leise die Melodie vor, deren Text er eben noch gesungen hatte.

Meister Nathan brüllte wie ein Bulle, warf sich auf den Arzt, riß ihn auf die Beine und schüttelte ihn, wie ein Terrier eine Ratte schüttelt. Gleichzeitig überhäufte er ihn mit sämtlichen beleidigenden Schimpfnamen, die ihm einfielen – einschließlich »Sohn einer Fee« natürlich.

Ranulph wiederum fing zu wimmern an und beklagte sich darüber, daß sein Vater alles verdorben habe, der Arzt sei gerade dabei gewesen, ihn zu heilen.

Das Getöse lockte angsterfüllte Diener herbei, die gegen die Tür hämmerten. Dame Liliengold eilte durch die Verandatür herein, und rot vor Scham zerrte sie an Meister Nathans Jacke und flehte ihn inständig an, doch Vernunft anzunehmen.

Doch es war nur seiner Erschöpfung zu verdanken, daß er den Griff um sein Opfer lockerte, das mit purpurrotem Gesicht nach Luft schnappte – so heftig hatte er den Arzt geschüttelt.

Dame Liliengold warf ihrem keuchenden, triumphierenden Gatten einen über die Maßen angewiderten Blick zu und überschüttete den kleinen Arzt mit Entschuldigungen. Ob er eines Stärkungsmittels bedurfte? Dieser sank auf einen Stuhl und kam erst nach einer Weile wieder zu Atem, während Meister Nathan ihn wütend ansah und der arme Ranulph mit bleichem, ängstlichem Gesicht auf der Chaiselongue lag und wimmerte. Dann stand das Opfer von Meister Nathans Zorn auf, schüttelte sich kurz, zog ein Schnupftuch hervor, wischte sich über das Gesicht und sagte mit einem leisen Kichern und in einem Tonfall, in dem keine Spur von Groll lag: »Nun, den Körpersäften tut es gut, einmal ordentlich durchgeschüttelt zu werden. Euer Hochwürden hat sich als Arzt erwiesen! Danke … herzlichen Dank für die Arznei.«

Meister Nathan sprach jedoch mit strenger Stimme: »Was habt Ihr mit meinem Sohn angestellt?«

»Was ich mit ihm angestellt habe? Nun, ich habe ihm Medizin verabreicht. Lieder wurden bereits lange vor Kräutern zur Heilung angewandt.«

»Er wollte mich heilen«, stöhnte Ranulph.

»Was war das für ein Lied?« verlangte Meister Nathan im selben strengen Tonfall zu wissen.

»Das war ein sehr altes Lied. Kindermädchen singen es den Kindern vor. Ihr müßt es schon Euer ganzes Leben lang kennen. Wie heißt es gleich wieder? Ihr kennt es doch, Dame Liliengold, oder? *Akelei* – genau, das ist es. *Akelei.*«

Die Bäume im Garten blinzelten und flüsterten. Die Vögel lärmten. In der Ferne ertönten die Glocken der Uhr auf der Gildenhalle, und der Salon duftete nach Frühlingsblumen und Duftsträußchen.

Meister Nathan schien sich innerlich zu entspannen. Er strich sich mit der Hand über die Stirn, zuckte unduldsam mit den Schultern und sagte mit einem verlegenen Lachen: »Ich … ich weiß wirklich nicht, was mich da überkommen hat. Ich habe mir Sorgen um den Jungen gemacht; wahrscheinlich hat mich das ein wenig durcheinandergebracht. Ich kann Euch nur um Verzeihung bitten, Lear.«

»Das ist nicht nötig … überhaupt nicht. Kein Arzt, der etwas taugt, nimmt einem … kranken Menschen etwas übel.« Der Blick, den er Meister Nathan zuwarf, war gleichermaßen freundlich und vieldeutig.

Meister Nathan runzelte erneut die Stirn und murmelte ausgesprochen steif: »Ich danke Euch.«

»Nun«, fuhr der Arzt in sachlichem Tonfall fort, »ich unterhielte mich gern mit Euch unter vier Augen über den jungen Herrn. Darf ich?«

»Natürlich, natürlich!« rief Dame Liliengold, denn sie bemerkte, daß ihr Gatte zögerte. »Er wird entzückt sein, davon bin ich überzeugt. Ihr seid wirklich ein äußerst mutiger Mann, daß Ihr Euch einem solchen Ungeheuer anvertraut. Nat, führ Doktor Lear in das Rauchzimmer.«

Und Meister Nathan tat wie geheißen.

Kaum befanden sie sich im Rauchzimmer, machten die ersten Worte des Arztes ihn sofort so glücklich, daß alle Spuren seiner Angst wie fortgeblasen waren. Er vergaß sogar, sich angesichts seines abscheulichen Verhaltens zu schämen.

Der Arzt sagte: »Kopf hoch, Euer Hochwürden! Ich halte es für unmöglich, daß Euer Junge von – dem Unaussprechlichen gegessen hat.«

»Was? Was?« rief Meister Nathan freudig. »Bei den goldenen Äpfeln des Westens! War alles nur ein Sturm im Wasserglas? Der kleine Halunke, welchen Schreck hat er uns eingejagt!«

Natürlich hatte er schon die ganze Zeit gewußt, daß es nicht wahr sein konnte! So beharrlich konnten Tatsachen nie sein und auch nicht so grausam.

Und dieser Mann, der Tatsachen gegenüber ein so unverbesserlicher Optimist war, wurde jeden Tag aufs neue von der Furcht vor dem Unbekannten heimgesucht. Aber vielleicht war der eine Geisteszustand das Resultat des anderen.

Dann erinnerte er sich wieder des schmerzlichen Auftritts, zu dem es am gestrigen Abend zwischen ihm und Ranulph gekommen war, und auch daran, wie überzeugend Ranulphs Geschichte gewesen war, und erneut wurde ihm das Herz überaus schwer.

»Aber... aber« – er zögerte – »wozu war diese Lügengeschichte dann gut? Welchen Zweck hat sie erfüllt? Der Junge ist unzweifelhaft krank, sowohl körperlich wie auch geistig, und warum, bei der Milchstraße, soll er sich die Mühe machen, eine Geschichte zu erfinden, daß Ferdie Fetz ihm das *verdammte* Zeug gegeben hat? Er sah Endymion Lear flehentlich an, als wolle er sagen: »Hier sind die Tatsachen. Ich übergebe sie Euch. Seid gnädig und gebt ihnen eine weniger häßliche Gestalt.«

Endymion Lear erhörte ihn.

»Woher wissen wir denn eigentlich, daß es sich um... ›das

verdammte Zeug‹ gehandelt hat?« fragte er. »Wir wissen nur, daß Ferdie Fetz es behauptet hat, und meines Wissens ist sein Wort so verläßlich wie ... wie der Wind in ausgelassener Stimmung. Ganz Lud kennt seine Streiche ... er würde alles sagen, um jemandem Angst einzujagen. Nein, glaubt mir, er hat Meister Ranulph nur einen Streich gespielt. Mit der echten Krankheit habe ich so meine Erfahrungen gemacht – ich habe unten am Kai eine große Praxis, müßt Ihr wissen –, und die Symptome Eures Sohnes sind anders. Nein, nein, Euer Sohn hat mit der gleichen Wahrscheinlichkeit Feenfrüchte gegessen wie – wie Ihr.«

Meister Nathan lächelte und breitete in einem Taumel der Erleichterung die Arme aus. »Ich danke Euch, Lear, ich danke Euch«, sagte er mit belegter Stimme. »Die ganze Angelegenheit war so entsetzlich, daß sie mir fast den Verstand geraubt hat. Und Ihr seid ein ausgesprochen gütiger Geselle, daß Ihr mir meine gräßliche Mißhandlung im Salon nicht nachtragen wollt.«

In diesem Augenblick empfand Meister Nathan eine echte Zuneigung zu dem sonderbaren, scharfzüngigen kleinen Emporkömmling.

»Und jetzt«, fuhr er vergnügt fort, »müssen wir mit einem Schluck Feldthymiangeist einen Toast ausbringen, um zu zeigen, daß *wirklich* alles vergeben und vergessen ist ... Dafür ist mein Keller weithin bekannt, müßt Ihr wissen.« Aus einem Eckschränkchen holte er zwei Gläser und eine Karaffe des duftenden grünen Likörs, der von der gestrigen Abendgesellschaft übriggeblieben war.

Eine ganze Weile saßen sie in stiller Zufriedenheit da und tranken genüßlich.

Dann sagte Endymion Lear so verträumt, als spräche er mit sich selbst: »Genau, das wäre vielleicht die Lösung. Warum sollten wir nach einem anderen Mittel suchen, wenn wir über die wilden Beeren verfügen, die schon unsere Vorfahren destillierten? Wilde *Bären*? Nein, die Bären heute sind wahrlich nicht wild... Herdbären, Pollunderbären. Sie wirken alle sehr beruhigend.«

Meister Nathan brummte etwas. Er verstand genau, was Endymion Lear meinte, aber er zog es vor, dies nicht offen zu zeigen. Jede Bemerkung, die ansatzweise poetisch oder philosophisch klang, machte ihn verlegen. Glücklicherweise waren derartige Bemerkungen in Lud-in-den-Nebeln selten.

Und so stellte er sein Glas auf den Tisch und sagte forsch: »Also gut, Lear, Ihr habt mir einen schweren Stein vom Herzen genommen, aber der Junge ist trotz allem nicht auf dem Damm. Was ist mit ihm?«

Endymion Lear lächelte vielsagend. Und dann sagte er langsam und bedächtig: »Meister Nathan, was ist mit *Euch*?«

Meister Nathan fuhr heftig zusammen.

»Was mit mir ist?« wiederholte er betont kühl. »Ich habe Euch nicht hierhergebeten, um Euch hinsichtlich meiner Gesundheit zu Rate zu ziehen. Halten wir uns, wenn ich bitten darf, an die meines Sohnes.«

Seine Worte sollten würdevoll klingen, doch er kollerte wie ein Truthahn und murmelte vor sich hin: »Verflucht seien der Kerl und seine Unverschämtheit!« Endymion Lear kicherte.

»Nun, ich kann mich irren«, sagte er, »aber ich habe manchmal den Eindruck, unser Bürgermeister sei ein, nun, wunderlicher Kerl, der merkwürdige Vorlieben hat. Wißt Ihr, wie ich Euer Haus nenne? Ich nenne es *Des Bürgermeisters Nest*. Des Bürgermeisters Nest!«

Und er warf den Kopf zurück und lachte herzlich über seinen eigenen Witz, während Meister Nathan ihn zornig anstarrte, sprachlos vor Wut.

»Nun gut, Euer Hochwürden«, fuhr er in einem etwas ernsteren Tonfall fort. »Verzeiht mir, wenn ich taktlos gewesen sein sollte... wie ich Euch im Salon verziehen habe. Wißt Ihr, ein Arzt ist dazu verpflichtet, die Augen offenzuhalten... Er gründet seine Verordnungen nicht darauf, was seine Patienten ihm erzählen, sondern darauf, was ihm selbst auffällt. Für einen Arzt ist alles ein Symptom... selbst die Art und Weise, wie ein Mann seine Pfeife anzündet. Ich hatte beispielsweise einmal die Ehre, mit Euer Hochwürden als Partner Karten zu spielen. Wahrscheinlich erinnert Ihr Euch nicht mehr – das war vor Jahren bei den Pustepuders. Wir haben das Spiel verloren. Warum? Weil Ihr jedesmal, wenn Ihr die höchste Karte auf der Hand hattet – die Knochenleier –, diese abwarft, als hättet Ihr Euch die Finger daran verbrannt. Dergleichen macht einen Arzt nachdenklich, Meister Nathan. Ihr seid ein Mann, der vor etwas Angst hat.«

Meister Nathan lief langsam dunkelrot an. Nun, da der Arzt es erwähnte, konnte er sich gut daran erinnern, daß er eine Zeitlang eine Abneigung gegen die Knochenleier hatte. Ihr Name brachte diese Karte mit dem *Ton* in Verbindung. Wie wir bereits gesehen haben, neigte er dazu, harmlose Dinge als Tabu zu betrachten. Aber daß das jemandem aufgefallen war!

»Ich muß das vorausschicken, weil es etwas damit zu tun hat, was ich zu Eurem Sohn zu sagen habe«, fuhr Endymion Lear fort. »Versteht Ihr, ich möchte Euch in aller Deutlichkeit erklären, daß jemand sämtliche Symptome eines Abhängigen aufweisen kann, ohne auch nur einmal in die Nähe einer Feenfrucht geraten zu sein. Wartet! Wartet! Laßt mich erst einmal ausreden!«

Meister Nathan war mit einem erstickten Schrei aus seinem Sessel hochgefahren.

»Ich behaupte nicht, daß *Ihr* alle diese Symptome aufweist... ganz im Gegenteil. Aber Ihr wißt, daß es Scheinanzeichen für viele Krankheiten gibt – Zustände, die alle Symptome einer Krankheit genauestens nachahmen und auch viele Ärzte täuschen. Ihr wünscht, daß ich meine Bemerkungen auf Euren Sohn beschränke... nun, ich bin der Meinung, daß er unter einer scheinbaren Übersättigung mit Feenfrüchten leidet.«

Obwohl er noch immer zornig war, verspürte Meister

Nathan eine große Erleichterung. Diese Erklärung für seinen eigenen Zustand, die ihn aller Rätselhaftigkeit beraubte und ihn – irgendwie – nachvollziehbar machte, war fast so gut wie ein Heilmittel. Also ließ er den Arzt in seiner Rede fortfahren, ohne ihn noch einmal zu unterbrechen, von einigen rein rhetorischen Einwänden und einem gelegentlichen Brummen abgesehen.

»Nun, ich habe die Auswirkungen der Feenfrüchte recht genau untersucht«, erklärte der Arzt gerade. »Ihre Auswirkungen, die wir als krankhaft bezeichnen. In Wirklichkeit sind sie jedoch eher melodiös – eine Melodie, die einem nicht mehr aus dem Kopf geht.« Und er warf Meister Nathan aus seinen strahlenden, vogelgleichen Augen einen äußerst verschmitzten Blick zu.

»Ja«, fuhr er mit nachdenklicher Stimme fort, »ihre Auswirkungen lassen sich am besten beschreiben, wenn man sagt, daß sie den inneren Rhythmus unseres Lebens verändern. Ist Euch jemals ein kleines Kind von ungefähr drei oder vier Jahren aufgefallen, das an der Hand seines Vaters durch die Straßen spaziert? Fast scheint es, als würden die beiden völlig unterschiedlichen Melodien folgen. Obwohl sie einander an den Händen halten, könnten sie sogar auf unterschiedlichen Planeten unterwegs sein... beide sehen und hören verschiedene Dinge zu. Und während der Vater ruhig auf ein festgelegtes Ziel zusteuert, zieht das Kind an seiner Hand, lacht ohne Grund und unternimmt wie ein Vögelchen kleine Sturzflüge auf unsichtbare Dinge zu. Nun – jeder, der schon einmal Feenfrüchte gegessen hat (Euer Hochwürden möge entschuldigen, daß ich das Kind so direkt beim Namen nenne, aber in meinem Beruf kann man nicht um den heißen Brei herumreden), also jeder, der schon einmal Feenfrüchte gegessen hat, hört eine andere Melodie, wenn er neben anderen Leuten einherschreitet... genau wie das Kind neben seinem Vater. Man kann allerdings auch mit einer anderen Melodie im Ohr *geboren* werden... und das ist, so vermute ich, bei Ranulph der Fall. Wenn aus ihm denn jemals ein brauchbarer Bürger werden soll – ohne daß er dabei seine eigene Melodie verlieren muß –, sollte er lernen, sich im Rhythmus anderer Leute zu bewegen. Allerdings wird er das hier nicht lernen, nicht im Augenblick. Meister Nathan, *Ihr seid nicht gut für Euren Sohn.*«

Meister Nathan rutschte unbehaglich in seinem Sessel hin und her und fragte mit erstickter Stimme: »Was empfehlt Ihr infolgedessen?«

»Ich empfehle, daß ihm eine andere Melodie beigebracht wird«, erwiderte der Arzt energisch. »Eine Melodie, die sich von allem unterscheidet, was er bisher gehört hat … aber eine Melodie, der außer ihm auch andere Menschen folgen. Ihr habt doch sicher den einen oder anderen Kapitän oder Maat in Euren Diensten, Meister Nathan, mit einem kleinen Haus unten am Meer. Findet sich unter denen kein ehrlicher Kerl mit einer vernünftigen Frau, bei denen der Junge für einen oder zwei Monate unterkommen kann? Auch«, fuhr er fort, bevor Meister Nathan etwas erwidern konnte, »das Leben auf einem Bauernhof täte ihm gut – vielleicht wäre das sogar noch besser. Säen und ernten, ruhige Tage, Gerüche und Geräusche wie Melodien aus vergangnen Tagen, heilsame Nächte … geruhsamer Geist! Bei der Seele Ernte, Meister Nathan, lieber wäre ich Bauer als Kaufmann … wogende Getreidefelder sind besser als das Meer und Fuhrwerke besser als Schiffe – und mit frischeren und gesünderen Waren beladen als Eure Seidenstoffe und Gewürze; denn in ihrer Fracht liegen Friede und ein ruhiges Gewissen. Ja. Meister Ranulph muß einige Monate auf einem Bauernhof verbringen, und ich kenne genau den richtigen Platz für ihn.«

Meister Nathan war von den Worten des Arztes mehr gerührt, als er zeigen wollte. Sie klangen wie ein Hahnenschrei, aber ohne dessen Melancholie. Doch er bemühte sich, mit ruhiger und sachlicher Stimme zu sprechen, als er fragte, wo dieser wundervolle Bauernhof denn liege.

»Ach, im Westen«, erwiderte der Arzt unbestimmt. »Er gehört einer alten Bekannten von mir – der Witwe Schnadderatsch. Sie ist eine treffliche, lebhafte, geschäftige Frau und weiß um alles Bescheid, was eine Frau wissen sollte. Ihre Enkelin Hasel ist ein nettes, vernünftiges, fleißiges Mädchen. Ich bin mir sicher …«

»Schnadderatsch, habt Ihr gesagt?« fiel ihm Meister Nathan aufgeregt ins Wort. Er schien den Namen schon einmal gehört zu haben.

»Ja. Vielleicht kommt Euch ihr Name aus einer Verhandlung bekannt vor – er ist nicht eben häufig. Vor einigen Jahren ist sie vor Gericht erschienen. Dabei handelte es sich, glaube ich, um einen Tagelöhner, der ihren Mann bestohlen hatte und deswegen von ihm verprügelt und entlassen worden war. Er hat seinen Herrn angezeigt.«

»Und wo genau befindet sich dieser Bauernhof?«

»Nun, gut zwanzig Wegstunden von Lud entfernt, gleich außerhalb einer Stadt namens Schwan-an-der-Scheck.«

»Schwan-an-der-Scheck? Das liegt doch ganz in der Nähe der Elfenmarken!« rief Meister Nathan entrüstet.

»Nun ja, knapp vier Wegstunden immerhin«, erwiderte Endymion Lear unerschütterlich. »Aber was ist schon dabei? Vier Wegstunden auf einem emsigen Bauernhof sind so wie fünfzig in Lud. Nichtsdestotrotz, unter diesen Umständen kann ich verstehen, daß Ihr vor dem Westen zurückschreckt. Ich muß mir wohl etwas anderes einfallen lassen.«

»Das würde ich aber auch sagen!« knurrte Meister Nathan verdrießlich.

»Dabei«, fuhr der Arzt fort, »habt Ihr von dieser Seite wirklich nichts zu befürchten. Dort wäre er sogar noch weiter von jeglicher Versuchung entfernt als hier. Die Schmuggler, wer immer sie auch sind, gehen ein großes Riskio ein, wenn sie die Früchte nach Lud bringen. Sie werden sie kaum an Bauersleute und Landarbeiter verschleudern.«

»Das ist mir gleich.« Meister Nathan blieb hartnäckig. »Ich

lasse nicht zu, daß er einem ... gewissen Ort so verdammt nahe kommt.«

»Jener Ort, der im Auge des Gesetzes gar nicht existiert, was?« schmunzelte Endymion Lear.

Dann beugte er sich in seinem Sessel vor und sah Meister Nathan gelassen an. Dieses Mal waren seine Augen ebenso liebenswürdig wie durchdringend. »Meister Nathan, ich würde gern vernünftig mit Euch reden«, sagte er. »Ich weiß, die Vernunft ist nur eine Droge, und entsprechend sind ihre Auswirkungen nie von Dauer. Aber wie der Mohnsaft schenkt sie uns oft vorübergehend Erleichterung.«

Eine Weile saß er schweigend da, als würde er sich die Worte zurechtlegen, deren er sich bedienen wollte. »Unglücklicherweise«, hob er dann an, »leben wir in einem Land, das im Rhythmus des Unbekannten marschiert, und das macht diejenigen krank, die über Phantasie verfügen. Obwohl wir über alte Lieder und alte Geschichten lachen, sind sie trotz allem das *Garn*, aus dem wir das Bild unserer Welt zu weben pflegen.«

Er hielt für einen Augenblick inne und kicherte über sein eigenes Wortspiel. Dann fuhr er fort: »Aber laßt uns den Dingen einmal offen ins Angesicht blicken und sie bei ihrem richtigen Namen nennen. Das Feenland, zum Beispiel ... seit Menschengedenken ist niemand mehr dort gewesen. Seit Generationen ist es ein verbotenes Land. Was Wunder, daß Neugier, Unwissenheit und ungezügelte Vorstellungskraft ihre Köpfe zusammengesteckt und sich ein Land der goldenen Bäume ausgemalt haben, an denen Perlen und Rubine hängen und dessen Bewohner unsterblich und dank unheimlicher Fähigkeiten fürchterlich sind – und dergleichen mehr. Aber – und da bin ich keineswegs der Meinung eines gewissen Altertumsforschers schlechten Rufs – es gibt nichts Vertrautes, das aus einem bestimmten Blickwinkel betrachtet nicht auch etwas Feenhaftes an sich hätte. Denkt nur an die Scheck oder die Schanz, wenn sie bei Sonnenuntergang gen Osten fließen. Denkt an einen Herbstwald oder einen Rotdornbaum im Mai. *Ein Rotdorn im Mai* – wenn das kein Wunder ist! Wer hätte jemals gedacht, daß dieses knorrige alte Bäumchen zu so etwas in der Lage wäre? Nun, all diese Dinge sind uns vertraut, aber was dächten wir, wenn wir sie nie gesehen hätten und eine Beschreibung läsen – oder sie zum ersten Mal sähen? Ein goldener Fluß! Flammende Bäume! Bäume, die urplötzlich ausschlagen! Genausogut könnte Dorimare für die Menschen auf der anderen Seite der Umstrittenen Hügel das Feenland sein.«

Meister Nathan sog jedes einzelne Wort wie Nektar in sich auf. Ein Gefühl von Geborgenheit kribbelte ihm wie vollmundiger Wein durch die Adern … stieg ihm sogar zu Kopf, so wenig war er dieses Rauschmittel gewohnt.

Endymion Lear musterte ihn mit einem leisen Lächeln. »Und jetzt«, sagte er, »wird mir Euer Hochwürden vielleicht gestatten, über Euren Fall zu sprechen. Das Leiden, das Euch heimsucht, wird meines Wissens ›Lebenskrankheit‹ genannt. Ihr seid sozusagen ein schlechter Seemann, und die Bewegungen des Lebens verursachen Euch geistige Übelkeit. Überall um und unter Euch wogt und brandet es, auf und ab – jenes großartige, unbezähmbare, unbarmherzige Element, das wir das Leben nennen. Seine Bewegung gelangt in Euer Blut und läßt Euch schwindeln. Werdet standfest, Meister Nathan! Womit ich allerdings nicht sagen möchte, daß Ihr aufhören sollt, die Bewegung zu spüren, das nicht … aber Ihr müßt lernen, Gefallen daran zu finden. Gelingt Euch dies nicht, solltet Ihr zumindest lernen, sie mit festem Stand und ruhigem Blick auszuhalten.«

In Meister Nathans Augen standen Tränen, und er lächelte etwas verlegen. In diesem Moment befanden sich seine Beine zweifellos auf *terra firma.* Und so überzeugt sind wir davon, daß jede neue Stimmung zu unserer endgültigen Seelenlage wird, daß er für den Augenblick das Gefühl hatte, er würde diese ›Lebenskrankheit‹ nie wieder empfinden.

»Danke schön, Lear, danke«, murmelte er. »Für diese Worte täte ich viel für Euch.«

»Nun denn«, sagte der Arzt energisch. »Macht mir die Freude, und laßt mich Euren Sohn heilen. Es ist die größte Freude in meinem Leben, Menschen zu heilen. Laßt es mich einrichten, daß er auf den Bauernhof fährt.«

In seiner augenblicklichen Stimmung war Meister Nathan nicht in der Lage, Lear zu widersprechen. Und so wurde entschieden, daß Ranulph in Kürze nach Schwan-an-der-Scheck aufbrechen solle.

Als er sich verabschiedete, sagte Endymion Lear mit sonderbarem Ernst: »Meister Nathan, ich möchte, daß Ihr eine Sache im Gedächtnis behaltet – *ich habe in meinem ganzen Leben noch keine falsche Verordnung ausgesprochen.*«

Während Endymion Lear von seinem Besuch bei den Hahnenkamms nach Hause spazierte, kicherte er vor sich hin und rieb sich sachte die Hände. »Ich kann nicht anders, ich bin Arzt und muß Trost spenden«, brummelte er. »Aber das war auch eine ungeheuer gute Taktik. Andernfalls hätte er den Jungen nie gehen lassen.«

Da fuhr er zusammen, blieb stockstill stehen und lauschte. Von weit weg drang ein gespenstisches Geräusch herüber. Es mochte der Schrei eines weit entfernten Hahns sein – oder ein leises, spöttisches Lachen.

{5. KAPITEL}

Ranulph zieht zur Witwe Schnadderatsch auf den Bauernhof

Endymion Lear sollte recht behalten. Die Vernunft ist nur eine Droge, und ihre Auswirkungen können nicht von Dauer sein. Meister Nathan litt bald wieder so stark unter der Lebenskrankheit wie zuvor.

Es ließ sich nicht leugnen: Als Endymion Lear Ranulph vorgesungen hatte, hatte er in dessen Stimme einmal mehr den *Ton* gehört. Und diese Tatsache quälte ihn, sosehr er auch vernünftig darüber nachdachte.

Allerdings genügte das nicht, um ihn Endymion Lear gegenüber mißtrauisch zu machen – man konnte den *Ton*, so seine Überzeugung, in den Stimmen der unschuldigsten Menschen hören; gerade so, wie der spöttische Ruf des Kuckucks eine Lerche oder eine Heckenbraunelle aus ihrem Nest locken kann. Aber er würde ganz sicher nicht zulassen, daß Lear Ranulph auf einen Bauernhof im Westen brachte.

Doch der Junge sehnte sich danach – nein, er flehte geradezu darum –, gehen zu dürfen, denn Endymion Lear hatte an jenem Morgen im Salon seine Phantasie mit Wonnen entflammt.

Als Meister Nathan von ihm wissen wollte, worüber er sonst mit Endymion Lear gesprochen hatte, erwiderte er, daß er ihm eine ganze Reihe Fragen über den grün gekleideten Fremden gestellt habe. Er habe ihn mehrmals wiederholen lassen, was genau er zu ihm gesagt hatte.

»Dann«, sagte Ranulph, »hat er gesagt, daß er mich gesund und glücklich singen wird. Und ich habe gerade angefangen, mich großartig zu fühlen, als du plötzlich hereingeplatzt kamst, Vater.«

»Das tut mir leid, mein Junge«, sagte Meister Nathan. »Aber warum hast du erst so geschrien und uns angefleht, dich nicht mit ihm allein zu lassen?«

Ranulph wand sich und ließ den Kopf hängen. »Das war wahrscheinlich wie bei dem Käse«, sagte er verlegen. »Aber Vater, ich möchte auf diesen Bauernhof. *Bitte, bitte,* laß mich gehen.«

Einige Wochen lang verweigerte Meister Nathan unerschütterlich seine Zustimmung. Er behielt den Jungen in seiner Nähe, sooft seine Geschäfte und seine offiziellen Verpflichtungen dies gestatteten, und versuchte, Beschäftigungen und Vergnügungen für ihn zu finden, die ihn eine ›andere Melodie‹ lehren würden. Endymion Lears Worte mochten auf seinen Geisteszustand zwar kaum Auswirkungen gehabt haben, doch sie hatten einen aufrichtigen und dauerhaften Eindruck bei ihm hinterlassen. Er konnte sich jedoch nicht darüber hinwegtäuschen, daß Ranulph mit jedem Tag matter und seine Rede zunehmend phantastischer wurde. Allmählich befürchtete er, daß seine Weigerung dem selbstsüchtigen Wunsch entsprang, ihn um sich zu haben.

Hanfchen war sonderbarerweise dafür, ihn gehen zu lassen. Die alte Frau legte gegenüber der ganzen Sache eine merkwürdige Einstellung an den Tag. Nichts vermochte sie davon zu überzeugen, daß es *nicht* Feenfrüchte gewesen waren, die Ferdie Fetz Ranulph zu essen gegeben hatte. Sie sagte, sie habe das von Anfang an geahnt, aber es sei niemandem von Nutzen gewesen, wenn sie es ausgesprochen hätte.

»Wenn es *das* nicht war, was war es dann?« fragte sie spöttisch. »Denn wer ist Ferdie Fetz wirklich? Er hat seine Anstellung – ohne seinen Lohn einzufordern! – während der zwölf Julefestnächte aufgegeben. Und wenn ein Hund oder ein Diener während *dieser* Zeit so plötzlich verschwindet, wissen wir alle, was wir davon zu halten haben.«

»Und was haben wir davon zu halten, Hanfchen?« fragte Meister Nathan nach.

Erst schüttelte die alte Frau nur den Kopf und tat geheimnisvoll. Schließlich erzählte sie ihm jedoch, in ländlichen Gegenden sei der Glaube verbreitet, man könne eine Fee unter seinen Bediensteten daran erkennen, daß sie in einer der zwölf Nächte nach der Wintersonnenwende in ihr eigenes Land zurückkehren mußte; und wenn sich unter den Hunden einer befand, der zu Herzog Aubreys Meute gehörte, würde er jaulen und heulen, bis er aus seinem Zwinger gelassen wurde, und auf Nimmerwiedersehen in der Dunkelheit verschwinden.

Meister Nathan brummte voller Ungeduld.

»Nun, du hast mir die Worte von den Lippen gezerrt, und auch wenn du Bürgermeister und Großseneschall bist, kannst du meine Gedanken noch lange nicht herumkommandieren ... Ich habe ein Recht darauf!« rief Hanfchen entrüstet.

»Mein liebes Hanfchen, wenn du wirklich glaubst, daß der Junge ... eine gewisse Sache gegessen hat, kann ich nur sagen, daß du das ziemlich gelassen zu nehmen scheinst«, knurrte Meister Nathan.

»Was hülfe es denn, wenn ich ein langes Gesicht zöge, wie eine der Statuen auf dem Schauerfeld – das wüßte ich gern!« gab Hanfchen zurück. Und dann fügte sie mit einem bedeutungsvollen Nicken hinzu: »Außerdem sind die Hahnenkamms gegen jegliches Leid gefeit, was auch immer geschieht. Solange Lud steht, wird es der Familie Hahnenkamm gutgehen. Also mache ich mir weder in guten noch in schlechten Zeiten Sorgen. Aber wenn ich du wäre, Meister Nat, ließe ich dem Jungen seinen Willen. Das kann einem Kranken nur guttun – ob Kind oder erwachsener Mann. Der eigene Wille ist für einen kranken Menschen wie Gras für einen kranken Hund.«

Hanfchens Meinung gab Meister Nathan mehr zu denken, als er sich eingestehen wollte. Doch das Gespräch mit Schweigeschick, dem Hauptmann der Freisassen von Lud, bewegte ihn schließlich dazu, Ranulph seinen Willen zu lassen.

Die Freisassen verbanden die Pflichten einer Garnison mit denen einer Polizeitruppe, und Meister Nathan hatte den Hauptmann beauftragt, den Aufenthaltsort von Ferdie Fetz ausfindig zu machen.

Es stellte sich heraus, daß dieser Spitzbube den Freisassen wohlbekannt war, und Schweigeschick bestätigte, was Endymion Lear über ihn erzählt hatte: Während der wenigen Monate in den Diensten von Meister Nathan hatte er die Stadt mit seinen Streichen auf den Kopf gestellt. Seit seinem Verschwinden zur Zeit der Wintersonnenwende hatte in Lud-in-den-Nebeln niemand mehr etwas von ihm gesehen oder gehört, und Schweigeschick konnte nicht die geringste Spur von ihm entdecken.

Meister Nathan grollte und schimpfte ein wenig auf die Unfähigkeit der Freisassen, doch im Grunde seines Herzens war er erleichtert. An ihm nagte die heimliche Angst, daß Hanfchen recht hatte und Endymion Lear sich irrte und daß Ranulph wirklich Feenfrüchte gegessen hatte. Aber es war das beste, schlafende Tatsachen nicht zu wecken. Und er fürchtete, daß die Tatsachen aufwachen und beißen würden, wenn er sie mit Ferdie Fetz konfrontierte. Aber was erzählte Schweigeschick ihm da?

Während der letzten Monate schien der Verzehr von Feenfrüchten spürbar zugenommen zu haben – natürlich in den einfachen Vierteln der Stadt.

»Das muß aufhören, Schweigeschick, hat Er mich verstanden?« rief Meister Nathan heftig. »Und außerdem müssen die Schmuggler gefaßt und ins Gefängnis geworfen werden, alle miteinander. Das geht jetzt schon zu lange so.«

»Jawohl, Euer Hochwürden«, erwiderte Schweigeschick gleichmütig. »Das geht schon seit den Tagen meines Vorgängers so, wenn Ihr mir die Bemerkung gestattet.« (Schweigeschick hatte eine Vorliebe für lange Wörter, aber er konnte sich des Gefühls nicht erwehren, daß es anmaßend war, sie in Gegenwart von Höhergestellten zu verwenden.) »Und seit den Tagen *seines* Vorgängers … und schon lange davor. Es ist nicht gut, wenn wir klüger sein wollen als unsere Vorfahren. Manchmal denke ich, wir könnten ebensogut versuchen, die Scheck einzufangen und ins Gefängnis zu werfen wie diese Schmuggler. Wir leben in traurigen Zeiten, Euer Hochwürden, in traurigen Zeiten – die Lehrlinge wären gern Meister, jeder kleine Händler möchte Ratsherr werden, und jeder kleine Bengel glaubt, er könne ehrenwerten Menschen die Stirn bieten! Ihr müßt wissen, Euer Hochwürden, in meinem Beruf sehe und höre ich eine ganze Menge, wenn Ihr mir die Bemerkung gestattet … aber die Dinge, die meine Augen und Ohren mir mitteilen, lassen sich nur schwer in Worte fassen, und es ist nicht einfach, anderen zu erklären, *was* sie sehen und hören … ebensowenig können die Gänse sagen, woher sie wissen, daß es regnen wird!« Er lachte entschuldigend. »Aber es würde mich nicht überraschen – nein, wirklich nicht, *wenn sich da nicht etwas zusammenbraut.*«

»Bei Sonne, Mond und Sternen, Schweigeschick, sprech Er nicht in Rätseln zu mir!« rief Meister Nathan gereizt. »Was will Er damit sagen?«

Schweigeschick trat verlegen von einem Fuß auf den anderen. »Nun, Euer Hochwürden«, hub er an, »das ist folgendermaßen. Die Leute beschäftigen sich allmählich wieder in erstaunlichem Maße mit Herzog Aubrey. Die Mädchen tragen sogar billigen Flitterkram mit seinem Bild und falschen Efeu und Blausterne an ihren Hüten. Und in der ganzen Stadt gibt es keine ärmliche Straße, in der nicht sämtliche Kakadus der Seeleute in ihren Käfigen kreischend seine Rückkehr verkünden … und dergleichen Unsinn, und …«

»Mein bester Schweigeschick«, fiel ihm Meister Nathan ungeduldig ins Wort, »Herzog Aubrey war ein verantwortungsloser Regent, der vor über zweihundert Jahren gestorben ist. Er glaubt doch wohl nicht, daß er wieder lebendig wird, oder?«

»Das habe ich nicht gesagt, Euer Hochwürden«, erwiderte Schweigeschick ausweichend. »Ich weiß nur, daß es nichts Gutes bedeutet, wenn ganz Lud von ihm spricht. Ich weiß noch, wie der alte Stolpersand, der Hauptmann der Freisassen war, als ich noch zur Schule ging, immer erzählte, daß es vor der großen Dürre ziemlich viel derartiges Gerede gab.«

»Quatsch!« rief Meister Nathan und verbannte Schweigeschicks Theorien über Herzog Aubrey sofort aus seinen Gedanken. Doch das, was er über Feenfrüchte gesagt hatte, beunruhigte ihn außerordentlich, und er kam langsam zu der Überzeugung, daß Endymion Lear mit seiner Einschätzung recht hatte, Ranulph sei in Schwan-an-der-Scheck weiter von jeglicher Versuchung entfernt als in Lud.

Er führte mit Lear noch ein zweites Gespräch, und im Kern lief es auf die Entscheidung hinaus, daß Ranulph sich auf den Weg zum Bauernhof der Witwe Schnadderatsch machen solle, sobald Dame Liliengold und Hanfchen seine Sachen gepackt hatten. Endymion Lear erklärte, daß er in jener Gegend nach Kräutern zu suchen beabsichtige und Ranulph gern begleiten werde.

Meister Nathan hätte es natürlich vorgezogen, selbst mit ihm zu gehen, doch das Gesetz schrieb vor, daß der Bürgermeister Lud nur verlassen durfte, wenn er in den außerhalb gelegenen Bezirken Gericht hielt.

Statt dessen beschloß er, Lukas Hanfling zu schicken, den Großneffen der alten Hanfchen. Lukas war ein Bursche von zwanzig Jahren, der im Garten arbeitete und seit jeher Ranulphs treuer Diener war.

Eine Woche später, an einem wunderschönen Sonntagmorgen, kam Endymion Lear zu den Hahnenkamms geritten, um Ranulph abzuholen, der ihn ungeduldig erwartete. Er war bereits gestiefelt und gespornt und schien sich besser zu fühlen als seit Monaten.

Bevor Ranulph aufstieg, blinzelte Meister Nathan ein oder zwei Tränen fort und küßte ihn auf die Stirn. »Die schwarzen Krähen werden davonfliegen, mein Sohn«, flüsterte er, »und du wirst braungebrannt und kreuzfidel zurückkehren. Und wenn ich dich besuchen soll, dann schick einfach Lukas mit einer Botschaft los, und ich werde bei dir sein, so schnell ein Pferd galoppieren kann – Gesetz oder nicht.« Und aus dem vergitterten Fenster im obersten Stockwerk des Hauses tauchten Kopf und Schultern der alten Hanfchen mit ihrer Nachthaube auf. Sie drohte mit der Faust und rief: »Nun denn, Lukas, wenn du nicht auf meinen Jungen achtgibst – dann *setzt es was*!«

Die Reiter zogen viele neugierige Blicke auf sich, als die Reisenden die Pflasterstraßen entlangtrabten. Fräulein Lattich und Fräulein Ete Petete, die beiden drallen Töchter des führenden Uhrmachers, kehrten gerade vom Markt zurück und stellten fest, daß Ranulph zu Pferde recht hübsch aussah. »Allerdings heißt es«, fügte Fräulein Ete hinzu, »daß er ein bißchen … *sonderbar* sein soll, und ich muß sagen, es ist wirklich schade, daß er die kupferroten Haare des Bürgermeisters geerbt hat.«

»Nun, Ete«, gab Fräulein Lattich zurück, »zumindest verbirgt er sie nicht unter einer schwarzen Perücke wie ein gewisser Lehrling, den ich kenne!«

Viele Frauen sahen Endymion Lear vorbeireiten und sprachen bei sich einen Segenswunsch, dem sie hinzufügten, es sei wirklich schade, daß nicht *er* Bürgermeister und Großseneschall war. Und eine ganze Reihe finsterer Männer warfen Ranulph böse Blicke zu. Aber Mutter Schwips, die halbverrückte Waschfrau, die trotz ihrer vierzig Sommer weit leichtfüßiger tanzte als jede Jungfer und deshalb bei den Tavernenfesten, die im Leben der Masse von Lud-in-den-Nebeln eine so große Rolle spielten, sehr beliebt war – jene verrückte, verrufene Mutter Schwips mit ihrem sonderbar edlen, unschuldigen Gesicht warf ihm einen Blumenstrauß zu und rief in ihrem durchdringenden Singsang: »Kikeriki! Kikeriki! Der kleine Herr zieht in das Land, wo alle Eier goldfarben sind!«

Aber niemand gab jemals etwas darauf, was Mutter Schwips sagen mochte.

Während ihrer Reise nach Schwan-an-der-Scheck geschah nichts Erwähnenswertes, von den grenzenlos angenehmen Überraschungen eines Sommers auf dem Lande einmal abgesehen. Es gab Buchengehölze, die steile Uferböschungen durch ihre eigenen toten Blätter emporwateten; Felder, die von Mädesüß und Sauerampfer verschleiert wurden; braungebrannte alte Frauen, die ihre Ziegen anschrien; Akazien in voller Blüte und Weiden, die im Wind zu weißer Pracht erblühten.

Von Zeit zu Zeit erschütterte ein Erdenkomet – der blaue Blitz eines Eisvogels, der rote Wedel eines Fuchses – die Welt mit seiner Schönheit.

Und in der Ferne lagen, hier und dort, reglos und in vollständiger Lautlosigkeit rot gedeckte Dörfer an der Scheck – unter allen edlen Dingen sind sie am wenigsten eitel, denn nie sahen sie ihr eigenes Spiegelbild an, sondern sie blickten unverwandt dem Horizont entgegen.

Und es gab zerstörte Burgen, die mit Efeu überwachsen waren, Wahrzeichen einer alten Ordnung, die unter sich blieb; und auf den Efeu stießen Tauben herab und ließen eine Spur Amethystblau zurück, gerade so, wie ein Gebüsch flaschengrüner Blätter mit einem Hauch von Lila überzogen wird, weil die Blätter wissen, daß sich unter ihnen Veilchen verstecken. Und die runden Türme der Burgen sahen aus, als wären sie so fest im Himmel verankert, daß man einen Durchgang durch den himmlischen Marmor hauen mußte, um auf ihre abgewandte Seite zu gelangen.

Und die Sonne ging unter, und unsere Reiter sahen mit eigenen Augen, wie die Farbe langsam aus der Welt verschwand. War der Baum wirklich immer noch grün, oder war es nur ihre Erinnerung, die wußte, daß er noch vor wenigen Augenblicken grün gewesen war?

Und die Nymphe, der alle Reisenden nachjagen und die niemand je gefangen – die weiße Landstraße schimmerte und lockte sie durch die Dämmerung.

All diese Dinge waren für jeden Luditen ein vertrauter Anblick. Am dritten Tag jedoch (Ranulph zuliebe teilten sie die Reise in leicht zu bewältigende Abschnitte ein) sahen die Dinge allmählich etwas anders aus – insbesondere die Bäume; denn anstelle von Akazien, Buchen und Weiden, jenen vertrauten Lebewesen, die ihre Geheimnisse einander auf ewig zuflüstern, stießen sie auf Kiefern, Eichen und Olivenbäume. Leblose Kunstwerke schienen sie anfangs zu sein, und Ranulph rief aus: »Ach, schaut euch die komischen Bäume an! Sie sehen aus wie die alten Statuen der Toten auf dem Schauerfeld!«

Doch sie glichen auch alten, für die Bühne geschriebenen Tragödien. Denn wenn menschliche oder übermenschliche Erfahrungen und das tragische Aufeinanderprallen von Persönlichkeiten in plastischer Form ausgedrückt werden können, dann mag man halb glauben, daß diese gepeinigten Bäume vom Wind in die geistige Gestalt eines alten Schauspiels gebogen worden waren.

Kiefern und Olivenbäume wachsen jedoch nicht in großer Entfernung vom Meer. Und lag das Meer nicht östlich von Lud-in-den-Nebeln? Entfernten sie sich nicht mit jeder Meile weiter von ihm weg?

Es war das Meer jenseits der Berge der Elfenmarken – das unsichtbare Meer des Feenlands –, das diese Kiefern und Olivenbäume gedeihen ließ.

Es war später Nachmittag, als sie das Dorf Schwan-an-der-Scheck erreichten – wohl zwanzig Häuser, die um eine unbebaute dreieckige Gemeindewiese verstreut lagen, auf der Olivenbäume und verkümmerte Obstbäume wuchsen und die von den Dorfbewohnern als Abfallhaufen benutzt wurde. In der Ferne schimmerten die kiefernbestandenen flachen Wellen der Umstrittenen Hügel – ein schöner, unveränderlicher Hintergrund für die veränderlichen Farben der Jahreszeiten. In der Tat verliehen sie allem, was wuchs, lag oder sich abspielte, eine gewisse Würde und Bedeutung; und als unser Reiterzug vorbeitrabte, schien es, als ob die kleinen Kinder in ihren blauen Kitteln, die auf dem schmuddeligen Dorfanger spielten, vor dem Hintergrund der Vorsehung ein großartiges Stück aufführten – ähnlich jenem, das in der Gestalt von Kiefern und Oliven seinen Ausdruck fand.

Als sie das Dorf hinter sich gelassen hatten, folgten sie einem Feldweg, der von der Landstraße nach rechts abzweigte. Er führte in ein Tal, dessen sanft abfallende Hänge mit Weinbergen und Weizenfeldern bedeckt waren. Hin und wieder führte der Pfad durch Wäldchen wintergrüner Eichen, die entrindet worden waren und blutrot leuchteten. Überall blühten kleine, zähe, wohlriechende Sträucher, die von unzähligen Bienen belagert wurden.

Mit jeder Minute schienen die Berge näher zu kommen, und die Kiefern, mit denen sie bestanden waren, zeichneten sich vor dem Teppich aus Heidekraut wie ein erstarrtes Relief ab, so daß sie wie ein dicker grüner Schaum aus Brunnenkresse auf einem stehenden violetten Teich aussahen.

Endlich erreichten sie den Bauernhof – ein wundervolles altes Herrenhaus, das inmitten einer Gruppe rotgedeckter Scheunen stand und auf beiden Seiten feierlich von zwei prächtigen Platanen mit gesprenkelten Stämmen von gewaltigem Umfang gestützt wurde.

Das Gebell von fünf oder sechs Hunden begrüßte sie. Die Witwe kam herausgeeilt, begleitet von einem ungefähr siebzehnjährigen hübschen Mädchen, das sie als ihre Enkelin Hasel vorstellte.

Obwohl sie bereits mindestens sechzig sein mußte, war die Witwe Schnadderatsch noch immer eine bemerkenswert gutaussehende Frau – groß, stattlich und mit Haaren, die einst in allen Rot- und Brauntönen eines in der Sonne schwelenden Goldlackbeets geleuchtet hatten.

Dann kamen einige Männer herbei und führten die Pferde fort, und die Reisenden wurden auf ihre Zimmer gebracht.

Wie es sich für den Sohn eines Großseneschals geziemte, bekam Ranulph allem Anschein nach das schönste Zimmer. Es war groß und gut geschnitten, und trotz der hausbackenen Chintzvorhänge und des einfachen Mobiliars des Bauernhofs, trotz des getrockneten Schilfs, das anstelle eines Teppichs den Boden bedeckte, wies es unverkennbare Spuren alten Glanzes aus jener Zeit auf, als das Haus noch Edelleuten und keinen Bauern gehört hatte.

Die Decke zum Beispiel war von besonderer Pracht – flach emailliert wie die Decken, die zu Zeiten Herzog Aubreys in der häuslichen Architektur Mode gewesen waren. Auch Dame Liliengolds Schlafzimmer in Lud war mit einer solchen Decke ausgestattet. Sie hatte zu ihr emporgeblickt, als sie mit Ranulph in den Wehen lag – so wie alle Mütter der Familie Hahnenkamm unter den gleichen Umständen –, und ihre Farben und Muster hatten sich untrennbar mit ihren Schmerzen und Fieberphantasien verflochten.

Endymion Lear wurde das Zimmer neben Ranulph zugeteilt, und Lukas erhielt ein angenehmes großes Zimmer unter dem Dach.

Ranulph war von der langen Reise nicht im mindesten ermüdet, so behauptete er. Seine Wangen waren gerötet, seine Augen leuchteten, und nachdem die Witwe ihn mit Lukas alleingelassen hatte, machte er zwei, drei Freudensprünge und rief: »Lukas, ich *liebe* dieses Gehöft.«

Um sechs Uhr wurde vor dem Haus eine große Glocke geschlagen – wahrscheinlich um die Landarbeiter zum Essen zu rufen; und da die Witwe ihnen erklärt hatte, es werde in der Küche gegessen, eilten Ranulph und Lukas, die beide sehr hungrig waren, sogleich hinunter.

Die Küche war riesig – sie nahm die ganze Breite des Hauses ein! Vordem war hier der Bankettsaal gewesen. Die Decke bestand aus einem massiven Steingewölbe, und auch der große Kamin war aus Stein, mit einem Hochrelief jener Schädel, Blumen und Arabesken geschmückt, die in der Kunst Dorimares allgegenwärtig sind. Er wurde von zwei riesigen kupfernen Kaminböcken flankiert. Der Boden war kunstvoll mit einem Mosaik aus braunen, roten und graublauen Fliesen ausgelegt.

In der Mitte des Zimmers stand ein langer, schmaler Tisch, der mit Zinntellern und -bechern gedeckt war, und die Landarbeiter und Dienstmädchen drängten herein. Ihre Gesichter glänzten, denn sie waren just mit Seife geschrubbt worden. Sie standen am unteren Ende des Raumes in Gruppen beieinander und lächelten unsicher – der Besuch machte sie verlegen. Nach gutem alten Brauch der Freibauern nahmen sie ihre Mahlzeiten zusammen mit ihren Herren ein.

Das Abendessen war ausgesprochen köstlich – ein großer Schinken, der über einem Holzfeuer geräuchert worden war und mit eingelegten Buttergoldknospen serviert wurde; Sülze, Rothirschpastete und, den angesehenen Gästen zu Ehren, ein fetter gebratener Schwan. Der Wein war aus den Reben der Witwe gekeltert und delikat mit Honig und Brombeeren gesüßt.

Den größten Teil der Unterhaltung bestritten die Witwe und Endymion Lear. Er wollte von ihr wissen, ob diesen Sommer viele Forellen in der Scheck gefangen worden seien und wie ihre Zeichnung ausgesehen habe. Sie erzählte ihm, daß erst kürzlich ein Lachs an Land gezogen worden sei, der zehn Pfund gewogen habe!

Ranulph, der sein Essen schweigend genossen hatte, blickte unvermittelt und mit einem Lächeln zu ihnen auf, das seine Eltern immer ein wenig beunruhigend fanden.

»Das ist keine *echte* Unterhaltung«, sagte er. »So redet ihr eigentlich nicht miteinander. Ihr tut nur so.«

Die Witwe wirkte äußerst überrascht und ziemlich verärgert. Endymion Lear dagegen lachte herzlich und fragte ihn, was er mit *echter* Unterhaltung meine. Ranulph ließ sich jedoch nicht aus der Reserve locken.

Lukas Hanfling dagegen verstand, auf eine dunkle, schwer in Worte zu fassende Art und Weise, was Ranulph sagen wollte. Die Unterhaltung zwischen der Witwe und dem Arzt hatte *falsch* geklungen – fast so, als hätten ihre Worte eine versteckte Bedeutung, die nur sie kannten.

Einige Minuten später betrat ein verhutzelter alter Mann mit ungewöhnlich strahlenden Augen die Küche und setzte sich an das untere Ende des Tischs. Daraufhin jagte Ranulph allen einen Schreck ein, denn er hörte auf zu essen und starrte den Mann sekundenlang schweigend an. Dann stieß er einen durchdringenden Schrei aus.

Alle sahen ihn erstaunt an. Er jedoch saß wie versteinert da, mit weit aufgerissenen Augen, und deutete mit ausgestrecktem Arm auf den alten Mann.

»Na, na, junger Freund!« rief Endymion Lear energisch. »Was hat das zu bedeuten?«

»Was plagt Euch, junger Herr?« rief die Witwe.

Doch er deutete nur weiterhin auf den alten Mann, der anzüglich grinste und es offensichtlich genoß, im Mittelpunkt der Aufmerksamkeit zu stehen.

»Er hat Angst vor Portunus dem Weber«, kicherten die Dienstmädchen.

Und die Worte ›Portunus‹ und ›Portunus der Weber‹ wurden entlang des Tischs von Mund zu Mund weitergetragen.

»Ja, Portunus der Weber!« rief die Witwe mit lauter Stimme und einem bedrohlichen Blick in den Augen. »Und ich wüßte gern, wer etwas gegen Portunus den Weber hat.«

Die Mädchen ließen die Köpfe hängen, und die Männer kicherten mißbilligend.

»Nun?« rief die Witwe herausfordernd.

Schweigen.

»Und wer«, fuhr sie ungehalten fort, »ist der fleißigste und gefälligste Bursche in einem Umkreis von mehr als zehn Wegstunden?«

Sie hielt inne, ließ den Blick über den Tisch schweifen und wiederholte die Frage.

Wie von ihren Augen bezwungen, murmelten alle brav vor sich hin: »Portunus.«

»Und wenn der Käse nicht reift oder die Butter nicht steif wird oder der Wein in den Fässern kein Bukett entwickelt, wer kommt dann zu Hilfe?«

»Portunus«, murmelten alle.

»Und wer ist immer bereit, den Mädchen zu helfen – Hanf zu brechen oder aufzubinden, Flachs zu hecheln oder zu spinnen? Und wer spielt ihnen Lieder auf seiner Fiedel vor, wenn die Arbeit getan ist?«

»Portunus«, murmelten alle.

Da hob Hasel unvermittelt den Blick von ihrem Teller – und darin funkelten Trotz und Zorn.

»Und wer«, rief sie schrill, »sitzt am Feuer, wenn er glaubt, daß niemand zuschaut, und brät und ißt lebende Frösche? Portunus.«

Ihre Stimme wurde mit jedem Wort höher und schriller, wie ein aufsteigender Vogel. Beim letzten Wort jedoch klang es, als hätte der Vogel die Decke erreicht und wäre tot zu Boden gefallen. Lukas sah, wie sie unter dem kalten, wütenden Blick der Witwe zusammenzuckte.

Und ihm war noch etwas aufgefallen.

In Dorimare, in den Häusern der freien wie der abhängigen Bauernschaft, war es Sitte, ein Büschel getrockneten Fenchel über die Tür jedes Zimmers zu hängen; denn Fenchel wurde die Macht zugeschrieben, Feen fernzuhalten. Und als Ranulph seinen unheimlichen Schrei ausgestoßen hatte, war Lukas' Blick – so instinktiv, wie ein mittelalterlicher Papist unter ähnlichen Umständen ein Kreuz geschlagen hätte – auf der Suche nach dem beruhigenden Fenchel zur Tür geglitten.

Doch über den Türen der Witwe Schnadderatsch hing kein Fenchel.

Die Männer grinsten, und die Mädchen kicherten über Hasels Ausbruch; dann folgte betretenes Schweigen.

Ranulph schien sich derweil von seinem Schreck erholt zu haben. Teilnahmslos aß er sein Abendessen, während die Witwe ihm versicherte: »Laßt Euch gesagt sein, junger Herr, Ihr werdet Portunus genauso schätzen lernen wie wir alle. Ihr könnt Euch darauf verlassen, daß Portunus weiß, wann die Forellen beißen und wo viele Vogelnester zu finden sind... stimmt's, Portunus?«

Und Portunus kicherte erfreut, und seine strahlenden Augen funkelten.

»Ich kenne ihn schon seit zwanzig Jahren«, fuhr die Witwe fort. »Er ist der Weber dieser Gegend, und er zieht von Hof zu Hof. Das Zimmer mit dem Webstuhl heißt hier überall ›Portunus' Salon‹. Im Umkreis von zehn Wegstunden werdet Ihr keine Hochzeit und keine Lustbarkeit finden, auf der er nicht die Fiedel spielt.«

Lukas, dessen Wahrnehmungsvermögen nach dem eben erlittenen Schrecken ausgesprochen scharf war, bemerkte, daß Lear schwieg und Ranulph mit verblüffter und ein wenig besorgter Miene ansah.

Nach dem Abendessen gingen die Dienstmädchen und Landarbeiter rasch hinaus, und Portunus ebenso. Die drei Gäste dagegen blieben noch sitzen und lauschten dem angenehmen Surren der Spinnräder von Hasel und der Witwe. Sie sprachen wenig, denn der lange Tag an der frischen Luft hatte sie alle drei müde gemacht.

Um acht Uhr drang vom Eingang ein leises Scharren herüber. »Das sind die Kinder«, sagte Hasel. Sie stand auf und öffnete die Tür, woraufhin drei oder vier kleine Buben schüchtern aus der Dämmerung hereintraten.

»Guten Abend, ihr Jungen«, sagte die Witwe freundlich. »Ihr wollt euer Brot und euren Käse holen... was?«

Die Kinder grinsten und ließen die Köpfe hängen. Die Anwesenheit fremder Menschen machte sie verlegen.

»Die jungen Burschen aus dem Dorf, Meister Hahnenkamm, hüten nachts abwechselnd unser Vieh«, erklärte die Witwe Schnadderatsch. »Wir treiben sie ein paar Wegstunden talaufwärts, wo es gute Weidegründe gibt, und die Hirten gehen abends gern nach Hause.«

»Und diese kleinen Buben bleiben *die ganze Nacht* draußen?« wollte Ranulph mit ehrfürchtiger Stimme wissen.

»Selbstverständlich! Und sie haben sogar Freude daran. Sie bauen sich kleine Hütten aus Zweigen und zünden darin ein Feuer an. Ach, die haben schon ihren Spaß dabei.«

Die Kinder grinsten über beide Ohren. Und nachdem Hasel sie mit etwas Brot und Käse versorgt hatte, flitzten sie in die aufziehende Dämmerung davon.

»Ich ginge gern einmal nachts mit«, sagte Ranulph.

Die Witwe wollte gerade gegen den Einfall des jungen Meisters Hahnenkamm protestieren, die Nacht mit Kühen und den Dorfkindern draußen zu verbringen, als Endymion Lear mit Entschiedenheit sagte: »Das ist alles Unsinn! Ich möchte nicht, daß mein Patient verhätschelt wird ... was? Ranulph? Ich sehe keinen Grund, warum er nicht einmal nachts mitgehen sollte, wenn es ihm Freude bereitet. Aber laßt uns warten, bis die Nächte wärmer sind.«

Er hielt einen Augenblick inne und fügte dann hinzu: »Um den Sankt-Johannis-Tag, würde ich sagen.«

Sie blieben noch ein Weilchen sitzen, sprachen nicht viel und gähnten oft. Dann schlug die Witwe vor, daß alle zu Bett gehen sollten.

Jeder wurde mit einem selbstgemachten Talglicht ausgestattet, mit Ausnahme von Ranulph – seiner gesellschaftlichen Bedeutung wurde durch eine Wachskerze aus Lud Nachdruck verliehen.

Endymion Lear zündete sie für ihn an und hielt sie dann um Armeslänge von sich weg. Mit schräggelegtem

Kopf und spöttisch funkelnden Augen betrachtete er die Flamme.

»Dreifältig gesegnetes kleines Kraut!« hub er in neckischem Tonfall an. »Kraut aus *Fett* mit wächsernem Stiel und flammender Blüte! Viel wirkungsvoller bist du, wenn es gilt, Zaubersprüche, Schrecken und drohende Gefahren zu bannen, als Fenchel, Diptam oder Raute. Heil dir, der du dem Gift der Tollkirsche wehrst! Du blühst im Dunkeln, und deine Tugenden sind Seelenfriede und ruhiger Schlaf. Kranke Menschen segnen dich und Frauen während der Wehen und viele Menschen mit gequältem Geist und alle Kinder.«

»Spielt nicht den Hanswurst, Lear«, sagte die Witwe grob. Ihr Tonfall ähnelte nicht im geringsten mehr jener aufrichtigen Herzlichkeit, mit der sie ihn bisher angeredet hatte. Einem aufmerksamen Beobachter mochte sogar aufgefallen sein, daß die beiden in Wirklichkeit einen weit vertraulicheren Umgang pflegten, als sie zu zeigen bereit waren.

Lukas Hanfling hatte zum ersten Mal in seinem Leben Schwierigkeiten einzuschlafen.

Seine Großtante hatte ihm im Verlauf der letzten Woche eingebleut – und dabei wiederholt drohend die Faust geschüttelt –, daß sie ihn zur Verantwortung ziehen würde, sollte Ranulph irgend etwas geschehen. Bevor sie Lud verlassen hatten, war der ehrliche, aber keineswegs heldenhafte Lukas ein wenig in Panik geraten. Und die verschiedenen sonderbaren Ereignisse, die im Laufe des Abends vorgefallen waren, hatten nicht dazu beigetragen, ihn zu beruhigen.

Schließlich hielt er es nicht mehr aus. Er stand auf, zündete sein Talglicht an und schlich die Treppe vom Dachboden hinunter und den Korridor zu Ranulphs Zimmer entlang.

Auch Ranulph war hellwach und hatte seine Kerze noch nicht gelöscht. Er lag da und starrte zu der phantastischen Decke empor.

»Was willst du, Lukas?« rief er gereizt. »Warum läßt du mich niemals in Ruhe?«

»Ich habe mich nur gefragt, ob es Euch gutgeht, Herr!« erwiderte Lukas entschuldigend.

»Selbstverständlich geht es mir gut. Warum denn auch nicht?« wollte Ranulph mit einer ungeduldigen Handbewegung wissen.

»Nun ja, ich habe mir einfach Sorgen gemacht.«

Lukas hielt inne. Dann sagte er in flehendem Tonfall: »Bitte, Meister Ranulph, tut mir den Gefallen und sagt mir, was beim Abendessen über Euch gekommen ist, als der dümmliche alte Weber hereinkam. Mit Eurem Schrei habt Ihr mir einen ordentlichen Schrecken eingejagt.«

»Ach, Lukas! Das wüßtest du wohl gern!« sagte Ranulph neckend.

Schließlich gestand er, daß er Portunus als kleines Kind oft im Traum begegnet war. »Und das ist ziemlich beängstigend, verstehst du, Lukas?«

Lukas gab erleichtert zu, daß das wirklich beängstigend war. Er selbst träumte eigentlich nie. Und auch die Träume anderer nahm er nicht ernst.

Ranulph bemerkte seine Erleichterung, und ein recht verschmitzter Ausdruck stahl sich in seinen Blick.

»Das war aber noch nicht alles, Lukas«, sagte er. »Der alte Portunus ist tot, mußt du wissen.«

Dieses Mal erschrak Lukas wirklich. Verlor sein Schützling den Verstand?

»Jetzt hört aber auf, Meister Ranulph!« rief er in einem Tonfall, der scherzhaft klingen sollte.

»Also gut, Lukas. Wenn du nicht willst, mußt du es mir nicht glauben«, sagte Ranulph. »Gute Nacht. Ich möchte schlafen.«

Und er blies seine Kerze aus und wandte Lukas den Rücken zu. Dieser begriff durchaus, daß er gehen sollte, und kehrte in sein eigenes Bett zurück, wo er bald fest schlief.

❮6. KAPITEL❯ *Der Wind in den Holzapfelblüten*

Ungefähr eine Woche später erhielt Frau Hanfling von Lukas den folgenden Brief:

»*Liebes Tantchen,*

ich hoffe, daß es Dir zu Hause so gutgeht wie mir hier. Ich denke daran, was Du mir gesagt hast, und versuche, auf den jungen Herrn aufzupassen. Aber hier ist es vielleicht seltsam, und mir wäre wohler, wir wären beide wieder sicher in Lud. Das soll nicht heißen, daß ich mich über Unterkunft und Verpflegung beschweren könnte, und Meister Ranulph wird zweifellos wie ein König behandelt – Wachskerzen und Leintücher und alles, was er von zu Hause gewohnt ist. Und ich muß sagen, so gesund habe ich ihn lange nicht mehr gesehen, und auch nicht so fröhlich. Aber die Witwe ist wahrhaftig ein komischer Kauz, und für eine Frau geht sie erstaunlich gern angeln. Sie und der Doktor sind manchmal *die ganze Nacht* hindurch auf Forellen aus. Allerdings bekommen wir nie eine Forelle vorgesetzt! Und manchmal schaut sie Meister Ranulph so seltsam an, daß ich eine richtige Gänsehaut bekomme. Und sie und ihre Enkelin können sich wirklich nicht leiden – ihre Stiefenkelin sollte ich sagen, die Fräulein Hasel heißt, und es geht das Gerücht, daß der Hof nach dem Testament des alten Bauern ihr gehört und nicht der Witwe. Und sie ist wirklich eingebildet und bleibt meistens für sich. Trotzdem bin ich froh, daß sie im Haus ist, denn die Leute auf dem Hof mögen sie, und ich würde einen Eid darauf ablegen, daß sie ehrlich ist, wenn auch ein bißchen hochnäsig. Und dann gibt es noch einen blöden alten Mann namens Portunus, der eher einer zahmen Elster gleicht als einem Menschen, denn er spricht kein einziges vernünftiges Wort, immer nur Brocken und Verse, und er hat nur Unsinn im Kopf. Er ist Weber und genauso übergeschnappt wie Mutter Schwips, auch wenn er wunderschön Fiedel spielt. Und ich bin davon überzeugt, daß die Witwe entsetzliche Angst vor ihm hat, keine Ahnung, warum. Der alte Kerl macht mir einen harmlosen Eindruck, obwohl er hin und wieder ein bißchen schadenfroh wirkt. Manchmal zwickt er die Dienstmädchen, bis ihre Arme so bunt sind wie der Rücken einer Makrele. Und er scheint in Fräulein Hasel vernarrt zu sein, die ihn nicht leiden kann. Wenn ich sie jedoch nach dem Grund frage, fährt sie mich an und sagt, ich soll mich um meinen eigenen Kram kümmern. Ich fürchte, daß die Leute auf dem Gehöft mich auch für eingebildet halten, weil ich mich, wie Du gesagt hast, um den jungen Herrn kümmere und sonst für mich bleibe. Denn ich bin davon überzeugt, wenn ich am Anfang etwas freundlicher gewesen wäre (wie ich es von Natur aus bin), dann hätte ich die ein oder andere Sache herausgefunden. Und der bekloppte alte Weber ist ganz hin und weg von einer alten Steinstatue im Obstgarten. Er hüpft dauernd davor herum und verzieht das Gesicht wie ein Possenreißer auf dem Jahrmarkt. Aber die Witwe hat Angst vor ihm, so sicher ich Lukas Hanfling heiße. Und Meister Ranulph erzählt wirklich komische Sachen über ihn – Sachen, die ich mich nie getrauen würde einer alten Dame zu schreiben. Und ich wäre wirklich froh, Tantchen, wenn Du Seine Hochwürden bätest, uns holen zu lassen. Mir gefällt es hier nicht, hier hängen sie nicht mal den kleinsten Fenchelzweig über die Türen.

Ich verbleibe Dein gehorsamer Großneffe

Lukas Hanfling

Hanfchen las den Brief und runzelte dabei oft die Stirn oder schüttelte den Kopf. Gelegentlich schnaubte sie verächtlich – zum Beispiel, als Lukas andeutete, die Leintücher der Witwe seien so fein wie die der Hahnenkamms.

Dann saß sie eine Weile tief in Gedanken versunken da.

»Nein, nein«, sagte sie schließlich. »Mein Junge ist gesund, und er ist glücklich, und das ist mehr, als ich über die letzten Monate in Lud sagen könnte. Was sein muß, muß sein, und es bringt nichts, Meister Nat mit Sorgen zu belasten.«

Und so zeigte sie Meister Nathan den Brief von Lukas Hanfling nicht.

Meister Nathan wiederum war ganz entzückt über die Briefe, die er von Endymion Lear erhielt und die berichteten, daß es Ranulph an Körper und Geist besser gehe. Ranulph schrieb selbst kurze Briefe, in denen stand, wie glücklich er sei und wie gern er auf dem Bauernhof bleiben wolle. Es war offensichtlich, daß er lernte – wie Endymion Lear gesagt hätte –, sein Leben nach einer anderen Melodie zu leben.

Und dann kehrte Endymion Lear nach Lud zurück und bestätigte, was er in seinen Briefen mitgeteilt hatte, mit Berichten darüber, wie gesund und glücklich Ranulph auf dem Bauernhof sei.

In den Straßen und Gärten von Lud-in-den-Nebeln verstrich der Sommer in großer Geruhsamkeit, schläfrig wie gewohnt. Die Frauen der Ratsherren und Bürger hatten in den Vorratskammern und Küchen zu tun. Sie setzten Fruchtliköre an oder kochten Marmelade ein. An den Abenden waren die Straßen von Stimmen und Musik erfüllt, und die Lehrlinge tanzten auf den öffentlichen Plätzen oder vor den Schenken mit den Töchtern ihrer Meister, bis das graue Zwielicht schwarz wurde. Die Ratsherren gähnten sich durch die Reden ihresgleichen hindurch und faßten sich selbst so kurz wie möglich, damit sie davoneilen und in der Scheck Forellen angeln oder auf dem wunderschönen samtenen Rasen der Gildenhalle Boule spielen konnten. Und wenn eines ihrer

Schiffe eine Ladung besonders erlesenen Weins oder exotische Leckereien brachte, luden sie ihre Freunde zum Abendessen ein und spülten die Appetithappen mit guten alten Späßen hinunter.

Schweigeschick sah bedrückt aus und ängstigte seine Frau so manches Mal mit düsteren Vorahnungen. Aber er hatte gelernt, daß es keinen Zweck hatte, den Bürgermeister und den Stadtrat wachrütteln zu wollen.

Meister Nathan vermißte Ranulph sehr. Angesichts der zufriedenstellenden Berichte über Ranulphs Gesundheitszustand hielt er es jedoch für selbstsüchtig, ihn nicht auf dem Gehöft zu belassen, zumindest bis der Sommer vorbei war und der Herbst nahte.

Dann begannen die Bäume nach langem Schweigen wieder in Gelb und Rot zu sprechen. Meister Nathans Laubengang wurde gelber und gelber, und an den Tagen, an denen ein dichter weißer Nebel von der Scheck emporwallte, wirkte er als einziges nicht matt und verschwommen, sondern sah aus wie ein Paar riesiger goldener Kompasse, mit denen der Weltenbaumeister das Chaos mißt.

Zu ebenjener Zeit nahmen die Ereignisse ihren Lauf – und überdies an einem Ort, wo man es in ganz Lud-in-den-Nebeln als allerletztes erwartet hätte: in Fräulein Ehrenpreis Holzapfels Höhere Töchterschule.

Fräulein Ehrenpreis Holzapfel hatte seit ungefähr zwanzig Jahren den Töchtern der vornehmen Bürgerschaft den ›letzten Schliff‹ verliehen. Sie brachte ihnen Singen und Tanzen bei, das Spinett- und Harfenspiel, wie man Obst einlegt und kandiert, Gaze und Spitze wäscht, Hühner ausbeint, ohne ihren Rücken aufzuschneiden, wie man Stilleben aus allen nur erdenklichen Materialien modelliert, seien sie nun eßbar oder nicht – Wachs, Butter, Zucker –, und mindestens einhundert verschiedene Sticharten beim Sticken. Sie bereitete sie also darauf vor, eines Tages nützliche und vollendete Ehefrauen zu werden.

Dame Liliengold und ihre Altersgenossinnen waren als erste auf diese Schule gegangen, und damals war Fräulein Ehrenpreis nur eine junge Hilfslehrerin und äußerst sentimental und affektiert gewesen, den Kopf voller unsinniger Ideen. Unsinnige Ideen und ein ausgeprägter Sinn für das Praktische gehen jedoch oft Hand in Hand, und Sentimentalität ist eine Eigenschaft, die sich nur selten im täglichen Leben niederschlägt.

Jedenfalls gelang es der über die Maßen schwärmerischen Hilfslehrerin, die Leitung der Anstalt Stück für Stück an sich zu ziehen, während die alte Dame, der die Schule gehörte, sich unter ihren geschickten Händen so leicht nach ihrem Willen formen ließ wie Butter, Zucker und Wachs. Und als die alte Dame starb, hinterließ sie ihr das Anwesen.

Die Schule war in einem weitläufigen Haus aus rotem Ziegelstein mit einem schönen großen Garten untergebracht, das von der Landstraße ein Stück zurückstand, ungefähr eine halbe Meile außerhalb des Westtors von Lud-in-den-Nebeln.

Sie verkörperte für die Damen von Lud alles, was sie an Abenteuer und Romantik kannten. An die Witze, über die sie in ihren Mauern gelacht, an die Geheimnisse, die sie ausgetauscht hatten, während sie in den Laubengängen auf und ab gegangen waren, erinnerten sie sich lebhafter als an alles, was ihnen danach widerfahren war.

Denkt aber bloß nicht, daß sie dabei sentimental wurden! Die Damen von Lud wurden nie sentimental. An ihre Schultage erinnerten sie sich wie an ein altes Spottlied. Vielleicht ist immer ein wenig Wehmut im Spiel, wenn wir an alte Spottlieder zurückdenken. Jedenfalls kamen die Damen von Lud der Poesie der Vergangenheit niemals näher. Und jedesmal wenn Dame Liliengold Hahnenkamm und Dame Traumliebchen Obacht und alle anderen ehemaligen Schülerinnen zusammentrafen, um Sahnetorte oder Marzipan zu essen oder neue Stickmuster für ihre Mustersammlungen zu vergleichen, fingen sie früher oder später an, Erinnerungen an jene komische Zeit und das lächerliche Betragen von Fräulein Ehrenpreis Holzapfel auszutauschen.

»Ach, weißt du noch«, mochte Dame Liliengold ausrufen, »wie sie einen ›Muttertag‹, wie sie es nannte, ins Leben rufen wollte? Wie wir uns all weiß und grün kleiden und so tun sollten, als wären wir Lilien auf den Gräbern unserer Mütter?«

»Ach, ja!« hätte Dame Traumliebchen gegluckst. »Mutter wurde so wütend, als sie davon hörte. ›Wie kann dieses schändliche Geschöpf es wagen, mich lebendig zu begraben?‹ fragte sie immer wieder.«

Und dann lachten sie, bis ihnen die Tränen über das Gesicht rannen.

Jede Generation hat ihre eigenen Witze und ihre eigenen Geheimnisse. Doch sie folgen immer dem gleichen Muster; genauso wie eine zerbrochene Porzellantasse durch eine andere ersetzt wird, die ihr aufs Haar gleicht, mit den gleichen Blausternen und dem gleichen Efeumuster am Rand.

In der Schule waren Blausterne und Efeu allgegenwärtig: Die Vorhänge in den Schlafzimmern waren damit eingefaßt, ein Zierstreifen mit Blausternen und Efeu lief um die Wände des Salons, und sie wurden sogar in die Butter gedrückt. Denn zu Fräulein Ehrenpreis Holzapfels Torheiten gehörte eine romantische Leidenschaft für Herzog Aubrey – eine Leidenschaft, die derjenigen glich, die von alten Jungfern der Hochkirche im letzten Jahrhundert für das Andenken von Karl I. gehegt wurde. Über ihrem Bett hing eine in Aquarellfarben ausgeführte Reproduktion seines Porträts in der Gildenhalle. Und am Jahrestag seines Sturzes, der in Dorimare ein Feiertag war, erschien sie immer in tiefer Trauer.

Sie wußte ganz genau, daß sich ihre Schülerinnen und deren Mütter über sie lustig machten. Doch das führte nicht dazu, daß sie sich ihnen gegenüber nur eine Spur weniger überschwenglich benahm, denn sie war viel zu praktisch veranlagt, als daß sie ihren Gefühlen gestattet hätte, ihren Broterwerb zu beeinträchtigen.

Gelegentlich setzte sich ihr Temperament allerdings über ihre Umsicht hinweg. Dann zeigte sie ihren Schülerinnen deutlich, was sie von ihrem Stammbaum hielt, und verspottete sie als reiche Emporkömmlinge und Eindringlinge. Sie schien zu vergessen, daß sie selbst nur die Tochter eines Kaufmanns aus Lud war, und zuzeiten schien sie sich einzubilden, die Holzapfels hätten einem untergegangenen Adel angehört.

Auch ihre äußere Erscheinung war grotesk. Sie hatte ein rundes Mondgesicht, winzige Augen und einen riesigen Mund, der sich meist zu einem einschmeichelnden Lächeln verzog. Ständig trug sie einen grünen Turban und ein Kleid, das nach der Mode aus der Zeit Herzog Aubreys geschnitten war. Wenn sie mit ihren hübschen jungen Schülerinnen im Garten saß, wirkte sie wie eine grellbemalte Schießbudenfigur, die von einem Gärtner mit einem Sinn fürs Barocke aufgestellt worden war, um die Vögel von seinen Kirschen und Pflaumen zu verscheuchen.

Ihre Schülerinnen glichen allerdings eher Blumen als Früchten – Gartenwicken vielleicht, wie sie so duftend, unbekümmert und sittsam zu zweien durch die Straßen von Lud-in-den-Nebeln spazierten, mit kleinen Kiepenhüten voll weißer Rüschen und in Musselinkleidern, die zwar nach dem gleichen Muster geschnitten, doch von unterschiedlicher Farbe waren.

Auf jeden Fall erinnerten sie an etwas Süßes und Frisches, und in der Stadt waren sie seit jeher als die ›Holzapfelblüten‹ bekannt.

In letzter Zeit waren sie in einen Zustand hämischer Verzückung geraten. Sie hatten Grund zu der Annahme, daß Fräulein Ehrenpreis umworben wurde, und zwar von niemand Geringerem als Endymion Lear.

Er war der Schularzt und also für alle eine vertraute Gestalt. Bis vor kurzem jedoch war Fräulein Ehrenpreis häufig das Opfer seiner erbarmungslosen Zunge gewesen, und oft hatte sich eine seiner jungen Patientinnen gezwungen gesehen, sich das Laken in den Mund zu stopfen, um ein Lachen zu unterdrücken, so drollig und scharf waren die abfälligen Äußerungen, die er der unglücklichen gnädigen Frau angedeihen ließ.

Aber diesen Sommer waren sein vertrauter Stock und sein flaschengrüner Hut fast jeden Abend im Haus gesichtet worden. Und von den Dienern hatten sie erfahren, daß seine Besuche nicht geschäftlicher Natur waren – es sei denn, es gehört zu den Pflichten eines Arztes, jeden Abend vorbeizuschauen und mit seinen Patienten eine Partie Cribbage zu spielen und ihren Kuchen und Buttergoldwein zu kosten.

Überdies war Fräulein Ehrenpreis noch nie so oft in neuen Kleidern erschienen.

»Vielleicht bereitet sie ihre Brauttruhe vor!« kicherte Brünella Hahnenkamm. Allein die Vorstellung löste bei allen Lachkrämpfe aus.

»Glaubst du wirklich, daß er sie heiraten wird? Wie *kann* er nur!« sagte Nelkenwurz Frivolière. »Sie ist so eine alte Schreckschraube und eine alte Gans dazu. Und es heißt, er sei *so klug.*«

»Nun, dann sind sie eben die Gans und der Salbungsvolle!« rief Brünella lachend.

»Vermutlich hat er es auf ihre Ersparnisse abgesehen«, gab Viola Obacht mit einem wissenden Nicken zu bedenken.

»Oder vielleicht will er sie seiner Sammlung von Altertümern einverleiben«, kicherte Ambrosia Pustepuder.

»Oder sie wie ein altes Schild über seiner Apotheke anbringen«, schlug Brünella Hahnenkamm vor.

»Aber für Herzog Aubrey ist das schon ein schwerer Schlag«, sagte Mondliebchen Geißblatt. »Von einem unansehnlichen alten Arzt ausgestochen zu werden!«

»Ja«, stimmte Viola Obacht zu. »Mein Vater sagt, daß es wirklich schade ist, daß sie sich nicht im Gasthof *Herzog Aubrey* ein Zimmer nimmt.« Viola kicherte und errötete leicht. »Dann wäre sie ihm wenigstens wirklich nahe!«

Doch das Gelächter, das auf diese letzte Tirade folgte, klang ein kleines bißchen verschämt; denn die Holzapfelblüten fanden das ein wenig zu gewagt.

Bei Anbruch des Herbstes schickte Fräulein Ehrenpreis urplötzlich alle Dienstboten nach Hause aufs Land zurück; und zur Entrüstung der Holzapfelblüten wurden ihre Stellen (nur vorübergehend, wie Fräulein Ehrenpreis behauptete) von der verrückten Waschfrau, Mutter Schwips, und einem hübschen taubstummen Flittchen mit dreisten schwarzen Augen eingenommen. Mutter Schwips gab nur ein vergleichsweise durchschnittliches Dienstmädchen ab, denn sie brachte den größten Teil ihrer Zeit am Gartentor zu und winkte Passanten mit ihrem Schnupftuch hinterher. Und wenn sie während der Arbeit eine Fiedel oder eine Flöte hörte, aus welcher Entfernung auch immer, hörte sie sofort mit ihrer Tätigkeit auf und fing zu tanzen an. Sie fuchtelte wild mit Besen oder Wärmepfanne in der Luft herum – oder mit jedem anderen Haushaltsgerät, das sie in diesem Augenblick zufällig in der Hand hielt.

Was die Taubstumme betraf – sie war eine recht gute Köchin, doch für eine Anstellung in einer Höhere Töchterschule vielleicht nicht unbedingt geeignet, denn in der ganzen Stadt war sie als ›Scharfe Sissy‹ bekannt.

Eines Morgens ließ Fräulein Ehrenpreis verlauten, daß sie einen neuen Tanzlehrer gefunden habe (der letzte war ganz plötzlich entlassen worden, ohne daß jemand den Grund dafür kannte). Sobald sie mit ihren Nähten fertig seien, sollten sie zum Unterricht auf den Dachboden kommen.

Und so trippelten sie zu dem kühlen, dunklen, angenehmen Boden hinauf, der nach Äpfeln duftete und in dem Weintrauben zum Trocknen an den Dachsparren hingen. Vor langer Zeit war die Schule ein Bauernhof gewesen, und in die eichengetäfelten Wände waren die verschlungenen Initialen vieler bäuerlicher Liebespaare geschnitzt worden, die schon seit Hunderten von Jahren tot waren. Diesen hatten Brünella

Hahnenkamm und Mondliebchen Geißblatt ein Monogramm aus den Buchstaben E.H. und E.L. hinzugefügt.

Ihr neuer Tanzlehrer war ein hochgewachsener, rothaariger junger Mann mit einem spitzen Gesicht und ungewöhnlich strahlenden Augen. Fräulein Ehrenpreis, die stets durchblikken ließ, daß ihre Lehrer sie nur unter Inkaufnahme großer persönlicher Unannehmlichkeiten und aus reiner Menschenfreundlichkeit unterrichteten, stellte ihn als »Professor Fetz« vor, der »sich liebenswürdigerweise bereit erklärt hat, euch das Tanzen beizubringen«. Der junge Mann verbeugte sich tief vor seinen Schülerinnen und sagte, an Fräulein Ehrenpreis gewandt: »Ich habe Euch einen Fiedler mitgebracht, gnä Frau. Und welch einen Fiedler! Eure Handarbeiten haben ihn veranlaßt, hierherzukommen. Er ist Weber von Beruf, und er weiß Seidenstickereien sehr zu schätzen. Er kann Euch eine Reihe wunderschöner Muster zeigen – stimmt's, Portunus?« Dabei klatschte er zweimal in die Hände.

Woraufhin ein kauziger, verhutzelter alter Mann »gleich einer Fledermaus von den Dachsparren«, wie Brünella mit einem unerklärlichen Schaudern Mondliebchen zuflüsterte, aus den Schatten gesprungen kam. Seine Augen strahlten ganz so wie die des Professors, und er schnitt unentwegt die wildesten Grimassen. Unter dem Arm trug er eine Fiedel und einen Bogen.

»Meine Damen«, rief Professor Fetz vergnügt, »darf ich vorstellen: Meister Portunus, Fiedler Seiner Majestät des Mondkaisers, Hofnarr des Herrn über Geister und Schatten … mögen seine Späße auch ohne Rede sein. Er ist einen weiten Weg gekommen, um Euch zum Tanzen zu bringen, meine Damen. *Ha, ha, ha!*«

Der Professor sprang mindestens drei Fuß in die Luft und landete auf Zehenspitzen, so leicht wie ein Knäuel Distelwolle, während Meister Portunus sich die Hände rieb und senil vor sich hin kicherte.

»Welch gewöhnlicher junger Mann! Wie ein einfacher

Hanswurst am Markttag«, flüsterte Viola Obacht Brünella Hahnenkamm zu.

Brünella dagegen, die ihn konzentriert angeschaut hatte, flüsterte zurück: »Ich bin sicher, daß er bei uns als Stallbursche gearbeitet hat. Ich habe ihn nur einmal gesehen, aber ich bin mir sicher. Was *denkt* sich Fräulein Ehrenpreis nur dabei, dergleichen niedrige Leute als Lehrer einzustellen?«

Brünella hatte natürlich keine Einzelheiten über Ranulphs Krankheit erfahren.

Selbst Fräulein Ehrenpreis schien etwas beunruhigt. Sie stand mit offenem Mund da und blinzelte. Offensichtlich wußte sie nicht, was sie sagen sollte. Dann blickte sie den alten Mann an und sagte in ihrem besten Gesellschaftston, wie sehr sie sich freue, einen anderen Freund der Handarbeit kennenzulernen. Dann wandte sie sich an Professor Fetz und fügte mit gurrender, honigsüßer Stimme hinzu: »Ich möchte dem guten Doktor zum Geburtstag ein Paar Pantoffeln besticken, und das Muster soll ausgesprochen o-ri-gi-nell werden. Vielleicht ist dieser Herr so freundlich, mir eine seiner Vorlagen zu leihen.«

Daraufhin drehte der Professor eine weitere stürmische Pirouette, klatschte vergnügt in die Hände und rief: »O ja, o ja, dafür ist Portunus genau der Richtige. Portunus wird Eure Stiche das Tanzen lehren, *ha, ha, ha*«.

Und er und Portunus stießen einander in die Rippen und lachten, bis ihnen die Tränen über die Wangen liefen.

Schließlich riß sich der Professor zusammen, bat Portunus, seine Fiedel zu stimmen, und forderte die jungen Damen auf, sich für den ersten Tanz in zwei Reihen aufzustellen.

»Wir fangen mit *Akelei* an«, sagte er.

»Aber das ist doch nur ein Volkstanz für Bauersleute!« schmollte Mondliebchen Geißblatt.

Und Brünella Hahnenkamm trat kühn vor Fräulein Ehrenpreis hin und sagte: »Bitte, gnä Frau, können wir nicht mit den Giguen und Quadrillen fortfahren, die wir sonst lernen?

Ich glaube nicht, daß es Mutter gefiele, wenn ich neue Sachen lerne. Und *Akelei* ist so ordinär.«

»Ordinär! Neu!« rief Professor Fetz mit schriller Stimme. »Mein hübsches Fräulein, *Akelei* wurde bereits im Mondschein getanzt, als Lud-in-den-Nebeln nur ein Buchenwäldchen zwischen zwei Flüssen war. Das Stumme Volk tanzt ihn entlang der Milchstraße. Das ist der Tanz des Lachens und der Tränen.«

»Professor Fetz wird euch sehr alte und vornehme Tänze beibringen, meine Lieben«, erklärte Fräulein Ehrenpreis. »Tänze, die zu Zeiten Herzog Aubreys bei Hofe getanzt wurden – das ist doch richtig, Professor Fetz?«

Aber der sonderbare alte Fiedler stimmte bereits sein Instrument, und Professor Fetz, der offensichtlich der Meinung war, sie hätten bereits genug Zeit vertändelt, gebot seinen Schülerinnen, sich bereitzuhalten.

Die Holzapfelblüten folgten seiner Aufforderung ausgesprochen mürrisch, denn sie ärgerten sich über die Maßen darüber, daß sie einem gewöhnlichen Rüpel gehorchen sollten. Und dann wurde noch von ihnen verlangt, alberne, altmodische Tänze zu lernen, mit denen sie nichts anfangen konnten, wenn sie erwachsen waren.

Doch der Bogen des alten Fiedlers war gewiß verzaubert! Und auf der ganzen Welt gab es gewiß keine Melodie, die so schwermütig, leichtfüßig und verlockend klang! Ob sie wollten oder nicht, sie mußten ihrem Ruf folgen.

Ohne recht zu wissen, wie ihnen geschah, trippelten und tänzelten, schwebten und hüpften sie. Ihr Geist stand in Flammen, während Fräulein Ehrenpreis im Takt mit dem Kopf wippte und Professor Fetz Anweisungen rief. Er schlängelte sich zwischen ihnen hindurch, als wären sie nur Perlen und er die Schnur, auf der sie aufgezogen waren.

Plötzlich brach die Musik ab, und die Holzapfelblüten ließen sich mit roten Wangen gegen einen Stapel Säcke in der Ecke auf den Boden fallen. Wahrscheinlich zum erstenmal in ihrem Leben war es ihnen gleichgültig, ob sie ihre Kleider dabei in Mitleidenschaft zogen. Sie lachten und fächerten sich mit ihren Schnupftüchern Luft zu.

Aber Fräulein Ehrenpreis rief energisch: »Nicht da, meine Lieben! Nicht da!«

Etwas überrascht wollten sie gerade aufstehen, als ihr Professor Fetz etwas ins Ohr flüsterte und sie mit einem bedeutungsvollen Nicken sagte: »Also gut, meine Lieben, bleibt, wo ihr seid. Ich dachte nur, der Boden sei vielleicht zu schmutzig für euch.«

»Nun ja«, sagte Mondliebchen Geißblatt, »so schlimm war es gar nicht.«

»Nein«, gab Brünella Hahnenkamm widerwillig zu, »der alte Mann kann wirklich Geige spielen.«

»Was wohl in diesen Säcken ist? Für Äpfel fühlt es sich zu weich an«, sagte Ambrosia Pustepuder und versetzte dem Sack, an den sie sich lehnte, aus reiner Neugier einen Stoß.

»Sie riechen ziemlich sonderbar«, sagte Mondliebchen.

»Widerlich!« entgegnete Brünella und rümpfte das zierliche Näschen.

Und dann flüsterte sie mit einem Kichern: »Die Gans und den Salbei hatten wir doch schon. Vielleicht sind es diesmal die Zwiebeln!«

In diesem Augenblick stimmte Portunus erneut seine Fiedel, und Professor Fetz forderte sie lauthals auf, sich ein weiteres Mal in zwei Reihen aufzustellen.

»Dieses Mal, meine Fräulein«, sagte er, »handelt es sich um einen schwermütigen Tanz, also sollte Fräulein Ehrenpreis unbedingt mittun – ›ein äußerst vornehmer Tanz, wie er zu Herzog Aubreys Zeiten bei Hofe getanzt wurde!‹«, sagte er und zwinkerte ihnen spitzbübisch zu.

Seine Nachahmung der Stimme von Fräulein Ehrenpreis war so vortrefflich gelungen, daß die Holzapfelblüten ein Kichern nicht unterdrücken konnten, obwohl er doch ein solch gewöhnlicher Rüpel war.

»Ich möchte jedoch bitten, genau auf die Melodie zu hören, bevor Ihr mit dem Tanz beginnt«, fuhr er fort. »Nun aber los, Portunus!«

»Aber – das ist doch schon wieder *Akelei* …«, wollte Brünella spöttisch sagen.

Doch die Worte gefroren ihr auf den Lippen, und sie blieb wie verzaubert und angsterfüllt stehen.

Es war *Akelei,* allerdings mit einem Unterschied. Denn seit sie die Melodie das letzte Mal gehört hatten, schien sie gestorben und durch seltsame Lande geirrt zu sein, um dann als zorniger Geist zur Erde zurückzukehren.

»Also los, *tanzt*!« rief Professor Fetz in einem strengen, gebieterischen Tonfall.

Und sie gehorchten ihm aus reiner Notwehr – als könnten sie der Melodie, die ihnen in alle Glieder fuhr, durch den Tanz irgendwie entkommen.

»Drinnen und draußen, kugelrund, hinein und heraus,
Hierhin und dorthin, schnurstracks gradaus,
Mit Maiglöckchen, Gamander und Brotstückchen in Wein¿
Mit Weinrosen
Und einem Freudenfeuer
Einer Erdbeerranke
Und Akelei«,

sang Professor Fetz. Und hinein und heraus, hinein und heraus aus dem Labyrinth der Träume schlängelten sich die Holzapfelblüten.

Doch dann änderte das Stück die Tonart. Es wurde wieder vergnügt – vergnügt und trotzdem sonderbar und äußerst furchterregend.

»Jedes Mädchen dem Herzog, dem Herzog im grünen Gewand,
In Landen, wo Sonne und Mond nicht scheinen,
Mit Maiglöckchen, Gamander und Brotstückchen in Wein¿

Mit Weinrosen
Und einem Freudenfeuer
Einer Erdbeerranke
Und Akelei«,

sang Professor Fetz und schlängelte sich hierhin und dorthin zwischen seinen Schülerinnen hindurch – vielmehr schlängelte er sich nicht, er sprang, flitzte, sauste, während sein Gesang mit jedem Augenblick schriller klang und sein Lachen wilder wurde.

Und dann – woher und wie, konnte niemand sagen – hatte sich ein weiterer Tänzer zu ihnen gesellt.

Er trug ein grünes Gewand und eine schwarze Maske. Und obwohl jede mit jeder über Kreuz schritt und durch die Mitte hindurch und obwohl die Tänzerinnen unablässig ihren Standort wechselten, wie es die komplizierten Figuren des Tanzes verlangten, stand der Neuankömmling merkwürdigerweise nie neben *dir* – er tanzte immer mit einer anderen. *Du* spürtest nie die Berührung seiner Hand. Diese Erfahrung machte jede einzelne Holzapfelblüte.

Doch Mondliebchen Geißblatt erhaschte einen Blick auf seinen Rücken und entdeckte einen Buckel darauf.

⁂7. KAPITEL⁂

Meister Ambrosius Geißblatt jagt eine Wildgans und hat eine Vision

Meister Ambrosius Geißblatt hatte sein Mittagsmahl beendet und rauchte auf seinem mit Gänseblümchen übersäten Rasen, unter den Ästen eines großen, kühlen, sich gelb färbenden Limonenbaums seine Tabakspfeife. Neben ihm saß seine untersetzte, gemütliche Frau, Dame Jasmin, und fächelte sich friedlich in den Schlaf. Auf ihrem Schoß schnarchte und röchelte ihr pilzfarbener Mops mit der rosigen Zunge.

Meister Ambrosius grübelte über die Ladung Bernsteinblütengeist nach, die er jeden Tag erwartete – einen goldfarbenen Wein aus dem Osten, für dessen Import nach Dorimare seine Firma das Monopol besaß.

Unvermittelt wurde er jedoch aus seinen angenehmen Träumereien gerissen. Aus dem Haus drangen laute, aufgeregte Stimmen, und als er sich in seinem Gartenstuhl schwerfällig umwandte, sah er seine Tochter Mondliebchen, die mit wildem Blick und zerzaustem Haar über den Rasen auf ihn zustürzte, gefolgt von einer Horde Dienstboten mit angsterfüllten Gesichtern, die alle gleichzeitig plapperten.

»Mein liebes Kind, was soll das? Was soll das?« rief er unwirsch.

Ihre einzige Antwort bestand in einem gequälten Blick und einem panischen Stöhnen: »Das Grauen der Mittagszeit!«

Dame Jasmin setzte sich erschrocken auf, rieb sich die Augen und rief: »Du meine Güte, ich glaube, ich bin eingenickt. Aber… Mondliebchen! Ambrosius! Was ist geschehen?«

Doch bevor Meister Ambrosius antworten konnte, stieß Mondliebchen drei Schreie aus, bei denen ihnen das Blut in den Adern gefror, und kreischte: »Das Grauen! Das Grauen! Der Ton, der nie verklingt! *Zerbrecht* die Fiedel! *Zerbrecht* die Fiedel! Oh, Vater, leise, tretet auf Zehenspitzen hinter ihn, schneidet die Saiten durch. Schneidet die Saiten durch und laßt mich hinaus, ich sehne mich nach Finsternis.«

Einen Augenblick lang stand sie reglos da, den Kopf im Nacken, die Augen wachsam und angsterfüllt wie ein in die Enge getriebenes Tier. Dann rannte sie flink wie ein Kaninchen über den Rasen, schaute über die Schulter hinweg zurück, als würde sie von etwas verfolgt, stürzte durch das Gartentor hinaus und verschwand vor den überraschten Augen aller.

Die Dienstboten, die sich bisher in respektvoller Entfernung gehalten hatten, drängten nun heran und riefen wild durcheinander: »Das arme Fräulein!« »Sie hat einen Sonnenstich, so sicher, wie ich Gräte heiße!« und: »Du liebe Zeit, was hat mir ihr Schrei für einen Schreck eingejagt!«

Der Mops kläffte mit solchem Nachdruck, daß seine pilzfarbenen Hinterbacken beinahe geplatzt wären, und Dame Jasmin bekam fast einen hysterischen Anfall.

Meister Ambrosius stand eine Weile verblüfft da, biß die Zähne zusammen und stapfte dann so schnell, wie es ihm nach fünfzig Jahren Wohlleben möglich war, über den Rasen, zum Gartentor hinaus, auf die Gasse und die Hauptstraße hinunter.

Dort schloß er sich einer rennenden Menschenmenge an, die – dem Gesetz entsprechend, das Menschen zwingt, einen Flüchtling zu verfolgen – sich alle Mühe gab, Mondliebchen einzuholen.

Das Blut pochte heftig in den Schläfen von Meister Ambrosius, und in seinem Gehirn schien sich ein Stau zu bilden. Er war sich nur noch bewußt, daß er äußerst wütend auf Meister Nathan Hahnenkamm war, weil dieser die Kopfsteine auf der Hauptstraße in letzter Zeit nicht hatte erneuern lassen – sie waren so verdammt rutschig.

Unterhalb dieses oberflächlichen Zorns summte jedoch wie eine Hornisse eine namenlose Sorge.

Immer weiter stapfte er hinter der Jagdgesellschaft her – schnaufte, keuchte, ächzte, rutschte auf alten Kopfsteinen aus und stolperte über die alte Brücke, die die Scheck überspannte. Wie im Delirium nahm er undeutlich wahr, daß Fenster aufgerissen, Köpfe herausgestreckt wurden, schrille Stimmen nach der Ursache des Aufruhrs fragten und daß die Worte »Das kleine Fräulein Geißblatt läuft vor ihrem Papa fort« von Mund zu Mund getragen wurden.

Als sie die Stadtmauer erreichten, mußten sie unvermittelt stehenbleiben, denn ein Leichenzug – dem Anschein nach für einen Bauern aus der Gegend – schlängelte sich stadteinwärts, dem Schauerfeld entgegen, und die Verfolger mußten notgedrungen respektvoll warten und ihrem Opfer gestatten, hinter einer Biegung der Landstraße zu verschwinden.

Meister Ambrosius war zu ungeduldig und zu sehr außer Atem, um wirklich zu erfassen, was um ihn herum vorging. Aber da die Sinne in solchen Augenblicken ihren Dienst wie von selbst verrichten, sah er durch das Fenster des Leichenwagens, daß aus dem Sarg eine rote Flüssigkeit tröpfelte.

Der erzwungene Aufenthalt brach den Bann blinder Entschlossenheit, der die Verfolger bis jetzt zu einer Einheit zusammengeschweißt hatte. Nun hörten sie auf, eine Meute zu sein, und wurden wieder zu einzelnen Individuen, deren jedes sich einer anderen Angelegenheit widmen mußte.

»Das junge Mädchen ist zu leichtfüßig für uns«, sagten sie und grinsten reuevoll.

»Richtig, sie ist eine Wildgans, das ist sie, und ich fürchte, sie ist uns davongeflattert«, entgegnete Meister Ambrosius mit einem verlegenen Lachen.

Allmählich wurde er sich schmerzlich der Unschicklichkeit der Situation bewußt – er, ein ehemaliger Bürgermeister und Richter und – was noch viel bedeutungsvoller war – der Kopf der altehrwürdigen Familie Geißblatt, stapfte durch die Straßen von Lud-in-den-Nebeln, einer Meute von Lehrlingen und Handwerkern hinterher, die seine ungezogene, verrückte Wildgans von einer Tochter verfolgten!

Wirklich schade, daß Nat nicht an meiner Stelle ist! dachte er bei sich. Ich glaube, er hätte seinen Spaß gehabt.

In diesem Augenblick kam ein Bauer auf seinem Einspänner daher, und als er die erhitzte, keuchende Menge sah, die dastand und sich die Stirn wischte, fragte er sie, ob sie ein junges Mädchen suchten, denn wenn dem so sei, sei er vor einer Viertelstunde einem begegnet, jenseits der Zollschranke. Sie sei wie ein Kaninchen gerannt, und er habe ihr zugerufen, sie solle stehenbleiben, aber sie habe ihm keine Beachtung geschenkt.

Inzwischen war Meister Ambrosius wieder Herr seiner fünf Sinne und seines Atems.

Unter den vormaligen Verfolgern entdeckte er einen seiner Angestellten, und er hieß ihn, zu den Ställen zurückzurennen und dreien seiner Stallburschen zu bestellen, sie sollten seiner Tochter umgehend hinterherreiten.

Dann machte er sich selbst mit strenger Miene auf den Weg zur Schule.

Es war nur gut, daß er die Bemerkungen nicht hörte, die seine vormaligen Gefährten auf ihrem Rückweg in die Stadt austauschten, denn er hätte festgestellt, daß sie weder verständnis- noch respektvoll waren. Die Ratsherren wurden vom Pöbel zweifelsohne nicht geliebt. Da sie Mondliebchens unheimliche Schreie oder ihre wilden Äußerungen nicht gehört hatten, gingen sie davon aus, daß ihr Vater sie wegen eines leichten Fehlverhaltens schikaniert und sie daraufhin die Beine in die Hand genommen habe.

»Und wenn alle diese fetten Schweine von Ratsherren«, sagten sie, »etwas öfter rennen müßten, nun, dann gäben sie einen besseren Schinken ab!«

Meister Ambrosius mußte sich wiederholt des Türklopfers bedienen, bevor die Tür der Schule von Fräulein Ehrenpreis höchstpersönlich geöffnet wurde.

Sie schien fahrig und, so hatte Meister Ambrosius den Eindruck, ein wenig zerstreut. Ihr Gesicht wirkte blaß, und ihre Augenlider waren über die Maßen rot.

»Fräulein Ehrenpreis!« rief er mit Donnerstimme. »Was bei der Seele Ernte habt Ihr meiner Tochter Mondliebchen angetan? Und falls sie krank war, warum wurde uns das nicht mitgeteilt, das wüßte ich gern. Ich erwarte eine Erklärung, und ich gedenke sie zu erhalten!«

Fräulein Ehrenpreis machte ein jämmerliches Gesicht und bat den zornigen Herrn in den Salon, während sie mit vielen Worten nichts sagte. Doch außer unzusammenhängendem Gestammel dahin gehend, daß die Kinder eines kühlenden Luftzugs bedurften, ausgesprochen dickköpfig seien und vielleicht ein klein wenig zuviel Sonne abbekommen hätten, brachte er nichts aus ihr heraus. Es war offensichtlich, daß sie Todesängste ausstand und daß sie außerdem etwas verheimlichen wollte.

Aufgrund seiner Erfahrung als Richter wurde Meister Ambrosius bald klar, daß sie eine jener Zeuginnen war, auf die er seine Zeit nicht zu verschwenden brauchte. Also sagte er streng: »Ihr selbst seid offensichtlich nicht in der Lage, vernünftig zu reden, aber eine Eurer Schülerinnen mag vielleicht über diese nützliche Fähigkeit verfügen. Doch ich warne Euch … wenn meiner Tochter irgend etwas geschieht, werdet Ihr dafür zur Verantwortung gezogen. Und jetzt ruft mir … laßt mich überlegen … ruft mir Brünella Hahnenkamm herunter, sie war schon immer ein kluges Mädchen mit einem kühlen Kopf. Sie kann mir sicherlich erklären, was mit Mondliebchen los ist – und das ist mehr, als man scheints von Euch erwarten kann.«

Fräulein Ehrenpreis stammelte fast vor panischer Angst und stotterte etwas von »Unterrichtsstunden« und »wünschenswerter Regelmäßigkeit« und »die liebe Brünella« sei »in letzter Zeit selbst etwas durcheinander«.

Meister Ambrosius wiederholte jedoch mit Donnerstimme: »Ruft mir Brünella Hahnenkamm, und zwar *sofort*!«

Und wie er so dastand, streng und aufrecht, machte er eine beeindruckende Figur.

So konnte Fräulein Ehrenpreis nur ihre Zustimmung stammeln, blinzeln und ihm versprechen, »die liebe Brünella« umgehend zu ihm herunterzuschicken.

Als sie ihn schließlich alleingelassen hatte, schritt Meister Ambrosius ungeduldig auf und ab, runzelte die Stirn und schüttelte von Zeit zu Zeit den Kopf.

Dann blieb er stockstill stehen, tief in Gedanken versunken. Geistesabwesend nahm er einen Leinenschuh vom Arbeitstisch, der offenbar gerade in mehreren leuchtenden Farbtönen mit Wolle bestickt wurde.

Anfangs starrte er ihn mit leerem Blick an.

Dann betrachtete er den Schuh etwas genauer. Das halbfertige Muster zeigte dem Anschein nach Walderdbeeren. Allerdings waren die Beeren violett und nicht rot.

Die Arbeit war wirklich vorzüglich ausgeführt. Ganz ohne Zweifel, Fräulein Ehrenpreis erwies sich als eine äußerst geschickte Stickerin.

»Aber wozu sind Handarbeiten gut? Einen gesunden Menschenverstand lehren sie nicht«, murmelte er ungeduldig.

»Und wie charakteristisch für eine Frau!« fügte er mit leisem, verächtlichem Schnauben hinzu. »Sind ihr *rote* Erdbeeren nicht gut genug? Sie muß es besser machen als die Natur – mit eingebildeten Dummheiten und violetten Erdbeeren!«

Aber er war nicht in Stimmung, seine Zeit und Aufmerksamkeit auf einen halbbestickten Pantoffel zu verschwenden, und so warf er ihn fort. Er wollte gerade aus dem Zimmer marschieren und lauthals nach Brünella Hahnenkamm rufen, als sich die Tür öffnete und sie hereintrat.

Hätte ein Fremder eine Jungfer aus der Oberschicht von Lud-in-den-Nebeln kennenlernen wollen, hätte er in Brünella Hahnenkamm ein Musterexemplar gefunden.

Sie war blond, mollig und hatte Grübchen. Darüber hinaus war bei ihr – wie bei ihrer Mutter – der unbarmherzige gesunde Menschenverstand ihrer revolutionären Vorfahren zu einem ebenso unbarmherzigen Sinn für Humor, wenn auch nicht abgemildert, so doch vereinfacht worden.

So war Brünella Hahnenkamm *früher* gewesen.

Als sie jedoch in diesem Augenblick das Zimmer betrat, rief Meister Ambrosius in Gedanken aus: Sapperlot! Wie unansehnlich das Mädchen doch geworden ist!

Allerdings war das natürlich eine Frage des Geschmacks. Manche Leute mochten sie für weit hübscher halten, als sie je gewesen war. Sie war zweifellos weniger mollig und sichtlich blasser. Die Veränderung im Ausdruck ihrer Augen war jedoch am auffälligsten.

Bisher waren sie ebenso unstet und rastlos gewesen (und, um den Reizen von Brünella gerecht zu werden, ebenso goldbraun) wie ein Bienenpaar im Sommer – sie huschten von einer Kleinigkeit zur nächsten und sogen das Unwesentliche aus ihnen heraus. Aus diesen Tausenden von Nebensächlichkeiten bildeten sie jenen minderwertigen Honig, der so gern ›weibliche Klugheit‹ genannt wird.

Jetzt allerdings waren diese Augen müßig.

Oder besser gesagt – in ihrer Erinnerung schien sich ihr ein Anblick zu bieten, der so fesselnd war, daß nichts mehr ihren Blick auf sich ziehen konnte.

Meister Ambrosius konnte nicht anders, er fühlte sich in ihrer Gegenwart etwas unbehaglich. Er versuchte jedoch, sie in jenem Tonfall gönnerhaften Geplänkels zu begrüßen, in den er immer verfiel, wenn er seine Tochter oder ihre Freundinnen anredete. Aber seine Stimme klang unnatürlich, als er rief: »Nun, Brünella, was habt ihr denn nur mit meiner Mondliebchen angestellt? Sie kam nach dem Abendessen nach Hause gelaufen, und wenn nicht hellichter Tag gewesen wäre, würde ich sagen, sie habe ein Gespenst gesehen. Und dann ist sie davongerannt, so schnell sie konnte, hügelauf und talabwärts, wie auf einer Schnitzeljagd ohne Schnitzel. Was habt ihr mit ihr angestellt?«

»Ich glaube nicht, daß wir etwas mit ihr angestellt haben, Vetter Ambrosius«, erwiderte Brünella mit leiser, sonderbar tonloser Stimme.

Seit der Szene mit Mondliebchen an jenem Nachmittag hatte Meister Ambrosius das seltsame Gefühl, daß die Tatsachen ihre Festigkeit verloren. Und er hatte dieses Haus mit der ausdrücklichen Absicht betreten, ihnen diese Festigkeit mit allen nur denkbaren Mitteln zurückzugeben. Statt dessen verschwanden sie jäh und verflüchtigten sich in einer nebulösen Atmosphäre.

Meister Ambrosius besaß jedoch stärkere Nerven und größere Entschlußkraft als Meister Nathan. Zwei Tatsachen blieben gefestigt: Seine Tochter war fortgelaufen, und dafür war Fräulein Ehrenpreis' Bildungsanstalt verantwortlich. An diesen hielt er mit Bestimmtheit fest, als wären sie Hanteln, die ihn daran hinderten, zur Decke emporzuschweben.

»Nun, Brünella«, sagte er streng, »an dieser ganzen Angelegenheit ist einiges merkwürdig, und ich glaube, daß du dafür eine Erklärung hast. Nun? Ich warte.«

Brünella lächelte ihn geheimnisvoll an.

»Was hat sie denn gesagt, als Ihr sie gesehen habt?« wollte sie wissen.

»Gesagt? Nun ja, offensichtlich hat die Angst sie um den Verstand gebracht, und sie wußte nicht mehr, was sie sagte. Sie hat drauflosgeplappert, die Sonne sei zu heiß – obwohl ich den Eindruck habe, daß völlig normales Herbstwetter herrscht. Und dann hat sie dauernd gesagt, wir sollen jemandem die Fiedelsaiten durchschneiden … Ach, ich weiß nicht, was alles!«

Brünella stieß einen leisen Entsetzensschrei aus.

»*Schneidet die Fiedelsaiten durch!*« wiederholte sie ungläubig. Und dann fügte sie mit einem triumphierenden Lachen hinzu: »Das *kann* sie gar nicht!«

»Also bitte, junges Fräulein«, rief er grob, »hör mit dem Unsinn auf! Weißt du oder weißt du nicht, was Mondliebchen gepackt hat?«

Ein oder zwei Sekunden lang sah sie ihn schweigend an, und dann sagte sie langsam: »Niemand weiß jemals, was mit anderen Menschen geschieht. Aber angenommen … einmal angenommen, sie hätte Feenfrüchte gegessen?« Sie lächelte ein wenig spöttisch.

Meister Ambrosius hatte es vor Entsetzen die Sprache verschlagen, und er starrte sie an.

Dann platzte er plötzlich los: »Du unflätige kleine Göre! Wie kannst du es wagen …«

Doch Brünellas Augen blieben weiterhin auf das Fenster gerichtet, das auf den Garten hinausging, und instinktiv blickte auch er in diese Richtung.

Für einen Moment dachte er, das Porträt von Herzog Aubrey, das im Ratssaal in der Gildenhalle hing, sei an die Wand von Fräulein Ehrenpreis' Salon gehängt worden. Im Fensterrahmen, vor dem belaubten Hintergrund des Gartens, stand vollkommen reglos ein junger Mann in altertümlicher Kleidung. Das Gesicht, die rostroten Ringellocken, das grüne Gewand, der ländliche Hintergrund – all das, bis hin zum Jagdhorn, um das Blumen geflochten waren und das er in einer Hand hielt, einen menschlichen Schädel in der anderen, glich bis aufs Haar der Darstellung auf jenem berühmten Porträt.

»Bei den Weißen Frauen der Felder!« murmelte Meister Ambrosius und rieb sich die Augen.

Als er jedoch noch einmal hinsah, war die Gestalt spurlos verschwunden.

Einige Sekunden lang stand er mit offenem Mund völlig verwirrt da, und Brünella ergriff die Gelegenheit und schlüpfte unbemerkt aus dem Zimmer.

Dann kam er wieder zur Besinnung und fing an zu toben. Sie hatten ihm einen Streich gespielt, einen üblen, geschmacklosen Streich – ihm, Ambrosius Geißblatt, dem Ratsherrn und ehemaligen Bürgermeister. Doch sie würden dafür bezahlen, bei Sonne, Mond und Sternen, sie würden dafür bezahlen! Und er drohte den mit Efeu und Blausternen bedeckten Wänden mit der Faust.

Im Augenblick war er jedoch derjenige, der dafür bezahlte. Gegen sein einziges Kind war eine entsetzliche Anschuldigung erhoben worden. Und – vielleicht – war diese Anschuldigung wahr.

Nun, man mußte den Tatsachen in die Augen blicken. Er hatte sich inzwischen wieder beruhigt, und mit seiner strengen, unbeweglichen Miene gab er eine weit beeindruckendere Figur ab als das tobende, sich ereifernde Geschöpf noch vor wenigen Sekunden. Er war fest entschlossen, der Angelegenheit auf den Grund zu gehen. Entweder nähme er seine Tochter gegen die abscheuliche Andeutung, die Brünella Hahnenkamm gemacht hatte, in Schutz, oder, wenn diese entsetzliche Sache wahr war (und eine Stimme in seinem Kopf, die er nicht zum Schweigen bringen konnte, wiederholte unentwegt, *daß* sie wahr sei), er träte der Situation tapfer entgegen und fände zum Wohle der Stadt heraus, wer für all das verantwortlich war, und würde ihn der Strafe zuführen, die er verdiente.

In ganz Lud-in-den-Nebeln gab es vermutlich niemanden, der im selben Maße unter einem solchen Skandal in der Familie gelitten hätte wie Meister Ambrosius Geißblatt. Die Art und Weise, wie er dieser Möglichkeit unerschrocken entgegentrat, hatte etwas Großartiges. Nicht einen Augenblick lang dachte er darüber nach, die Angelegenheit zu vertuschen, um den Ruf seiner Tochter zu schützen.

Nein, die Gerechtigkeit mußte ihren Lauf nehmen, selbst wenn die ganze Stadt erfuhr, daß das einzige Kind von Ambrosius Geißblatt – und ein Mädchen dazu, was die Sache noch schlimmer zu machen schien – von den Feenfrüchten gegessen hatte.

Was seine Vision von Herzog Aubrey betraf, *die* tat er als eine Halluzination ab, an der seine Aufregung schuld war und vielleicht auch die hysterische Atmosphäre, die wie dichter Nebel über der Schule zu liegen schien.

Bevor er den Salon von Fräulein Ehrenpreis verließ, fiel sein Blick auf den bestickten Pantoffel, den er ungeduldig fortgeworfen hatte, nachdem Brünella Hahnenkamm hereingekommen war.

Er lächelte grimmig; vielleicht lag es nicht nur an weiblicher Überspanntheit, daß die Erdbeeren violett statt rot waren. Sie mochte eine echte Vorlage für ihre Stickereien gehabt haben.

Er steckte den Pantoffel in die Tasche. Vor Gericht konnte er sich als wertvoll erweisen.

Allerdings irrte sich Meister Ambrosius gründlich mit seiner Annahme, die auf den Pantoffel gestickten Beeren seien Feenfrüchte.

8. KAPITEL

Endymion Lear wirkt verängstigt, und eine alte Freundschaft geht in die Brüche

Meister Ambrosius erwartete ganz ohne Frage, daß er nach Hause käme und seine Tochter anträfe, von einem seiner Stallburschen in sichere Obhut genommen.

Das war jedoch nicht der Fall, und er sah sich einer weiteren beängstigenden Möglichkeit gegenüber. Mondliebchen war zuletzt gesehen worden, wie sie so schnell und unermüdlich *nach Westen* rannte, daß auf eine treibende Kraft geschlossen werden mußte, die übermenschlich war. Was würde geschehen, wenn sie auf die Umstrittenen Hügel zuhielt? Wenn sie diese Berge erst einmal überquert hätte, würde sie in Dorimare nie wieder gesehen werden.

Er mußte sofort zu Schweigeschick gehen und Alarm schlagen. Suchmannschaften mußten umgehend losgeschickt werden, um das Land von einem Ende zum anderen umzugraben.

Auf seinem Weg hinaus wurde er von Dame Jasmin aufgehalten, die sich in jenem wehleidigen, nörglerischen Zustand befand, der ihm so zuwider war.

»Wo hast du nur gesteckt, Ambrosius?« rief sie mißmutig. »Erst schreit Mondliebchen wie eine wahnsinnige Küchenschabe! Und dann rennst du davon, noch dazu unmittelbar nach dem Abendessen, und mich läßt du im Stich, während ich doch so aufgeregt war, daß ich fast in Ohnmacht gefallen wäre! Wo warst du nur, Ambrosius?« Ihre Stimme wurde schrill. »Ich wünsche wirklich, daß du zu Fräulein Ehrenpreis gehst und ihr sagst, daß sie Mondliebchen nicht gestatten darf, ein solcher Wildfang zu sein und ihren Eltern Streiche zu spielen … Mitten am Tag kommt sie nach Hause gerannt und redet solchen albernen Unsinn. Sie ist wirklich ein ausgesprochen ungezogenes Mädchen, uns einen solchen Schreck einzujagen. Fast fühle ich mich bemüßigt, die Schule aufzusuchen und sie ordentlich auszuschelten.«

»Hör auf zu plappern, Jasmin, und laß mich gehen!« rief Meister Ambrosius. »Mondliebchen ist nicht in der Schule.«

Und mit geradezu grausamer Befriedigung rief er, als er aus dem Zimmer eilte, über die Schulter zurück: »Ich fürchte sehr, daß du deine Tochter nie wiedersehen wirst, Jasmin.«

Ungefähr eine halbe Stunde später kam er weit niedergeschlagener nach Hause, als er losgelaufen war, denn er hatte von Schweigeschick erfahren, daß der Verzehr von Feenfrüchten in letzter Zeit in erschreckendem Maße zugenommen hatte. Er traf Endymion Lear an, der mit seiner Frau im Salon saß.

Die Abschiedsworte ihres Gatten hatten bei ihr einen hysterischen Anfall ausgelöst, und die erschrockenen Dienstboten, die Schlimmes befürchteten, hatten auf eigene Verantwortung den einzigen Arzt in ganz Lud gerufen, dem sie vertrauten – Endymion Lear. Nach Dame Jasmins gelassenem und lächelndem Gesichtsausdruck zu schließen, war es ihm gelungen, den entsetzlichen Eindruck zu vertreiben, den die Abschiedsworte ihres Gatten hinterlassen hatten. Das, was sie mit Vorliebe ihren Verstand nannte, schien in einen Zustand der Normalität zurückgekehrt zu sein – will sagen in den eines Kessels, der gerade genug Wasser enthält, um auf schwacher Flamme in aller Ruhe vor sich hin zu köcheln.

Sie begrüßte Meister Ambrosius mit einem Lächeln, das für ihre Verhältnisse höchst erwartungsvoll wirkte.

»Oh, Ambrosius!« rief sie. »Ich habe mich so nett mit Doktor Lear unterhalten. Er hat gesagt, daß Mädchen in Mondliebchens Alter oft albern und erregt sind, auch wenn *ich* das sicher nie war, und daß sie sicherlich vor heute abend nach Hause gebracht werden wird. Ich glaube allerdings, daß wir sie von Fräulein Ehrenpreis fortholen sollten. Sie hat wirklich schon genug gelernt – ich kenne keine, die Butter schöner formen könnte. Ich glaube, wir sollten vor Winteranfang einen Ball für sie geben. Wenn Ihr mich also entschuldigt, Doktor Lear, ich muß mich da um einiges kümmern...« Und sie eilte geschäftig hinaus, um Mondliebchens Brauttruhe durchzusehen, die sie nach Dorimaranischer Tradition seit der Geburt ihrer Tochter mit Spitzen-, mit Samt- und mit Brokatstoffen gefüllt hatte.

Dame Jasmin wurde nicht ohne Grund für die dümmste Frau in Lud-in-den-Nebeln gehalten. Darüber hinaus kam der Mangel an bildlicher Vorstellungskraft und ehrlicher Empfindsamkeit der Luditen in ihrem Fall gefühlsmäßigem Schwachsinn gleich.

Meister Ambrosius war plötzlich mit Endymion Lear allein. Obwohl er den Mann nie gemocht hatte, war er froh über die Gelegenheit, ihn zu konsultieren. Wie groß seine gesellschaftlichen Unzulänglichkeiten auch sein mochten, so wußte Meister Ambrosius doch, daß er unbestreitbar der beste Arzt im Lande war, und ein kluger Kerl dazu.

»Lear«, sagte er ernst, nachdem Dame Jasmin das Zimmer verlassen hatte, »in der Schule gehen sonderbare Dinge vor... *äußerst* sonderbare Dinge.«

»Tatsächlich?« entgegnete Endymion Lear in überraschtem Tonfall. »Was für Dinge denn?«

Meister Ambrosius stieß ein kurzes Lachen aus. »Nicht die Art von Dingen, wenn mein Verdacht sich bestätigt, über die man gern spricht – selbst unter Männern. Aber ich sage Euch, Lear, auch wenn ich kein besonders phantasievoller Mensch bin – wenn ich noch etwas länger in diesem Haus geblieben wäre, hätte ich den Verstand verloren. Das ganze Gebäude stinkt nach... nun, nach bösartigem Unsinn, und ich habe sogar – ich, Ambrosius Geißblatt – *Dinge* gesehen, völlig lächerliche Dinge.«

Endymion Lear sah ihn gespannt an.

»Was für Dinge, Meister Ambrosius?« fragte er.

»Ach, sie sind es nicht wert, wiederholt zu werden – höchstens insofern, als sie zeigen, wie die Phantasiegebilde alberner, überspannter Frauen manchmal ansteckend sein können. Ich habe mir doch tatsächlich eingebildet, ich sähe das Spiegelbild des Porträts von Herzog Aubrey aus dem Ratssaal in einem der Fenster. Und wenn *ich* schon anfange, mir Dinge einzubilden – nun, dann ist an der Sache irgend etwas faul.«

Endymion Lears Miene war unergründlich.

»Optische Täuschungen kommen durchaus vor, Meister Ambrosius«, sagte er ruhig. »Sogar die Augen eines Ratsherrn können ihm einen Streich spielen. Optische Täuschungen, juristische Fiktionen – und die Welt dreht sich weiter.«

Meister Ambrosius brummte verächtlich. Er haßte es, wie dieser Kerl sich ausdrückte.

Aber er machte sich schreckliche Sorgen, und es war ihm ein Bedürfnis, daß seine Befürchtungen entweder bestätigt oder zerstreut wurden, und so überhörte er die spöttische Bemerkung und sagte mit einem müden Seufzer: »Das ist jedoch nur eine Lappalie. Ich habe gute Gründe zu der Befürchtung, daß ... nun ... also ... um nicht um den heißen Brei herumzureden, daß meine Tochter *Feenfrüchte gegessen hat.*«

Endymion riß entsetzt die Arme hoch und lachte dann ganz und gar ungläubig.

»Unmöglich, mein Herr, unmöglich! Eure teure Gattin hat mir erzählt, daß Ihr Euch bedauerlicherweise Sorgen um sie macht, doch ich versichere Euch, daß eine solche Ansicht nur Eurem Hang zu düsteren Gedanken geschuldet sein kann. Es ist unmöglich.«

»Ist es das?« entgegnete Meister Ambrosius grimmig; und er zog den Pantoffel aus der Tasche, streckte ihn Lear entgegen und sagte: »Was sagt Ihr dazu? Ich habe ihn im Salon von Fräulein Ehrenpreis gefunden. Ich bin kein großer Botaniker, aber in Dorimare habe ich noch nie violette Erdbeeren gesehen… sapperlot noch mal! Was ist denn in den Kerl gefahren?«

Denn Endymion Lear war rot angelaufen und starrte das Muster auf dem Schuh mit solchem Entsetzen an, als hätte er einen gräßlichen Kobold gesehen.

Meister Ambrosius interpretierte dies als Bekräftigung seiner Theorie.

Er stöhnte auf. »Gar nicht so unmöglich, wie?« sagte er niedergeschlagen. »Ja, *ich* hege große Furcht, daß meiner armen Tochter genau das verabreicht wurde.«

Daraufhin blitzten seine Augen wütend, und er rief mit geballter Faust: »Doch ich mache ihr keinen Vorwurf. Bevor ich noch ein paar Tage älter bin, werde ich dieses Wespennest ausräuchern! Ich werde dieses alberne Weibsstück an ihrem eigenen Türpfosten aufknüpfen. Bei den goldenen Äpfeln des Westens, ich werde…«

Endymion Lear hatte derweil – zumindest äußerlich – seine Gelassenheit wiedergefunden.

»Sprecht Ihr von Fräulein Ehrenpreis Holzapfel?« fragte er in seinem gewohnten Tonfall.

»Ja, *Fräulein Ehrenpreis Holzapfel*!« dröhnte Meister Ambrosius. »Diese alberne, gemeine, unflätige alte…«

»Wohl, wohl«, fiel ihm Endymion Lear mit gutmütiger Ungeduld ins Wort, »es mag sein, daß all dies auf sie zutrifft – und noch viel mehr. Trotzdem glaube ich nicht, daß sie in der Lage ist, Eurer Tochter das zu verabreichen, was Ihr vermutet. Ich gebe zu, als Ihr mir den Pantoffel gezeigt habt, bin ich zutiefst erschrocken. Im Unterschied zu Euch dilettiere ich ein wenig als Botaniker, und eine solche Beere habe ich in Dorimare sicher noch nicht gesehen. Das beweist allerdings noch lange nicht, daß sie… auf der anderen Seite der Berge wächst. Auf den Zimtinseln oder in den Oasen der Bernsteinwüste stößt man auf die seltsamsten Früchte…

sogar Eure Schiffe, Meister Ambrosius, haben so manches Mal derlei Früchte geladen. Den Damen von Lud mangelt es nicht an exotischen Früchten, die sie in ihren Stickereien abbilden können. Nein, nein, Ihr seid heute abend etwas aus der Bahn geworfen, Meister Ambrosius, sonst ließet Ihr nicht zu, daß auch nur der Schatten eines solch abscheulichen Verdachts auf Eure Gedanken fällt.«

Meister Ambrosius stöhnte abermals.

Und dann sagte er ein wenig steif: »Doktor Lear, ich habe nicht die Angewohnheit, grundlos einen abscheulichen Verdacht zu hegen. Doch oft wird großes Unheil angerichtet, weil niemand den Tatsachen ins Auge blickt. Wie erklärt Ihr Euch, daß meine Tochter wie eine Besessene nach Westen davonläuft? Außerdem hat Brünella mir gegenüber so gut wie zugegeben, daß ... sie eine gewisse Sache gegessen hat ... und ... und ... ich bin alt genug, um mich an die große Dürre zu erinnern, also kenne ich den, sagen wir, ›Geruch‹ des Bösen, und in der Schule gehen äüßerst merkwürdige Dinge vor sich.«

»Brünella *Hahnenkamm*, habt Ihr gesagt?« fragte Endymion Lear und betonte dabei den Familiennamen. Seine Augen zeigten einen ziemlich merkwürdigen Ausdruck.

Meister Ambrosius sah ihn überrascht an.

»Ja«, erwiderte er, »Brünella Hahnenkamm, ihre Klassenkameradin und enge Freundin.«

Endymion Lear lachte kurz auf.

»Die Hahnenkamms sind ... ziemlich sonderbare Leute«, sagte er trocken. »Wußtet Ihr, daß Ranulph Hahnenkamm ebendas getan hat, dessen Ihr Eure Tochter verdächtigt?«

Meister Ambrosius starrte ihn mit offenem Mund an.

Natürlich war Ranulph schon immer ein eigenartiger und kein sonderlich liebenswerter Junge gewesen, und jetzt erinnerte er sich auch an jenen schrecklichen kleinen Zwischenfall auf dem Mondgraskäsefest ... aber daß er wirklich Feenfrüchte gegessen haben sollte!

»Wollt Ihr damit sagen? Wollt Ihr damit sagen …?« keuchte er.

Endymion Lear nickte bedeutsam: »Einer der schlimmsten Fälle, die ich kenne.«

»Und Nathan weiß Bescheid?«

Erneut nickte Endymion Lear.

Eine Welle rechtschaffener Entrüstung brandete über Meister Ambrosius hinweg. Die Geißblatts waren eine mindestens so altehrwürdige Familie wie die Hahnenkamms, und doch stand er hier und riskierte, seinen guten Namen auf alle Zeiten zu beflecken – wenn nötig, war er sogar bereit, seine Schande vom Ausrufer auf dem Markt hinaustrompeten zu lassen, sein Geld zu opfern, seine Stellung, seinen Familienstolz, alles – zum Wohle der Gemeinschaft. Während Nathan – der Bürgermeister! – nur den Gedanken hatte, seine Leiche im Keller zu verstecken.

»Meister Ambrosius«, fuhr Endymion Lear in ernstem, eindrucksvollem Ton fort, »wenn Eure Befürchtungen hinsichtlich Eurer Tochter wahr sind, trifft Meister Nathan die ganze Schuld. Nein, nein, laßt mich ausreden!« Meister Ambrosius hatte protestierend die Hand gehoben. »Zufällig weiß ich, daß Schweigeschick ihn auf die in erschreckendem Maße zunehmende Verbreitung einer … gewissen Ware hingewiesen hat. Und meine Arbeit in den weniger vornehmen Stadtteilen hat mir das bestätigt. Hört auf meinen Rat, Meister Ambrosius: Ihr Ratsherren begeht einen schweren Fehler, wenn Ihr darüber hinwegseht, was in jenen gemeinen Vierteln vor sich geht. Scheußliche Dinge haben die Angewohnheit, nicht immer auf dem Grund zu bleiben – wühlt den Teich auf, und sie steigen an die Oberfläche. Jedenfalls wurde Meister Nathan gewarnt, und er hat dennoch nichts unternommen.«

Er hielt einen Moment inne und blickte Meister Ambrosius forschend in die Augen. »Hattet Ihr nie den Eindruck, daß Meister Nathan ein äußerst … seltsamer Mensch ist?«

»Nie«, entgegnete Meister Ambrosius kalt. »Was wollt Ihr damit andeuten, Lear?«

Endymion Lear zuckte mit den Achseln. »Nun, *Ihr* habt mit den Andeutungen angefangen. Meister Nathan ist ein ruheloser Mann, und ein schlechtes Gewissen gibt ein äußerst gutes Gespenst ab. Hat ein Mensch erst einmal Feenfrüchte gegessen, ist er nie wieder derselbe. Ich habe mich oft gefragt, ob er nicht vielleicht vor langer Zeit, als er ein junger Mann war ...«

»Hütet Eure Zunge, Lear!« rief Meister Ambrosius zornig. »Hahnenkamm ist ein alter Freund von mir und, was noch wichtiger ist, ein Vetter zweiten Grades. An Nathan gibt es nichts auszusetzen.«

Aber stimmte das? Noch vor wenigen Stunden hätte er gelacht und jede anderslautende Behauptung verhöhnt. Inzwischen war jedoch seine eigene Tochter ... igitt!

Ja, Nathan war zweifellos schon immer ein komischer Kauz gewesen – leicht reizbar und aufbrausend, wunderlich.

Ein Schwarm bruchstückhafter Erinnerungen, die ihm zuzeiten nicht aufgefallen waren, summte in Meister Ambrosius' Kopf herum ... unsinnige Entscheidungen, zweideutige Bemerkungen. Und ganz besonders ein Abend, vor Jahren, als sie noch Knaben gewesen waren ... Nats Gesicht, als er einer alten Laute einen unheimlichen Ton entlockt hatte. Seine Augen hatten den gleichen Blick angenommen wie Mondliebchens Augen heute.

Nein, nein. Es kam wirklich nicht in Frage, plötzlich jeden zu verdächtigen – insbesondere seinen ältesten Freund.

Und so ließ er das Thema fallen und fragte Endymion Lear nach den Auswirkungen der Feenfrüchte auf den Körper und ob denn wirklich keine Hoffnung bestand, ein Gegenmittel zu finden.

Da begann Endymion Lear seinen berühmtesten Balsam aufzutragen – einen Balsam, der sich je nach Patient veränderte, welcher dessen bedurfte.

Gewiß gab es in den meisten Fällen kein Heilmittel. Waren die Früchte jedoch von einer Geißblatt verzehrt worden, die also mit einem gesunden Geist in einem gesunden Körper geboren worden war, gab es allen Grund zu der Hoffnung, daß kein Gift stark genug sein konnte, dieser Konstitution Schaden zuzufügen.

»Richtig, aber nehmt einmal an, sie hat bereits die Grenze überschritten?« sagte Meister Ambrosius.

Endymion Lear zuckte mit den Achseln.

»In diesem Fall kann ich natürlich gar nichts mehr tun«, erwiderte er.

Meister Ambrosius seufzte tief und lehnte sich müde auf seinem Lehnstuhl zurück. Einige Minuten lang saßen sie schweigend da.

Ohne Trost und Hoffnung schweiften Meister Ambrosius' Gedanken über die Ereignisse der letzten Tage hinweg und kamen schließlich, wie es bei einem müden Geist oft der Fall ist, auf dem Unwichtigsten zur Ruhe – auf dem roten Saft, der aus dem Sarg getropft war, als sie von dem Leichenzug am Westtor aufgehalten worden waren.

»Bluten die Toten, Lear?« fragte er unvermittelt.

Endymion Lear fuhr aus seinem Sessel auf, als wäre auf ihn geschossen worden. Er wurde erst bleich, dann purpurrot.

»Was zum… was zum…«, stotterte er, »was wolltet Ihr mit dieser Frage ausdrücken, Meister Ambrosius?«

Allem Anschein nach wurde er von einem heftigen Gefühlsausbruch heimgesucht.

»Verflixt und zugenäht!« rief Meister Ambrosius unwirsch. »Was bei der Seele Ernte hat Euch jetzt gepackt, Lear? Meine Frage mag albern sein, aber sie ist völlig harmlos. Heute nachmittag wurden wir am Westtor von einem Leichenzug aufgehalten, und ich dachte, ich hätte ein rote Flüssigkeit gesehen, die aus dem Sarg tropfte. Aber bei den Weißen Frauen der Felder, heute habe ich so viele merkwürdige Dinge gesehen, daß ich das Vertrauen in meine Augen verloren habe.«

Diese Worte stellten Endymion Lears gute Laune wieder vollständig her. Er warf den Kopf in den Nacken und lachte, bis ihm die Tränen über die Wangen liefen.

»Ach, Meister Ambrosius«, gluckste er, »die Frage war so grausig, daß ich doch glatt erschrocken bin. Aufgrund der schändlichen Ignoranz, die in diesem Lande herrscht, bin ich es gewohnt, daß mir meine Patienten sonderbare Fragen stellen... aber das schlägt alles, was ich je gehört habe. ›Bluten die Toten?‹ Können Schweine fliegen? Ha, ha, ha, ha!«

Als er jedoch Meister Ambrosius' steife und gekränkte Miene bemerkte, dämpfte er seinen Frohsinn und fügte hinzu: »Nun gut, einem Mann, der wie Ihr heute so schwer geprüft wurde, Meister Ambrosius, kann die ein oder andere Halluzination nachgesehen werden... Es ist erstaunlich, welch seltsame Dinge wir uns einbilden, wenn wir von starken Gefühlen aus der Bahn geworfen werden. Ich muß mich jetzt allerdings auf den Weg machen. Geburt und Tod, Meister Ambrosius, warten auf niemanden – nicht einmal auf Ratsherren. Also muß ich los und den kleinen Luditen in die Welt hereinhelfen und den alten aus ihr hinaus. In der Zwischenzeit dürft Ihr die Hoffnung nicht aufgeben. Jeden Augenblick könnte einer von Schweigeschicks braven Freisassen mit dem jungen Fräulein vor sich auf dem Sattel herbeigaloppiert kommen. Und dann – selbst wenn sie gegessen hat, was Ihr befürchtet – wäre ich sehr überrascht, wäre eine Geißblatt nicht in der Lage, mit der Zeit und unter Aufsicht alle Folgen der üblen Speise abzustreifen und zu einer ebenso vernünftigen Frau heranzuwachsen – wie ihre Mutter.«

Und mit diesen Trostworten eilte Endymion hinaus, um seinen Geschäften nachzugehen.

Meister Ambrosius verbrachte einen ausgesprochen qualvollen Abend. Einerseits lauschten seine Ohren aufmerksamst jedem Geräusch, das von Pferdehufen stammen könnte, jedem Klopfen an der Haustür, für den Fall, daß es

Nachricht von Mondliebchens Verbleib bringen mochte; und gleichzeitig tat er sein Bestes, das unaufhörliche Geplapper von Dame Jasmin nicht zu hören.

»Ambrosius, ich wäre dir dankbar, wenn du die Angestellten darauf hinweisen könntest, sich die Schuhe abzustreifen, bevor sie hereinkommen. Hast du vergessen, daß du mir einen separaten Eingang für das Lagerhaus versprochen hast? Das habe ich schriftlich.

Wie schön, sicher sein zu können, daß mit Mondliebchen nichts Ernstes ist, oder? Ich wüßte nicht, was ich heute nachmittag getan hätte, wenn der nette Doktor Lear mir nicht alles erklärt hätte. Wie *konntest* du nur ein weiteres Mal weglaufen, Ambrosius, und mich in diesem Zustand zurücklassen, ohne mein Hirschhornsalz zu holen? Männer sind manchmal *so* herzlos.

Was ist Mondliebchen doch für ein ungezogenes Mädchen, einfach so fortzulaufen! Wann unsere Leute sie wohl endlich finden und zurückbringen werden? Ach, das wird nett, sie diesen Winter zu Hause zu haben, was meinst du? Wie schade, daß Ranulph Hahnenkamm nicht älter ist, er würde so gut zu ihr passen, oder? Aber Florian Glatzsteiß ist ebenso reich, und er ist eher in ihrem Alter.

Glaubst du, daß Liliengold und Traumliebchen und die anderen Mädchen entsetzt darüber sind, daß Mondliebchen einfach so fortgelaufen ist? Immerhin hat Doktor Lear auf seine drollige Art gesagt, daß Mädchen einfach so sind, wie sie sind.

Ach, Ambrosius, kannst du dich noch an mein rehbraunes Taftkleid erinnern, das mit Vergißmeinnicht und Sternen bestickt war? Ich hatte es in meiner Brauttruhe. Nun, ich denke, ich werde auch für Mondliebchen eines nähen lassen. Den alten Seidenstoffen und Farben kommt einfach nichts gleich – dafür wurden keine Galle und kein Gummi verwendet. Du erinnerst dich doch noch an mein rehbraunes Taftkleid, oder?«

Meister Ambrosius konnte es nicht länger ertragen. Er sprang auf und rief in barschem Tonfall: »Hier hast du eine Handvoll ›Jas‹ und ›Neins‹, Jasmin. Du kannst dir den Rest des Abends die Zeit damit vertreiben, sie zu sortieren und deinen Fragen zuzuordnen. Ich gehe aus.«

Er würde zu Nat hinübergehen... Nat mochte kein besonders tüchtiger Bürgermeister sein, aber er war sein ältester Freund, und er konnte ein wenig Mitgefühl gebrauchen.

»Falls ... falls irgendwelche Nachrichten über Mondliebchen eintreffen, ich bin drüben bei den Hahnenkamms. Laß es mich sofort wissen!« rief er über die Schulter hinweg, als er aus dem Zimmer eilte.

O ja, er sehnte sich nach einem Gespräch mit Nat. Er hatte keineswegs großes Vertrauen in Nats Urteilsvermögen; aber davon hatte er schließlich selbst genug.

Und von allem anderen einmal abgesehen wäre es angenehm, mit einem Mann zu sprechen, der im selben Boot saß wie er – falls das Getratsche des Endymion Lear der Wahrheit entsprach. So oder so, Lear war ein gemeiner Kerl, und er hatte nicht das Recht, ein Berufsgeheimnis auszuplaudern.

In seiner Vorstellung hatten die Ereignisse des Tages ein bedrohliches Ausmaß angenommen, und er war davon überzeugt, daß sie ihren Schatten auch auf die Hahnenkamms warfen. Er war bereit, großherzig zu sein und dem von Gewissensbissen überwältigten Meister Nathan zuzusichern, daß er für einen Bürgermeister zwar ein wenig nachlässig gewesen sei, daß er aber – gerechterweise – für diese fürchterliche Angelegenheit nicht verantwortlich gemacht werden konnte.

Doch er hatte die tiefe Kluft vergessen, die zwischen den Ratsherren und dem Rest der Stadt lag. Die einzigen Gesprächsthemen dieses Abends in jeder Küche, in jeder Schenke und im Salon jedes Kaufmanns waren das beeindruckende Wettrennen, das sich das junge Fräulein Geißblatt mit ihrem verehrten Vater geliefert hatte, sowie die

Suchmannschaften der Freisassen, die das Umland nach ihr durchkämmten – ganz zu schweigen von dem entsetzlichen Verdacht hinsichtlich des Grundes für diese Flucht, den Meister Ambrosius Schweigeschick anvertraut hatte. Nicht ein Wort davon drang jedoch bis an die Ohren der anderen Ratsherren.

Als sich ihm die Haustür der Hahnenkamms öffnete, wurde Ambrosius Geißblatt von brüllendem Gelächter aus dem Salon begrüßt.

Die Familie Polidor Obacht verbrachte ihren Abend dort, und die ganze Gesellschaft war damit beschäftigt, einen Nachtfalter zu jagen – sie schlugen mit ihren Schnupftüchern nach ihm, stolperten über Möbel und versuchten es einander mit alten Redewendungen aus der Hirschjagd gleichzutun.

»Komm, Ambrosius, schließ dich unseren Vergnügungen an!« rief Meister Nathan, der vor Anstrengung und Gelächter völlig außer Atem war.

Doch Meister Ambrosius sah rot.

»Ihr … ihr … herzlosen, stammelnden Narren!« brüllte er.

Die Falterjäger hielten erstaunt inne.

»Zum Kuckuck auch! Was hat dich gepackt, Ambrosius?« rief Meister Nathan. »Die Hirschjagd, so heißt es, war ein königlicher Sport. Sogar die Geißblatts dürften sich dazu herablassen!«

»Halten die Geißblatts einen Nachtfalter etwa für keinen Hirsch, Ambrosius?« fragte Polidor Obacht lachend.

An jenem Abend schien der alte Spaß jedoch seinen Reiz verloren zu haben.

»Nathan«, sagte Ambrosius ernst, »der Fluch unseres Landes scheint auf dich und mich gefallen zu sein … und du jagst Nachtfalter!«

Nun, *Fluch* war eines dieser Wörter, vor denen Meister Nathan schon immer Angst gehabt hatte. Seine Abneigung dagegen war so groß, daß er sogar jene Wörter mied, die ihm vom Klang her auch nur entfernt ähnlich waren, und einmal hatte er Dame Liliengold überredet, eine Küchenmagd zu entlassen, weil ihr Name zufälligerweise Flora Flucht lautete.

Und so versetzten ihn Meister Ambrosius' Worte in wilde Aufregung.

»Nimm das zurück, Ambrosius! Nimm das zurück!« brüllte er. »Sprich für dich. Der... der... der Flu... auf *mir* liegt nichts dergleichen!«

»Das ist nicht wahr, Nathan!« sagte Meister Ambrosius streng. »Ich habe guten Grund zu der Befürchtung, daß Mondliebchen von der gleichen Krankheit heimgesucht wurde wie Ranulph und...«

»Du lügst!« schrie Meister Nathan.

»Und in beiden Fällen«, fuhr Meister Ambrosius unerbittlich fort, »wurde die Krankheit von... von Feenfrüchten verursacht.«

Dame Traumliebchen Obacht stieß einen unterdrückten Schrei aus, Dame Liliengold lief purpurrot an, und Meister Polidor rief in zutiefst entsetztem Tonfall: »Bei der Milchstraße, Ambrosius, du gehst ein bißchen zu weit – selbst wenn keine Damen anwesend wären.«

»Nein, Polidor. Es gibt Zeiten, da müssen sogar Damen den Tatsachen ins Auge blicken. Vor dir siehst du zwei entehrte Männer stehen – Nathan und mich. Eine unserer Statuten schreibt fest, daß im Lande Dorimare jedes Familienmitglied über sein Eigentum bestimmen kann und daß nichts gemeinsamer Besitz ist außer der Schande. Und bevor du noch viele Tage älter bist, Polidor, wird deine Familie diesen Besitz möglicherweise teilen. Was jedem einzelnen von uns als Teuerstes gilt, ist gefährdet, und unsere angesehensten Bürger – jagen Nachtfalter!«

»Nein, nein, Nathan«, fuhr er mit noch lauterer und zornigerer Stimme fort, »du brauchst gar nicht so böse zu schauen! Ich bin der Meinung, daß du als Bürgermeister dieser Stadt dafür Verantwortung trägst, was heute geschehen ist, und...«

»Bei Sonne, Mond und Sternen«, brüllte Meister Nathan, »ich habe nicht die geringste Ahnung, was du mit ›Was heute geschehen ist‹ meinst! Aber was es auch sein mag, ich weiß nur zu gut, daß ich keine Verantwortung dafür trage. Bist du vielleicht dafür verantwortlich, daß der kläffende Terrier der alten Mutter Pustepuder die Lieblingsstrumpfhalter des alten Matt zerbissen hat, die noch von seiner ersten Liebsten bestickt worden waren, und als ...«

»Du jämmerlicher, dümmlicher Einfaltspinsel! Du verbrecherischer Trottel! Ja, *verbrecherisch*, sage ich!« Meister Ambrosius' Stimme wurde mit jedem Wort lauter. »Wer wußte denn über die Ausbreitung dieser bösen Sache Bescheid und unternahm keine Schritte, sie aufzuhalten? Wessen eigener Sohn hat davon gegessen? Bei der Seele Ernte, was weiß denn ich – vielleicht hast du selbst davon gegessen ...«

»Schweig, du unflätiger, aufgeblasener, hirnloser Schaumschläger! Du ... du ... widerlicher, stammelnder Sohn einer Fee!« ereiferte sich Meister Nathan.

Und so ging es weiter – Hammer und Zange taten ihr Bestes, innerhalb weniger Minuten das Gefüge zu zerstören, das durch jahrelange Kameradschaft, durch jahrelanges Vertrauen entstanden war.

Am Ende wies Meister Nathan zur Tür und forderte Meister Ambrosius mit vor Wut zitternder Stimme auf, das Haus zu verlassen und es nie wieder zu betreten.

{9. KAPITEL}

Angst und Schrecken und das Stumme Volk

Am nächsten Morgen ritt Hauptmann Schweigeschick los, um Fräulein Ehrenpreis Holzapfels Höhere Töchterschule nach Feenfrüchten zu durchsuchen. In seiner Tasche befand sich ein Haftbefehl, der auf jene Dame ausgestellt war, falls seine Suche erfolgreich sein sollte.

Doch als er in der Schule ankam, waren die Vöglein ausgeflogen. Das weitläufige alte Haus lag leer und still da. Niemand trippelte leichtfüßig über die Flure, kein helles Lachen weckte einen Widerhall. Ein scharfer Wind hatte die Holzapfelblüten in alle Himmelsrichtungen verstreut. Auch Fräulein Ehrenpreis war verschwunden.

Hauptmann Schweigeschick wurde von einem namenlosen Schrecken ergriffen, während er die stillen leeren Räume durchsuchte.

Die Schlafzimmer fand er in Unordnung vor – halb geöffnete Schubladen, zart gefärbte Kleidungsstücke, die sich auf dem Boden häuften. Offensichtlich hatten sich alle bei Nacht und Nebel davongemacht.

Unter jedem Bett entdeckte er ein schmales Paar Schuhe mit abgenutzten Absätzen und fast durchgetretenen Sohlen, deren Trägerinnen ausgesprochen geschäftig gewesen sein mußten.

Er setzte seine Suche in der Küche fort, wo er Mutter Schwips antraf. Sie saß da, lächelte und sang leise vor sich hin.

»Nun, du übergeschnappte Metze«, rief er grob, »was hast du wieder getrieben? Das wüßte ich doch gern! Auf dich habe ich schon lange ein Auge, meine Schöne. Wenn *ich* dich nicht zum Reden bringe, mag dies vielleicht den Richtern gelingen. Was ist mit den jungen Damen geschehen? Das erführe ich gern von dir!«

Doch an jenem Tag war Mutter Schwips noch verrückter als sonst, und als Antwort stolperte sie nur in der Küche umher und sang Bruchstücke alter Lieder über freigelassene Vögel, himmlische Blumen und die weißen Früchte, die auf der Milchstraße wachsen.

Schweigeschick hielt einen der schmalen Schuhe in der Hand, und als sie ihn sah, riß sie ihn ihm aus der Hand und streichelte ihn liebevoll, als wäre er eine verletzte Taube.

»Sie tanzen, tanzen, tanzen!« murmelte sie. »Sie tanzen Tag und Nacht! Träume sind ein steiniger Tanzboden.«

Und mit einem wütenden Schnauben wurde Schweigeschick nicht zum ersten Mal in seinem Leben klar, daß er mit Mutter Schwips nur seine Zeit verschwendete.

Also machte er sich erneut daran, das Haus zu durchsuchen, diesmal nach Feenfrüchten.

Allerdings konnte er keinen Kern und kein Stückchen einer Schale entdecken – nichts, was verdächtig ausgesehen hätte. Auf dem Dachboden stieß er schließlich auf leere Säcke mit großen Saftflecken, und das konnte kein gewöhnlicher Saft gewesen sein, denn einige Flecken leuchteten in Farben, die er noch nie gesehen hatte.

Die schreckliche Nachricht vom Verschwinden der Holzapfelblüten verbreitete sich wie ein Lauffeuer in Lud-in-den-Nebeln. Alle Geschäfte kamen zum Stillstand. Die Hälfte der Ratsherren und einige der reicheren Kaufleute hatten Töchter auf der Schule, und der arme Schweigeschick wurde von panischen Eltern bestürmt, die zu denken schienen, daß er ihre Töchter irgendwo am Leibe versteckte. Alle überhäuften Fräulein Ehrenpreis Holzapfel mit Racheschwüren und verlangten, daß sie aufgespürt und der Justiz überantwortet werden solle.

Endymion Lear war es schließlich zu verdanken, daß sie gefunden wurde. Schluchzend und schreiend brachte er sie zur Wachstube der Freisassen. Er erzählte, er habe sie am Rande der Verzweiflung auf dem Kai entdeckt. Offensichtlich hoffte sie, auf einem der auslaufenden Schiffe Zuflucht zu finden.

Sie bestritt, irgend etwas über das Schicksal ihrer Schülerinnen zu wissen – sie sei am Morgen aufgewacht und habe festgestellt, daß die Vöglein ausgeflogen waren.

Außerdem bestritt sie leidenschaftlich, daß sie ihnen Feenfrüchte gegeben hatte. Darin pflichtete ihr Endymion Lear bei. Die Schmuggler, so sagte er, seien Männer von großem Einfallsreichtum und Geschick. Was war wahrscheinlicher, als daß sie das böse Zeug in einer Lieferung von Feigen und Trauben versteckt hätten?

»Schließlich sind Schulmädchen zu einem Viertel Lausbuben und zu drei Vierteln Vögelchen«, fügte er mit einem trockenen Lachen hinzu. »Sie können nichts dafür, sie sind einfach Obstdiebe … und wenn es keinen Obstgarten gibt, aus dem sie stehlen können, nun, dann muß eben der Dachboden herhalten, wo die Äpfel aufbewahrt werden. Und wenn sich herausstellt, daß die Äpfel keine Äpfel sind – nun, wem kann man das zum Vorwurf machen?« Nichtsdestotrotz wurde Fräulein Ehrenpreis in dem Zimmer in der Gildenhalle eingeschlossen, das für vornehmere Gefangene reserviert war. Dort harrte sie ihrer Verhandlung. Die Anklage lautete auf den Erhalt von Schmuggelware in Form von gesponnener Seide – die einzige Anklage, unter die sie dank der vorsätzlichen Blindheit des Gesetzes gestellt werden konnte.

Derweil kehrten ein paar Freisassen, die das Umland nach Mondliebchen Geißblatt abgesucht hatten, mit der Nachricht zurück, daß sie ihr bis in die Umstrittenen Hügel gefolgt seien. Zuletzt hätten sie gesehen, wie Mondliebchen wie eine

Ziege die Hänge hinaufgekraxelt sei. Von keinem Dorimaraner konnte erwartet werden, ihr weiter zu folgen.

Einige Tage später kehrten die Freisassen, die auf die Suche nach den anderen Holzapfelblüten geschickt worden waren, mit ähnlichen Nachrichten zurück. Überall entlang der Westlandstraße gab es Gerüchte über eine Gruppe melancholischer Mädchen, die traurige alte Weisen singend vorbeigehuscht seien. Schließlich waren die Freisassen auf einen Ziegenhirten gestoßen, der gesehen hatte, daß sie – wie Mondliebchen – in den Senken jener schrecklichen Berge verschwunden waren.

Und so konnte man nichts mehr tun. Die Holzapfelblüten waren inzwischen bestimmt in den Elfenmarken umgekommen oder hatten sich für immer im Feenland verirrt.

Das waren traurige Tage in Lud-in-den-Nebeln. Alle großen Häuser hatten die Läden geschlossen, ebenso wie die Tanzsäle und andere Vergnügungsstätten ihre Tore. Traurige, verängstigte Gesichter zeigten sich auf den Straßen, und wie aus Mitgefühl mit dem Schicksal der Menschen wurden die Tage kürzer, die Bäume wurden gelb und verloren die Blätter.

Endymion Lear war ein vielgefragter Mann, insbesondere in den Häusern, die ihm bisher verschlossen gewesen waren. Jetzt ging er dort den ganzen Tag ein und aus, ermahnte, tröstete, beriet. Und wohin er auch kam, stets gelang es ihm, den Eindruck zu hinterlassen, daß Nathan Hahnenkamm aus diesem oder jenem Grund an der ganzen Angelegenheit die Schuld trug.

Zweifelsohne, in jener Zeit war Meister Nathan der unbeliebteste Mann in Lud-in-den-Nebeln.

Im Stadtrat begegneten ihm alle seine Kollegen mit Verdruß. Wenn er die Hauptstraße entlangspazierte, wurden hinter seinem Rücken Drohungen und Beleidigungen gemurmelt. Und als er eines Tages an einer Straßenecke innehielt, wo ein Puppentheater spielte, stellte er fest, daß er der Bösewicht des Stückes war. Denn als der altehrwürdige

Höhepunkt erreicht wurde und der Held den hölzernen Kopf des Bösewichts mit einem Knüppel bearbeitete, schrie der verborgene Puppenspieler bei jedem Schlag mit Fistelstimme: »Hier, Nat Hahn auf der Stange, hier hast du ein blaues Auge für die kleinen Brotlaibe... und noch eins für den sauren Wein... und die blutige Nase ist dafür, daß du allzu großen Gefallen an Bäpfeln und Irnen findest.«

An dieser Stelle veränderte der Puppenspieler die Stimme und sagte: »Entschuldigt, Herr, was sind Bäpfel und Irnen?« – »Frag Nat Hahn auf der Stange«, erklang die Fistelstimme. »Er wird dir erklären, daß das Äpfel und Birnen von der anderen Seite der Berge sind!«

Von größter Bedeutung war die Tatsache, daß Ebnezer Petete zum ersten Mal, seit Meister Nathan der Familie vorstand, nicht persönlich erschien, um die Uhren aufzuziehen. Ebnezer war ein Muster an Würde und Ehrbarkeit, und in vornehmen Kreisen kursierte der Witz, daß man sich seines gesellschaftlichen Status nicht sicher sein konnte, bevor er nicht persönlich die Uhren aufziehen kam, statt einen Lehrbuben zu schicken.

Immerhin sah der Lehrling, den er Meister Nathan schickte, fast so ehrbar aus wie er selbst. Er trug eine ordentliche schwarze Perücke, und sein Gesichtsausdruck war über alle Maßen frömmlerisch, mit nach unten gezogenen Mundwinkeln, wie bei einer der Uhren seines Herrn, die um sieben Uhr fünfundzwanzig stehengeblieben war.

Ein ehrbarer junger Mann, zweifelsohne, der offensichtlich über die unfeinen Gerüchte Bescheid wußte, die über das Haus der Hahnenkamms kursierten. Denn er betrachtete das alberne Mondgesicht von Meister Nathans Standuhr mit seinen absurden sich drehenden Schnurrbärten mit solchem Entsetzen, öffnete ihren Kasten aus Mahagoni so behutsam und wischte sich die Finger mit einem Ausdruck von Ekel an seinem Taschentuch ab, als wäre die unschuldige Uhr selbst ein Kumpan des Bürgermeisters – ein grotesker Kobold von einer getigerten Katze, die sich nach einer widerwärtigen Orgie im Abfall schnurrend die Barthaare leckt.

Meister Nathan jedoch waren diese Bekundungen seiner Unbeliebtheit gleichgültig. Hat ein geistiges Leiden erst ein gewisses Maß erreicht, übt es durchaus eine entspannende Wirkung aus.

Als er das erste Mal von der Flucht der Holzapfelblüten erfuhr, hätte er fast den Kopf verloren. Tatsachen schienen urplötzlich Wirklichkeit zu werden.

Zum ersten Mal in seinem Leben nahmen seine heimlichen und schattenhaften Ängste Gestalt an – und richteten sich auf ein Ziel. Und dieses Ziel war Ranulph.

Im ersten Moment wollte er auf alle städtischen Verpflichtungen pfeifen und so schnell wie möglich zum Bauernhof reiten. Aber was würde das schlußendlich nützen? Das hieße nur, den Feinden in die Hände zu spielen, und seine Flucht würde der Öffentlichkeit bestätigen, daß die Dinge, die über ihn erzählt wurden, der Wahrheit entsprachen.

Auch wäre es Wahnsinn gewesen, Ranulph nach Lud zurückzuholen. Zweifellos gab es in ganz Dorimare keinen Ort, der für den Jungen im Augenblick gefahrvoller war als die mit Früchten befleckte Stadt Lud. Er fühlte sich wie eine Ratte in der Falle.

Von Ranulph selbst erhielt er weiterhin heitere Briefe, und Lukas Hanfling erzählte nur Beruhigendes über ihn. Allmählich verwandelte sich seine Panik in einen lethargischen, fatalistischen Alptraum, der ihn der Notwendigkeit enthob, etwas zu tun. Es schien, als sei die Zukunft eine sirupartige Flüssigkeit, die über der ganzen Gegenwart ausgeschüttet worden war, so daß alles, was er berührte, die Finger klebrig machte und er sie nicht mehr benutzen konnte.

In seinem eigenen Zuhause fand er keinen Trost mehr. Dame Liliengold, die schon immer mehr an Brünella gehangen hatte als an Ranulph, befand sich in einem Zustand gereizter Erschöpfung.

Jedesmal, wenn sie einmal mehr von der Erkenntnis heimgesucht wurde, daß Brünella Feenfrüchte gegessen und sich entweder in den Elfenmarken oder im eigentlichen Feenland verirrt hatte, wurde sie von Übelkeit und heftigen Brechanfällen überwältigt.

Meister Nathan fand nur dann ein wenig Ruhe, wenn er im Laubengang auf und ab schritt oder das Schauerfeld durchstreifte. Denn das Schauerfeld gab ihm einen Vorgeschmack des Todes – jenes Zustands, der einen Menschen in einen Kunstgegenstand verwandelt (sofern die Nachwelt sich seiner erinnert). Alle Taten und Leidenschaften werden vereinfacht und erstarren in Schönheit, zu vollkommen schweigsamen Dingen, die von anderen Menschen betrachtet werden und deren Blicke sie nicht erwidern können.

Der Laubengang schenkte ihm den Frieden eines Stilllebens – eines Lebens, das sich weder bewegt noch leidet, sondern nur lautlos wächst und im verborgenen langsam heranreift.

Das Stumme Volk! Wie sehr wünschte er sich, zu ihnen zu gehören!

Manchmal jedoch, wenn er am Spätnachmittag durch die Straßen der Stadt streifte, schienen die Menschen selbst auf das Geheimnis des Stillebens gestoßen zu sein. Denn zu jener Stunde schien alles Lebendige zu verstummen. Die Händler standen in den Eingängen ihrer Läden und starrten mit leerem Blick die Straße entlang – von ihren Geschäften so losgelöst wie die Blumen in den Gärten, die den Eindruck erweckten, als würden auch sie sich nach einem Arbeitstag ausruhen und müßig zwischen ihren grünen Fensterläden hindurchspähen.

Und die Burschen, die ihre Liebsten auf eine Fahrt mit dem Ruderboot auf der Scheck mitnahmen, betrachteten sie mit leerem Blick, während die Mädchen in die Ferne schauten und die Hände geistesabwesend ins Wasser baumeln ließen.

Sogar die Schmiede, in deren offener Tür eine Gruppe

von Nichtstuern stand und zuschaute, wie der Hammer des Schmieds emporfuhr und herabfiel und das grelle rote Licht sein Gesicht beleuchtete, mochte nur ein Zelt auf einem Jahrmarkt sein, wo die Müßiggänger einen Löwenbändiger oder die Kunststücke eines berufsmäßigen Kraftprotzes bewunderten; denn zu jener unsteten Stunde schien alles nur ein unterhaltsames Spektakel zu sein und keinem nützlichen Zweck zu dienen: das Spiel der Muskeln, wie sie widerspenstiges Material dem menschlichen Willen unterwarfen und das Feuer zähmten – ein Geschöpf, das weit schöner und gefährlicher war als jeder Löwe.

Selbst der Straßenlärm – das Klappern der Räder, ein pfeifender Knabe, ein Hausierer, der seine Waren anpries – schien von weit weg zu kommen, so losgelöst und fern vom Treiben der Menschen wie der Gesang der Vögel.

Und wenn auf der Hauptstraße noch eine gewisse Geschäftigkeit herrschte, so war sie so beruhigend wie die auf einem Bauernhof. Und die ganze Straße – Häuser, Kopfsteine, all das – erweckte fast den Eindruck, als sei es von Menschen aus Pflanzen geformt, in Muster zugeschnitten wie in einem angelegten Garten. So spazierte Meister Nathan zu jener Stunde zwischen den Reihen der Läden und Häuser dahin wie zwischen den dichten grünen Wänden einer doppelreihigen, mit Türmen und Zinnen versehenen Buchsbaumhecke, oder er schritt den goldenen Tunnel seines eigenen Laubengangs entlang.

Wenn das Leben in Lud-in-den-Nebeln immer so sein könnte, gäbe es keinen Grund zu sterben.

{10. KAPITEL}
Hanfchens Lied

Es gab Tage, da selbst die schweigenden Dinge Meister Nathan nicht beruhigen konnten; da der Zustand, den Ranulph beschrieben hatte – das Zusammenschrumpfen der ganzen Welt auf die Größe eines hohlen Zahns, der in Wellen Schmerzen abstrahlte –, so überwältigend wurde, daß Meister Nathan die äußere Welt vollständig vergaß.

An einem Spätnachmittag gab er sich dieser Stimmung hin und schritt gedankenverloren über das Schauerfeld.

Aus den Grabinschriften konnte man die Geschichte des dorimaranischen Zartgefühls herauslesen, angefangen mit jener leisen Wehmut aus der Zeit der Herzöge – *Weinrose trauert um Endymion, einst so lebendig und jetzt tot* oder: *Während ihres Lebens träumte Ambrosius oft, Vergißmeinnicht sei tot. Jetzt ist er aufgewacht, und es hat sich bewahrheitet* –, gefolgt von den friedlichen Dokumenten des Fleißes und Wohlstands aus der Anfangszeit der Republik bis zum billigen Zynismus der Gegenwart – zum Beispiel: *Hier liegt Hyazinth Launenreich, Weber, der sein Leben wie auch das Verzeichnis seiner Stoffe über jedes natürliche Maß ausdehnte und zum großen Leidwesen seiner Familie im Alter von XCIX Jahren starb.*

An jenem Nachmittag konnte jedoch nicht einmal seine Lieblingsgrabinschrift Meister Nathan Trost spenden – jene über den alten Bäcker, der Lud-in-den-Nebeln sechzig Jahre lang mit frischem Brot versorgt hatte.

Sosehr würgten ihn die Schlingen der Melancholie, daß er nur einen erstickten Schrei ausstieß, als er bemerkte, daß die Tür seiner Familienkapelle einen Spalt offenstand.

Die Kapelle der Hahnenkamms war eines der schönsten Gebäude in ganz Lud. Sie war aus rosarotem Marmor errichtet worden, mit fein kannelierten Säulen, einem Basrelief aus Blumen und Blättern und von panischem Schrecken ergriffenen Flüchtlingen, die für die alte Kunst von Dorimare so charakteristisch waren. In der Tat glich sie eher einem vornehmen kleinen Freudenhaus, und es war überliefert, daß sie ursprünglich diesem Zweck gedient hatte – und zwar Herzog Aubrey. Es entsprach zweifellos seinem sagenhaften Ruf, daß er seine Feste auf einem Friedhof feierte.

Niemand suchte die Kapelle noch auf, außer Meister Nathan und seiner Familie, die sie an den Jahrestagen des Todes seiner Eltern mit Blumen schmückten. Trotzdem stand die Tür einen Spalt offen.

Meister Nathan gestattete sich einzig die Vermutung, daß die fromme Hanfchen an diesem Tag hier oben gewesen sein mußte, um eines Jahrestags im Leben ihrer toten Herren zu gedenken, an den nur sie sich erinnerte, und daß sie vergessen hatte, die Tür zu schließen.

Traurig schlenderte er zur Westmauer hinüber und blickte auf Lud-in-den-Nebeln hinab. Die Verzweiflung betäubte ihn so sehr, daß er nicht in der Lage war, auch nur im geringsten auf den Anblick zu reagieren, der sich seinen Augen darbot.

Da geschah es, daß sich die Dinge, die er unter sich liegen sah, in seiner Vorstellung spiegelten und über den harten, unnachgiebigen Stoff seines Jammers perlten – genauso wie sich die Strömung der Scheck manchmal in den Stämmen der Buchen spiegelte, die an ihren Ufern wuchsen, so daß der Eindruck entstand, als würde ein halb aus Wasser, halb aus Licht bestehendes Element unaufhörlich über sie hinwegperlen. Die rotgedeckten Häuser, die über die Hänge des Berges verstreut lagen, sahen aus, als würden sie in wilder Hetze zum Hafen hin drängen, um eiligst zu Wasser zu gehen und Segel zu setzen – ein Schwarm tolpatschiger Enten auf einem Schwanenteich. Die Häuser jenseits des Hafens schienen sich in der Erwartung herauszuputzen, daß ihr Porträt gemalt wurde. Die Kamine warfen entzükkende samtige Schatten auf die steilen, schrägen Dächern. Die Glockenstühle schienen auf Zehenspitzen hinter den Häusern zu stehen, wie große Dienstboten, denen es ohne Wissen ihrer Herren gelungen war, sich heimlich unter die Familie zu schmuggeln.

Vielleicht glichen die Häuser auch eher einer Schar Haushühner unterschiedlicher Gestalt und Größe, die auf das ›Put! Put! Put!‹ der Hühnerfrau hin herbeieilten, um bei Sonnenuntergang gefüttert zu werden.

So unschuldig sie auch aussehen mochten, sie waren die Brutstätten aller finsteren Geheimnisse von Lud. Häuser wurden zum Stummen Volk gezählt. Häuser, Bäume, die Toten – sie alle erzählten keine Geschichten.

Seine Augen schweiften über die Stadt hinweg, blickten auf das dahinterliegende Land und ruhten schließlich auf den Klatschmohnfeldern und den goldenen Stoppeln, dem Rauch ferner Weiler, dem breiten blauen Band der Schanz und dem schmalen der Scheck. Die eine kam von Norden her, die andere von Westen. Jenseits von Lud-in-den-Nebeln schienen sie jedoch einige Wegstunden lang parallel zu fließen, so daß ihr Zusammenfluß am Hafen wie ein geometrisches Wunder wirkte.

Erneut empfand er den Balsam der lautlosen Welt, erneut schien er einen Blick auf jene stille, ruhige Landschaft der Zukunft zu erhaschen – auf die Landschaft nach seinem Tod.

Und doch ... ein alter Aberglaube erzählte von Knechtschaft im Feenland, von Arbeiten auf den Levkojenfeldern.

Nein, nein. Der alte Ebnezer Korn lebte nicht als Knecht im Feenland.

Meister Nathan verließ das Schauerfeld in einer milderen melancholischen Stimmung als in der hartgefrorenen Verzweiflung, mit der er es betreten hatte.

Als er nach Hause kam, traf er Dame Liliengold im Salon an. Sie saß niedergeschlagen da, die Hände schlaff im Schoß, und sie hatte bereits das Feuer anzünden lassen, obwohl der Abend noch nicht angebrochen war.

Sie war ausgesprochen blaß, und unter ihren Augen lagen tiefe Schatten.

Meister Nathan blieb einige Augenblicke lang schweigend in der Tür stehen und betrachtete sie.

Die Zeilen eines alten Lieds aus Dorimare kamen ihm in den Sinn:

Aus den Blumen der Trauer flechte ich ihr einen Schleier,
Auf daß ihre Schönheit noch heller leuchte.

Und plötzlich sah er sie in jenem hellen Glanz, der ihn in den Wahnsinn zu treiben pflegte, als er um sie warb – der Glanz von etwas Zartem, Schattenhaftem und Weitentfernten, der Glanz, der die körperliche Lust eines Mannes nach der Seele einer Frau entfacht.

»Liliengold«, sagte er mit leiser Stimme.

Ihre Lippen kräuselten sich zu einem verächtlichen Lächeln. »Nun, Nat, hast du draußen den Mond angeheult und deinen eigenen Schatten gejagt?«

»Liliengold!« Und er trat zu ihr und beugte sich über die Lehne ihres Sessels.

Sie erschrak heftig. Dann rief sie in einem halb verdrießlichen, halb entschuldigenden Tonfall: »Tut mir leid! Aber du weißt doch, daß ich es nicht ertragen kann, wenn mich jemand im Nacken berührt! Ach, Nat, was bist du doch für ein sentimentaler alter Kerl!«

Und dann fing alles wieder von vorn an – die zwecklosen Klagen, die versteckten Vorwürfe. Der Wunsch, ihn zusammenzucken zu sehen, kämpfte um die Vorherrschaft mit dem gewohnheitsmäßigen Erbarmen, das sich in den Jahren milder, leicht verächtlicher Zärtlichkeit gebildet hatte.

Sie begegnete der Katastrophe mit körperlichem Ekel, vermischt mit Verdrießlichkeit, dem Gefühl, mißbraucht worden zu sein, und unglaublicherweise auch mit einem Sinn für die lächerliche Seite der Angelegenheit.

Gelegentlich hielt sie inne und machte erschaudernd eine Bemerkung wie: »Du meine Güte! Fast wünsche ich mir, die alte Ehrenpreis wäre mit ihnen losgezogen, dann hätte ich sehen können, wie sie zur Fiedel herumtanzt und wie eine liebeskranke getigerte Katze kreischt.«

Schließlich konnte Meister Nathan es nicht mehr ertragen. Er sprang auf und schrie laut: »Liliengold, du treibst mich noch in den *Wahnsinn*! Du ... du bist keine Frau. Ich glaube, du könntest selbst eine Kostprobe der Früchte gebrauchen. Fast bin ich geneigt, welche zu besorgen und sie dir in den Hals zu stopfen!«

Welche Ungeheuerlichkeit hatte er da ausgesprochen? Kaum hatten die Worte seinen Mund verlassen, hätte er bereits hundert Taler dafür gegeben, um sie ungesagt zu machen.

Was war in seine Zunge gefahren? Ihm schien, als hätte ein getreuer alter Wachhund plötzlich verrückt gespielt und ihn gebissen.

Aber er konnte nicht länger im Salon bleiben und ihren kalten, verächtlichen Blick ertragen. Und so murmelte er verlegen eine Entschuldigung und ging hinaus.

Wohin sollte er? Nicht in sein Rauchzimmer. Er konnte die Vorstellung nicht ertragen, mit sich allein zu sein. Also stieg er hinauf und klopfte an Hanfchens Tür.

Mag ein Mann seine Amme während der Kindheit noch so geliebt haben, als Erwachsener fühlt er sich in ihrer Gegenwart oft unwohl oder langweilt sich gar. Eine Freundschaft, die von einer Seite nur geheuchelt und nur noch aufgrund von Pflichtgefühl und aus keiner spontanen Zuneigung aufrechterhalten wird, ist immer unangenehm.

Und für die Amme ist es besonders bitter, wenn ihre großherzige Feindin – die Ehefrau – den ›Jungen‹ an seine Pflicht erinnern muß.

Seit Jahren sah sich Dame Liliengold gezwungen, immer wieder zu sagen: »Nat, warst du in letzter Zeit wieder einmal bei Hanfchen?« oder: »Nat, Hanfchen hat einen Bruder verloren. Geh doch einmal hoch und sag ihr, wie leid dir das tut.«

Und so fühlte sich Meister Nathan unwohl und brachte keinen Ton heraus, als er sich in dem hübschen kleinen Zimmer wiederfand, und er war zu niedergeschlagen, um zu den etwas gezwungenen Scherzen Zuflucht zu nehmen, mit denen er die alte Frau sonst begrüßte.

Sie war gerade damit beschäftigt, seine Strümpfe zu stopfen. Empört zeigte sie ihm ein besonders großes Loch, schüttelte den Kopf und rief: »Es gibt keinen Mann, der mit seinen Strümpfen so sorglos umgeht wie Ihr, Meister Nat! Bevor ich sterbe, fände ich allzugern heraus, was Ihr mit ihnen anstellt. Und Meister Ranulph ist ganz genauso schlimm.«

»Nun ja, Hanfchen, wie ich zu sagen pflege – du hast kein Recht, mir die Schuld an den Löchern in meinen Strümpfen zu geben, schließlich hast du sie gestrickt«, entgegnete Meister Nathan, ohne nachzudenken.

Hanfchens Vorwürfe über den Zustand seiner Strümpfe entlockten ihm seit Jahren dieselbe Antwort. Nach diesen alptraumhaften Tagen jedoch beruhigte ihn die Feststellung, daß es auf dieser Welt immer noch Leute gab, die so weit bei Verstand waren und über die innere Ruhe verfügten, sich über Löcher in einem Paar Kammgarnstrümpfen zu entrüsten.

Hanfchen hatte die Nachricht über die Holzapfelblüten tatsächlich ausgesprochen ruhig aufgenommen. Nun gut, für Brünella hatte sie nie viel übrig gehabt, und sie behauptete, sie sei »ganz genauso wie ihre Mutter«. Trotzdem war Brünella Meister Nathans Tochter und Ranulphs Schwester und hatte in Hanfchens Augen demnach einen gewissen Wert. Dennoch hatte sie es abgelehnt, sich dem allgemeinen Wehklagen anzuschließen und in dieser Angelegenheit ein verbissenes Schweigen bewahrt.

Seine Augen schweiften ruhelos in dem vertrauten Zimmer umher. Es war zweifellos ein schönes Zimmer – hübsch eingerichtet und ausgesprochen ordentlich. Eine alte dorimaranische Redewendung kam ihm spontan in den Sinn: ›So ordentlich wie der Salon einer Fee.‹

Auf dem Tisch stand eine Schale mit Herbstrosen und verbreitete einen angenehmen, poetischen Duft, der einer Einladung in ein kleines Haus mit grünen Fensterläden, fröhlichen Gardinen und nach Lavendel duftenden Laken gleichkommt. Allerdings ist der Hausherr, der Euch willkommen heißt, tot, und das Haus selbst steht nur noch in Eurer Erinnerung – ein duftgewordener Hahnenschrei. Ob in den Salons der Feen auch Schalen mit Rosenblüten stehen?

»Sag mir, Hanfchen, die sind doch neu, oder?« fragte Nat und deutete auf eine Schatulle mit Muscheln, die auf dem Kaminsims stand – ausgesprochen merkwürdige Muscheln, so dünn wie Schmetterlingsflügel und genauso bunt. Daneben standen Porzellantöpfe, die aussahen, als wären sie aus den Blütenblättern von Klatschmohn und Orchideen gefertigt. Auch ihre seltsamen Formen konnten von keiner Töpferscheibe in Dorimare stammen.

Dann stieß er einen leisen Pfiff aus, deutete auf ein Hufeisen aus reinem Gold, das an die Wand genagelt war, und fügte hinzu: »Das auch noch! Das habe ich ganz sicher noch nie gesehen. Ist dein Schiff eingelaufen, Hanfchen?«

Die alte Frau blickte gelassen von ihrer Arbeit auf. »Ach! Das stammt von meinem armen toten Bruder, aus der Haushaltsauflösung. Ich bin froh, daß ich das alles bekommen habe, diese Sachen befanden sich in unserer Küche, soweit ich zurückdenken kann. Oft denke ich, wie sonderbar es doch ist, daß Porzellan und dergleichen zerbrechliches Zeug so lange weiterlebt, lange nachdem festes Fleisch und Knochen zu Staub geworden sind. Und es ist seltsam, Meister Nat, wie man unter den Stummen lebt, wenn man alt wird. Porzellanscherben … und das Stumme Volk«, sagte sie und wischte sich ein paar Tränen aus den Augen.

Dann fügte sie hinzu: »Woher diese alten Stücke stammen, weiß ich nicht genau. Das Hufeisen hat vermutlich einigen Wert, aber mein armer Vater hat es nicht einmal nach einer schlechten Ernte zu Geld gemacht. Er hat immer gesagt, daß es schon zu Zeiten seines Vaters über der Tür hing und zu Zeiten seines Großvaters, und da sollte es auch bleiben. Es nähme mich nicht wunder, wenn er glaubte, daß Herzog Aubreys Pferd es verloren habe. Und was die Muscheln und Töpfe betrifft … als wir Kinder waren, haben wir uns immer zugeflüstert, sie würden *von jenseits der Berge* stammen.«

Meister Nathan zuckte zusammen und sah sie erstaunt an. »*Von jenseits der Berge?*« wiederholte er leise, Entsetzen in der Stimme.

»Jawohl, und warum auch nicht?« rief Hanfchen unverzagt. »Ich bin auf dem Land aufgewachsen, Meister Nat, und ich habe gelernt, mich nicht am Geruch eines Fuchses oder einer Zibetkatze zu stören … oder einer Fee. Sie sind boshafte Geschöpfe, das könnt Ihr mir glauben, und man läßt sie besser in Ruhe. Doch auch wenn wir uns unsere Nachbarn nicht immer aussuchen können, ist gutnachbarliches Verhalten trotzdem eine Tugend. Ich für meinen Teil hätte mir die Feen nie als Nachbarn ausgesucht – aber sie wurden für mich erwählt. Und wir müssen das Beste daraus machen.«

»Bei Sonne, Mond und Sternen, Hanfchen!« rief Meister Nathan. »Du weißt nicht, worüber du redest, du …«

»Meister Nathan, verschont mich mit Eurem ›Ich bin der hochverehrte Bürgermeister von Lud-in-den-Nebeln, und Ihr könnt froh sein, daß ich mit Euch spreche!‹« rief Hanfchen und drohte ihm mit der Faust. »Ich weiß genau, worüber ich rede. Über bestimmte Dinge habe ich mir vor langer Zeit eine

Meinung gebildet. Aber eine gute Amme behält ihre Meinung für sich – sie ist nicht so wichtig wie die ihres Herrn und ihrer Herrin. Also habe ich Euch nie gesagt, was ich von alldem halte, als Ihr ein kleiner Junge wart, und auch Meister Ranulph nicht. Aber auf Fenchel und dergleichen gebe ich nicht viel. Wenn Leute wissen, daß sie nicht erwünscht sind, kommen sie um so eher – seien sie Feen oder Dorimaraner. Unsere Nachbarn verwirren uns nur deshalb, weil wir uns vor ihnen fürchten. Und ich war immer der Meinung, daß ein gesunder Magen so ziemlich alles verdauen kann ... sogar Feenfrüchte. Seht Euch meinen Jungen an, meinen Ranulph – der junge Lukas schreibt, daß er noch nie so prächtig ausgesehen hat. Nein, weder Feenfrüchte noch etwas anderes können einen sauberen Magen vergiften.«

»Ich verstehe«, sagte Meister Nathan trocken. Er kämpfte dagegen an, sich von ihren Worten trösten zu lassen, auch wenn es ihm schwerfiel. »Und über Brünella machst du dir auch keine Gedanken?«

»Nun, und wenn schon?« entgegnete Hanfchen. »Was nützt es, wenn ich den ganzen Tag heule, würge und rülpse wie Eure Frau da unten? Das Leben hat seine traurige Seite, und wir müssen es im Guten wie im Schlechten zu nehmen wissen. Es sind schon Mädchen am Vorabend ihrer Hochzeit gestorben oder, noch schlimmer, während sie ihr erstes Kind zur Welt brachten, und die Welt dreht sich trotzdem weiter. Das Leben ist allen Ernstes traurig genug, aber es gibt nichts, wovor wir uns fürchten sollten oder was uns Übelkeit verursachen müßte. Ich bin auf dem Land aufgewachsen, und wie meine alte Großmutter immer sagte: ›Keine Uhr ist so gut wie die Sonne, und kein Kalender taugt soviel wie die Sterne.‹ Und warum? Weil sie einen an das Angesicht der Zeit gewöhnen. Kein Gespenst, das jenseits der Berge lauert, kann es mit dem Schrecken Zeit aufnehmen. Wenn man jedoch sein ganzes Leben lang daran gewöhnt ist, sie nackt zu sehen und nicht in Uhren eingesperrt wie in Lud, dann lernt man, daß sie so ruhig und friedlich ist wie ein alter Ochse, der den Pflug zieht. Wenn man die Zeit im Auge behält, lernt man zu singen. Es heißt, die Früchte von jenseits der Berge würden einen das Singen lehren. Ich habe noch nie auch nur ein Stückchen davon gekostet, aber singen kann ich trotzdem.«

Unvermittelt schienen sich das ganze aufgestaute Elend und die Furcht der vergangenen dreißig Jahre in Meister Nathans Herz zu lösen – er schluchzte, und Hanfchen, mit triumphierender Zärtlichkeit, streichelte seine Hand und murmelte beruhigende Worte, wie sie es schon getan hatte, als er ein Junge war.

Nachdem er sich ausgeheult hatte, setzte er sich auf einen Hocker zu ihren Füßen, lehnte den Kopf an ihre Knie und sagte: »Sing mir etwas vor, Hanfchen.«

»Ich soll Euch etwas vorsingen, mein Lieber? Und was soll ich Euch vorsingen? Meine Stimme ist nicht mehr das, was sie einmal war ... Nun, da gibt es ein altes Lied – *Akelei* heißt es, glaube ich –, das sie zur Zeit auf allen Straßen zu singen scheinen, das hat eine hübsche Melodie.«

Und mit rauher und wohlklingender Stimme, wie ein altes Spinett, hob sie zu singen an:

»Als Aubrey lebte, gab es keine Armen.
Herr und Bettler erfreuten sich an Wurzeln.
Ohne Maiglöckchen, Gamander und Brotstückchen in Wein.
Mit Weinrosen
Und einem Freudenfeuer,
Einer Erdbeerranke
Und Akelei.«

Während sie sang, hörte Meister Nathan erneut den *Ton*. Doch so seltsam es klingen mag, diesmal wirkte er nicht bedrohlich. Er war so leise wie die Bäume, die Bilder und die Vergangenheit, so friedlich wie das Muhen der Kühe, die bei Sonnenuntergang in den Kuhstall zurückkehren.

{11. KAPITEL}
Ein Gegengift, stärker als Vernunft

Nachdem die alte Amme das Lied beendet hatte, blieb Meister Nathan noch einige Minuten lang zu ihren Füßen sitzen. Sowohl sein Geist als auch sein Körper schienen wie in einen kühlen, erfrischenden Teich getaucht.

Endymion Lear und Hanfchen waren also auf unterschiedlichen Pfaden zur gleichen Schlußfolgerung gekommen – daß man eigentlich vor nichts Angst haben mußte; daß es weder am Himmel noch auf dem Meer oder in der Erde eine Höhle gab, die dunkel und unheimlich genug war, um Es zu beherbergen – seine heimliche Furcht.

Schon möglich, aber es gab nicht nur Schatten, sondern auch Tatsachen. Gegen Tatsachen hatte ihm Hanfchen keinen Talisman gegeben. Was, wenn Ranulph das gleiche widerfuhr wie Brünella? Wenn er für immer hinter den Umstrittenen Hügeln verschwand?

Doch noch war es nicht geschehen – und es würde auch nicht geschehen, solange sein Vater noch über Verstand und Muskeln verfügte.

Er mochte ein armes, nutzloses Geschöpf sein, wenn er von Ausgeburten seiner eigenen Phantasie heimgesucht wurde. Aber bei den Goldenen Äpfeln des Westens, er wollte nicht länger dasitzen und angesichts von Schatten erschaudern, während die Wirklichkeit möglicherweise ihre Bataillone gegen Ranulph aufbot.

Es war seine Aufgabe, dafür zu sorgen, daß Dorimare ein Land wurde, in dem sein Sohn in Sicherheit leben konnte.

Es war, als hätte er plötzlich einen weißen, mit dem Lineal gezogenen Strich gesehen – eine Straße oder einen Fluß, der durch eine düstere, mondbeschienene Landschaft führte. Und dieser gerade weiße Strich war sein Wille zu handeln.

Er sprang auf und ging zwei, drei Schritte im Zimmer auf und ab.

»Aber ich sage dir, Hanfchen«, rief er, als würde er ein Gespräch fortsetzen, »sie sind alle gegen mich. Wie soll ich das allein schaffen? Sie sind alle gegen mich, wirklich!«

»Jetzt hört aber auf!« sagte Hanfchen mit leisem Spott. »Ihr wart schon immer der Meinung, daß die Leute gegen Euch sind. Als kleiner Junge habt Ihr immer gesagt: ›Du bist mir doch nicht böse, Hanfchen, oder?‹ Und dabei habt Ihr mit Euren ängstlichen kleinen Augen zu mir aufgeschaut – und ich hatte nicht die geringste Absicht, auf Euch böse zu sein. Ebensogut hätte ich auf den Mond springen können!«

»Aber ich sage dir, sie sind alle gegen mich!« rief Meister Nathan ungeduldig. »Sie geben mir die Schuld an allem, was passiert ist, und Ambrosius war dermaßen unverschämt, daß ich ihn auffordern mußte, nie wieder einen Fuß in mein Haus zu setzen.«

»Nun ja, Ihr und Meister Ambrosius streitet Euch nicht zum ersten Mal – und es wird auch nicht das erste Mal sein, daß Ihr Euch wieder aussöhnt. Wie oft hieß es: ›Hanfchen, Brosie schummelt!‹ Oder: ›Hanfchen, jetzt bin ich an der Reihe, auf dem Esel zu reiten, und Nat läßt mich nicht!‹ Und dann, ein paar Minuten später, war alles vergeben und vergessen. Ihr müßt einfach nur zu Meister Ambrosius hinübergehen und sein Haus betreten, als wäre nichts geschehen, und Ihr werdet es erleben: Er freut sich wie ein Schneekönig, Euch zu sehen.«

Während er zuhörte, wurde ihm bewußt, daß es äußerst angenehm wäre, seinen Stolz hinunterzuschlucken, zu Ambrosius hinüberzueilen und ihm anzubieten, alles einzugestehen, was er auch von ihm verlangen mochte – daß er ein hoffnungslos unbrauchbarer Bürgermeister und seine Faulheit während der letzten Monate ein Verbrechen gewesen war. Wenn Ambrosius darauf bestehen sollte, würde er sogar zugeben, daß er Feenfrüchte aß, schmuggelte und erhielt, alles in einem – wenn Ambrosius sich nur wieder mit ihm versöhnte.

Stolz und Groll sind im menschlichen Herzen nicht heimisch. Und vielleicht liegt es an der angeborenen Vorliebe des Gärtners für das Exotische, daß wir uns so große Mühe geben, sie dort gedeihen zu lassen.

Aber Meister Nathan war seinen Launen gegenüber nachsichtig und stets bereit, Würde wie Schicklichkeit der Freude zu opfern, einer sentimentalen Anwandlung nachzugeben.

»Bei den Goldenen Äpfeln des Westens«, rief er glücklich, »Hanfchen, du hast recht! Ich werde zu Ambrosius hinübereilen, noch bevor ich eine Minute älter werde.« Ungeduldig lief er zur Tür.

Auf der Schwelle fiel ihm plötzlich ein, daß die Tür der Kapelle einen Spaltbreit offengestanden hatte, und er blieb stehen und fragte Hanfchen, ob sie in letzter Zeit dort gewesen sei und vergessen habe, sie zu schließen.

Doch sie war seit Anfang des Frühjahrs nicht mehr auf dem Friedhof gewesen.

»Das ist merkwürdig«, sagte Meister Nathan.

Und dann verwarf er die Angelegenheit angesichts der berauschenden Aussicht, sich mit Ambrosius ›zu versöhnen‹.

Es ist seltsam, welche Auswirkungen ein Streit oder auch nur die kurze Abwesenheit eines guten Freundes auf das Bild haben können, das wir uns von ihm machen. Einige Minuten später, als Meister Ambrosius seinen alten Spielkameraden ansah, der in seiner Tür stand und ein wenig verlegen lächelte, hatte er das Gefühl, als sei er gerade aus einem Alptraum erwacht. Das war nicht der ›fahrlässigste Bürgermeister, mit dem Lud-in-den-Nebeln jemals geschlagen war‹, und noch weniger die unheimliche Gestalt, die von Endymion Lear heraufbeschworen wurde. Das war nur der kauzige alte Nat, den er schon sein ganzes Leben lang kannte.

So wie er auf einer Karte des Umlands von Lud in den zickzack verlaufenden Linien fast jeden Fisch und jede Stromschnelle erkannte und auf jeder geraden Linie fast jeden Meilenstein aufzählen konnte, so verhielt es sich auch mit dem Gesicht seines alten Freundes – jedes Fältchen und Grübchen waren ihm vertraut, und er hatte das Gefühl, jeden Witz und jede Sorge zu kennen, die sich dort eingegraben hatten.

Meister Nathan grinste immer noch verlegen und streckte ihm die Hand entgegen. Meister Ambrosius runzelte die Stirn, schneuzte sich, versuchte streng dreinzuschauen und ergriff die Hand. Sie standen volle zwei Minuten lang da, schüttelten einander die Hände, lachten und blinzelten, um die Tränen zurückzuhalten.

Und dann sagte Meister Ambrosius: »Komm in das Rauchzimmer, Nat, und probier ein Glas von meinem neuen Bernsteinblütengeist. Du alter Halunke, deswegen bist du doch gekommen, oder?«

Etwas später, während Meister Ambrosius Meister Nathan nach Hause begleitete, begegneten sie zufälligerweise Endymion Lear.

Einige Augenblicke lang blieb er stehen und blickte ihnen hinterher, wie sie im schwachen Mondlicht die Gasse hinunterschimmerten. Er schien nicht gerade erfreut.

Jene Nacht war für Meister Nathan bis zum Rand mit süßem, traumlosem Schlaf erfüllt. Kaum hatte er den Kopf auf das Kissen gelegt, schien er in ein angenehmes, unbekanntes Element einzutauchen – frischer als Luft, sanfter als Wasser, ein Element, in dem er nicht mehr gebadet hatte, seit er vor dreißig Jahren zum ersten Mal den *Ton* gehört hatte.

Am nächsten Morgen wachte er leichten Herzens und erwartungsvoll auf. Welch gute Medizin war doch der Wille, etwas zu tun!

Seine Unterhaltung mit Meister Ambrosius am vorigen Abend hatte ihn darin bestätigt. Sein alter Freund wirkte keineswegs gramgebeugt. Seine Einstellung gegenüber Mondliebchens Flucht über die Berge versetzte Meister Nathan sogar in gelindes Entsetzen, denn sein Freund hatte mit grimmiger Miene erklärt, daß das in Anbetracht der Sucht, der sie sich hingegeben hatte, möglicherweise das beste war, was ihr widerfahren konnte. Ambrosius' gesunder Menschenverstand hatte schon immer seine unbarmherzigen Seiten gehabt.

Er war jedoch genauso wie Meister Nathan der Meinung, daß sofort drastische Maßnahmen ergriffen werden sollten, um den illegalen Handel zu unterbinden und die Schmuggler zu verhaften. Sie hatten sich auf die Art dieser Maßnahmen geeinigt, und die nächsten Tage verbrachten sie damit, die Zustimmung des Stadtrats zu erwirken.

Obwohl Meister Nathans Name in den Nasenlöchern seiner Kollegen übel roch, saß ihr Respekt für die Verfassung zu tief, als daß sie sich gestattet hätten, sich dem Bürgermeister von Lud-in-den-Nebeln und Großseneschall von Dorimare zu widersetzen. Außerdem hatte Meister Ambrosius Geißblatt bei ihren Sitzungen großen Einfluß, und sie waren nicht unbeeindruckt von der Tatsache, daß er alle Vorschläge des Bürgermeisters befürwortete.

Und so wurden an jedem Tor von Lud zwei Freisassen aufgestellt. Sie hatten Befehl, nicht nur das Gepäck jedes Reisenden zu untersuchen, der die Stadt betreten wollte, sondern auch jeden Heuwagen, jeden Mehlsack und jeden Korb mit Obst oder Gemüse zu durchstöbern. Außerdem wurde die Westlandstraße bis an die Grenze der Elfenmarken überwacht, wo ein Trupp Freisassen das Lager aufschlug und Tag und Nacht die Berge unter Beobachtung hielt. Und der

Schriftführer des Stadtrats wurde angewiesen, von jedem Bürger der Stadt ein Dossier anzufertigen.

Die Energie, die Meister Nathan aufbrachte, um alle diese Maßnahmen verabschieden zu lassen, trug dazu bei, seinen Ruf unter den Bürgern wiederherzustellen. Dennoch schickte das gesellschaftliche Barometer der Stadt, Ebnezer Petete, weiterhin seinen Lehrling, um Meister Nathans Uhren aufzuziehen, anstatt selbst zu kommen. Und die Großvateruhr legte allem Anschein nach gegen diesen Affront Protest ein. Den Dienern zufolge bewegte sie unvermittelt und ruckartig ihre Zeiger auf und ab, wobei das Zifferblatt wie ein Gesicht aussah, das spöttisch grinste oder jämmerlich dreinschaute. Und eines Morgens kam Pickel, der indigofarbene kleine Page, in panischer Angst schreiend in die Küche gerannt und schwor, daß aus der Öffnung in der unteren Hälfte des Zifferblatts eine grüne Zunge wie der Schwanz einer Eidechse herausgeschossen sei.

Da keine von Meister Nathans Maßnahmen einen einzigen Schmuggler oder eine einzige Lieferung Feenfrüchte ans Licht brachte, gratulierten die Ratsherren einander dazu, daß es ihnen endlich gelungen war, das Böse auszurotten, das seit Jahrhunderten ihr Land heimgesucht hatte. Doch Schweigeschick stieß an einem Tag auf drei Leute, die eindeutig unter dem Einfluß der geheimnisvollen Droge standen und deren Mund und Kinn merkwürdig gefärbte Saftflecken aufwiesen.

Einer von ihnen war ein kleinwüchsiger Nordländer, und da er kaum ein Wort Dorimarisch sprach, konnte ihm keine Aussage darüber entlockt werden, wie er sich die Früchte beschafft hatte. Ein anderer war ein Gassenkind, das einige Stücke in einer Mülltonne gefunden hatte. Allerdings war es so verwirrt, daß es nicht mehr genau wußte, wo. Die dritte Person war die Taubstumme, die als Scharfe Sissy bekannt war. Und natürlich konnte man von einer Taubstummen keine Informationen erhalten.

Offensichtlich reichten die vortrefflichen Anordnungen des Stadtrats nicht aus.

Das hatte zur Folge, daß verleumderische Schmähschriften an die Tür der Gildenhalle genagelt wurden und Meister Nathan einige anonyme Briefe bekam, die unbestimmte Drohungen enthielten und ihn aufforderten, sich nicht weiter in Angelegenheiten zu mischen, die ihn nichts angingen, sonst würden sie ihn möglicherweise bald mehr angehen, als ihm lieb war.

Doch das Gegengift der Tatkraft hatte seiner Verfassung so gutgetan, daß er die Briefe mit einem grimmigen Lachen ins Feuer warf und schwor, seine Anstrengungen zu verdoppeln.

{12. KAPITEL}
Dame Liliengold hört das Klopfen eines Spechts

Fräulein Ehrenpreis Holzapfels Verhandlung zog sich weiter in die Länge. Sie wurde von den albernen Komplikationen blockiert, die von der juristischen Fiktion verursacht wurden, dank der sie hatte verhaftet werden können. Vielleicht erinnert Ihr Euch: Im Auge des Gesetzes wurden Feenfrüchte als gesponnene Seide angesehen, und viele Tage wurden auf eine gelehrte Diskussion über die unterschiedlichen Eigenschaften von goldenem Seidenpapier verschwendet, von Taft, bemalten Seidenstoffen, geripptem Seidentuch, Seidenmohair und schmalen Seidenbändern.

Einerseits von Neugier getrieben, andererseits von einer unterschwelligen Hoffnung, daß die jüngsten Ereignisse, im ulkigen Licht von Fräulein Ehrenpreis' Persönlichkeit besehen, etwas von ihrem unheimlichen Grauen verlören, machte sich Dame Liliengold eines Morgens auf den Weg, um ihre alte Schulmeisterin in ihrer Gefangenschaft zu besuchen.

Zum ersten Mal seit der Tragödie verließ sie das Haus und schritt die Hauptstraße mit hoch erhobenem Kopf und einem spöttischen Lächeln entlang – nur um der gewöhnlichen Herde zu zeigen, daß selbst die schlimmste Schande eine Obacht nicht niederdrücken konnte.

Nun, Dame Liliengold verfügte über einen ausgesprochen feinen Geruchssinn. Gar oft hatte sich Meister Nathan darüber gewundert, wie schnell sie den leisesten Hauch jedes

Geruchs wahrnahm, den sie nicht mochte – Tabak, zum Beispiel, oder Zwiebeln.

Auch in psychologischen Angelegenheiten war sie ähnlich schnell von Begriff, und sie bemerkte einen Streit oder eine Liebesaffäre lange vor allen anderen, mit Ausnahme der Betroffenen. Und während sie an jenem Morgen zur Gildenhalle unterwegs war, erkannte sie in allem, was um sie herum vorging, eine Veränderung, die nur als Wechsel der Tonart bezeichnet werden kann.

Sie hätte schwören können, daß der Bäckerjunge mit dem Blech voller Brote auf dem Kopf eine andere Melodie vor sich hinpfiff, daß die Dienstmagd, die sich aus dem Fenster lehnte, um die Blumen ihrer Herrin zu gießen, eine andere Melodie summte als noch vor einigen Monaten.

Vielleicht war das auch ganz normal. Melodien haben wie Obst ihre Jahreszeiten und bilden unablässig neue Arten. Doch selbst die Stimmen der Straßenhändler, die *Gelber Sand!* oder *Messer und Scheren!* riefen, klangen beunruhigend anders.

Dame Liliengolds Nasenlöcher weiteten sich instinktiv, und ihre Mundwinkel bogen sich angewidert nach unten, als hätte sie gerade den Hauch einer unangenehmen Ausdünstung erschnüffelt.

Als sie die Gildenhalle erreichte, regelte sie die Formalitäten mit der notwendigen Arroganz: Nein, nein, es war keineswegs notwendig, Seine Hochwürden zu stören. Er hatte ihr die Erlaubnis erteilt, die Gefangene zu besuchen, würde der Wächter sie also bitte sofort in ihr Zimmer hinaufführen.

Dame Liliengold gehört zu jenen Frauen, die mit geschlossenen Augen durch Felder und Wälder laufen, innerhalb von vier Wänden dagegen die sie umgebenden Gegenstände mit dem scharfen Auge eines Naturalisten sehen. Und so waren ihre Augen trotz ihrer Niedergeschlagenheit ausgesprochen geschäftig, während sie dem Wächter die herrliche Wendeltreppe hinauf und die getäfelten Korridore entlang folgte, die hier und dort mit wundervollen Bildteppichen behangen waren. Sie nahm sich vor, Nathan daran zu erinnern, daß der Hausmeister die Treppe nicht gewischt hatte und daß die Täfelung stellenweise wurmstichig war und ausgebessert werden mußte. Und sie blieb stehen, befühlte die Ecke eines Bildteppichs und fragte sich, woher sie Seide in genau diesem Taubenblau oder jenem Altrosa für ihre eigenen Stickereien bekommen konnte.

»Ist das denn die Möglichkeit, auch diese Täfelung löst sich!« murmelte sie, nachdem sie vor einer Wand stehengeblieben war und dagegengeklopft hatte.

Dann rief sie mit überraschter Stimme: »Ich glaube, dahinter ist es hohl!«

Der Wächter lächelte nachsichtig. »Ihr seid ganz wie Doktor Lear, gnä Frau. Wir haben ihn immer den Specht genannt, als er die Gildenhalle für sein Buch unter die Lupe nahm, denn er sprang unablässig herum und klopfte gegen die Wände. Fast schien es, als suche er etwas, jedenfalls behaupteten wir das immer. Und es würde mich nicht wundern, wenn ich auf eine Schiebetür stieße. Man erzählt sich, welch wilde Bande diese Herzöge doch gewesen waren, und ein Geheimgang mag ihnen durchaus von Nutzen gewesen sein!« Und er blinzelte ihr wissend zu.

»Ja, ja, das ist schon möglich«, sagte Dame Liliengold gedehnt und wirkte recht nachdenklich.

Derweil waren sie an einer verriegelten und mit einem Vorhängeschloß verschlossenen Tür angelangt. »Hier haben wir die Gefangene untergebracht, gnä Frau«, sagte der Wächter und schloß auf. Und dann geleitete er sie zu ihrer alten Schulmeisterin hinein.

Fräulein Ehrenpreis saß kerzengerade auf einem altmodischen Stuhl mit harter Lehne, vor einem Hintergrund schöner alter Bildteppiche, die zu den weichsten, reizendsten Pastelltönen verblaßt waren. Sie paßten so wenig zu ihrer grotesken Häßlichkeit wie die jugendliche Schönheit der Holzapfelblüten.

Dame Liliengold blieb einen Moment lang still entrüstet vor ihr stehen. Dann ließ sie sich langsam auf einen Stuhl sinken und sagte streng: »Nun, Fräulein Ehrenpreis? Ich frage mich, wie Ihr es wagen könnt, so ruhig dazusitzen, nachdem Ihr einen solchen Schrecken über uns gebracht habt.«

Fräulein Ehrenpreis war jedoch in einer ihrer überschwenglichsten Stimmungen – *hoch auf ihrem Schaukelpferd,* wie die Holzapfelblüten das zu nennen pflegten. Und so funkelte sie Dame Liliengold nur verächtlich aus ihren kleinen Augen an, und mit einer herrischen Handbewegung, als wolle sie jegliche Banalität fortwischen, rief sie mitleidig: »Meine arme, blinde Liliengold! Von all den Schülerinnen, die durch meine Hände gegangen sind, seid Ihr wohl diejenige, die ihr vornehmes Geburtsrecht am wenigsten verdient hat.«

Dame Liliengold biß sich auf die Lippen, hob die Augenbrauen und sagte mit leiser, ausgesprochen ärgerlicher Stimme: »Was wollt Ihr damit sagen, Fräulein Ehrenpreis?«

Fräulein Ehrenpreis warf einen Blick zur Decke empor und antwortete mit zuckersüßer Stimme: »Das große Privileg, als Frauuu geboren worden zu sein!«

Ihre Schülerinnen vertraten schon immer die Meinung, daß ›Frau‹, wenn Fräulein Ehrenpreis es aussprach, das anstößigste Wort überhaupt sei.

Dame Liliengolds Augen blitzten. »Ich mag keine Frau sein, aber zumindest eine Mutter bin ich – und das ist mehr, als Ihr von Euch behaupten könnt!« erwiderte sie scharf.

Dann sagte sie mit einer Stimme, die mit jedem Wort entrüsteter wurde: »Fräulein Ehrenpreis, seid Ihr vielleicht der Meinung, daß *Ihr* Euer ›vornehmes Geburtsrecht‹ verdient habt, nachdem Ihr das Vertrauen mißbraucht habt, das in Euch gesetzt wurde? Sind Laster, Entsetzen und Schande Zeichen ›wahrer Weiblichkeit‹? Das wüßte ich gern. Ihr habt die Herzen von Eltern gebrochen. Ihr seid schlimmer als eine Mörderin – zehnmal schlimmer. Und da sitzt Ihr nun und brüstet Euch damit, was Ihr getan habt, als wärt Ihr eine

Märtyrerin oder eine öffentliche Wohltäterin – so selbstzufrieden und mißverstanden wie eine Prinzessin vom Mond, die dazu gezwungen wurde, Ziegen zu hüten! Ich glaube wirklich ...«

Doch Fräulein Ehrenpreis übertönte mit schriller Stimme ihre leise geäußerte Entrüstung. »Schüttelt mich! Spickt mich mit Nadeln! Werft mich in die Scheck!« kreischte sie. »Ich werde alles mit einem Lächeln über mich ergehen lassen und meine Schande wie eine kostbare Blume tragen, die *er* mir gegeben hat!«

Dame Liliengold stöhnte voller Verzweiflung auf. »Wen in aller Welt meint Ihr mit *er*, Fräulein Ehrenpreis?«

Dann brach ihr unbändiger Sinn für Humor hervor, und mit Grübchen in den Wangen fragte sie: »Herzog Aubrey oder Endymion Lear?«

Denn natürlich hatte ihr Brünella all die Witze über die Gans und den Salbei erzählt.

Bei dieser Frage zuckte Fräulein Ehrenpreis unverkennbar zusammen. »Herzog Aubrey natürlich!« antwortete sie, aber ihre Augen hatten einen verschlagenen, mißtrauischen und entschieden verängstigten Ausdruck.

Nichts davon entging Dame Liliengold. Sie musterte das Fräulein ausgiebig und mit einem leisen, spöttischen Lächeln von oben bis unten, und ihr Gegenüber wand sich und stammelte immer mehr herum.

»Hm!« murmelte Dame Liliengold nachdenklich.

Sie hatte Endymion Lear noch nie riechen mögen.

Die jüngste Katastrophe hatte ihm gewiß nicht geschadet. Sie hatte seinen Patientenstamm verdoppelt und seinen Einfluß verdreifacht.

Außerdem konnte es nicht an Fräulein Ehrenpreis' Schönheit und Charme gelegen haben, daß er ihr in letzter Zeit soviel Aufmerksamkeit geschenkt hatte.

Zumindest konnte es nicht schaden, den Bogen bei dieser Unternehmung etwas weiter zu spannen.

»Langsam verstehe ich, Fräulein Ehrenpreis«, murmelte sie. »Zwei … *Außenseiter* haben die Köpfe zusammengesteckt, um herauszufinden, ob sie keinen Plan aushecken können, um die dummen, hochnäsigen sogenannten *alten* Familien von Lud zu demütigen! Ach, Fräulein Ehrenpreis, spart Euch Eure Widerworte. Ihr habt Euch nie bemüht, mit Eurer Verachtung für uns hinterm Berg zu halten. Und mir war schon immer klar, daß Ihr kein versöhnlicher Mensch seid. Ich nehme Euch das auch nicht übel. Seit Jahren machen wir uns unbarmherzig über Euch lustig – und Ihr habt Euch immer darüber geärgert. Nichtsdestotrotz halte ich Eure Rache für unnötig grausam, auch wenn für ›wahre Weiblichkeit‹ nichts zu gemein, zu gehässig oder zu niederträchtig ist, wenn es nur *ihm* dient!«

Fräulein Ehrenpreis war so grün wie Gras geworden und stammelte entsetzt. »Liliengold! Liliengold!« rief sie und rang die Hände. »Wie könnt Ihr so etwas nur denken? Der liebe, hingebungsvolle Arzt! Der beste und freundlichste Mann in Lud-in-den-Nebeln! Niemand war wütender auf mich wegen meines ›kriminellen Leichtsinns‹, wie er es nannte, weil ich zuließ, daß dieses entsetzliche Zeug auf meinen Dachboden geschmuggelt wurde. Ich versichere Euch, die Sache mit den … äh … *Früchten* hat ihn höchst zornig gemacht. Als junger Mann hat er während der großen Dürre Tag und Nacht gearbeitet, um etwas dagegen zu tun, er …«

Aber Dame Liliengold stammte nicht umsonst von Generationen von Richtern ab. Blitzschnell fiel sie über Fräulein Ehrenpreis her. »Die große Dürre? Aber das muß schon vierzig Jahre her sein … lange bevor Endymion Lear nach Dorimare gekommen ist.«

»Ja, ja, meine Liebe … natürlich … völlig richtig … ich dachte an eine Begebenheit, die mir ein anderer Arzt erzählte … seit diesem ganzen Ärger gerät mein Kopf immer mehr durcheinander«, stammelte Fräulein Ehrenpreis. Dabei zitterte sie von Kopf bis Fuß.

Dame Liliengold erhob sich von ihrem Stuhl, blieb einen Moment lang stehen und blickte aus halb geschlossenen Augen und mit einem ziemlich grausamen Lächeln auf Fräulein Ehrenpreis hinab.

Dann sagte sie: »Lebt denn wohl, Fräulein Ehrenpreis. Ihr habt mir einigen bemerkenswerten Stoff zum Nachdenken gegeben.«

Daraufhin ließ sie Fräulein Ehrenpreis zurück, die mit ängstlichem Gesicht vor den verblaßten Bildteppichen saß.

Am selben Tag erhielt Meister Nathan einen Brief von Lukas Hanfling, der ihn gleichermaßen verblüffte wie beunruhigte.

Darin stand:

Euer Hochwürden,

ich wäre froh, wenn Ihr Meister Ranulph vom Bauernhof fortholen könntet, denn die Witwe hat Böses im Sinn, da bin ich mir sicher, und einige Leute hier in der Gegend erzählen, daß sie vor Jahren ihren Mann umgebracht hat und daß sie und jemand anders, den ich nicht kenne, einen Groll gegen Meister Ranulph hegten, und wenn ich so frei sein darf, werde ich Euer Hochwürden einfach erzählen, was ich gehört habe.

Folgendes ist geschehen. Eines Abends, ich weiß nicht warum, da konnte ich nicht schlafen, und ich dachte mir, vielleicht tut dir ein Bissen gut, und so bin ich gegen Mitternacht aufgestanden, um in der Küche nach einem Kanten Brot zu suchen. Auf halbem Weg die Treppe hinunter habe ich leise Stimmen gehört, und jemand hat gesagt: »Vor den Hahnenkamms habe ich Angst.« Also bin ich stehengeblieben, wo ich war, und habe gelauscht. Und ich habe nach unten geguckt, und das Feuer in der Küche war fast aus, aber es war noch hell genug, um die Witwe und einen Mann sehen zu können, der einen Mantel um sich geschlagen hatte und ihr gegenübersaß, mit dem Rücken zur Treppe, so daß ich sein Gesicht nicht erkennen konnte. Sie haben leise geredet, und am Anfang konnte ich nur hier und dort ein Wort verstehen, aber die Hahnenkamms haben sie immer wieder erwähnt, und der Mann hat etwas gesagt wie: Man müßte die Hahnenkamms und Meister Ambrosius voneinander getrennt halten, denn Meister Ambrosius habe eine Vision von Herzog Aubrey gehabt. Und wenn ich die Witwe nicht gekannt und gewußt hätte, daß sie wirklich klug ist und so gewitzt wie sonstwas, dann hätte ich gedacht, daß da zwei arme, dumme Klatschbasen sitzen, die mit dem Alter immer wildere und bösartigere Reden schwingen. Und dann legte der Mann ihr die Hand aufs Knie, und seine Stimme wurde leise, aber diesmal klang sie so deutlich, daß ich jedes Wort verstehen konnte, deshalb schreibe ich es Euer Hochwürden auf: *»Ich befürchte anderslautende Befehle. Du kennst unseren Herrn und Meister und seine Launen – er verriete seine Leute, ohne mit der Wimper zu zucken. Ferdie Fetz hat dem jungen Hahnenkamm ohne mein Wissen Früchte gegeben. Und ich habe dir erzählt, wie er und dieser blöde alte Weber ihre Köpfe zusammengesteckt haben, und das hat mir am meisten angst gemacht.«*

Und dann wurde seine Stimme so leise, daß ich sie nicht mehr hören konnte, bis er sagte: *»Diejenigen, die die Milchstraße entlanggehen, hinterlassen oft Fußabdrücke. Laß ihn lieber den anderen Weg nehmen.«*

Und dann ist er aufgestanden, um zu gehen, und ich habe mich zurück in mein Zimmer geschlichen. Aber in jener Nacht habe ich kein Auge mehr zugetan, weil ich darüber nachdenken mußte, was ich gehört hatte. Denn obwohl es sich wie Unsinn angehört hat, habe ich davon eine Gänsehaut bekommen, das könnt Ihr mir glauben. Verrückte Menschen sind oft genauso gefährlich wie böse Menschen. Ich hoffe, Euer Hochwürden verzeiht mir, daß ich so etwas schreibe, erweist mir die Gunst einer postwendenden Antwort und holt Meister Ranulph von hier fort, denn es gefällt mir gar nicht, wie die Witwe ihn anschaut, ganz und gar nicht.

Ich hoffe, daß dieser Brief Euer Hochwürden so vorfindet, wie er mich verläßt, und verbleibe

Euer Hochwürden untertänigster Diener

Lukas Hänfling

Wie sehr wünschte sich Meister Nathan, auf sein Pferd zu springen und auf schnellstem Weg zum Bauernhof zu reiten! Aber das war unmöglich. Statt dessen schickte er umgehend einen Stallburschen mit der Anweisung los, Tag und Nacht zu reiten und einen Brief an Lukas Hänfling zu überbringen, der ihn aufforderte, Ranulph auf jenen Hof in der Nähe von Mondgras zu bringen (einem Dorf, das etwa fünf Wegstunden nördlich von Schwan-an-der-Scheck lag), von dem sie seit Jahren ihren Käse bezogen.

Dann setzte er sich hin und versuchte, in der geheimnisvollen Unterhaltung, die Lukas zufällig mitangehört hatte, einen Sinn zu entdecken.

Ambrosius hatte eine Vision gehabt! Ein unbekannter ›Herr und Meister‹! Fußabdrücke auf der Milchstraße!

Die Wirklichkeit wurde allmählich ausgesprochen undurchsichtig und bedrohlich.

Er mußte etwas über diese Witwe herausfinden. War sie nicht einmal vor Gericht erschienen? Er kam zu dem Entschluß, daß er diese Angelegenheit unverzüglich nachschlagen sollte.

Von seinem Vater hatte er eine ausgezeichnete juristische Bibliothek geerbt, und die Bücherregale in seinem Rauchzimmer bogen sich unter den pergament- und kalbsledergebundenen Bänden mit alten Erlassen, Gesetzessammlungen und Verhandlungsprotokollen. Einige davon stammten aus den Tagen, bevor der Buchdruck in Dorimare Einzug gehalten hatte, und waren in der krakeligen Handschrift alter Stadtschreiber verfaßt.

Es machte die Vergangenheit ausgesprochen wirklich und warf ein heiteres Licht auf die Toten, wenn man beim Umblättern der gelben Pergamentseiten auf die persönliche Note eines alten Skribenten stieß, zum Beispiel auf einen salbungsvollen oder mokanten Einwurf – wie: *Das Gesetz harrt des rechten Augenblicks, mein Abendessen dagegen nicht!* Oder die Karikatur eines vergessenen Richters am Rand des Textes. Das war ungefähr so, als würde einer dieser grotesken alten Gipsköpfe auf den alten Häusern Euch plötzlich verschmitzt zublinzeln.

Aber es waren die Strafprozesse, an denen Meister Nathan bisher die größte Freude gehabt hatte. Der trockne Stil des Gesetzes war ein so großartiges Ausdrucksmittel! Und die winzigen Einzelheiten des alltäglichen Lebens, die bescheidenen Gegenstände des täglichen Gebrauchs wurden so überraschend plastisch, wenn sie, wie scharlachrote Geranien durch einen dichten Herbstnebel, aus dem grauen Stil hell aufloderten... so plastisch und oft mit solch tragischen Folgen belastet.

Sein Erstaunen war groß, als er im Register entdeckte, daß er nach der Witwe Schnadderatsch unter den Strafprozessen suchen mußte. Und was noch erstaunlicher war: Es war ein Prozeß wegen Mordes.

Als Endymion Lear ihn gedrängt hatte, Ranulph auf den Bauernhof zu schicken, hatte er ihm da nicht erzählt, daß es sich um einen belanglosen Fall gehandelt hatte, der ausstehende Lohnzahlungen oder dergleichen betraf, die einem entlassenen Dienstboten zustanden?

Der Kläger, ein Landarbeiter namens Krittel Grabunkel, war tatsächlich aus den Diensten des Bauern Schnadderatsch entlassen worden. Die Anklage jedoch, die er gegen die Witwe vorbrachte, lautete, sie habe ihren Mann mit Weidensaft vergiftet.

Nachdem er das Gerichtsprotokoll durchgelesen hatte, stimmte Meister Nathan jedoch gänzlich mit der Urteilsverkündung des Richters überein, die Witwe sei unschuldig. Der Kläger wurde streng getadelt, weil er eine derart schwere

Anklage mit einer derart dürftigen und unhaltbaren Begründung erhoben hatte.

Aber Lukas' Brief ging ihm nicht aus dem Kopf, und er hatte das Gefühl, er werde keinen Augenblick Ruhe finden, bevor der Stallbursche nicht mit Neuigkeiten vom Bauernhof zurückgekehrt war.

Als er an jenem Abend im Salon vor dem Kaminfeuer saß und sich zum hundertsten Mal fragte, wer der geheimnisvolle Unbekannte im Mantel gewesen sein mochte, dessen Rücken Lukas gesehen hatte, unterbrach Dame Liliengold unvermittelt das Schweigen und fragte: »Nat, was weißt du über Endymion Lear?«

»Was ich über Endymion Lear weiß?« wiederholte er geistesabwesend. »Nun, er ist ein vorzüglicher Quacksalber, der entsetzliche Halstücher trägt und, sofern das möglich ist, einen noch entsetzlicheren Humor hat. Und aus einem Grund, den ich nicht kenne, hat er es auf mich abgesehen ...«

Er brach mitten im Satz ab und murmelte vor sich hin: »Bei Sonne, Mond und Sternen! Einmal angenommen ...«

Lukas' Unbekannter hatte gesagt, er fürchte die Familie Hahnenkamm.

Ein merkwürdiger Kerl, dieser Lear! In seiner Stimme war einmal der *Ton* erklungen. Woher kam er? Wer war er? In Lud-in-den-Nebeln wußte es niemand.

Und dann seine Leidenschaft für das Altertum! Im allgemeinen wurde es für ein harmloses, sinnloses Steckenpferd gehalten. Und doch ... die Vergangenheit war dunkel und böse, ein Haufen modernder Blätter. Die Vergangenheit war stumm und gehörte dem Stummen Volk ... Aber Dame Liliengold stellte ihm eine weitere Frage – eine Frage, die mit ihrer vorhergehenden anscheinend nicht in Zusammenhang stand: »In welchem Jahr kam es zur großen Dürre?«

Meister Nathan erwiderte, daß dies genau vierzig Jahre her sei, und fragte spöttisch: »Woher das plötzliche Interesse an Geschichte, Liliengold?«

Erneut antwortete sie ihm mit einer Gegenfrage: »Und wann ist Endymion Lear zum ersten Mal nach Dorimare gekommen?«

Allmählich wurde Meister Nathans Neugier geweckt. »Laß mich überlegen«, sagte er nachdenklich. »Das war bestimmt lange vor unserer Hochzeit. Ja, ich erinnere mich – wir haben ihn zu Rate gezogen, als meine Mutter eine Brustfellentzündung hatte, und das war kurz nach seiner Ankunft, denn er sprach nur gebrochen Dorimarisch ... das muß jetzt dreißig Jahre her sein.«

»Aha«, sagte Dame Liliengold trocken. »Zufälligerweise weiß ich jedoch, daß er sich während der großen Dürre bereits in Dorimare aufgehalten hat.« Sie wiederholte die Unterhaltung, die sie an jenem Morgen mit Fräulein Ehrenpreis geführt hatte.

»Und da fällt mir noch etwas ein«, fügte sie hinzu und erzählte ihm von der Täfelung in der Gildenhalle, die hohl geklungen hatte, und wie der Wächter Endymion Lear mit einem Specht verglichen hatte. »Und falls er, teils aus Rache für unsere Kälte ihm gegenüber, teils aus Machthunger, hinter dieser schrecklichen Angelegenheit steckt«, fuhr sie fort, »wäre ein Geheimgang für Schmuggler ausgesprochen nützlich und würde erklären, warum alle deine Vorkehrungen nichts gebracht haben. Und wer wüßte am ehesten über einen Geheimgang in der Gildenhalle Bescheid, wenn nicht Endymion Lear?«

»Bei Sonne, Mond und Sternen!« rief Meister Nathan aufgeregt. »Es nähme mich nicht wunder, wenn du recht hättest, Liliengold. Du hast einen Kopf auf den Schultern, in dem sich etwas Nützlicheres befindet als Haferbrei!«

Dame Liliengold lächelte selbstzufrieden.

Dann sprang er von seinem Stuhl hoch: »Das muß ich Ambrosius erzählen!« rief er begeistert.

Aber würde es ihm gelingen, den trägen und starrsinnigen Meister Ambrosius zu überzeugen? Bloßer Argwohn ließ sich nur schwer vermitteln. Darin gleicht er den Weinen, die man nicht transportieren, sondern vor Ort trinken sollte.

Er konnte es zumindest versuchen.

»Ambrosius, hattest du jemals eine Vision von Herzog Aubrey?« rief er, als er in das Rauchzimmer seines Freundes hineinplatzte.

Meister Ambrosius runzelte verärgert die Stirn. »Worauf willst du hinaus, Nat?« fragte er aufgebracht.

»Beantworte mir die Frage. Ich spaße nicht, ich meine es todernst. Hattest du jemals eine Vision von Herzog Aubrey?«

Meister Ambrosius wand sich verlegen in seinem Sessel. Auf diese Vision war er alles andere als stolz. »Nun«, sagte er schroff, »wahrscheinlich könnte man das so nennen. Das war in der Schule – an jenem Tag, als meine elende Tochter davonlief. Und ich habe mich so aufgeregt, daß es für diese Vision, wie du sie nennst, durchaus eine Entschuldigung geben mag.«

»Und hast du jemandem davon erzählt?«

»Ich doch nicht!« sagte Meister Ambrosius nachdrücklich. Dann hielt er einen Augenblick inne und fügte hinzu: »O doch, ich glaube, ich habe diesem boshaften kleinen Quacksalber davon erzählt, diesem Endymion Lear. Das hätte ich wohl besser nicht tun sollen. Verflixt und zugenäht! Was ist denn jetzt los, Nat?«

Denn Meister Nathan vollführte doch tatsächlich schadenfrohe Luftsprünge.

»Ich hatte recht! Ich hatte recht!« rief er freudig. Er war von seinem eigenen Scharfsinn so begeistert, daß er darüber seine ganzen Sorgen vergaß.

»Lies das, Ambrosius«, sagte er und drückte ihm erwartungsvoll Lukas Hanflings Brief in die Hand.

»Hm«, brummte Meister Ambrosius, nachdem er ihn überflogen hatte. »Und worüber freust du dich so?«

»Verstehst du denn nicht?« rief Meister Nathan voller Ungeduld. »Der geheimnisvolle Kerl im Mantel muß Endymion Lear gewesen sein … denn niemand sonst weiß von deiner Vision.«

»O ja, Nathan, mein Geist mag ja abgestumpft sein, aber das habe ich kapiert. Aber mir ist nicht klar, *wie* uns dieses Wissen helfen soll.«

Da erzählte ihm Meister Nathan von Dame Liliengolds Entdeckungen und Theorien.

Meister Ambrosius druckste eine Weile herum und ließ sich über die Gedankengänge von Frauen und überstürzte Schlußfolgerungen aus. Aber vielleicht war er in Wirklichkeit doch mehr beeindruckt, als er Meister Nathan zeigen wollte. Jedenfalls stimmte er widerwillig zu, ihn nachts zur Gildenhalle zu begleiten und die hohle Täfelung zu untersuchen. Und das war wirklich ein großes Zugeständnis von Meister Ambrosius, denn diese Art von Eskapaden war mit seiner Würde nur schwer zu vereinbaren.

»Hurra, Ambrosius!« rief Meister Nathan lauthals. »Ich würde einen Mondgraskäse gegen einen Flakon deines besten Bernsteinblütengeistes darauf wetten, daß hinter allem dieser schurkische Quacksalber steckt!«

»Du hattest schon immer einen sicheren Blick für ein vorteilhaftes Geschäft, Nat«, sagte Meister Ambrosius mit einem grimmigen Kichern. »Weißt du noch, als wir junge Kerle waren und du mir meinen reinrassigen Welpen für einen ausgestopften Fasan abgeluchst hast, der so mottenzerfressen war, daß er kaum noch eine Feder trug? Und außerdem, laß mich überlegen, erinnere ich mich noch an eine halbe Packung eingetrocknetes Zuckerwerk …«

»Und ich habe noch eine zerbrochene Spieldose draufgelegt, deren Werk mitten in dem Lied *Auf in den Kampf, tapfere Söhne Dorimares* den Geist aufgab und nur noch surrte und rasselte wie ein betrunkener Maikäfer«, warf Meister Nathan stolz ein. »Das war völlig angemessen – Quantität gegen Qualität.«

{13. KAPITEL} *Was Meister Nathan und Meister Ambrosius in der Gildenhalle entdeckten*

Meister Nathan war viel zu ruhelos und besorgt, um die Gildenhalle zu untersuchen, bevor der Stallbursche zurückgekehrt war, den er mit dem Brief an Lukas Hanfling losgeschickt hatte.

Dieser mußte die Anweisung, Tag und Nacht durchzureiten, jedoch wörtlich genommen haben – so schnell war er wieder in Lud. Meister Nathan war von seiner Promptheit selbstredend entzückt, auch wenn es ihm nicht gelang, auf seine gespannten Fragen über Ranulph ausführliche Antworten zu erhalten. Aber er war froh über die Nachricht, daß der Junge gesund und glücklich sei, und es war nur natürlich, daß der Kerl in der Gegenwart seines Herrn verlegen war und keinen Ton herausbrachte.

In Wirklichkeit war der Stallbursche auf keine sieben Wegstunden an den Bauernhof der Witwe Schnadderatsch herangekommen.

In einer Schenke an der Landstraße war er an einen rothaarigen Burschen geraten, der ihn zu Glas um Glas äußerst berauschenden Weins eingeladen hatte. Infolgedessen hatte er die Nacht und einen beträchtlichen Teil des darauffolgenden Morgens im Tiefschlaf auf dem Boden der schmuddeligen Schenke zugebracht.

Als er aufwachte, war er entsetzt darüber, wieviel Zeit er verschwendet hatte. Aber sein Gewissen beruhigte sich wieder, als der Gastwirt ihm einen Brief des Rothaarigen überreichte, dem zu entnehmen war, daß dieser es zutiefst bereue, der mittelbare Grund dafür gewesen zu sein, daß sich ein Bote verspätete, der in dringendem Auftrag des Großseneschalls unterwegs war (in betrunkenem Zustand hatte der Stallbursche mit der Wichtigkeit seines Botengangs geprahlt), und so hatte er sich des Briefs angenommen und versprach, ihn ebenso schnell – oder schneller – wie der Bote bei der Adresse auf dem Umschlag abzugeben.

Der Stallbursche war höchst erleichtert. Er stand noch nicht lange in Meister Nathans Diensten. Er war erst *nach* der Wintersonnenwende von ihm eingestellt worden.

Und so war Meister Nathans Herz frei von allen Sorgen um Ranulph, und es pochte wie das eines Schuljungen vor Abenteuerlust, als er sich zur Vollmondnacht mit Meister Ambrosius vor den mit kunstvollen Schnitzereien verzierten Türen der Gildenhalle traf.

»Ich sage dir, Ambrosius«, flüsterte er, »ich fühle mich, als wären wir wieder junge Kerle, die einen Obstgarten plündern wollen!«

Meister Ambrosius schnaubte verächtlich. Er hatte sich vorgenommen, um jeden Preis seine Pflicht zu tun, aber es ärgerte ihn, daß diese Pflicht als jungenhafte Eskapade angesehen werden sollte.

Die großen Türen öffneten sich knarrend. Sie schlossen sie so leise wie möglich und schlichen auf Zehenspitzen die Wendeltreppe hinauf und den Korridor entlang, den Dame Liliengold beschrieben hatte. Jedesmal wenn eine Diele unter ihren schweren Schritten knarrte, verfluchte der eine innerlich den anderen, daß er so korpulent und unbeholfen geworden war.

Um sie herum war es vollkommen finster, mit Ausnahme des schwachen Lichtscheins, den ihre beiden Laternen vor ihnen warfen.

Ein Haus mit alten Möbeln benötigt keine Gespenster, damit es darin spukt. Wie wir erfahren haben, war Meister Nathan den Stummen Gütern gegenüber äußerst empfindlich: den Sternen, Häusern, Bäumen. Oft saß er in seinem Rauchzimmer, nachdem die Kerzen angezündet worden waren, und betrachtete die Bücherregale, die Sessel, das Porträt seines Vaters – selbst seinen roten Regenschirm, der in einer Ecke stand – mit einem Gefühl großer Ehrfurcht, als wäre er ein Sterngucker.

In jener Nacht berührte die unsichtbare Gegenwart der Täfelung und der mit Bildern aus der Geschichte geschmückten Bildteppiche sogar den nüchternen Meister Ambrosius. Er hatte das Gefühl, diese stummen Hausbewohner zögen ihn mittels eines unwiderstehlichen Magnetismus in ihren Machtbereich.

Wenn sie nur sprächen oder sich bewegen würden – diese stummen, verwurzelten Gesellen! Ebenso hätten sie bei Mondlicht durch einen Wald laufen können.

Dann blieb Meister Nathan reglos stehen.

»Hier muß ungefähr die Stelle sein, wo Liliengold die hohle Täfelung entdeckt hat«, flüsterte er und klopfte vorsichtig die Holzpaneele ab.

Ein paar Minuten später zischte er aufgeregt: »Ambrosius! Ambrosius! Ich habe es gefunden. Hör nur! Hörst du das? Es klingt so hohl wie eine Trommel.«

»Sapperlott! Ich glaube, du hast recht«, erwiderte Meister Ambrosius leise. Er konnte nicht anders, allmählich wurde er von Nats alberner Aufregung angesteckt.

Und dann gab die Täfelung dem Druck nach und glitt beiseite. Im Schein ihrer Laternen entdeckten sie eine enge Treppe, die ins Dunkel hinabführte.

Einige Augenblicke lang blickten sie einander in stillem Triumph an. Dann kicherte Meister Nathan und sagte: »Also gut, dann los – in den Brunnen hinein mit unseren Eimern! Hoffentlich ziehen wir etwas Besseres herauf als einen alten

Schuh oder eine verfaulte Walnuß!« Ohne zu zögern, machte er sich an den Abstieg. Meister Ambrosius folgte ihm tapfer.

Die Treppe wand sich immer tiefer abwärts, allem Anschein nach geradewegs bis in das Erdinnere hinab. Schließlich fanden sie sich jedoch in einem Raum wieder, der einem langen Stollen glich.

»Halali! Halali!« flüsterte Meister Nathan und lachte aus reiner Freude am Abenteuer. »Los, Galopp, vielleicht wartet am anderen Ende eine Lichtung auf uns ... und ein gestellter Hirsch!«

Und er stieß Meister Ambrosius in die Rippen und fügte hinzu: »Macht mehr Spaß, als Nachtfalter zu jagen, was?« Daran zeigte sich, wie endgültig sie sich ausgesöhnt hatten.

Dennoch tasteten sie sich nur ausgesprochen langsam und Schritt für Schritt den Stollen entlang.

Nach einer Zeitspanne, die ihnen endlos lange vorkam, blieb Meister Nathan stehen und flüsterte über die Schulter hinweg: »Hier sind wir. Da ist eine Tür ... Tausend Höllenhunde! *Sie ist verriegelt.*«

Vor Ärger über dieses unvorhergesehene Hindernis geriet er ganz außer sich, trat und hämmerte wie wahnsinnig gegen die Tür.

Er hielt einen Augenblick lang inne, um Luft zu holen, als eine schrille Frauenstimme von jenseits der Tür nach der Losung fragte.

»Losung?« brüllte Meister Nathan. »Bei Sonne Mond und Sternen und den Goldenen Äpfeln des Westens, was ...«

Doch bevor er seinen Satz beenden konnte, wurde die Tür von der anderen Seite geöffnet, und sie betraten einen niedrigen rechtwinkligen Raum, der von einer Lampe erleuchtet wurde, die an einer Kette von der Decke hing. Dessen schien es jedoch kaum zu bedürfen, denn ein Licht, das weit heller strahlte als das der Lampe und doch sanfter als Mondlicht, schien von den herrlichen Bildteppichen auszugehen, die die Wände bedeckten.

Sie waren sprachlos vor Erstaunen. Diese Bildteppiche unterschieden sich von allen anderen, die sie jemals gesehen hatten, so sehr wie ein Apfelbaum in voller Blüte vor einem türkisfarbenen Himmel im Mai von demselben Baum im November, wenn sich nur wenige rote Blätter an seine Äste klammern und der Himmel bleiern ist. Ach, dieses Blau, dieses Rosa, dieses leuchtende Grün! In welche wunderbaren Farben waren diese Seidengarne getaucht worden?

Die Bilder darauf waren jedem Dorimaraner vertraut – Jagdszenen, vom Mond verfolgte Flüchtlinge, Schäfer und Schäferinnen, die ihre azurblauen Schafe hüteten. In diesen glänzenden Farben dargestellt, wirkten sie jedoch wie Überbleibsel der Vergangenheit, die urplötzlich vor den Augen der Betrachter in Flammen aufgingen. Nanu? Die Männer und Frauen einer vergangenen Zeit strömten lautstark, farbenfroh und alles beherrschend auf die Straßen und trieben die Lebenden wie tote Blätter vor sich her.

Und was lag da in Haufen auf dem Boden? Perlen und Saphire und riesige Rubine? Oder Fallobst, herrliche Früchte, die von den Bäumen auf den Bildteppichen gefallen waren?

Nachdem sich ihre Augen an die Helligkeit gewöhnt hatten, kamen die beiden Freunde wieder zu Verstand. Es konnte keinen Zweifel daran geben, worum es sich bei den Früchten auf dem Boden handelte – es waren Feenfrüchte, oder sie hießen nicht Hahnenkamm beziehungsweise Geißblatt.

Und zu ihrem Erstaunen war die Hüterin dieses sonderbaren Schatzes niemand anders als ihre gute alte Bekannte Mutter Schwips.

Ihre klaren, kindlichen Augen leuchteten wie Laternen in ihrem versengten, vom Wetter gegerbten Gesicht und betrachteten sie mit leichter Überraschung.

»Wenn das nicht Meister Hyazinth und Meister Josua sind!« rief sie aus und fügte mit ihrem fröhlichen, jugendlichen Lachen hinzu: »Daß die die Losung kennen!«

Dann starrte sie ihnen ängstlich ins Gesicht. »Tragen sich

Eure Strümpfe dort drüben gut? Das letzte Paar, das ich für Euch gewaschen habe, hat die Seife nicht richtig aufgenommen. Strümpfe leiden ganz schön darunter, wenn man die Milchstraße hinuntermaschiert und eine Reise hinter den Mond macht.«

Offensichtlich hielt sie die beiden für ihre Väter.

Unterdessen holte Meister Ambrosius tief Luft und verursachte dabei ein Geräusch, als würde er Suppe schlürfen. Sein Doppelkinn weitete sich – für jeden, der ihn schon einmal auf dem Richterstuhl gesehen hatte, war das ein sicheres Zeichen, daß er gleich vom Leder ziehen würde.

Meister Nathan versetzte ihm jedoch einen warnenden Stoß und sagte höflich zu ihrer Gastgeberin: »Also, unseren Strümpfen und auch unseren Stiefeln geht es sehr gut, danke der Nachfrage. Ihr habt also nicht erwartet, daß wir die Losung kennen, was? Tja, möglicherweise wissen wir mehr, als Ihr ahnt.« Meister Ambrosius flüsterte er zu: »Beim Hintern meiner Großtante, Ambrosius, wie lautete denn die Losung?«

Dann wandte er sich wieder an Mutter Schwips, die sich sanft in den Hüften wiegte, wie zu einem Lied, das nur sie hören konnte. »Ihr habt hier wirklich schöne Bildteppiche«, sagte er. »Dergleichen habe ich meines Wissens im Leben noch nie gesehen!«

Sie lächelte, trat nahe an ihn heran und sagte mit leiser Stimme: »Weiß Euer Hochwürden auch, warum sie so schön sind? Nein? Nun, *das liegt an den Feenfrüchten*!« Und sie nickte mehrmals geheimnisvoll mit dem Kopf.

Meister Ambrosius stieß ein leises, wütendes Brummen aus, aber Meister Nathan warf ihm einen warnenden Blick zu und sagte in höflich interessiertem Tonfall: »Ach, wirklich? Und woher, wenn ich fragen darf, stammen diese ... äh ... *Früchte*?«

Sie lachte fröhlich. »Ach, die bringen die vornehmen Herren mit! Alle diese netten Herren in Grün mit ihren geknüpften Bändern ... Bei Sonnenaufgang drängen sie aus ihren

Schiffen mit den scharlachroten Segeln, um die goldenen Aprikosen auszusaugen, wenn ganz Lud im Tiefschlaf liegt! Und der Hahn kräht *Kikeriki*! Kikerikiiiii!« Ihre Stimme verhallte, weit weg. Einsam. Irgendwie gemahnte sie an den ersten Schimmer der Morgendämmerung auf einem gespenstischen Heuhaufen.

»Ich sage Euch etwas, Meister Nat Hahn auf der Stange«, fuhr sie mit einem geheimnisvollen Lächeln fort und trat ganz nahe an ihn heran, *»bald seid Ihr tot!«*

Dann trat sie einen Schritt zurück, lächelte und nickte ermutigend, als wolle sie sagen: ›Ein hübsches Geschenk habe ich Euch da gegeben! Gebt darauf acht.‹

»Was Mutter Schwips betrifft«, fuhr sie triumphierend fort, »die wird bald eine vornehme Dame sein, wie die Frauen der Ratsherren, und die ganze Nacht im Mondschein tanzen! Die Herren haben es mir versprochen.«

Meister Ambrosius stieß ein ungeduldiges Prusten aus, aber Meister Nathan sagte mit einem gutmütigen Lachen: »So verbringen die Frauen der Ratsherren also Eurer Meinung nach ihre Zeit, wie? Ich fürchte, daß sie sich um andere Dinge kümmern müssen. Und was Euch betrifft, werdet Ihr nicht langsam zu alt zum Tanzen?«

Ein flüchtiger Schatten glitt über ihre klaren Augen. Dann warf sie den Kopf mit der edlen Geste eines wilden Geschöpfs in den Nacken und rief: »Nein! Nein! Solange mein Herz tanzt, werden auch meine Füße tanzen. Und niemand wird alt werden, wenn der Herzog wieder da ist.«

Aber Meister Ambrosius konnte nicht länger an sich halten. Er kannte Nats Vorliebe nur zu gut, einer langen, weitschweifenden Rede zuzuhören – ganz besonders wenn zufälligerweise wichtige Geschäfte seiner harrten.

»Also bitte!« rief er mit strenger Stimme. »Ihr mögt zwar verrückt sein, aber Ihr werdet trotzdem bald nach einer anderen Melodie tanzen. Wenn Ihr uns nicht ganz fix erzählt, wer diese *Herren* sind, wer Euch hier mit der Bewachung betraut hat, wer diese lasterhaften Früchte bringt und wer sie holen kommt, werden wir ...«

Diese Drohung war ein unterbewußter Widerhall der letzten Worte, die er zu Mondliebchen gesagt hatte. Ihre Wirkung trat augenblicklich ein.

»Schneidet die Saiten durch! Schneidet die Saiten durch!« jammerte Mutter Schwips und fügte schmeichelnd hinzu: »Nein, nein, artiger Herr, das tätet Ihr nie! Täte er das?« Sie wandte sich bittend an Meister Nathan. »Das wäre das gleiche, als nähmt Ihr dem armen Mann seine Erdbeeren weg. Der Ratsherr hat Pfirsiche, gebratenen Schwan und Pfauenherzen und eine vornehme Kutsche und ein Federbett, in dem er jeden Morgen lange liegen bleiben kann. Und der arme Mann hat Schwarzbrot, gebackene Mehlbeeren und Arbeit ... Aber im Sommer hat er Erdbeeren und Musik, zu der er tanzen kann. Nein, nein, die Saiten schneidet Ihr nie durch.«

Meister Nathan spürte einen Kloß im Hals. Aber Meister Ambrosius blieb unerbittlich. »Natürlich täte ich das!« tobte er. »Ich schnitte die Saite jeder Geige in ganz Lud durch. Und ich werde es auch tun, wenn Ihr uns nicht sagt, was wir wissen wollen. Kommt, Mutter Schwips, redet schon – ich bin ein Mann, der Wort hält.«

Sie blickte ihn beschwörend an, und dann trat ein Anflug unschuldiger Gerissenheit in ihre ehrlichen Augen, und sie legte einen Finger auf die Lippen, nickte mehrmals mit dem Kopf und flüsterte verschwörerisch: »Wenn Ihr mir versprecht, daß Ihr die Saiten nicht durchschneidet, zeige ich Euch den schönsten Anblick auf der ganzen Welt – die stämmigen toten Burschen, die auf dem Schauerfeld ihre eigenen Särge auf den Schultern tragen und damit über die Gänseblümchen stolpern. Kommt!« Sie flitzte zu einer Wand, zog einen Bildteppich zur Seite und zeigte ihnen eine zweite Geheimtür. Sie drückte auf eine Feder, die Tür flog auf und enthüllte einen weiteren dunklen Stollen.

»Folgt mir, artige Herren!« rief sie.

»Es bleibt uns nichts anderes übrig«, flüsterte Meister Nathan, »als ihr ihren Willen zu lassen. Möglicherweise zeigt sie uns etwas, das für uns von Nutzen ist.«

Meister Ambrosius murmelte etwas über seinen Platz am Kamin, den er nicht verlassen habe, um den Phantasien eines verrückten Paars nachzugeben. Trotzdem folgte er Meister Nathan, und die zweite Geheimtür schloß sich mit einem deutlichen *Klick* hinter ihnen.

»Puh!« schnaufte Meister Nathan. »Puh!« schnaufte Meister Ambrosius, während sie mühsam den Gang hinter ihrer leichtfüßigen Führerin herstapften.

Dann stiegen sie eine Treppe hinauf, die endlos zu sein schien, und schließlich fielen sie vornüber auf die Knie. Erneut ertönte das *Klick* einer Tür, die sich hinter ihnen schloß.

Sie stöhnten und fluchten und rieben sich die Knie und fragten mit wütender Stimme, an welch üblen Ort Mutter Schwips sie geführt habe.

Doch sie klatschte nur fröhlich in die Hände. »Wißt Ihr das nicht, artige Herren? Nun, Ihr seid dort, wo die toten Hähne auf der Stange schlafen! Ihr seid in Eure eigene behagliche Hütte zurückgekehrt, Meister Josua Hahnenkamm. Nehmt Eure Laternen, und seht Euch um.«

Meister Nathan folgte ihrer Aufforderung umgehend, und langsam wurde ihm klar, wo sie sich befanden.

»Bei den Goldenen Äpfeln des Westens, Ambrosius!« rief er aus. »Wenn wir nicht in meiner Kapelle sind!«

Und tatsächlich, der Schein der Laternen enthüllte Gesimse, auf denen Porphyrsärge standen, die reichverzierte Marmordecke und den Mosaikboden der Heimstatt der toten Hahnenkamms.

»Sapperlott noch mal!« murmelte Meister Ambrosius höchst verwundert.

»Die Kapelle muß zwei Türen haben, auch wenn ich das nicht wußte«, sagte Meister Nathan. »Eine Geheimtür führt zu einer verborgenen Treppe. Offensichtlich gibt es Leute, die mehr über meine Kapelle wissen als ich.« Und plötzlich fiel ihm ein, wie er vor einigen Tagen die Tür einen Spalt offen vorgefunden hatte.

Mutter Schwips lachte vergnügt angesichts der Überraschung der beiden Männer. Dann legte sie einen Finger auf die Lippen und winkte ihnen, ihr zu folgen. Sie gingen auf Zehenspitzen hinter ihr her auf das vom Mond beschienene Schauerfeld hinaus, wo sie ihnen mit beredten Zeichen bedeutete, sie sollten sich hinter dem dicken Stamm eines Ahornbaums verstecken.

Der Tau lag wie Mondgänseblümchen dick auf den mit Gras überwucherten Gräbern. Die Marmorstatuen der Verstorbenen schienen im Schein des Vollmonds zu lächeln. Nicht weit von dem Ahornbaum entfernt hoben zwei Männer ein frisches Grab aus. Bei einem von ihnen handelte es sich um einen kräftigen Kerl mit Goldringen in den Ohren wie ein Seemann, der andere war – Endymion Lear.

Meister Nathan warf Meister Ambrosius einen triumphierenden Blick zu und flüsterte ihm zu: »Ein Faß Bernsteinblütengeist, Brosie!«

Eine ganze Weile gruben die beiden Männer schweigend, dann zerrten sie drei große Särge herauf und stellten sie auf die Wiese.

»Wir schauen besser nach, Sebastian«, sagte Endymion Lear, »ob die Ware ordnungsgemäß geliefert wurde. Wir haben es mit schwierigen Kunden zu tun.«

Der junge Mann, der mit Sebastian angeredet worden war, grinste, löste ein Taschenmesser vom Gürtel und machte sich daran, einen der Särge aufzuhebeln.

Als er mit der Klinge unter den Deckel stieß, überkam die beiden Freunde hinter dem Ahornbaum ein Schaudern. Ihr Entsetzen wurde auch durch das Benehmen von Mutter Schwips nicht gelindert, denn sie schloß die Augen halb und sog die Luft tief durch die Nase ein, als erwarte sie einen herrlichen Duft.

Als der Deckel schließlich geöffnet und der Inhalt des Sargs sichtbar wurde, kamen keine in Wachstuch gehüllten Kleider und Schrecklichkeiten zum Vorschein, sondern – Feenfrüchte.

»Sapperlott noch mal!« murmelte Meister Ambrosius.

»Dicke Berta!« murmelte Meister Nathan.

»Gut, das ist die richtige Lieferung«, erklärte Endymion Lear. »Gehen wir einfach davon aus, daß das bei den anderen beiden auch so ist. Schließ den Sarg und hilf mir, ihn auf die Schultern zu hieven. Du folgst mir mit den beiden anderen – wir bringen sie gleich in das Bildteppichzimmer. Um Mitternacht halten wir dort Rat, und das ist nicht mehr lange hin.«

In dem Augenblick, da die beiden Schmuggler ihr den Rükken zuwandten, flitzte Mutter Schwips hinter dem Ahornbaum hervor und rannte zurück zur Kapelle. Offensichtlich befürchtete sie, sie könnte dabei ertappt werden, wie sie ihren Posten verlassen hatte. Endymion Lear und sein Gefährte folgten ihr kurz darauf.

Zunächst waren die Gefühle von Meister Nathan und Meister Ambrosius zu verworren, als daß sie sie in Worten auszudrücken vermochten. Sie starrten sich lediglich aus großen Augen an. Dann breitete sich allmählich ein Lächeln auf Meister Nathans Gesicht aus. »Dieses Mal mußt du ohne Mondgraskäse auskommen, Brosie«, sagte er. »Wer hatte recht – du oder ich?«

»Bei der Milchstraße, du hattest recht, Nat!« rief Meister Ambrosius, ausnahmsweise einmal mit aufgeregter Stimme. »Dieser Gauner! Dieser Erzschurke! Er ist es also, dem wir Eltern unser Leid zu verdanken haben. Aber er wird dafür hängen, er wird dafür hängen – und wenn wir die Verfassung von Dorimare ändern müssen! Dieser *Lump*!«

»Wahrscheinlich mit einem Leichenwagen in die Stadt«, murmelte Meister Nathan nachdenklich, »und dann hier begraben und dann durch meine Kapelle in das Geheimzimmer in der Gildenhalle, und von dort bringen sie sie nach und nach unter die Leute. Jetzt ist völlig klar, wie das Zeug nach Lud gelangt. Wir müssen nur noch herausfinden, wie es an den Freisassen an der Grenze vorbeigeschmuggelt wird... Ambrosius, was hat dich denn gepackt?«

Denn Meister Ambrosius schüttelte sich vor Lachen. Und er lachte nicht oft!

»Bluten die Toten?« wiederholte er zwischen seinen Lachsalven. »Also wirklich, Nat, das ist der beste Witz, den ich in den letzten zwanzig Jahren gehört habe!«

Als er sich wieder soweit erholt hatte, erzählte er Meister Nathan von dem roten Saft, der aus dem Sarg gesickert war und den er für Blut gehalten hatte; und wie er Endymion Lear zu Tode erschreckt hatte, als er ihn danach gefragt hatte.

»Es war natürlich nur eine Scheinbeerdigung, und was ich da gesehen habe, war der Saft dieser verdammten Früchte!« Erneut wurde er von einem Lachkrampf heimgesucht.

Meister Nathan lächelte jedoch nur geistesabwesend. Die Vorstellung, daß die Toten bluteten, erinnerte ihn an etwas – an etwas, das er kürzlich gelesen oder gehört hatte. Im Augenblick wollte ihm allerdings nicht einfallen, wo.

Meister Ambrosius war derweil wieder ernst geworden. »Komm, schnell«, sagte er. »Wir haben keinen Moment zu verlieren. Wir müssen auf der Stelle Schweigeschick aufsuchen, ihn und ein paar von seinen Leuten wecken und schnurstracks in dieses Bildteppichzimmer zurückkehren, um sie auf frischer Tat zu ertappen.«

»Ambrosius, du hast recht! Du hast recht!« rief Meister Nathan. Und schon waren sie unterwegs. Sie liefen durch das Tor hinaus, den Hügel hinunter und mitten hinein in die schlafende Stadt.

Es fiel ihnen nicht schwer, Schweigeschick zu wecken und ihn mit ihrer Begeisterung anzustecken. Nachdem sie ihm mit wenigen eiligen Worten von ihrer Entdeckung erzählt hatten, stieg sein Respekt für den Stadtrat außerordentlich – auch wenn er seinen Ohren kaum trauen mochte, als er hörte, welche Rolle Endymion Lear bei den Transaktionen dieses Abends gespielt hatte.

»Das muß man sich einmal vorstellen! Das muß man sich einmal vorstellen!« wiederholte er immer wieder. »Und dabei stand ich immer auf so überaus freundschaftlichem Fuße mit dem Doktor!«

Endymion Lear hatte sich in den letzten Monaten sogar Schweigeschicks Klagen über die Nachlässigkeit und Unfähigkeit des Stadtrats angehört. Im Gegenzug war es ihm gelungen, den Geist des guten Hauptmanns mit finsterem Argwohn gegenüber Meister Nathan anzustecken. Die respektvolle Herzlichkeit des Tonfalls, mit dem er seinen Herrn den Bürgermeister anredete, war auch den Gewissensbissen zu verdanken, die ihm seine Respektlosigkeit bescherte. »Sehr wohl, Euer Hochwürden!« rief er. »Grün und Wacholder haben heute nacht Dienst. Ich werde sie aus der Wachstube holen, und wir sollten in der Lage sein, mit den Schurken fertigzuwerden.«

Als die Uhren von Lud-in-den-Nebeln Mitternacht schlugen, schlichen die fünf vorsichtig den Korridor der Gildenhalle entlang. Es verursachte ihnen keine Schwierigkeiten, die Täfelung zu finden – ein Druck auf die Feder, und sie befanden sich in dem Geheimgang.

»Ambrosius«, flüsterte Nathan aufgeregt, »was genau habe ich gesagt, das sich dann als Losung erwies? Vor lauter Aufregung habe ich das doch glatt vergessen.«

Meister Ambrosius schüttelte den Kopf. »Ich habe nicht die geringste Ahnung«, flüsterte er zurück. »Ehrlich gesagt habe ich nicht verstanden, was das Weib damit meinte, von wegen du hättest die Losung benutzt. Ich kann mich nur daran erinnern, daß du ›Sapperlott noch mal‹ oder ›Dicke Berta‹ oder etwas ähnlich Elegantes gesagt hast.«

Inzwischen waren sie bei der Tür angelangt, die wie zuvor von innen verriegelt war.

»Hör zu, Schweigeschick«, sagte Meister Nathan kleinlaut,

»wir können uns nicht an die Losungsworte erinnern, und ohne diese werden sie nicht öffnen.«

Schweigeschick lächelte nachsichtig. »Euer Hochwürden braucht sich keine Gedanken darüber zu machen«, sagte er. »Ich denke, wir werden etwas anderes finden, das denselben Zweck erfüllt... was, Grün und Wacholder? Aber vielleicht sollten Euer Hochwürden vorher anklopfen und befehlen, daß die Tür geöffnet werden soll – nur damit alles seine Ordnung hat.«

Albernerweise war Meister Nathan enttäuscht. Einerseits beleidigte es sein Gefühl für den sparsamen Einsatz dramatischer Mittel, daß sie Gewalt anwenden mußten, wenn das gleiche Ergebnis mit einem Minimum an Energieverbrauch erzielt werden konnte. Außerdem hatte er sich so sehr darauf gefreut, seinen neuen kleinen Trick vorzuführen!

Mit einem Lächeln des Bedauerns klopfte er *poch-poch-poch* gegen die Tür und rief: »Im Namen des Gesetzes – öffnet!«

Diese Worte führten natürlich zu keiner Erwiderung, und Schweigeschick machte sich mit Hilfe der anderen vier daran, seine eigene Losung in die Tat umzusetzen: Sie stemmten sich mit aller Kraft gegen die Tür, denn ihnen war aufgefallen, daß zwei der Angeln recht rostig aussahen.

Erst knarrte, dann krachte es, und schließlich stürzten sie in... ein leeres Zimmer. Keine sonderbaren Früchte lagen auf dem Boden aufgehäuft, an den Wänden hing nichts außer einigen Fetzen verblaßter und von Motten zerfressener Bildteppiche. Es sah aus wie ein Zimmer, das seit Jahrhunderten niemand mehr betreten hatte.

Nachdem sie sich von ihrer ersten Überraschung erholt hatten, rief Meister Nathan wütend: »Sie müssen Wind davon bekommen haben, daß wir hinter ihnen her sind, und sind uns entwischt. Ihre Ladungen schmutziger Früchte haben sie mitgenommen, ich werde...«

»Hier waren keine Früchte, Euer Hochwürden«, sagte Schweigeschick in einem Tonfall, der sich sehr darum bemühte, respektvoll zu bleiben. »Die hinterlassen immer Flekken, und hier gibt es keine Flecken.«

Und er konnte nicht widerstehen, Wacholder und Grün zuzuzwinkern und hinzuzufügen: »Sicher liegt es daran, daß Euer Hochwürden die Losung vergessen hat!« Und Wacholder und Grün grinsten von einem Ohr zum anderen.

Meister Nathan ärgerte sich viel zu sehr, um dieser Unverschämtheit Beachtung zu schenken. Aber Meister Ambrosius – allzeit ein Streiter für die Würde in der Not – warf Schweigeschick einen solchen Blick zu, daß dieser den Kopf hängen ließ und demütig hoffte, daß Seine Hochwürden ihm seinen kleinen Spaß verzeihen mochte.

{14. KAPITEL}
Im Auge des Gesetzes tot

Am nächsten Morgen erwachte Meister Nathan spät und stand auf der falschen Seite des Bettes auf, was angesichts der Demütigung und Enttäuschung der vergangenen Nacht vielleicht verzeihlich war.

Seine Laune besserte sich nicht, als Dame Liliengold hereinkam, während er sich anzog, und sich darüber beklagte, daß er außerhalb seines Rauchzimmers grünen Tabak geraucht habe. »Dabei weißt du, wie sehr mich das mitnimmt, Nat. Mir ist heute morgen leicht übel, das ganze Haus stinkt danach ... Nat! Was für ein alter Gauner du doch bist!« Sie lächelte und drohte ihm mit erhobenem Zeigefinger, um die Giftigkeit ihres Tonfalls ein wenig zu lindern.

»Nun ja, dieses eine Mal irrst du dich«, schnauzte Meister Nathan zurück. »Ich habe seit einer Woche keinen Tabak mehr geraucht, nicht einmal im Rauchzimmer – *ätsch!* Glaub mir, deine Nase ist wirklich lästig – du solltest sie in einen Sack stecken, wie ein Pferd!«

Doch obwohl Meister Nathan schlechte Laune hatte, war er weit davon entfernt, sich von den Ereignissen der vergangenen Nacht entmutigen zu lassen.

Er schloß sich in seinem Rauchzimmer ein und machte sich etwa eine Viertelstunde lang emsig Notizen. Dann schritt er auf und ab und lernte seinen Text auswendig. Schließlich machte er sich auf den Weg zur täglichen Sitzung des Stadtrats. Die Rede, die er vorbereitet hatte, nahm ihn so in Anspruch, daß er für die eigenartigen Blicke, die ihm seine Kollegen im Ankleideraum des Ratssaals zuwarfen, nicht weiter empfänglich war.

Sobald die Ratsherren ihre Amtstalare angelegt und in dem herrlichen Saal Platz genommen hatten, der ihren Beratungen vorbehalten war, veränderte sich ihre ganze Persönlichkeit. Nicht länger waren sie die leutseligen, gelassenen Kaufleute, die sich ihr ganzes Leben lang gekannt hatten, sondern sie wurden in ihrem Verhalten ernst und förmlich – wenn nicht gar oberpriesterlich. Sie legten die sorglose, umgangssprachliche Diktion des Alltags ab und bedienten sich der Sprache ihrer Vorfahren, die in tatkräftigeren und poetischeren Tagen geschmiedet worden war.

Folglich hätten der strenge Blick in Meister Nathans Augen an jenem Morgen, als er aufstand, um das Wort an seine Kollegen zu richten, und der strenge Tonfall, in dem er »Ratsherren von Dorimare!« sagte, auch von nichts Ernsterem künden können als von dem Vorschlag, bei ihren Feierlichkeiten Gans statt Truthahn aufzutragen.

Seine einführenden Worte zeigten jedoch, daß dies keine gewöhnliche Rede sein würde.

»Ratsherren von Dorimare!« hob er an. »An diesem heutigen Morgen fordere ich Euch auf zu erwachen. Seit vielen Jahrhunderten schlafen wir, und das Gesetz hat uns ein Wiegenlied gesungen. Jüngst wurden viele von uns dafür mit schwerer Betrübnis geschlagen. Hat uns das aufgeweckt? Ich fürchte, nein. Die Zeit ist gekommen, da es uns anstünde, den Tatsachen ins Auge zu blicken – selbst wenn die Tatsachen eine sonderbare Ähnlichkeit mit Träumen und Phantasiegebilden haben.

Meine Freunde, die uralten Feinde unseres Landes sind am Werk. Es ist überliefert, daß Feen« – tapfer stieß er das entsetzliche Wort aus – »Eisen fürchten. Wir sind die Abkömmlinge heldenhafter Kaufleute, und in unseren Adern fließt sicher noch ein Rest dieses Metalls. Die Zeit ist gekommen, dies unter Beweis zu stellen. Uns droht der Verlust all jener Dinge, die das Leben angenehm und sicher machen – das Lachen, der ruhige Schlaf, die fröhliche Geselligkeit am Kamin, die Friedlichkeit unserer Gärten. Und wenn wir nicht in der Lage sind, unseren Kindern diese Dinge mit Gewißheit zu hinterlassen, was nützt ihnen dann ihr Erbe? So ist es unsere Aufgabe als Väter und als Bürger, diese Bedrohung ein für allemal auszumerzen – eine Bedrohung wohlgemerkt, deren Wurzeln in der Vergangenheit liegen und die ihren Schatten auf die Zukunft wirft.

Ich und ein anderer Eurer Kollegen haben endlich herausgefunden, wer das Leid und die Schande über uns gebracht hat. Ich fürchte, daß es schwer wird, seine Schuld zu beweisen, denn er ist scharfsinnig, hinterhältig und voll des Spottes. Und wie bei seinen unsichtbaren Verbündeten ist die Illusion seine stärkste Waffe. Und so fordere ich Euch alle auf, diese Waffe mit Glauben und Treue abzuwehren, die dafür sorgen werden, daß Ihr nur das Wort alter und getreuer Freunde als Prüfstein für die Wahrheit nehmt. Und dann – manchmal denke ich, daß derjenige weniger Schuld auf sich lädt, der andere in die Irre führt, als derjenige, der sich selbst etwas vormacht. Laßt uns Schluß machen mit den juristischen Fiktionen! Laßt uns die Dinge beim Namen nennen – nicht Tweed oder Taft, sondern *Feenfrüchte.* Und wenn der Beweis erbracht ist, daß jemand eine solche Ware nach Dorimare hereingeschmuggelt hat, soll er so lange am Hals aufgehängt werden, bis er tot ist.«

Dann nahm Meister Nathan Platz.

Doch wo blieb der tosende Beifall, den er erwartet hatte? Wo blieben die Tränen, die erwartungsvollen Fragen, die Zeichen zutiefst aufgewühlter Gefühle?

Mit Ausnahme der trotzigen »Bravos!« von Meister Ambrosius wurde seine Rede mit tiefem Schweigen aufgenommen. Die Gesichter um ihn herum blieben grimmig und eisig, mit zusammengepreßten Lippen und gerunzelter Stirn – mit Ausnahme des Porträts von Herzog Aubrey: Er lächelte wie immer auf alle herab.

Dann erhob sich Meister Polidor Obacht und unterbrach das verbissene Schweigen.

»Ratsherren von Dorimare!« hob er an. »Die wortgewaltige Rede Seiner Hochwürden des Bürgermeisters, der wir gerade gelauscht haben, kann sonderbarerweise als Präludium dienen – als flinkes Präludium zu meinen schwerfälligen Worten. Auch ich bin heute morgen hierhergekommen, um Eure Aufmerksamkeit auf die juristischen Fiktionen zu lenken – die so manches Mal durchaus nützlich sein können. Doch bevor ich zur Sache komme, wird Seine Hochwürden dem Gerichtsschreiber vielleicht gestatten, uns die älteste juristische Fiktion in unserer Gesetzessammlung vorzulesen. Sie findet sich im ersten Band der Erlasse des fünfundzwanzigsten Jahres der Republik, fünftes Statut, neuntes Kapitel.«

Meister Polidor Obacht nahm Platz, und ein zögerndes, grimmiges Lächeln machte im Saal die Runde und schien schließlich in den spöttisch lächelnden Augen Herzog Aubreys zu verschwinden.

Meister Nathan warf Meister Ambrosius einen verwunderten Blick zu, aber es blieb nichts anderes übrig, als den Wünschen Meister Polidors zu entsprechen.

Und so las der Gerichtsschreiber mit leiser, hoher, ausdrucksloser Stimme, welche die Stimme des Gesetzes selbst hätte sein können, das folgende:

»Darüber hinaus verfügen wir, daß nur der Tod allein die Macht haben soll, den Bürgermeister von Lud-in-den-Nebeln und Großseneschall von Dorimare abzusetzen, bevor seine fünfjährige Amtszeit zur Gänze abgelaufen ist. Da die Toten jedoch stumm, schwächlich, hinterhältig und eitel sind, soll jeder Bürgermeister in Zeiten großer Gefahr für die Dorimaraner, sofern seine Kollegen ihn einer dieser Eigenschaften bezichtigen, im Auge des Gesetzes für tot erklärt und an seiner Statt ein anderer gewählt werden.«

{15. KAPITEL}
»*Ha, ha, ha!*«

Der Gerichtsschreiber schlug das dicke Buch zu, verbeugte sich tief und zog sich an seinen Platz zurück. Im Saal herrschte ein unheimliches Schweigen.

Meister Nathan betrachtete seine Umgebung mit einem Blick, der so kalt und unnahbar war, daß selbst das Auge des Gesetzes nicht kälter hätte sein können. Welche Macht hatten Illusionen oder juristische Fiktionen über jene geheimnisvolle Kraft, die ihn schnurgerade auf der weißen Straße vorwärtstrieb, ohne daß er wußte, wohin sie führen mochte?

Meister Ambrosius dagegen sprang auf und verlangte von dem ehrenwerten Ratsherrn mit scharfen Worten eine Erklärung für seine unverschämten Andeutungen.

Meister Polidor erhob sich bereitwillig, richtete einen drohenden Finger auf Meister Nathan und sagte: »Seine Hochwürden der Bürgermeister hat uns von einem Mann erzählt, der hinterhältig, spöttisch und scharfsinnig ist und der für unseren jüngsten Kummer verantwortlich sein soll. Dieser Mann ist niemand anderes als Seine Hochwürden der Bürgermeister selbst.«

Meister Ambrosius sprang erneut auf und wollte wütend widersprechen, doch Meister Nathan befahl ihm streng und *ex cathedra*, zu schweigen und sich zu setzen.

Meister Polidor fuhr fort: »Er war stumm, als er hätte reden müssen, schwächlich, als er hätte handeln müssen, und hinterhältig, was die vereinsamten Häuser seiner Freunde beweisen. Und *eitel* ist er allemal! Jawohl, *eitel*« – er lächelte ironisch – »denn was ist ein Mann, wenn nicht eitel, dessen Liebe zu Tweed oder Taft keine Grenzen kennt? Deshalb stelle ich den Antrag, er möge im Auge des Gesetzes für tot erklärt werden.«

Eine leises, zustimmendes Gemurmel brandete durch den Saal.

»Bestreitet er etwa, daß er eine übertriebene Vorliebe für Seide hegt?«

Meister Nathan verneigte sich als Zeichen, daß er dies durchaus bestritt.

Meister Polidor fragte ihn, ob er bereit sei, sein Haus durchsuchen zu lassen; Meister Nathan verneigte sich erneut.

Auf der Stelle?

Und Meister Nathan verneigte sich ein weiteres Mal.

Und so erhob sich der Stadtrat, und zwanzig Ratsherren marschierten aus der Gildenhalle, ohne ihre Roben auszuziehen, und machten sich paarweise auf den Weg zu Meister Nathans Haus.

Und wer schloß sich unterwegs der Prozession an, wenn nicht Endymion Lear? Da verlor Meister Ambrosius vollkommen die Beherrschung. Er wüßte doch zu gern, warum dieser Erzgauner, dieser schamlose Sohn einer Fee seine ranzige Nase in die Privatangelegenheiten des Rates steckte! Meister Nathan rief jedoch ungeduldig: »Ach, laß ihn doch, Ambrosius, wenn er unbedingt will. Je mehr wir sind, desto spaßiger wird es!«

Ihr könnt euch die Bestürzung der Dame Liliengold vorstellen, als ihr Bruder – mit einem Haufen Ratsherren, die hinter ihm herbeidrängten – sie ein paar Minuten später mit ernstem Mitgefühl aufforderte, ihm alle Schlüssel des Hauses zu bringen.

Sie nahmen eine gründliche Durchsuchung vor, durchwühlten jeden Schrank, jede Truhe und jede Kommode. Aber sie fanden nicht einmal einen verdächtigen Kern oder einen Fleck von zweifelhafter Farbe.

»Nun«, stellte Meister Polidor gleichermaßen erleichtert und enttäuscht fest, »allem Anschein nach war unsere Suche ...«

»*Fruchtlos,* was?« soufflierte Endymion Lear. Er rieb sich die Hände, und sein Blick huschte über die Gesichter der Männer. »Nun, schon möglich. Schon möglich.«

Sie standen in der Diele, nicht weit von der Großvateruhr entfernt, die so unschuldig und einfältig wie ein neugeborenes Lamm vor sich hin tickte.

Endymion Lear ging zu ihr hinüber und betrachtete sie neugierig, den Kopf schräg gelegt. Dann klopfte er gegen ihr Mahagonigehäuse, und Dame Liliengold mußte an die Worte des Wächters in der Gildenhalle denken, der Lear mit einem Specht verglichen hatte.

Dann trat er einige Schritte zurück und drohte der Uhr spaßeshalber vorwurfsvoll mit dem Finger (»Gewöhnlicher Hanswurst!« sagte Meister Ambrosius laut und deutlich), und dann wandte er sich an Meister Polidor und sagte: »Bevor wir gehen, sollten wir sicherheitshalber noch einen Blick in diese Uhr werfen, oder?«

Meister Polidor hatte Meister Ambrosius' Ausruf im stillen zugestimmt. Er war der Meinung, daß der Arzt einen schändlichen Mangel an guter Kinderstube zeigte, indem er in einem solchen Augenblick Witze machte.

Allerdings schreckt das Gesetz nicht davor zurück, es mit der Gründlichkeit bis zur Absurdität zu treiben, und so bat er Meister Nathan freundlich um den Schlüssel zur Uhr.

Er wurde ihm ausgehändigt und das Gehäuse geöffnet. Dame Liliengold verzog das Gesicht und hielt sich ihre Duftkugel vor die Nase, denn zum allgemeinen Erstaunen entpuppte sich die einfältige, unschuldig wirkende Großvateruhr als veritables Füllhorn exotischer, sonderbar gefärbter, unheimlich wirkender Früchte.

Ranken wie von Weinreben, die mit leuchtenden, bedrohlich aussehenden Beeren übersät waren, schlangen sich um das Pendel und die Ketten mit den beiden Bleigewichten. Auf dem Boden des Gehäuses stand ein Flaschenkürbis, der ausgehöhlt und mit Früchten gefüllt worden war, die wie purpurrote Trauben, goldbraune Feigen und smaragdgrüne Himbeeren aussahen, sowie mit anderem Obst in Farben und Formen, die bei keiner Art auf Dorimare vorkamen.

Ein entsetztes und überraschtes Gemurmel erhob sich unter der versammelten Gesellschaft. Und aus der Uhr oder aus dem Kamin oder vom Efeu, der zum Fenster hereinlugte – von ganz nahe jedenfalls – war ganz deutlich ein spöttisches »Ha, ha, *ha*!« zu hören.

Selbstredend vergingen nur wenige Stunden, bevor ganz Lud-in-den-Nebeln über das Mißgeschick lachte, das auf die großspurige Rede des Bürgermeisters im Stadtrat an jenem Morgen gefolgt war. Am Abend wurde seine Puppe vom Pöbel verbrannt, und unter denen, die um das Feuer tanzten, befanden sich die Scharfe Sissy und Mutter Schwips. Allerdings muß bezweifelt werden, daß Mutter Schwips wirklich begriff, was da vor sich ging. Sie hatte eine Entschuldigung zum Tanzen, und das genügte ihr.

Es wird berichtet, daß auch die Freisassen und ihr Hauptmann zwar nicht unmittelbar an allen diesen Schaustellungen teilnahmen, aber doch mit einem nachsichtigen Lächeln zuschauten.

Unter den ehrbaren Kaufleuten, die sich der durchaus wohlwollenden Menschenmenge angeschlossen hatten, befand sich auch der Uhrmacher Ebnezer Petete. Seinen beiden Töchtern hatte er allerdings nicht gestattet mitzukommen. Sie saßen arg gelangweilt zu Hause und hielten ihrem Vater und dem Lehrling mit der schwarzen Perücke das Abendessen warm.

Ebnezer kehrte jedoch ohne ihn zurück. Ete und Lattich

hatten zuviel Respekt vor ihrem Vater, um ihm irgendwelche Fragen zu stellen. Der Abend schleppte sich matt dahin. Ebnezer las *Des weisen Bürgermeisters Spaziergang durch Lud-in-den-Nebeln* (ein didaktisches und unbeschreiblich langweiliges Gedicht, das aus der Frühzeit der Republik stammte). Hin und wieder warf er seinen Töchtern, die über ihrer Schiffchenarbeit saßen, miteinander tuschelten und immer wieder zur Tür schauten, über seine Brille hinweg einen strengen Blick zu.

Als sie schließlich nach oben ins Bett gingen, war der Lehrling noch immer nicht zurückgekehrt, und in ihrem Zimmer gestanden die Mädchen sich ein, daß dies der langweiligste Abend war, seit er zu Frühlingsanfang in die Dienste ihres Vaters getreten war. Denn es war geradezu ein Wunder, welch gute Laune sich hinter dem prüden Äußeren des jungen Mannes verbarg.

Ihm gelang es sogar, einen Abend in Gesellschaft ihres Papas mit Leben zu erfüllen – er zog hinter dem ehrbaren Rücken des Hausherrn komische Grimassen! Und es war köstlich, wenn ihm unvermittelt ein »Ha, ha, *ha*!« herausrutschte, woraufhin er sofort seinen frömmlerischsten Gesichtsausdruck zur Schau stellte. Darüber hinaus schien er über einen unerschöpflichen Vorrat an Rätseln und lustigen Liedern zu verfügen, und der Einfallsreichtum und die Vielfalt seiner Streiche waren nicht zu überbieten.

Die beiden Fräulein Petete hatten sich seit frühester Kindheit ein Äffchen oder einen Kakadu gewünscht, wie sie seefahrende Brüder oder Vettern ihren Freunden mitbrachten. Ihr Vater hatte sich jedoch stets unnachgiebig geweigert, ein solches Geschöpf in seinem Haus zu dulden. Der neue Lehrling war jedoch zehnmal so unterhaltsam wie sämtliche Äffchen oder Kakadus, die jemals von den Zimtinseln hierhergelangt waren.

Als er am nächsten Morgen nicht kam, um sein morgendliches Brötchen mit selbstgepreßtem Fruchtsaft entgegenzunehmen, warfen die beiden Mädchen einen verstohlenen Blick in sein Zimmer und stellten fest, daß in seinem Bett niemand geschlafen hatte. Seine gepflegte schwarze Perücke lag nachlässig auf dem Boden. Und er kam auch nicht mehr zurück, um sie abzuholen. Als sie ihren Vater schüchtern fragten, was mit ihm geschehen sei, untersagte er ihnen streng, seinen Namen noch einmal zu erwähnen, und fügte mit einem geheimnisvollen Kopfschütteln hinzu: »Ich habe schon länger vermutet, daß er wahrhaftig nicht der war, der er zu sein schien.«

Er seufzte voll Bedauern und murmelte: »Aber noch nie zuvor hatte ich einen Lehrling mit so wunderbar geschickten Fingern.«

Und wo war Meister Nathan? Während seine Puppe auf dem Marktplatz verbrannt wurde, saß er gemütlich in seinem Rauchzimmer und war in einen Folianten vertieft.

Ihm war plötzlich eingefallen, daß in seinen Gedanken ein Zusammenhang zwischen der Gerichtsverhandlung der Witwe Schnadderatsch und Meister Ambrosius' Witz über die blutenden Toten bestand. Er las sich die Verhandlungsprotokolle noch einmal durch – und zwar mit gesteigerter Aufmerksamkeit.

Während er las, veränderten sich die Farben seiner geistigen Landschaft allmählich, so wie sich die Farben einer wirklichen Landschaft je nach Sonnenstand verändern. Wenn allerdings eine weiße Straße durch diese Landschaft führt, leuchtet sie auch dann noch weiß, wenn der Mond an die Stelle der Sonne getreten ist. Und durch die Landschaft in Meister Nathans Gedankenwelt führte noch immer eine leuchtendweiße, gerade Straße.

‹16. KAPITEL›

Die Witwe Schnadderatsch vor Gericht

Am nächsten Tag wurde Meister Nathan mit allem Pomp, dessen sich das Gesetz so gern bedient, für tot erklärt. Er mußte seine Amtskleidung ausziehen, die daraufhin von Meister Polidor Obacht angelegt wurde, dem neuen Bürgermeister. Meister Nathan wiederum wurde in ein Leichentuch gehüllt, auf eine Bahre gelegt und von vier Ratsherren nach Hause getragen. Die Bevölkerung stand am Straßenrand und begrüßte die gestellte Beerdigungsfeier mit lauten Pfiffen und Buhrufen.

Als die Zeremonie vorbei war und Meister Ambrosius kochend vor Entrüstung über diesen Skandal seinen Freund besuchen kam, fand er einen ausgesprochen gutgelaunten Leichnam vor, der ihn mit Schulterklopfen begrüßte und rief: »Nur nicht aufgeben, Brosie! Ich habe hier etwas, das deine Aufmerksamkeit wachrufen dürfte.« Und er drückte ihm einen offenen Folianten in die Hand.

»Was ist das?« fragte Meister Ambrosius verwirrt.

Mit einer gewissen Feierlichkeit in der Stimme erwiderte Meister Nathan: »Das Gesetz, Ambrosius – ein homöopathisches Gegengift gegen Illusionen, das unsere Vorfahren entdeckt haben. Setz dich augenblicklich hin, und lies dieses Gerichtsprotokoll durch.«

Meister Ambrosius wußte nur zu gut, daß es zwecklos war, mit Nat über eine Sache reden zu wollen, wenn seine

Gedanken sich mit einer anderen beschäftigten. Obendrein war seine Neugier geweckt, denn er hatte festgestellt, daß sich hinter Nats Grillen so manches Mal kluge und nützliche Vorahnungen verbargen. Aus reiner Gewohnheit erhob er brummend Einspruch, dies sei keine Zeit für Narreteien, nahm dann jedoch Platz und las den Band von der Seite an, die Meister Nathan aufgeschlagen hatte, namentlich den Bericht der Verhandlung der Witwe Schnadderatsch wegen Mordes an ihrem Ehemann.

Der Kläger war, wie wir gesehen haben, ein Landarbeiter, Krittel Grabunkel mit Namen, der im Dienst des verstorbenen Bauern gestanden hatte. Er sagte aus, er sei von der Angeklagten kurz nach der Ernte entlassen worden, zu einer Zeit, da er nur schwer eine neue Anstellung finden konnte.

Für seine Entlassung wurde kein Grund genannt, also ging Krittel zum Bauern selbst, der immer ein gütiger Herr gewesen sei, um ihn zu bitten, er möge ihn weiter bei sich behalten. Der Bauer gab praktisch zu, daß es für die Entlassung keinen Grund gebe, die Herrin habe eben eine Abneigung gegen Grabunkel entwickelt. »Frauen sind schwierig zu halten, Krittel«, sagte er mit einem entschuldigenden Lachen, »und es ist das beste, man läßt ihnen ihren Willen. Auch wenn das die Leute schwer trifft, auf die sie es abgesehen haben. Ich fürchte, es ist für alle Beteiligten das beste, wenn du meine Dienste verläßt, Krittel.«

Er gab ihm jedoch eine Handvoll Gulden mehr, als ihm zugestanden hätte, und forderte ihn auf, sich einen Sack Linsen aus der Kornkammer zu holen – sofern er darauf achtete, daß die Herrin davon nichts mitbekam.

Nun, Krittel hegte einen stillen Verdacht, warum die Angeklagte ihn loswerden wollte. Obwohl sie kaum mehr als ein Mädchen war – sie war die zweite Frau des Bauern und eher die ältere Schwester seiner Tochter als deren Stiefmutter –, stand sie im Ruf, ebenso gesetzt und vernünftig zu sein wie eine Frau von vierzig Jahren. Krittel wußte es allerdings besser. Er hatte herausgefunden, daß sie einen Geliebten hatte. Eines Abends war er im Obstgarten auf sie gestoßen, wie sie in den Armen eines jungen Fremden namens Christoph Fuchsläufer gelegen hatte, eines Kräutersammlers, der kurz vor der großen Dürre zum ersten Mal in der Gegend aufgetaucht war.

»Und von diesem Zeitpunkt an«, sagte Krittel, »hatte sie es auf mich abgesehen, und alles, was ich gemacht habe, war falsch. Ich glaube, daß sie keinen Augenblick Ruhe gefunden hat, bevor sie mich los war. Wenn sie doch nur gewußt hätte, daß ich kein Klatschmaul bin und keiner blutjungen Ehefrau einen Vorwurf mache, die halb so alt ist wie ihr Mann.«

Und so wurden er, seine Frau und seine Kinder auf die Straße gesetzt.

In der ersten Nacht schlugen sie ihr Lager draußen auf dem Feld auf, und nachdem sie ein Feuer angezündet hatten, öffnete Krittel den Sack, den er mit Erlaubnis des Bauern aus der Kornkammer geholt hatte, damit seine Frau ihnen eine Linsensuppe zum Abendessen kochen konnte. Doch siehe da, statt Linsen befanden sich Früchte in dem Sack – Früchte, die Krittel Grabunkel, ein Landmann aus dem Westen, der in der Nähe der Elfenmarken geboren und aufgewachsen war, auf den ersten Blick erkannte. Und die hätte er nicht einmal im Traum angefaßt oder dies seiner Frau und seinen Kindern erlaubt … der Sack enthielt nämlich Feenfrüchte. Also vergruben sie ihn auf dem Feld, denn wie Krittel sagte: »Auch wenn das Zeug für Menschen giftig ist, so heißt es doch, daß es einen großartigen Dünger für Getreide abgibt.«

Ungefähr eine Woche lang zogen sie durch das Land und lebten von der Hand in den Mund. Manchmal verdiente Krittel ein paar Gulden, indem er bei Bauern Gelegenheitsarbeiten verrichtete oder auf Dorfhochzeiten die Fiedel spielte, denn Krittel war allem Anschein nach ein bekannter Fiedler.

Mit dem Einbruch des Winters bekamen sie jedoch die Last der Armut zu spüren, und seine Frau besann sich auf die

Kunst des Korbflechtens, die sie in ihrer Jugend erlernt hatte. Und da sie ihr Lager zu jener Zeit an einem Ort aufgeschlagen hatten, an dem die besten Weidenruten für diesen Zweck wuchsen, wollte sie herausfinden, ob ihre Finger sich die alte Geschicklichkeit bewahrt hatten. Der Saft dieser besonderen Weiden enthielt ein tödliches Gift, und so gestattete sie ihren Kindern nicht, ihr beim Sammeln zu helfen.

Alsbald machte sie sich an die Arbeit und flocht Weidenurnen, in denen die Bauersfrauen im Winter ihr Getreide lagern konnten, und Körbe in kunstvollen Formen, die die Burschen ihren Liebsten zur Aufbewahrung ihrer Bänder und ihres Schmucks schenken konnten. Die Kinder boten sie auf den Dörfern feil, und auf diese Art gelang es ihnen, den Topf auf dem Feuer zu behalten.

Im darauffolgenden Sommer machte sich Krittels älteste Tochter auf den Weg, um in dem Dorf Schwan Körbe zu verkaufen. Dort begegnete sie der Angeklagten und bat sie, sich ihre Waren anzusehen. Sie vertraute darauf, daß sie nicht als Krittels Tochter erkannt wurde, denn sie hatte auf einem anderen Hof in Diensten gestanden, als ihr Vater für die Schnadderatschs gearbeitet hatte.

Der Angeklagten schienen die Körbe zu gefallen. Sie kaufte zwei oder drei und kam mit dem Mädchen ins Gespräch. Sie unterhielten sich über die Korbherstellung, und dabei erfuhr sie, daß die besten Weiden für diesen Zweck äußerst giftig waren. Schließlich bat sie das Mädchen, ihr ein Bündel dieser Ruten zu bringen, denn das Korbflechten, so sagte sie, könnte an manchen Abenden eine angenehme Abwechslung zum ewigen Spinnen sein. Innerhalb von wenigen Tagen brachte das Mädchen ihr wie gewünscht ein Bündel Weidenruten und wurde angemessen dafür bezahlt.

Kurz darauf ging die Nachricht um, der Bauer Schnadderatsch sei eines Nachts unvermittelt gestorben. Von Mord war die Rede. In jener Gegend gab es einen alten Brauch, der besagte, daß alle Bewohner eines Hauses nach einem

Todesfall nacheinander an dem Leichnam vorbeimarschieren mußten. In Wirklichkeit war das eine Art primitive Untersuchung, denn die Leute glaubten, daß der Leichnam aus der Nase bluten werde, falls der Mörder an ihm vorbeiging. Dieser Brauch, erzählte Krittel, wurde in jenem Landstrich allgemein eingehalten, selbst wenn keinerlei Verdacht bestand – zum Beispiel wenn eine Frau im Kindbett starb. Und in allen Schenken und Bauernhäusern der Gegend flüsterten die Leute einander zu, daß der Leichnam des Bauern Schnadderatsch reichlich geblutet habe, als die Angeklagte an ihm vorbeiging. Und als Christoph Fuchsläufer an ihm vorbeischritt, habe er ein weiteres Mal geblutet.

Angesichts seines Wissens hielt es Krittel Grabunkel für seine Pflicht, gegen die Witwe Anklage zu erheben.

Die beiden Gründe, aus denen er sie für schuldig hielt, lauteten: Der Leichnam hatte geblutet, als sie an ihm vorbeiging, und sie hatte seiner Tochter Weidenruten abgekauft, deren Saft giftig war. Das Motiv für das Verbrechen erblickte er in ihrem Liebhaber, den sie gern an ihres Gatten Statt gesehen hätte. Die Angeklagte konnte unmöglich abstreiten, daß Fuchsläufer ihr Liebhaber war – diese Tatsache hatte in der Gegend schon seit Monaten für einen Skandal gesorgt, und schließlich hatte sie jedes Schamgefühl verloren und ihn bereits lange vor dem Tod ihres Mannes auf dem Gehöft untergebracht. Das wurde ohne den geringsten Zweifel durch die Zeugen bewiesen, die Krittel hatte vorladen lassen.

Was den blutenden Leichnam anging: Volkstümlicher Aberglaube fiel nicht unter die Zuständigkeit des Gesetzes, und die Witwe überging den Vorfall in ihrer Verteidigung. In bezug auf jenen anderen volkstümlichen Aberglauben, auf den der Kläger angespielt hatte, gab sie beiläufig zu, daß ihr verstorbener Mann gegen ihren ausdrücklichen Wunsch gelegentlich Feenfrüchte als Dünger verwendet habe – auch wenn sie nie herausgefunden habe, woher er sie bekam.

Was die Weidenruten betraf: Sie gestand ein, daß sie der

Tochter des Klägers ein Bündel abgekauft habe, allerdings nicht mit bösen Absichten, wie sie unwiderleglich beweisen konnte. Denn sie ließ verschiedene Zeugen vorladen – unter anderem die Hebamme aus dem Dorf, die in Krankheitsfällen stets herbeigerufen wurde –, die während der letzten Stunden des Bauern anwesend gewesen waren, und alle schworen, daß er eines schmerzlosen Todes gestorben sei. Und eine ganze Reihe von Ärzten, die als Sachverständige zugezogen wurden, vertraten die Meinung, daß Opfer einer Vergiftung durch Weidensaft einen qualvollen Tod starben.

Dann drehte die Angeklagte den Spieß um und trat den Beweis an, daß die Entlassung des Klägers weder unerwartet noch ungerecht gewesen war. Denn ihr Mann hatte ihm aufgrund seines Hangs zum Diebstahl bereits des öfteren damit gedroht, was mehrere ihrer Dienstboten bestätigten.

Was die Handvoll Gulden und den Sack Linsen betraf – dazu konnte sie nur sagen, daß es nicht zu den Gewohnheiten des Bauern gehörte, einen unehrlichen Landarbeiter mit Geschenken zu überhäufen. Kein Wort sei über zwei Säcke Getreide verloren worden, ein Schwein und eine wertvolle Henne und ihre Brut, die gleichzeitig mit dem Weggang des Klägers verschwunden seien. Ihr Mann, sagte sie, sei darüber sehr wütend gewesen, und er habe verlangt, daß Krittel verfolgt und ins Gefängnis geworfen würde. Sie habe ihn jedoch überzeugt, Gnade walten zu lassen.

Kurz und gut, die Witwe verließ den Gerichtssaal, ohne daß ihr Ruf auch nur den geringsten Schaden genommen hätte, und Krittel wurde zu einer Freiheitsstrafe von zehn Jahren verurteilt.

Christoph Fuchsläufer war bereits vor der Verhandlung verschwunden, und die Witwe bestritt, seinen Aufenthaltsort zu kennen.

{17. KAPITEL} *Die Welt der Gesetze*

»Nun«, sagte Meister Ambrosius und legte den Folianten auf den Tisch, »die Frau war offensichtlich ebenso unschuldig, wie du es bist. Und ich wüßte doch zu gern, was dieser Fall mit der gegenwärtigen Krise zu tun hat.«

Meister Nathan rückte mit seinem Stuhl dicht an seinen Freund heran und sagte mit leiser Stimme, als fürchte er einen unsichtbaren Zuhörer: »Ambrosius, weißt du noch, wie du Lear mit deiner Frage erschreckt hast, ob die Toten bluten würden?«

»Das werde ich so schnell nicht vergessen«, erwiderte Meister Ambrosius mit einem zornigen Lachen. »Das hat sich doch alles vorgestern nacht auf dem Schauerfeld geklärt.«

»Ja, aber nur einmal angenommen, er hätte an etwas anderes gedacht – nicht an Feenfrüchte. Was wäre, wenn unser Endymion Lear und Christoph Fuchsläufer ein und dieselbe Person wären?«

»Also, für eine solche Behauptung sehe ich nicht den geringsten Grund. Aber selbst wenn es so wäre – was würde uns das nützen?«

»Nun, mein Instinkt sagt mir, daß in diesem alten Fall ein gutes, ehrliches Hanfseil verborgen liegt, das für alle Spinnfäden des Feenlands zu fest ist.«

»Willst du damit sagen, wir könnten dafür sorgen, daß der Halunke aufgeknüpft wird? Bei der Seele Ernte, du bist ein

Optimist, Nat. Wenn jemals ein Mann still im Bett gestorben ist, dann war es dieser Schnadderatsch. Trotz alledem, es gibt keinen Grund, sich den skandalösen Streich gefallen zu lassen, der dir gestern gespielt wurde. Beim Hintern meiner Großtante, ich hätte gedacht, Polidor und die anderen würden über mehr Verstand verfügen, als sich von solchem Unsinn täuschen zu lassen. Aber in Wahrheit kann dieser Schurke Lear mit ihnen machen, was er will.«

»Genau!« rief Meister Nathan ungeduldig. »Die Illusion, so heißt es, ist die ursprüngliche Bedeutung von *Fee*. Sie können ihr Aussehen nach Gutdünken verändern. Was sollen wir gegen einen Feind ausrichten, der über eine solche Macht verfügt?«

»Damit willst du doch nicht sagen, daß du das alles einfach so hinnimmst, Nat?« rief Meister Ambrosius entrüstet.

»Letztendlich nicht – aber für eine Weile muß ich es dem Maulwurf gleichtun und im geheimen wirken. Und jetzt möchte ich, daß du mir zuhörst, Ambrosius, und mich nicht schiltst, wenn ich vom Kern der Sache abschweife, wie du das nennst. Wirst du mir zuhören?«

»Nun gut, ja, wenn du etwas Vernünftiges zu sagen hast«, erwiderte Meister Ambrosius widerwillig.

»Also gut! Warum, frage ich dich, wurde das Gesetz erfunden, Ambrosius?«

»Warum das Gesetz erfunden wurde? Worauf willst du hinaus, Nat? Ich denke, es wurde erfunden, um Plünderung, Raub und Mord zu verhindern und dergleichen.«

»Aber du erinnerst dich noch daran, was mein Vater gesagt hat, von wegen das Gesetz sei der Menschen Ersatz für Feenfrüchte? Feengut, so heißt es, ist allenthalben schattenhafte Täuschung – Illusion. Doch der Mensch kann ohne Illusionen nicht leben, und so hat er sich eine andere Form von Illusionen erschaffen – die Welt des Gesetzes, die keinem anderen Gesetz untersteht als dem Willen des Menschen, wo der Mensch mit den Tatsachen nach Herzenslust sein Spiel treibt und sagt: ›Wenn es mir gefällt, werde ich einen Mann für alt genug erklären, mein Vater und mein Sohn zu sein, und wenn es mir gefällt, werde ich Früchte in Seide verwandeln und Schwarz in Weiß, denn diese Welt habe ich mir geschaffen, und hier bin ich der Herr.‹ Und er erschafft ein Ungeheuer, das darin wohnt – den Mann des Gesetzes, der einer mechanischen Puppe gleicht und sich immer genauso benimmt, wie es von ihm erwartet wird, und der mir und dir ebensowenig ähnelt wie die Feen.«

Meister Ambrosius konnte beim besten Willen ein ungeduldiges Brummen nicht unterdrücken. Aber er war nun einmal ein Mann seines Wortes und verkniff sich jegliche weitere Unterbrechung.

»Jenseits der Grenzen der Welt des Gesetzes«, fuhr Meister Nathan fort, »will sagen, außerhalb jener Welt, deren Erscheinungsbild wir nach unserer Füglichkeit gestaltet haben, existieren Illusionen – oder die eigentliche Wirklichkeit. Die Menschen, die dort leben, sind vor unseren Klauen so sicher, als würden sie auf einem anderen Planeten leben. Nein, Ambrosius, du mußt keinen Schmollmund ziehen… alles, was ich gesagt habe, steht mehr oder minder in den Schriften meines Vaters, und *ihn* hat noch niemand für exzentrisch gehalten – wahrscheinlich, weil sie sich nie die Mühe gemacht haben, seine Bücher zu lesen. Ich muß zugeben, auch ich habe das bis gestern nicht getan.«

Während er sprach, blickte er zum Porträt des verstorbenen Meisters Josua empor, das ihn im selben Sessel darstellte, in dem er in diesem Augenblick saß. Er folgte jeder Bewegung seines Sohnes mit einem verschmitzten Juristenlächeln. Nein, Meister Josua war gewiß in keinerlei Hinsicht exzentrisch gewesen.

Und doch… diese strahlenden, vogelgleichen Augen und dieses ungewöhnlich spitze Kinn hatten etwas nicht ganz Menschliches. Hatte auch Meister Josua den *Ton* gehört… und war vor ihm in die Gesetzeswelt geflüchtet?

Dann fuhr Nathan fort: »Aber was ich jetzt sagen werde, sind meine eigenen Gedanken. Einmal angenommen, alles, was auf diesem einen Planeten geschieht, den wir Illusion nennen, hätte Rückwirkungen auf jenen anderen Planeten; besser gesagt, auf die Welt, wie wir sie zu sehen belieben, die Welt der Gesetze? Nein, nein, Ambrosius! Du hast versprochen, mich ausreden zu lassen!« (Denn es war offensichtlich, daß Meister Ambrosius unruhig wurde.) »Weiterhin angenommen, ein Planet hätte Rückwirkungen auf den anderen, doch diese Rückwirkungen würden in die Begrifflichkeit des anderen Planeten übersetzt? Um ein Beispiel zu nehmen: Einmal angenommen, eine Sünde in der einen Welt ist in der anderen ein schweres Verbrechen? Und Hände, die in der Welt der Illusion mit Feenfrüchten befleckt sind, sind in der Welt der Gesetze mit Menschblut befleckt? Kurz gesagt, Doktor Endymion Lear würde sich in Christoph Fuchsläufer verwandeln?«

Meister Ambrosius' Ungeduld hatte sich in echte Besorgnis verwandelt. Er hegte die große Befürchtung, daß Nathan aufgrund seines jüngsten Unglücks den Verstand verloren hatte. Meister Nathan brach in Gelächter aus: »Ich glaube, du denkst wirklich, daß ich nicht mehr alle Tassen im Schrank habe, Brosie – aber glaub mir, dem ist nicht so. Um es in aller Deutlichkeit zu sagen: Falls wir nicht herausfinden, daß dieser Lear vor dem Auge des Gesetzes Schuld auf sich geladen hat, wird er weiterhin über uns triumphieren, sich ins Fäustchen lachen und Verderben über das Land unserer Kinder bringen, bis schließlich der ganze Stadtrat, außer dir und mir, seinem Leichenzug jammernd und heulend auf das Schauerfeld folgt. Das ist unsere einzige Hoffnung, es ihm heimzuzahlen, Brosie. Anderenfalls könnten wir ebensogut hoffen, einen Traum einzufangen und ihn in einen Käfig zu stecken.«

»Nun ja, Nat, nach deinen Vorstellungen vom Gesetz sollte das nicht schwer sein«, sagte Meister Ambrosius trocken. »Du scheinst der Meinung zu sein, daß man in der Welt der

Gesetze, wie du das nennst, mit den Tatsachen nach Belieben umspringen kann – zum Beispiel eine neue juristische Fiktion einführen, nach der, zu deinem ganz persönlichen Vorteil, Endymion Lear in Zukunft Christoph Fuchsläufer ist.«

Meister Nathan lachte. »Ich hoffe doch, daß wir das ohne juristische Fiktion werden beweisen können«, sagte er. »Die Verhandlung der Witwe Schnadderatsch hat vor sechsunddreißig Jahren stattgefunden, vier Jahre nach der großen Dürre, als sich Lear, wie Liliengold herausgefunden hat, in Dorimare aufgehalten hat, obwohl er uns immer zu verstehen gab, daß er erst deutlich später hierhergekommen sei ... Und ein einleuchtender Grund dafür wäre, daß er als Fuchsläufer fortgegangen und als Lear zurückgekehrt ist. Außerdem wissen wir, daß er mit der Witwe Schnadderatsch vertraulichen Umgang pflegt. Fuchsläufer war Kräutersammler wie Lear auch. Du darfst auch den Schreck nicht vergessen, den du ihm mit deiner Frage eingejagt hast: ›Bluten die Toten?‹ Ich glaube nicht, daß ihm bei dieser Frage sofort das gestellte Begräbnis und der Sarg mit Feenfrüchten eingefallen sein soll ... daran hat er vielleicht später gedacht, aber nicht gleich. Nein, nein, ich kann dich hoffentlich alsbald davon überzeugen, daß ich in dieser Angelegenheit ebenso recht habe wie in der anderen – das ist unsere einzige Hoffnung, Ambrosius.«

»Nun ja, Nat«, sagte Meister Ambrosius, »obwohl du in einer halben Stunde mehr Unsinn redest als die meisten Leute in ihrem ganzen Leben, bin ich zu dem Schluß gekommen, daß du kein solcher Narr bist, wie es auf den ersten Blick aussieht. Und in Hanfchens alter Geschichte war es schließlich der Dorftrottel, der Salz auf den Schwanz des Drachen streute.«

Meister Nathan lachte. Das zweideutige Kompliment freute ihn sehr, denn sein Freund Ambrosius lobte ihn nur ausgesprochen selten.

»Also«, fuhr Meister Ambrosius fort, »wie willst du es anstellen, deine juristische Fiktion einzuführen?«

»Ach, ich werde versuchen, mit einigen der Zeugen der Verhandlung Kontakt aufzunehmen – selbst Krittel Grabunkel könnte noch am Leben sein. Auf jeden Fall habe ich dann etwas zu tun, und Lud ist für mich im Augenblick kein geeigneter Aufenthaltsort.«

Meister Ambrosius stöhnte. »Ist es wirklich so weit gekommen, daß du Lud verlassen mußt und daß wir nichts gegen dieses ... dieses ... dieses Spinnennetz aus Lügen und Possen tun können, gegen diese ... nun ja, Illusion? Du kannst mir glauben, ich habe Polidor und den anderen die rauhe Seite meiner Zunge nicht erspart – aber es ist, als hätte dieser Lear sie mit einem Bann belegt.«

»Aber wir werden diesen Bann brechen, bei den Goldenen Äpfeln des Westens, wir werden ihn brechen, Ambrosius!« rief Meister Nathan guten Mutes. »Wir werden das Schleppnetz des Gesetzes durch die Schatten ziehen, und Lear wird am Galgen enden, oder mein Name ist nicht Hahnenkamm!«

»Nun«, sagte Meister Ambrosius, »wenn du es schon auf Lear abgesehen hast, dann sollst du auch ein kleines Andenken an ihn bekommen, und zwar den bestickten Pantoffel, den ich aus dem Salon der stotternden, verlogenen alten Jungfer mitgenommen habe. Da diese Angelegenheit erledigt ist, erfüllt er sonst keinen Zweck mehr.« (Man war zu der Übereinkunft gelangt, daß er sich bei der ›Seide‹, die in der Höhere Töchterschule gefunden worden war, um eine Mischung aus ›barratinischem Taft‹ und ›gemustertem Mohair‹ handelte, und Fräulein Ehrenpreis war mit einer hohen Geldstrafe belegt und freigelassen worden.) »Ich habe dir erzählt, wir er bei seinem Anblick zusammengezuckt ist, und obwohl der Grund offensichtlich ist – er hat die Stickereien für Feenfrüchte gehalten –, scheint es nur einer Kleinigkeit zu bedürfen, um deine Phantasie anzuregen. Wer weiß, was dir an ihm auffallen mag! Ich lasse ihn dir heute abend hinüberschicken.«

»Du bist zu gütig, Ambrosius. Ich bin mir sicher, daß er sich als äußerst wertvoll erweisen wird«, erwiderte Meister Nathan spöttisch.

Während Fräulein Ehrenpreis vor Gericht stand, war der Pantoffel von Zeit zu Zeit unter den Richtern herumgereicht worden, ohne ihnen im geringsten dabei zu helfen, den schwierigen Unterschied zwischen Taft und Mohair auszumachen. In Meister Nathan hatte er ein dumpfes Gefühl von Langeweile und Verlegenheit geweckt, denn er erinnerte ihn an eine lange Reihe von Geburtstagsgeschenken Brünellas, die ihn dazu gezwungen hatten, sich angemessene Äußerungen des Dankes und der Bewunderung abzuringen. Er hatte kaum Hoffnung, diesem Pantoffel irgendeine nutzbringende Nachricht zu entreißen, doch Ambrosius mußte einfach seinen Spaß haben.

Einige Minuten lang saßen sie schweigend da, dann erhob sich Meister Nathan und sagte: »Die Angelegenheit kann sich hinziehen, und vielleicht finden wir keine Gelegenheit mehr, miteinander zu reden. Sollen wir mit Feldthymiangeist einen Toast ausbringen?«

»Ich gehöre nicht zu den Leuten, die ein solches Angebot abschlagen, Nat. Du gibst einem nicht oft die Gelegenheit, von deinem Feldthymiangeist zu kosten«, erwiderte Meister Ambrosius und versuchte, seine Gefühle hinter einem Spaß zu verbergen. Nachdem er ein Glas mit dem duftenden grasgrünen Sirup erhalten hatte, erhob er es, lächte und hub an: »Nun, Nat…«

»Warte einen Moment, Ambrosius!« fiel ihm Meister Nathan ins Wort. »Mich überkommt gerade das alberne Bedürfnis, einen Eid abzulegen, den ich als junger Kerl in einem Buch gelesen haben muß… Die Worte sind mir plötzlich eingefallen. Da stand: *Wir* (und dann sagen wir unsere Namen), *Nathan Hahnenkamm und Ambrosius Geißblatt, schwören bei den Lebenden und den Toten, bei der Vergangenheit und der Zukunft, bei den Erinnerungen und Hoffnungen, daß wir eine Vision, falls sie hilfesuchend an unsere Tür klopft, bei uns aufnehmen und an unserem Herd wärmen werden und daß wir nicht klüger als die Törichten und nicht schlauer als die Einfältigen sein werden und daß wir stets daran denken werden, daß derjenige, der auf dem Wind reitet, dorthin gehen muß, wohin sein Roß ihn trägt.* Sprich es mir nach, Ambrosius.«

»Bei den Weißen Frauen der Felder, so einen Schwulst habe ich mein ganzes Leben noch nicht gehört!« murrte Meister Ambrosius.

Aber Meister Nathan schien sein Herz an diese absurde Zeremonie gehängt zu haben, und Meister Ambrosius hatte das Gefühl, er sollte ihm zumindest seinen Willen lassen, denn wer konnte schon sagen, was die Zukunft bereithielt und wann sie sich wiedersähen? Und so wiederholte er widerwillig und in einem ausgesprochen sachlichen Tonfall die Worte des Schwurs.

Wann und in welchem Buch hatte Nathan das entdeckt? Denn es handelte sich um das Gelöbnis der Kandidaten für die Initiation ersten Grades in die uralten Geheimnisse von Dorimare.

Vergeßt nicht, daß Meister Nathan im Auge des Gesetzes ein Toter war.

❦18. KAPITEL❦ *Frau Efeu Pfefferkorn*

Die Aufgaben, die den Angestellten in Meister Nathans Kontor zugeteilt wurden, betrafen nicht immer nur Ladungen und Tonnagen. Einmal hatten sie zum Beispiel zwei ganze Tage lang kein Hauptbuch aufgeschlagen, sondern unter Anleitung ihres Arbeitgebers Phantasiekostüme aus Papier ausgeschnitten und zusammengeheftet, die bei Ranulphs Geburtstagsfeier getragen werden sollten. Und sie waren es durchaus gewohnt, daß er sich in seinem Büro einschloß, mit der strengen Anordnung, daß er nicht gestört werden wolle. Dann schrieb er, sagen wir, einen humorvollen Valentinsgruß an die alte Dame Polly Pustepuder und streckte häufig seinen Kopf zur Tür heraus, weil er Hilfe bei der Suche nach einem passenden Reim benötigte. Folglich waren sie an diesem Morgen nicht überrascht, als sie aufgefordert wurden, ihre Bücher zu schließen und ihre Fähigkeiten darauf zu verwenden, mit allen nur denkbaren Mitteln herauszufinden, ob in Lud jemand wohnte, der mit einem aus dem Westen stammenden Bauern namens Schnadderatsch verwandt war, der vor fast vierzig Jahren gestorben war.

Meister Nathan war äußerst zufrieden, als einer von ihnen von seiner Suche nach Informationen zurückkehrte und ihm mitteilte, daß die Tochter des verstorbenen Bauern, Frau Efeu Pfefferkorn, vor kurzem eine kleine Kolonialwarenhandlung in Faltergrün gekauft habe, einem Dorf wenige Wegstunden vom Nordtor entfernt.

Die Zeit war knapp, also ließ Meister Nathan umgehend sein Pferd satteln, schlüpfte in seinen Barchentanzug, den er auch zum Angeln trug, zog sich den Hut tief in die Augen und machte sich auf den Weg nach Faltergrün.

Dort hatte er keine Schwierigkeiten, Frau Efeus kleinen Laden zu finden, und sie saß sogar höchstpersönlich hinter der Theke.

Sie war eine anmutige, rotwangige Frau in mittleren Jahren, die so aussah, als sei sie unter Kühen und auf der Weide eher in ihrem Element als in dem stickigen kleinen Laden, der vom Duft unterschiedlicher Gebrauchs- und Luxusgüter einer dörflichen Gemeinde erfüllt war.

Sie schien fröhlich und redselig zu sein, und Meister Nathan spickte seine vielfältigen Einkäufe mit witzigen Bemerkungen und freundlichen Fragen.

Bis sie ihm zwei Unzen Tabak abgewogen und diese in einem ordentlichen kleinen Papierbeutel verstaut hatte, wußte er, daß ihr Mädchenname Schnadderatsch lautete, daß ihr Ehemann Schiffskapitän gewesen war und daß sie bis zu seinem Tod in einer Hafenstadt gewohnt hatte. Bis sie ihm ein Viertelpfund Lutscher eingepackt hatte, hatte sie ihm erzählt, daß sie das Leben auf dem Land ihrem jetzigen Gewerbe bei weitem vorzog. Und bis ein Wollschal bewundert, gekauft und zu einem Päckchen geschnürt worden war, hatte sie ihm berichtet, daß sie sich gern in ihrer alten Heimat niedergelassen hätte, aber – *da gäbe es Gründe.*

Herauszufinden, worin diese Gründe bestanden, brauchte Zeit, Taktgefühl und Geduld. Doch Meister Nathans wehmütige Neugier, die sich als warmherziges Mitgefühl tarnte, hatte ihm nie besser angestanden. Schließlich erzählte sie ihm, daß sie eine Stiefmutter hatte, die sie verabscheute und der sie – aus gutem Grunde – mißtraute.

Da hielt Meister Nathan den Zeitpunkt für gekommen, die

Karten auf den Tisch zu legen. Er warf ihr einen bedeutungsvollen Blick zu und fragte sie, ob sie der Gerechtigkeit zum Sieg verhelfen und Schurken ihrer verdienten Strafe zuführen wolle. »Es gibt kein törichteres Sprichwort«, fuhr er fort, »als ›Die Toten erzählen keine Geschichten.‹ Es ist vielmehr eines der Hauptaufgaben des Gesetzes, den Toten eine Stimme zu leihen.«

Frau Efeu sah ihn ein wenig verängstigt an. »Wer, wenn ich fragen darf, seid Ihr denn, mein Herr?« wollte sie schüchtern wissen.

»Ich bin der Neffe eines Bauern, der vor langer Zeit einen Landarbeiter namens Krittel Grabunkel in seinen Diensten hatte«, erwiderte er ohne Zögern.

Ein wissendes Lächeln glitt über ihre Züge.

»Na so was, wer hätte das gedacht!« murmelte sie. »Und wie hieß Euer Onkel denn? Früher habe ich in jener Gegend alle Bauern und ihre Familien gekannt.«

In Meister Nathans offenen hellbraunen Augen blitzte der Schalk auf. »Mir scheint, ich habe mich an meinem eigenen Scharfsinn geschnitten!« sagte er lachend. »Ihr müßt verstehen, ich habe für verschiedene Friedensrichter gearbeitet, und dabei gewöhnt man sich an, anderen Leuten Fallen zu stellen … das Gesetz ist eine listige Dame. Ich habe keinen Onkel im Westen, und auch Krittel Grabunkel bin ich nie begegnet. Aber ich habe mich schon immer für Verbrechen interessiert und Gefallen an alten Gerichtsprotokollen gefunden. Als Ihr den Namen Schnadderatsch erwähnt habt, mußte ich sofort an eine bestimmte Verhandlung denken, über die ich mir schon lange den Kopf zerbrochen habe, und ich dachte, vielleicht löst Euch der Name Krittel Grabunkel die Zunge. Ich war schon immer der Meinung, daß hinter dieser Verhandlung mehr steckt, als auf den ersten Blick ersichtlich ist.«

»Tatsächlich?« sagte Frau Efeu ausweichend. »Ihr scheint Euch sehr um anderer Leute Angelegenheiten zu kümmern.« Sie warf ihm einen mißtrauischen Blick zu.

Meister Nathan fühlte sich auf die Probe gestellt. »Nun, horcht einmal, Frau Efeu, ich bin mir sicher, daß Euer Vater daran Gefallen gefunden hat, sich eine gute Ernte zu betrachten, selbst wenn sie auf dem Feld eines anderen Bauern stand, und daß Euer Gatte die seemännische Leistung eines …«

An dieser Stelle mußte er seinen Vortrag abbrechen und einer Reihe von Erinnerungen an die Vorlieben und Gewohnheiten des verstorbenen Ehemanns lauschen, was er auch mit großer Geduld tat.

»Nun, wie ich gerade gesagt habe«, fuhr er fort, als sie einen Moment innehielt, seufzte, lächelte und sich mit einem Zipfel ihrer Schürze die Augen wischte, »was der Anblick eines dicht bestandenen goldenen Weizenfelds für Euren Vater und eines geschickt in den Hafen gesteuerten Schiffs Eurem Gatten war, das ist mir der Anblick der Gerechtigkeit, die sich niederkauert und auf ihre Beute stürzt. Ich bin Junggeselle, ich habe einen ordentlichen kleinen Notgroschen beiseite gelegt, und ich gäbe ihn für nichts lieber aus als dafür, der Gerechtigkeit zu ihrer rechtmäßigen Beute zu verhelfen, ganz zu schweigen davon, einen trefflichen Mann wie Euren Vater zu rächen. Wir alten Junggesellen, müßt Ihr wissen, haben so unsere Steckenpferde … Zu Hause sind sie ruhiger als ein Haufen Kinder, aber manchmal sind sie ebenso kostspielig.« Er lächelte und rieb sich die Hände.

Er amüsierte sich prächtig und schien sich sogar in den gewitzten, ehrlichen, ein wenig blutrünstigen alten Herrn zu verwandeln, den er sich ausgedacht hatte. In seinen Augen leuchtete ein fanatischer Glanz, wenn er von dem Tiger Gerechtigkeit sprach; und er sah das schmucke kleine Haus vor sich, das er in Lud bewohnte – dahinter lagen ein kleiner Garten voller bunter Blumen, eine winzige Rasenfläche und ein Spalier Obstbäume, denen er sich in seinen Mußestunden widmete. Er hatte einen Hund, einen Kanarienvogel und eine alte Haushälterin. Wenn er heute abend nach Hause kam, würde er sich wahrscheinlich zu Tisch setzen und Würstchen mit Kartoffelbrei verspeisen, gefolgt von einem überbackenen Käsetoast. Nach dem Abendessen würde er seine Sammlung von Andenken an den Galgen hervorholen und über einem Becher Glühwein die unterschiedlichen Stricke streicheln, den blutbefleckten Handschuh einer ermordeten Hure, das Bernsteinamulett eines berüchtigten Räuberhäuptlings. Und er würde sich gar sehr über die verhaltenen Schritte seines Lieblingstigers freuen: das Gesetz. O ja, sein unbedeutendes kleines Leben war so voller Steckenpferde wie sein Garten voller Blumen. Wie bequem waren doch die Schuhe anderer Leute!

»Also, wenn Ihr damit sagen wollt«, seufzte Frau Efeu, »daß Ihr helfen wollt, böse Menschen zu bestrafen, nun, ich hätte nichts dagegen, Euch da zu unterstützen. Trotzdem« – und sie sah ihn erneut mißtrauisch an –, »wie kommt Ihr überhaupt darauf, daß mein Vater keines natürlichen Todes gestorben ist?«

»Meine Nase, gute Frau, meine Nase!« Während er sprach, legte er einen wissenden Finger an das genannte Organ. »Ich habe Blut gerochen. Stand in dem Gerichtsprotokoll nicht, daß der Leichnam geblutet hat?«

Sie warf den Kopf in den Nacken und rief spöttisch: »Und Ihr, der Ihr aus der Stadt stammt und dem Anschein nach ein gebildeter Mann seid, Ihr glaubt diesem Geschwätz? Ihr wißt doch, wie die Leute auf dem Land sind – alles Geschehen finden sie in alten Liedern wieder. Als die Geschichte in der Schenke in Schwan erzählt wurde, waren es noch zwei Tropfen Blut, und bis sie in Mondgras angekommen war, war es eine Gallone. Ich bin mit den anderen an dem Leichnam vorbeigegangen, und mir ist kein Blut aufgefallen. Allerdings waren meine Augen vom Weinen geschwollen. Jedenfalls hat es dazu geführt, daß Fuchsläufer das Land verließ.«

»Wirklich?« rief Meister Nathan, und seine Stimme klang ausgesprochen neugierig.

»Ja. Meine Stiefmutter war keine Frau, mit der man Schindluder trieb. Auch wenn ich keinen Anlaß hatte, sie zu lieben, muß ich zugeben, daß sie das Aussehen einer Königin besaß. Aber er kam aus der Fremde und war ein komischer Kauz; die Kerle im Dorf und in der ganzen Gegend haben ihm keine Ruhe gelassen. Dauernd sind sie hinter den Hekken hervorgesprungen und haben ihn die Straße hinunter verfolgt und gerufen: ›Wegen wem hat der Leichnam vom Bauern Schnadderatsch geblutet?‹ und dergleichen. Er hat es einfach nicht mehr ausgehalten, und eines Nachts hat er sich davongeschlichen, und ich habe nicht erwartet, ihn jemals wiederzusehen. Aber ich bin ihm in den Straßen von Lud begegnet, vor nicht allzulanger Zeit – auch wenn er mich nicht gesehen hat.«

Meister Nathan bekam vor Aufregung Herzklopfen. »Wie sah er aus?« fragte er atemlos.

»Oh! Noch ganz so wie als junger Mann. Es heißt, daß nichts einen so jung hält wie ein reines Gewissen!« Sie lachte trocken. »Obwohl er nie besonders ansehnlich gewesen war – gedrungen, dick und sommersprossig und diese frechen, neugierigen Augen!«

Meister Nathan konnte nicht länger an sich halten, und mit vor Aufregung heiserer Stimme rief er: »War es … meint Ihr den Arzt aus Lud, Endymion Lear?«

Frau Efeu verzog das Gesicht und nickte vielsagend.

»Ja, so nennt er sich heutzutage … und viele Leute halten große Stücke auf seine ärztlichen Fähigkeiten. Wenn man sie reden hört, könnte man meinen, ein Kind käme nicht ordentlich zur Welt, wenn er nicht dabeigewesen ist, oder eine Frau wäre nicht wirklich tot, wenn er ihr nicht die Augen geschlossen hat.«

»Wohl, wohl. Aber seid Ihr *sicher*, daß es sich um denselben Christoph Fuchsläufer handelt? Könntet Ihr das vor Gericht beschwören?« rief Meister Nathan.

Frau Efeu blickte ihn verwundert an. »Was habe ich denn

getan, daß Ihr mich vor Gericht bringen wollt? Ich habe immer sittsam gelebt. Ihr könntet meinen armen Pfefferkorn fragen – wenn er noch am Leben wäre.«

»Nein, nein!« rief Meister Nathan ungeduldig und erklärte ihr, daß er nicht *sie* vor Gericht bringen wolle.

Sie mußte über das Mißverständnis lächeln und sagte dann vorsichtig: »Und was soll ich vor einem Gericht, das wüßte ich doch gern. Die Vergangenheit ist aus und vorbei, und was geschehen ist, kann nicht mehr ungeschehen gemacht werden.«

Meister Nathan richtete einen forschenden Blick auf sie. Dabei vergaß er prompt seine angenommene Rolle und sprach als er selbst.

»Frau Pfefferkorn«, sagte er feierlich, »habt Ihr kein Mitleid mit den Toten – den stummen, hilflosen Toten? Ihr habt Euren Vater geliebt, davon bin ich überzeugt. Wenn ein Wort von Euch genügen würde, ihn zu rächen, werdet Ihr dieses Wort dann ungesagt lassen? Wer kann sicher sein, daß die Toten für das liebende Gedenken der Lebenden nicht dankbar sind und daß sie nicht friedlicher in ihren Gräbern ruhen, wenn sie gerächt wurden? Habt Ihr für Euren toten Vater weder Zeit noch Mitleid übrig?«

Während dieses Vortrags hatte es in Frau Efeus Gesicht gezuckt, und bei seinen letzten Worten brach sie in Tränen aus. »Denkt das nicht von mir«, schluchzte sie, »denkt das nicht! Ich weiß noch sehr gut, wie mein armer Vater abends dasaß und sie anschaute, ohne daß ihm ein Wort über die Lippen kam. Doch seine Augen waren ebenso beredt wie seine Zunge: ›Nein, Klem‹ – meine Stiefmutter hieß Klementine –, ›ich traue dir kein Stück über den Weg. Und trotzdem kannst du mich um den kleinen Finger wickeln, denn ich bin ein alberner, verliebter alter Narr, und das wissen wir beide.‹ Ach! Ich habe schon immer gesagt, daß mein Vater beide Augen offen hatte, auch wenn er der Sklave ihres hübschen Gesichts war. Es lag nicht daran, daß er nicht sehen konnte oder wollte – er hatte einfach nicht den Mut, ihr die Meinung zu sagen.«

»Armer Kerl! Und jetzt, Frau Efeu, solltet Ihr mir alles erzählen, was Ihr wißt und warum Ihr entgegen der medizinischen Beweislage glaubt, daß Euer Vater ermordet wurde.« Er stützte seine Ellbogen auf die Theke und blickte ihr fest in die Augen.

Frau Efeu stutzte jedoch. »Ich habe nicht gesagt, daß mein armer Vater mit Weiden vergiftet wurde. Er ist ruhig und friedlich gestorben, mein Vater.«

»Trotzdem seid Ihr der Meinung, daß nicht alles mit rechten Dingen zugegangen ist. Die Angelegenheit läßt mich nicht gänzlich unberührt – jetzt, nachdem ich weiß, daß Endymion Lear darin verwickelt ist. Ich habe noch eine Rechnung mit ihm offen.«

Zuerst schloß Frau Efeu die Tür zur Straße, und dann beugte sie sich über die Theke, bis ihr Gesicht dem seinen ganz nahe war. Mit leiser Stimme sagte sie: »Also, ja, ich war schon immer der Meinung, daß nicht alles mit rechten Dingen zugegangen ist, und ich werde Euch auch sagen, warum. Kurz bevor mein Vater gestorben ist, haben wir Marmelade eingekocht. Mein Vater aß mit großer Vorliebe den Schaum von der Marmelade oder vom Gelee, und wir hatten uns angewöhnt, ein wenig aus jedem Topf für ihn auf eine Untertasse zu tun. Nun, mein kleiner Bruder Robin und *ihr* Mädchen – ein kleines Ding von drei Jahren – summten um die Früchte und den Zucker herum wie ein Paar kleine Wespen. Sie quengelten, wollten dies, steckten den Finger in das und waren der Meinung, sie hülfen uns beim Marmeladekochen. Und plötzlich fährt meine Stiefmutter herum und erwischt die kleine Polly mit einem Mund, der vor Maulbeersaft ganz schwarz ist. Ach, was wurde sie zornig! Sie hat Polly gepackt und geschüttelt, und sie mußte alles ausspucken, was sie im Mund hatte. Und nachdem sie festgestellt hatte, daß es Maulbeeren waren, beruhigte sie sich ganz schnell wieder und erklärte

Polly, sie müsse ein braves Mädchen sein und sich nie etwas in den Mund stecken, ohne vorher zu fragen.

Nun, die Marmelade wurde in großen Kupferkesseln gekocht, und da bemerkte ich einen kleinen Schöpfbottich, der auf dem Herd auf niedriger Flamme kochte, und ich fragte meine Stiefmutter, was das sei. Sie antwortete beiläufig: ›Ach, das ist ein wenig Maulbeergelee, das ich mit Honig statt mit Zucker gesüßt habe, für meinen alten Großvater zu Hause.‹ Damals habe ich über diese Angelegenheit nicht weiter nachgedacht. Aber am Abend, bevor mein Vater gestorben ist – und das habe ich noch keinem Menschen erzählt, außer meinem armen Pfefferkorn –, nach dem Abendessen hat er sich vor das Haus gesetzt, um seine Pfeife zu rauchen, und ließ sie und ihn allein in der Küche zurück. Denn sie war so unverschämt gewesen und mein Vater so feige, daß der Kerl doch tatsächlich in unserem Haus wohnte. Mein Vater war in dieser Hinsicht ein merkwürdiger Mensch – zu stolz, um irgendwo zu sitzen, wo er nicht erwünscht war, selbst in seiner eigenen Küche. Auch ich war hinausgegangen, allerdings stand ich hinter einer Hausecke verborgen, denn ich wartete auf den Sonnenuntergang, um Blumen zu pflücken, die ich am nächsten Tag einer kranken Nachbarin bringen wollte. Ich hörte, wie er mit Ingwer redete, seinem Spaniel, der ihm wie ein Schatten überallhin folgte. Ich erinnere mich an seine Worte, als wäre es gestern gewesen: ›Arme alte Ingwer!‹ sagte er. ›Eigentlich dachte ich, daß ich *dir* das Grab schaufeln würde. Aber anscheinend doch nicht, Ingwer, anscheinend nicht. Arme alte Dame, morgen um die gleiche Zeit bin ich so stumm wie du … und du wirst unsere Gespräche vermissen, arme Ingwer.‹ Daraufhin stieß Ingwer ein Heulen aus, daß mir das Blut in den Adern gefror! Ich rannte um die Hausecke und fragte meinen Vater, ob er kränklich sei und ob ich ihm etwas bringen könne. Er lachte, doch dieses Lachen unterschied sich von seinem üblichen Lachen wie Käse von Kreide. Denn der arme Vater war ein freimütiger, offenherziger Mensch, der Bitterkeit ebensowenig hortete wie Geld. Jenes Lachen dagegen – das letzte Mal, daß ich ihn lachen hörte – war so bitter wie Galle. Er sagte: ›Nun, Efeu, mein Mädchen, bringst du mir von einem Hügel, auf dem das Stumme Volk getanzt hat, Pfingstrosen, Buttergold und Feldthymian und bereitest daraus einen Salat?‹ Als er meinen überraschten Blick sah, lachte er und sagte: ›Nein, nein. Ich bezweifle, daß auf dieser Seite der Hügel Blumen gedeihen, die deinem armen Vater helfen können. Komm, gib mir einen Kuß – du warst immer ein braves Mädchen.‹ Also, diese Blumen werden von alten Weibern bei Liebestränken verwendet, wie ich von meiner Großmutter weiß, die sich mit Kräutern und Glücksbringern gut auskannte. Mein Vater hat sie jedoch immer ausgelacht, und ich nahm einfach an, er mache sich über meine Stiefmutter und Fuchsläufer Gedanken und frage sich, wie er ihr Herz zurückerobern könne.

Doch in jener Nacht starb er, und ich fragte mich zum ersten Mal, was in dem Schöpfbottich war. Schließlich mochte er den Schaum so sehr und bekam immer eine Untertasse voll beiseite gestellt. Es dürfte nicht schwierig gewesen sein, etwas Gift aufzukochen, ohne jemand anderen in Lebensgefahr zu bringen. Und Fuchsläufer wußte über Kräuter und dergleichen Bescheid, er hätte ihr raten können, was sie nehmen mußte. Auch wußte Vater, daß er sterben würde, denn Pfingstrosen sind ein gutes Abführmittel. Seither habe ich mich oft gefragt, ob er deswegen um die Blumen bat. Das ist alles, was ich weiß. Es mag nicht viel sein, aber es hat genügt, um mich seither während vieler Nächte wachzuhalten. Ich habe mich oft gefragt, was ich wohl getan hätte, wenn ich älter gewesen wäre. Denn damals war ich nur ein kleines Mädchen von zehn Jahren, und ich hatte niemanden, mit dem ich hätte reden können. Vor meiner Stiefmutter fürchtete ich mich wie ein Vogel vor einer Schlange. Wäre ich auf den Zeugenstand gerufen worden, hätte ich eine Aussage gemacht, aber dafür war ich zu jung.«

»Vielleicht gelingt es uns, Krittel Grabunkel ausfindig zu machen?«

»Krittel Grabunkel?« wiederholte sie überrascht. »Aber Ihr habt doch sicherlich gehört, was ihm widerfahren ist! Ach, das war eine traurige Geschichte! Ihr müßt wissen, nachdem er ins Gefängnis gesteckt worden war, folgten drei oder vier furchtbar karge Jahre, eines auf das andere. Das Essen war so teuer, daß niemand Geld für so ausgefallene Sachen wie Körbe hatte... Kurz gesagt, als Krittel aus dem Gefängnis entlassen wurde, erfuhr er, daß seine Frau und seine Kinder Hungers gestorben waren. Das schien ihm den Verstand zu rauben, denn er kam auf unseren Hof, wetterte gegen meine Stiefmutter und schwor, daß er es ihr eines Tages heimzahlen werde. Doch in jener Nacht hängte er sich an einem Baum im Obstgarten auf, und er wurde am nächsten Morgen tot aufgefunden.«

»Eine traurige Geschichte«, stimmte Meister Nathan zu. »Nun, dann können wir ihn nicht in unsere Pläne einbeziehen. Alles, was Ihr mir erzählt habt, ist äußerst bemerkenswert – wirklich äußerst bemerkenswert. Aber wir müssen noch viele Dinge entwirren, um bis zu dem Seil vorzudringen, nach dem ich suche. Eine Sache verstehe ich allerdings nicht: War Krittel Grabunkels Geschichte über die Weiden reine Erfindung?«

»Der arme Krittel! Selbstredend gehörte er nicht zu den Leuten, deren Wort man sofort Glauben schenken würde, denn er hatte die zehn Jahre verdient: Er war der geborene Dieb. Aber ich glaube nicht, daß er klug genug war, sich all das auszudenken. Ich denke, daß seine Geschichte weitgehend der Wahrheit entsprach – daß seine Tochter ihr wirklich Weiden verkaufte, daß sie sie aber nur zum Körbeflechten verwenden wollte. Mit Schuld ist es eine merkwürdige Sache. Wie bei einem Geruch weiß man oft nicht, woher sie kommt. Ich glaube, daß sich Krittels Nase nicht geirrt hat, aber sie hat ihn auf eine falsche Spur geführt. Mein Vater ist nicht mit Weiden vergiftet worden.«

»Habt Ihr sonst eine Ahnung, was es gewesen sein könnte?«

Sie schüttelte den Kopf. »Ich habe Euch alles erzählt, was ich weiß.«

»Wenn Ihr nur etwas Eindeutigeres hättet«, sagte Meister Nathan ein wenig mürrisch. »Das Gesetz hat eine große Vorliebe für Dinge, die es anfassen kann – ein blutbeflecktes Messer oder dergleichen. Noch etwas ist mir nicht ganz klar. Euer Vater scheint Eurer Aussage nach ein ausgesprochen nachsichtiger Ehemann gewesen zu sein, der seine Eifersucht für sich behielt. Welchen *Grund* gab es für den Mord?«

»Ach! Dafür habe ich wohl eine Erklärung!« rief sie. »Ihr müßt wissen, unser Hof lag äußerst günstig, um ... nun, um eine gewisse Sache zu schmuggeln, über die wir nicht sprechen. Er liegt in einer Senke zwischen den Marken und der Westlandstraße, und Schmuggler haben eine Vorliebe für freundliche, ruhige Orte, wo sie ihre Waren zwischenlagern können. Mein Vater mag zwar wie ein von Schmerzen gequältes stummes Tier dagesessen haben, während seine junge Frau sich mit ihrem Geliebten vergnügte. Wenn er jedoch herausgefunden hätte, was in seiner Kornkammer versteckt wurde, hätte er Fuchsläufer aus dem Haus geworfen, und sie hätte ihm nachpfeifen können, bis sie schwarz geworden wäre. Mein Vater war in vieler Hinsicht ein unbeschwerter Mensch, aber innerlich konnte er auch so hart wie ein Bolzen sein, und keine Frau, mochte sie auch noch so eine Närrin sein (und der Wahrheit die Ehre, meine Mutter war keine Närrin), kann mit einem Mann zusammenleben, ohne das herauszufinden.«

»Aha! Also hat Krittel über den Inhalt des Sacks die Wahrheit gesprochen?« Innerlich dankte Meister Nathan seinem guten Stern, daß Ranulph während seines Aufenthalts an einem so gefährlichen Ort kein Leid widerfahren war.

»Oh, da hatte er recht, ohne Frage. Und obwohl ich damals nur ein Kind war, habe ich vor Wut die halbe Nacht geheult, als man mir erzählte, das Flittchen habe über meinen Vater vor Gericht behauptet, er würde das Zeug als Dünger verwenden, und sie habe ihn angefleht, es nicht zu tun. Von wegen angefleht, es nicht zu tun! Ich hätte ihnen eine etwas andere Geschichte erzählen können. Fuchsläufer steckte hinter der ganzen Angelegenheit, und den Schlüssel zur Kornkammer hatte er von ihr erhalten, damit er die Ware dort unterbringen konnte. Kurz bevor mein Vater starb, hat er Wind davon bekommen – das weiß ich, weil ich zufällig etwas mithörte. Das Zimmer, das ich mir damals mit meinem kleinen Bruder Robin teilte, lag unmittelbar neben ihrem Schlafzimmer, und die Tür stand immer einen Spaltbreit offen – Robin war ein ängstliches Kind, und er bildete sich ein, er könne nicht schlafen, wenn er meinen Vater nicht schnarchen hörte. Nun, ungefähr eine Woche vor seinem Tod hörte ich ihn in einem Tonfall mit ihr reden, den er ihr gegenüber vorher noch nie angeschlagen hatte. Er sagte, daß er sie in diesem Jahr bereits zweimal gewarnt habe und daß dies jetzt das letzte Mal sei. Bisher habe er immer seinen Kopf hochgehalten, weil er saubere Hände habe und all sein Tun ehrlich und gerecht sei. Aber jetzt warne er sie zum letzten Mal, und wenn sie sich nicht sofort darum kümmere, daß diese Sache aufhöre, werde er Fuchsläufer teeren und federn lassen und dafür sorgen, daß diese Gegend für ihn zu heiß werde. Ich weiß noch, daß ich hörte, wie er sich räusperte und ausspuckte, als müsse er etwas Ekelhaftes loswerden. Er sagte, daß die Schnadderatschs immer anständig gewesen seien und daß der Hof, seit er ihnen gehörte, dazu beigetragen habe, das Volk von Dorimare zu aufrechten und redlichen Menschen zu machen, denn er hatte frisches Fleisch und frische Milch auf den Markt geliefert, dem Müller gutes Getreide und dem Weinhändler süße Trauben. Eher werde er den ganzen Hof verkaufen als zulassen, daß dieses Gift in seiner Kornkammer gelagert werde, um ehrliche Burschen in Narren zu verwandeln, die den Mond anstammelten. Da fing sie an, auf ihn einzureden, aber sie sprach zu leise, und ich konnte sie nicht verstehen. Aber sie muß ihm etwas versprochen haben, denn er sagte barsch: ›Dann sorg dafür, daß das erledigt wird, denn ich bin ein Mann, der sein Wort hält.‹

Nicht viel mehr als eine Woche später war er tot – armer Vater. Fast ist es ein Wunder, daß eine ordentliche Frau aus mir geworden ist und daß ich hier sitze und Euch all das erzähle. Und noch erstaunlicher ist die Tatsache, daß aus Robin ein erwachsener Mann geworden ist, denn er hat den Hof geerbt. Ihre kleine Tochter ist gestorben, und Robin hat geheiratet. Zwar ist er im besten Alter gestorben, aber das lag an einer Mandelentzündung. Mit seiner Stiefmutter ist er immer gut ausgekommen und hat kein schlechtes Wort über sie gelten lassen. Und sie hat sein kleines Mädchen aufgezogen, denn ihre Mutter ist bei der Geburt gestorben. Das Mädchen habe ich nie kennengelernt, denn meine Stiefmutter und ich konnten uns nie ausstehen, und nach meiner Hochzeit bin ich nicht mehr nach Hause zurückgekehrt.«

Sie hielt inne, und in ihren Augen lag jener wehmütige, entrückte Blick, der immer dann aufscheint, wenn sich jemand an weit zurückliegende Ereignisse erinnert.

»Ich verstehe, ich verstehe«, sagte Meister Nathan nachdenklich. »Und Fuchsläufer? Habt Ihr ihn jemals wiedergesehen, bevor Ihr ihn kürzlich in Lud erkannt habt?«

Sie schüttelte den Kopf. »Nein, er ist kurz vor der Gerichtsverhandlung verschwunden, wie ich Euch erzählt habe. Allerdings bezweifle ich nicht, daß *sie* wußte, wo er steckte, und mit ihm in Verbindung stand – wenn nicht gar sich mit ihm traf. Denn nach Einbruch der Dunkelheit ging sie oft allein fort. Nun, ich habe Euch alles erzählt, was ich weiß – auch wenn ich vielleicht besser meine Zunge im Zaum gehalten hätte, denn es führt zu nichts Gutem, wenn man in der Vergangenheit gräbt.«

Meister Nathan erwiderte nichts. Offensichtlich grübelte er über ihre Geschichte nach.

»Nun«, sagte er schließlich, »alles, was Ihr mir erzählt habt, war äußerst interessant, wirklich äußerst interessant. Ob es jedoch konkrete Konsequenzen hat, das ist eine andere Sache. Wir verfügen nur über Indizienbeweise. Aber ich bin Euch dankbar, daß Ihr so offen mit mir gesprochen habt. Falls ich darüber hinaus noch etwas herausfinde, lasse ich es Euch wissen. Ich werde Lud bald verlassen, aber ich werde mit Euch in Verbindung bleiben. Unter den Umständen hielte ich es für klug, wenn wir uns auf ein Losungswort einigen würden, an dem Ihr erkennen könnt, daß ein Bote wirklich von mir kommt. Der Bursche, den Ihr als Fuchsläufer gekannt habt, ist mit den Jahren nicht weniger verschlagen geworden – er ist ausgesprochen arglistig, und wenn er erst einmal Wind von unseren Absichten bekommt, läßt er sich alle möglichen Mätzchen einfallen, um unsere Pläne zu durchkreuzen. Wie soll das Losungswort lauten?«

Da begannen seine Augen zu leuchten. »Ich habe es!« rief er. »Nur um Euch eine kleine Lektion im Fluchen zu erteilen, was Euch so zu mißfallen scheint, machen wir einen ordentlichen Fluch daraus. Ihr werdet wissen, daß ein Bote von mir stammt, wenn er Euch mit den Worten *Bei Sonne, Mond und Sternen und den Goldenen Äpfeln der Sonne* begrüßt!«

Und er rieb sich voller Freude die Hände und brüllte vor Lachen. Meister Nathan war ein geborener Scherzbold.

»Schämt Euch, Ihr frecher Kerl!« sagte Frau Efeu mit einem leisen Lachen. »Ihr seid genauso schlimm wie mein armer Pfefferkorn. Er hat immer …«

Doch selbst Meister Nathan hatte allmählich von Erinnerungen genug. Er fiel ihr mit einem herzlichen »Lebt wohl!« ins Wort und bedankte sich erneut für alles, was sie ihm erzählt hatte.

An der Tür wandte er sich noch einmal um und sagte mit gespieltem Ernst: »Denkt daran, es muß *Bei Sonne, Mond und Sternen und den Goldenen Äpfeln der Sonne* heißen!«

{19. KAPITEL}

Die Beeren, die einen gnädigen Tod schenken

Meister Nathan schritt bis spät in die Nacht in seinem Rauchzimmer auf und ab. Er versuchte, die Trennwand der trockenen Worte des Gesetzes und der lebendigeren, wenn auch weniger verläßlichen Worte von Frau Efeus Erinnerung zu durchdringen und bis zu der alten Bauerntragödie vorzustoßen – so, wie sie aufgeführt worden war, bevor die Geier der Zeit nur noch mürbe Knochen zurückgelassen hatten.

Er war überzeugt, daß Frau Efeus Darstellung richtig war – in Grenzen. Der Bauer war vergiftet worden, allerdings nicht mit Weiden. Womit dann? Und welche Rolle hatte Fuchsläufer alias Endymion Lear gespielt? Selbstredend befriedigte es seine Eitelkeit, daß sich seine instinktive Gleichsetzung der beiden als richtig erwiesen hatte. Aber welche Qual wäre es, wenn diese Geschichte eines Toten nur ein undeutliches Flüstern bliebe, so leise, daß das Ohr des Gesetzes es nicht hören könnte!

Auf seinem Tisch lag der Pantoffel, den Meister Ambrosius im Spott für nützlich erklärt hatte. Er nahm ihn in die Hand und betrachtete ihn gedankenverloren. Ambrosius hatte erzählt, daß Endymion Lear bei seinem Anblick zusammengezuckt sei und daß der Grund dafür offen zutage liege. Doch diese purpurfarbenen Erdbeeren sahen nicht wie Feenfrüchte aus. Meister Nathan war mit dem Aussehen der Früchte in letzter Zeit nur allzu vertraut geworden. Er hätte sie augenblicklich erkannt, welcher Sorte sie auch angehören mochten. Obwohl er noch nie Beeren wie diese gesehen hatte, war er sich doch sicher, daß sie nicht im Feenland gediehen.

Er trat an seinen Bücherschrank und nahm einen in Pergament gebundenen großen Folianten heraus – ein uraltes illustriertes Pflanzenbuch aus Dorimare.

Anfangs blätterte er die Seiten etwas lustlos um, als erwarte er eigentlich nicht, etwas Nützliches zu finden. Dann stieß er unvermittelt auf eine Abbildung, unter der *Die Beeren, die einen gnädigen Tod schenken* stand. Er stieß einen leisen Pfiff der Überraschung aus, griff nach dem Pantoffel und legte ihn neben das Bild. Die gemalten Beeren und die aufgestickten sahen sich völlig gleich.

Auf der gegenüberliegenden Seite wurden die Beeren in einer Sprache beschrieben, die ein Literaturkenner ohne Zögern der Epoche Herzog Aubreys zugeordnet hätte. Der Abschnitt lautete folgendermaßen:

Die Beeren, die einen gnädigen Tod schenken

Diese Beeren sind weinfarben und kriechen am Boden entlang. Ihre Blätter gleichen denjenigen von Walderdbeeren. Sie reifen während des ersten Viertels des Herbstmonds und finden sich nur in bestimmten Tälern im Westen, und selbst dort gedeihen sie spärlich. Eingedenk der Vögel und Kinder – und anderer unbesonnener Liebhaber von Früchten – ist das nur gut so, denn sie enthalten ein tödliches und heimtückisches Gift, das erst mit großer Verzögerung wirkt und oft viele Tage lang im Blut schlummert. Dann äußert sich das Gift in einem Jucken auf der Haut, während sich die Zunge, wie zur Strafe für die Lügen, die sie erzählt hat, mit schwarzen Punkten überzieht, so daß sie der Flügeldecke eines Marienkäfers gleicht. Doch das ist nur eine Warnung an das Opfer, dessen Ende naht. Sofern böse Dinge jemals an seligen Tugenden Anteil haben, können wir sagen, daß diese Beere auf gnädige Weise grausam ist, denn sie erspart ihren Opfern jegliches Rülpsen und Würgen, brennende

Körpersäfte und quälende Koliken. Kurz vor ihrem Ende werden sie von einer angenehmen Müdigkeit überwältigt, woraufhin sie in einen friedlichen Schlaf fallen, der ihr letzter ist. Und nun möchte ich Euch ein Rezept verraten. Sofern keine Sünden auf Eurem Gewissen lasten, Ihr im Frieden mit den Lebenden und den Toten lebt, weder ein Rotkehlchen getötet noch ein Waisenkind bestohlen oder den Schlupfwinkel eines Traums zerstört habt, mag es Euch als Gegengift zu diesen Beeren dienen oder auch nicht. Das Rezept lautet also: Nehmt einen Schoppen Salatöl und gießt es in eine Glasflasche, die Ihr zuvor mit Rosenwasser und Buttergoldwasser von Pflanzen aus dem Westen ausgewaschen habt. Schüttelt das Gefäß, bis das Öl weiß aufschäumt; gießt es in ein Glas und gebt die Knospen von Pfingstrosen hinein, Buttergoldblüten und die Blüten und Spitzen von Feldthymian. Der Thymian muß am Hang eines Hügels gepflückt worden sein, auf dem, wie es heißt, die Feen tanzen.

Meister Nathan legte das Buch auf den Tisch, und seine Augen wirkten eher ängstlich als erfreut. Etwas Unheimliches lag in der stummen Sprache, in der die Toten ihre Geschichten erzählten. Verschmitzt und boshaft wurde diese Sprache auf das Gitterleinen alter Jungfern gestickt oder in uralten Büchern versteckt, die lange vor ihrer Geburt geschrieben worden waren. Warum waren seine Ohren so auf diese stumme Sprache eingestimmt?

Für Meister Nathan hatte der alte Kräuterkundige einen Mörder beschrieben, spitzfindig und unheilvoll. Er hatte finstere Taten mit seinem gnädigen Blick in milderem Licht erscheinen lassen: ein Mörder, dessen blutige Hände den körperlich Kranken Linderung versprachen und dessen Stimme lastenden Gedanken Ruhe bringen konnten. Darüber hinaus hatte der Kräutersammler, eingedenk dessen, was Meister Nathan schon wußte, eine Geschichte erzählt. Eine jähzornige, grausame, rücksichtslose Frau hatte den Wunsch verspürt, sich mit den erstbesten Mitteln eines Feindes zu entledigen – mit Weiden, deren Saft einen qualvollen Tod zur Folge hatte. Ihr besonnener, wenn auch mordgieriger Geliebter nahm ihr die Weiden weg und gab ihr statt dessen die Beeren, die einen gnädigen Tod spendeten.

Der Kräuterkundige hatte ohne den geringsten Zweifel bewiesen, daß Endymion Lear der Bösewicht der Geschichte war.

Aber wie sollte Meister Nathan die Toten dazu bringen, ihre Geschichte so laut zu erzählen, daß sie an das Ohr des Gesetzes gelangte?

Auf jeden Fall mußte er Lud verlassen, und zwar schnell.

Warum sollte er nicht den Schauplatz jenes alten Dramas aufsuchen, den Hof der Witwe Schnadderatsch? Vielleicht traf er dort auf Augenzeugen, die eine Sprache sprachen, die von allen verstanden wurde.

Am nächsten Morgen ließ er sein Pferd satteln, packte das Nötigste in einen Beutel und erklärte Dame Liliengold, daß er im Augenblick nicht in Lud bleiben könne. »Und du«, sagte er, »solltest am besten zu Polidor ziehen. Zur Zeit bin ich der unbeliebteste Mann der Stadt, und es würde nicht schaden, wenn die Leute in dir Obachts Schwester und nicht Hahnenkamms Frau sähen.«

An jenem Morgen war Dame Liliengolds Gesicht sehr blaß, und ihre Augen funkelten. »Nichts wird mich dazu bringen«, sagte sie mit fester Stimme, »jemals wieder über die Schwelle von Polidors Haus zu treten. Ich werde ihm nie verzeihen, wie er dich behandelt hat. Nein, ich werde hierbleiben – in *deinem* Haus. Um mich«, fügte sie mit einem spöttischen Lächeln hinzu, »mußt du dir keine Sorgen machen. Bisher habe ich noch keinen Angehörigen der niederen Schicht getroffen, der es mit unseresgleichen aufnehmen konnte. Die werfen sich so bereitwillig in den Staub wie ein Hund. Vor dem Pöbel habe ich keine Angst noch vor jeglicher Unbill, die er mir antun könnte.«

Meister Nathan kicherte. »Bei Sonne, Mond und Sternen!« rief er stolz. »Du bist von altem Schrot und Korn, Liliengold!«

»Nun ja, bleib nicht zu lange fort, Nat«, sagte sie. »Sonst kommst du zurück, und ich bin wie alle anderen verrückt geworden und tanze so wild wie Mutter Schwips und singe Lieder über Herzog Aubrey!« Und sie schenkte ihm ihr reizendes schiefes Lächeln.

Dann ging Meister Nathan hinauf, um der alten Hanfchen Lebewohl zu sagen.

»Ach, Hanfchen«, rief er fröhlich, »Lud wird mir zu heiß! Ich werde mir meinen Beutel über den Rücken werfen und mein Glück woanders suchen, wie der jüngste Sohn in unseren alten Geschichten. Wünschst du mir Glück?«

Die alte Frau sah ihn an, und in ihren Augen standen Tränen. Dann lächelte sie und rief: »Na, so was, Meister Nat! Ich kann mich nicht erinnern, Euch so unbekümmert gesehen zu haben, seit Ihr ein kleiner Junge wart! Was sind das doch für sonderbare Zeiten, wenn ein Hahnenkamm aus Lud-in-den-Nebeln gejagt wird! Wie gern würde ich diesen Obachts und dem ganzen Rest meine Meinung sagen!« Ihre alten Augen blitzten. »Aber laßt Euch nicht entmutigen, und vergeßt nie, daß die Hahnenkamms schon immer in Lud-in-den-Nebeln gelebt haben, und das wird sich auch nicht ändern! Allerdings weiß ich nicht, wie Ihr mit nur drei Paar Strümpfen zurechtkommen wollt und niemandem, der sie Euch stopft.«

»Ach was, Hanfchen«, lachte Meister Nathan. »Es heißt, daß die Feen über äußerst flinke Finger verfügen. Wer weiß, vielleicht gerate ich auf meinen Wanderungen an ein Feenweib, das mich versorgt.« Das verbotene Wort kam ihm so leicht und unbeschwert über die Zunge, als würde er es jeden Tag benutzen.

Etwa eine Stunde, nachdem Meister Nathan davongeritten war, traf Lukas Hanfling am Haus ein. Er blickte wild drein, wirkte arg zerzaust und brachte überraschende Neuigkeiten. Aber es war unmöglich, sie Meister Nathan mitzuteilen, denn er hatte sein Reiseziel für sich behalten.

20. KAPITEL
Kühe blicken auf

In der Zeit, die zwischen seinen beiden Briefen – an Hanfchen und an Meister Nathan – verstrichen war, gelangte Lukas zu der Überzeugung, daß sein unbestimmter Argwohn grundlos gewesen war. Die Tage auf der Farm schwirrten mit dem beruhigenden Summen sommerlicher Insekten an ihm vorbei, und Ranulph wurde immer fröhlicher und braungebrannter.

Mit Einbruch des Herbstes wirkte Ranulph jedoch zunehmend matter, und schließlich hörte Lukas zufällig jenes sonderbare Gespräch mit, von dem er Meister Nathan in seinem Brief berichtet hatte. Erneut wurde ihm das Gehöft verhaßt, und er folgte Ranulph, als sei er sein Schatten, und zählte die Stunden, bis die Anweisung von Meister Nathan eintraf, daß sie nach Lud zurückkehren sollten.

Vielleicht erinnert Ihr Euch daran, daß Ranulph am ersten Abend auf dem Gehöft mit den Kindern gehen wollte, die nachts auf die Kühe der Witwe achtgaben. Anscheinend war das nicht mehr als eine vorübergehende Laune gewesen, denn er hatte den Wunsch kein weiteres Mal geäußert.

Und dann, als der Juni zu Ende ging – genaugenommen am Sankt-Johannis-Tag –, hatte die Witwe ihn gefragt, ob er nicht die kleinen Hirten begleiten wolle. Gegen Abend hatte jedoch ein steter Regen eingesetzt, und der Plan war fallengelassen worden.

Bis Ende Oktober kam niemand mehr darauf zu sprechen, erst wieder drei oder vier Tage, bevor Meister Nathan Lud verließ. Im Westen war der Herbst ausgesprochen milde gewesen, die Nächte waren eher frisch als kalt, und als die kleinen Jungen an jenem Abend an die Tür klopften, um Brot und Käse zu holen, machte sich die Witwe in schelmischem Ton über Ranulph lustig – er stamme eben aus der Stadt und habe noch nie eine Nacht unter freiem Himmel verbracht.

»Warum begleitet Ihr die kleinen Hirten nicht einfach heute nacht? Das wolltet Ihr doch, als Ihr hierhergekommen seid, und der Herr Doktor hat gesagt, es würde Euch durchaus nicht schaden.«

Lukas fühlte sich an jenem Abend ganz besonders niedergeschlagen. Auf seinen Brief an Meister Nathan hatte er keine Antwort erhalten, obwohl er ihn vor gut einer Woche geschrieben hatte. Er kam sich verlassen vor, und auf ihm lastete eine Verantwortung, die für seine Schultern zu schwer war. Er würde dieses Gewicht sicherlich nicht noch erhöhen und Ranulph gestatten, das Risiko einzugehen, sich eine schlimme Erkältung zu holen. Außerdem nahm er jeden Vorschlag der Witwe mit Mißtrauen auf.

»Meister Ranulph«, rief er aufgeregt, »das kann ich nicht zulassen! Seiner Hochwürden und meinem alten Tantchen gefiele das gar nicht, so feucht, wie es nachts immer wird. Nein, Meister Ranulph, seid ein braver Kerl, und geht ins Bett wie sonst auch.«

Während er sprach, bemerkte er aus den Augenwinkeln, daß Hasel ihm – fast unmerklich – aufmunternd zunickte.

Die Witwe dagegen rief mit lautem, spöttischem Lachen: »Zu feucht, sagt er! Seit vier Wochen hat es keinen Tropfen mehr geregnet! Laßt Euch nicht so sehr verhätscheln, Meister Ranulph. Der junge Hanfling ist nur ein altes Weib in Kniehosen. Er ist genauso schlimm wie meine Hasel. Ich sage immer: Wenn sie als alte Jungfer stirbt, liegt das daran, daß sie schon als solche geboren wurde!«

Hasel schwieg, aber sie warf Lukas einen beschwörenden Blick zu.

Doch Ranulph war, fürchte ich, ein äußerst verwöhnter kleiner Junge, und es machte ihm großen Spaß, Lukas zu ärgern. Und so sprang er auf und ab und rief: »Alte Jungfer Hanfling! Alte Jungfer Hanfling! Ich gehe mit – damit du es nur weißt!«

»So ist es recht, junger Herr!« lachte die Witwe. »Ihr werdet ein Mann sein, noch bevor ich es bin.«

Und die drei kleinen Hirten, die dem Treiben mit schüchternem Vergnügen zugeschaut hatten, grinsten von einem Ohr zum anderen.

»Dann macht eben, was Ihr wollt«, sagte Lukas mürrisch, »aber ich werde mitkommen. Und Ihr müßt Euch auf jeden Fall so warm wie möglich anziehen.«

Sie stiegen hinauf, schlüpften in ihre Stiefel und warfen sich ihre Schals über.

Als sie wieder herunterkamen, gab Hasel ihnen mit gerunzelter Stirn ihre Rationen Käse, Brot und Honig. Dann sah sie sich verstohlen nach der Witwe um, die ihr gerade den Rükken zudrehte und mit den kleinen Hirten sprach, und steckte Lukas zwei Fenchelzweige zu. »Versucht Meister Ranulph dazu zu bewegen, einen anzustecken«, flüsterte sie.

Das war nicht unbedingt beruhigend. Aber wie soll ein Hilfsgärtner, der noch keine achtzehn Jahre alt ist, den verzogenen Sohn seines Herrn im Zaum halten – besonders wenn eine willensstarke ältere Frau ihr Gewicht in die Waagschale wirft?

»Also gut«, sagte die Witwe übereifrig, »es ist höchste Zeit, daß Ihr loszieht. Ihr habt eine gute Wegstunde vor Euch.«

»Ja, ja, laßt uns aufbrechen!« rief Ranulph aufgeregt. Lukas spürte, daß es zwecklos gewesen wäre, weitere Einwände zu erheben, und so stürzte die kleine Kavalkade in die mondhelle Nacht hinaus.

Die Welt war wunderschön anzusehen. An einem Ende der

Skala der Dunkelheit standen Kiefern wie schwere schwarze Schatten, am anderen Ende die Gebäude des Hofes wie weiß schimmernde menschliche Masken. Zwischen diesen beiden Extremen lagen die unterschiedlichsten Grauschattierungen, die glitzernde Scheck, die eher weiß als grau wirkte, und die verschiedenen Bäume: Platanen, Korkeichen, Olivenbäume – fast hätte man ihr Laubwerk an der geringeren oder größeren Dichte erkennen können.

Stumm trotteten sie weiter, den Lauf der Scheck entlang. Lukas war zu besorgt und zu verletzt, um zu reden. Ranulph war zu sehr in seine Träume versunken, und die kleinen Hirten waren viel zu schüchtern.

Im Tal gab es nur holprige Viehpfade, die schon bei Tag anstrengend zu gehen waren, bei Nacht um so mehr. Bevor sie noch die Hälfte des Weges geschafft hatten, blieb Ranulph zurück.

»Würdet Ihr Euch gern etwas ausruhen und dann umkehren?« fragte Lukas.

Doch Ranulph schüttelte nur verächtlich den Kopf und schritt schneller aus.

Auch gestattete er sich nicht, noch einmal zurückzufallen, bevor sie ihr Ziel erreicht hatten: eine kleine Oase üppigen Weidelands, das sich bereits auf ansteigendem Boden befand, von den Bergen jedoch noch eine knappe halbe Wegstunde entfernt lag.

Vor Ort – in ihrem eigenen kleinen Königreich – wurden die jungen Hirten etwas lebhafter und natürlicher. Sie lachten, unterhielten sich mit Ranulph und machten sich daran, die Lücken auszubessern, die vom Wind während der letzten zwölf Stunden in ihre Hütten gerissen worden waren. Dann mußten Holz gesammelt und ein Feuer angezündet werden – und Ranulph stürzte sich mit unbekümmerter, wenn auch etwas fieberhafter Energie auf diese Aufgaben.

Schließlich richteten sie sich auf ihre lange Wache ein. Sie kauerten am Feuer und lachten aus reiner Abenteuerlust, wie es einem rechten Kämpen ansteht. Denn marschierten da nicht gut acht Stunden auf sie zu, ausgestattet mit allen nur denkbaren Waffen aus dem Arsenal von Tag und Nacht?

Das Vieh kauerte in weichen, schattenhaften Gruppen um sie herum und träumte mit weit offenen Augen. Der schmale Farbstreifen, den das Feuer warf, glich dem Planeten Erde – ein unerwarteter kleiner Lichtpunkt in einem Universum undurchdringlicher Schatten.

Da bemerkte Lukas plötzlich, daß alle drei kleinen Hirten – wie er auch – einen Fenchelzweig angesteckt hatten.

»Na so was! Warum tragt ihr jungen Kerle denn Fenchel?« platzte es aus ihm heraus.

Sie sahen ihn erstaunt an.

»Aber Ihr tragt doch selbst einen, Meister Hanfling«, entgegnete Tobias, der Älteste.

»Ich weiß«, sagte er und konnte nicht widerstehen, in beiläufigem Tonfall hinzuzufügen: »Eine junge Dame hat ihn mir geschenkt. Aber tragt ihr in dieser Gegend immer einen?« fügte er hinzu.

»In *dieser* Nacht immer«, sagten die Kinder. Als Lukas verwundert dreinblickte, rief Tobias voller Überraschung: »Tragt Ihr in Lud in der letzten Oktobernacht keinen Fenchel?«

»Nein, keineswegs«, erwiderte Lukas etwas verärgert. »Und ich wüßte gern, warum wir das tun sollten.«

»Aber«, rief Tobias mit empörter Stimme, »heute ist doch die Nacht, in der das Stumme Volk – die Toten – nach Dorimare zurückkehrt.«

Ranulph blickte unvermittelt auf. Lukas dagegen sah nur mißmutig drein. Er hatte die Nase gestrichen voll von diesem westlichen Aberglauben, und außerdem hatte er Angst. Er löste den zweiten Fenchelzweig, den Hasel ihm gegeben hatte, aus seinem Knopfloch, hielt ihn Ranulph entgegen und sagte: »Hier, Meister Ranulph! Steckt Euch das unter Euer Hutband oder sonstwohin.«

Doch Ranulph schüttelte den Kopf. »Ich möchte keinen

Fenchel, vielen Dank, Lukas«, sagte er. »Und ich habe keine Angst.«

Die Kinder betrachteten ihn mit halb bestürzter Bewunderung, und Lukas seufzte bedrückt.

»Keine Angst vor … dem Stummen Volk?« wollte Tobias wissen.

»Nein«, antwortete Ranulph knapp. Und dann fügte er hinzu: »Zumindest heute nacht nicht.«

»Ich möchte wetten, daß die Witwe Schnadderatsch auch keinen Fenchel trägt«, sagte darauf Lukas mit einem trockenen Lachen.

Die Kinder wechselten eigenartige Blicke und fingen zu kichern an. Das weckte Lukas' Neugier. »Also gut, heraus damit! Warum trägt die Witwe Schnadderatsch keinen Fenchel?«

Doch zur Antwort stießen sie einander nur an und kicherten hinter vorgehaltener Hand.

Dabei wollte es Lukas nicht bewenden lassen. »Hört zu, ihr Bantamhühner«, rief er, »vergeßt nicht, daß ihr den Sohn des Großseneschalls vor euch habt, und wenn ihr etwas über die Witwe wißt, das … nun, das irgendwie verdächtig ist, dann ist es eure Pflicht, mir dies mitzuteilen. Andernfalls findet ihr euch eines Tages im Gefängnis wieder. Also spuckt es aus!« Er starrte sie so zornig an, wie seine gutmütigen kobaltblauen Augen es ihm gestatteten.

Allmählich schienen sie Angst zu bekommen. »Aber die Witwe weiß doch nicht, daß wir etwas gesehen haben … Wenn sie das herausfände und daß wir geplappert haben, oje! Da würden wir aber etwas erleben!« rief Tobias. Seine Augen wurden allein schon bei dem Gedanken vor Entsetzen kugelrund.

»Nein, euch wird nichts geschehen, ich gebe euch mein Wort«, sagte Lukas. »Wenn ihr wirklich etwas wißt, das erzählenswert wäre, wird der Großseneschall euch dankbar sein, und jeder einzelne von euch wird mehr Geld in seinen

Taschen haben als eure drei Väter in ihrem ganzen Leben zusammengenommen. Für den Anfang könnt ihr um dieses Messer knobeln – wenn ihr mir erzählt, was ihr wißt. In ganz Lud gibt es kein schärferes.« Und er fuchtelte vor ihren geblendeten Augen mit seinem größten Schatz herum: einem wundervollen Messer mit sechs Klingen, das Meister Nathan – der ihn schon immer gemocht hatte – ihm anläßlich eines Wintersonnenwendfests geschenkt hatte. Beim Anblick dieses Wunders an Messerschmiedehandwerk stellte sich heraus, daß die kleinen Jungs durchaus bestechlich waren, und mit einer Stimme, kaum lauter als ein Flüstern, und begleitet von häufigen ängstlichen Blicken über die Schulter hinweg, als würde die Witwe in den Schatten lauern und lauschen, erzählten sie ihre Geschichte.

Eines Nachts, kurz vor Tagesanbruch, wurde eine Kuh, die aufgrund ihres ungewöhnlich blauen Fells Kornblume genannt wurde und erst kürzlich zur Herde gekommen war, plötzlich unruhig und fing an zu muhen – jenes sonderbare *Muhen* blauer Kühe, das wie das Gurren einer Taube klingt. Dann erhob sie sich und trottete in die Dunkelheit davon. Nun, Kornblume war eine äußerst wertvolle Kuh, und die Witwe hatte ihnen eingeschärft, gut auf sie aufzupassen. Also ließ Tobias die anderen bei der Herde zurück und flitzte hinter Kornblume her in die sich lichtende Dunkelheit. Obwohl sie einen ordentlichen Vorsprung hatte, folgte er dem Läuten ihrer Glocken und blieb ihr auf der Spur. Schließlich holte er sie ein: Sie stand am Ufer der Scheck, die Schnauze im Wasser. Er näherte sich ihr und sah, daß sie die Zähne in einen Gegenstand geschlagen hatte, der sich unterhalb der Wasseroberfläche befand. Aufgeregt zerrte sie daran. Und wer kam in diesem Augenblick auf einem Wagen angefahren, wenn nicht die Witwe und Endymion Lear? Es schien sie sehr zu ärgern, Tobias hier anzutreffen, aber sie halfen ihm, Kornblume vom Wasser wegzuziehen. Strohhalme hingen ihr aus dem Mund, mit Saft von einer Farbe befleckt, die Tobias noch nie gesehen hatte. Die Witwe schickte ihn zu seinen Gefährten zurück und sagte, sie werde Kornblume am Morgen selbst zur Herde zurücktreiben. Als Erklärung für ihr plötzliches Auftauchen behauptete sie, sie wolle versuchen, zusammen mit dem Doktor einen äußerst seltenen Fisch zu fangen, der nur eine Stunde vor Sonnenaufgang zur Wasseroberfläche aufstieg. »Aber Ihr müßt wissen«, fuhr Tobias fort, »daß mein Vater ein erfahrener Angler ist und mich oft mitnimmt, doch von diesem Fisch in der Scheck, der nur vor Sonnenaufgang gefangen werden kann, hat er noch nie etwas erzählt. Da dachte ich mir, den würde ich mir doch gern anschauen. Also bin ich nicht sofort zu den anderen zurückgekehrt, sondern habe mich zwischen den Bäumen versteckt. Sie haben Netze aus dem Wagen geholt, aber sie haben darin keine Fische an Land gezogen … wirklich nicht.« Plötzlich wurde er verlegen, und er und seine beiden kleinen Freunde fingen an zu kichern.

»Heraus damit!« rief Lukas ungeduldig. »*Was* befand sich in ihren Netzen? Wenn du nur die halbe Geschichte erzählst, bekommst du kein Messer, kapiert?«

»Erzähl du, Dorian«, sagte Tobias schüchtern und stieß den ältesten Jungen an. Aber auch Dorian kicherte nur und ließ verschämt den Kopf hängen.

»Mir macht es nichts aus, es auszusprechen!« rief Peter, der Jüngste, tapfer. »Es waren *Feenfrüchte* – und nichts anderes!«

Lukas sprang auf. »Dicke Berta!« rief er mit entsetzter Stimme aus.

Ranulph lachte leise in sich hinein. »Hast du nicht von Anfang an erraten, worum es sich handeln würde, Lukas?« fragte er.

»Ja«, fuhr Peter fort, der von der Wirkung seiner Worte ganz begeistert war. »Es waren Weidenkörbe voller Feenfrüchte. Ganz sicher, Kornblume hat von einem den Deckel heruntergerissen.«

»Genau«, fiel ihm Tobias ins Wort – Peter hatte sich genug

mit fremden Federn geschmückt. »Sie hat den Deckel von einem Korb gerissen, und solche Früchte habe ich noch nie gesehen. Es sah aus, als wären bunte Sterne vom Himmel ins Gras gefallen und als würde es im ganzen Tal heller. Kornblume fraß, als wolle sie nie wieder damit aufhören ... sie wirkte eher wie eine Biene auf einer Blüte als wie eine gewöhnliche Kuh. Die Witwe und der Doktor waren natürlich ungehalten, aber sie mußten auch lachen, als sie das sahen. Und ihre Milch am nächsten Morgen – du liebe Güte! Sie schmeckte nach Rosen und Feldthymian. Aber sie kehrte nicht mehr zur Herde zurück, die Witwe hat sie an einen Bauern verkauft, der viele Wegstunden entfernt wohnt, und ...«

Lukas konnte sich jedoch nicht länger zurückhalten. »Ihr Schlingel!« rief er. »In Lud ist die Hölle los, der Magistrat und die Stadtwache zerbrechen sich den Kopf darüber, wie das Zeug über die Grenzen gelangt, und drei kleine Bantamhühner wie ihr wissen Bescheid und sagen kein Sterbenswörtchen! Warum habt ihr das für euch behalten?«

»Wir hatten Angst vor der Witwe«, sagte Tobias verlegen. »Ihr sagt ihr doch nicht, daß wir gepetzt haben?« fügte er flehentlich hinzu.

»Nein. Ich werde dafür sorgen, daß ihr keinen Ärger bekommt«, sagte Lukas. »Hier ist das Messer... und eine Münze, die ihr werfen könnt ... Sapperlot noch mal! An einen netten Ort sind wir hier geraten! Tobias, bist du dir sicher, daß du Doktor Lear gesehen hast?«

Tobias nickte entschieden. »Ja! Das war Doktor Lear, ganz sicher – meine Hand darauf.« Und er streckte Lukas seine kleine braune Hand entgegen.

»Na, so was! *Doktor Lear!*« rief Lukas, und Ranulph stieß ein leises, spöttisches Lachen aus.

Lukas verfiel in tiefes Grübeln. Er war überrascht und entrüstet, doch er freute sich auch an der Vorstellung, durch Lud zu stolzieren und von allen gelobt zu werden, weil er die Schmuggler aufgestöbert hatte. War es im Licht von Tobias'

Erzählung nicht auch möglich, daß der Fremde, dessen geheimnisvolles Gespräch mit der Witwe er belauscht hatte, kein anderer als der beliebte, freundliche Arzt war: Endymion Lear? Fast schien es unglaublich.

Eine Sache hatte er sich jedoch vorgenommen – dieses eine Mal würde er sich durchsetzen. Ranulph durfte keine einzige weitere Nacht auf dem Gehöft der Witwe Schnadderatsch verbringen.

Tobias gewann beim Münzenwerfen und steckte das Messer mit einem zufriedenen Grinsen ein. Nach und nach wurde die Unterhaltung ebenso spärlich wie der flackernde Schein des verglühenden Feuers – sie waren zu träge, es weiter mit Zweigen zu unterhalten. Schließlich wurde es schweigend gelöscht, und sie gaben sich der merkwürdigen Schlaftrunkenheit hin, die sich einstellt, wenn man nachts im Freien lange aufbleibt.

Die Erde schien an den Himmel versetzt worden zu sein. Sie waren im Chaos zurückgelassen worden und blickten zu ihren Städten, Geschöpfen und Helden empor, die zu Konstellationen ausgebreitet dalagen und den getupften Bildern in einer Steinzeithöhle glichen. Die Milchstraße war der einzige sichtbare Pfad im ganzen Universum.

Dann und wann ließ eine Kröte ihre silberhelle Stimme erklingen, und von Zeit zu Zeit erhob sich eine leichte Brise und legte sich wieder.

Unvermittelt unterbrach Ranulph das Schweigen mit der überraschenden Frage: »Wie weit ist es eigentlich von hier bis ins Feenland?«

Die Buben knufften einander und kicherten erneut hinter vorgehaltener Hand.

»Schämt Euch, Meister Ranulph!« rief Lukas empört. »So vor diesen jungen Kerlen zu reden!«

»Aber ich will es *wissen*!« sagte Ranulph bockig.

»Erzähl uns, was deine Großmutter immer gesagt hat, Dorian«, kicherte Tobias.

Und Dorian ließ sich schließlich überzeugen, das alte Sprichwort zu wiederholen: »Auf der großen Westlandstraße eintausend Wegstunden, auf der Milchstraße deren zehn.«

Ranulph sprang auf und rief: »Laßt uns einen Wettlauf zum Feenland veranstalten. Ich wette, daß ich als erster dort bin. Eins, zwei, drei – und *los*!«

Und er wäre tatsächlich in die Dunkelheit davongelaufen, hätten sich die Buben nicht halb bestürzt, halb bewundernd auf ihn geworfen und ihn zurückgezerrt.

»Heute nacht ist ein unheilstiftender Kobold in Euch gefahren, Meister Ranulph«, knurrte Lukas.

»Über so etwas macht man keine Witze... und schon gar nicht heute nacht, Meister Hahnenkamm«, tadelte Tobias in ernstem Tonfall.

»Da hast du recht, Tobias«, stimmte Lukas ihm zu. »Wenn er nur über halb soviel Verstand verfügen würde wie du!«

»Ihr habt nur etwas Spaß gemacht, oder, Meister Hahnenkamm? Ihr wolltet eigentlich nicht mit uns... dorthin um die Wette laufen?« fragte der kleine Peter und sah Ranulph durch die Finsternis mit ängstlichen Augen an.

»Natürlich hat er nur Spaß gemacht«, sagte Lukas.

Ranulph dagegen schwieg.

Erneut versanken sie in Schweigen. Um sie herum geschahen überall Dinge sonder Zahl, dem blinden, schweigsamen Gesetz der Natur folgend und ohne die Menschen zu beachten – im Gras, in den Bäumen, am Himmel.

Lukas gähnte und streckte sich. »Die Sonne muß bald aufgehen«, sagte er.

Sie hatten das gefährliche Mitternachtskap erfolgreich umschifft und waren guter Hoffnung, den Rest ihrer dunklen Reise sicher zu überstehen.

Es war die Stunde, in der Nachtwächter ihr Bett idealisieren und – wie Sancho Pansa – jenen Mann preisen, der es erfunden hat. Sie erschauderten und zogen sich die Mäntel enger um die Schulter.

Da geschah etwas. Nicht so sehr die Dunkelheit veränderte sich, eher glich es einem erleichterten Seufzen, einem geringfügigen Nachlassen der Spannung, so daß sie *spürten* – und nicht so sehr sahen –, daß die Nacht eine Winzigkeit von ihrer Dichte verloren hatte... ah! Ja, dort! Zwischen jenen beiden Hügeln verblutete sie.

Anfangs war der Himmel dort nur einen Hauch weniger schwarz. Dann wurde er grau, dann gelb, dann rot. Die Erde durchlief die gleiche Verwandlung. Auf dem schwarzen Gras wurden hier und dort graue Flecken sichtbar, und nach ein paar Augenblicken war zu erkennen, daß es sich dabei um Blumengruppen handelte. Dann schimmerte allmählich ein zartes Meeresgrün durch das Grau. Als nächstes stellte sich heraus, daß das Graugrün von Laubwerk gebildet wurde, vor dem sich langsam die Blüten abzeichneten – erst weiß, dann rosa, gelb oder blau. Das Gelb glich jedoch dem der Primeln, und das Blau wirkte wie das von wildem Immergrün, dessen Farbe schwer zu bestimmen war, so daß es den Anschein hatte, als sei sie durch eine optische Täuschung entstanden, und hätte man die Blumen gepflückt, dann hätte sich herausgestellt, daß sie ganz und gar weiß waren.

Ach, jetzt konnte kein Zweifel mehr daran bestehen! Die Blau- und Gelbtöne waren echt und hatten Bestand. Farben flossen gleichmäßig durch die Adern der Erde, und wir konnten Mut fassen, denn sie würde bald wieder zum Leben erweckt. Hätten wir jedoch weiterhin ein Auge himmelwärts gerichtet, wäre uns aufgefallen, daß mit jeder Blume, die sich auf der Erde wieder zeigte, ein Stern ausgelöscht würde.

Und jetzt leuchtete das Tal wieder vor roten und goldenen Weinbergen, die Berge waren von Kiefern bedeckt, und die Scheck hatte rosige Wangen.

Dann krähte ein Hahn, und ein anderer gab ihm Antwort, und noch einer – ein gespenstisches Geräusch, das bestimmt nicht auf diese lächelnde, triumphierende Erde gehörte, sondern zu einem fernen, sterbenden Stern.

Aber was war in Ranulph gefahren? Er war aufgesprungen und stand reglos da, ein sonderbares Leuchten in den Augen.

Da ertönte erneut, scheinbar von einem noch ferneren Stern, das Krähen eines Hahns, und ein anderer antwortete ihm gleich darauf.

»Der Flötenspieler! Der Flötenspieler!« rief Ranulph mit lauter, triumphierender Stimme. Und bevor seine überraschten Gefährten auf die Beine kamen, sauste er einen der Reitwege hinauf, den Umstrittenen Hügeln entgegen.

{21. KAPITEL}
Der alte Ziegenhirte

Einige Augenblicke lang standen sie wie versteinert da. Dann wurde Lukas von Panik ergriffen. Er rief den Buben zu, sie sollten bleiben, wo sie waren, und rannte Ranulph hinterher.

Er hastete den Pfad hinauf und brüllte Ranulph von Zeit zu Zeit wütend nach, er solle zurückkommen, aber die Entfernung zwischen ihnen wurde immer größer.

Die Ohren dröhnten Lukas, sein Gehirn fing Feuer, und er schien jeden Sinn für die Wirklichkeit zu verlieren – er rannte nicht auf der Erde, sondern durch die luftlosen Wüsten des Weltraums.

Er hätte nicht sagen können, wie lange er sich vorwärtsgekämpft hatte, denn wer sehr schnell läuft, läßt die Zeit ebenso hinter sich wie den Raum. Schließlich konnte er nicht mehr und fiel atemlos und erschöpft zu Boden.

Als er sich hinreichend erholt hatte, um wieder aufzubrechen, war der schrumpfenden Fleck, als den er Ranulph gesehen hatte, endgültig verschwunden.

Der arme Lukas fing an zu fluchen – über Ranulph wie über sich selbst.

In diesem Augenblick hörte er das Gebimmel von Glocken, und den Reitpfad herunter kamen eine Ziegenherde und ein uralter Hirte – jedenfalls nach seinem gebeugten Gang zu urteilen, denn sein Gesicht war unter einer Kapuze verborgen.

Als er bei Lukas angelangt war, blieb er stehen, stützte sich schwer auf seinen Stock und blickte ihn unter seiner Kapuze hervor aus ungewöhnlich strahlenden Augen an.

»Ihr seid schnell gelaufen, junger Herr, wenn ich mich nicht täusche«, sagte er mit zitternder Stimme. »Ihr seid schon der zweite, den ich heute morgen laufen sehe.«

»Der zweite!« rief Lukas aufgeregt. »War der andere ein kleiner Kerl von zwölf Jahren, mit roten Haaren und einem mit Gold eingefaßten Lederwams?«

»Nun, rote Haare hatte er, ohne Zweifel, aber sein Wams ...« Da wurde er von einem heftigen Hustenanfall heimgesucht, und Lukas mußte seine ganze Geduld aufwenden, um ihn nicht an den Schultern zu packen und durchzuschütteln.

»Aber sein Wams – meine Augen sind nicht mehr so scharf, wie sie es einmal waren ...«

»Ach, vergeßt doch das Wams!« rief Lukas. »Habt Ihr mit ihm geredet?«

»Aber das Wams – Ihr könnt doch einem alten Mann nicht einfach ins Wort fallen ... vielleicht war es grün, es könnte allerdings auch gelb gewesen sein. Aber Ihr seid sicher nicht hinter dem jungen Herrn her, den ich gesehen habe.«

»Woher wollt Ihr das wissen?«

»Nun ja, weil das der Sohn des Seneschalls war – und *ich* habe ihn gesehen«, erklärte der alte Mann stolz, als verliehe ihm diese Tatsache umgehend einen höheren Rang als Lukas.

»Aber ich *bin* hinter dem Sohn des Seneschalls her – hinter Meister Ranulph Hahnenkamm!« rief Lukas aufgeregt. »Wieviel Zeit ist vergangen, seit Ihr ihn gesehen habt? Ich *muß* ihn einfach einholen.«

»Das wird Euch nicht gelingen, zumindest nicht zu Fuß«, entgegnete der Ziegenhirt gelassen. »Der junge Herr mit seinem gelben Wams und seinen roten Haaren dürfte inzwischen schon fast in Mondgras angelangt sein.«

»In Mondgras?« Lukas starrte den Alten verblüfft an.

»Jawohl, in Mondgras, wo der Käse herkommt. Wißt Ihr, die Sache steht so: Ich bin Ziegenhirte im Dienste der Freisassen, die der Seneschall ausgesandt hat, um die Grenze im Auge zu behalten und um den ... na ja, Ihr wißt schon, zu verhindern. Und wer kommt vor einer halben Stunde mit seinem roten Wams und seinen grünen Haaren in ihr Lager gerannt, wenn nicht Euer junger Herr. ›Halt!‹ ruft der wachhabende Freisasse. ›Laßt mich passieren. Ich bin der junge Meister Hahnenkamm!‹ ruft der junge Herr. ›Und wohin seid Ihr des Weges?‹ ruft der Freisasse. ›Ins Feenland‹, erhält er zur Antwort. Was haben da alle gelacht! Daraufhin hat der Junge einen ordentlichen Wutanfall bekommen und gesagt, er reise ins Feenland, und niemand könne ihn aufhalten. Da haben sie natürlich nur noch lauter gelacht. Sie haben nicht zugelassen, daß er ins Feenland reist, der Schlingel ...« In diesem Augenblick wurde der alte Mann von einem Lachkrampf überwältigt, der einen weiteren Hustenanfall auslöste.

»Also, wie ich schon sagte«, fuhr er fort, nachdem er sich wieder gefangen hatte, »sie haben ihn nicht ins Feenland durchgelassen, aber sie haben versprochen, mit ihm dorthin zurückzureiten, woher er gekommen war. ›Nein, das werdet Ihr nicht‹, sagte er, ›mein Papa will nicht, daß ich dorthin zurückkehre.‹ Er hat einen Brief hervorgezogen, der vom Seneschall unterschrieben war und ihn aufforderte, den Hof der Witwe Schnadderatsch zu verlassen und sich geradewegs zum Bauern Quallengrün in Mondgras zu begeben. Also hat einer der Freisassen sein Pferd gesattelt, der junge Herr ist hinter ihm aufgestiegen, und sie sind in nordöstlicher Richtung nach Mondgras losgeritten, auf dem Viehpfad, der ungefähr auf halbem Weg zwischen Schwan und Mondgras auf die Landstraße trifft. Das wär's dann also, mein junger Freund.«

Vor Erleichterung warf Lukas seine Mütze in die Luft. »Der Schlingel!« rief er freudig. »Nicht zu fassen. Hat er mir doch glatt verschwiegen, daß er einen Brief von seinem Vater bekommen hat. Und ich warte seit drei Tagen darauf und bekomme Magengrimmen vor Sorgen, weil er nicht eintrifft! Und dann sagt er noch, daß er ein gewisses Land aufsuchen möchte! Die halbe Nacht lang hat er mich in Angst und Schrecken versetzt. Dank Euch, alter Herr, dank Euch von Herzen. Hier habt Ihr etwas, um auf das Wohl von Meister Ranulph Hahnenkamm zu trinken.« Als Lukas denselben Weg durchs Tal zurückging, den er gekommen war, war sein Herz so leicht wie das eines Vogels.

Aber was war das für ein leises Geräusch hinter ihm? Es klang verdächtig wie das *Ha, ha, ha*! des dreisten Ferdie Fetz, der für kurze Zeit als Stallbursche für Meister Hahnenkamm gearbeitet hatte.

Er hielt inne und sah sich um. Niemand war zu sehen, außer dem alten Ziegenhirten, der sich in der Ferne auf seinen Stock stützte. Was er gehört hatte, mochte ebensogut das ferne Läuten der Ziegenglocken gewesen sein.

Als er auf dem Bauernhof eintraf, fand er alle in heller Aufregung vor. Die kleinen Kerle hatten Hasel zu Tode erschreckt und ihre schlimmsten Befürchtungen bestätigt, als sie erzählten, daß »Meister Ranulph in die Berge davongerannt ist und Meister Hanfling ihm hinterher«.

»Großmutter!« rief Hasel und rang die Hände. »Wir müssen auf schnellstem Weg einen Boten zum Seneschall schicken!«

»Unsinn!« rief die Witwe zornig. »Kümmre dich um deinen eigenen Kram, Fräulein! Die Burschen werden gesund und wohlbehalten zu uns zurückgekehrt sein, bevor ein Bote Lud erreicht hätte. In die Berge, also wirklich! Dieser Lukas Hempen ist ein altes Weib. Meister Ranulph macht nur einen seiner Späße. Er wird sich hinter einem Baum verstecken und mit einem ›Buh!‹ hervorspringen. Ich habe noch nie erlebt, daß jemand soviel Aufhebens um nichts macht.« Und damit wandte sie sich an die Landarbeiter, die sich mit verängstigtem, aufgeregtem Blick um die Kinder scharten, und forderte sie auf, sich wieder an die Arbeit zu machen und sie nicht mehr mit solchem Unsinn zu belästigen.

Was sie sagte, klang vernünftig, doch Hasel konnte sie trotzdem nicht überzeugen. Ihr tiefes Mißtrauen gegenüber der Witwe war fast so alt wie sie selbst, und ihr Gefühl sagte ihr bereits seit einer ganzen Weile, daß die Witwe Ranulph feindselig gesinnt war.

Hasel vergaß nicht einen Augenblick lang, daß *sie* und nicht die Witwe die rechtmäßige Eigentümerin des Hofes war. Sollte sie dieses eine Mal ihren Willen durchsetzen, den Willen der Witwe mißachten, dem Gesetzeshüter der Gegend Bericht erstatten und einen Boten zu Meister Nathan Hahnenkamm schicken?

Doch wie jeder weiß, sind gesetzlich verankerte Rechte nur schwächliche Geschöpfe – mickrige kleine Prinzlein, die von ihren angeheirateten Onkeln, der Präjudiz und dem höheren Alter, eingeschüchtert werden.

Nein, sie mußte warten, bis sie volljährig oder verheiratet war oder ... Gab es denn keine Hoffnung, daß sich ihr Verhältnis zur Witwe ändern und der ungesunde Zustand mürrischer Sanftmut zerstört würde, der ihr den Willen geraubt und ihr Handeln vom rechten Weg abgebracht hatte, solange sie zurückdenken konnte?

Hasel ballte die Hände und biß die Zähne zusammen ... *Sie würde sich durchsetzen! – Jawohl!* ... Jetzt, gleich? Warum ihnen nicht – sagen wir – bis Mittag Zeit geben, um zurückzukehren? Ja, sie würde ihnen bis Mittag geben.

Doch vorher traf ein ziemlich betretener Lukas ein und beichtete, daß Meister Ranulph sie ordentlich zum Narren gehalten hatte.

»Fräulein Hasel, wenn Ihr mir denn einen Bissen richten und ein Pferd leihen würdet, werde ich dem jungen Bengel nach Mondgras folgen. Allein der Gedanke, daß er uns so leicht entwischt ist, ohne mir zu erzählen, daß er von seinem Vater gehört hat! Und ich habe jeden Tag auf einen Brief von Seiner Hochwürden gewartet, mit der Anweisung, sofort zurückzukommen, und ...«

Hasel hob die Augenbrauen. »Ihr habt auf einen Brief gewartet, der Euch gebot, uns zu verlassen? Warum das?«

Lukas wurde rot und murmelte etwas Unverständliches. Hasel starrte ihn einige Augenblicke lang schweigend an und murmelte: »Vermutlich war es klug von Euch, den Seneschall zu bitten, daß er Ranulph von hier wegholt.«

Er warf ihr einen verschmitzten Blick zu. »Ja... ich fürchte, dies ist nicht der richtige Ort für Meister Ranulph. Aber wenn Ihr mir die Kühnheit verzeiht, Fräulein, ich möchte Euch warnen – traut diesem Endymion Lear nicht über den Weg, und begleitet Eure Großmutter auf keinen Fall zum *Angeln*!«

»Habt Dank, Meister Hanfling, aber ich kann durchaus selbst auf mich aufpassen«, erwiderte Hasel hochmütig. Dann trat ein ängstlicher Blick in ihre Augen. »Ich hoffe – ach! Ich hoffe, daß Ihr Meister Ranulph gesund und wohlbehalten in Mondgras antrefft! Alles ist... so merkwürdig. Dieser alte Ziegenhirte – was meint Ihr, wer das war? In der Nähe der Elfenmarken trifft man seltsame Leute. Ihr laßt mich wissen, ob alles gut steht... oder?«

Lukas versprach es ihr. Hasels Worte hatten seine Stimmung gedämpft und alle Sorgen wieder in ihm wachgerufen. Trotz eines guten Pferds kamen ihm die fünf Wegstunden bis Mondgras wie eine Ewigkeit vor.

Aber ach! Auf Quallengrüns Hof war kein Ranulph anzutreffen. Zu Lukas' Erstaunen stellte sich jedoch heraus, daß der Bauer ihn erwartet hatte, denn er hatte vor einigen Tagen einen Brief von Meister Nathan erhalten, der davon auszugehen schien, daß sich sein Sohn bereits in Mondgras befand. Und so blieb Lukas nichts anderes übrig, als am nächsten Morgen schweren Herzens nach Lud aufzubrechen, wo er, wie wir gesehen haben, Meister Nathan nur um wenige Stunden verpaßte.

{22. KAPITEL}
Wer ist Portunus?

Ungefähr auf halbem Weg nach Schwan band Meister Nathan sein Pferd an einen Baum und legte sich schläfrig in den Schatten. Es war Mittag, und je weiter er nach Westen ritt, desto wärmer wurde es. Er hatte den Eindruck, als ritte er rückwärts durch die Monate.

Plötzlich wurde er von einem leisen, trockenen Lachen aufgeschreckt, und als er sich umsah, bemerkte er einen sonderbaren alten Mann mit ungewöhnlich strahlenden Augen, der neben ihm kauerte.

»Beim Hintern meiner Großtante, wer seid *Ihr* denn?« fragte Meister Nathan unwirsch.

Der alte Mann schloß die Augen, schluckte mehrmals und erwiderte:

»Wer seid Ihr? Wer bin ich?
Löst mein Rätsel und erkennet mich.«

Daraufhin stampfte er ungeduldig mit dem Fuß auf, als hätte er eigentlich etwas anderes sagen wollen.

›Ein übergeschnappter alter Bauer, nehme ich an‹, dachte Meister Nathan und schloß die Augen in der Hoffnung, der alte Kerl werde erkennen, daß ihm nicht nach Unterhaltung zumute war, und verschwinden.

Doch der unerwünschte Besucher kauerte weiter neben

ihm und rüttelte hin und wieder an seinem Ellbogen, was ausgesprochen unangenehm sein konnte, wenn man verschwitzt und müde war und ein Nickerchen machen wollte.

»Was tut Ihr da?« rief Meister Nathan verärgert.

»Ich melke blaue Schafe, ich sammle rote Blüten,
Ich werde die Geschichte toter Stunden hüten«,

erwiderte der alte Mann.

»Ach, wirklich? Nun, es wäre mir sehr recht, wenn Ihr jetzt auf der Stelle gehen und Eure roten Schafe melken würdet ... ich möchte schlafen.« Er zog sich den Hut tiefer über die Augen und tat so, als würde er schnarchen.

Doch plötzlich sprang er mit einem Schmerzensschrei auf – der alte Mann hatte ihn in den Bauch geknufft. Jetzt stand er da und blickte ihn aus seinen ungewöhnlich strahlenden Augen an, den Kopf leicht zur Seite geneigt.

»Macht das nicht noch einmal, alter Knabe!« rief Meister Nathan wütend. »Ihr seid ein Quälgeist, und was für einer. Warum könnt Ihr mich nicht in Ruhe lassen?«

Der alte Mann deutete lebhaft auf den Baum und stieß leise, unartikulierte Laute aus, als wäre ein Eichhörnchen oder ein Vogel mit einer Botschaft betraut worden, die sie nicht überbringen konnten.

Dann kroch er zu ihm heran, legte ihm den Mund ans Ohr und flüsterte: »Was ist das: ’s ist kein Baum und doch ein Baum, ein Mensch und doch kein Mensch? Wer ist stumm und verrät doch Geheimnisse, wer hat keine Arme und kann doch schlagen?«

Dann trat er ein paar Schritte zurück, als wolle er den Eindruck beobachten, den seine Worte hinterlassen hatten. Er stand da, rieb sich die Hände und kicherte vergnügt.

Ich muß wohl auf ihn eingehen, dachte Meister Nathan. Also sagte er freundlich: »Nun, und wie lautet die Lösung Eures Rätsels?«

Doch der alte Mann schien erneut die Fähigkeit verloren zu haben, Worte zu bilden, und konnte nur aufgeregt wiederholen: »Grab ... Grab ... Grab.«

»›Grab, Grab, Grab ...‹ Das ist also die Antwort, was? Nun, ich fürchte, daß ich nicht den ganzen Nachmittag hierbleiben und die Lösung Eurer Rätsel erraten kann. Wenn Ihr mir irgend etwas mitzuteilen habt, könntet Ihr Euch dann etwas klarer ausdrücken?«

Plötzlich mußte er an den alten Aberglauben denken, daß das Stumme Volk, wenn es nach Dorimare zurückkehrte, nur noch in Rätseln und gereimten Brocken sprechen konnte. Er sah den alten Mann forschend an. »Wer seid Ihr?« wollte er wissen.

Die Antwort war jedoch die gleiche wie zuvor: »Grab ... Grab ... Grab.«

»Versucht es noch einmal. Vielleicht fallen Euch die Worte nach einer Weile etwas leichter«, sagte Meister Nathan. »Ihr versucht, mir Euren Namen zu sagen.«

Der alte Mann schloß fest die Augen, holte tief Luft und brachte mit großer Anstrengung ganz langsam heraus: »Nutzt – Eure – Ge-le-gen-heit. Grab ... Grab. Por-tu-nus heiße ich.«

»Na also, habt Ihr doch noch die Worte gefunden. Ihr heißt also Portunus, was?«

Doch der alte Mann stampfte ungeduldig mit dem Fuß auf. »Arbeiter! Arbeiter!« rief er.

»Wollt Ihr für mich arbeiten, alter Knabe?« fragte Meister Nathan.

Doch der alte Mann schüttelte nur gereizt den Kopf. »Landarbeiter«, brachte er schließlich heraus. »Grab ... Grab.«

Und dann verfiel er in einen Knittelvers:

»Graben und forschen, forschen und graben,
Spannt die Stute vor des Bauers Wagen.«

Meister Nathan gab es schließlich auf, ihm einen verständlichen Satz zu entlocken, und band sein Pferd los. Als er jedoch aufsteigen wollte, griff der alte Mann nach dem Steigbügel, blickte flehend zu ihm auf und sagte: »Grab ... Grab ... Grab.« Meister Nathan war gezwungen, ihn mit einiger Grobheit abzuschütteln. Und selbst als er sich längst außer Sichtweite befand, hörte er aus der Ferne immer noch seine Stimme, die »Grab ... Grab« schrie.

»Wenn ich nur wüßte, was mir der alte Knabe mitteilen wollte«, sagte Meister Nathan zu sich selbst.

Am Morgen des darauffolgenden Tages kam er in dem Dorf Schwan-an-der-Scheck an.

Hier hatte das Drama des Herbstes gerade erst seinen herrlichen Höhepunkt erreicht, und die gelben und scharlachroten Bäume leuchteten in stiller Tatkraft gegen den unveränderlichen Chor der Kiefern, die sich dunkel vor dem Hintergrund der Berge abzeichneten.

»Bei den Goldenen Äpfeln des Westens!« murmelte Meister Nathan. »Ich hatte keine Ahnung, daß die verwünschten Berge so nahe sind. Was bin ich froh, daß Ranulph sich in Sicherheit befindet.«

Nachdem er den Weg zum Hof der Witwe Schnadderatsch erfragt hatte, folgte er der Landstraße in das Tal, das in seinen herbstlichen Farben wunderhübsch anzusehen war. Die Weinlese war vorbei, und die Reben schimmerten golden und rot. Einige der schmalen, länglichen Blätter der Wildkirschen hatten sich ihr Flaschengrün erhalten, während andere – am selben Zweig – lachsrosa und die Maulbeerbäume abwechselnd kanariengelb und grasgrün geworden waren. Die Ebereschen waren leuchtend rosarot geworden (und waren sogar noch schöner als zuvor ihre purpurfarbenen Beeren), und oft wuchs neben ihnen ein Olivenbaum, als stünde er bereit, ihr Feuer mit seinem sanften Grau zu ersticken. Die Birken flimmerten und bebten, als wäre jeder Ast eine goldene Wünschelrute auf der Suche nach verborgenen Quellen. Der Pfad war mit Oliven bedeckt, die wie längliche Köttel aussahen. Es war einer jener geheimnisvollen Herbsttage, an denen es äußerst hell ist, obwohl die Sonne nicht scheint. Wenn man die sanft leuchtenden Bäume betrachtete, konnte man sie fast für den Ursprung des Lichts halten, welches das Tal durchflutete.

Von Zeit zu Zeit flatterte ein winziger Schmetterling vorbei, gleich einem kleinen gelben Blatt, das von einer der Birken abgeschüttelt worden war. Und hin und wieder warf eine der blutenden, verwachsenen Korkeichen mit einem leisen *Plop* eine Eichel ab – nur um uns daran zu erinnern, daß sie ein unabhängiges, gelassenes Pflanzenleben führte und sich der Qualen nicht bewußt war, die ihr von der fiebrigen Phantasie der Menschen zugeschrieben wurden.

Nachdem er das Dorf hinter sich gelassen hatte, begegnete Meister Nathan keiner Menschenseele mehr. Nur von Zeit zu Zeit sah er in der Ferne Landarbeiter, die dem Pflug auf seinem Weg durch die Weinberge folgten, und ihre Joppen lieferten jenen Hauch blauer Farbe, der ein Bild in eine Geschichte verwandelt. Auch gab es blauen Rauch, der auf menschliche Behausungen schließen ließ; und gelegentlich stolzierte ein Hahn vor einer der roten Reben auf und ab wie ein Verkäufer vor seinen Waren und stellte als Reklame einen Kamm aus dem gleichen Material wie die Weinblätter zur Schau, nur in etwas strahlenderer Farbe. In der Ferne waren Binsen zu sehen, die zum Trocknen in Garben zusammengebunden waren und in dem blassen, weißlichen Graurosa weit entfernter blühender Bäume schimmerten.

Als hätte das Auge in seinem Reich noch nicht genug, an dem es sich laben konnte, klangen sogar die Geräusche des Tales malerisch – das Läuten ferner Glocken, das Ziegenherden heraufbeschwört; das unheimliche, melancholische Brüllen, das verrät, daß irgendwo ein Fuhrmann seinen Ochsen antreibt; und das ferne Bellen der Hunde, das ein Bild von Gehöften und sonnigen Veranden malt.

Während Meister Nathan gemächlich dahintrabte, wandten sich seine Gedanken dem Bauern Schnadderatsch zu, der diesen Pfad so viele Male entlanggeritten sein mußte und der bestimmt dieselben Dinge gesehen und gehört hatte, die er jetzt sah und hörte.

Ja, der Bauer Schnadderatsch war einst ein lebendiger Mensch gewesen wie er – und Millionen andere, deren Namen er nie gehört hatte. Eines Tages würde auch er ein Gefangener sein, zwischen den Mauern der Erinnerung anderer Leute eingesperrt. Irgendwann hätte sogar das ein Ende, und von ihm wären nur noch einige in Stein gemeißelte Worte übrig. Wie würden diese Worte lauten? fragte er sich.

Ihn ergriff das plötzliche Verlangen, Ranulph wieder in den Armen zu halten. Wie angenehm wäre doch der Gedanke, daß er auf dem Gehöft auf seine Ankunft wartete!

Er mußte sich dem Ende seiner Reise nähern, denn in der Ferne entdeckte er eine Frau, die in aller Ruhe ihre Wäsche an einem steinernen Trog wusch.

Ob das wohl die Witwe ist? dachte Meister Nathan. Und es lief ihm kalt den Rücken hinunter.

Doch als er näher kam, erkannte er, daß es sich um ein recht junges Mädchen handelte.

Er kam zu der Feststellung, daß dies die Enkelin sein mußte, Hasel. Und er hatte recht.

Er zügelte sein Pferd neben ihr und fragte, ob dies der Hof der Witwe Schnadderatsch sei.

»Ja, Herr«, antwortete sie knapp, mit jenem halb ängstlichen, halb trotzigen Blick, der für sie so überaus charakteristisch war.

»Nun, dann bin ich jedenfalls nicht in die falsche Richtung geschickt worden. Zwar hat man mir gesagt, daß ich ein prächtiges Gehöft und eine treffliche Kuhherde vorfinden würde. Aber die Narren vergaßen zu erwähnen, daß die Bäuerin einer Rose im Rüschenröckchen gleicht«, sagte er mit einem fröhlichen Blinzeln.

Das entsprach nicht Meister Nathans gewohntem Benehmen jungen Damen gegenüber, das von koketten Witzeleien eigentlich bemerkenswert frei war. Aber er hatte sich eine Rolle ausgedacht, die er auf dem Hof spielen wollte, und in die schlüpfte er nun allmählich.

Wie sich herausstellte, war dieses einleitende Kompliment ein Glücksgriff gewesen. Denn Hasel ärgerte sich bitterlich darüber, daß sie nicht als rechtmäßige Eigentümerin des Gehöfts anerkannt wurde, und angesichts der Tatsache, daß Nathan sie als Bäuerin begrüßt hatte, taute sie sichtlich auf.

»Wenn Ihr gekommen seid, um Euch den Hof anzuschauen, zeigen wir Euch gern alles«, schlug sie liebenswürdig vor.

»Dank Euch, dank Euch vielmals. Ich bin Käsehändler und komme aus Lud-in-den-Nebeln. Heutzutage kann man als Kaufmann nicht einfach hinterm Ladentisch dösen, wenn man den Kopf über Wasser halten will. Der Wettbewerb ist es, junges Fräulein, der Wettbewerb hält alte Knaben wie mich wach. Ach, ich weiß noch, wie es in ganz Lud nur sechzehn Käsehändler gab! Und jetzt sind es allein in meiner Straße schon so viele. Also habe ich mir gedacht, daß ich mich selbst auf den Weg mache und ein wenig umschaue, wo ich die besten Milchprodukte herbekommen könnte. Es geht nichts über ein persönliches Urteil.«

Daraufhin begann er einen ausführlichen und frei erfundenen Bericht über die anderen Gehöfte, die er auf seinem angeblichen Inspektionsritt besucht hatte. Am besten habe ihm indessen der Hof eines uralten Freundes gefallen, erzählte er und nannte den Bauern in der Nähe von Mondgras, bei dem sich jetzt – vermutlich – Ranulph und Lukas aufhielten.

Da blickte Hasel neugierig auf und fragte mit leicht schwankender Stimme, ob er dort zwei Burschen begegnet sei – einem großen und einem kleinen – letzterer sei der Sohn des Seneschalls.

»Meint Ihr Meister Ranulph Hahnenkamm und Lukas

Hanfling? Aber natürlich habe ich sie getroffen! Sie waren es, die mir rieten, ich solle hierherkommen … und dafür bin ich ihnen äußerst dankbar, denn ich habe einen Hof gefunden, der zu betrachten sich wirklich lohnt.«

Hasel war deutlich anzusehen, wie unbeschreiblich erleichtert sie war.

»Ach … ach! Ich bin so froh, daß Ihr sie getroffen habt«, murmelte sie stockend.

Aha! Mein Freund Lukas hat seine Zeit offensichtlich gut genutzt – der junge Schwerenöter! dachte Meister Nathan. Und sogleich erfand er zahlreiche Worte und Taten, die Lukas an seinem neuen Aufenthaltsort angeblich gesagt und vollbracht hatte.

Hasel fühlte sich in der Gegenwart des jovialen, witzigen alten Käsehändlers bald ausgesprochen wohl. Ihr waren ältere Männer schon immer lieber gewesen als jüngere, und alsbald plauderte sie mit jener Hingabe, die man manches Mal beobachtet, wenn Menschen, die von Natur aus zur Vertrauensseligkeit neigen, umständehalber mißtrauisch geworden sind und dann doch jemanden finden, der ihr Vertrauen verdient zu haben scheint. Meister Nathan lauschte selbstverständlich gierig jedem Wort und wünschte sich, er könnte ihr Leben leben.

»Aber kleines Fräulein, das klingt ja, als würdet Ihr immer nur arbeiten!« rief er schließlich. »Findet Ihr nie Zeit für ein Fest oder dergleichen?«

»Abends tanzen wir manchmal, wenn der alte Portunus da ist«, erwiderte sie.

»Portunus?« rief er scharf. »Wer ist das?«

Angesichts dieser Frage wurde sie wieder zurückhaltender. »Ein alter Weber mit einer Fiedel«, erklärte sie steif.

»Ein wenig verkalkt?«

Sie antwortete nur mit einem mißtrauischen Blick und fragte: »Kennt Ihr Portunus, Herr?«

»Nun, ich glaube, ich bin ihm begegnet – ungefähr auf

halbem Weg zwischen hier und Lud. Der alte Knabe schien etwas auf dem Herzen zu haben, brachte es aber nicht heraus – ich habe Papageien gekannt, die besser redeten als er.«

»Ach, das habe ich auch oft gedacht! Daß er etwas auf dem Herzen hat, meine ich!« rief Hasel, die ihr Selbstbewußtsein wiedergefunden hatte. »Als wolle er einem unbedingt etwas mitteilen. Mir läuft er auch oft hinterher, als ob ich etwas für ihn tun solle. Vielleicht müßte ich ihm helfen und nicht so schroff zu ihm sein. Aber er ist mir nicht geheuer, dafür kann ich nichts.«

»Tatsächlich, er ist Euch nicht geheuer?«

»Wirklich nicht!« rief sie und schauderte leicht. »Wenn ich nur sehe, wie er grünes Obst verschlingt! Kein Mensch täte so etwas – höchstens ein Insekt oder ein Vogel. Auch gleicht er einer Katze, wie er den Leuten, die ihn nicht mögen, immer hinterherläuft. Ach, er ist *ekelhaft*! Und noch dazu gemein und boshaft. Aber vielleicht sollte man sich darüber nicht wundern, falls …« Sie hielt unvermittelt inne.

Meister Nathan sah sie erwartungsvoll an. »Falls was?« sagte er.

»Ja, nun – das ist nur albernes Geschwätz der Leute vom Lande«, erwiderte sie ausweichend.

»Daß er – äh, beispielsweise zum Stummen Volk gehört?«

»Woher wißt Ihr das?« Hasel sah ihn mißtrauisch an.

»Ich habe nur geraten. Ihr müßt wissen, daß ich dergleichen Gerede oft höre, seit ich im Westen bin. Nun, der alte Knabe schien mir wirklich unbedingt etwas mitteilen zu wollen, aber besonders deutlich hat er sich nicht ausgedrückt. ›Grab, Grab‹, hat er gesagt, immer wieder.«

»Ach, das ist sein Lieblingswort!« rief Hasel. »Die alten Frauen in der Gegend behaupten, daß er seinen Namen auszusprechen versucht. Ihr müßt wissen: Sie glauben … nun, er sei ein Toter, der wiederauferstanden ist. Als er noch auf Erden wandelte, soll er ein Landarbeiter namens Krittel Grabunkel gewesen sein.«

»Krittel Grabunkel?« rief Meister Nathan laut.

Hasel blickte überrascht zu ihm auf. »Habt Ihr ihn gekannt, Herr?«

»Nein, nein, eigentlich nicht. Aber den Namen habe ich vermutlich irgendwo schon einmal gehört. Ich liege wohl nicht falsch, wenn ich sage, daß er hier in der Gegend durchaus üblich ist. Nun, und was erzählt man sich über diesen Krittel Grabunkel?«

Hasel wirkte ein wenig beklommen. »Man erzählt sich nicht viel – mir zumindest nicht. Manchmal denke ich, daß es da ein Geheimnis gibt. Aber ich weiß, daß er ein fröhlicher, netter Mann war, überall beliebt und ein vortrefflicher Fiedler. Aber er hat ein trauriges Ende gefunden, auch wenn ich nicht weiß, was genau geschehen ist. Man erzählt sich« – sie senkte die Stimme –, »daß ein Mensch, wenn er einmal zum Stummen Volk gehört, boshaft und gemein wird, wie gutmütig er zu seinen Lebzeiten auch gewesen sein mag. Und wenn er ungerecht behandelt wurde, wie es Grabunkel nachgesagt wird, dann wird er nur noch gemeiner, würde ich meinen. Oft denke ich, daß er uns etwas mitteilen möchte, und manchmal frage ich mich, ob es etwas mit der alten steinernen Herme in unserem Obstgarten zu tun hat … er tanzt so gern um sie herum.«

»Wirklich? Und wo steht dieser alte Pfeiler? Ihr müßt wissen, daß ich keine Sehenswürdigkeit der Provinz auslassen möchte. Ich will etwas sehen für mein Geld!« Meister Nathan schlüpfte wieder in die Haut des fröhlichen Käsehändlers, die er in der Aufregung der letzten Minuten abgestreift hatte, ohne es zu bemerken.

Während sie zum Obstgarten gingen, der vom Waschtrog ein Stück entfernt lag, sagte Hasel stockend: »Vielleicht wißt Ihr es nicht, Herr, aber ich lebe hier mit meiner Großmutter. Allerdings ist sie nicht meine echte Großmutter, auch wenn ich sie so nenne. Und … und … nun, sie scheint den alten Portunus zu mögen, und vielleicht wäre es keine schlechte

Idee, ihr gegenüber nicht zu erwähnen, daß Ihr ihm begegnet seid.«

»Nun gut, ich werde ihr gegenüber schweigen ... vorerst.« Er schenkte ihr ein ziemlich grimmiges Lächeln.

Obwohl der Obstgarten bereits abgeerntet war, stand die steinerne Herme immer noch vor einem bunten Hintergrund – die Blätter an den Bäumen waren rot und gelb geworden, die der Pfirsichbäume sogar herrlich rubinrot. Darüber hinaus wurde der alte Stein von scharlachroten und goldenen Reben umrankt.

»Oft denke ich, daß dieser alte Pfeiler das Herz des Hofes ist«, sagte Hasel schüchtern und blickte zu Meister Nathan auf, um zu sehen, ob er ihren steinernen Freund bewunderte. Zu ihrem Erstaunen klopfte er sich jedoch kräftig auf die Schenkel und lachte laut auf, kaum hatte er einen Blick darauf geworfen.

»Bei Sonne, Mond und Sternen«, rief er, »da steht die Antwort auf Portunus' Rätsel: ›'s ist kein Baum und doch ein Baum, ein Mensch und doch kein Mensch.‹« Und er wiederholte für Hasel den einzigen zusammenhängenden Satz, den Portunus klar ausgesprochen hatte.

»›Wer ist stumm und verrät doch Geheimnisse, wer hat keine Arme und kann doch schlagen?‹« sprach sie ihm nach. »Kannst du schlagen und Geheimnisse verraten, alte Freundin Herme?« fragte sie neckisch und streichelte den mit Flechten überwucherten grauen Stein. Dann errötete sie und lachte wie zur Entschuldigung für dieses kindische Verhalten.

Der Gastfreundlichkeit entsprechend, die auf dem Lande üblich ist, war Hasel davon ausgegangen, daß ihr Besucher einige Tage auf dem Hof verbringen werde, und entsprechend hatte sie sein Pferd in den Stall bringen lassen und die Anweisung erteilt, das beste Zimmer für ihn vorzubereiten.

Auch die Witwe hieß ihn herzlich willkommen, als er zum Mittagsmahl in die große Küche herunterkam.

Nachdem sie einige Minuten lang bei Tisch gesessen hatten, sagte Hasel: »Ach, Großmutter, dieser Herr kommt geradewegs von dem Hof in der Nähe von Mondgras, wo der kleine Herr Hahnenkamm und der junge Hanfling untergekommen sind. Und er sagt, es geht ihnen beiden gut, und sie lassen uns freundlich grüßen.«

»Jawohl«, sagte Meister Nathan heiter, stets bereit, etwas daherzuphantasieren. »Mein alter Freund, der Bauer, findet sie ganz entzückend. In Lud war das Gerücht umgegangen, der kleine Hahnenkamm sei krank, doch ich kann nur sagen, daß Ihr ein Wunder an ihm vollbracht habt – sein Gesicht ist so groß und rund wie ein Mondgraskäse.«

»Nun, es freut mich, daß Euch das Aussehen des jungen Herrn gefällt«, erwiderte die Witwe scheinbar entgegenkommend. In ihren Augen leuchtete allerdings ein eher beunruhigendes Lächeln.

Nach dem Essen mußten die Witwe und Hasel ihren Pflichten nachgehen. Nathan ging hinaus und schritt gedankenversunken vor dem Haus auf und ab.

Immer wieder kehrten seine Überlegungen zu dem sonderbaren Alten zurück, zu Portunus.

War es möglich, daß er wirklich einmal Krittel Grabunkel gewesen und daß er in seine alte Heimat zurückgekehrt war, um eine Botschaft zu überbringen?

Es sah Meister Nathan ähnlich, daß ihn die metaphysischen Aspekte der Situation mehr beschäftigten als die praktischen. Wenn Portunus und Krittel Grabunkel tatsächlich ein und dieselbe Person waren, dann wären die Stoppelfelder und Weinberge, die roten und goldenen Bäume ihres Friedens und ihrer Festigkeit beraubt. Ihm wurde nun endgültig bewußt, daß die seelische Ruhe, die er immer in den stummen Dingen der Welt gefunden hatte, nur in dem Vertrauen bestand, daß die Leidenschaften und Besitztümer der Menschen ohne Bedeutung, Wurzeln oder Bestand waren – ebensowenig ein Teil des beständigen Hintergrunds der Welt wie die blauen

Rauchkringel, die von Zeit zu Zeit von den herbstlichen Unkraut- und Abfallfeuern aufstiegen, durch das Tal getragen wurden und die sich vor seinen Augen wie blaue Gespenster durch das Laubwerk der Bäume schlängelten.

Ja, ihre Botschaft – auch wenn er sie bis heute nicht deutlich vernommen hatte – lautete schon immer, daß das Feenland nur eine Illusion war: Es gab das Leben und den Tod, und das war alles. Und doch, hatte ihre Botschaft ihm immer Trost gespendet? So manches Mal hatte er in der Gegenwart stummer Dinge leicht gezittert.

»Gewiß, gewiß«, murmelte er verträumt vor sich hin und seufzte schließlich.

Doch er hatte sich lange genug eitlen Spekulationen hingegeben, es war Zeit zu handeln. Ob Portunus nun der Geist Krittel Grabunkels war oder nur ein verkalkter alter Weber – allem Anschein nach hatte er von etwas Kenntnis und wollte es loswerden – und es hing mit der Herme im Obstgarten zusammen. Natürlich mochte es rein gar nichts mit dem Mord an Bauer Schnadderatsch zu tun haben, aber Meister Nathan stand die Erinnerung an den bestickten Pantoffel noch frisch vor Augen, und er hielt es für hochgradig närrisch, einer möglichen Spur nicht zu folgen.

In Gedanken ging er die Worte des alten Mannes durch. ›Grab, Grab‹ – dieses Wort war eine immer wiederkehrende Bürde gewesen.

Dann hatte er eine plötzliche Erleuchtung – warum sollte er das Wort nicht bei seiner grundlegenden Bedeutung nehmen? Könnte es statt der ersten Silbe von *Grabunkel* nicht einfach eine Anweisung zum Graben sein … mit einem Spaten oder einer Schaufel? In diesem Fall war klar, daß er unter der Herme graben mußte. Und er beschloß, dies zu tun, sobald sich eine Gelegenheit bot.

23. KAPITEL
Die Feuerkiste aus dem Norden und die Geschichten der Toten

In jener Nacht fand Hasel keinen Schlaf – vielleicht weil ihr am Nachmittag etwas aufgefallen war und sie leicht beunruhigt hatte. Die Abende wurden zunehmend kühl, und unmittelbar vor dem Abendessen war sie in Meister Nathans Zimmer hinaufgegangen, um ihm ein Feuer anzuzünden. Dort traf sie die Witwe und ein Dienstmädchen an, die zu ihrer Überraschung einen alten Holzkohleofen vom Dachboden geholt hatten, der dort jahrelang unbenutzt gestanden hatte, denn Dorimare war ein Land offener Feuer, und Öfen waren so gut wie unbekannt. Die Witwe hatte den Ofen zum Zeitpunkt ihrer Hochzeit auf den Hof mitgebracht, denn sie stammte aus dem hohen Norden.

Auf Hasels erstaunten Blick hin sagte sie beiläufig: »Die Holzscheite sind heute etwas feucht, und unser Gast wird sich mit dem Ofen behaglicher fühlen.«

Nun wußte Hasel allerdings, daß das Holz keineswegs feucht war – wie auch, es hatte seit Tagen nicht geregnet! Daß sie das beunruhigte, war ein Zeichen ihres tiefen, instinktiven Mißtrauens gegenüber der Witwe ihres Großvaters.

Vielleicht war Gastfreundlichkeit der am stärksten ausgeprägte Instinkt in Hasel. Unter ihrem Dach – ihrem Dach, das vergaß sie nie – sollte es ihren Gästen körperlich wie seelisch gutgehen. Dieses Bedürfnis war ihr wichtiger als das eigene Wohlergehen.

Unterdessen war Meister Nathan – etwas verwirrt über den befremdlichen Apparat, der sein Zimmer heizte – zu Bett gegangen. Er löschte die Kerze nicht sogleich, er wollte noch nachdenken. Da er zu Träumereien neigte, sobald er dem ernsteren Pfad zusammenhängender Gedanken folgen wollte, konzentrierte er den Blick gern auf einen greifbaren Gegenstand, auf ein sichtbares Ziel, um seine Füße daran zu hindern, auf jenen schattenhaften Pfad abzuirren, zu dem es ihn so sehr hinzog.

An jenem Abend richtete er den Blick auf die trefflich gearbeitete Stuckdecke – dieselbe Decke, zu der Ranulph hinaufgeschaut hatte, als er in diesem Zimmer schlief. Aus einem tief weinroten Hintergrund, der mit azurblauen Arabesken gemustert war, erhoben sich mattgoldene Knäufe, und in den vier Ecken leuchteten Weintrauben und scharlachrote Beeren. Und obwohl ihre Farben mit der Zeit stumpf geworden waren und die Trauben viele ihrer Beeren verloren hatten, wirkten sie noch immer hübsch und naturgetreu.

Doch trotz des Lichts, des konzentrierten Blicks und seines Wunsches, ernsthaft nachzudenken, konnte Meister Nathan seine Gedanken nicht daran hindern, die phantastischsten Pfade entlangzutreiben. Außerdem war er so schläfrig, und seine Arme und Beine waren so sonderbar schwer. Die Farben an der Decke verschwammen, und die goldenen Knäufe lösten sich von ihrem Hintergrund und leuchteten wie Sonne, Mond und Sterne – oder eher wie Äpfel, die Goldenen Äpfel des Westens? Und jetzt verwandelte sich der weinrote Hintergrund in ein rotes Feld – ein Feld roter Blumen, in dem Portunus lauerte und Ranulph heiße Tränen weinte. Die gerade Straße dagegen, die während der letzten Monate die Projektion seiner unbekannten, verborgenen Absichten gewesen war, schimmerte sogar durch diese verworrene Landschaft noch weiß hindurch … sie sah jedoch anders aus als gewöhnlich … aber natürlich, das war die Milchstraße! Und dann wußte er nichts mehr.

Hasel war derweil immer unruhiger geworden und, auch wenn sie sich ob ihrer Narretei ausschalt, immer ängstlicher. Schließlich hielt sie es nicht mehr aus: »Ich werde einfach zur Tür des Herrn schleichen und lauschen, ob ich ihn schnarchen höre«, sprach sie zu sich selbst. Hasel glaubte, daß es eine männliche Eigenart war, nicht schlafen zu können, ohne zu schnarchen.

Doch obwohl sie das Ohr ganze zwei Minuten lang an das Schlüsselloch drückte, drang kein Geräusch aus Meister Nathans Zimmer. Daraufhin öffnete sie ganz leise die Tür. Eine Kerze erlosch gerade flackernd, und ihr Gast lag – allem Anschein nach tot – auf dem Bett, während eine erstickende Atmosphäre das Zimmer erfüllte. Hasel wurde vor Entsetzen fast übel, doch sie warf die Fensterflügel so weit wie möglich auf, schüttete den halben Inhalt des Wasserkrugs in den Ofen, um das Feuer zu löschen, und den Rest über Meister Nathan. Zu ihrer unbeschreiblichen Erleichterung öffnete er die Augen, stöhnte und murmelte etwas Unverständliches.

»Ach, Herr, Ihr seid also doch nicht tot!« schluchzte Hasel geradezu. »Ich eile nur schnell hinaus und hole Euch ein Glas Fruchtlikör und etwas Hagedorn.«

Als sie mit diesen beiden Stärkungsmitteln zurückkehrte, hatte sich Meister Nathan bereits im Bett aufgesetzt, und auch wenn er ein wenig verdattert wirkte, nahm er allmählich wieder seine übliche Farbe an. Die Stärkungsmittel stellten ihn fast gänzlich wieder her.

Als Hasel sah, daß er wirklich bei Verstand war, sank sie auf den Boden nieder und weinte – vor Entsetzen ganz ausgelaugt – bitterlich.

»Kommt, mein Kind!« sagte Meister Nathan gütig. »Ihr habt doch keinen Grund zu weinen. Ich habe mich mein ganzes Leben nicht besser gefühlt... auch wenn ich mir bei der Seele Ernte nicht vorstellen kann, was über mich gekommen ist. Ich kann mich nicht daran erinnern, daß ich jemals in Ohnmacht gefallen wäre.«

Hasel war jedoch untröstlich. »Daß das hier, in meinem Haus, geschehen mußte«, schluchzte sie. »Wir, die wir uns immer an die Gesetze der Gastfreundschaft gehalten haben … und auch kein junger Herr … o jemine, o jemine!«

»Warum macht Ihr Euch Vorwürfe, mein Kind?« fragte Meister Nathan. »Eure Gastfreundschaft trifft keine Schuld, wenn ich, vielleicht aufgrund von Überanstrengungen und Sorgen, das Bewußtsein verliere. Nein, Ihr seid ganz sicher keine schlechte Gastgeberin, sondern ich bin ein schlechter Gast, daß ich Euch solche Schwierigkeiten mache.«

Hasel schluchzte jedoch nur noch ungestümer. »Es hat mir schon nicht gefallen, als sie die Feuerkiste hereingestellt hat – wirklich nicht! Ein böses, fremdartiges Ding ist das! Daß das unter *meinem* Dach geschehen mußte! Denn es *ist* mein Dach … Sie wird keine weitere Nacht unter ihm verbringen!« Mit geballten Händen und blitzenden Augen sprang sie auf.

Meister Nathans Neugier war geweckt. »Spielt Ihr auf die Witwe Eures Großvaters an?« fragte er ruhig.

»Jawohl!« rief Hasel entrüstet. »Ach, sie hat immer Böses im Sinn … und sie verhält sich auch nicht wie eine ehrliche Bäuerin – kein Fenchel über den Türen, übles Futter in der Kornkammer. Ich habe das Lächeln gesehen, mit dem sie Euch beim Essen angeschaut hat.«

»Beschuldigt Ihr diese Frau, tatsächlich einen Anschlag auf mein Leben verübt zu haben?« fragte er langsam.

Vor dieser unverblümten Frage wich Hasel jedoch zurück, und ihre einzige Antwort bestand darin, daß sie wieder in Tränen ausbrach. Meister Nathan ließ sie eine ganze Weile in Frieden, und dann sagte er sanft: »Ich glaube, Ihr habt für heute nacht genug geweint, mein Kind. *Ihr* wart die Freundlichkeit in Person, aber es ist offensichtlich, daß ich der Witwe Eures Großvater nicht eben willkommen bin, also möchte ich mich ihr auch nicht länger aufdrängen. Bevor ich ihr Haus verlasse, muß ich jedoch noch etwas erledigen, und dafür brauche ich Eure Hilfe.«

Daraufhin erzählte er ihr, wer er wirklich war und wie er einem gewissen Feind etwas nachweisen wollte und daß er in der Hoffnung hierhergekommen war, einen fehlenden Anhaltspunkt zu finden.

Er hielt inne und sah sie nachdenklich an. »Ich denke, ich sollte ehrlich zu Euch sein«, fuhr er fort. »Falls es mir gelingt, den Beweis zu finden, nach dem ich suche, könnte Eure Großmutter auch darin verwickelt sein. Wußtet Ihr, daß sie wegen Mordes an Eurem Großvater vor Gericht stand?«

»Ja«, sagte sie stockend. »Ich habe gehört, daß es eine Verhandlung gab. Aber ich dachte, daß dabei ihre Unschuld bewiesen wurde.«

»Richtig. Aber es gibt einen Tatbestand, der sich Justizirrtum nennt. Ich glaube, daß Euer Großvater tatsächlich ermordet worden ist und daß mein Feind – dessen Namen ich nicht erwähnen möchte, bis ich mehr in der Hand habe – die Finger im Spiel hatte. Und ich hege den stillen Verdacht, daß die Witwe seine Komplizin war. Seid Ihr unter diesen Umständen immer noch bereit, mir zu helfen?«

Hasel wurde erst rot, dann weiß, und ihre Unterlippe fing zu zittern an. Sie mochte die Witwe nicht, mußte jedoch zugeben, daß sie von ihr nie unfreundlich behandelt worden war. Obwohl sie keine Blutsverwandte war, betrachtete Hasel sie fast als eine Tante. Andererseits war Hasel aufgrund von Tradition und Erziehung eine Anhängerin des finsteren Kultes der Justitia. Verbrechen durften nicht ungerührt bleiben. Überdies (und diesbezüglich hielt sich Hasel an einen noch ehrwürdigeren Kodex) durften Blutsverwandte nicht ungerächt bleiben.

Allerdings hatte die Heftigkeit, mit der sie die Macht der Witwe abzuschütteln wünschte, auch Schuldgefühle in ihr hervorgerufen. Und sie hatte schreckliche Angst vor ihr.

Einmal angenommen, diese Spur würde ins Leere führen und die Witwe würde herausfinden, was sie ausgeheckt hatten? Wie konnte sie sich ihr in diesem Fall wieder unter die Augen trauen? Wie konnte sie mit ihr weiterhin unter einem Dach leben?

Und doch … sie war sicher, daß sie versucht hatte, ihren Gast umzubringen. Wie konnte sie es wagen? Wie *konnte* sie es wagen?

Hasel ballte die Hände und sagte mit leiser, keuchender Stimme: »Ja, Herr, ich werde Euch helfen.«

»Gut!« erwiderte Meister Nathan forsch. »Ich möchte den Rat des alten Portunus befolgen – und noch heute nacht unter der Herme im Obstgarten graben. Aber denkt daran, möglichenfalls beweisen wir dadurch nur die Phantasien eines wahnsinnigen Verstands. Oder es handelt sich um einen vergrabenen Schatz oder etwas anderes, das rein gar nichts mit dem Mord an Eurem Großvater zu tun hat. Aber für den Fall, daß wir auf wertvolle Beweise stoßen, benötigen wir Zeugen. Und ich denke, daß wir den Gesetzeshüter dieses Bezirks dabei haben sollten. Wer ist das?«

»Der Hufschmied von Schwan, Freder Friet.«

»Gibt es einen Dienstboten, dem Ihr vertraut und den Ihr nach ihm schicken könnt? Jemand, der mehr zu *Euch* hält als zur Witwe?«

»Ich kann allen vertrauen, und sie mögen mich am liebsten.«

»Gut. Geht, weckt einen Dienstboten und laßt ihn sofort den Hufschmied holen. Weist ihn an, ihn auf den Hof zu führen, und zwar geradewegs in den Obstgarten … Wir wollen die Witwe nicht wecken, bevor es nötig ist. Der Dienstbote kann bleiben und uns bei der Arbeit helfen – je mehr Zeugen wir haben, desto besser.«

Hasel hatte das Gefühl, in einen merkwürdigen, schrecklichen Traum hineingeraten zu sein. Doch sie schlich sich auf den Dachboden hinauf und weckte einen der unverheirateten Landarbeiter – der, nach altem Brauch, im Haus seiner Herrin schlief – und trug ihm auf, nach Schwan zu reiten und den Hufschmied zu holen, es handle sich um eine wichtige Rechtssache.

Hasel schätzte, daß er es in weniger als einer Stunde nach Schwan und zurück schaffen konnte. Sie schlich sich mit Meister Nathan aus dem Haus, um im Obstgarten zu warten, beide mit einem Spaten ausgerüstet.

Der Mond war im Abnehmen begriffen, jedoch noch voll genug, um ihnen ausreichend Licht zu spenden. Er erwies sich in der Tat als Gartenräuber, denn als es keine Früchte mehr gab, die er hätte stehlen können, hatte er die Blätter ihrer Farbe beraubt.

»Der arme alte Mond!« sagte Meister Nathan mit einem leisen Lachen. Er war wieder bester Laune. »Immer stibitzt er Farben, um sein fahles Gesicht bunt anzumalen, doch umsonst! Aber betrachtet einmal Eure Freundin, die Dame Herme. *Sie* sieht vielleicht wissend aus!«

Denn im Mondschein hatte die alte Herme ihr Element gefunden – der Stein flackerte und schimmerte wie lebendiges, silbernes Fleisch, und das archaische Lächeln hatte eine neue Bedeutung erlangt.

»Entschuldigt, Herr«, sagte Hasel schüchtern, »aber ich frage mich, ob es sich bei dem Herrn, den Ihr im Verdacht habt, etwa um … Doktor Lear handelt.«

»Wie kommt Ihr darauf?« entgegnete Meister Nathan in scharfem Tonfall.

»Genau weiß ich es nicht«, sagte Hasel zögernd. »Ich habe mich nur … gefragt.«

Bald trafen der Landarbeiter und der Hufschmied ein. Letzterer war ein kräftiger, jovialer, rothaariger Landmann von etwa fünfzig Jahren.

»Guten Abend«, rief Meister Nathan übergangslos, »ich bin Nathan Hahnenkamm!« (Er war sicher, daß die Nachricht von seiner Absetzung noch nicht bis nach Schwan gedrungen sein konnte.) »Wenn meine Angelegenheiten nicht so dringend und geheim wären, hätte ich Euch zu dieser gottlosen Stunde nicht aus dem Bett geholt, dessen könnt Ihr sicher sein. Ich habe Grund zu der Annahme, daß unter dieser

Herme etwas von großer Wichtigkeit verborgen liegt, und ich möchte Euch als Zeugen bitten, daß wir ordnungsgemäß vorgehen.« Er lachte herzlich. »Und hier ist der Beweis, daß ich kein Theater spiele«, fuhr er fort, zog seinen Siegelring vom Finger und reichte ihn dem Hufschmied. Darauf war sein weithin bekanntes Wappen eingraviert, der Hahn mit sechs Sparren, die für jene sechs seiner Vorfahren standen, die es zum Großseneschall von Dorimare gebracht hatten.

Hufschmied wie Landarbeiter waren anfangs ziemlich überwältigt, als sie seine Identität erfuhren, doch er drückte beiden einen Spaten in die Hand und bat sie, unverzüglich mit dem Graben anzufangen.

Eine ganze Weile mühten sie sich schweigend, und dann stieß einer der Spaten auf etwas Hartes.

Wie sich herausstellte, handelte es sich dabei um eine Eisenschatulle, in der ein Schlüssel steckte.

»Heraus damit! Heraus damit!« rief Meister Nathan aufgeregt. »Ob sich darin wohl eine Schlinge verbirgt? Bei Sonne, Mond und Sternen, das wüßte ich gern!«

Als er jedoch Hasels verängstigtes Gesicht sah, beruhigte er sich wieder.

»Vergebt mir, mein Kind«, sagte er sanft. »Mein Durst nach Rache läßt mich die Regeln des Anstands vergessen. Wahrscheinlich finden wir darin sowieso nur eine Handvoll Kronjuwelen von Herzog Aubrey – der Notgroschen einer Eurer Vorfahren.«

Sie schlossen die Schatulle auf und entdeckten darin nichts weiter als ein versiegeltes Pergamentbündel mit folgender Aufschrift:

Dem ersten, der mich findet.

»Ich denke, Ihr solltet es öffnen, Fräulein Hasel. Findet Ihr nicht auch, Herr Gesetzeshüter?« fragte Meister Nathan. Und so erbrach Hasel mit zitternden Fingern das Siegel, riß den Umschlag auf und zog daraus einen beschriebenen Bogen hervor.

Im Schein der Laterne des Hufschmieds lasen sie die folgenden Worte:

Ich, Jeremias Schnadderatsch, Bauer und Hüter des Gesetzes im Bezirk Schwan-an-der-Scheck, der immer ein fröhlicher Mensch gewesen und einen Scherz zu schätzen wußte, reiße hiermit meinen letzten Witz dieseits der Umstrittenen Hügel, in der Hoffnung, daß er nicht zu lange in der feuchten Erde ruhen wird, so daß die Rakete nicht mehr zündet, wenn die Zeit gekommen ist, sie abzuschießen. Dies ist mein letzter Spaß, und mögen alle, die ihn hören, sich den Bauch halten, und mögen Tränen über ihre Wangen laufen. Ich, Jeremias Schnadderatsch, bin von meiner zweiten Frau Klementine, der Tochter des Seemanns Ralf Glatzsteiß und einer absonderlichen Frau aus dem hohen Norden, vorsätzlich ermordet worden. Bei diesem Verbrechen hat ihr Christoph Fuchsläufer, ihr Geliebter und ein Fremder, der behauptet, ein Kräutersammler zu sein, Vorschub geleistet. Und ich weiß dank der vielfältigen Juckreize auf meiner Haut, die mich quälen, während ich dies niederschreibe, und aufgrund meiner getüpfelten Zunge, daß mir etwas verabreicht wurde, das von den Leuten Todesbeeren genannt wird. Sie sind eingekocht worden, damit sie wie Maulbeergelee aussehen, und wurden mir von meinem lieben Weib dargereicht, und ich habe in aller Unschuld davon gegessen. Wer immer dieses Pergament findet, möge nach einem Kerlchen namens Freder Friet suchen, dem Sohn eines Kesselflickers, der gern zum Schnapsglas greift. Denn dieses Bürschchen ist vor nicht einer Stunde mit leerem Magen und dem Wunsch, sich ein paar Kreuzer zu verdienen, zu mir gekommen und hat mir einen Korb ebenjener Todesbeeren zum Kauf angeboten. Um ihn auf die Probe zu stellen, habe ich ihn gefragt, ob er denn dächte, in meinem Garten sei die Braunfäule ausgebrochen und es würde mir an Obst ermangeln. Er hat mir geantwortet, daß er der Meinung sei, wir Schnadderatschs würden diese Beeren mögen, denn vor einer Woche habe er gesehen, wie der Herr, der bei uns wohnen würde (Christoph Fuchsläufer), welche gesammelt habe. Falls Christoph Fuchsläufer diese Gegend verlassen sollte, soll das Gesetz nach einem pummeligen Burschen mit nußbraunen Haaren suchen, dessen Knollennase wie das Ei eines Rotkehlchens gefleckt ist und der ein braunes und ein blaues Auge hat. Und damit mein letzter Spaß gut vorbereitet sei, habe ich die Beeren, die ich dem Kerlchen abgekauft habe – auch wenn es mir in der Seele weh tat –, probeweise einem der Kaninchen verfüttert, die einem kleinen Mädchen gehören, Meiran Kies, der Tochter meines Fuhrmanns. Das habe ich getan, weil sie sieben Jahre alt und ein gesundes Mädel ist und die Wahrscheinlichkeit groß, daß sie noch immer diesseits der Berge weilt, wenn jemand diesen vergrabenen Scherz entdeckt. Und wenn sie noch lebt, wird sie nicht vergessen haben, wie ihr Kaninchen anfing, sich zu kratzen, und daß seine Zunge gefleckt war wie eine Schlange und daß sie es schließlich tot vorgefunden hat. Ich möchte sie in aller Bescheidenheit um Verzeihung bitten, daß ich einem kleinen Mädchen einen so grausamen Streich gespielt habe, und bitte meine Erben (sofern noch welche am Leben sind), ihr einen strammen Rammler, einen Schinken und zehn Goldstücke zu schicken. Obwohl ich ein Hüter des Gesetzes bin und sie festnehmen lassen könnte, bevor ich sterbe, halte ich mich für den Augenblick zurück. Einerseits weil ich mein ganzes Leben lang auf die Jagd gegangen bin und ihnen, wie Hase und Hirsch, eine Gelegenheit zur Flucht bieten möchte. Andererseits möchte ich einen großen Teil meiner Wanderschaft auf der Milchstraße hinter mich gebracht haben, bevor Klementine das hölzerne Pferd Herzog Aubreys besteigt – wahrscheinlich könnte ich es nicht ertragen, müßte ich hören, wie sie stranguliert wird. Zu guter Letzt bin ich entsetzlich müde. Und so unterschreibe ich hier zum letzten Mal mit meinem Namen –

Jeremias Schnadderatsch

{24. KAPITEL}

Die Katze am Schlafittchen packen

Als sie zu Ende gelesen hatten, brach Hasel in heftige Schluchzer aus und rief wechselweise: »Armer Großvater!« und: »Wird sie dafür hängen?« Meister Nathan beruhigte sie, so gut es ihm möglich war, und als sie ihre Augen trocknete, sagte sie: »Die arme Meiran Kies! Den Schinken und den Hasen soll sie bekommen.«

»Dann lebt sie also noch?« fragte Meister Nathan.

Hasel nickte: »Sie ist arm und lebt noch immer als Jungfer in Schwan.«

»Und was ist mit Freder Friet, dem klugen Sohnemann des Kesselflickers? Bekommt er nichts, Fräulein Hasel?« rief der Hufschmied mit einem Augenzwinkern.

Hasel starrte ihn verwirrt an, und Meister Nathan rief vergnügt: »Na so was, der Name ist derselbe, bei der Seele Ernte! Wart Ihr etwa jener kleine Kerl, der Fuchsläufer beim Beerensammeln beobachtet hat?«

Und Hasel sagte mit wachsendem Erstaunen: »*Ihr* wart der kleine Junge, der mit meinem Großvater gesprochen hat … *in jener Nacht?* Ich hätte nicht gedacht …«

»Daß ich so bescheiden angefangen habe? Ja, ich war der Sohn eines Kesselflickers oder, wie das früher genannt wurde, eines Feinschmieds. Und jetzt bin ich Grobschmied, und da fein besser ist als grob, habe ich es wohl nicht weit gebracht.« Er zwinkerte fröhlich.

»Und Ihr erinnert Euch an die Ereignisse, auf die der verstorbene Bauer anspielt?« fragte Meister Nathan eifrig.

»Durchaus, mein Herr Seneschall – so gut, als wären sie erst gestern geschehen. So schnell werde ich das Gesicht des Bauern nicht vergessen, als ich ihm an jenem Abend den Inhalt meines Korbes anbot. Obwohl Todesbeeren eher selten sind, waren sie damals leichter zu finden als ein halber Kreuzer. Und Meister Fuchsläufers Gesicht werde ich auch nicht so bald vergessen, während er sie gepflückt hat. Er hätte sich nicht träumen lassen, daß ein Eichhörnchen ihn beobachtete, das Dorimarisch sprechen konnte!«

»Habt Ihr ihn seither noch einmal gesehen?«

Der Hufschmied blinzelte ihm zu.

»Kommt, kommt!« rief Meister Nathan ungeduldig. »Habt Ihr ihn seither gesehen? Wir haben keine Zeit, um den heißen Brei herumzureden.«

»Schon möglich, daß ich ihn gesehen habe«, erwiderte der Hufschmied bedächtig. »Er ist in Schwan herumspaziert, so flink und selbstzufrieden wie ein Fuchs mit einer Gans im Maul. Ich habe mich oft gefragt, ob es nicht meine Pflicht als Hüter des Gesetzes wäre, etwas zu sagen … aber schließlich liegt das alles eine lange Zeit zurück, und sein Leben schien mir mehr wert zu sein als sein Tod, denn er ist ein ausgesprochen geschickter Arzt und hat viel Gutes getan.«

»Dann … dann ist es also der Doktor Lear, oder?« fragte Hasel leise.

Und der Hufschmied zwinkerte ihr zu.

»Nun, ich denke, wir sollten ins Haus zurückgehen«, schlug Meister Nathan vor. »Wir haben noch einiges zu erledigen.« Und mit gesenkter Stimme fügte er hinzu: »Nichts Angenehmes, fürchte ich.«

»Ich nehme an, Euer Hochwürden spricht davon, die Katze am Schlafittchen zu packen«, sagte der Hufschmied und fuhr mit traurigem Lachen fort: »Ich kann mir keine üblere Aufgabe vorstellen. Diese Katze hat Krallen.«

Während sie auf das Haus zugingen, flüsterte der Landarbeiter Hasel zu: »Bitte, kleines Fräulein, heißt das, die Herrin hat ihren Mann umgebracht? Im Dorf erzählen sie das immer, aber ...«

»Nicht, Ben, nicht! Ich kann es nicht ertragen, darüber zu reden!« rief Hasel zitternd. Als sie am Haus ankamen, rannte sie in ihr Schlafzimmer hinauf und schloß sich ein.

Ben wurde losgeschickt, eine Rolle festes Seil zu holen, und Meister Nathan und der Hufschmied, die von der ganzen Aufregung Hunger bekommen hatten, suchten nach etwas zu essen.

Unvermittelt ertönte eine erboste Stimme: »Und was haben die Herren in meiner Speisekammer zu suchen, wenn ich fragen darf?«

Es war die Witwe. Erst musterte sie Meister Nathan, der vielleicht ein wenig blaß und hohläugig wirkte, aber trotz allem gesund und munter. Dann wanderten ihre Augen zu Freder Friet weiter. In diesem Augenblick kam Ben mit dem Seil herein, und Meister Nathan stieß den Gesetzeshüter an, der sich räusperte und mit der lauten Fistelstimme des Gesetzes rief: »Klementine Schnadderatsch! Im Namen des Landes Dorimare und zu dem Zwecke, daß die Toten, die Lebenden und die Ungeborenen in ihren Gräbern, ihren Betten und in ihrem Mutterleib Ruhe finden mögen, verhafte ich Euch wegen Mordes an Eurem verstorbenen Gatten, dem Bauern Jeremias Schnadderatsch.«

Sie wurde totenbleich, stand einen Moment lang da und starrte ihn schweigend und zornig an. Dann lachte sie höhnisch. »Was habt Ihr Euch da wieder für einen Spaß ausgedacht, Freder Friet? Dessen wurde ich schon einmal bezichtigt, wie Ihr nur zu gut wißt, und vom Richter in allen Ehren freigesprochen. In Schwan müssen die Rechtsgeschäfte schlecht gehen, wenn Ihr nichts Besseres zu tun habt, als einer armen Frau in ihrem eigenen Haus mit alten Hetzgeschichten Angst einzujagen, die vor fast vierzig Jahren ein für allemal zum Schweigen gebracht wurden. Mein seliger Mann ist friedlich in seinem Bett gestorben, und ich kann nur hoffen, daß Ihr eines ebenso sanften Todes sterben werdet. Ihr scheint nur wenig von Recht zu verstehen, Frieder Friet, wenn Ihr nicht wißt, daß man jemand für ein und dasselbe Verbrechen nur einmal belangen kann.«

Da trat Meister Nathan vor. »Damals wurde Euch vorgeworfen«, sagte er ruhig, »daß Ihr Euren Gatten mit Weidensaft vergiftet hättet. Dieses Mal werdet Ihr angeklagt, weil Ihr ihn mit den Beeren, die einen gnädigen Tod spenden, vergiftet habt. In dieser Nacht haben die Toten ihre Sprache wiedergefunden.«

Sie stieß einen wilden Schrei aus, der bis hinauf in Hasels Zimmer drang und sie veranlaßte, sich ins Bett zu werfen und die Decke über die Ohren zu ziehen, als wäre ein Gewitter aufgezogen.

Ben stand da und grinste von einem Ohr zum anderen, wie es die Art der Landbewohner ist, wenn sie einer schmerzlichen und peinlichen Situation beiwohnen. Meister Nathan gab ihm ein Zeichen, und er trat mit der Seilrolle vor seine Herrin. Um sie zu fesseln, benötigte er jedoch des Hufschmieds und Meister Nathans Hilfe, denn wie eine echte Katze wehrte sie sich und kratzte und biß.

Als ihre Arme schließlich fest zusammengebunden waren, sagte Meister Nathan: »Und jetzt werde ich Euch die Worte des Toten vorlesen.«

Für eine Weile war sie von dem Kampf erschöpft, und ihre einzige Antwort bestand in einem frechen Blick, während er das Pergament des Bauern hervorholte und laut vorlas.

»Soll ich Euch nun verraten«, sagte er schließlich und betrachtete sie neugierig, »wer mir den Hinweis gegeben hat, ohne den ich diesen Brief nie gefunden hätte? Ein gewisser alter Mann, den Ihr gut kennt und der Portunus heißt.«

Ihr Gesicht wurde totenbleich, und mit leiser und von Entsetzen erfüllter Stimme sagte sie: »Vor langer Zeit schon habe ich erraten, wer er ist, und befürchtet, er könnte mein Verderben sein.« Dann wurde ihre Stimme schrill vor Angst, und ihre Augen starrten reglos vor sich hin, als sähe sie etwas Entsetzliches. »Das Stumme Volk!« schrie sie. »Die Stummen, die sprechen! Die Gefesselten, die sich wehren! Wie einen zahmen Vogel habe ich Portunus umsorgt und gefüttert. Aber was wissen die Toten schon von Güte?«

»Wenn der alte Portunus der ist, für den Ihr ihn haltet, sehe ich nicht ein, warum er Euch dankbar sein sollte«, sagte Meister Nathan trocken. »Nun, er hat seine Rache genommen, an Euch – und Eurem Komplizen.«

»Meinem Komplizen?«

»Jawohl, einem gewissen Endymion Lear.«

»Ach, Lear!« Sie lachte spöttisch. »Den Tod des Bauern Schnadderatsch hat jemand befohlen, der mächtiger ist als Endymion Lear.«

»Tatsächlich?«

»Und ob. Jemand, der sich nicht um Gut oder Böse schert und seine Befehle wie Getreide aussät.«

»Wen meint Ihr?«

Erneut lachte sie spöttisch. »Niemand, dessen Namen ich Euch gegenüber nennen würde. Aber Ihr könnt Euch beruhigen, er kann vor kein Gericht dieser Welt zitiert werden.«

Sie sah ihn prüfend an und sagte unvermittelt: »Wer seid Ihr eigentlich?«

»Ich heiße Nathan Hahnenkamm.«

»Dachte ich's mir doch!« rief sie triumphierend. »Ich war mir nicht sicher, doch ich hielt es für besser, kein Risiko einzugehen. Ihr scheint jedoch einen Schutzengel zu haben.«

»Ich nehme an, daß Ihr auf Eure Sorge um meine Behaglichkeit anspielt – die nette kleine Todesbotschaft, die Ihr in mein Zimmer gestellt habt, damit mir warm wird, was?«

»Ja, genau die«, erwiderte sie dreist.

Dann legte sich ein Zug unbeschreiblicher Bösartigkeit über ihr Gesicht, und mit einem hinterhältigen Lächeln sagte sie: »Wißt Ihr – Ihr habt Euch beim Abendessen verraten, ohne es zu bemerken.«

»Tatsächlich? Und wodurch, wenn ich fragen darf?«

Zuerst antwortete sie nicht, sondern betrachtete ihn schadenfroh, so wie eine Katze eine Maus betrachten mochte. Dann sagte sie langsam: »Der Sack voll Lügen, den Ihr vor uns ausgeleert habt, von wegen Ihr hättet die Burschen in Mondgras angetroffen. Euer Sohn ist nicht in Mondgras – weder war er dort, noch wird er jemals dort sein.«

»Was wollt Ihr damit sagen?« rief er heiser.

»Sagen?« wiederholte sie mit einem schrillen, triumphierenden Lachen. »Ich sage Euch folgendes: In der Nacht des einunddreißigsten Oktober, wenn das Stumme Volk unterwegs ist, hat er den Ruf Herzog Aubreys gehört und ist ihm über die Berge gefolgt.«

»Weib … was … was … redet … oder …« Die Adern an Meister Nathans Schläfen schwollen an, und in seinem Gehirn schien ein Feuer zu lodern.

Ihr Lachen wurde noch lauter. »Ihr werdet Euren Sohn nie wieder sehen!« höhnte sie. »Der junge Ranulph Hahnenkamm ist in ein Land entschwunden, aus dem niemand je zurückkehrt.«

Nicht einen Augenblick lang bezweifelte er die Wahrheit ihrer Worte. Vor seinem inneren Auge blitzten die Bilder auf, die er in den Mustern an der Decke gesehen hatte, kurz bevor er das Bewußtsein verlor – Ranulph, der in einem Levkojenfeld heiße Tränen weinte.

Das Grauen ohnmächtiger Zärtlichkeit überkam ihn, während er auf der Ebene seines Verstands zu der Feststellung gelangte, daß ES nun endlich auf ihn losgefahren war. Gleichzeitig mit dem Schmerz verspürte er Erleichterung, ohne daß diese ihn auch nur entfernt linderte – die Spannung hatte nachgelassen, und er konnte sagen: »Nun, schlußendlich ist es geschehen.«

Mit glanzlosen Augen blickte er zum Fenster und sagte

mit belegter Stimme: »Das Land, aus dem niemand je zurückkehrt … aber auch ich kann dorthin gehen.«

»Ihr wollt ihm über die Berge folgen?« rief sie spöttisch. »Nein, aus solchem Holz seid Ihr nicht geschnitzt.«

Er gab Freder Friet ein Zeichen, und sie traten gemeinsam vor das Haus. Die Hähne krähten, und der anbrechende Tag lag bereits in der Luft.

»Bringt mir mein Pferd«, sagte er tonlos. »Und könnt Ihr Fräulein Hasel für mich holen?«

Als er dies sagte, trat sie jedoch bereits zu ihnen – blaß und mit wildem Blick.

»Von meinem Zimmer habe ich Euch hinausgehen hören«, sagte sie. »Ist es – ist es vorbei?«

Meister Nathan nickte und erzählte mit ruhiger Stimme, bar jeden Gefühls, was er von der Witwe erfahren hatte. Sie wurde noch blasser als zuvor, und ihre Augen füllten sich langsam mit Tränen.

Dann wandte er sich an Freder Friet und sagte: »Ihr werdet sofort einen Haftbefehl auf Endymion Lear ausstellen und ihn dem neuen Bürgermeister, Polidor Obacht, nach Lud schicken. Und Ihr, Fräulein Hasel, verlaßt diesen Ort besser sofort – Ihr werdet vor Gericht als Klägerin auftreten müssen. Geht zu Eurer Tante, Frau Efeu Pfefferkorn, die in Faltergrün einen Laden führt. Und denkt daran, Ihr dürft kein Wort über die Rolle verlieren, die ich in dieser Angelegenheit gespielt habe – das ist von entscheidender Bedeutung. Im Augenblick bin ich in Lud nicht eben beliebt. Und wärt Ihr jetzt so nett und ließet mein Pferd satteln und herbeiführen?«

Seine Stimme war so matt, so gebrochen, daß Hasel wie auch der Hufschmied einen Moment lang in scheuem und mitfühlendem Schweigen verharrten. Dann ging Hasel davon, um sein Pferd satteln zu lassen.

»Ihr … Ihr meint das doch nicht ernst, was Ihr da zu der Witwe gesagt habt, Herr, daß … daß Ihr *hinüber*gehen wollt?« fragte Freder Friet mit ehrfürchtiger Stimme.

Plötzlich loderte in Meister Nathans Augen ein Feuer auf, und er rief grimmig: »Jawohl, hinüber, und noch weiter, wenn es denn sein muß… bis ich meinen Sohn finde.«

Es dauerte nicht lange, bis sein Pferd gesattelt war und an die Tür geführt wurde.

»Lebt wohl, mein Kind«, sagte er zu Hasel und nahm ihre Hand. Dann fügte er mit einem Lächeln hinzu: »Letzte Nacht habt Ihr mich von der Milchstraße zurückgerissen… und nun begebe ich mich auf ihr irdisches Gegenstück.«

Hasel und Freder blickten ihm nach, während er durch das Tal auf die Umstrittenen Hügel zuritt, bis er und sein Pferd nur noch ein Punkt in der Ferne waren.

»Also, so was«, sagte Freder Friet. »Jede Wette – das ist das erste Mal in der Geschichte Dorimares, daß ein Mensch seinen Sohn so sehr liebt, daß er ihm *hinüber*folgt.«

{25. KAPITEL}

Das Gesetz macht sich zum Sprung bereit

Meister Polidor Obacht erlebte buchstäblich die schlimmste Überraschung seines Lebens, als er einige Tage nach den im letzten Kapitel aufgezeichneten Ereignissen einen Haftbefehl auf Endymion Lear erhielt, der vom Gesetzeshüter von Schwan-an-der-Scheck ordnungsgemäß unterzeichnet und versiegelt war.

Dame Liliengold hatte recht gehabt mit ihrer Behauptung, daß sich sein Bruder nun völlig unter dem Einfluß des Arztes befand. Meister Polidor war ein schwacher, träger Mensch, der die Insignien seiner Macht dennoch von ganzem Herzen liebte. Daher war seine augenblickliche Stellung ideal für ihn – er sonnte sich in dem Ruhm, der dem ersten Bürger zustand, der überdies einen Staatsstreich herbeigeführt hatte, und mußte keine der eigentlichen Verpflichtungen übernehmen, die ein solcher Rang mit sich bringt.

Und jetzt war dieses entsetzliche Dokument eingetroffen, das einem Versuch gleichkam, ihm die rechte Hand abzuschlagen. Seine erste instinktive Reaktion hatte darin bestanden, loszueilen und sich mit Endymion Lear zu beraten – der allwissende, einfallsreiche Arzt wäre sicherlich in der Lage, selbst etwas so Handfestes wie einen Haftbefehl in Wind und Distelwolle zu verwandeln. Doch der Respekt vor dem Gesetz und der feste Glaube, daß alles andere sich als nichtig und wahnhaft herausstellen mochte, das Gesetz jedoch die furchterregende Festigkeit der Wirklichkeit besaß, hatten sich in Meister Polidor tief verwurzelt. Wenn ein Haftbefehl auf Endymion Lear ausgestellt worden war – nun, dann mußte er seinen Kopf unter das Joch beugen wie jeder andere Bürger auch und vor Gericht erscheinen.

Er las den Haftbefehl ein weiteres Mal durch, in der Hoffnung, daß er sich in Luft auflösen würde, sich als Fälschung oder Streich erwiese. Aber ach! Seine Echtheit war nur allzu unverkennbar – das Gesetz hatte gesprochen.

Meister Polidor ließ die Hände in einer Geste matter Verzweiflung am Körper hinunterbaumeln, seufzte schwer und stand schließlich langsam auf – es ließ sich nicht ändern, er mußte Schweigeschick rufen und den Haftbefehl umgehend ausführen lassen. Möglicherweise, nein, fast sicher würde der Arzt vor Gericht seine Unschuld beweisen; daher war es besser, diese Angelegenheit möglichst schnell in die Wege zu leiten – um so früher bekam Meister Polidor seine rechte Hand zurück.

Als Schweigeschick eintraf, sagte Meister Polidor so beiläufig wie möglich: »Ach, Hauptmann, ja ... ich habe Euch hergebeten, weil« – er lachte kurz auf – »doch tatsächlich ein Haftbefehl eingetroffen ist ... Natürlich liegt dem Ganzen ein großes Mißverständnis zugrunde, und es wird keine Schwierigkeiten bereiten, das vor Gericht aufzuklären ... Nun, es ist nämlich der Haftbefehl eines Gesetzeshüters aus Schwan-an-der-Scheck eingetroffen, und zwar auf ... nun, auf niemand anderen als auf Endymion Lear!« Erneut lachte er kurz.

»Jawohl, Euer Hochwürden«, sagte Schweigeschick. Und seine Miene drückte nicht nur keine Überraschung aus, sondern wirkte ausgesprochen grimmig.

»Ist das nicht absurd?« rief Meister Polidor. »Und es kommt äußerst ungelegen.«

Schweigeschick räusperte sich. »Ein Mörder ist ein Mörder, Euer Hochwürden«, sagte er. »Meine Frau und ich haben den gestrigen Abend in Faltergrün verbracht. Ein Vetter meiner

Frau führt dort eine Schenke und hat Silberhochzeit gefeiert, und unter den Freunden, die er eingeladen hat, waren auch die Klägerin und ihre Tante … und, nun … es gibt Dinge, die kein Angeklagter entkräften kann. Aber ich sage nichts weiter, Euer Hochwürden.«

»Das will ich doch hoffen, Schweigeschick. Ihr habt Euch bereits seltsam vergessen.« Meister Polidor starrte den reuelosen Schweigeschick zornig an. Gleichwohl konnte er sich nicht helfen – die Haltung, die dieser verdiente Mann eingenommen hatte, beunruhigte ihn zutiefst.

Zwei Stunden später, nach einem arbeitsreichen Morgen, den er seinen geschäftlichen – und vielleicht auch weniger geschäftlichen – Visiten gewidmet hatte, setzte sich Endymion Lear an seinen Mittagstisch. In ganz Lud gab es keinen glücklicheren Menschen: Er war der einflußreichste Mann der Stadt mit Verbindungen bis tief in den Magistrat hinein, und was die schrecklichen Hahnenkamms betraf – nun, er hatte ihnen erfolgreich den Stachel gezogen. Das Leben scheint wie aus einem Guß, wenn man das Gefühl hat, das alles gutgeht, und selbst seine bescheidensten Manifestationen wirken dann verklärt. An jenem Morgen hätte der Arzt sogar an gebackenen Mehlbeeren Geschmack gefunden. Wie sehr mundete ihm da die saftige Speise, die tatsächlich auf ihn wartete!

Doch es war Endymion Lear nicht bestimmt, diese Mahlzeit zu sich zu nehmen. An der Tür ertönten laut ein zwiefaches Klopfen und dann die Stimme von Hauptmann Schweigeschick, der verlangte, augenblicklich den Arzt zu sehen. Umsonst erhob die Haushälterin Einspruch und erklärte, der Doktor habe ihr die strikte Anweisung erteilt, daß er während des Essens nicht gestört werden wolle. Der Hauptmann drängte sie mit einem Aphorismus beiseite, der von dem bedeutenden Juristen, dem verstorbenen Josua Hahnenkamm, hätte stammen können: »Das Gesetz, gute Frau, nimmt keine Rücksicht auf herrschaftliche Mägen. Darf ich

Euch also bitten, aus dem Weg zu gehen?« Entschlossen stapfte er in den Salon.

»Guten Morgen, Schweigeschick!« rief der Arzt vergnügt. »Seid Ihr gekommen, um diese herrliche Taubenpastete mit mir zu teilen?«

Ein, zwei Augenblicke lang schenkte Schweigeschick ihm einem teuflischen Blick. Man darf dabei nicht vergessen, daß der Hauptmann sich nicht nur in einem solchen Grad mit dem Gesetz identifizierte, daß er jede Übertretung desselben als persönliche Beleidigung betrachtete, sondern daß er in seinem beruflichen Stolz auch tief verletzt worden war, weil er einen Mörder nicht sofort an seinem charakterischen Geruch erkannt hatte.

Hauptmann Schweigeschick war nicht unbedingt ein phantasievoller Mann. Als er jedoch so dastand und den Arzt nachdenklich betrachtete, hätte er beinahe glauben können, daß seine Miene und seine Gesichtszüge eine äußerste unvorteilhafte Veränderung durchgemacht hatten, seit er ihn zum letzten Mal gesehen hatte. Fast schien es, als säße er in einem scheußlichen grünen Licht – im entstellendsten und unheimlichsten Licht, welches das Gesetz bei seinem Spiel mit Erwartungen entfaltete – das Licht, das von dem Wort *Mörder* ausging.

»Nein danke«, sagte er barsch. »Mit Euresgleichen setze ich mich an keinen Tisch.«

Der Arzt sah ihn scharf an, hob die Augenbrauen und sagte trocken: »Ich habe den Eindruck, daß Ihr meine bescheidene Tafel in letzter Zeit mehr als einmal mit Eurer Anwesenheit beehrt habt.«

Daraufhin schnaubte und brüllte der Hauptmann mit unnatürlicher Stentorstimme: »Endymion Lear! Hiermit verhafte ich Euch im Namen des Landes Dorimare und zu dem Zwecke, daß die Toten, die Lebenden und die Ungeborenen in ihren Gräbern, ihren Betten und in ihrem Mutterleib Ruhe finden mögen.«

»Schinken und Spinat!« rief der Arzt gereizt. »Welches Spiel treibt Ihr da, Schweigeschick?«

»Ist Mord ein Spiel?« entgegnete der Hauptmann. Bei diesen Worten erbleichte der Arzt, und Schweigeschick fügte hinzu: »Ihr seid des Mordes an dem verstorbenen Bauern Schnadderatsch angeklagt.«

Die Worte wirkten wie ein Zauberspruch. Fast schien es, als wäre Endymion Lears gerissene, ironische, vogelartige Persönlichkeit wie eine Maske von ihm abgefallen. Zum Vorschein kam ein anderer Mensch, der gleichermaßen beeindruckender und tragischer war. Einige Augenblicke lang stand er blaß und schweigend da, und dann rief er mit fürchterlicher Stimme: »Verrat! Verrat! Das Stumme Volk hat mich verraten! Seinem perfiden Herrn erweist es damit einen schlechten Dienst!«

Die Nachricht von der Verhaftung des Endymion Lear, gegen den Anklage wegen Mordes erhoben worden war, breitete sich wie ein Lauffeuer in Lud aus.

An jeder Straßenecke waren kleine Gruppen von Händlern, Lehrbuben und Seeleuten zu sehen, die in eine rege Unterhaltung vertieft waren. Die taubstumme Metze, die Scharfe Sissy, flitzte von Gruppe zu Gruppe und stachelte sie mit ihrer sonderbaren, unbeholfenen Redeweise an, während die alte Mutter Schwips sich ihr tänzelnd an die Fersen heftete, abwechselnd vor wahnsinniger Schadenfreude lachte, dann wieder heulend die Hände rang und jammerte, daß sie die Wäsche des Arztes noch nicht zurückgebracht habe, es sei eine traurige Sache, daß er seine letzte Reise in schmutzigen Kleidern antreten müsse. »Denn er wird Herzog Aubreys hölzernes Pferd besteigen – die Herren haben mir das erzählt«, fügte sie mit geheimnisvollem Kopfnicken hinzu.

Inzwischen hatte Lukas Hanfling Schweigeschick berichtet, was er von den kleinen Hirten über die ›Fische‹ erfahren hatte, die von der Witwe und dem Arzt gefangen worden waren. Augenblicklich wurden die Freisassen unterrichtet, die an der Grenze stationiert waren, und angewiesen, die Scheck mit einem Schleppnetz abzusuchen, und zwar an der Stelle, an der sie hervorsprudelte, nachdem sie unterirdisch die Umstrittenen Hügel passiert hatte. Daraufhin entdeckten sie Binsenkörbe voller Feenfrüchte, die so geschickt mit Gewichten beschwert worden waren, daß sie unterhalb der Wasseroberfläche dahintrieben.

Diese Entdeckung veränderte Meister Polidors Einstellung gegenüber Endymion Lear beträchtlich.

{26. KAPITEL} *»Weder Baum noch Mensch«*

Angesichts der Unruhen, die die Verhaftung von Endymion Lear unter der Bevölkerung ausgelöst hatte, hielt es der Stadtrat für geboten, seine Verhandlung und die der Witwe Schnadderatsch allen anderen Rechtsgeschäften vorzuziehen. Sobald also die beiden wesentlichen Zeugen, Freder Friet und Meiran Kies, in Lud-in-den-Nebeln eingetroffen waren, wurde sie auf den frühestmöglichen Termin festgesetzt.

Noch nie in der Geschichte von Dorimare war eine Gerichtsverhandlung mit so großer Neugier erwartet worden. Sie sollte um neun Uhr morgens beginnen, und um sieben Uhr war der Gerichtssaal bereits proppenvoll, während sich eine wogende Menschenmenge in den Hof drängte und bis auf die dahinterliegende Hauptstraße stand.

In der ersten Reihe saßen Dame Liliengold, Dame Jasmin, Dame Traumliebchen und die anderen Frauen der Ratsherren. Ansonsten war der Saal größtenteils mit Händlern und ihren Frauen gefüllt sowie anderen ruhigen, wohlhabenden Bürgern. Hinter diesen drängte sich der lärmende, unverschämte, sich räuspernde und brüllende Pöbel – Lehrbuben, Seeleute, Hausierer, Dirnen. Ihre zotigen Zwischenrufe ließen keinen Zweifel daran, auf wessen Seite ihre Sympathien lagen: »Der Kakadu meiner alten Oma frißt schrecklich gern Kirschen. Vielleicht sollten wir das den Freisassen erzählen, damit sie ihn als Schmuggler einlochen können« oder: »Wo steckt Schweigeschick? Laßt Schweigeschick und den Bürgermeister holen! Vor zweihundert Jahren hat ein alter Opa eine Gallone Krabbensuppe gegessen und ist in derselben Nacht gestorben – verhaftet Doktor Lear und knüpft ihn dafür auf!«

Als die Uhr jedoch neun schlug und Meister Polidor Obacht in seinem fast priesterlich anmutenden purpurnen Ornat, das goldfarben mit Sonne, Mond und Sternen bestickt war, zusammen mit den anderen zehn Richtern in scharlachroten Hermelinmänteln langsam hereinmarschierte, sich feierlich vor der Versammlung verbeugte und auf dem Podium Platz nahm, senkte sich Stille über den Saal herab. Denn die Angst vor dem Gesetz war jedem Dorimaraner angeboren, mochte er auch noch so übel beleumundet sein.

Als Schweigeschick in seiner grünen Uniform und mit einer Axt in der Hand, gefolgt von zwei oder drei weiteren Stadtfreisassen, mit den beiden Gefangenen hereinstapfte und sie zur Anklagebank führte, erhob sich leises Gemurmel.

Obwohl Endymion Lear in Lud schon seit langem eine bekannte Persönlichkeit war, wandten sich ihm alle Blicke mit einer solchen Neugier zu, als wäre er ein Wilder aus der Bernsteinwüste und der erste seiner Art, den man in Dorimare zu sehen bekam. Das Rampenlicht des Gesetzes spielte der Wirklichkeit eigenartige Streiche – unter den Zuschauern dachten viele, sie könnten die Spuren seiner üblen Taten deutlich sichtbar in seinen vertrauten Gesichtszügen erkennen.

Für jene unter den Zuschauern, die weniger leicht zu beeindrucken waren, sah er so aus wie immer, wenn auch vielleicht ein wenig blaß um die Nase. Seinen abschätzigen Blick ließ er mit gewohnter Dreistigkeit über den Saal gleiten, als wollte er sagen: ›Alles Unsinn, alles Gewäsch! Aber man muß aus schlechtem Material das Beste machen.‹

»Er wird die Richter ganz schön auf Trab halten!«

»Wenn er sterben muß, wird er tapfer sterben!« flüsterten einige seiner Parteigänger vergnügt.

Das Gesicht der Witwe dagegen war totenbleich und bar jeden Ausdrucks. Das verlieh ihr eine geradezu tragische, unheimliche Schönheit, die an die Gesichter der Standbilder auf dem Schauerfeld erinnerte.

»Keine Frau, der ich unbedingt nachts in einer einsamen Gasse begegnen möchte«, lautete das allgemeine Urteil über die Angeklagte.

Der Gerichtsschreiber rief »Ruhe!«, und Meister Polidor sprach mit feierlicher Stimme: »Endymion Lear und Klementine Schnadderatsch, hebt Eure Hände.« Sie folgten seiner Anweisung. Woraufhin Meister Polidor folgende Anklage verlas: »Endymion Lear und Klementine Schnadderatsch, Euch wird vorgeworfen, vor sechsunddreißig Jahren den verstorbenen Bauern und Gesetzeshüter Jeremias Schnadderatsch mit sogenannten Beeren, die einen gnädigen Tod spenden, vergiftet zu haben.«

Dann kniete die Klägerin, eine arglos wirkende junge Frau (natürlich niemand anderes als unsere alte Freundin Hasel) vor dem Podium nieder und küßte das große Siegel. Daraufhin führte der Gerichtsschreiber sie zu einer vertäfelten Kanzel, wo sie mit bewundernswerter Anschaulichkeit die Geschichte der Ermordung ihres Großvaters erzählte – mit leiser Stimme, doch so deutlich, daß sie bis in die hintersten Ecken des Saals drang.

Als nächstes erzählte die aufgeregte und zaghafte Frau Efeu Pfefferkorn den Richtern etwas weitschweifig, was sie auch schon Meister Nathan erzählt hatte.

Dann folgten die Aussagen von Freder Friet und Meiran Kies, und schließlich wurde das Dokument des verstorbenen Bauern unter den Richtern herumgereicht.

»Endymion Lear!« rief Meister Polidor. »Das Gesetz heißt Euch sprechen oder schweigen, wie Euer Gewissen Euch gebietet.«

Und als Endymion Lear sich erhob, um sich zu verteidigen, schien sich die Stille im Saal zu verdreifachen.

»Meine Herren Richter!« hub er an. »Hier stehe ich, vielleicht nicht hoch genug, um außer Reichweite des Galgens zu gelangen, doch weit höher, will ich meinen, als alle hier Anwesenden. Vorab bitte ich Euch, nicht zu vergessen, daß ich mein Leben in die Dienste von Dorimare gestellt habe.« (In diesem Moment kam es im hinteren Bereich des Saals zu Unruhen, Rufe wie »Nieder mit den Ratsherren!« und »Lang lebe der gute Doktor!« wurden laut. Die Möchtegernunruhestifter wurden jedoch vom Donnern des Gesetzes eingeschüchtert: »Ruhe!« grollte der Gerichtsschreiber.)

»Ich habe Euch an Körper und Geist gesund erhalten. Erst habe ich ein Buch geschrieben, das vor einigen Jahren anonym veröffentlicht wurde, um Euch zu zeigen, welch sonderbare Keime in jedem von Euch ruhen. Allerdings ist das Buch kaum auf die Gegenliebe gestoßen, die es verdient hätte.« Er stieß ein trockenes Lachen aus. »Um es einmal klar und deutlich auszusprechen: Die Auflage wurde sogar vom gewöhnlichen Henker verbrannt – und hättet Ihr den Autor aufgespürt, hätte Ihn das gleiche Schicksal ereilt. Ihr könnt mir glauben: Seit ich es geschrieben habe, fürchte ich um mein Leben und traue mich kaum, einem rothaarigen Menschen in die Augen zu blicken – geschweige denn einer blauen Kuh!« Einige seiner Parteigänger hinten im Saal lachten brüllend.

Er hielt inne und fuhr dann in ernsterem Tonfall fort: »Warum habe ich mir all die Mühe mit Euch gemacht? Warum habe ich Euch zuliebe meine ganze Gelehrsamkeit und Kunstfertigkeit aufgewendet? Um ehrlich zu sein, ich weiß es selbst kaum … vielleicht spiele ich einfach gern mit dem Feuer. Vielleicht kennt mein Mitgefühl keine Grenzen.

Meine Freunde, Ihr seid Ausgestoßene, auch wenn Ihr das nicht wißt, und Ihr habt Euren Platz auf Erden verwirkt. Denn es gibt zwei Gattungen – Bäume und Menschen. Und jeder wurden andere Gaben zugeteilt. Bäume sind stumm, reglos, gelassen. Sie leben und sterben, doch von Leben und

Tod haben sie nicht gekostet; ihnen wurde ein Geheimnis anvertraut, aber nicht offenbart.

Die andere Gattung – der leidenschaftliche, tragische, wurzellose Baum – ist der Mensch! Aber ach! Er ist ein Geschöpf, dessen höchste Privilegien gleichzeitig ein Fluch sind. Auf seiner Zunge liegt immerzu jener bittersüße Geschmack von Leben und Tod, der den Bäumen unbekannt ist. Ohne Unterlaß wird er von den beiden Wildpferden Erinnerung und Hoffnung vorwärtsgezerrt. Ihn quält das Geheimnis, das er nie verraten kann. Denn jeder Mensch, der diesen Namen verdient, ist eingeweiht – doch jeder in ein anderes Geheimnis. Manche wandeln mit dem mitleidigen, leicht spöttischen Lächeln eines Meisters neben Anfängern unter ihren Mitmenschen. Manche sind vertrauensselig und geschwätzig und würden ihr Geheimnis so gern verraten – umsonst! Denn obwohl sie es auf dem Markt hinausschreien oder in Liedern und Gedichten flüsternd mitteilen, ist das, was sie sagen, nie dasselbe wie das, was sie wissen. Sie gleichen Gespenstern, denen eine Botschaft von äußerster Wichtigkeit anvertraut wurde, doch sie können nur stammeln und mit den Ketten rasseln.

Solcher Art sind nun die beiden Gattungen. Und zu welcher gehört Ihr, Bürger von Lud-in-den-Nebeln? Zu keiner, denn Ihr seid weder gelassen, majestätisch und stumm noch ruhelos, leidenschaftlich und tragisch.

Es war mir nicht möglich, Euch in Bäume zu verwandeln. Aber ich hatte gehofft, Menschen aus Euch zu machen.

Ich habe Eure Körper genährt und geheilt. Gern hätte ich Euren Seelen das gleiche angedeihen lassen.« (Er hielt inne und wischte sich über die Stirn. Allem Anschein war das Sprechen für ihn anstrengender, als zu erwarten gewesen war. Dann fuhr er fort, und seine Stimme klang jetzt auf sonderbare Weise erregt.) »Es gibt ein Land, wo Sonne und Mond nicht scheinen; wo Vögel nur Träume sind, Sterne Illusionen und die unsterblichen Blumen aus Todessehnsucht sprießen. In jenem Land wachsen Früchte, deren Saft manche in den Wahnsinn treibt und manche zu Menschen macht. Denn diese Früchte enthalten Leben und Tod, und sie bilden die angemessene Nahrung für die Seelen der Menschen. Vor kurzem habt Ihr herausgefunden, daß ich seit Jahren mithelfe, diese Früchte nach Dorimare zu schmuggeln. Der Bauer Schnadderatsch hätte sie Euch vorenthalten – also habe ich ihm die Beeren verschrieben, die einen gnädigen Tod spenden.« (Dieses Schuldgeständnis sorgte im hinteren Bereich des Saales erneut für Unruhe. »Glaubt ihm kein Wort!« und »Gebt nicht auf, Doktor!« wurde gerufen und so fort. Die Freisassen mußten eine ganze Reihe grobschlächtiger Kerle hinauswerfen. Unter ihnen erkannte Meister Ambrosius, der auf dem Podium erhöht saß, den Seemann Sebastian Schuft, den er zusammen mit Meister Nathan auf dem Schauerfeld beobachtet hatte. Als Ruhe und Ordnung wiederhergestellt waren, ergriff Endymion Lear erneut das Wort.) »Ja, ich habe ihm die Beeren verschrieben, die einen gnädigen Tod spenden. Welche Bedeutung hatte es für die Welt, ob er in Dorimare Weizen erntet oder Levkojen jenseits der Berge?

Und jetzt, meine werten Richter, werde ich Eurem Urteil zuvorkommen. Ich habe mich schuldig bekannt, und Ihr werdet mich auf einem Geschöpf reiten lassen, das vom gemeinen Volk Herzog Aubreys Pferd genannt wird. Und Ihr werdet der Meinung sein, daß Ihr mir das aufbürdet, weil ich geholfen habe, den Bauern Schnadderatsch umzubringen. Ihr seid jedoch verblendet, meine Herren Richter, und selbst mit Brille könnt Ihr nur einfache, große Schrift lesen. Nicht *Ihr* seid es, die mich bestrafen, sondern andere, und zwar für eine Sünde wider die Natur. Während meiner Tage in Gefangenschaft habe ich viel über mein Leben nachgegrübelt, und ich bin zu der Erkenntnis gelangt, daß ich gesündigt habe. Wie das? Ich darf wohl behaupten, ein fähiger Apotheker zu sein, und in meinen Schmelztiegeln entreiße ich der raffiniertesten Mischung ihr Geheimnis – sei es nun weißes Arsenik,

Rauschrot, Quecksilber oder Kanthariden. Doch wo ist der Schmelztiegel oder der Apotheker, der eine Sünde wider die Natur analysieren könnte?

Aber ich habe nicht umsonst gelebt. Ihr werdet mich auf Herzog Aubreys Pferd reiten lassen, und alsbald wird der janusköpfige Arzt vergessen sein – ebenso wie Ihr, meine Herren Richter. Lud-in-den-Nebeln dagegen wird überdauern, ebenso wie das Land Dorimare und das gefürchtete Land jenseits der Berge. Die Bäume werden weiterhin das Leben aus dem Boden und den Wolken saugen, die Winde werden nächtens heulen, und die Menschen werden Träume träumen. Wer weiß? Vielleicht wird eines Tages mein bittersüßer Herr, der über Leben und Tod gebietet und über Lachen und Tränen, auf den Köpfen seiner stummen Bataillone herbeigetanzt kommen und in Dorimare wilde Lieder anstimmen.

Das, meine Herren, war also meine Verteidigung.« Und er verneigte sich vor dem Podium.

Während er gesprochen hatte, waren die Richter zunehmend ungeduldig und verärgert geworden. Das war nicht die Sprache des Gesetzes.

Die Zuschauer waren geteilter Meinung. Einerseits hatten sie mit gespannter Aufmerksamkeit dagesessen, die Lippen leicht geöffnet, den Blick verträumt, als würden sie einer Melodie lauschen. Die Mehrheit jedoch – obwohl viele von ihnen Parteigänger des Arztes waren – hatte das Gefühl, betrogen worden zu sein. Sie hatten erwartet, daß ihr Held, ob schuldig oder nicht, in seiner Verteidigung die Beweise so hindrehen würde, wie sie ihm paßten, und damit die Richter aus dem Konzept brächte. Statt dessen hatte er eine verworrene Rede gehalten und hatte, so glaubten sie zumindest, anstößige Sachen gesagt. Entsprechend kicherten die Mädchen, und die Kerle verzogen die Gesichter zu einer Grimasse, mit der das gemeine Volk alles kommentiert, was ihm albern oder schamlos erscheint.

»Entsetzlich geschmacklos, kann ich da nur sagen«,

flüsterte Dame Traumliebchen Dame Liliengold zu (die Schwägerinnen waren übereingekommen, das Kriegsbeil zu begraben). »Du hast ja schon immer gesagt, daß dieser kleine Mann ein vulgärer Kerl ist.« Dame Liliengold zuckte jedoch nur die Achseln und seufzte verhalten.

Dann war die Witwe Schnadderatsch an der Reihe, in die Kanzel zu steigen und sich zu verteidigen.

Bevor sie das Wort ergriff, durchbohrte sie nacheinander die Richter, die Klägerin und die Zuschauer mit einem unverschämten, spöttischen Blick. Dann hub sie in ihrer tiefen, fast maskulinen Stimme an: »Ihr habt mir eine Frage gestellt, deren Antwort Ihr nur zu gut kennt, sonst stünde ich jetzt nicht hier. Ja, ich habe Schnadderatsch umgebracht – und Gott sei Dank sind wir ihn los! Ich war dafür, ihn mit Weidensaft zu töten, aber der Kerl, den Ihr Endymion Lear nennt, war schon immer eher zimperlich und weichherzig (wenn er nichts dabei zu verlieren hatte jedenfalls). Er hat mir die Todesbeeren besorgt und mich überredet, sie ihm statt der Weiden im Gelee zu verabreichen.« (Wie schade, daß Meister Nathan nicht da war, um sich in seinem Scharfsinn zu sonnen!) »Er zog die Beeren nicht nur deswegen vor, weil sie zu einem schmerzlosen Tod führten. Er hatte ihre Wirkung noch nie zuvor beobachtet, und der Tod hatte es ihm schon immer angetan – er wollte den Tod schmecken und riechen und berühren, wie ein Bauer, der auf dem Markt Getreide begutachtet. Aber eins muß ich ihm lassen: Wenn er nicht gewesen wäre, wären das Mädchen dort drüben, das ihn und mich gerade angeprangert hat« – mit einer Kopfbewegung wies sie auf die blasse, zitternde Hasel –, »und ihr Vater dem Bauern schon längst gefolgt. Das sage ich in der Hoffnung, daß die Maid von ihrem Gewissen noch einige Nächte wachgehalten wird, wenn sie daran denkt, was sie dem Mann angetan hat, der ihr Leben gerettet hat. Zweifelsohne wird ihr das nur einen kleinen Stich versetzen, aber den gönne ich ihr von Herzen.

Und jetzt, liebe Leute, möchte ich Euch einen Rat geben, bevor ich meinen letzten Ritt antrete, im Damensattel neben meinem alten Freund Endymion Lear. Nehmt nie einen Toten bei Euch zu Hause auf. Denn die Toten sind schmutzige Köter und schnappen nach der Hand, die sie füttert.«

Mit einem boshaften Lächeln stieg sie aus der Kanzel hinab. Mehr als nur einer unter den Zuschauern wurde vor Entsetzen fast ohnmächtig und hätte nur zu gern auf der Stelle den Saal verlassen.

Es blieb nichts weiter zu tun, und so verkündete Meister Polidor das Urteil. Obwohl die Angeklagten ihm etwas den Wind aus den Segeln genommen hatten, verspürte er angesichts der altehrwürdigen Worte eine gewisse Erregung.

»Endymion Lear und Klementine Schnadderatsch, ich erkläre Euch des Mordes für schuldig und übergebe Eure Körper den Vögeln und Eure Seelen ihrem Ursprung. Mögen sich alle hier Anwesenden ein Beispiel an Eurem Schicksal nehmen und Ihr Verhalten ändern, sofern es dessen bedarf, oder, sofern es tadellos ist, darin nicht schwanken. Denn jeder Baum kann ein Galgen werden, und jeder Mensch hat einen Hals, an dem er gehenkt werden kann.«

Die Witwe nahm ihr Urteil mit völliger Gleichgültigkeit entgegen, Endymion Lear mit einem spöttischen Lächeln. Nachdem es gefällt worden war, kam es im hinteren Bereich des Saals zu einigem Durcheinander, und eine groteske Gestalt riß sich in wilder Aufregung von ihren Nachbarn los, drängte sich bis zum Podium vor und warf sich Meister Polidor vor die Füße. Es war Fräulein Ehrenpreis Holzapfel.

»Euer Hochwürden! Euer Hochwürden!« rief sie mit schriller Stimme. »Hängt mich an seiner Statt! Mein Leben für das seine! War nicht ich es, die Euren Töchtern mit offenen Augen Feenfrüchte gegeben hat? Ich preise mich glücklich, daß ich das bescheidene Werkzeug des Herrn sein darf, dem er so treu gedient hat. Teurer Meister Polidor, habt Mitleid mit Eurem Land, verschont den Wohltäter von Dorimare, und wenn das Gesetz eines Opfers bedarf, laßt mich es sein – ein närrisches, nutzloses Weib, dessen einziges Verdienst darin bestand, daß es an Schönheit glaubte, ohne sie jemals gesehen zu haben.«

Weinend und sich windend, das Gesicht zu einer grotesken, tragischen Maske verzerrt, wurde sie sie unter dem Gelächter und dem spöttischen Beifall der Zuschauer aus dem Saal geschleppt.

An jenem Nachmittag kam Schweigeschick zu Meister Polidor, um ihn darüber in Kenntnis zu setzen, daß ein junges Dienstmädchen gerade in der Wachstube gewesen war: Fräulein Ehrenpreis Holzapfel hatte sich umgebracht.

Meister Polidor eilte augenblicklich an den Ort der Tragödie, und dort, in jenem hübschen Garten, in dem viele Generationen von Holzapfelblüten herumgetollt waren, gekichert und einander ungezogene kleine Geheimnisse zugeflüstert hatten, fand er Fräulein Ehrenpreis vor. Sie hing mausetot an einem ihrer eigenen Apfelbäume.

»Nun ja, Schweigeschick, wie heißt es doch in dem alten Lied«, sagte Meister Polidor. *»Hier hängt ein Mägdelein, das um der Liebe willen gestorben ist.«*

Meister Polidor war für seinen trockenen Humor bekannt.

Im großen Hof der Gildenhalle war ein Galgen aufgebaut worden, und am nächsten Tag bei Sonnenaufgang wurden Endymion Lear und die Witwe Schnadderatsch am Hals aufgehängt, bis sie tot waren.

Gerüchten zufolge war aus dem Zimmer, in dem sich vor langer Zeit Herzog Aubreys Hofnarr umgebracht hatte, ein merkwürdiges, silbrig perlendes, schallendes Gelächter ertönt, als sich das Gesicht des Arztes zu seiner letzten Grimasse verzerrte.

{27. KAPITEL}
Jahrmarkt in den Elfenmarken

Etwa zwei Stunden nachdem er vom Gehöft losgeritten war, gelangte Meister Nathan in eine geschützte kleine Talsenke am Fuß der Umstrittenen Hügel, wo die Abordnung der Freisassen von Lud ihr Lager aufgeschlagen hatte.

»Halt!« rief der Wachtposten – und ließ erschrocken seine Muskete fallen. »Also so was, wenn das nicht Euer Hochwürden ist!« stotterte er. Sechs oder sieben seiner Kameraden, die im Lager herumlungerten und entweder Karten spielten oder auf dem Rücken lagen und den Himmel betrachteten, eilten herbei, als sie den Anruf hörten. Sprachlos vor Erstaunen starrten sie Meister Nathan an.

»Ich bin auf der Suche nach meinem Sohn«, sagte er. »Mir wurde gesagt, daß er … ähem … vor zwei oder drei Nächten hier vorbeigekommen ist. Falls das stimmt, müßtet Ihr ihn gesehen haben.«

Die Freisassen schüttelten die Köpfe. »Nein, Euer Hochwürden, wir haben keinen kleinen Jungen gesehen. Wir sind schon seit Wochen hier stationiert, aber noch keiner Menschenseele begegnet. Falls doch irgendwelche Leute in der Gegend unterwegs sind, müssen sie so flink wie die Schwalben, so leise wie die Katzen und so unsichtbar wie – nun, wie die Toten selbst sein. Nein, Euer Hochwürden, der junge Meister Hahnenkamm ist in letzter Zeit hier nicht vorbeigekommen.«

Meister Nathan seufzte erschöpft. »Ich hatte schon befürchtet, diese Auskunft zu bekommen«, sagte er. Eher verträumt und zu sich selbst fügte er hinzu: »Wer weiß? Vielleicht hat er die Milchstraße genommen?«

In diesem Augenblick wurde ihm deutlich bewußt, daß dies wahrscheinlich sein letztes Zusammentreffen mit gewöhnlichen Menschen war, und er schenkte ihnen ein leicht wehmütiges Lächeln.

»Nun denn«, sagte er, »Ihr verbringt hier angenehme Ruhetage, nehme ich an ... keine Arbeit, genug zu essen und zu trinken, was? Hier habt Ihr ein paar Kronen. Schickt jemanden um eine Schweinehaut Wein zu einem der Gehöfte, und trinkt auf mein Wohl ... und auf das meines Sohnes. Ich werde zu einer Reise aufbrechen, die ziemlich lange dauern könnte. Diesen Reitweg kann ich wohl ebensogut nehmen wie jeden anderen, wie?«

Sie starrten ihn verwundert an.

»Bitte, Euer Hochwürden, entschuldigt, daß ich mich einmische, aber Ihr begeht sicher einen Irrtum«, sagte der Wachtposten mit erschrockener Stimme. »Hier in der Gegend führen alle Reitwege ausnahmslos in die Elfenmarken ... und darüber hinaus.«

»Genau dorthin möchte ich«, erwiderte Meister Nathan knapp. Und er gab seinem Pferd die Sporen und galoppierte an den entsetzten Freisassen vorbei einen der Reitwege hinauf, als wolle er die Umstrittenen Hügel im Sturm nehmen.

Für einige Sekunden standen die Männer da und starrten einander aus verängstigten, verwunderten Augen an. Dann stieß der Wachtposten einen erstaunten Pfiff aus.

»Er muß den kleinen Kerl wirklich gern haben«, sagte er.

»Falls der kleine Kerl wirklich an uns vorbeigeschlüpft ist, ohne daß wir ihn gesehen haben, dann ist er der dritte Hahnenkamm, der die Berge überquert. Erst das junge Fräulein aus der Schule, dann der Kleine und jetzt der Bürgermeister.«

»Wohl wahr, aber auf leeren Magen ist ihnen das nicht eingefallen – zumindest bei den Holzapfelblüten wissen wir's, und wenn die Gerüchte stimmen, hatte auch der Sohnemann eine Vorliebe für gewisse Genüsse, von denen er lieber die Finger gelassen hätte«, fuhr ein anderer fort. »Etwas anderes ist es, wenn man bei klarem Verstand hinüberreitet. Doktor Lear muß sich geirrt haben, als er behauptete, die Ratsherren seien alle überfordert. Etwas Mutigeres hat in Dorimare noch niemand vollbracht.«

Meister Nathan ritt – wie lange, hätte er nicht sagen können – immer weiter den Reitweg hinauf, der sich durch die Ausläufer der Berge schlängelte, die allmählich anstiegen. Er begegnete keinem Lebewesen – weder einer Ziege noch einem Vogel. Allmählich fühlte er sich seltsam schläfrig, als ritte er in einen Traum hinein.

Plötzlich schien sein Bewußtsein aus dem Tritt zu geraten, einen Schritt in Raum und Zeit zu überspringen, denn er fand sich auf einer Landstraße wieder, mitten unter einer Gruppe von Bauern in Festtagstracht. Allerdings wunderte ihn das nicht – seine passive, unkritische Stimmung war gegen Überraschungen unempfindlich.

Und doch … was waren das für Leute, unter die er da geraten war? Eine gewöhnliche Schar Bauern an einem Feiertag? Auf den ersten Blick schien es so. Es waren hübsche Mädchen darunter, mit blondem Haar, das unter roten und blauen Tücher hervorlugte; und Provinzstutzer, die vielfarbene Strumpfbänder über Kreuz trugen; und alte Frauen mit gelassenen, edlen Gesichtern – eine Dorfgemeinschaft, die zu einer Lustbarkeit unterwegs war.

Aber warum waren ihre Augen so starr und sonderbar, und warum schritten sie in völliger Lautlosigkeit einher?

Da flüsterte ihm der unsichtbare Cicerone der Träume, jenes andere Ich, deutlich ins Ohr: *Das sind diejenigen, die wir die Toten nennen.*

Und wie alles, was der Cicerone sagte, schien dies ein helles Licht auf seine Umgebung zu werfen, die augenblicklich normaler, wenn nicht gar alltäglich wurde.

Dann bog die Straße unvermittelt ab, und vor ihnen erstreckte sich Heideland, das mit den weißen Buden eines Jahrmarkts übersät war.

»Das ist der Jahrmarkt der Seelen«, flüsterte der unsichtbare Cicerone.

»Selbstredend, selbstredend«, murmelte Meister Nathan, als hätte er schon sein ganzes Leben von dessen Existenz gewußt. Und wirklich hatte er Ranulph vollkommen vergessen und war der Meinung, daß der Besuch des Jahrmarkts der einzige Zweck seiner Reise sei.

Sie betraten die Heide und entrichteten bei einem schweigenden alten Mann ihren Obolus. Obwohl Meister Nathan mit einer Münze bezahlte, deren Material und Prägung ihm unbekannt waren, hatte er nicht das Gefühl, es mit einem fehlenden Glied in der Kette von Ursache und Wirkung zu tun zu haben, als er sie aus der Tasche zog.

Nach außen unterschied sich dieser Jahrmarkt in nichts von ähnlichen Lustbarkeiten in Dorimare. Zinngießer, Schuhmacher und Silberschmiede stellten ihre Waren aus. Es gab Kühe, Schafe und Schweine, Erfrischungsbuden und Schausteller. Doch statt des fröhlichen, vielfältigen Lärms, der einen Teil des Vergnügens auf einem echten Jahrmarkt ausmacht, herrschte hier vollkommene Stille. Die Tiere schwiegen ebenso wie die Menschen – Totenstille und greller Sonnenschein.

Meister Nathan spazierte los, um sich die Buden anzuschauen. An einer wurden Pfeile auf eine Pappzielscheibe geworfen, auf der unterschiedliche Himmelskörper aufgemalt waren, mit dem Mond in der Mitte. Jeder, dessen Pfeil im Mond steckenblieb, durfte sich aus einem Haufen glitzernder Gegenstände einen Preis aussuchen: goldfarbene Federn, mit sonderbaren Mustern bemalte Muscheln, leuchtendbunte Töpfe, Fächer und silberne Schafsglocken.

Sieht alles aus wie Hanfchens neuer Wandschmuck, dachte Meister Nathan.

In einer anderen Bude befand sich ein Karussell mit silberfarbenen Pferden und vergoldeten Wagen, beide jämmerlich glanzlos geworden. Das Karussell war eine primitive Angelegenheit, die von keinem Mechanismus angetrieben wurde, sondern durch die endlose Plackerei eines lebenden Ponys – einem geduldigen, schmutzigen Tier –, das mit einem Seil daran festgebunden war. Die Drehbewegung brachte dünne, rauhe Töne hervor – Lieder, die sich in Lud-in-den-Nebeln großer Beliebtheit erfreut hatten, als Meister Nathan noch ein kleiner Junge gewesen war.

Ach, du kleiner Charmeur mit der hübschen braunroten Schleife, erklang da und *Das alte Plappermaul ist auf den Hintern gefallen* sowie *Warum hat sie ihr hübsches blaues Auge auf den Kerl mit den silbernen Schnallen geworfen?*

Doch mit Ausnahme eines einsamen kleinen Jungen drehten die traurigen Pferde und Wagen ihre Runden ohne Reiter. Die kecken Melodien klangen so dünn und matt, daß sie die Stille und die melancholische Atmosphäre eher noch zu betonen schienen.

Der kleine Junge schluchzte hoffnungslos und untröstlich vor sich hin, als würde er spüren, daß er von einem unerbittlichen Schicksal dazu verdammt worden war, sich bis in alle Ewigkeit mit diesen glanzlosen Pferden und Wagen im Kreis zu drehen, mit dem schmutzigen geduldigen Pony und den rauhen Melodien.

»Es ist noch nicht lange her«, sagte der unsichtbare Cicerone, »daß dieser Junge den Sterblichen geraubt wurde. Er kann noch weinen.«

Meister Nathan spürte plötzlich, wie sich ihm der Hals zuschnürte. Der arme kleine Junge! Der arme kleine Junge! Woran erinnerte er ihn doch gleich? An etwas Schmerzliches, das seinem Herzen sehr nahestand.

Das Pony trottete weiter im Kreis herum. Die verborgene

Spieluhr drehte sich weiter und orgelte ihre dünnen, verzerrten Melodien herunter.

Warum hat sie ihre schönen blauen Augen
Auf den Kerl mit den silbernen Schnallen geworfen?
Und der hübsche und rüstige Junge, der keinen Pfennig besitzt,
Erhält nichts als einen Schlag auf die Finger!

Diese geschmacklosen Lieder hatten zwar ihren Glanz verloren, aber wirklich alt waren sie nicht. Dennoch waren sie für Meister Nathan die ältesten Lieder überhaupt, die von den Morgensternen gesungen worden waren, als die Welt noch jung war. Denn sie waren mit seiner Jugend befrachtet und riefen die Erinnerung – oder eher den Geschmack und Geruch – jener ernsten, unschuldigen Welt der Kindheit in ihm wach, einer Welt *ohne* Schelmerei, *ohne* Humor, *ohne* Gewöhnlichkeit, in der sie so rein und silbrig wie die Flöte eines Schäfers geklungen hatten; in der der kleine Charmeur mit der hübschen braunroten Schleife und das durchtriebene Flittchen, das ihre schönen blauen Augen auf den Kerl mit den silbernen Schnallen geworfen hatte, mit den phantastischen schönen Damen aus den Kinderreimen verschwistert gewesen und wie sie immer zur Begleitung klingender Glocken dahinspaziert waren und sich vom Duft von Rotem Jasmin und Milchspeise mit Pfirsichen und Sahne ernährt hatten; und deren Gesten stets übertrieben und deren Handeln immer absurd gewesen waren – unsinnige Taten, die keiner Erklärung bedurften. Schwiegermütter, zänkische Frauen und Liebe hingegen waren nicht mehr als hübsche Worte gewesen, wie leuchtendbunte Perlen, die ohne Bedeutung aneinandergereiht wurden.

Während Meister Nathan der Musik lauschte, wußte er, daß andere Leute andere Lieder hörten – welche Lieder auch immer das Pfeifen des Milchmanns, die geborstene Fiedel eines Straßenmusikanten, die Stimmen junger Stutzer auf dem Rückweg aus der Schenke um Mitternacht oder die Morgensterne gesungen haben mochten, als sie in den Kinderschuhen steckten.

Ach, du kleiner Charmeuer mit deiner hübschen braunroten Schleife,
Mach nur so weiter, bis ich dich bei deiner Mutter verpfeife!

Immer weiter im Kreise drehten sich die glanzlosen Pferde und Wagen auf ihrer jämmerlichen kurzen Reise, immer weiter im Kreise trottete das Pony – das staubige, gewöhnliche kleine Pony.

Meister Nathan rieb sich die Augen und schaute sich um. Er hatte das Gefühl, als würde er nach einem Sprung ins Wasser langsam an die Oberfläche zurückkehren. Der Jahrmarkt schien zum Leben zu erwachen – die Stille war zu einem leisen Murmeln geworden. Und jetzt schwoll sie zu einem buntgemischten Lärm an: schwatzende Stimmen, muhende Kühe, grunzende Schweine und die heiseren Rufe der Trödelhändler, die ihre Waren anpriesen – kurz gesagt, alle Geräusche, die man von einem ganz gewöhnlichen Jahrmarkt erwartet.

Er schlenderte von dem Karussell fort und mischte sich unters Volk. Alle Budenbesitzer machten gute Geschäfte, vor allem aber die Obst- und Gemüsehändler – *ihre* Buden wurden geradezu belagert.

Doch siehe da! Sie verkauften Früchte, wie er sie in jenem geheimnisvollen Zimmer unter der Gildenhalle gesehen hatte – und im Gehäuse seiner Großvateruhr versteckt! Es waren Feenfrüchte. Als ihm das klarwurde, verspürte er allerdings keinerlei moralische Entrüstung.

Plötzlich wurde ihm bewußt, daß sein Rachen ganz ausgetrocknet war und daß nichts seinen Durst stillen würde, außer einer dieser durchscheinenden Kugeln.

Die verhutzelte alte Frau, die sie verkaufte, rief ihm lokkend zu: »Drei für einen Kreuzer, Herr! Oder weil Ihr es seid, vier für einen Kreuzer... das habt Ihr Euren haselnußbraunen Augen zu verdanken, mein Hübscher! Sie werden Euch so wohl tun wie der Tau den Blumen – vier für einen Kreuzer, hübscher Herr. Sagt nicht nein!«

Doch er hatte ein merkwürdiges Gefühl, das man so manches Mal in Träumen hat, nämlich daß er sich alles, was ihm widerfuhr, selbst ausdachte und daß er auch über den Ausgang der Ereignisse entscheiden konnte.

»Ja«, sagte er zu sich selbst. »Ich erzähle mir eine von Hanfchens alten Geschichten über einen jüngsten Sohn, der davor gewarnt worden war, irgend etwas zu essen, was ihm von Fremden angeboten wurde, also werde ich sie selbstredend nicht anfassen.«

Mit einem knappen »Nein, dank Euch, nicht heute« drehte er der alten Frau und ihren Früchten voller Verachtung den Rücken zu.

Aber welche schrille Stimme hörte er da? Wahrscheinlich ein Marktschreier, dessen Sprüche oder Waren ungewöhnlich verlockend sein mußten, wenn man dem Gedränge nach urteilte, hinter dem er verborgen war. Die Stimme klang entfernt vertraut und erregte seine Neugier. Er trat unter die Zuschauermenge.

Außer der Stirn eines Rotschopfs konnte er nichts erkennen, aber die Stimme war deutlich vernehmbar: »Jetzt ist Ihre Gelegenheit, meine Herren! Schönheit hält sich nicht, sondern verfault wie Äpfel. Kommt zum Apfelwerfen! Vier Punkte, wenn Ihr sie auf der Brust trefft, sechs, wenn Ihr sie am Mund trefft, und wer als erster zwanzig Punkte hat, gewinnt die Maid. Scheut Euch nicht, einen Apfel auf die Schönen zu werfen! Äpfel und Schönheit halten sich nicht – in beiden ist der Wurm drin. Tretet nur näher, meine Herren, tretet nur näher!«

Ja, diese Stimme hatte er schon einmal gehört. Er drängte sich durch die Menge, die sich als sonderbar nachgiebig erwies, und er hatte keine Schwierigkeiten, den Mittelpunkt der Aufmerksamkeit zu erreichen, eine hölzerne Plattform, auf der... wer, wenn nicht Ferdie Fetz als Harlekin verkleidet herumgestikulierte, Grimassen schnitt und Pirouetten drehte! Allerdings war Ferdie Fetz nicht das Sonderbarste an diesem Spektakel. Aus der Plattform wuchs ein Apfelbaum, an den seine Tochter Brünella gebunden war. Um sie herum standen in unterschiedlich jämmerlicher Haltung die anderen Holzapfelblüten.

Plötzlich war Meister Nathan davon überzeugt, daß dies nicht einfach nur eine Geschichte war, die er sich selbst ausdachte, sondern auch ein Traum – eine groteske, unlogische Synthese aus Bruchstücken der Wirklichkeit, denen er nach Gutdünken Elemente hinzufügen konnte.

»Was geschieht hier?« fragte er den Mann neben sich.

Doch er kannte die Antwort: Ferdie Fetz verkaufte die Mädchen an den Meistbietenden, der sie auf den Levkojenfeldern arbeiten lassen würde.

»Ihr habt kein Recht, das zu tun!« rief er mit lauter, zorniger Stimme. »Nicht das geringste. Wir sind hier nicht im Feenland – sondern nur in den Elfenmarken. Sie dürfen nicht verkauft werden, bevor sie nicht ins Feenland gelangt sind. *Sie können nicht verkauft werden,* sage ich.«

Überall um sich herum hörte er ein Flüstern: »Das ist Hahnenkamm – Hahnenkamm, der Träumer, der noch nie von den Früchten gekostet hat.«

Dann ertappte er sich dabei, wie er einen gelehrten Vortrag über die Eigentumsgesetze hielt, wie sie in den Elfenmarken gültig waren. Die Zuschauermenge lauschte ihm mit respektvollem Schweigen. Sogar Ferdie Fetz hörte zu, und die Holzapfelblüten sahen ihn mit unbeschreiblicher Dankbarkeit an.

Mit einem Resümee, das ihm außerordentlich wortgewandt vorkam, brachte er seinen Vortrag zum Abschluß. Brünella streckte ihm die Arme entgegen und rief: »Vater, du hast uns gerettet! Du und das Gesetz!«

»Ihr und das Gesetz! Ihr und das Gesetz!« wiederholten die anderen Holzapfelblüten.

»Hahnenkamm und das Gesetz! Hahnenkamm und das Gesetz!« riefen die Zuschauer.

Der Jahrmarkt war verschwunden. Er befand sich in einer fremden Stadt inmitten einer großen Menschenmenge; alle hasteten in dieselbe Richtung.

»Sie suchen nach dem blutenden Leichnam«, flüsterte der unsichtbare Cicerone, und die Worte erfüllten Meister Hahnenkamm mit unsagbarem Entsetzen.

Dann löste sich die Menge in Luft auf und ließ ihn allein auf einer Straße zurück, die so still wie ein Grab war. Er eilte weiter, denn er wußte, daß er nach etwas Bestimmtem suchte. Was dies jedoch war, hatte er vergessen. An jeder Straßenecke stieß er auf einen Toten, der von einem steinernen Bettler bewacht wurde, dessen Gesicht der Herme im Obstgarten des Bauern Schnadderatsch glich. Das Grauen raubte ihm fast den Atem. Und sein Entsetzen ließ sich in Worte fassen: »Was ist, wenn eine der Leichen sich als der einsame kleine Junge auf dem Karussell entpuppt?«

Diese Möglichkeit erfüllte ihn mit unfaßbarem Schmerz.

Plötzlich fiel ihm Ranulph wieder ein. Ranulph war in das Land ohne Wiederkehr geflohen.

Aber er wollte ihm doch dorthin folgen und ihn zurückholen. Nichts würde ihn aufhalten – er würde sämtlichen Windungen der Träume folgen, bis er an ihr Herz gelangt war.

Er bückte sich und berührte eine der Leichen. Sie war warm und bewegte sich. Als er sie berührte, wurde ihm bewußt, daß er Gefahr lief, sich mit einer geheimnisvollen Krankheit anzustecken.

»Aber das ist nicht wirklich, es ist nicht wirklich«, murmelte er.

Allmählich wurde es dunkel. Er hatte bemerkt, daß ihm einer der steinernen Bettler folgte – er hatte sich in ein vierbeiniges Tier namens Portunus verwandelt. Einerseits war das Tier ein Schutz, andererseits eine Gefahr, und er wußte, daß er sorgsam darauf achten mußte, die richtige rituelle Formel zu verwenden, wenn er es herbeirufen wollte.

Er war auf einem Platz angelangt. An einer Seite stand ein riesiges Gebäude mit einem Kuppeldach. Aus einem großen Buntglasfenster, auf dem ein blauer Krieger mit einem roten Drachen focht, drang Licht heraus ... nein, es war kein Buntglasfenster, sondern nur ein Spiegelbild auf den weißen Mauern des Gebäudes – das Spiegelbild eines Hauses, das auf der gegenüberliegenden Seite in völliger Finsternis lag und in dem Geschöpfe aus rotem Schellack wohnten. Er wußte, daß sie seinen Besuch erwarteten, denn sie waren der Meinung, daß er einem von ihnen den Hof machte.

»Was sonst sollte ihn hierherführen, wenn nicht die ganze reizende Brut?« fragte eine Stimme dicht neben ihm.

Er wandte sich um – plötzlich wimmelten die Straßen von einer sonderbaren halbmenschlichen *Fauna*: winzigen grünen Männchen, den Wachsfiguren seiner Eltern, die auf Hanfchens Kaminsims standen, Grimassen schneidenden Graubärten, um die in Käferflügel gekleidete niedliche Kinder herumtollten.

Nun tanzten sie einen bedächtigen altmodischen Tanz ... vor und zurück, vor und zurück. Ach, das waren doch nur Figuren auf einem Wandteppich, der im Wind flatterte!

Und dann spürte er, daß er wieder im Sattel saß. Doch woher stammten die trippelnden kleinen Schritte hinter ihm? Unruhig wandte er sich im Sattel um, um festzustellen, daß es nichts weiter war als eine Windbö, die ein paar trockene Blätter aufwirbelte.

Die Stadt und die sonderbare Fauna waren verschwunden. Es war Nacht.

{28. KAPITEL}
»Bei Sonne, Mond und Sternen und den Goldenen Äpfeln des Westens«

Obwohl es eine Wohltat war, an die frische Luft der Wirklichkeit zurückgekehrt zu sein, hatte Meister Nathan Angst. Ihm wurde bewußt, daß er allein war – mitten in der Nacht in den Elfenmarken. Der Mond spielte ihm Streiche, verwandelte Bäume und Felsen in Kobolde und wilde Tiere. Geübter Spaßvogel, der er war, trieb er seine Scherze mit ernstem, teilnahmslosem Gesicht. Aber wie war das möglich? Der Mond nahm zu, fast war er voll, während er noch letzte Nacht – oder das, was Meister Nathan für letzte Nacht hielt – ein abnehmender Halbmond gewesen war.

Hatte er die Zeit in Dorimare zurückgelassen?

Ganz unvermittelt, wie ein geflügeltes Ungeheuer, das aus seiner Höhle gestürzt kam, erhob sich ein gewaltiger Wind. Die Kiefern knarrten und rauschten unter seinem Ansturm, die Gräser pfiffen, die Wolken drängten sich aneinander und bedeckten das Angesicht des Mondes.

Mehrmals wurde er fast aus dem Sattel gehoben. Er zog seinen Mantel fest um sich und sehnte sich mit unsagbarem Verlangen nach seinem warmen Bett in Lud. Da wurde ihm klar, daß all das, was er sich so oft in seinem Bett vorgestellt hatte, um sein Wohlgefühl zu steigern, jetzt tatsächlich geschah – er war müde, er fror, und der Wind drang durch die Nähte in seinem Wams.

Plötzlich, als hätte ein Held das Ungeheuer erschlagen,

legte sich der Wind. Der Mond segelte hinter den Wolken hervor, die Kiefern richteten sich auf und standen wieder still – schweigend und reglos. Dennoch wurde sein Pferd sonderbar unruhig, warf den Kopf zurück und wollte nicht weiterlaufen, als stünde irgend etwas vor ihm auf dem Pfad, das ihm angst machte. Meister Nathan versuchte vergeblich, das Tier zu beruhigen.

Dann erbebte es am ganzen Körper und fiel schwer zu Boden.

Glücklicherweise wurde Meister Nathan aus dem Sattel geworfen und verletzte sich nicht, von den unvermeidlichen blauen Flecken einmal abgesehen, die nicht ausbleiben, wenn ein Mann seines Gewichts hinfällt. Er rappelte sich auf und eilte zum Pferd. Es war mausetot.

Eine Weile blieb er neben ihm sitzen … neben seinem letzten Verbindungsglied zu Lud und der ihm vertrauten Welt. Noch war er zu betrübt und angeschlagen, um seine Reise zu Fuß fortzusetzen.

Aber welch durchdringende liebliche Klänge ertönten da? Von welch merkwürdigem Instrument mochten sie herrühren? Für eine Fiedel waren sie zu unpersönlich, für eine Flöte zu leidenschaftlich und viel zu lieblich für einen Dudelsack oder ein Tamburin. Es mußte eine menschliche – oder übermenschliche – Stimme sein, denn jetzt verstand er einzelne Worte.

»Es gibt unverhoffte Träume, in den Sternen haust ein Wolf,
Und das Leben ist eine Nymphe, die nie dir gehören wird,
Mit Maiglöckchen, Gamander und Brotstückchen in Wein.
Mit Weinrosen
Und einem Freudenfeuer
Einer Erdbeerranke
Und Akelei.«

Die Stimme brach ab, und Meister Nathan begrub den Kopf in den Händen und schluchzte, als bräche ihm das Herz.

In der magischen, lieblichen Musik hatte er einmal mehr den *Ton* vernommen. Diesmal lag darin keine drohende Gefahr. Aber er weckte in seiner Brust einen schmerzlichen Tumult der Reue darüber, daß er etwas hatte entfliehen lassen, das er nie wiedererlangen würde – als hätte er seine Geliebte mit harschen Worten verlassen und sie bei seiner Rückkehr tot vorgefunden.

Durch seine Angst hindurch spürte er eine Hand auf der Schulter. »Na so was – Hahnenkamm, der alte Träumer! Was ficht Euch an? Ist dem Hahnenkamm der Hahnenschrei zu bittersüß geworden?« flüsterte ihm eine halb zärtliche, halb spöttische Stimme ins Ohr.

Er drehte sich um, und im Mondschein sah er ... Herzog Aubrey hinter sich stehen.

Der Herzog lächelte. »Nun, Hahnenkamm«, sagte er. »Lernen wir uns endlich kennen! Eure Familie ist mir über die Jahrhunderte aus dem Weg gegangen, aber Euch war es vorbestimmt, mir eines Tages in die Falle zu gehen. Auch wenn Ihr Euch dessen nicht bewußt wart: Ihr arbeitet schon seit einiger Zeit heimlich für mich. Wie habe ich gelacht, als Ihr und Ambrosius Geißblatt einander mit Worten aus meiner Geheimlehre Treue schwort! Und als Ihr fluchend vor der Tür meines Wandteppichzimmers standet, wußtet Ihr nicht, daß Ihr den mächtigsten Zauberspruch im ganzen Feenland ausgesprochen hattet.« Er warf den Kopf in den Nacken und brach in schallendes Gelächter aus.

Dann hielt er unvermittelt inne und sah Meister Nathan mit einem Blick an, der in höchstem Maße mitfühlend geworden war.

»Armer Hahnenkamm! Armer Träumer!« sagte er sanft. »Oft habe ich mir gewünscht, daß mein Honig nicht so bitter schmecken würde. Glaubt mir, Hahnenkamm, nur zu gern fände ich ein Gegengift für das bittere Kraut des Lebens. Aber dieseits der Berge gedeiht kein solches Kraut – und jenseits auch nicht.«

»Und doch habe ich … von den Feenfrüchten nie gekostet«, murmelte Meister Nathan mit leiser, gebrochener Stimme.

»In meinem Obstgarten stehen zahlreiche Bäume, und zahlreich und vielfältig sind die Früchte, die sie tragen: Lieder und Träume, Trauer und manchmal auch Freude. Ihr habt Euer ganzes Leben lang Feenfrüchte gegessen, Hahnenkamm, und eines Tages werdet Ihr vielleicht den *Ton* wieder hören. Versprechen kann ich Euch das allerdings nicht. Jetzt werde ich Euch eine Vision gewähren – manchmal schmekken sie gar wundervoll.«

Er hielt inne. Und dann sagte er: »Wißt Ihr, weshalb Euer Pferd tot umgefallen ist? Ihr habt die Grenze zum Feenland erreicht. Die Winde des Feenlands haben es dahingerafft. Kommt mit mir, Hahnenkamm.«

Er nahm Meister Nathan an der Hand und zog ihn auf die Füße. Sie kletterten einige Ellen den Reitweg hinauf und traten auf eine weite Hochebene. Unter ihnen lag ein Landstrich, der im schwachem Mondschein wie ein Stück trostloses Hochland aussah.

Herzog Aubrey hob die Arme weit über den Kopf und rief mit lauter Stimme: »Bei Sonne, Mond und Sternen und den Goldenen Äpfeln des Westens!«

Auf diese Worten hin wurde das Hochland in ein sanftes grünes Licht gebadet und erwies sich als schön und fruchtbar – der Sitz des ewigen Frühlings. Es gab leuchtendgrüne Flecken mit jungem Getreide; rosafarbene und weiße Rauchsäulen: Obstbäume in voller Blüte; blaue Blütensäulen: der Rauch ferner Weiler und endlose Kornblumen- und Gänseblümchenfelder: der riesige Binnensee von Feenland. Und alles – Schiffe, Türme, Häuser – wirkte klein, strahlend und zerbrechlich, und doch war es echt. Es ähnelte Dorimare oder eher dem verklärten Dorimare, das er einst vom Schauerfeld aus gesehen hatte. Während er den Blick schweifen ließ, war er sich sicher, daß in diesem Land kein nächtlicher Wind heulte und daß innerhalb seiner Grenzen allem die Gelassenheit und Beständigkeit der Bäume eigen war, der unveränderliche Friede eines Bildes.

Dann löste sich alles wieder in Luft auf. Auch Herzog Aubrey war verschwunden, und Meister Nathan stand allein am Rand des schwarzen Abgrunds, während der Wind den Widerhall eines hellen, spöttischen Lachens herübertrug.

War das Feenland nur eine Illusion? Hatte Ranulph eine Flucht ins Nirgendwo angetreten?

Für einen Augenblick oder zwei zögerte er, und dann – sprang er in den Abgrund.

{29. KAPITEL}

Hasel bekommt eine Botschaft und Dame Liliengold ihre erste Schwalbe

Die Hinweise, die sie von Lukas Hanfling erhalten hatten, ermöglichten es der Obrigkeit, der Einfuhr von Feenfrüchten nach Lud endgültig einen Riegel vorzuschieben. Wie wir wissen, wurde die Scheck im Quellgebiet abgesucht, und Weidenkörbe waren herausgezogen worden, die so geschickt mit Gewichten beschwert waren, daß sie unterhalb der Wasseroberfläche dahintrieben. Sie waren randvoll mit Feenfrüchten. Danach kamen Schweigeschick keine weiteren Fälle von Fruchtmißbrauch mehr zu Ohren. Seine Sorgen fanden damit allerdings keinesfalls ein Ende, denn die Hinrichtung von Endymion Lear hatte fast zu einem allgemeinen Aufstand geführt. Ein wütender Mob, mit Knüppeln bewaffnet und von der Scharfen Sissy angeführt, stürmte den Vorhof der Gildenhalle, schnitt den Leichnam herunter – der als abschreckendes Beispiel für alle Bösewichte immer noch dort hing – und trug ihn im Triumph davon. Kurz darauf folgte ihm der längste Beerdigungszug seit Jahren zum Schauerfeld.

Der vorsichtige Schweigeschick hielt es für unklug, sich in das Leichenbegängnis einzumischen.

»Euer Hochwürden«, sagte er zu Meister Polidor, »das Gesetz hat schließlich sein Blut bekommen, und wenn es uns ein wenig Ruhe und Frieden beschert, kommt es ohne den Leichnam aus.«

Am nächsten Tag traten zahlreiche Lehrbuben und Handwerker in den Streik, und mehrere Kapitäne von Handelsschiffen meldeten, daß ihre Mannschaften kurz vor der Meuterei standen.

Meister Polidor litt unter Todesängsten, und Schweigeschick neigte zu einem äußerst düsteren Urteil über die derzeitige Lage: »Falls diese Stadt beschließt, sich zu erheben, können die Freisassen nichts dagegen unternehmen«, sagte er niedergeschlagen. »Wir sind nicht auf Schwierigkeiten dieser Größenordnung vorbereitet (wenn Euer Hochwürden mir diesen Ausdruck verzeiht) – nein, das sind wir wirklich und wahrhaftig nicht.«

Wie durch ein Wunder beruhigte sich schließlich alles wieder. Die Streikenden kehrten lammfromm an ihre Arbeit zurück, die Seeleute strichen die Segel, und Schweigeschick erklärte, daß die Freisassen seit Jahren nicht mehr so wenig zu tun hatten.

»Es geht doch nichts darüber, *sofort* einschneidende Maßnahmen zu ergreifen«, ließ Meister Polidor gegenüber Meister Ambrosius (den er anstelle von Endymion Lear zu seinem Ratgeber gemacht hatte) selbstzufrieden verlauten. »Wenn sie erst einmal spüren, daß ein starker Mann am Ruder ist, kann man alles mit ihnen machen. Und bei dem armen alten Nat haben sie das natürlich nie gespürt.«

Zur Antwort brummte Meister Ambrosius nur – und lächelte ausgesprochen boshaft. Denn zufälligerweise war Meister Ambrosius einer der wenigen, die wußten, was wirklich geschehen war.

Die plötzliche Ruhe war weder einem Wunder noch der starken Hand von Meister Polidor zu verdanken. Zwei bescheidene Damen hatten sie herbeigeführt – Frau Efeu Pfefferkorn und Hasel Schnadderatsch.

Eines Abends saßen die beiden im kleinen Salon hinter dem Lebensmittelladen am ersten Kaminfeuer dieses Herbstes.

Als Klägerin und wichtigste Zeugin barg ihre Lage durchaus gewisse Gefahren. Schweigeschick hatte ihnen sogar geraten, nach Lud zu ziehen, bis sich der Sturm gelegt hatte. Für Hasel war Lud jedoch der Ort, an dem die Witwe begraben lag. Sie war so von westlichem Aberglauben geprägt, daß sie es nicht ertragen konnte, von denselben Stadtmauern umgeben zu sein wie der zornige Leichnam der Witwe. Auch auf den Hof wollte sie nicht zurückkehren. Ihre Tante hatte ihr von Meister Nathans halb im Spaß geschmiedetem Plan erzählt, mit ihr Kontakt aufzunehmen, und Hasel bestand darauf, daß es ihre Pflicht war, für ihn erreichbar zu bleiben, obwohl er die Umstrittenen Hügel überquert hatte.

An jenem Abend mokierte sich Frau Efeu ein wenig über Hasels Starrsinn. »Hasel, manchmal glaube ich, daß dein Verstand etwas abbekommen hat, solange, wie du mit dieser verdorbenen, unverfrorenen Frau zusammengelebt hast… Und das wundert mich nicht im geringsten, armes Kind. Ich weiß auch nicht, wie es *mir* ergangen wäre, wenn mein armer Pfefferkorn nicht in mein Leben getreten wäre. Aber glaub mir, es ist sinnlos, hier zu warten – zu Hause sind weder Schinken und Speck geräuchert noch der Fisch für den Winter eingesalzen oder das Obst eingemacht. Du bist jetzt allein für den Hof verantwortlich, das solltest du nicht vergessen. Wenn du diesen ganzen Unsinn nur vergäßest. Eine Botschaft vom Bürgermeister, daß ich nicht lache! Auch wenn ich mich nicht darüber beruhigen kann, daß er hier gewesen ist. Und ich habe es nicht gewußt und habe ihn bedient, als wäre er nichts weiter als ein Schiffskamerad meines armen Pfefferkorn! Nein, nein, der arme Herr, von *ihm* werden wir nie wieder etwas hören – zumindest nicht diesseits der Umstrittenen Hügel.«

Hasel schwieg. Ihr starrsinniges kleines Kinn wirkte allerdings noch starrsinniger als sonst.

Da blickte sie plötzlich mit erschrockenen Augen auf.

»Horch, Tantchen!« rief sie. »Habt Ihr denn nicht das Klopfen gehört?«

»Was bist du doch für ein merkwürdiges Mädchen! Das hast du dir eingebildet, das ist nur der Wind«, sagte Frau Efeu mißmutig.

»Aber Tantchen, da ist es wieder! Nein, nein, ich bin mir sicher, da hat jemand geklopft. Ich schau einmal nach.« Sie nahm die Kerze vom Tisch, doch ihre Hände zitterten.

Nun konnte auch Frau Efeu das Klopfen hören.

»Du bleibst, wo du bist!« rief sie schrill. »Das ist einer dieser ungeschlachten Kerle aus der Stadt, denen darfst du nicht öffnen – auf keinen Fall.«

Aber Hasel hörte nicht auf sie, und obwohl ihr Gesicht weiß war und Angst in ihren Augen nistete, marschierte sie tapfer in den Laden und rief durch die Tür: »Wer ist da?«

»Bei Sonne, Mond und Sternen und den Goldenen Äpfeln des Westens!« ertönte die Antwort.

»Tantchen! Tantchen!« rief Hasel aufgeregt. »Eine Nachricht vom Bürgermeister. Er hat einen Boten geschickt, kommt schnell!«

Da eilte Frau Efeu zu ihr. Obwohl sie keine Heldengestalt war, stammte sie doch aus einer unbeugsamen Familie, und niemals ließe sie zu, daß das Kind ihres verstorbenen Bruders den unvorhersehbaren Gefahren allein entgegentrat. Immerhin, die Zähne klapperten ihr vor Entsetzen.

Offensichtlich wurde der Bote langsam ungeduldig, denn er trommelte gegen die Tür und sang mit schriller, lieblicher Stimme:

»Mädchen, geht ihr in Röcken aus,
Paßt gut auf eure Löckchen auf,
Daß der Fuchs nicht daran zupft,
Wenn der Ausrufer bei euch klopft.«

Hasel schob (nicht ohne einiges Umhertasten, denn ihre Hände zitterten noch immer) den Riegel beiseite und riß die Tür weit auf. Eine jähe Windbö blies ihre Kerze aus, so daß sie das Gesicht des Boten nicht erkennen konnte.

Er hob mit schriller Stimme zu sprechen an wie ein Kind, das eine Lektion wiederholt: »Ich habe Euch das Losungswort genannt, also wißt Ihr, von wem ich komme. Ich soll Euch bitten, auf der Stelle nach Lud-in-den-Nebeln zu gehen und einen Seemann namens Sebastian Schuft zu suchen – wahrscheinlich betrinkt er sich in der ›Einhorn‹-Schenke; außerdem die Taubstumme, die weithin als Scharfe Sissy bekannt ist und die Ihr wohl am selben Ort antreffen werdet. Ihr müßt Euch nur mit den Worten *Bei Sonne, Mond und Sternen und den Goldenen Äpfeln des Westens* vorstellen, das genügt. Ihr sollt ihnen sagen, daß die Unruhen ein Ende haben müssen und daß sie die Leute ruhighalten sollen, denn der Herzog wird seinen Stellvertreter schicken. Als nächstes werdet Ihr zu Meister Ambrosius Geißblatt gehen und ihn bitten, sich an den Schwur zu erinnern, den er mit Meister Nathan über einem Glas Feldthymiangeist gesprochen hat – sie wollten dem Wind die Zügel schießen lassen und Visionen gegenüber offen sein. Und sagt ihm, daß Lud-in-den-Nebeln seine Tore aufreißen muß, um sein Schicksal einzulassen. Könnt Ihr Euch das merken?«

»Ja«, erwiderte Hasel mit leiser, verwirrter Stimme.

»Und nun soll der Bote noch eine Kleinigkeit für seine Mühen erhalten!« Seine Stimme wurde fröhlich und herausfordernd. »Ich bin ein Obstdieb und ein Bürger der grünen Welt. Küßt mich, grüne Maid!« Und bevor Hasel Zeit zum Widerspruch fand, gab er ihr einen Schmatz auf die Lippen und stürzte in die Nacht hinaus. Dabei ließ er nur ein »Ha, ha, *ha*!« wie eine Silberspur zurück.

»Also, das ist doch die Höhe!« rief Frau Efeu erstaunt und fügte laut kichernd hinzu: »Es will mir scheinen, daß es nicht nur *diesseits* der Berge freche junge Kerle gibt. Ich weiß nicht ganz, was ich davon halten soll, mein Kind. Woher wissen wir, daß er wirklich vom Bürgermeister kommt?«

»Nun ja, Tantchen, ganz sicher können wir natürlich nicht sein. Allerdings glaube ich zumindest nicht, daß das ein Dorimaraner war. Er hat das Losungswort gesagt, also müssen wir die Botschaften wohl überbringen – schließlich enthalten sie keine Anweisungen, die irgend jemandem Schaden zufügen könnten.«

»Das ist wahr«, stimmte Frau Efeu bei. »Obwohl ich um diese nachtschlafende Zeit ganz sicher nicht umsonst bis nach Lud laufen möchte. Aber ein Versprechen ist ein Versprechen – um so mehr, wenn man es jemandem gegeben hat, der so gut wie tot ist.«

Also schlüpften sie in ihre Stelzschuhe und Mäntel und machten sich auf den Weg nach Lud, so flott, wie es Frau Efeus Alter und Gewicht gestatteten. Sie wollten dort sein, bevor die Tore geschlossen wurden. Meister Ambrosius konnte ihnen dann als Ratsherr einen Passierschein ausstellen, damit sie auf dem Rückweg wieder hinausgelangen konnten.

Das ›Einhorn‹ war eine gewöhnliche kleine Schenke fragwürdigen Rufs unten am Kai. Nachdem sie in die stickige, laute Spelunke hineingespäht hatten, hatte Hasel erhebliche Schwierigkeiten, Frau Efeu zum Eintreten zu überreden.

»Und dann auch noch die Worte, die wir sprechen müssen!« flüsterte die arme Frau niedergeschlagen. »Selbst in den besten Zeiten sind das nicht die Worte, die ich von den Lippen einer Frau hören möchte. Aber an einem solchen Ort kann man gar nicht genug auf seine Rede achten … es ist nie ungefährlich, betrunkene Leute zu beschimpfen.«

Doch die Worte bewirkten das genaue Gegenteil dessen, was sie befürchtet hatte. Als sie die Schwelle übertraten, wurden sie erst von feindseligen Blicken und derben Späßen begrüßt. Einer der Zecher erkannte in ihnen die beiden Hauptpersonen der Gerichtsverhandlung, und die Sache drohte ernster zu werden. Woraufhin Hasel zum Entsetzen von Frau Efeu die Hände um den Mund legte und mit der ganzen Kraft ihrer jungen Lungen brüllte: »Sebastian Schuft und Scharfe Sissy! Bei Sonne, Mond und Sternen und den Goldenen Äpfeln des Westens!«

Die Worte enthielten offenbar tatsächlich einen Zauberspruch, denn sie beruhigten die aufgebrachte Menge augenblicklich. Ein großer junger Seemann mit ungewöhnlich hellen Augen und einem sonnenverbrannten Gesicht sprang auf, gefolgt von einer verwegen dreinschauenden geschminkten Frau, und sie traten eiligst vor Hasel hin. Der junge Mann sagte in respektvollem Tonfall: »Ihr müßt unser etwas grobes Benehmen entschuldigen. Als wir Euch gesehen haben, Fräulein, haben wir nicht gewußt, daß Ihr zu uns gehört.« Dann grinste er und zeigte ungewöhnlich weiße Zähne. »Ihr müßt wissen, hier finden sich nur selten so hübsche junge Dinger ein, und Seehunde sind wie andere Hunde – sie bellen alles an, was sie nicht kennen.«

Die Scharfe Sissy hielt ihren Blick auf seine Lippen geheftet, und bei seinen letzten Worten machte sie ein finsteres Gesicht und warf den Kopf in den Nacken. Hasel dagegen entlockten sie ein nicht unfreundliches kleines Lächeln. Offensichtlich war sie – wie ihre Tante – seefahrenden Männern gegenüber nicht abgeneigt. Schließlich verfügen Seeleute oft über einen ganz eigenen Charme. Auf festem Land bewegen sie sich wie Geister, und sie sind vom Geruch eines fremden Elements umgeben. Und Sebastian Schuft war durch und durch Seemann.

Hasel übermittelte ihm mit leiser Stimme die Botschaft, die Schuft der Scharfen Sissy zuliebe mit den Fingern wiederholte. Er ließ es sich nicht nehmen, sie zu Meister Ambrosius zu führen, und sagte, er werde draußen auf sie warten, um sie nach Hause zu begleiten.

Meister Ambrosius wiederum hieß sie ihre Worte mehrmals wiederholen und fragte sie nach dem Boten aus.

Dann schritt er im Zimmer auf und ab und murmelte vor sich hin. »Illusionen, alles Illusionen!«

Unvermittelt wandte er sich an Hasel und sagte in scharfem Ton: »Woher nehmt Ihr Eure Überzeugung, junge Frau, daß dieser Kerl tatsächlich von Meister Nathan geschickt wurde?«

»Nirgendwoher, Herr«, erwiderte Hasel. »Aber es blieb uns nichts anderes übrig, als davon auszugehen.«

»Ich verstehe, ich verstehe. Auch Ihr reitet den Wind – das ist doch der Ausdruck, oder? Nun ja, wir leben in einer merkwürdigen Zeit.«

Und dann versank er in tiefes Grübeln. Allem Anschein nach hatte er ihre Anwesenheit vergessen, und so hielten sie es für angebracht, sich leise davonzustehlen.

Von jenem Abend an machte der Pöbel von Lud-in-den-Nebeln keinen Ärger mehr.

Nachdem die Freisassen von Lud von der Grenze abgezogen worden waren und die Nachricht verbreitet hatten, daß Meister Nathan allein in die Elfenmarken geritten sei, erhielt Dame Liliengold Beileidsbekundungen wie eine Witwe. Sie zog sich vollkommen zurück und weigerte sich sogar, ihre ältesten Freundinnen und Freunde zu sehen, obwohl es diesen inzwischen leid tat, daß sie Meister Nathan grundlos verdächtigt hatten. Infolgedessen hatten sie ein schlechtes Gewissen und waren eifrig darum bemüht, seiner Witwe zu Diensten zu sein.

Zuweilen machte sie für Meister Ambrosius eine Ausnahme. Ihre eigentliche Stütze war jedoch Hanfchen. Nichts konnte die Überzeugung der alten Frau erschüttern, daß die Hahnenkamms keinen Grund zur Sorge hatten. Nicht die Hoffnung bietet echte Zuflucht, sondern der Glaube. Und so wurde das heitere kleine Zimmer unter dem Dach des Hauses, in dem Meister Nathan als kleiner Junge gespielt hatte, Dame Liliengolds einziger Unterschlupf, und dort verbrachte sie die meiste Zeit.

Obwohl Hanfchen nie vergaß, daß Dame Liliengold nur eine Obacht war, gewann sie sie auf ihre eigene Weise lieb. Sie hatte ihr sogar fast verziehen, daß sie nach ihrer Verlobung eine Tasse heiße Schokolade über ihren Laken verschüttet hatte, als sie Meister Nathans Eltern einen Besuch abstattete – fast, aber nicht ganz, denn für Hanfchen waren die Laken der Hahnenkamms heilig.

Eines Abends Anfang Dezember, als der erste Schnee den Boden bedeckte, warf sich Dame Liliengold, die selten Ruhe fand, schlaflos in ihrem Bett herum. Ihr Schlafzimmer erstreckte sich fast über die ganze Länge des Hauses, so daß ein Fenster auf die Gasse hinausging. Plötzlich hörte sie ein Geräusch an der Haustür, einem Klopfen nicht unähnlich. Sie setzte sich auf und lauschte – da war es wieder. Ja, jemand pochte an der Tür.

Sie sprang aus dem Bett, warf sich einen Umhang über und eilte mit heftig klopfendem Herzen nach unten.

Mit zitternden Händen zog sie den Riegel beiseite und riß die Tür auf. Draußen kauerte eine zierliche kleine Gestalt.

»Brünella!« keuchte sie. Und mit einem Schluchzen warf sich Brünella in die Arme ihrer Mutter.

Einige Minuten lang standen sie weinend da und hielten sich in den Armen. Für Fragen oder Erklärungen waren sie einfach zu gerührt.

Eine vorwurfsvolle Stimme von der Treppe her schreckte sie jedoch auf: »Dame Liliengold, ich schäme mich für Euch, daß Ihr in Eurem Alter nicht über ausreichend Verstand verfügt, das arme Kind hereinzubitten, nachdem es doch halb erfroren sein muß! Kommt sofort in Euer Zimmer, Fräulein Brünella, und keine Kinkerlitzchen! Ich feure Euren Kamin tüchtig an und lasse eine Wärmepfanne in Euer Bett legen.«

Hanfchen stand mit einer Kerze in der Hand da und blickte finster unter den Rüschen einer riesigen Nachthaube hervor. Brünella stürzte auf sie zu – halb lachend, halb weinend – und warf ihr die Arme um den Hals.

Hanfchen ließ sie für einige Augenblicke gewähren. Dann trieb sie Brünella in ihr Zimmer hinauf, während sie ohne Unterlaß vor sich hinschimpfte. Als sich Brünella schließlich in ihrem Bett ausgestreckt hatte, kam Hanfchen mit großen

Schritten und unerbittlicher Miene herein, eine Tasse mit einem dampfendem Aufguß in der Hand.

Es handelte sich um schwarzen Johannisbeertee, für den sie weithin bekannt war. Sie hatte es Dame Liliengold und Brünella schon immer übelgenommen, daß sie das Gebräu verabscheuten und sich weigerten, es zu trinken, selbst bei einer schweren Erkältung. Die echten Hahnenkamms hatten es immer geliebt, angefangen mit dem alten Meister Josua.

»Also, Fräulein, das trinkt Ihr jetzt, und zwar bis auf den letzten Tropfen«, sagte sie streng.

In jener Nacht war Brünella zu erschöpft, um von ihren Abenteuern zu erzählen. Am nächsten Morgen erstattete sie jedoch verworren Bericht: Sie sei über den Meeresboden gewandert und habe sich in einem schrecklichen ozeanischen Dschungel verirrt, aus dem Meister Nathan sie hinausgeführt habe. Es war offensichtlich, daß sie sich nur undeutlich daran erinnerte, was ihr seit ihrer Flucht aus Lud widerfahren war – oder eher seit ›Professor Fetz‹ seine erste Tanzstunde gegeben hatte.

Die anderen Holzapfelblüten kehrten in derselben Nacht wie Brünella in ihr jeweiliges Zuhause zurück. Jede erzählte eine andere Geschichte über ihre Abenteuer. Mondliebchen Geißblatt behauptete, sie hätten die Einöden des Himmels in wildem Tanz überquert und wären dann in einem Schloß auf dem Mond gefangengehalten worden. Viola Obacht berichtete, sie seien von aufgebrachten Bäumen in die Scheck getrieben worden, wo sie sich in Schlingpflanzen verfangen hätten, aus denen sie sich nicht befreien konnten – und dergleichen mehr. In einem Punkt stimmten jedoch alle Berichte überein: Es war Meister Nathan Hahnenkamm gewesen, der sie befreit hatte.

{30. KAPITEL}
Meister Ambrosius hält seinen Schwur

Anfangs hatten die Holzapfelblüten das Gefühl, als seien sie aus einem bösen Traum erwacht. Bald fanden sie jedoch heraus, daß der Traum einen tiefgreifenden Einfluß auf ihre Seelen gehabt hatte. Obwohl sie kein weiteres Verlangen zeigten, davonzulaufen und in den Bergen herumzuwandern, waren sie doch launisch und schweigsam und neigten zu plötzlichen Heulanfällen. Darüber hinaus wurden sie von einer namenlosen Furcht heimgesucht und verwandelten sich allmählich in sonderbare melancholische Bewohnerinnen ihrer beschaulichen Elternhäuser.

Eigentlich war nicht zu erwarten, daß eine Tochter in diesem Zustand mit dem Mitgefühl von Meister Ambrosius Geißblatt rechnen konnte. Dennoch erwiesen sich seine Güte und Geduld Mondliebchen gegenüber als grenzenlos. Nacht um Nacht saß er an ihrem Bett und hielt ihre Hand, bis sie eingeschlafen war, und Tag für Tag lauschte er ihren Wahnvorstellungen. In ihren ruhigeren Augenblicken führten sie lange, vertrauliche Gespräche, was sie nie getan hatten, bevor sie davongelaufen war. Diese Gespräche hatten zur Folge, daß dieser steife, aber zutiefst ehrliche Verstand allmählich aus den Fugen geriet. Er hörte Mondliebchen sogar widerspruchslos zu, als sie ihrer Überzeugung Ausdruck verlieh, daß die Feenfrüchte ihr zwar den Seelenfrieden geraubt hätten, aber nichts anderes könne ihr diesen zurückgeben. In

Fräulein Ehrenpreis Holzapfels Schule seien ihr entweder die falschen Früchte verabreicht worden oder nicht genug davon.

Der Winter hatte inzwischen seine Herrschaft durchgesetzt, und Lud-in-den-Nebeln schien endlich seinen alten Trott wiedergefunden zu haben.

Meister Nathan hatte sich in den ›armen alten Nat‹ verwandelt und war für die meisten Leute nicht mehr als ein liebenswertes Gespenst der Vergangenheit. Meister Polidor dachte sogar darüber nach, Dame Liliengold vorzuschlagen, sie solle zwei leere Särge mit den Namen Nathan und Ranulph in der Kapelle der Hahnenkamms aufstellen lassen.

Der Stadtrat wiederum verwandte einen Großteil seiner Zeit darauf, das jährliche Bankett vorzubereiten, das jeden Dezember in der Gildenhalle abgehalten wurde, um die Vertreibung der Herzöge zu feiern. Und er war vollauf damit beschäftigt, so wichtige Fragen zu klären wie: Welcher Ratsherr sollte das Privileg erhalten, für den Wein zu sorgen, und welcher für das Marzipan und den Ingwer; wie viele Truthähne sollten bestellt werden, und war es gerechtfertigt, die Summe, die ein verstorbener Textilkaufmann ihnen hinterlassen hatte, auf Gänseleber und Pfauenherzen zu verwenden, oder sollte sie dem allgemeinen Wohl der Menschen von Lud-in-den-Nebeln zugute kommen?

Eines Morgens wurde eine geschliffene Rede von Meister Polidor über »jene süß und stechend riechende Wurzel, die für gewöhnlich Ingwer genannt wird, eine liebenswürdige Schlange, die uns sticht, damit wir den wohlriechenden Saft der Weintraube besser genießen können« jedoch rüde von Schweigeschick unterbrochen, der in den Ratssaal gestürzt kam. Die Augen sprangen ihm fast aus dem Kopf vor Angst, und er überbrachte die entsetzliche Botschaft, daß ein Feenheer die Umstrittenen Hügel überquert hatte und daß angsterfüllte Menschen massenhaft vom Lande nach Lud hineinströmten.

Auf diese Neuigkeit hin brach im Rat die Hölle los. Alle fingen gleichzeitig an zu reden, und ein Dutzend unterschiedlicher Verteidigungspläne wurde vorgebracht, einer sinnloser als der andere.

Da erhob sich Meister Ambrosius Geißblatt. Seine Stimme hatte unter seinen Kollegen das größte Gewicht, und aller Augen wandten sich ihm erwartungsvoll zu.

In ruhigem, sachlichem Tonfall hob er solchermaßen an: »Ratsherren von Dorimare! Bevor der Hauptmann der Freisassen hereingekommen ist, haben wir darüber diskutiert, welchen Nachtisch wir bei unserem jährlichen Festmahl zu uns nehmen sollen. Es scheint mir unangemessen, eine neues Thema anzuschneiden, bevor das bisherige zur allseitigen Zufriedenheit geklärt wurde. Mit Eurer Erlaubnis möchte ich also zu jenem süß und stechend riechenden (so lautete doch das wohlgesetzte Epitheton von Euer Hochwürden) Nachtisch zurückkehren. Denn es gibt eine Sache, die ich dem bisher Vorgeschlagenen noch hinzufügen möchte.«

Er hielt inne und sagte dann mit lauter, herausfordernder Stimme: »Ratsherren von Dorimare! Ich schlage vor, daß wir zum ersten Mal seit der Stiftung unseres jährlichen Festmahls Feenfrüchte zu uns nehmen sollten.«

Seine Kollegen starrten ihn mit offenen Mündern an. War das ein unpassender Scherz? Für gewöhnlich pflegte Ambrosius jedoch nicht zu scherzen … insbesondere bei ernsthaften Angelegenheiten nicht.

Er ergriff erneut das Wort und sprach mit einer gewissen rauhen Poesie, die die künstliche Diktion des Rates durchbrach, von den Ereignissen des Jahres, das fast verstrichen war, und den Lektionen, die man daraus lernen konnte. In der Hauptsache, sagte er, könne man Demut und Treue daraus lernen.

Folgendermaßen kam er zum Schluß: »Eines unserer Sprichwörter lautet: *Vergeßt nie – die Scheck fließt in die Schanz.* In letzter Zeit habe ich mich oft gefragt, ob wir die wahre Bedeutung dieses Sprichworts wirklich verstanden haben. Unsere Vorfahren haben die Stadt Lud-in-den-Nebeln zwischen diesen beiden Flüssen gebaut, und beide haben sie uns ihren Tribut dargebracht. Der Tribut der Schanz war das Gold, das wir mit Freuden angenommen haben. Den Tribut der Scheck haben wir jedoch immer zurückgewiesen. Die Scheck – unsere friedfertige alte Freundin, in deren Gewässer wir als junge Kerle die sanfte Kunst des Angelns lernten – hat im Lauf der Jahrhunderte still und heimlich Feenfrüchte nach Dorimare gebracht... eine Tatsache, die zumindest meiner Meinung nach beweist, daß Feenfrüchte für einen Menschen ebenso bekömmlich und notwendig sind wie viele andere Geschenke, die uns von unseren stummen Freunden zu unserem Wohlergehen gemacht wurden – das Gold der Schanz, das Getreide des Bodens, der Schutz und die Weidegründe der Berge und die Trauben, die Äpfel und der Schatten von Bäumen und Reben.

Wenn denn alle Geschenke des Lebens gut sind, so ist es vielleicht auch jede Gestalt, die das Leben wählt und die wir nicht verändern können. Die Gestalt, die es für Dorimare jetzt angenommen hat, ist die einer Invasion unserer uralten Feinde. Warum sollten wir aus der Not keine Tugend machen, unsere Tore weit aufstoßen und sie als Freunde willkommen heißen?«

Seine Kollegen zeigten sich anfangs ausgesprochen entsetzt. Aber vielleicht waren auch sie, ohne es zu bemerken, von den jüngsten Ereignissen verändert worden?

Auf jeden Fall war dies eine jener schweren Zeiten, in denen sich der stärkste Mann zwangsläufig am Ruder wiederfindet. Und es konnte kein Zweifel daran bestehen, daß der stärkste Mann im Rat Meister Ambrosius Geißblatt war.

Nachdem sich der Stadtrat erhoben hatte, hielt Ambrosius auf dem Marktplatz eine Ansprache an die verängstigte Bevölkerung, mit dem Ergebnis, daß er die von panischem Schrecken erfüllte Menge vor Einbruch der Dunkelheit beruhigen konnte. Mit Ausnahme solcher Musterexemplare überkommener Ehrbarkeit wie Ebnezer Petete harrten alle gelassen auf das, was die Zukunft bringen mochte.

Seine glühendsten Anhänger waren Sebastian Schuft und die verrufene Scharfe Sissy. Was hätte er noch vor wenigen Monaten erwidert, wenn ihm jemand erzählt hätte, daß er, Ambrosius Geißblatt, zum Volksverführer werden und mit Unterstützung eines grobschlächtigen Seemanns und einer Dirne die Bürger von Lud-in-den-Nebeln ermahnen würde, ihre Tore weit aufzustoßen und die Feen willkommen zu heißen?

Statt also die Mauern auszubessern, die Kanonen auszuprobieren und für den Fall einer Belagerung Vorkehrungen zu treffen, hißte Lud-in-den-Nebeln seine Flaggen und schmückte seine Fenster mit Kränzen, die aus Herzog-Aubrey-Efeu gewunden waren. Die Westtore wurden aufgestoßen, und eine Schar schweigender, erwartungsvoller Menschen säumte die Straßen und wartete.

Als erstes ertönte wilde, liebliche Musik, gefolgt vom Trampeln zahlloser Füße. Dann strömte die Armee der Eroberer wie eine Heerschar von Blättern vor dem Wind in die Stadt herein.

Meister Ambrosius betrachtete das Schauspiel und mußte an den verklärten Wandteppich in der Gildenhalle denken und an das Gefühl, das ihn überkommen hatte – daß lärmende, vielfarbene, überwältigende Träume plötzlich die Straße durchfluteten und in ihrem Kielwasser die Wirklichkeit zerstreuten.

Hinter den Bataillonen der gepanzerten Toten marschierten drei riesenhafte alte Männer mit langen weißen Bärten, die bis zu ihren Gürteln und noch weiter hinunter reichten. Ihre steifen langen Gewänder waren mit Gold, Juwelen und sonderbaren Emblemen bestickt, und hinter ihnen wurden Maultiere mitgeführt, die aus Gold getriebene Särge trugen. Unter den Zuschauern breitete sich das Gerücht aus, es handle sich dabei um die balsamessenden Priester von Sonne, Mond und Sternen.

Die Nachhut bildete – auf einem großen weißen Roß – Meister Nathan Hahnenkamm mit Ranulph an seiner Seite.

Die Berichte über die Ereignisse, die unmittelbar auf den Einritt des Feenheers folgten, lesen sich eher wie Legenden denn wie historische Aufzeichnungen.

Fast scheint es, daß die Bäume ausschlugen und ebenso die Masten der Schiffe, die in der Bucht lagen. Die Hähne krähten Tag und Nacht ohne Unterlaß. Veilchen und Anemonen sprossen aus dem Schnee der Straßen hervor, Mütter umarmten ihre toten Söhne und Mädchen ihre Liebsten, die auf hoher See ertrunken waren.

Eine Sache scheint jedoch sicher: Die goldenen Särge enthielten die altehrwürdige Opfergabe der Feenfrüchte an Dorimare. Und die Truhen hatten ein solch erstaunliches Fassungsvermögen, daß nicht nur mehr als genug für den Nachtisch des Stadtrats darin enthalten war, sondern für jeden Haushalt in Lud-in-den-Nebeln.

{31. KAPITEL}

Der Eingeweihte

Ihr habt Euch vielleicht gefragt, wie es dazu kam, daß ein Mann mit so vielen menschlichen Schwächen und von solch unheroischer Gestalt wie Meister Nathan Hahnenkamm eine so erhabene Rolle spielen konnte. Doch die höchste geistige Bestimmung ist nicht immer den stärksten oder tugendhaftesten Männern vorbehalten.

Denn obwohl er zum Stellvertreter Herzog Aubreys erwählt und in die uralten Geheimnisse eingeweiht worden war, blieb er in vieler Hinsicht derselbe Meister Nathan, den alle kannten – versponnen, kindlich und oft unvernünftig. Auch ließ seine Neigung zur Melancholie nicht nach. Ich bezweifle, daß eine Initiation jemals glücklich macht. Möglicherweise sind die letzten Geheimnisse äußerst bitterer Natur... oder sie wurden Meister Nathan noch nicht offenbart worden.

Merkwürdigerweise war er auf seine neuen Ehren nicht stolz, sondern schien sich ihrer zu schämen – als liefe er zum ersten Mal vor den Augen seiner Freunde Spießruten, nachdem er körperlich entstellt worden war.

Als die Dinge wieder in ihren alten Trott zurückgefallen waren, verbrachte Meister Ambrosius einen geruhsamen Abend mit Meister Nathan.

Ein Weilchen saßen sie schweigend da und pafften ihre

Pfeifen. Schließlich sagte Meister Ambrosius: »Ich wüßte gern, wie du über Endymion Lear denkst, Nat. Er war wirklich ein Erzgauner, oder?«

Meister Nathan antwortete nicht sogleich und sagte dann nachdenklich: »Da hast du wohl recht. Allerdings habe ich das Protokoll seiner Verteidigungsrede gelesen, und das klang alles sehr überzeugend. Aber in seiner Seele schien das Böse zu lauern, und alles, was er berührte, schien dadurch vergiftet zu werden, selbst die Feenfrüchte – und sogar unser Herzog Aubrey.«

»Und die Sünde wider die Natur, deren er sich bezichtigt hat ... worum handelte es sich dabei deiner Meinung nach?«

»Ich denke«, sagte Meister Nathan langsam, »daß er vielleicht die heiligen Geheimnisse mißbraucht hat.«

»Welche Geheimnisse, Nat?«

Meister Nathan rutschte unbehaglich in seinem Sessel herum und sagte dann mit einem verlegenen Lachen: »Leben und Tod, nehme ich an.« Er konnte es nicht leiden, wenn ihm derartige Fragen gestellt wurden.

Meister Ambrosius saß eine Weile nachdenklich da und sagte dann: »Es ist sonderbar, wie er durch seine Angriffe auf dich die eigenen Absichten zunichte gemacht hat.«

»Ja!« rief Meister Nathan mit größerer Lebhaftigkeit, als er bisher gezeigt hatte. »Das war wirklich merkwürdig. Alles, was er getan hat, bewirkte genau das Gegenteil dessen, was er wollte. Er fürchtet die Hahnenkamms und wollte sie loswerden, also treibt er Ranulph ins Feenland, von woher noch niemand zurückgekehrt ist. Und mich bringt er so sehr in Mißkredit, daß ich Lud verlassen muß, und er ist der Meinung, daß ich ein für allemal aus dem Rennen bin. In Wirklichkeit hat er nur seinen eigenen Sturz herbeigeführt. Ich muß aus Lud fort und reite zu dem Gehöft, wo ich auf das belastende Dokument des alten Bauern Schnadderatsch stoße. Und die Tatsache, daß Ranulph hinübergegangen ist, bringt mich dazu, ihm zu folgen, und deshalb bin ich, so scheint's, als Stellvertreter Herzog Aubreys zurückgekehrt.« Erneut stieß er ein verlegenes Lachen aus und fügte verträumt hinzu: »Es ist zwecklos, den Herzog überlisten zu wollen.«

»Wer auf dem Wind reitet, gelangt dorthin, wohin sein Roß ihn trägt«, zitierte Meister Ambrosius.

Meister Nathan lächelte, und einige Minuten lang pafften sie schweigend an ihren Pfeifen.

Dann mußte Meister Nathan, der sich in Erinnerungen erging, doch lächeln. »Es waren eigenartige Monate, die wir durchlebt haben, Ambrosius!« rief er. »Wir alle – oder zumindest diejenigen, die eine Rolle gespielt haben – schienen die Träume der anderen zu erleben oder das Leben der anderen zu träumen, wie auch immer man das ausdrücken möchte. Die unpassendsten Dinge reimten sich plötzlich – Äpfel und blutende Leichname, Bäume und Gespenster. Ja, alle unsere Träume verfingen sich ineinander. Lear schwingt eine Rede über Menschen und Bäume, und ich entdecke des Rätsels Lösung unter einer Herme, halb Mensch, halb Baum. Du siehst den Saft der Feenfrüchte und hältst ihn für das Blut eines Toten – und dergleichen mehr. Ja, meine Abenteuer ähnelten immer mehr einem Traum, bis zum … Höhepunkt.« Er hielt unvermittelt inne.

Eine lange Stille folgte, die schließlich von Meister Ambrosius unterbrochen wurde. »Nun denn, Nat«, sagte er, »ich glaube, ich habe meine Lektion in Demut gelernt. Früher hatte ich durchaus eine hohe Meinung von mir selbst, doch jetzt habe ich gelernt, daß ich ein eher gewöhnlicher Kerl bin, der im Vergleich zu dir und meiner Mondliebchen aus ziemlich minderwertigem Material gemacht ist – alles, was du aus erster Hand weißt, muß ich einfach so hinnehmen.«

»Einmal angenommen, Ambrosius, daß wir nur eine Sache aus erster Hand wissen können – daß wir *nichts* wissen können?« erwiderte Meister Nathan ein wenig traurig; dann fiel er in tiefe Grübelei. Meister Ambrosius vermutete, daß er allein sein wollte, und schlich sich leise aus dem Zimmer.

Meister Nathan blickte schwermütig ins Feuer. Sein Pfeife ging aus, ohne daß er es bemerkte. Da öffnete sich leise die Tür, und jemand stahl sich herein und trat hinter seinen Sessel. Es war Dame Liliengold. Sie sagte nur: »Merkwürdiger alter Nat!« Aber in ihrer Stimme lag eine gewisse spröde Zärtlichkeit. Dann kniete sie neben ihm nieder und nahm ihn in ihre warmen, weichen Arme. In Meister Nathans Seele regte sich eine neue Hoffnung, daß er eines Tages den *Ton* wieder hören und alles verstehen würde.

32. KAPITEL
Schluß

Ich möchte mit einigen Worten über das Schicksal der verschiedenen Menschen schließen, die auf diesen Seiten ihren Auftritt hatten.

Hasel Schnadderatsch heiratete Sebastian Schuft – und er war ihr ein ausgezeichneter Ehemann. Er schwor der See ab und ließ sich auf dem Hof seiner Frau nieder. Frau Efeu Pfefferkorn zog zu ihnen, und jeden Sommer erhielten sie Besuch von Meister Nathan und Ranulph. Die Scharfe Sissy verließ Lud ungefähr zur Zeit von Sebastians Hochzeit – aus gekränktem Stolz, behaupten böse Zungen.

Lukas Hanfling musterte bei den Freisassen an, wo er sich so gut schlug, daß er zum Hauptmann gewählt wurde, als Schweigeschick sich zur Ruhe setzte.

Hanfchen erreichte ein hohes Alter – sie konnte ihre Geschichten sogar noch Ranulphs Kindern erzählen. Auch hatte sie keine Skrupel, ihnen ihre Meinung über ›gutnachbarliches Verhalten‹ mitzuteilen. Als sie starb, wurde sie zum Dank für ihre langen und liebevollen Dienste in der Familienkapelle der Hahnenkamms begraben.

Mutter Schwips spielte während der Festlichkeiten nach Ankunft des Feenheers eine bemerkenswerte Rolle und verschwand dann für immer aus Dorimare. Von Zeit zu Zeit jedoch, auf Hochzeiten und anderen Lustbarkeiten, tauchte ein wilder rothaariger Junge auf, brachte mit seinen Streichen alles durcheinander und verschwand mit einem heiseren »Ha! Ha! *Ha!*«

Die Holzapfelblüten fanden allmählich wieder zu ihrer Lebensfreude zurück. Allerdings wurden aus ihnen eindeutig nicht jene jungen Damen, die sich ihre Mütter gewünscht hatten, als man sie das erste Mal auf Fräulein Ehrenpreis Holzapfels Schule geschickt hatte. Sie mußten nie auf Feenfrüchte verzichten, denn die Scheck lieferte weiterhin ihren Tribut an Dorimare und trug ihr ansehnliches Scherflein zum Reichtum des Landes bei. Denn dank Meister Nathans gesundem Sinn fürs Praktische wurde ein neues Gewerbe ins Leben gerufen: der Export von kandierten Feenfrüchten in alle Länder, mit denen Lud-in-den-Nebeln Handel trieb. Das Konfekt wurde in hübschen Schachteln verschickt, deren Deckel zeigten, daß die Künste in Dorimare allmählich wieder Fuß faßten.

Als Ranulph erwachsen war, schrieb er die schönsten Lieder, die seit den Tagen Herzog Aubreys erklungen waren. Es waren Lieder, die das Meer überquerten und von einsamen Fischern im fernen Norden ebenso gesungen wurden wie von indigofarbenen Müttern, wenn sie ihre Kinder vor den Eingängen ihrer Hütten auf den Zimtinseln liebevoll in den Schlaf wiegten.

Dame Liliengold lächelte weiterhin und knabberte mit ihren Freundinnen Marzipan. Manchmal fragte sie sich jedoch schwermütig, ob Meister Nathan wirklich von jenseits der Umstrittenen Hügel zu ihr zurückgekommen war – manchmal, jedoch nicht immer.

Und Meister Nathan selbst? Ob er den *Ton* jemals wieder hörte, kann ich nicht mit Sicherheit sagen. Schlußendlich ging er jedoch dahin, um entweder die Levkojenfelder abzuernten oder auf dem Schauerfeld zu vermodern. Und unterhalb seines Sarges in der Familienkapelle wurde eine prächtige Messingtafel angebracht, auf der folgende Grabinschrift zu lesen ist:

HIER LIEGT
NATHAN HAHNENKAMM,
PRÄSIDENT DER KAUFMANNSGILDE,
DREIMALIGER BÜRGERMEISTER VON
LUD-IN-DEN-NEBELN,
DEM EIN NICHT KLEINER TEIL
DES FRIEDENS UND DES WOHLSTANDS GEWÄHRT
WURDE
DEN ER SEINER STADT UND SEINEM LAND
SCHENKTE.

Eine Grabinschrift ähnlich jenen, die er sich während seiner Besuche auf dem Schauerfeld so wehmütig einzuprägen pflegte.

Und dies ist ein weiterer Beweis, daß das *geschriebene Wort* Feengut ist, so spöttisch und schwer faßbar wie Ferdie Fetz, der uns in geheucheltem Tonfall Lügen erzählt. Möge das allen Lesern dieser Zeilen eine Warnung sein! Und mit dieser letzten Ermahnung soll das Buch schließen.

{NACHWORT}

Hope-in-den-Nebeln
von Michael Swanwick

Hope Mirrlees ist wohl die mit Abstand geheimnisvollste Gestalt unter den großen Phantasten des 20. Jahrhunderts. Sie schrieb ein einziges bedeutendes Werk der modernen Fantasy, *Flucht ins Feenland,* nur um dann plötzlich zu verstummen. Ihr einziges professionell publiziertes Gedicht war die fünfte Veröffentlichung von Leonard und Virginia Woolfs Hogarth Press; es wird von Kritikern als ein bemerkenswertes modernistisches Werk eingestuft. Doch trotz ihrer langjährigen Freundschaft mit T. S. Eliot knüpfte sie niemals an diesen Erfolg an. Und obwohl Mirrlees zum Umfeld der Bloomsbury-Gruppe gehörte, bei der es sich um die prestigeträchtigste literarische Gesellschaft des 20. Jahrhunderts handelte, hatte man sie um 1970 beinahe völlig vergessen. Es gibt keine Biographien über sie, nur wenige Bilder, und persönliche Informationen sind entmutigend schwer aufzutreiben. Die Nebel der Vergangenheit haben sie verschluckt.

Dennoch sind einige Spuren geblieben. Mit viel Geduld ist es möglich, diese weitverstreuten Referenzen auf Mirrlees zu sammeln und eine grobe Skizze ihres Lebens und Schaffens anzufertigen. Dieser Beitrag versucht, einen Anfang zu machen.

Helen Hope Mirrlees (den ersten Vornamen zugunsten des zweiten fallenzulassen war eine Familientradition) wurde am 8. April 1887 in Chislehurst, Kent, als Tochter von Emily

Lena Moncrieff geboren. Ihr Vater, William Julius Mirrlees[1], war ein wohlhabender Großindustrieller. Die Familie Mirrlees kletterte schon seit einer ganzen Weile die soziale Leiter hinauf[2]. Hopes Großvater, James Buchanan Mirrlees, war als Hersteller von Zuckerraffinademaschinen wirtschaftlich ausgesprochen erfolgreich. Später expandierte er in den Großmaschinenbereich. Noch heute ist Mirrlees Blackstone ein wichtiger Hersteller von Dieselmotoren. William Julius[3], der älteste Sohn von elf Kindern, schlug ganz nach seinem Vater, einem einfallsreichen, neugierigen Mann. Nach seiner Ingenieursausbildung in Glasgow versuchte er sein Glück in Südafrika als Anteilshalter und Mitbegründer von Tongaart-Hulett, dem heute achtgrößten Zuckerproduzenten der Welt.

---

1 Der Mirrlees-Clan (einige Varianten der Schreibweise lauten Mirrilees, Merrylee, Mirrielees usw.) bestand ursprünglich aus »Tacksmen« oder Bauern, die in der Nähe von Glasgow lebten. Der Name leitet sich von einem Stammsitz her, der in der Nähe der *Antonine Wall* liegt, und bedeutet möglicherweise »eine heitere Wiese an einem Teich«.

2 Im 18. Jahrhundert war Charles Mirrlees Weber und Kaufmann. Sein ältester Sohn William trat in die Vereinigung der Metallarbeiter ein, zuerst als Sattler, dann als Hersteller von Rahmen, auf denen Sättel gearbeitet wurden, später als Messerschmied und Operationsbesteckhersteller. Er verdiente genug, um in eine Dampfschiffgesellschaft zu investieren, und wurde Mitglied im Aufsichtsrat der Clydesdale Bank. Williams Sohn, der ebenfalls William hieß, erbte das Familiengeschäft, betätigte sich bei zahlreichen Vermögenstransaktionen und erweiterte den Lederarbeitsbereich. Der dritte Sohn des jungen William, James Buchanan Mirrlees, war der Stolz der Familie. Sein Anwesen »Redlands« bei Glasgow wurde später zu einem Frauenkrankenhaus und dann zum nationalen Trainingszentrum für den schottischen Ambulanzdienst. Für genauere Informationen siehe: Derek A. Dow, *Redlands House: Hospital, Hostel and Home* (1985).

3 Mr. Mirrlees wurde in Glasgow zum Ingenieur ausgebildet. Außerdem diente er während des Zulukriegs bei den Natal Mounted Rifles als Leutnant. Nachdem er bei der Explosion eines Munitionswagens verwundet worden war, mußte er mehrere Jahre im Krankenhaus verbringen. Er war Herausgeber und Besitzer eines wöchentlichen Nachrichtenblatts, das in Südafrika unter dem Titel *The Mosquito* erschien, und hielt sich ein großes Haus mit zahlreichen Bediensteten bei »Amanzimayama«, nahe bei den Zuckerplantagen, ein paar Meilen nördlich von Durban.

Dementsprechend war Hope Mirrlees von Kindheit an daran gewöhnt, exklusive Schulen zu besuchen, viel zu reisen und Automobile zum Geburtstag geschenkt zu bekommen. Ihr Vater legte für seine Kinder großzügige Treuhandfonds an, damit sie niemals Not leiden würden. Das wurde Hope später, als sie zum ersten Mal in ihrem Leben mit widrigen Umständen zu kämpfen hatte, zum Verhängnis. Lena Mirrlees war eine geborene Moncrieff. Die Moncrieffs gehörten zum Landadel[4]. Später prahlte Hope oft damit, daß sie mütterlicherseits von der schottischen Königsfamilie abstamme, und obwohl das vor allem ihrem Selbstbild als ›Dichterin‹ entsprach, traf es halbwegs zu. Für Hope spielte es mit Sicherheit eine große Rolle.

Drei der sechs Kinder von Lena und Julius überlebten bis ins Erwachsenenalter. Hope war das älteste davon – nach ihr kam William Henry Buchanan, der später Majorgeneral und Freund und Vertrauter von König Eduard VIII. wurde. Die jüngste der Geschwister war Margaret Rosalys, die von allen Margot genannt wurde. Außerdem lebte Miss Moncrieff mit den Mirrlees zusammen, eine unverheiratete Tante, die für die Familie einfach Tante Cockie hieß[5]. Als Hope sich, bereits erwachsen, eine schwere Typhusinfektion zuzog, eilten ihre Eltern nach Sevilla, um für sie zu sorgen. Wenn sie einen Unterschlupf brauchte, war sie zu Hause immer willkommen.

Virginia Woolf war mit der Familie Mirrlees einmal im Rubens-Hotel essen und beschrieb sie als archetypisch warmherzige britische Familie, an der die letzten hundert Jahre spurlos vorübergegangen zu sein schienen. »Ich frage

4 Julia Briggs Eintrag im *Dictionary of National Biography* beschreibt die Moncrieffs dieser Zeit als »kultivierte Anwälte aus Edinburgh«.

5 »Sie fuhr auf einem Fahrrad durch Afrika, damals, als dergleichen alles andere als üblich war. Das war vor hundert Jahren, als der ganze Kontinent noch eine halbe Wildnis war. Sie war schon ein ziemliches Original«, beschreibt Robin Mirrlees seine Großtante. Darüber hinaus war Miss Moncrieff eine frühe Suffragette.

mich, ob Familien von Natur aus beieinander bleiben«, sinnierte sie. »An jenem Abend habe ich mich das allerdings nicht gefragt. Das Silber floß unaufhörlich aus Sneezers Taschen.«[6]

Hope wuchs zeitweise in Schottland, zeitweise in England auf, dann und wann kam ein Ausflug nach Südafrika hinzu. »Hope hatte eine schwarze Amme und sprach fließend Zulu«, berichtete ihr Neffe. »Sie hat mir ein Lied in Zulu beigebracht, an das ich mich immer noch erinnere. Ich habe es einem schwarzen Portier in einem Hotel vorgesungen. Er erklärte mir, daß es etwas ganz Naives ist und einfach nur heißt: ›Ich liebe meine schwarze Amme, weil sie gut zu mir ist‹ oder etwas Derartiges.«[7] Hope wurde von einer französischen Gouvernante zu Hause unterrichtet (ihr ganzes Leben lang fiel den Leuten auf, wie ausgezeichnet ihr Französisch war), bis sie mit elf als Internatsschülerin die Besires School besuchte. Darauf folgten die St. Andrews Preparatory School und die St. Leonard's School in St. Andrew's. An den ersten beiden Schulen fühlte sie sich nicht wohl, die dritte dagegen gefiel ihr außerordentlich, vor allem wegen der Freundschaften, die sie dort schloß, und wegen der Kameradschaftlichkeit, die ihr dort zuteil wurde. Ihr erster Berufswunsch war es, Schauspielerin zu werden. Deshalb schrieb sie sich in der Royal Academy of Dramatic Art ein. Nach eigenen Angaben schwänzte sie jedoch regelmäßig, um ins British Museum zu gehen, wo sie Vorlesungen über griechische Kunst hörte (seit ihr Vater ihr als Kind Charles Kingsleys *The Heroes* vorgele-

---

6 Woolf, *Tagebücher 2*, S. 80 (17. Juni 1920). Mit »Sneezer« ist William Harrison Buchanan Mirrlees gemeint, Hopes Bruder. Später wurde er für gewöhnlich als Reay bezeichnet oder einfach als »der General«. Seine Schwester nannte ihn auf jeden Fall »The Sneezer«.

7 Robin Mirrlees in einem privaten Briefwechsel. Zitiert mit freundlicher Genehmigung. Ich habe mit der Erlaubnis des Grafen veranlaßt, daß sein erster, langer Brief mit Erinnerungen über seine Tante in der *New York Review of Science Fiction* (Nr. 162, März 2002) unter dem Titel »My Aunt, Hope Mirrlees« abgedruckt wurde.

sen hatte, wollte sie Griechisch lernen)[8]. So verlor Hope das Interesse am Theater. Ab 1910 besuchte sie das Newnham College[9], um die Klassiker zu lesen, und ihre eigentliche Geschichte begann.

***

Hope Mirrlees war eine bemerkenswert schöne junge Frau. Ihr Gesicht war milchweiß, ihr Haar tiefschwarz, und ihre Augen waren violett. Sie kleidete sich unmöglich, wie eine Zigeunerin, mit Pailletten und Goldschmuck. Unzählige Seidentücher und Bernsteinhalsbänder hingen um ihren Hals. Männer, insbesondere Akademiker, fanden sie entzückend. »Gegen Ende einer Unterrichtsstunde schoß Hope herein wie ein Kolibri, mit ihren blitzenden saphirfarbenen Augen und ihren wild baumelnden Ohrringen; ein weicher Strom melodischer Töne ging von ihren Lippen aus«, schrieb ein Verehrer, der sie auch als »eine Kreuzung zwischen einer Elfe und einem Dschinn« beschrieb[10]. Jemand anders erinnerte sich später: »Vor mehr als fünfzig Jahren hat mir Miss Hope Mirrlees die Sprache verschlagen, zuerst mit ihrer anmutigen Haltung und mit ihren himmelblauen Augen, einen Augenblick darauf mit ihrer wohlklingenden Stimme und dann durch ihre charmante und treffsichere Ausdrucksweise:

[8] Laut einer Familienlegende brachte sie sich selbst Griechisch bei, allerdings habe ich dafür keine unabhängige Bestätigung gefunden. Was auch immer an der Sache dran ist, es beweist, wie hoch die Menschen, die Mirrlees kannten, ihre intellektuellen Fähigkeiten einschätzten.

[9] Eine an die Cambridge University angegliederte Frauenhochschule. Sie wurde 1873 ins Leben gerufen und war seit 1875 ein College. Ab 1881 waren einige Universitätsprivilegien auch Frauen zugänglich; akademische Titel wurden aber erst ab 1921 verliehen. Stewart und Peacock geben an, daß Mirrlees im Jahr 1909 nach Newnham kam. Mir wurde allerdings vom College versichert, daß die korrekten Daten 1910–13 lauten.

[10] E. M. Butler, zitiert nach Jesse G. Stewart, *Jane Ellen Harrison: A Portrait from Letters* (1959), S. 174.

Nie zuvor war mir ein so verführerischer Blaustrumpf begegnet.«[11]

Virginia Woolf war durch Hopes Vorzüge weniger leicht zu beeindrucken. Wenn Woolf in großmütiger Stimmung war, schrieb sie: »Sie ist ihre eigene Heldin: kapriziös, anspruchsvoll, exquisit, sehr gebildet und wunderschön gekleidet«[12]; andernfalls erklärte sie Hope für »exzentrisch impulsiv ekstatisch sonderbar«[13]. Sie charakterisierte Mirrlees als »eine sehr selbstbewußte, eigenwillige, stachelige & launische junge Frau, auffallend gut gekleidet & hübsch, mit eigenen Ansichten über Bücher & Stil, einer aristokratisch-konservativen Tendenz & dem entsprechenden Geschmack für das Schöne & Elaborierte in der Literatur« und hielt sie für etwa so beeinflußbar wie »einen Schwarm leuchtendgrüner Wellensittiche«[14]. Bei einer anderen Gelegenheit schrieb sie: »Aber die Affektiertheiten dieser jungen Frau!«[15] Und sie verdammte ihre Schönheit als anrüchig. Trotz alledem betrachtete sie Mirrlees als Freundin und drängte sie immer wieder, eine Geschichte, ein Stück, ein Gedicht oder was auch immer sie wollte für die Hogarth Press zu schreiben.

Wenn Hope Mirrlees eine junge Aristokratin war, dann stand sie auch dazu. Mit neunzehn oder zwanzig wurde sie bei Hofe ganz selbstverständlich als Debütantin eingeführt – ihre Familie verfügte über den entsprechenden Reichtum und die nötige gesellschaftliche Stellung. Zudem war sie außergewöhnlich intelligent, möglicherweise sogar brillant. Sie beherrschte mehrere Sprachen fließend[16]. Sie kannte alle großen

---

[11] Raymond Mortimer, Einführung zu Hope Mirrless, *Moods and Tensions: Seventeen Poems* (1976).
[12] Woolf, *Letters 3*, 1. September 1925, S. 200.
[13] Woolf, *Diary 4*, 12. November 1934, S. 261.
[14] Woolf, *Tagebücher 1*, 22. März 1919, S. 402 f.
[15] Woolf, *Letters 2*, 1. Mai 1920, S. 432.
[16] Henig, »Queen of Lud: Hope Mirrlees« (1972), S. 10. Als das Interview geführt wurde, beherrschte sie unter anderem Französisch, Russisch, Griechisch, Latein, Zulu, Spanisch, Arabisch, Italienisch und Alt-

Geister ihrer Zeit und huschte folgenlos durch die Lebensgeschichten und manchmal auch durch die Biographien von Gertrude Stein, Bertrand Russell, André Gide, Lady Ottoline Morrell, Anthony Powell, Walter de la Mare, Arthur Waley, Katharine Mansfield, William Butler Yeats und T. S. Eliot. Bedeutsamer war ihre Verbindung zu der Klassizistin Janet Ellen Harrison, mit der sie zeitweise zusammenwohnte.

Für einige wenige Jahre leuchtete Mirrlees' Licht außergewöhnlich hell. Ihr erster Roman erschien 1919, und während der Zwanziger Jahre veröffentlichte sie eine ansehnliche Anzahl von Romanen, Kritiken, Gedichten und Übersetzungen. Man wurde auf sie aufmerksam, schrieb Besprechungen über ihre Werke, zollte ihr Anerkennung. Doch dann, kurz nach der Veröffentlichung ihres erfolgreichsten Werks, des Fantasy-Romans *Flucht ins Feenland*, erlosch ihre Flamme. Sie nahm zu, verlor an Schönheit, hörte auf zu schreiben, richtete ihre gesamte Aufmerksamkeit auf ihren Mops und ihre Schilddrüse und fiel dem Vergessen anheim. Diese Ereignisse beschreibt Woolf in kurzen, verstreuten, aber eindrücklichen Passagen ihrer Tagebücher und Briefe. Zusammengenommen erzählen diese Einträge eine traurige Geschichte, die uns zu denken geben sollte.

Wie alle Geschichten dieser Art ist sie jedoch zumindest teilweise erfunden.

***

1910 schrieb Hope Mirrlees sich am Newnham College, Cambridge University, ein, um Vorlesungen über klassische Literatur zu besuchen. Ein Frauencollege war zwar nicht mehr so ungewöhnlich wie 1875, als Newnham seine Pforten öffnete; dennoch war ihre Ausbildung an einer Universität

---

nordisch. Und natürlich Englisch. Eine Bemerkung Henigs deutet darauf hin, daß ihre Zulukenntnisse möglicherweise nicht umfassend waren: »Sie spricht immer noch die afrikanische Muttersprache, aber sie tut es nicht gern.«

nicht nur ein seltenes Privileg für junge Frauen, sie gibt auch einen deutlichen Hinweis darauf, wie wohlhabend – und wie verständnisvoll – Hopes Eltern waren[17].

Mirrlees studierte in Newnham unter der Anleitung jener Frau, die von allen Menschen den größten Einfluß auf ihr Leben haben sollte: Jane Ellen Harrison.

Jane Ellen Harrison (1850–1928), von 1898 bis 1922 Griechischstipendiatin und Dozentin für klassische Archäologie am Newnham College, schrieb mehrere einflußreiche Bücher, insbesondere *Prolegomena to the Study of Greek Religion* und *Themis*, und gehörte zu den ›Cambridge-Ritenforschern‹. Ihre Theorien über die Ursprünge der Kunst in chthonischen Religionen üben noch heute beträchtlichen Einfluß aus. Mary Beard beschrieb sie als »die berühmteste Klassizistin, die jemals gelebt hat – eine originelle und radikale Denkerin und eine feste Säule in der Geschichte der Gelehrsamkeit«[18]. Ihre Ansichten über Religion, Riten und Rausch sollten die theoretische Grundlage für alle drei Romane Hopes und für ihr einziges großes Gedicht liefern.

Harrisons erste Biographin, Jessie Stewart, nahm an, daß Hope Mirrlees über ihre Eltern mit Harrison Bekanntschaft geschlossen hatte, da diese mit der älteren Frau befreundet waren. Allerdings bezog sie sich auf Hopes Eltern auch als

---

[17] Tatsächlich kaufte Hopes Vater von Alfred North Whitehead sogar ein Haus in der Crammer Road 11 in Cambridge, um in ihrer Nähe zu sein. Zur gleichen Zeit nahm sich ihre Mutter ein Haus in der Gegend, das »Mount Blow« bei Great Shelford. Warum es zwei Häuser sein mußten, ist unklar – zumindest gibt es keine Hinweise darauf, daß das Ehepaar zu dieser Zeit getrennt lebte. Vielleicht haben sie in einem gelebt, während das andere noch gebaut wurde. Vielleicht war eines auch für Hope. Zu diesen Unklarheiten kommt noch hinzu, daß Woolf anmerkt, Hopes Eltern lebten in einem großen Haus »in der Nähe von Cambridge« (Woolf, *Letters* 3, S. 200 f.), und daß es einem Familienhund namens Cranmer gab (Peacock, S. 109). So oder so gibt es keine Hinweise darauf, daß Mirrlees während ihrer Zeit in Cambridge jemals mit Harrison zusammenlebte.

[18] Mary Beard, *The Invention of Jane Harrison* (2000), S. 162.

»Mr. Willey Mirrlees und seine Ehefrau Lena, die allseits geliebte Maffey«[19], obwohl der Vater von seinen Freunden in Wirklichkeit Julius oder WJ, niemals aber Willey genannt wurde und der eigentliche Spitzname seiner Frau Mappie lautete. Außerdem ließ Stewart Mirrlees im Widerspruch zu den bekannten Fakten Newnham ein Jahr zu früh besuchen. Zieht man in Betracht, wie oft sich Stewart in solchen Fragen irrt, dann ist es ebensogut denkbar, daß jene Dozentin am British Museum, deren Sirenengesang Hope vom Theater fortlockte, in Wirklichkeit Jane war. Wie auch immer sie einander zum ersten Mal begegnet sein mögen – zu dem Zeitpunkt, als Hope beschloß, sich in Newnham einzuschreiben, bestand zwischen den beiden Frauen bereits eine freundschaftliche Schüler-Lehrer-Beziehung.

1910 beendete Hope ihre Beziehung mit »irgendeinem jungen Hauptmann«[20], über den sich heute praktisch nichts herausfinden läßt, nicht einmal sein Name. Dieser geheimnisvolle junge Hauptmann taucht in Mirrlees' ersten beiden Romanen als Nebenfigur auf und verschwindet dann spurlos. Seiner Darstellung in *Madeleine* und *The Counterplot* zufolge war er intelligent (obwohl er in keinem der beiden Fälle den hohen Ansprüchen der Romanheldinnen gerecht wird), höflich und heiter-ausgeglichen. Kurz gesagt: Er war der Typ von Freier, den meine weiblichen Bekannten abwertend als »freundlichen jungen Mann« bezeichnen würden. Freundliche junge Männer sind bei wunderschönen jungen Blaustrümpfen noch nie besonders erfolgreich gewesen. Vielleicht war das auch ganz gut so. Neunzig Jahre später erinnert sich Hopes Neffe in einem warmherzigen Brief an sie: »Hope hätte eine schreckliche Ehefrau und eine herzlose Mutter abgegeben, trotz all ihrer Begabungen, oder eher: gerade wegen ihrer Begabungen. Sie war nicht im mindesten an prakti-

19 Stewart, S. 147.
20 Robin Mirrlees in einem Telephongespräch.

schen Dingen interessiert oder daran, sich an einem Ort fest niederzulassen.«[21]

Später behauptete Mirrlees, daß sie während ihrer Zeit an der Royal Academy of Dramatic Art von Patrick Campbell protegiert worden sei. Falls das zutrifft, hinterließ es bei Hope einen bleibenderen Eindruck als bei der berühmten Schauspielerin: Ein kurzer Blick in die Standardbiographien über Campbell offenbart keine Bezüge zu Mirrlees. Allerdings hatte Hope anscheinend ein natürliches Talent dafür, sich bei Mentoren beliebt zu machen: So wurde sie innerhalb kürzester Zeit zu Jane Harrisons Lieblingsschülerin.

***

Gleich nachdem sie 1913 Newnham verlassen hatte, ging Mirrlees mit ihrer Collegefreundin Karin Costelloe nach Paris, um dort zu studieren und zu schreiben[22]. Für Mirrlees begann damit ein entwurzeltes Leben (oder vielleicht setzte es sich einfach fort); sie pendelte zwischen Paris und Cambridge und reiste zwischendurch anderweitig umher. Karin Costelloe hingegen heiratete bald Adrian Stephen, den Bruder von Virginia Woolf, und verschaffte Hope dadurch Zugang zur Bloomsbury-Gruppe.

Irgendwann während dieser Zeit begannen Hope und Jane – mit Unterbrechungen – zusammenzuwohnen. Am 13. Oktober 1914 schrieb Harrison aus Paris: »Wir wollen zur Botschaft gehen, um die Erlaubnis einzuholen, Hope Mirrlees' Bruder an der Front zu besuchen.«[23] 1915 kehrten die beiden nach Paris zurück, um an der École des Langues Orientales Russisch zu lernen.

---

[21] Robin Mirrlees, in: *New York Review of Science Fiction*, S. 17 f.

[22] Zusammen mit Karins Mutter Mary Costelloe reisten die beiden auch nach Italien, um einigen Galerien und Museen die üblichen Besuche abzustatten. Sie gaben sich als »das ästhetische Trio« aus (Beard, S. 135 f.).

[23] Stewart, S. 156.

Während ihrer Zeit in Paris watete Hope knietief in Träumen. Sie blickte aus ihrem Zimmer im obersten Stockwerk des Hôtel de l'Élysée auf Straßenverkäufer und Frauen in schwarzen Schals hinab, die lange Brote durch die schmale Rue de Beaune trugen, und sie suchte die Île Saint-Louis, die Rue Saint-Antoine und den Place des Vosges auf, wo das 17. Jahrhundert noch seine letzten prachtvollen Atemzüge tat. Gemeinsam mit Jane besuchte sie Notre-Dame-des-Champs zum Danksagungsgottesdienst. Sie besichtigte die Kunstwerke im Louvre, sah den Geist von Père Lachaise durch die Straßen schweben, nahm die Gerüche der Grands Boulevards zur Kenntnis (Abwässer, heißer Kautschuk, ›poudre de riz‹, algerischer Tabak), sah die Huren wie Löwinnen auf der Suche nach fleischlichen Gottesgaben umherstreifen, las *Schuld und Sühne* und durchwachte ganze Nächte, um zu reden und zu reden und zu reden. Kurzum: Paris war alles, was eine gebildete junge Frau sich von einer Stadt versprechen konnte.

Es ist möglich, jung und belesen zu sein und trotzdem ganz und gar nicht zur Boheme zu gehören. Virginia Woolfs Freund David ›Bunny‹ Garnett, der im selben Hotel wie Mirrlees ein Dachbodenzimmer gemietet hatte, hörte im selben Jahr davon, daß D. H. Lawrences neuer Roman *Der Regenbogen* von der Polizei verbrannt worden war. Er geriet Hope gegenüber, die ihm noch nie zuvor begegnet war, ganz aus dem Häuschen über die Ungeheuerlichkeit, Bücher zu verbrennen. Woolf beschreibt dieses Ereignis später so: »Sie folgte so sehr der Meinung, die er vertrat, daß er ausrief: ›Mein Schatz!‹ – & sie beleidigte – obwohl er, wie er erklärte, auf der anderen Seite des Zimmers war & das Wort ›Schatz‹ in dessen anderer Bedeutung verwendete. Er wird wohl nie ein großes Vokabular gehabt haben.«[24] Hope deutete an, daß er in der Armee gut aufgehoben wäre.

[24] Woolf, *Tagebücher 1*, 8. September 1918, S. 305.

In gewisser Weise war Hope eine ›normale‹ und sogar scheue Frau. Anthony Powell erzählte, wie er und seine Ehefrau 1944, also Jahrzehnte später, Hope Mirrlees und Colonel Kalla, einen tschechischen Militärattaché, zum Mittagessen eingeladen hatten. Während sie ihre Drinks nahmen, starrte Kalla Mirrlees plötzlich an und näherte sich ihr langsam, als wäre er von einem plötzlichen Anfall unwiderstehlicher Liebe übermannt worden. Hope war entsetzt. »Sie straffte ihren leicht untersetzten Körper gegen seinen Vorstoß«, schrieb Powell. »Kalla setzte seine Annäherung entschlossen fort. Das Warten auf den Höhepunkt erzeugte eine quälende Anspannung. Als er innehielt, machte er eine schnelle Bewegung. Seine Hand schoß zu Hope Mirrlees' bloßem Hals vor.

›Vor diesen Dingern erschrecken sich Damen manchmal.‹

Mit einer geradezu höfischen Geste, die seiner Erinnerung an den Beginn seiner Militärlaufbahn in der längst untergegangenen k. u. k. Doppelmonarchie der knallenden Hacken und Strauß-Walzer entspringen mochte, entfernte Kalla einen Ohrwurm aus ihrem Halstuch.«[25]

Waren Hope und Jane ein Paar? Mit dieser Frage haben sich schon viele beschäftigt, und es gibt kaum Hinweise, die dafür oder dagegen sprechen. In einem Brief schrieb Woolf über Mirrlees: »Es gefällt uns, sie und Jane zu beobachten, wie sie schnäbeln und gurren.«[26] Wenn irgend jemand anderes so etwas geschrieben hätte, könnte man gewisse Schlüsse daraus ziehen. Aber Woolf war, wie wir noch sehen werden, keine immer zuverlässige Zeitzeugin.

Ähnlich eindeutige Hinweise liefert Harrisons Biographin Sandra Peacock. Sie schreibt: »Hope bewies schon früh, wem ihre Treue galt, indem sie 1910 ihre Beziehung zu einem jungen Mann abbrach. Der Name dieses Mannes und die genauen Umstände ihrer Beziehung kamen niemals ans Licht,

---

[25] Anthony Powell, *Faces in My Time* (1981), S. 181 f.
[26] Woolf, *Letters* 3, 5. Februar 1925, S. 164.

aber es ist bekannt, daß Jane Hopes Handlungsweise begrüßte und über ihre Rückkehr nach Newnham hocherfreut war. In einem Brief vom 3. Juli 1910 bekundete Jane angesichts der Trennung ihr Beileid mit den Worten, sie sei »erleichtert, daß sie [die Beziehung] ein Ende gefunden hatte, denn auch wenn ›gewöhnliche Liebe‹ eine gute & großartige Sache ist, reicht sie wohl doch nicht aus, um mit ihrer Hilfe die steile Treppe des Ehelebens zu erklimmen«[27].

In ihrer Metabiographie *The Invention of Jane Harrison* stellt Mary Beard jedoch fest, daß dieser schlagende Beweis dadurch zustande kam, daß Peacock den größten Teil des Textes ausgelassen hatte. Teilweise wiederhergestellt, liest er sich so:

»Danke, daß Du mir geschrieben hast, um von Deiner Beziehung zu erzählen. Ich bin erleichtert, daß sie ein Ende gefunden hat, denn auch wenn ›gewöhnliche Liebe‹ eine gute & großartige Sache ist, reicht sie wohl doch nicht aus, um mit ihrer Hilfe die steile Treppe des Ehelebens zu erklimmen. Jedenfalls bin ich wirklich froh, daß wir uns in Newnham ab nächsten Herbst wieder Deiner Anwesenheit erfreuen dürfen ... Wir müssen einen Arbeitsplan aufstellen, bevor die Prüfungen beginnen, aber im Moment hast Du wohl genug mit der *Odyssee* zu tun.«[28]

Das klingt nicht gerade nach dem Brief einer eifersüchtigen Liebhaberin, sondern eher nach den Worten einer Mentorin an eine geschätzte Schülerin.

Während Woolf für eine Besprechung *Madeleine* las, erklärte sie: »Es geht alles um Sapphismus, soweit ich Jane und sie

---

27 Sandra J. Peacock, *Jane Ellen Harrison: The Mask and the Self* (1988), S. 111.

28 Beard, S. 134. Die Untersuchung von Peacocks fehlerhafter Lesart findet sich auf S. 208f., Fußnote 10.

selbst [Mirrlees] verstehe.«[29] Soweit sich heute überhaupt noch jemand für diesen Roman interessiert, gilt es als unbestritten, daß Madeleines Leidenschaft für Mademoiselle de Scudéry, obwohl sie platonisch und unerwidert bleibt, Hopes Gefühle für Jane widerspiegelt. Doch die selbstbezogene, rechthaberische und völlig künstliche Mademoiselle de Scudéry aus *Madeleine* hat nichts mit der Jane Ellen Harrison zu tun, die so viele bezauberte und schrieb: »Wir können nicht alle distinguiert sein. Aber laßt uns um Himmels willen alle schäbig und bequem sein.«[30]

Wie Julia Briggs in einer Besprechung für die *London Review of Books* feststellt[31], taucht Harrison durchaus in dem Roman auf: und zwar in Gestalt der schlichten Tante Agnes Arnault, Mutter Oberin der Abtei von Port-Royale, die voller Güte versucht, Madeleine von ihrem selbstzerstörerischen Weg abzubringen. »Ihr Gesicht, ganz leicht gegerbt und mit scharfen, kleinen Falten bedeckt [...] erinnerte an eine der heiligen Frauen auf einem Bild von Mantegna. Ihre haselnußbraunen Augen waren klar und glichen denen eines Kindes.«[32] Einmal mehr löst sich der scheinbare Beweis bei genauerer Prüfung in nichts auf.

Mirrlees' Neffe vertritt die entgegengesetzte Meinung: »War Hope also homosexuell? Nein, eindeutig nicht. Aber ich glaube, sie gab vor, es zu sein! Schließlich entsprach das der damaligen Mode, nachdem Oscar Wilde vor etwa hundert Jahren die Richtung angegeben hatte. Fest steht, daß Hope niemals geheiratet hat, und ich glaube, daß ein paar sehr junge Männer da gerade noch einmal davongekommen sind.«[33]

---

29 Woolf, *Letters 2*, 24. September 1919, S. 391.
30 Jane Ellen Harrison, *Reminiscences of a Student's Life* (1925), S. 21.
31 Julia Briggs, »The Wives of Herr Bear« (2000), S. 24 f.
32 Mirrlees, *Madeleine* (1919), S. 157. Ich möchte insbesondere Juliet O'Keefe dafür danken, daß sie mir eine Photokopie dieses fast unbeschaffbaren Buchs besorgt hat; ebenso wie andere wichtige Materialien.
33 Robin Mirrlees, in: *New York Review of Science Fiction*, S. 17 f.

Ironischerweise wird die Frage immer wieder durch den Inhalt des Harrison-Archivs im Newnham College aufgeworfen, das von Mirrlees selbst zusammengetragen wurde. Martha Vicinus stellte bei der Durchsicht des Archivs fest, daß viele von Harrisons Freunden der Meinung waren, Mirrlees sei gegenüber Harrison viel zu besitzergreifend gewesen. Deshalb warf sie ihr vor, homoerotische Gefühle für Jane zu hegen. »HM [Hope Mirrlees; A.d.Ü.] war für ihre Frauenfreundschaften bekannt, und sie spricht mit ziemlicher Leidenschaft von ihrer persönlichen Beziehung zu JEH [Jane Ellen Harrison; A.d.Ü.]. Das macht sie zur einzigen möglichen Biographin für JEH, aber es macht es ihr auch unmöglich, offen über sie zu schreiben. Natürlich sind das alles nur Anspielungen, aber sie sind ziemlich eindeutig.«[34]

Noch schädlicher für den Ruf der beiden Damen sind die privaten Korrespondenzen, die im Archiv aufbewahrt werden. Offenbar führten sie ein detailliertes Phantasieleben, in das sie ihre zahlreichen Schmusetiere und Spielzeuge einbezogen. Die Hauptrolle spielte darin *Der Große Bär* (alias *Ursa Major, Herr Bär* und *Der Alte*), ein Stofftier, das Harrison von ihren Studentinnen in Newnham geschenkt bekommen hatte. Hope war als das ›Junge Walroß‹ bekannt, Jane als das ›Alte Walroß‹, und der Bär war ihrer beider Ehemann. Eine typische Notiz lud Mirrlees mit folgenden Worten ein, Harrison zum Abendessen und danach zu einer Studentenaufführung zu begleiten: »Ich wünsche, daß meine junge Frau morgen mit meiner älteren Frau im Saal zu Mittag ißt und sich dann mit ihr zur Damenrevue begibt. Ich wünsche, daß meine ältere Frau meine jüngere Frau nicht den ganzen Abend hinter sich herschleppt. Sie ist keine Witzfigur, sondern meine junge Frau. Aufgegeben in der Höhle, in Gegen-

---

[34] Martha Vicinus, E-Mail-Korrespondenz. Mit freundlicher Genehmigung.

wart von Mrs. Mutz und dem Glaspferd.«[35] Der Zettel ist mit dem Muster des Sternbilds Ursa Major (Großer Bär) unterzeichnet. ›Die Höhle‹ war Janes Zimmer in Newnham.

Ein andermal schrieb Harrison: »Der Bär (sein Fieber ist gesunken, aber er ist immer noch sehr schwach) schickt Herrn Velvet Brown mit seinen besten Wünschen, damit er bei Ihnen bleibt, bis es Ihnen wieder besser geht.«[36] Der echte Mr. Velvet Brown war ein Kater, der Harrisons Neffen gehörte. Über ihn schrieb sie: »Mr. Velvet Brown spielte eine große Rolle im häuslichen Leben der Vicarages, die er bis zu seinem Tode niemals verließ. Er war ein äußerst würdevoller Kater. Mit hoch erhobenem Schwanz trottete er meinem Schwager regelmäßig auf seinen Gemeinderundgängen hinterher.«[37] In Griechenland hatte Harrison in einem Schutthaufen beim Akropolis-Museum die Skulptur einer Bärin gefunden, die sie als eine Verkörperung der *Artemis Brauronia* betrachtete. Alle athenischen Mädchen aus gutem Hause mußten ihren Bären-Dienst[38] ableisten, bevor sie heiraten durften. Sie hatten, wie auch Harrison, besondere Ehrfurcht vor der großen Bärin. Einer von zwei bemerkenswerten Träumen in Harrisons Leben handelte von Bären, die im Wald tanzten. Harrison versuchte, ihnen die Regeln eines Tanzes beizubringen, scheiterte jedoch und erkannte schließlich, daß der trottende Bärentanz wunderschön war und daß sie nicht lehren, sondern lernen sollte. In einem Rausch der Demut erwachte sie weinend.

---

35 Beard, S. 135; Peacock zitiert denselben Brief mit den Worten, daß die jüngere Frau des Bären kein »komisches Küken« [comic cub] anstatt eine »Witzfigur« [comic cut] sei. Hopes Handschrift war nicht die leserlichste. Vielleicht war die ihrer Mentorin nicht besser.

36 Peacock, S. 112. Beard zitiert ebenfalls eine leicht abweichende Version dieses Briefs.

37 Harrison, S. 41.

38 Nicht mit der deutschen Redewendung zu verwechseln, die etymologisch auf eine Fabel (unter anderem bei Jean de La Fontaine) zurückgeht; A.d.Ü.

Dies alles weist auf die Fülle von Assoziationen hin, die diese Briefchen für die Beteiligten enthielten. Mirrlees hat jedoch einen Fehler begangen, indem sie sie aufbewahrte, denn sie sind einfach so neckisch und geziert, daß sie unweigerlich das Interesse aller Forscher wecken, die darauf stoßen.

Viele sind zu dem Schluß gekommen, daß der Bär die symbolische Ehe der beiden Frauen repräsentiert. Das mag zutreffen oder auch nicht – neckisch miteinander umzugehen bedeutet nicht zwangsläufig, homosexuell zu sein. Es sollte auf jeden Fall darauf hingewiesen werden, daß die erste Biographie über Harrison auf ihren Briefen an Professor Gilbert Murray basiert, die fast ebenso süßlich-witzelnd waren wie die an Mirrlees – seine Frau brachte sogar ihre Bedenken zum Ausdruck, daß die beiden graduierten Akademiker der Lächerlichkeit preisgegeben würden, wenn man sie jemals publizieren würde.

Harrison selbst bezeichnete Mirrlees als »meine Schülerin und Freundin«[39] und schrieb in ihren *Reminiscences of a Student's Life*: »Ich gebe zu, daß die Dame Schicksal es ausgesprochen gut mit mir gemeint hat. Auf meine alten Tage hat sie mir, um mich zu trösten, eine Tochter im Geiste geschenkt, die mir kostbarer ist als jedes leibliche Kind.«[40] (Der Altersunterschied zwischen den beiden betrug siebenunddreißig Jahre – Jane war zehn Jahre älter als Hopes Vater.) Hope stellte ihre Beziehung als eine enge Freundschaft dar, tief, aber ihren Andeutungen zufolge nicht sexueller Natur. Eine Freundin von ihr, Professor Eliza Marian Butler, tendierte mit ihren Aussagen in eine ähnliche Richtung: »Zwischen den beiden gab es eine natürliche Anziehung, obwohl sie in vielen Punkten sehr verschieden waren – keine von ihnen ähnelte auch nur im entferntesten irgendeinem anderen Menschen auf der Welt.«[41]

---

[39] Stewart, S. 178.
[40] Harrison, S. 90.
[41] Stewart, S. 174.

Die beiden Damen wären zweifellos entsetzt gewesen, wenn sie gewußt hätten, daß öffentlich über ihre sexuelle Orientierung debattiert wurde. Aber obwohl kein Mangel an nachdrücklich geäußerten Meinungen herrscht, läßt sich letztendlich kein eindeutiger Beweis für die eine oder die andere Theorie finden. Im Grunde genommen ist es eine Frage des Gefühls, zu welcher Ansicht man gelangt.

***

Im Juli 1914 nahmen Gertrude Stein und Alice B. Toklas Hopes Einladung an, zehn Tage bei Mrs. Mirrlees in Cambridge zu verbringen; die beiden mußten Steins Londoner Verleger treffen, konnten sich aber keinen ausgedehnten Hotelaufenthalt leisten. Gertrude mochte das Essen, das Wetter und das Haus. Alice verlor ein paar grobe Worte über englische Frühstücksgewohnheiten. Die beiden begaben sich nach Newnham, um Jane Harrison zu treffen, fanden sie jedoch nicht sonderlich interessant. Lena Mirrlees gab mehrere Abendgesellschaften für sie. Über eine schrieb Toklas später:

»Bei den Mirrlees trafen wir eines Abends Dr. Alfred North Whitehead und Mrs. Whitehead. Nach dem Essen fragte er mich, ob ich ihn zum Kaffeetrinken in den Garten hinausbegleiten würde. Zu dem Zeitpunkt wußte ich noch nicht, mit wem ich es zu tun hatte. Ich erkannte ihn erst, als ich sein Gesicht unter einer Lampe sah. Er hatte ein sehr gütiges, liebenswertes Lächeln und besaß jene Art Einfältigkeit, die man nur bei Genies findet. Er war das dritte Genie, bei dem es in mir klingelte. Die beiden anderen waren Gertrude Stein und Picasso gewesen.«[42]

Dies zeigt, daß Mirrlees bereits sehr früh über hervorragende Kontakte zur literarischen Welt in Paris verfügte – eine Tat-

---

[42] Alice B. Toklas, *What is Remembered* (1963), S. 83.

sache, die unbekannt geblieben wäre, wäre Toklas nicht so angetan von Mr. Whitehead gewesen.

Auch Mirrlees' Verbindungen in London waren erstklassig. 1918 traf sie eine Frau – entweder über den Literatursalon von Lady Ottoline Morell[43] (Mirrlees wurde nach Morrels Tod zur Vollstreckerin ihres literarischen Testaments erklärt) oder durch eine alte Collegefreundin –, die zwar relativ geringen Einfluß auf ihr Leben hatte, aber um so größeren darauf, wie man sich an sie erinnern würde: Virginia Woolf. Die allererste Erwähnung von Mirrlees in Woolfs Tagebüchern, vom 24. August 1918, schlägt bereits den Ton an, der ihre Beziehung zueinander bestimmen sollte: »Sie [Karin Stephen] erklärt mir, daß ich mit meinem Geschmack viel mit Hope Mirrlees gemein hätte; ›mit meinem Geschmack‹ in der Tat!«[44] Auf jeden Fall bat sie Hope bereits im September, eine Geschichte für ihren und Leonards Wohnzimmerverlag Hogarth Press zu schreiben. Im Januar des nächsten Jahres nahm sie Hope in eine kurze Liste ihrer Freunde auf.

Befreundet zu sein heißt natürlich auch, sich zu streiten. Keinen Monat später schrieb Woolf an Vanessa Bell: »Ich fürchte, ich habe mich mit Katherine Mansfield und Mirrlees gestritten; das bringt mich auf den Gedanken, daß diese beiden jungen Frauen bei all ihrem Charme so spröde sind wie Malzzucker.«[45] Aber der Streit sollte keine schwerwiegenden

---

[43] Siebzig Briefe von Mirrlees an Morrell sind in der Ottoline Morrel Collection im Harry Ransom Research Center an der University of Texas in Austin archiviert. Von den vielen verstreuten Archiven mit Korrespondenzen von Mirrlees, die ich nicht aufsuchen konnte, ist es in diesem Fall am wahrscheinlichsten, daß es Kommentare von Mirrlees zu ihren eigenen Arbeiten enthält, da Morrell sie bekanntermaßen ermutigte und beriet. Oder auch nicht – T. S. Eliots Briefe an Hope Mirrlees, die in der University of Maryland am Park College aufbewahrt werden, sind größtenteils Alltagsnotizen, obwohl sie ein paar interessante Informationsfetzen enthalten.

[44] Woolf, *Tagebücher 1*, 24. August 1918, S. 297.

[45] Woolf, *Letters 2*, 16. Februar 1919, S. 331.

Folgen haben. Eine Woche später schrieb Woolf: »Also, ich habe mich nicht einmal gestritten mit Mirrlees – meine literarischen Damen sind treu, wenn auch mit Unterbrechungen, ob absichtlich oder nicht, werde ich nicht zu entscheiden versuchen.«[46]

Virginia war keine ganz unkomplizierte Freundin, und Hope war es ebensowenig. Einen Monat später erinnerte Woolf sich daran, wie sie sich bei Mirrlees' Rückkehr nach Paris von ihr verabschiedet hatte.

»›Wirst du mir schreiben, Hope?‹ fragte ich.

›O nein. Ich kann Leuten nicht schreiben.‹

So trennten wir uns auf der Charing Cross Road für die nächsten sechs Monate, vermutlich.«[47]

Das ist eine Szene, die einen mit Voraussicht begabten Autor in einem imaginären Kino dazu bringen könnte, aufzuspringen und die Leinwand anzuschreien. Ein Mitglied der Bloomsbury-Gruppe zu sein bedeutete, daß die eigene Karriere von anderen immer wieder neu in den Blick genommen wurde – es bedeutete, immer wieder eine neue Chance auf unsterblichen Ruhm zu erhalten. Es gibt kaum literarische Größen, deren Briefe so regelmäßig untersucht werden oder so leicht zugänglich sind wie die Woolfs. Die Weigerung, mit ihr in Korrespondenz zu treten, war ein Karriereschnitzer allerersten Größenordnung.

Aber wie hätte Hope das wissen sollen? Die beiden Frauen waren sich nicht eben uneingeschränkt sympathisch. Am Freitag, dem 8. August 1919, traf Hope Mirrlees im Hogarth House ein, um während eines langen Wochenendes über ihre Gedichte zu reden. Sie hinterließ einen eindeutigen Eindruck. Am Tag nach ihrer Abreise beschrieb Virginia sie in

---

46 Woolf, *Tagebücher 1*, 25. Februar 1919, S. 382.
47 Woolf, *Tagebücher 1*, 22. März 1919, S. 403.

einem Brief an einen Freund als »eine kapriziöse junge Frau, aber von erstklassiger Erscheinung, parfümiert, gepudert, zieht sich zum Mittagessen um und ist ausgesprochen kultiviert«[48]. Eine Woche später teilte sie die ganze Geschichte etwas gelassener einem anderen Freund mit:

»Wie dem auch sei, letztes Wochenende hatten wir eine junge Dame zu Besuch, die ihr Kleid jeden Abend zum Essen wechselte, das ich und Leonard selbst kochten; die Bediensteten hatten Urlaub. Ihre Strümpfe paßten zu einem Kranz in ihrem Haar; jeden Abend hatten sie eine andere Farbe; Puder rieselte in Flocken herab; und sie war so stark parfümiert, daß wir uns in den Garten setzen mußten. Außerdem beherrscht sie Griechisch und Russisch besser als ich Französisch, ist Jane Harrisons Lieblingsschülerin und hat ein sehr obskures, anstößiges und brillantes Gedicht geschrieben, das wir drucken werden. Es ist eine Schande, daß die jüngere Generation zu alldem fähig sein sollte; dennoch, ich habe das Gefühl, daß irgend etwas fehlen muß – du nicht auch?«[49]

Verärgert, doch gegen ihren Willen beeindruckt, erklärte sie sich bereit, etwas von Mirrlees zu veröffentlichen. Mitte des nächsten Jahres, im Mai 1920, gaben Leonard und Virginia Woolf Hopes »obskures, anstößiges und brillantes« Gedicht *Paris* als zweiundzwanzigseitiges handgesetztes Heftchen in einer Auflage von 175 Stück heraus. Es begann in aggressiver Weise modern:

48 Woolf, *Letters 2*, 12. August 1919, S. 383.
49 Woolf, *Letters 2*, 17. August 1919, S. 384 f.

»I want a holophrase

NORD-SUD
ZIG-ZAG
LION NOIR
CACAO BLOOKER

Black-figured vases in Etruscan tombs

RUE DU BAC (DUBONNET)
SOLFERINO (DUBONNET)
CHAMBRE DES DESPUTES

Brekekekek coax coax we are passing under the Seine

DEBONNET«[50]

Nord-Sud ist eine Untergrundbahn, die Montparnasse mit Montmartre verbindet, und außerdem der Name eines dadaistischen Magazins, das von Pierre Reverdy herausgegeben wurde. Die anderen Wörter in Großbuchstaben sind Hinweisschilder und Stationsnamen. Die Nonsenszeile »Brekekekek coax coax« weckt Assoziationen an U-Bahn-Räder, die über Schienen rattern, und ist eigentlich ein Teil des Refrains von Aristophanes' *Die Frösche*. Die schwarzfigurigen etruskischen Vasen waren ein Spezialgebiet von Harrison, und »I want a holophrase« spielt auf ihre Untersuchung frühzeitlicher Sprachen in *Themis* an. In diesem Fall ist das Gedicht selbst die »Holophrasis« (wörtlich: ein Wort, das einen ganzen Satz

[50] Ins Deutsche übertragen etwa: Ich will eine Holophrasis – NORD-SÜD – ZICK-ZACK – SCHWARZER LÖWE – BLOOKERS KAKAO – schwarzfigurige Vasen in etruskischen Gräbern – RUE DU BAC (DUBONNET) – SOLFERINO (DUBONNET) – DAS ABGEORDNETENHAUS – Brekekekex quax quax wir fahren unter der Seine hindurch – DEBONNET. (A.d.Ü.)

oder eine Kombination von Ideen ausdrückt): Es verkörpert Paris durch eine Reise, die mit einem furchteinflößenden Abstieg in den Untergrund beginnt, die Vergangenheit und die Gegenwart durchquert und damit endet, daß die Sonne nach einer fröhlich durchwachten Nacht aufgeht und den Himmel hinter den Türmen von Notre-Dame safrangelb färbt, während irgendwo der Präsident der Republik neben seiner Frau im Bett liegt und in der Abtei von Port-Royal Kinder geboren werden. Es endet mit einem überschwenglichen JE VOUS SALUE PARIS PLEIN DE GRACE und dem Zeichen des Bären, mit dem Hope all ihre Romane unterschrieb:

*

* * *

*   *

*

Es ist einfacher, das Gedicht Zeile für Zeile zu erklären, als es als Ganzes zu beurteilen. Wie viele modernistische Werke codiert es auf sehr engem Raum außerordentlich viel Material sowohl persönlicher als auch allgemeiner Natur. Julia Briggs betrachtet *Paris* als Mirrlees' Meisterwerk und stimmt Woolfs Lesart zu, die es als implizit lesbisches Liebesgedicht auffaßte. Sie ist aber auch der Meinung, daß es sich »in großartiger Weise mit der Zeit unmittelbar nach dem Krieg auseinandersetzt, mit dem Streik vom 1. Mai 1919 in Paris, den entlassenen Soldaten, der Ankunft Präsident Wilsons zum Abschluß des Versailler Vertrags usw. usw. Und es ist auch eine Elegie für die Toten, eine Solidaritätsbekundung mit den Franzosen und der französischen Avantgarde.«[51] Für den gewöhnlichen Leser wäre ein Zeilenkommentar hilfreich. Nichtsdestotrotz ist das Gedicht auch oberflächlich betrachtet ein schönes und anmutiges Werk.

---

[51] Julia Briggs, E-Mail-Korrespondenz. Mit freundlicher Genehmigung.

Darüber hinaus sind manche Kritiker davon überzeugt, daß *Paris* einen Einfluß auf T. S. Eliots *The Waste Land* ausübte[52]. Zeitlich wäre das auf jeden Fall denkbar. Das eine Gedicht ging dem anderen um drei Jahre voraus, gerade genug Zeit, damit Eliot es hätte aufnehmen, durch sein lyrisches Empfinden filtern und in etwas Neues verwandeln können. Die Woolfs ließen ihm mit Sicherheit ein Exemplar zukommen. Aber wie allen großen Phantasten des 20. Jahrhunderts fehlt Mirrlees jedes Gefühl für die Stimmung ihrer Zeit: *Paris* strahlt vor Lebensfreude und überschwenglicher Bewunderung von Schönheit und Vergangenheit. Unmittelbar nach den Schrecken des Ersten Weltkriegs ist das Gedicht eine absichtliche Zurückweisung des Zeitgeists.

Wenn Mirrlees Eliot beeinflußt hat, dann weniger durch ihr eigenes Werk, sondern eher als Übermittlerin des französischen Surrealismus an den englischen Dichter. Jahre später gab sie zu, *Paris* sei »sozusagen befreit worden, zum Leben erweckt worden dank eines Gedichts von Cocteau, das *Le Cape de Bonne Esperance* heißt«[53]. Aber auch ihre Rolle als Übermittlerin ist fraglich, denn Eliot, der ihr ein guter und treuer Freund war, hat sich öffentlich niemals zu einer literarischen Schuld ihr gegenüber bekannt. In einem Essay, der *The Counterplot* würdigt, erklärte Charles Du Bos, daß erst dieser erwachsenere Roman es ihm ermöglichte, die Qualitäten von *Paris* im Rückblick zu würdigen – diese waren ihm beim ersten Lesen nicht aufgefallen, weil das Gedicht ausgesprochen vielen anderen Arbeiten ähnelte, die junge Menschen in Europa zu jener Zeit verfaßten[54]. Dennoch ist die

---

[52] Den größten Teil dieses Gedichts schrieb Eliot während seiner Zeit in Lausanne im Winter 1921. Es wäre denkbar, daß Ezra Pound, der *The Waste Land* gemeinsam mit Eliot überarbeitete und herausgab, *Paris* gelesen hat und diesen Einfluß indirekt an Eliot weitergab. Es muß allerdings betont werden, daß diese beiden genannten Einflußmöglichkeiten ganz und gar spekulativ sind.

[53] Henig, S. 13.

[54] Du Bos, S. 922.

Frage nach Mirrlees' Einfluß auf Eliot noch nicht endgültig beantwortet – es ist gut möglich, daß er doch noch eindeutig nachgewiesen wird.

Abgesehen davon, daß es ein bedeutendes Werk ist, zeigt *Paris* auch, daß der atmosphärisch dichte Stil von *Flucht ins Feenland* keinesfalls aus dem Nichts entstanden ist. Die Passagen, in denen sich Sinnlichkeit mit Mythologie vermischen, schlagen wohl bei jedem Phantasten eine Saite an:

»The Seine, old egoist, meanders imperturbably towards the sea
Ruminating on weeds and rain …
If through his sluggish waters sleep come dreams
They are the blue ghosts of king-fishers.
and, in a more theoretical vein:
Stories …

The lost romance
Penned by some Ovid, an unwilling thrall
In Fairyland
No one knows its name;
It was the guild-secret of the Italian painters.
They spent their lives in illustrating it …

The Chinese village in a genius's mind …
Little funny things ceaselessly happening.«[55]

---

[55] Ins Deutsche übertragen etwa: Die Seine, die alte Egoistin, schlängelt sich unerschütterlich dem Meer entgegen – Käut das Seegras und den Regen wieder … – Wenn Träume ihren wäßrig-trägen Schlaf durchdringen – Sind es die blauen Geister von Eisvögeln. – Und, theoretischer gesprochen: – Geschichten … – Der verlorene Liebesroman – Von irgendeinem Ovid niedergeschrieben, ein widerspenstiger Knecht – Im Feenreich – Niemand kennt seinen Namen; – Er war das Gildengeheimnis der italienischen Maler. – Sie haben ihr Leben damit verbracht, ihn zu illustrieren … – Das chinesische Dorf im Geist eines Genies … – Kleine, seltsame Dinge, die unablässig geschehen. (A.d.Ü.)

Das Gedicht wurde sehr unterschiedlich besprochen. *The Athenaeum* würdigte es. Aber ein kurzer Verriß im *Times Literary Supplement* murrte: »Es scheint sich an einem futuristischen Trick zu versuchen, indem es eine Zusammenstellung der Sinneseindrücke darbietet, die ein Pilger in Paris erfahren kann. Aber es ist mit Sicherheit kein ›Gedicht‹, auch wenn wir der Autorin darin folgen, es so einzuordnen. Die Idee, die Worte ›there is no lily of the valley‹ als vertikale Reihe einzelner Buchstaben zu drucken, könnte auch einem Kindergartenspiel entstammen. Auf jeden Fall gehört es nicht in den Bereich der Dichtkunst.« Und es verkaufte sich auch nicht. Woolf schrieb in ihrem Tagebuch zwölf Tage später, daß Hope zwar weiterhin kleine Schritte vorwärts machen, insgesamt aber zu vernachlässigen sei.

Das Gedicht hat seine Schwächen. Ein prüder Ausfall gegen Freud und zwei Fälle von beiläufigem Rassismus, die Wörter »Japse« und »Nigger«, die beide locker-jazzig gemeint waren, zeugen von großer Gedankenlosigkeit. Dennoch war *Paris* zumindest ein sehr vielversprechender Anfang. Und wenn die Spekulationen einiger Kritiker zutreffen, könnte es auch einen bedeutenden Einfluß auf das bekannteste Gedicht des 20. Jahrhunderts überhaupt ausgeübt haben.

Mirrlees schrieb nie wieder etwas auch nur ansatzweise Vergleichbares.

Noch verwirrender ist die Tatsache, daß sie über vierzig Jahre lang kein weiteres Gedicht publizierte, obwohl sie den Rest ihres Lebens darauf bestand, eine ›Dichterin‹ zu sein.

Paris war eine unbedeutende Episode in einem ereignisreichen Leben. Ihr erster Roman war weit wichtiger für Mirrlees. Nach jahrelanger Arbeit veröffentlichte sie 1919 schließlich *Madeleine, One of Love's Jansenists.* Die beste Zusammenfassung der Handlung lieferte Hope Mirrlees 1970 in einem Interview selbst:

»Madeleine Toqueville ist das einzige Kind bürgerlicher Eltern mit mageren Einkünften. Sie leben in der Provinz. Die Handlung spielt im 17. Jahrhundert. Madeleine, von ätherischer Schönheit, ist sehr belesen in zeitgenössischer Literatur. Bescheiden und aus weiter Ferne verehrt sie die Pariser Preziösen, die Molières Zielscheibe in seinen *Lächerlichen Preziösen* waren. 1554 zieht ihre Familie nach Paris, und Madeleine ist ganz besessen von dem Wunsch, in den Salon von Madame de Rambouillet eingeladen zu werden, der Königin der Preziösen. Madeleines Wunschdenken drückt sich in einer Art Neurose aus. Sie tanzt im Zimmer auf und ab, während sie sich vorstellt, wie sie Madame de R.s Salon betritt, und denkt sich Wort für Wort die Gespräche aus, die geführt werden. Die Konversation basiert auf den gerade populären affektierten Liebesromanen, insbesondere auf denen von Mademoiselle de Scudéry. Sie sind lang und ausgesprochen ermüdend (*Madeleine* übertrifft in ihrer exakten Wiedergabe natürlich alle anderen). Ich erspare dem Leser nichts …«[56]

Dem kann hinzugefügt werden, daß die jahrelangen Vorarbeiten und das Wissen, die in dem Buch stecken, die Lesbarkeit schwer belasten, daß die Erklärungen über den Jansenismus (eine streng römisch-katholische Sekte, die Madeleine paradoxerweise mit der Weltsicht der Preziösen zu vermählen sucht) ausgesprochen ermüdend sind und – ein Fehler, der das Werk zunichte macht – daß Madeleine selbst keinerlei Eigenschaften besitzt, die sie dem Leser zugänglich machen. Allerdings handelt es sich hier nicht etwa um eine autobiographische Fiktion, in der Mirrlees unfreiwillig ihre eigenen Unzulänglichkeiten enthüllt. Jede mürrische Zurechtweisung, jede selbstvergessene Eitelkeit Madeleines werden von der Autorin ganz besonders hervorgehoben, als ob sie

[56] Henig, S. 11 f.

befürchte, daß die Leser die ureigene Widerlichkeit ihrer Protagonistin übersehen könnten.

Vielleicht erforschte Hope in grotesk übertriebener Weise Neigungen, die sie an sich selbst verabscheute. Vielleicht hatte sie einfach so viele Jahre damit verbracht, den Roman immer wieder zu überarbeiten (wobei sie mehrere Ablehnungen verkraften mußte), daß sie ihn letztlich unbewußt sabotierte. Wie dem auch sei: Die Verachtung, die die Autorin für ihre eigene Figur empfindet, macht *Madeleine* zu einer anstrengenden Lektüre. Am Ende des Buchs tanzt Madeleine in einen Strudel des Wahnsinns hinein. Da ihr entscheidender Fehler einfach nur ihre Unreife ist, ist sie weder so monströs, daß man Befriedigung über ihr Ende empfinden könnte, noch so sympathisch, daß man Mitleid mit ihr hätte.

Nichtsdestotrotz ist *Madeleine* offensichtlich ein Schlüsselroman: Man findet nicht nur Hope selbst in der Titelrolle, sondern auch eine liebevolle, aber glücklose Mutter, eine untreue Witzfigur von Vater, eine spitzbübische alte Frau, die eindeutig Hopes Tante Cockie darstellt, einen ausgeglichenen jungen Mann, bei dem es sich um ein Echo ihres geheimnisvollen Hauptmanns handelt, und Jane Ellen Harrison als weise alte Nonne, die Madeleine vor ihrer eigenen Torheit zu bewahren sucht. Damit bleibt die Rolle der Madame de Scudéry offen – aber vielleicht gab es für sie einfach keine Vorlage. Während die anderen Figuren wie schlechte Karikaturen wirken, ist sie eine Abstraktion, die direkt aus einem anderen Buch in dieses herübergetreten sein könnte. Möglicherweise war die Vorlage für Madame de Scudéry Madame de Scudéry selbst – eine andere Figur des Romans, Madame Poilou, ist schließlich ebenfalls eine historische Figur. In ähnlicher Weise könnten die Preziösen eine Satire auf die Pariser Literaturzirkel (oder die Pariser ›Sapphisten‹) der zwanziger Jahre oder sogar auf Bloomsbury sein (was allerdings weit hergeholt wäre). Selbst wenn dem so ist, handelt es sich um keine sonderlich gelungene Satire.

Mirrlees schrieb eine kurze Einleitung, um zu erläutern, was sie mit dem Buch bezweckte. »Das Leben«, erklärte sie, »gleicht einer blinden und endlosen Himmelsweite, die sich immerzu in kleine Tropfen aus Ereignissen aufteilt, die schwer und schnell herabregnen, auf die Gerechten ebenso wie auf die Ungerechten. Die Kunst ist wie eine beherzte, formende Macht, die eine widerspenstige, amorphe Masse Zelle für Zelle in die zerbrechliche Form einer Muschelschale bringt.« Weiter unten heißt es: »In der Außenwelt gibt es nichts außer dem endlosen, bedeutungslosen Tröpfeln der Ereignisse, in der Innenwelt nichts als einen stummen, unausweichlichen Marsch auf einen vorherbestimmten Höhepunkt zu.«[57] Das ist Mirrlees' großes Thema, gleichgültig, wie ungeschickt es in diesem Roman verwirklicht wird: die Spannung zwischen dem Leben und der Kunst, zwischen Wirklichkeit und Phantasie, zwischen der Welt, wie sie ist, und der Welt, wie wir sie gern hätten.

Die Widmung des Buches lautet schlicht und einfach: »Für meine Mutter«.

Trotz aller Schwächen war *Madeleine* Hopes erster Roman, und so war sie verletzt, als Virginia Woolf ihm im *Times Literary Supplement* eine Kritik widmete, die man am ehesten noch als verwirrt und wohlmeinend bezeichnen kann: »Aus ihrer Prämisse geht deutlich hervor, daß sich Miss Hope Mirrlees der Schwierigkeiten und Möglichkeiten innerhalb der Bereiche Kunst und Fiktion in außergewöhnlichem Maße bewußt ist«, schrieb Woolf auf der verzweifelten Suche nach freundlichen Worten. »Das ist schon ein großer Gewinn: Sich eines Problems bewußt zu sein, heißt noch nicht, daß man es lösen kann, aber es weist darauf hin, daß eine kluge Wahl getroffen wurde.« Des weiteren bemerkte sie: »*Madeleine* ist zwar kein voller Erfolg, aber es zeigt, daß Miss Mirrlees ihr Problem außergewöhnlich klar zu fassen bekommt.«

[57] Mirrlees, *Madeleine*, S. VII f.

Abschließend stellt sie fest, daß »es sich durchaus lohnt, diesen schweren und interessanten Roman zu lesen«[58].

***

1922 vernichtete Harrison ihre Briefe nach einer katastrophalen Affäre mit »einem Mann von einzigartiger Schönheit und Faszinationskraft«[59] und verließ Newnham und Cambrigde für immer. Gemeinsam mit Mirrlees zog sie nach Paris, wo sich die beiden im American Women's University Club in der Rue de Chevreuse 4 eine Wohnung teilten.

Im nächsten Jahr kam Virginia Woolf nach Paris und besuchte Hope und Jane während ihres Aufenthalts. Über die letztere, die sie später in *A Room Of One's Own* als Geist auftauchen ließ, schrieb sie:

»Diese stattliche alte Dame, sehr hellhäutig, ehrwürdig ergraut, in eine Spitzenmantille gehüllt, hat es mir angetan: zum Teil aufgrund ihrer erstklassigen, höchst gedankenvollen, agnostischen Art, zum Teil aufgrund ihrer äußeren Erscheinung. ›Leider‹, sagte sie, ›sind Sie und Ihre Schwester und vielleicht Lytton Strachey die einzigen aus der jüngeren Generation, die ich respektieren kann. Sie allein tragen die Traditionen unserer Tage weiter.‹ Damit bezog sie sich auf den jämmerlichen Verrat von Fredegond [Shove] (die Messe; die Konfession; die Absolution und der ganze Rest). ›Es gibt Tausende von Darwins‹, sagte ich, um sie aufzumuntern.

---

[58] *Times Literary Supplement*, 9. Oktober 1919, S. 547. Es gab auch positivere Kritiken: R. Brimley Johnson widmete dem Buch ein Jahr darauf ein Kapitel in *Some Contemporary Authors (Women)*. Die Qualität seiner Analyse kann jedoch gut daran gemessen werden, daß es mir nicht gelungen ist, bei ihm irgend etwas Zitierenswertes zu finden. Mirrlees selbst ließ das Buch in späteren Jahren stillschweigend aus ihrer Biographie verschwinden und betrachtete sich als Autorin von zwei Romanen.

[59] Beard, S. 214. Diese Charakterisierung stammt von Mirrlees und wurde aus dem unveröffentlichten biographischen Material im Harrison Archive in Newnham übernommen.

›Tausende von Darwins!‹ kreischte sie, klatschte in die behandschuhten Hände und hob den Blick zum Himmel. ›Die Darwins sind die finstersten Verräter überhaupt! Mit diesem Namen!‹ rief sie, ›mit diesem Erbe! Mit dieser großartigen Vorgeschichte!‹ ›Unsere Gwen ist doch wohl in Sicherheit?‹ rief ich aus. ›Unsere Gwen‹, antwortete sie, ›geht jeden Sonntag ihres Lebens in die Kirche (wenn schon nicht zur Messe, dann doch immerhin in die Kirche). Ihre Hochzeit hat ihrem Verstand vielleicht doch geschadet. Unglücklicherweise ist Jacques Franzose. Eine Welle des Katholizismus ist über die jungen Franzosen hereingebrochen.

Ihre Kinder sind getauft; ihre –‹ An diesem Punkt unterbrach ich sie. ›Lieber Himmel‹, sagte ich, ›ich werde nie wieder mit denen sprechen! Mehr noch: Ich habe gerade einen leichtfertigen, albernen, atheistischen Brief an ebendiesen Haushalt geschrieben, der bald eintreffen wird, wenn der Hausherr geadelt wird; sie werden meinen Namen aus ihrer Rede verbannen und mich in ihren Herzen schmähen – und so wird die Religion, kurz gesagt, ein weiteres Wunder vollbracht haben, indem sie eine Freundschaft zerstört, die mit Sicherheit schon in den Bäuchen unserer Mütter begonnen hat!‹ Infolge ihrer Beredtheit fühlte ich mich so deprimiert wie ein Häufchen Asche. Die Woche darauf traf Dein Brief ein, und meine Erleichterung war grenzenlos. Gwen ist eine militante Atheistin: Die Welt erneuert sich; ich habe wieder festen Boden unter den Füßen. Ich habe sofort die liebe alte Jane benachrichtigt, die etwas widersprüchlich mit ›Gott sei Dank‹ antwortete.«[60]

Das ist eine so fabelhafte Anekdote, daß es einem leid tun muß, sie ins rechte Licht zu rücken. Aber es ergibt einfach keinen Sinn, daß jemand von den Cambridge-Ritenforschern so abfällig über Taufe, Konfession und die Messe, kurz: über

[60] Woolf, *Letters* 3, 30. Juli 1923, S. 58 f.

religiöse Rituale spricht[61]. Mit Sicherheit hat Woolf Harrisons Worte mißverstanden und den Vorfall in der Zurückgezogenheit ihres Gedächtnisses in unterhaltsamer Weise umgestaltet. Sie war schon immer eine verläßlichere Quelle für Fiktionen als für Fakten.

Aus den Tagebüchern wird allerdings deutlich, daß Hope und Virginia über ihre Ansichten sprachen, wenn sie sich trafen. Ein Eintrag erwähnt, daß die drei Frauen über den Tod diskutierten, bis eine Dame von der Universität, die ebenfalls anwesend war, errötete und die Flucht ergriff. In einem langen Brief vom 6. Januar 1923 schreibt Virginia von ihren Sorgen betreffs ihres letzten Romans und dankt Hope dafür, daß sie ihn gelobt hat. Darüber hinaus bringt sie ihr Interesse an Mirrlees' nächstem Buch zum Ausdruck und drängt sie, ein Stück für die Hogarth Press zu schreiben. Sie schließt mit einer den Worten Hopes in der Charing Cross Road nachempfundenen Klage: »Oh, aber ich kann keine Briefe schreiben, nicht mal im Traum.«[62]

***

1924 erschien Hopes zweiter Roman *The Counterplot* bei Collins. Für zeitgenössische Leser war er sogar noch entmutigender als *Madeleine*. Sie entschied sich, diesmal rein gar nichts zu erklären – eine klassische Überreaktion auf ihren allzu didaktischen ersten Roman. Figuren kommen und gehen, ohne daß man erfährt, um wen es sich bei ihnen handelt, und äußern sich zu Angelegenheiten und Leuten, über die der Leser nicht das geringste weiß – in etwa so, als

[61] Genaugenommen war Harrison der Meinung, daß die Messe nicht ritualisiert genug war. In *Reminiscences of a Student's Life* erklärt sie (offenbar hielt sie die orthodoxe Messe für die ursprüngliche Form), daß sie hinter einem Vorhang durchgeführt werden sollte, hinter dem der Priester am Ende hervorkäme und der Gemeinde mitteilte, daß das Ritual durchgeführt worden sei.

[62] Woolf, *Letters* 3, 6. Januar 1923, S. 3f.

sei man ohne einen einzigen Freund auf der Familienfeier eines Fremden gelandet. Doch obwohl *The Counterplot* viel schwerer zu verstehen ist als Mirrlees' erster Roman, ist er doch um vieles erträglicher als *Madeleine*. Hopes neues Alter ego Teresa mag launisch, selbstsüchtig und rechthaberisch sein, aber sie ist kein annähernd so hochnäsiges Scheusal wie Madeleine. Beinahe entsteht der Eindruck, als möge die Autorin sie.

Die Handlung ist schnell erzählt: Eine gefühlskalte junge Frau mit literarischer Veranlagung und einem netten, aber von ihr verachteten Freier stellt fest, daß ein junger Seminarist ihr gegenüber romantische Gefühle hegt. Obwohl sie nicht auf seine Annäherungsversuche eingeht, beschließt sie spontan, zur Erbauung ihrer Familie ein Theaterstück zu schreiben. »Der Schlüssel« – hundert Seiten lang und vollständig in dem Roman enthalten – enthüllt Teresas unterbewußte Wünsche und ihre verdeckte Leidenschaft für den angehenden jungen Geistlichen.

Das Theaterstück im Roman ist selbst ein Schlüsselwerk, in dem Hope ihre ganze Familie als Figuren benutzt. Die Strategie, mit der sie eingesetzt werden, ist daran erkennbar, daß sie sich allesamt völlig von ihren Gegenstücken im übrigen Roman unterscheiden. Mirrlees benutzt ihre Familie als Repertoireensemble, das bereitsteht, um jede Rolle zu spielen, die gerade benötigt wird. So kann ein und dieselbe Person hier die Vorlage für den Helden und dort die für den Bösewicht sein und bleibt doch immer als sie selbst erkennbar.

Die Handlung des Stücks dreht sich um eine tugendhafte Nonne, die von einem schneidigen Bösewicht verführt wird, der sich wiederum selbst in sie verliebt; um eine weniger tugendhafte Nonne, die erstere betrügt; und um eine böse alte Hexe, die hinter den Kulissen Ärger macht. Die ganze Geschichte ist eine recht vorhersehbare und eher konventionelle Posse. (1923 bat Woolf Mirrlees, ein Stück für die

Hogarth Press zu verfassen[63]. Falls es sich hierbei um dieses Stück handelt, ist es wahrscheinlich ein Glück, daß Mirrlees es niemals abgeliefert hat.) Trotzdem täuscht das Stück Teresas Familie. Für Teresa wie auch für das Publikum sind die Implikationen allerdings mehr als deutlich.

Das Thema des Romans ist einmal mehr der Konflikt zwischen Leben und Kunst. Und wieder kann dieser Konflikt nicht gelöst werden – der Seminarist wird durch Teresas Eingeständnis ihres Verlangens ironischerweise in die Arme der Kirche zurückgetrieben. Diesmal wird die Heldin jedoch nicht etwa verrückt. Sie erlebt lediglich einen Augenblick ruhiger Selbsterkenntnis und Einsicht in die Beschaffenheit der Welt.

»Meine begabte Freundin Hope Mirrlees hat mit *Counterplot* einen wunderbaren Roman geschrieben, in dem sie zeigt, daß wir nur in der Kunst und durch ihre Muster, oder vielleicht auch durch das Muster der Religion, die wiederum eine Form der Kunst ist, jenes Gewirr aus Erfahrungen erfassen und begreifen können, das wir Leben nennen.«[64] Mit diesen Worten, die Jane Harrison an einen Freund schrieb, gab sie die Intention des Romans wieder. 1955, dreißig Jahre, nachdem er den Roman zum ersten Mal gelesen hatte, erwarb Christopher Isherwood[65] nach langer Suche ein Exemplar von *The Counterplot* und las ihn erneut. In seinem Tagebuch schrieb er darüber:

»Mir ist aufgefallen, daß ich ganze Passagen daraus beinahe auswendig kann. Es muß eines der Bücher sein, die einen wirklich ›prägenden‹ Einfluß auf mein Leben hatten. Und doch repräsentiert es viel von dem, was ich vermeintlich immer gehaßt und bis auf den Tod bekämpft habe – diese

[63] Woolf, *Letters* 3, 6. Januar 1923, S. 4.
[64] Harrison, S. 11.
[65] Einflußreicher anglo-amerikanischer Schriftsteller (1904–1986) (A.d.Ü.).

Cambridge-Klugheit und die ganze *Waste-Land*-Technik, die Stimmungen beschrieb, indem sie aus Klassikern zitierte, die genaugenommen in Stimmungen schwelgte, die nichts anderes waren als diese Zitate selbst. Es ist ein zweitklassiges Buch, aber ich verspüre den Reiz, den es früher auf mich ausübte, noch immer ansatzweise. Und allein deshalb, weil seine ›Kultiviertheit‹ so durchschaubar naiv ist, finde ich es wärmer und sympathischer als den frühen Aldous Huxley.«[66]

Das ist eine angemessene Darstellung des Buchs aus unerwarteter Quelle. Leider ist der Roman mit dem Alter nicht besser geworden, obwohl er freundlich aufgenommen und ins Französische übersetzt wurde. Die Verkaufszahlen waren immerhin gut genug, um zwei Jahre später eine zweite Auflage zu ermöglichen.

Über das Buch verteilt finden sich Bemerkungen, die Mirrlees als Autorin in einem bemerkenswerten Licht erscheinen lassen. An einer Stelle sinniert die Protagonistin (frei nach Shakespeare):

> … but fancy was nothing
> Tell me where is fancy bred?
> Not in the heart
> Nor in the head[67]

Praktisch alle jungen Engländer verfügten über Phantasie: eine romantische Phantasie, die von *Alice im Wunderland* und von den Koboldarabesken auf dem Titelbild des *Punch* gespeist wurde; ein Herz fürs Romantisch-Historische, das aufgeregt zu *Puck vom Buchsberg* und den *Drei Musketieren* schlug.

---

[66] Christopher Isherwood, *Diaries 1* (1996), S. 483.

[67] Eigentlich: »Tell me where is fancy bred, Or in the heart, or in the head?« aus dem 3. Aufzug, 2. Szene, des *Kaufmanns von Venedig*. Schlegel übersetzt: »Sagt, woher stammt Liebeslust? Aus den Sinnen, aus der Brust?« (A.d.Ü.)

Und nicht zuletzt hegten sie wohl alle – im Gegensatz zu den Franzosen – eine Hoffnung, die niemals ganz ausstirbt: daß sie eines Tages an der Seite einer unglaublich provokativen Dame die Rolle des Anthony spielen würden. Diese Dame wäre möglicherweise eine Ausländerin, so leidenschaftlich und kultiviert wie die Heldin von *Three Weeks* und so geheimnisvoll wie Rider Haggards *Sie*. Doch all das ist nur ein Teil des typischen englischen Stils: im ganzen Land verbreitet, äußerst durchschnittlich, so wie ihr Sinn für Humor oder die sprichwörtliche Liebe zum Fairplay.«[68].

Das ist eine erschreckende Schimpfrede aus dem Mund einer Phantastin, aber zugleich ist es vielleicht die erste feministische Kritik an den sexistischen, maskulinen Wurzeln des Fantasy-Genres. Es handelt sich auch nicht einfach um einen Ausrutscher: Dasselbe Thema taucht später, als die Heldin der Hochzeit ihrer Schwester in einem nur dürftig kaschierten *Bicester House*[69] beiwohnt, erneut auf. Als ein Gast sagt: »Nun, ein weihnachtlicheres Haus gibt es nicht. Es kommt mir immer wie das Haus vor, auf das man in einem Märchen mitten im Wald stößt. Man erwartet, daß die Tür von einem Dachs in Livree geöffnet wird.« Die Heldin denkt wütend:

»Wieder diese verdammte Phantasie! Sie war selbst auf solche Ideen verfallen, als sie noch ein Kind gewesen war. Aber die Vorstellungen eines Mannes sollten sich von den Träumereien eines Kindes unterscheiden.«[70]

Um das zu verstehen, muß man wissen, daß Fantasy für Erwachsene, wie wir sie kennen, zu jener Zeit praktisch nicht existierte – und der größte Teil dessen, was es gab, wurde

---

[68] Mirrlees, *Counterplot*, S. 101 f.

[69] Der Familienwohnsitz von Mirrlees' Schwager, Major Aubrey Coker. Es taucht auch später noch einmal in der Erzählung auf.

[70] Mirrlees, *Counterplot*, S. 146.

eher augenzwinkernd präsentiert. Die viktorianische Feenmanie hatte einen Makel hinterlassen. Die Fantasy war noch nicht aus den Kinderschuhen herausgewachsen, und ohne die Hilfe von Autoren wie Mirrlees, denen sowohl die Geduld als auch die Nostalgie für längst abgelegte Kindereien abgingen, wäre ihr das auch nie gelungen.

»Da steht sie und wettert gegen die einfachen Leute und die Welt des Alltäglichen: Ja; ihre Geister waren steril, lüstern … unplatonisch, das war das richtige Wort, um zum Ausdruck zu bringen, was dieser Bande ihrer Meinung nach fehlte: unplatonisch, weil sie keine Mythen erschaffen konnten. Für sie wurden die Schuhmacher an ihren Bänken, die Töpfer an ihren Scheiben, die Fischweiber auf dem Marktplatz, die neugeborenen Kinder und die toten Männer niemals plötzlich durchsichtig, so daß die Umrisse einer seltsameren Welt durch sie hindurchschimmerten. Für sie erstarrte Dionysos, der in seinem wahnsinnigen Tanz umherwirbelte, niemals plötzlich zum reglosen, kalten Marmor des Apoll.«[71]

Doch als Catherine schließlich das Ausmaß ihrer eigenen Torheit erkennt, wendet das Lied sich gegen sich selbst:

»Oh, närrische Rasse von Mythenschöpfern! Sie verhungern, obwohl die Ebenen vom Weizen vergoldet sind; obwohl ihr Zelt zwischen zwei Flüssen steht, sterben sie vor Durst; sie rufen nach der Sonne, wenn es dunkel ist, und am Mittag nach dem Mond.«[72]

Beide Plädoyers kamen von Herzen: sowohl ihr Verlangen nach einer Welt hinter dem Alltäglichen wie auch ihr ver-

---

[71] Mirrlees, *Counterplot*, S. 102.
[72] Mirrlees, *Counterplot*, S. 334.

ächtliches Wissen darum, daß es ihr nach etwas verlangte, das es nicht gab.

Mit einem weniger ambitionierten Buch hätte Mirrlees sich selbst einen größeren Dienst erwiesen. So schlafwandelt ihre Heldin durch die Häuser und Lebensgeschichten der Reichen und Aristokraten, die Mirrlees nur allzu bekannt waren. Sie gleitet, auf ihre eigenen abgehobenen Gedanken fixiert, durchs Nähzimmer, ohne uns zu zeigen, wie dieser Raum aussah oder was die Bediensteten darin taten. Als Leser möchte man sie manchmal beiseite stoßen und sich umsehen. Es ist wirklich schade. Wenn Mirrlees *The Counterplot* als Milieuroman geschrieben hätte, läse man ihn vielleicht noch heute. Wie ihr Neffe es ausdrückte, als er sich an seine Kindheitstage im »weihnachtlichen« Bicester-Haus zurückerinnerte: »Das war eine so fröhliche, alte Welt, wie sie heute eigentlich nicht mehr existiert.«[73]

***

Rückblickend betrachtet machte Hope auf jeden Fall Fortschritte. Und in ebenjenem Jahr nahmen sie und Jane sporadischen Briefkontakt mit einem Schriftsteller auf, der tiefgreifenden Einfluß auf ihr erzählerisches Werk haben sollte.

Die frühen Zwanziger waren für die Anfänge der modernen Fantasy wie ein Treibhaus. Eric Rücker Eddisons *Der Wurm Ouroboros* erschien 1922. 1924 erschien Edward Lord Dunsanys *Die Königstochter aus Elfenland,* in dem das Feenland und unsere eigene Welt als getrennte, aber gleichwertige Reiche behandelt werden. James Branch Cabells *Jurgen* wurde 1919 in den Vereinigten Staaten veröffentlicht, 1921 in einer überarbeiteten Ausgabe in England. David Garnetts *Lady into Fox* erschien 1922, James Stephens *Deirdre* 1923 und Norman Douglas' *They Went* 1920. Es könnte sogar wichtig sein, daß

---

73 Robin Mirrlees, in: *New York Review of Science Fiction,* S. 17 f.

Hugh Loftings *Dr. Dolittle,* der größtenteils in Puddleby-on-the-Marsh spielt, 1920 veröffentlicht wurde. Wenn man sich in etwas entferntere Gefilde vorwagt, stößt man auf Gerald Bulletts Roman *Mr. Godly Beside Himself* von 1924, in dem ein des Lebens überdrüssiger Geschäftsmann das Feenreich betritt; das Buch ist ein beredtes Plädoyer für die Aussöhnung von Vernunft und Phantasie. Sogar David Lindsays *Reise zum Arcturus* (1920) muß hier erwähnt werden, wenn man seinen anerkannten Einfluß auf John Tolkien und Clive Staples Lewis in Betracht zieht[74].

Es gibt keine Erkenntnisse darüber, ob Hope Mirrlees irgendeines dieser Bücher gelesen hat. Mit Sicherheit hätte sie viele davon verabscheut. Aber man muß ein Buch nicht mögen, um davon beeinflußt zu werden. Tatsächlich haben die Werke, die ein Autor ablehnt, oft den stärksten Einfluß auf ihn. Auf ihre typische, arroganten Art zollte Mirrlees jedoch nur einem Autor aus dem Bereich der Phantastik öffentlich Anerkennung; und dieser eine Autor ist heute unter englischsprachigen Lesern sogar noch unbekannter als sie selbst.

Alexej Remisow, Roman- und Kurzgeschichtenautor und Maler, war ein russischer Emigrant, der von 1921 an in Paris lebte. Obwohl so gut wie vergessen, ist er eine bedeutende Figur der russischen Literatur, wenn auch hauptsächlich durch

---

[74] Für diese Aufstellung von Autoren, die Mirrlees möglicherweise positiv oder negativ beeinflußt haben, schulde ich John Clute Dank, der mich sowohl mit Vorschlägen als auch mit Anmerkungen versorgt hat. Unabhängig davon, was Mirrlees gelesen hat oder nicht, lag eindeutig etwas in der Luft. Der erste Roman von Sylvia Townsend Warner, *Lolly Willowes* (1927), beginnt mit dem unheimlichen Klang einer verstimmten Harfe und endet mit einem Karussell. Wenn er nur ein Jahr später erschienen wäre, dann wäre die Anspielung auf Lud unbestreitbar. So, wie die Dinge liegen, hatte das eine Buch allerdings nicht genügend Zeit, um das andere zu beeinflussen, und es gibt keinen Hinweis darauf, daß Warner Mirrlees jemals getroffen oder auch nur von ihr gehört hat. Allerdings war Warner, genau wie Mirrlees, eine große Bewunderin von Alexei Remisow.

seine Vorreiterrolle und seinen Einfluß auf andere Autoren. Sein Werk fügt sich lückenlos in die Strömung ein, die von Erzpriester Awwakum (dessen Autobiographie Jane und Hope übersetzt haben) bis zu Vladimir Nabokov führt. Als Harrison und Mirrlees 1926 eine kleine Sammlung aus dem Russischen übertragener Bärenmärchen herausgaben, waren seine zwei Geschichten die einzigen Beiträge eines noch lebenden Autors. Heute ist er – selbst in Rußland – fast völlig vergessen.

Es war Remisow, der Mirrlees das schriftstellerische Potential zu Bewußtsein brachte, das in Märchen und Volkserzählungen verborgen liegt. Sie wiederum schrieb eine Studie über ihn, »Quelques aspects de l'art d'Alexis Mikhailovitch Remizov«, die 1926 im *Journal de Psychologie Normale et Pathologique* erschien[75].

Eine sorgfältige Lektüre dieses Essays offenbart beinahe genausoviel über Mirrlees wie über Remisow. Sie zitiert darin zwei zeitgenössische Kritiker, einen lebenden Maler (Claude Monet, der jedoch im selben Jahr starb) und neunundzwanzig Autoren, von denen alle bis auf einen verstorben waren[76], die meisten davon schon lange vor Hopes Geburt. Sie mag mit Virginia Woolf, T. S. Eliot und Gertrude Stein auf vertrautem Fuß gestanden haben, aber William Morris, Sir Walter

[75] *Le Journal de Psychologie Normale et Pathologique*, Kunst und Philosophie-Ausgabe vom 15. Januar bis 15. März 1926. Ich schulde Greer Gilman tiefsten Dank dafür, daß sie in der Harvard-Bibliothek ein Exemplar dieses längst vergessene Essays aufgespürt hat. Es ist gut möglich, daß weitere von Mirrlees' Arbeiten nur in französischer Sprache verfügbar sind.

[76] Jane Austen, Madame Blavatsky, Robert Browning, Defoe, Dostojewski, Dumas père, George Eliot, Flaubert, Gogol, Herrick, Horaz, Joubert, Lamb, Walter Savage Landor, William Morris, Paulus, Plato, Pope, Proust, Puschkin, Rabelais, Sir Walter Scott, Shakespeare, Swift, Tennyson, Tolstoi, Virgil, Oscar Wilde und P. G. Wodehouse. Wodehouse, der 1975, nur drei Jahre vor Mirrlees, starb und während des »Blitzkriegs« zufällig bei ihrem Schwager in Frankreich wohnte, wurde in einer Liste von Dingen und Menschen erwähnt, die ihr als »shakespearisch« beschrieben worden waren.

Scott und Walter Savage Landor entsprachen eher ihrem konservativen Geschmack.

Remisow besaß Mirrlees zufolge die Fähigkeit zur körperlichen Identifikation, und so konnte er die Tragödie des Lebens auf humorvolle Art zum Ausdruck bringen. Zuweilen war er schwärmerisch, aber niemals sentimental. Sein Stil war auf eine bestimmte Art russisch – nicht wie der von Tolstoi oder Dostojewski, sondern wie der Puschkins und Gogols. Er war spirituell. Er benutzte Aphorismen und malerische Bilder. Seine Seiten flossen über vor Detailreichtum und der Fülle seines Wortschatzes. Vor allem jedoch lobte Mirrlees seine Qualitäten als Humorist.

Welchen Nutzen auch immer Remisow aus ihrem Artikel gezogen haben mochte, er zahlte die Schuld über Gebühr zurück, indem er ihr ein Beispiel war. Es fällt auf, wie gut die obige Lobrede Mirrlees' dritten Roman, *Flucht ins Feenland*, beschreibt – während sie ganz und gar nicht auf ihre ersten beiden Romane zutrifft. Obwohl man Hopes Stil nicht im entferntesten als ›russisch‹ bezeichnen kann, ist die sanft und liebevoll beschriebene Landschaft von Dorimare offensichtlich die ihrer Heimat England, die ihr vielleicht durch Remisows effektvollen Umgang mit seiner eigenen Heimat zu Bewußtsein kam. In *Madeleine* und *The Counterplot* fehlte insbesondere jeder Humor – beide Romane hatte Mirrlees geschrieben, bevor Remisow ihr gezeigt hatte, wie eng Humor und Tragik verknüpft sind und wie sehr die hellen Töne des einen die Finsternis der anderen hervorheben.

Am wichtigsten war allerdings, daß Remisow Mirrlees das Potential von Volksmärchen zeigte. Dadurch befreite er sie von der Strenge des Realismus und wies sie auf einen Modus des Fantasy-Schreibens hin, in dem das Thema, von dem sie besessen war, endlich aufgelöst werden konnte. In der Einführung zu *The Book of the Bear*, die sie mit Harrison gemeinsam verfaßte, schrieb (von diesen beiden wahrscheinlich) Mirrlees:

»Aber Remisow ist ein weit raffinierterer Künstler als Äsop. Er kann die schwierigste Sache auf der Welt vollbringen, wenn er sich dazu entschließt; er kann Fabeln schreiben, die keine Moral haben.

Vielleicht hat er dieses Geheimnis aus der Hauptquelle seiner Inspiration erfahren: aus den Volksmärchen. Genau wie Mussorgski und Rimski-Korsakow ihre moderne Musik um Volksmelodien woben, so hat auch Remisow seinen ausgeklügelten Stil und seine äußerst individuellen Phantasien aus den einfachen Rhythmen russischer Volkserzählungen und aus den Narreteien entwickelt, die ihre Helden begehen [...] Ein echtes Volksmärchen ist wie ein Traum ... ein echter Traum, kein erfundener.«[77]

The Book of the Bear wurde 1926 veröffentlicht, im selben Jahr wie *Flucht ins Feenland* und Mirrlees' Essay. Mirrlees muß also zur gleichen Zeit Volksmärchen übersetzt, Remisow analysiert und an ihrem eigenen Roman gearbeitet haben.

***

Im April 1925 beschrieb Woolf in einem Brief an einen Freund Paris als »eine feindselige brillante fremdartige Stadt. Nancy Cunard und Hope Mirrlees und unzählige nutzlose Engländer leben hier oder springen eher von Stein zu Stein.«[78] Hope und Jane waren offenbar der gleichen Meinung, denn als Harrison in jenem Frühling ihren zweijährigen Aufenthalt im American Club beendete, verließen sie die Stadt. Eine Weile streiften sie »im Süden Frankreichs« umher (wobei sie unter anderem André Gide einen Besuch abstatteten). Es war ein Urlaub, den Harrison »nach den drei anstrengenden Jahren in Paris als friedvoll und ange-

[77] Jane Harrison und Hope Mirrlees (Übers.), *The Book of the Bear* (London: Nonesuch 1926), S. Xf. Das Buch ist »dem GROSSEN Bären« gewidmet.

[78] Woolf, *Letters* 3, 8. April 1925, S. 177.

nehm«[79] empfand. Danach kehrten sie nach London zurück, wo sie in der Mecklenburgh Street 11 an der Ecke zur Bloomsbury eine Wohnung anmieteten[80].

Im selben Jahr schrieb Woolf an einen Briefpartner: »Bewunderst Du ihre Romane – ich kann nicht ein Gramm Freude aus ihnen ziehen.«[81] Es ist also unwahrscheinlich, daß sie jemals Mirrlees' Meisterstück *Flucht ins Feenland* gelesen hat, das erst 1926 bei Collins erschien. Was hätte sie damit angefangen¿ Hätte sie es überhaupt verstanden¿ Die Autorin von *Orlando* (die Hope Mirrlees dort in ihrer langen Danksagungsliste führt) hätte sicherlich zumindest die radikale erzählerische Freiheit geschätzt, die sich der Roman herausnimmt. Leider werden wir das niemals wissen.

***

Flucht ins Feenland ist »Dem Andenken an meinen Vater« gewidmet. William Julius Mirrlees starb 1923. Wenn man in Betracht zieht, daß Mirrlees' zweites Buch 1924 veröffentlicht wurde, kann man wohl annehmen, daß sie die Arbeit an ihrem dritten Roman unter dem Eindruck seines Todes aufnahm. Die närrische, wohlhabende Hauptfigur, der Kaufmann Nathan Hahnenkamm, entspricht mit seiner Selbstzufriedenheit und seiner unbefriedigenden Ehe offensichtlich Hopes Vater – also einmal mehr eine Figur aus ihrem üblichen Repertoireensemble. Doch nun ist ihm jene unbekannte Sünde vergeben worden, die dafür gesorgt hatte,

---

79 Stewart, S. 195.

80 Beard gibt an, daß Mirrlees und Harrison 1925 nach London zurückkehrten. Peacock behauptet, daß sie im März 1926 zurückkehrten und im April eine Wohnung fanden. Stewart erklärt nur, daß Janes zweijähriger Aufenthalt im American Club im Frühjahr 1925 endete und daß die beiden Frauen sich danach einen ausgedehnten Urlaub gönnten. Da alle Biographen Harrisons ihre Nachlässigkeit bezüglich unwichtigerer Fakten unter Beweis gestellt habe, muß man diese Daten als vorläufig, nicht etwa als exakt ansehen.

81 Woolf, *Letters 3*, 5. Februar 1925, S. 164.

daß er in den ersten beiden Romanen in so düsteren Farben gemalt wurde. Diesmal ist er die Hauptfigur, und zum ersten Mal in einem von Hopes Werken gelingt es der Hauptfigur, über sich hinauszuwachsen und zum Helden des Buches zu werden.

Andere wiedererkennbare Figuren sind Hopes Mutter als Hahnenkamms Frau, Dame Liliengold, Hopes Schwester als deren Tochter Brünella und Hopes Tante als Nathans alte närrisch-kluge Amme Hanfchen. Auffällig ist, daß Mirrlees selbst in diesem Ensemble fehlt – eine kluge Entscheidung.

Der Roman beginnt folgendermaßen:

»Der Freistaat Dorimare war ein ausgesprochen kleines Land. Angesichts des Meers jedoch, das ihn im Süden begrenzte, der Berge im Norden und Osten und einer fruchtbaren Ebene in der Mitte, die von zwei Flüssen bewässert wurde, bot er innerhalb seiner Grenzen eine beträchtliche landschaftliche Vielfalt. Nach Westen wurde das Erscheinungsbild des Landes – im Vergleich zur ländlichen Schlichtheit der Ebene – wenn nicht gar tropisch, so doch auf jeden Fall äußerst exotisch. Das war vielleicht auch nicht weiter erstaunlich, denn jenseits der Umstrittenen Hügel (der Westgrenze von Dorimare) lag das Feenland. Beide Länder unterhielten allerdings seit vielen Jahrhunderten keine Beziehungen mehr.«[82]

Der Bruch zwischen den beiden Ländern ist so vollständig, daß der Name des letzteren in Dorimare nie ausgesprochen wird. Das schlimmste Schimpfwort in Dorimare ist »Sohn einer Fee«. Das schlimmste Verbrechen, das man begehen kann, ist der Verzehr von Feenfrüchten. Dennoch können sich jene, denen es danach verlangt, jederzeit Feenfrüchte beschaffen. Zu Beginn des Romans werden gerade welche nach

[82] Hope Mirrlees, *Flucht ins Feenland,* hier S. 11.

Lud-in-den-Nebeln geschmuggelt und den Kindern der Stadt untergejubelt. Die Auswirkungen der Feenfrüchte – Wahnsinn, Selbstmord und Tod – sind keineswegs angenehm.

Dem Bürgermeister und Großseneschall von Lud-in-den-Nebeln, niemand anders als Hahnenkamm selbst, obliegt es, dem Schmuggel ein Ende zu setzen. Aber er und die anderen Stadträte liegen im Halbschlaf und haben den Bezug zu den Angelegenheiten des gemeinen Volks verloren. Darüber hinaus schläft Hahnenkamm unruhig, er fürchtet sich vor dem Erwachen und dem, was ihn dann erwarten könnte. Er spaziert gern über das Schauerfeld, wo Luds Bürger begraben liegen und wo man ihrer gedenkt. Dort sinniert er über die Toten und beneidet ihr Los. Sein Gegner ist der verabscheuungswürdige Arzt Endymion Lear, der auf heimtückische, ironische Art und Weise versucht, die Herzen der Stadtbewohner gegen Hahnenkamm aufzubringen.

Die ganze Angelegenheit wird zusätzlich dadurch kompliziert, daß Dorimare vor der Revolution, die zur Errichtung einer merkantilen Republik geführt hat, enge Beziehungen zum Feenland pflegte. Der damalige Herrscher Dorimares, der grausame, bucklige und schöne Herzog Aubrey, wird vom einfachen Volk noch immer hochverehrt.

Dorimare ist ein recht treffendes Abbild von Mirrlees' familiärem Hintergrund: an der Oberfläche stumpfsinnig, respektabel und wohlhabend, aber mit aristokratischer und romantischer Vergangenheit, gewürzt mit einer Prise Skandal[83].

In seiner Einführung zur *Fantasy-Masterworks* Ausgabe von *Flucht ins Feenland* bei Gollancz hat Neil Gaiman Mirrlees' meisterhafte Beherrschung der Form treffend zusammengefaßt: »Das Buch beginnt als Reisebericht oder als histori-

---

[83] Hopes Großonkel mütterlicherseits, Dr. Granville Sharp Pattison, war in einen berüchtigten Fall von Leichenschändung verwickelt, während er in Edinburgh als Chirurg praktizierte (Dow, S. 29).

scher Roman, wird zu einer Pastorale, einem Schwank, einer Gesellschaftskomödie, einer Geistergeschichte und dann zu einer Detektivgeschichte.« Und dennoch handelt es sich hier nicht um krude zusammengeschusterte Einzelteile, sondern um die ineinander verwobenen Stränge einer einzigen gewundenen Erzählung, die von einer Frau geschrieben wurde, die ihren Stoff ganz und gar beherrschte. So kommt Gaiman zu dem Schluß: »Die Sprache ist elegant, geschmeidig, wirkungsvoll und eindringlich – die Autorin fordert eine Menge von ihren Lesern, belohnt die Mühen allerdings um ein Vielfaches.«[84]

Dieser letzte Satz schreit geradezu nach einem Beispiel: Ein Laubengang ist ein Gang, in dem die Äste der Bäume so übereinanderliegen oder ineinander verschlungen sind, daß sie eine Art Laube oder Tunnel bilden. Mirrlees beschreibt ihn so:

»Ihr verfügt über Phantasie? So ist es für Euch stets ein Abenteuer, einen Laubengang entlangzuspazieren. Ihr betretet ihn kühnen Schritts, doch bald wünscht Ihr Euch, Ihr wäret draußen geblieben – es ist keine Luft, die Ihr hier atmet, es ist Schweigen, das fast greifbare Schweigen der Bäume. Und die kleine runde Öffnung in der Ferne soll der einzige Ausgang sein? Ach, es wird Euch nie gelingen, Euch *dort* hindurchzuzwängen! Ihr müßt umkehren ... zu spät! Die breite Pforte, durch die Ihr eingetreten seid, ist ebenfalls zu einer kleinen runden Öffnung zusammengeschrumpft.«[85]

Hierbei handelt es sich um eine Art Beschwörungstrick, der deutlich vom Zeitgeist abweicht. In einer Zeit, in der Virginia Woolf, Ernest Hemingway, Gertrude Stein und so viele

[84] Neil Gaiman, Einleitung zu *Lud-in-the-Mist* (London: Millenium 2000; in der vorliegenden Ausgabe S. 7–9).
[85] Hope Mirrlees, *Flucht ins Feenland*, hier S. 13.

andere sich von solchen Bandwurmformulierungen verabschiedeten – genauso wie von der Rhetorik der zweiten Person, dem Kursivdruck, den Ausrufezeichen, dem literarischen Hyperventilieren und dem auktorialen Diktieren von Emotionen – und pausenlos auf der Suche nach einem schlankeren, aerodynamischeren Stil waren, hielt Hope Mirrlees um so entschlossener an ihrer kunstvollen Prosa fest. »Am besten läßt man schlafende Tatsachen in Ruhe«[86], aphorisierte sie oder: »Wer mit dem Wind reitet, darf und muß dorthin gehen, wohin sein Roß ihn trägt« oder: »Die Vernunft ist nur eine Droge, und ihre Auswirkungen können nicht von Dauer sein.« Sie streute archaische Begriffe, obsoleten Sprachgebrauch und antiquierte Gegenstände in ihre Arbeit ein. Für ihre Hauptfiguren hat sie nicht nur ziemlich hobbitische Namen erfunden (Florian Glatzsteiß, Ebnezer Petete, Krittel Grabunkel, Nelkenwurz Frivolière und Ambrosia Pustepuder, um nur fünf zu nennen), sondern auch unglaublich romantische Schauplätze (Mondgras, Faltergrün, die Elfenmarken, Schwan-an-der-Scheck). Es ist ein verräterisches, aufbegehrendes Buch, geschrieben im vollen Bewußtsein dessen, was die wirklich literarischen Autoren taten. In seiner Weigerung, im Strom mitzuschwimmen, ist es auf wagemutige Art und Weise trotzig.

Obwohl es niemandem auffiel, war es ausgesprochen mutig.

Der Höhepunkt des Romans ist erreicht, als Nathan Hahnenkamm, dieser zutiefst unheroische Held, in das Land geht, aus dem niemand je zurückkehrte, wo weder Sonne noch Mond scheinen, wo Vögel Träume sind und Sterne Visionen und wo unsterbliche Blumen wachsen. Er will seinen Sohn vom Markt der Seelen retten (und, eher zufällig, auch seine Tochter Brünella und ihre Klassenkameradinnen). Seine Waffe ist das Gesetz, denn das Feenland ist eine Täuschung –

[86] »It is best to let sleeping facts lie.« – Das Wortspiel (lie = liegen / lie = lügen) ist nicht übersetzbar (A.d.Ü.).

und das Gesetz, das mit seinen juristischen Fiktionen, mit seiner durchdringenden und doch unfaßbaren Präsenz den gleichen psychischen Raum einnimmt, ist das homöopathische Gegenmittel für Illusionen.

Aber Gesetz, Vernunft und gesunder Menschenverstand helfen Hahnenkamm nur bis zu einem gewissen Punkt weiter. Dort, am Rande des Begreifbaren, macht er einen weiteren Schritt, unmittelbar in den Abgrund hinein. Diese kühne Tat – sowohl Hahnenkamms Tat als auch der Autorin – enthüllt in unerwarteter Weise, daß der Roman, genau wie *Paris*, eine Neuinszenierung der *Eleusinischen Mysterien* ist. Hahnenkamm wird ein Eingeweihter, der jetzt fähig ist, mit den Werkzeugen des Mysteriums, mit Leben und Tod umzugehen.

Der Roman endet mit einer schlüssigen Auflösung, allerdings in einem angenehm ambivalenten Tonfall. Die beiden Länder sind wieder versöhnt. Die Apfelbäume neigen sich über die Steinmauer, um auf der anderen Seite Pinienzapfen zu essen, und Lud-in-den-Nebeln öffnet weit die Tore, um sein Schicksal zu empfangen. Hahnenkamm wird als Held gefeiert – eine Rolle, die ihm Unbehagen bereitet –, doch obwohl er sich mit seiner Frau versöhnt hat, ist er mit sich selbst noch nicht im reinen. Und auch wenn er am Ende unbestreitbar ein besserer Mensch ist, bleibt er ein Melancholiker, der in seiner Welt eigentlich nicht zu Hause ist.

Aber was bedeutet das alles?

Gaiman stellen sich in seiner Gollancz-Einleitung angesichts einer marxistischen Interpretation von *Flucht ins Feenland* die Nackenhaare auf; und erst kürzlich, am 5. April 2001, schrieb die sonst so einsichtsvolle Mary Beard im *Times Literary Supplement*, der Roman enthalte »grundlegende Fragen darüber, wie eine Gesellschaft und ihre Individuen ihre Geschichte interpretieren und wie sie sich einen Reim auf die Konflikte machen, die in die sozialen Klassenverhältnisse und die politische Macht eingebettet sind«. Nimmt man Mirrlees' politische Botschaft allerdings ernst, bleibt davon nichts weiter übrig als die Aussage, daß die feine Gesellschaft den Bedürfnissen des Pöbels ihre Aufmerksamkeit schenken sollte. Solche fehlerhaften Lesarten zeigen nur, wie radikal sich das künstlerische Programm eines Phantasten von dem eines ›Mainstream‹-Autors[87] unterscheidet.

»Die Größe eines Autors mißt sich zum Teil genau daran, wie groß die Differenz ist zwischen den Dingen, die er sagt, und denen, die er weiß«[88], schrieb Mirrlees einmal. Vielleicht hat sie dieses verwirrende Problem in gewisser Weise über sich selbst gebracht – obwohl ihre Intentionen eigentlich nicht so schwer zu erkennen sind. Sie selbst hat sie im Eröffnungsepigramm ihres Buches ausformuliert, das sie von Jane Harrison übernommen hat:

»Wie es scheint, stehen die Sirenen sowohl im Altertum als auch in der Moderne für die noch sittenlosen Impulse des Lebens, für überwältigende Sehnsüchte, für die Verzückungen der Liebe, der Kunst oder der Philosophie – magische Stimmen, die einen Menschen aus dem ›Land der Herzenswünsche‹ rufen. Wenn er auf sie hört, kann es sein, daß er niemals zurückkehrt. Und es sind Stimmen, die weitersingen, ganz gleich, ob man weitersegelt oder innehält, um zu lauschen.« (s. S. 5)

Hier, gleich zu Beginn, wird erklärt, worum es in *Flucht ins Feenland* eigentlich geht – um sittenlose Impulse, überwältigende Sehnsüchte, die Verzückungen der Liebe, der Kunst und der Philosophie – um magische Stimmen. Da diese Stimmen viele Sprachen sprechen und jede einzelne sich direkt an das Herz eines Lauschenden richtet, nimmt es nicht wunder,

---

87 Ich hatte bereits Gelegenheit, einen Raum voller Nicht-Genreautoren in entzücktes Gelächter ausbrechen zu sehen, als ich diesen Begriff auf sie anwandte.

88 Hope Mirrlees, »Quelques aspects de l'art d'Alexis Mikhailovich Remizov« (1926), S. 159.

daß sie sich nur schwer zusammenfassen oder wiedergeben lassen. Und es nimmt auch nicht wunder, daß der Roman so große Macht über viele seiner Leser erlangt hat.

Die Kritiken fielen, von ein paar Ausnahmen abgesehen, äußerst positiv aus.

Das war der Höhepunkt von Hope Mirrlees' Karriere.

***

Am 15. April 1928 starb Jane Ellen Harrison an Leukämie. Zwei Tage später schrieb Woolf in ihr Tagebuch:

»Davor sahen wir, als wir den Friedhof im bitteren windgepeitschten Regen durchquerten, Hope & eine dunkle gepflegte Frau. Aber sie gingen an uns vorbei, mit flackerndem Blick. Im nächsten Augenblick hörte ich Virginia & drehte mich um & Hope kam wieder zurück – ›Jane ist gestern gestorben‹, murmelte sie wirr, wie schlaftrunken, ›außer sich‹. Wir küßten uns am Grab von Cromwells Tochter, wo Shelley seine Spaziergänge gemacht hatte, um Janes Todes Willen. Sie lag tot außerhalb des Friedhofs in dem Hinterzimmer, wo wir sie vor kurzem hoch auf ihren Kissen gelagert gesehen hatten, wie ein sehr alter Mensch, den das Leben emporgeworfen & da liegengelassen hat; erhaben, zufrieden, erschöpft. Hopes Gesichtsfarbe wie schmutziges Packpapier. Dann ins Büro, dann nach Hause, um hier zu arbeiten; & jetzt an die Arbeit & arbeiten, so hart ich kann.«[89]

Es war Oliver Cromwells Enkelin (nicht seine Tochter), die auf St. Georges Field begraben lag, gleich hinter dem Foundling Hospital neben der Wohnung in der Mecklenburgh Street. Doch trotz ihres typischen zwanglosen Umgangs mit Tatsachen nahm Woolf die menschliche Bedeutung des Augenblicks wahr. Nachdem ihr Mann einen ziemlich stei-

---

[89] Woolf, *Tagebücher* 3, 17. April 1928, S. 266 f.

fen und förmlichen Kondolenzbrief verfaßt hatte, fügte Virginia eine Nachschrift hinzu: »Wie dem auch sei, es muß Dir ein großer Trost sein, für sie all das gewesen zu sein, was Du warst.«[90]

Beinahe vier Jahrzehnte später erinnerte sich Hope noch an diese Nachschrift – zwar nicht mehr an den genauen Wortlaut, aber an das Wesentliche. In einem Brief an Valerie Eliot, in dem sie ihr Beileid zum Tod ihres Mannes bekundete, schrieb sie: »Es war nur eine Zeile, aber es war tröstender als all die anderen Briefe zusammen: ›Aber denk immer daran, was Ihr miteinander hattet.‹«[91]

Harrison wurde auf dem St.-Marylebone-Friedhof in Finchley, North London, beigesetzt. Woolf wohnte dem Begräbnis bei und war nicht besonders beeindruckt. »Sehr trist«, schrieb sie naserümpfend, und: »… sie war aber kaum voll, von den zweifelhaftesten Leuten … sehr trist.«[92]

Gleichzeitig war dies das Ende von Mirrlees' schriftstellerischen Ambitionen.

***

Mirrlees war Anfang Vierzig, als Harrison starb. Ihre schriftstellerische Karriere gedieh prächtig, ihr Herausgeber und ihr Agent unterstützten sie voll und ganz, und sie verfügte über ein unabhängiges Einkommen. Aber Ende Februar 1928, etwa anderthalb Monate vor Harrisons Tod, als sich bereits abzeichnen mußte, daß das Ableben der Freundin kurz bevorstand, rief sie bei Collins an und verlangte kategorisch, aus dem Vertrag für ihren nächsten Roman entlassen zu werden. Etwas unglücklich stimmte Sir Godfrey Collins zu. Hopes Agent ließ ihr den gekündigten Vertrag mit der Bemerkung zukommen: »Sobald Ihr neuer Roman fertiggestellt ist,

---

[90] Woolf, *Letters* 3, 17. April 1928, S. 484.

[91] Zitiert nach Hermione Lee, *Virginia Woolf* (1999), S. 566. Der Brief stammt vom 5. Januar 1964.

[92] Woolf, *Tagebücher* 3, S. 269.

würde ich mich sehr freuen, Sie wiederzusehen, damit wir besprechen können, wo ich ihn zuerst anbieten soll.«[93]

Und das war's dann. Keine Spur jenes vierten Romans wurde gefunden. Selbst der Titel ist unbekannt – wenn Mirrlees überhaupt jemals damit begonnen hat, ihn zu schreiben.

Wäre Mirrlees hauptberuflich Autorin gewesen, dann hätte die Notwendigkeit, ihre Miete zu bezahlen, sie wohl gezwungen, an ihrer Schreibmaschine sitzen zu bleiben. Aber sie war mit Reichtum geschlagen. Angesichts widriger Umstände hatte sie die nötigen Mittel, um einfach aufzugeben.

Außerdem hatte Hope eine neue Leidenschaft für sich entdeckt: Sie fing an, Material über Harrisons Leben zu sammeln.

Mary Beard gibt die lange und etwas lächerliche Geschichte dieser Harrison-Biographie und des Harrison-Archivs in ihrem Buch *The Invention of Jane Harrison* wieder. Die Biographie nahm als ein gemeinsames Projekt von Hope und Jessie Stewart ihren Anfang. Stewart war ein paar Jahre vor Mirrlees Harrisons Lieblingsstudentin gewesen. Es folgten dreißig Jahre ewigen Hin und Hers, voll wechselseitiger Beschuldigungen und hitziger Szenen. Hope bekundete

---

[93] Diese Bemerkung stammt aus einer bislang unveröffentlichten Korrespondenz (unter der sich keine Briefe von Mirrlees selbst befinden), die im A. P. Watts Archive an der University of North Carolina bei Chapel Hill liegt. Auf den ersten Blick erschien es mir etwas seltsam, daß der Vertrag für *The Counterplot* sowie Hope Mirrlees' »nächsten Roman« galt, bei dem es sich ja um *Flucht ins Feenland* gehandelt hätte. Meine Frau, die bei ihrer Arbeit eine Menge Papierkram zu erledigen hat, klärte das Problem allerdings sofort auf: »Jemand im Verlag hat sich die Akte angesehen und den falschen Vertrag rausgenommen«, erklärte sie. »Passiert dauernd.« Unglücklicherweise bedeutet das auch, daß die wohl einzige Möglichkeit, den Titel von Mirrlees' unvollendetem vierten Buch zu erfahren, dahin ist. Ich bin John Kessel ausgesprochen dankbar dafür, daß er diese Materialien für mich durchgesehen und ausgewertet hat.

theatralisch, daß sie dem Thema zu nahe stünde, um objektiv darüber zu schreiben. Außerdem gestaltete es sich schwierig, einen Herausgeber zu finden, der sich für ein Buch über eine Akademikerin interessierte. Im Jahre 1959 wurde schließlich eine Biographie veröffentlicht, die Jessie Stewart allein verfaßt hatte: *Jane Ellen Harrison: A Portrait from Letters.* »Außerdem möchte ich Hope Mirrlees danken, der letzten und engsten Freundin von Harrison, die mir als ihre literarische Testamentsvollstreckerin einen Blankoscheck hinsichtlich der Auswahl der Briefe ausgestellt hat. Ich hoffe, daß sie uns eines Tages ihre eigene Version von Janes letzten Jahren präsentieren wird«, schrieb Stewart gereizt in ihrer Danksagung.

Es war ein naives, ziemlich nichtssagendes kleines Buch. Trotzdem bot es Hope Anlaß, mit wutschnaubenden Anschuldigungen um sich zu werfen. »Aber Jessie, wie konntest Du nur einige dieser Stellen in das ›Francis & Frances‹-Kapitel hineinnehmen? ... Ich bin wahnsinnig erschüttert, daß das veröffentlicht worden ist. Jane wäre entsetzt gewesen.«[94]

Während all dieser Jahre verwaltete Hope das Harrison-Archiv. Da Harrison ihre Papiere bei ihrem Umzug nach Newnham verbrannt hatte, gab es kaum Primärquellen. Hope stürzte sich trotzdem in das Projekt. Als Ausbeute von Jahrzehnten von Interviews, Briefwechseln, vorsichtigen Kürzungen und behutsam neu formulierten Erinnerungen entstand schließlich ein Textkorpus, der sich ganz und gar ... um sich selbst drehte.

Das Ganze wäre zum Lachen, wäre dadurch nicht ein echtes literarisches Talent zerstört worden. Als Harrison starb, waren durchaus noch Bücher von Mirrlees in Vorbereitung (*The Life of the Archpriest Avvakum,* übersetzt von Mirrlees und Harrison, mit einer Einführung ihres gemeinsamen Freunds

[94] Peacock, S. 246f.

Dmitri Fürst Mirski, erschien 1924 bei Hogarth Press, und *Le Choc en retour*, eine Übersetzung von *The Counterplot,* erschien 1929 in Frankreich). Aber in den fünfzig darauffolgenden Jahren produzierte sie genau ein Heftchen voll dilettantischer Lyrik und den ersten Band einer Biographie.

Mirrlees durchlief noch eine andere Verwandlung, die von größerer Bedeutung war als die der Romanautorin zur Biographin. 1976 begeisterte sich Raymond Mortimer in einer Einleitung für Mirrlees' Freundschaft mit Jane Harrison und fügte dann überraschenderweise hinzu: »Ihr Katholizismus wurde von dieser großartigen Gelehrten stark beeinflußt, und sie entdeckte in der griechischen Religion Vorformen des christlichen Glaubens.«[95]

Der Jansenismus, jene Religionsphilosophie, die in *Madeleine* eine so herausragende Rolle gespielt hatte, war eine kaum bekannte Strömung des Katholizismus. Dazu passend war das Stück im Roman *The Counterplot* mit ›An Auto-Sacramental‹ untertitelt – ein Autosacramental ist ein spanisches Fronleichnamsspiel des späten Mittelalters, das sich allegorisch mit dem Mysterium der Messe befaßt. *Paris* enthielt Schulmädchen-Blasphemien, die vom unschuldigen ›Le petit Jésus fait pipi‹ bis zur leicht gruseligen Beschreibung einer lebensgroßen Wachsfigur reichten, die, wie zur Heiligen Kommunion gekleidet, im Schaufenster eines großen Geschäfts ausgestellt ist:

»Waxen Pandoras in white veils and ties of her own decking;
Catéchisme de Perseverance
The decrees of the Seven Oecumenical Councils
reduced to the format of the Bibliothèque Rose,

[95] Mortimer, a.a.O.

Première Communion,
(Prometheus has swallowed the bait)
Petits Lycéens
Por-no-gra-phie,
Charming pigmy brides,
Little Saint Hugh avenged

THE CHILDREN EAT THE JEW.«[96]

Schon in ihren frühesten Schriften wurde Mirrlees' tiefe Faszination für die katholischen Kirche deutlich – ungewöhnlich für eine Frau, die aus einer Familie überzeugter Covenanters[97] kam. Nun tat sie den letzten Schritt. Am 30. November 1929 schrieb Woolf gehässig: »Es heißt, daß Hope klammheimlich römisch-katholisch geworden sei. Jedenfalls ist sie sehr dick geworden – zu dick für eine Frau mittleren Alters, die ihren Verstand benutzt, & so vermute ich, daß das Gerücht stimmt.«[98]

In *The Counterplot* ist die Mutter der Heldin Katholikin (ihr Vater allerdings nicht). Es bricht ihr das Herz, als ihre zweite Tochter vom Glauben abfällt, um einen Mann zu heiraten, der seinen Familienwohnsitz nur als Protestant erben kann. Könnte das autobiographisch gewesen sein? Möglicherweise. Das große Haus im Roman ist ein Abbild des Bicester-Hauses, das von T. S. Eliot als sein Lieblingshaus schlechthin

[96] Ins Deutsche übertragen etwa: Wächserne Pandoras hinter weißen Schleiern und in den Fesseln ihres eigenen Schmucks; – Beharrlicher Katechismus, – Die Verfügungen der Sieben Ökumenischen Räte, reduziert auf die Größe der Bibliothèque Rose, – Erstkommunion, – (Prometheus hat den Köder geschluckt) – Kleine Gymnasiasten – Por-no-gra-phie, – Reizende Pygmäenbräute – Der kleine Heilige Hugh ist gerächt – DIE KINDER ESSEN DEN JUDEN. (A.d.Ü.)

[97] Schottische *Presbyterianer* des 17. Jahrhunderts, deren Ziel es war, den Presbyterianismus als einzige Religion in Schottland einzuführen (A.d.Ü.).

[98] Woolf, *Tagebücher* 3, S. 395 f.

angesehen wurde und in das Hopes Schwester Margot nach ihrer Heirat mit Major Aubrey Coker einzog. Darüber hinaus stammten die Moncrieffs von altem Adel ab, und die alten Familien Schottlands hielten dem Katholizismus eine wechselhafte Treue, je nachdem, woher politisch der Wind wehte. Aber wenn dem so war, vermied es die junge Hope, das allzu ernst zu nehmen. Als Hope den Glauben annahm, tat sie das jedoch mit dem Eifer einer Bekehrten. Ihre Schwägerin, Frances Mirrlees, zog Hope immer mit einem Limerick auf:

»A certain young lady called Hope
Delighted in teasing the Pope.
She said, ›Just for fun
Could you make me a nun?‹
Said the Pope, ›dear Hope, not a hope‹.«[99]

In den siebziger Jahren wurde *Paris* im *Virginia Woolf Quarterly* zum ersten Mal neu aufgelegt. Mirrlees hatte zuvor sorgfältig alle blasphemischen Stellen entfernt.

In Frankreich nahm ihr Neffe sie zu einer berühmten heiligen Quelle mit, der man Heilkräfte nachsagte. Hope badete ihre Füße darin. Später erinnerte er sich daran, daß sie ganz aufgeregt gewesen sei: »Hopie war Katholikin geworden (vielleicht hatte Monsignor Ronald Knox, der damals ein berühmter Geistlicher war, sie bekehrt)«, schrieb er. »Und aufgrund ihres tiefen und absolut ehrlichen christlichen Glaubens fürchtete sie den Tod nicht im geringsten. Welch ein Glück für sie. Ich habe sie beneidet.«[100] Sie hatte die Ver-

---

[99] Robin Mirrlees, Privatkorrespondenz. [Ins Deutsche übertragen etwa: Einer gewissen jungen Dame namens Hope – machte es Spaß, den Papst aufzuziehen – Sie sagte: »Nur so zum Spaß – Könntet Ihr mich zu einer Nonne machen?« – Der Papst erwiderte: »Liebe Hope, da besteht keine Hoffnung.« (engl. Hope = Hoffnung); A.d.Ü.]

[100] Robin Mirrlees, in: *New York Review of Science Fiction,* S. 17f.

söhnung zwischen Arbeitsalltag und Transzendenz gefunden, nach der sie so lange gestrebt hatte.

***

Anthony Powell charakterisierte Hope Mirrlees in den vierziger Jahren als »unverheiratete Frau, die in ihren frühen Jahren mit der Bloomsbury-Gruppe in Verbindung stand und sich heute unter weniger anspruchsvollen intellektuellen Bedingungen mit mittelmäßigen geistigen Interessen behaglich eingerichtet hat«[101]. Ganz verabschiedete sie sich nicht von der literarischen Welt. Eine Biographie über Lady Ottoline Morrell erwähnt ihre Anwesenheit bei einer Teegesellschaft, die auch von William Butler Yeats, Dily Powell und Walter de la Mare besucht wurde. Aber jetzt war sie einfach nur da und keine potentielle Macht mehr.

Nach Harrisons Tod nahm sich Hope gemeinsam mit ihrer Mutter eine Wohnung in der Thurloe Close 1, gegenüber der Bramptom Oratory. Die verstreuten Erwähnungen von Mirrlees in Woolfs Tagebüchern sprachen nicht mehr voll neidischer Erbitterung über die jüngere Frau, sondern berichteten nur noch vom langsamen Verblassen von Hopes Schönheit und von ihrer wachsenden Hingabe an ihren Schoßhund. Am 21. Januar 1928, noch vor Harrisons Tod, hatte Woolf an Clive Bell geschrieben: »Hope fühlt sich für meinen Geschmack zu wohl in der Romantik; trotzdem ist sie eine sehr kluge Frau und selbst jetzt noch recht passabel – in einem schummrigen Zimmer.«[102] Bis zum 30. November 1929 hatte sich diese Einschätzung heruntergeschraubt: »Sie hat sich ein Plätzchen im Schatten gesucht. Es ist befremdlich zu sehen, wie ihre Schönheit – sie hatte etwas Elegantes & Individuelles – verlischt, wie eine Kerzenflamme. Julian, zum Beispiel, konnte, glaube ich, nicht wahrnehmen, daß Hope jemals

[101] Powell, S. 180 f.
[102] Woolf, *Letters* 3, 21. Januar 1928, S. 448.

eine junge und attraktive Frau gewesen ist. Doch ihr Geist ist ziemlich wach.«[103] Ende 1930 schrieb sie etwas über einen »stickigen tapferen Abend [...] bei Hope«[104], und 1932 notierte sie: »Gestern mit Hope zu Abend gegessen: Ihr vollgestopftes schwarzes Dachshundwürstchen auf meinen Knien ausgestreckt.«[105] 1933 vermerkte sie: »Hope kommt herein: Hat keinen Hals mehr; sie ist untersetzt und wächsern geworden, aber umgänglich [...] Der schwarze Dachshund liegt auf Hopes Schoß. Hat ein bissiges Kläffen.«[106] Als sie Mirrlees 1934 zu sich einlud, fügte sie ihrem Brief die Worte hinzu: »Und bring Marie – ich meine den Dachshund – mit, damit es etwas menschlicher zugeht.«[107] Nach dem Besuch schloß sie in ihrem Tagebuch: »Kein besonders schöner Abend. Zerstreute Unterhaltung & oberflächliches Gerede. Hope & ihr Hund können einen in den Wahnsinn treiben.«[108] 1935 schrieb sie: »Letzte Nacht sehr nette Gesellschaft bei den MacCarthys [...] Hope war natürlich auf Diät.«[109]

Es ist eine trostlose Folge von Einträgen. Die Boshaftigkeit, die Woolfs frühere Berichte über Hope belebte, wich duldsamem, gedämpftem Mitleid. Woolf machte sich nicht mehr die Mühe, irgend etwas über Mirrlees' literarische Ansichten zu schreiben.

In einer seiner Biographien gibt es ein Photo von T. S. Eliot, auf dem er den versammelten Frauen von Shamley Green (dort hielt er sich während des Zweiten Weltkriegs auf) ein Gedicht vorliest. Eine junge Frau lauscht ihm aufmerksam, ebenso Lena Mirrlees und ihre Schwester, die mit erhobenen Köpfen und leuchtenden Augen dasitzen, wie zwei stolze

---

[103] Woolf, *Tagebücher 3*, 30. November 1929, S. 396.
[104] Woolf, *Tagebücher 3*, 12. November 1930, S. 486.
[105] Woolf, *Diary 4*, 17. Dezember 1932, S. 132.
[106] Woolf, *Diary 4*, 13. Juni 1933, S. 162.
[107] Woolf, *Letters 5*, 13. November 1934, S. 346.
[108] Woolf, *Diary 4*, 21. November 1934, S. 263.
[109] Woolf, *Diary 4*, 26. März 1935, S. 291.

alte Adler. Hope hält den Kopf über ihr Nähzeug gesenkt, ihr Haar ist zu einem Knoten hochgesteckt. Sie sieht langweilig und gewöhnlich aus. Es ist ein weiter Abstieg von einer Frau, die einmal ein »Kolibri« oder eine »Mischung aus einer Elfe und einem Dschinn« war, zur dritten Frau im Haus ihrer eigenen Mutter[110].

***

Wann genau Mirrlees T.S. Eliot kennengelernt hat, ist unbekannt. Sie gehörten beide zu den ersten Autoren, die bei Woolfs Hogarth Press veröffentlicht wurden, und sie bewegten sich in denselben literarischen Kreisen. 1930 waren Hope und Tom bereits gute Freunde, aber sie könnten sich auch schon viel länger gekannt haben. 1936 widmete Eliot ihr eine Tennyson-Ausgabe mit: »H. Hope Mirrlees von T. Stearns Eliot«[111]; ein trockener Witz, der ein Verhältnis freundlicher Vertrautheit nahelegte. Sie waren mit Sicherheit mehr als nur flüchtige Bekannte. Als Eliot sich von seiner ersten Frau Vivienne trennte, gehörte Mirrlees zu den wenigen seiner Freunde, die bereit waren, ab und zu nach ihr zu sehen, um sich davon zu überzeugen, daß es ihr gutging.

Für eine BBC-Sendung über Eliot, die 1971 ausgestrahlt wurde, erinnerte Hope sich daran, wie eine völlig normale Bemerkung bei Vivienne die extremsten Reaktionen auslösen konnte. »Sie vermittelte den Eindruck totalen Grauens, wie

[110] Nach dem Tod von Mr. Mirrlees im Jahr 1923 holte Hope ihre Mutter nach Paris. Jane schrieb an Jessie Stewart, daß der Besuch nicht »zu einem ruhigen & geregelten Leben beiträgt« und daß es »ziemlich offensichtlich & sehr bedauerlich« sei, daß »Mutter & Tochter niemals ein gemeinsames Zuhause haben können – wie wenig Liebe doch ausmacht, wenn es darum geht, miteinander auszukommen« (Peacock, S. 109; Brief vom 20. Oktober 1924.) Es gibt also Grund zu der Annahme, daß diese spätere Regelung für keine der beiden Frauen besonders angenehm war.

[111] Das Buch befindet sich zur Zeit in der T.-S.-Eliot-Sammlung in der Templeman Library.

eine Person, die einen gräßlichen Kobold gesehen hat, einen Geisterkobold [...] Ihr Gesicht war ganz und gar abgehärmt und weiß, mit zuckenden, ängstlichen, wütenden Augen. Übertriebene Heftigkeit, ganz ohne Anlaß, wissen Sie. Stellen Sie sich vor, Sie fragen sie: ›Willst du noch ein Stück Kuchen?‹ Sie würde antworten: ›Was soll das sein? Was meinst du? Warum sagst du solche Dinge?‹ Sie war beängstigend. Nach einer Stunde war ich völlig erschöpft, ausgepumpt. Und ich habe mir gesagt: Armer Tom, das ist zuviel! Aber sie war trotz allem seine Muse.«[112]

1941 schrieb Woolf an einen Freund, daß Tom Eliot »sich mit Hope Mirrlees gemein macht; in geistiger Hinsicht natürlich«[113]. Im Oktober des vorhergehenden Jahres war Eliot zahlender Gast in Mrs. Mirrlees' Haus in Shamley Green geworden. Das Dorf lag recht nahe bei London, so daß er pendeln konnte. Seine Biographien stellen seinen Aufenthalt dort gewöhnlich als ein Arrangement dar, das ihm Zuflucht vor dem Blitzkrieg bot. Da er allerdings drei Tage die Woche in London als Redakteur bei Faber and Faber arbeitete und einen Abend pro Woche bei der Feuerwehr, ist anzunehmen, daß er nicht so sehr Sicherheit als vielmehr die nötige Ruhe suchte, um seine Gedichte zu verfassen.

Das Haus, das offiziell ›Shamley Woods‹ hieß und inoffiziell ›The Shambles‹[114], lag hoch über dem Dorf auf der Kuppe eines steil ansteigenden Hügels. Hier lebten nicht nur Hope, ihre Mutter und ihre Tante, sondern auch Flüchtlinge aus Wandsworth und Barking – insgesamt zwischen achtzehn und zweiundzwanzig Frauen und Kinder. Unter den Bewohnern war der einzige andere erwachsene Mann der uralte Gärtner Mr. Turner, der sich vor Mäusen fürchtete und Kondolenzbriefe an die Königsfamilie schrieb. Ansonsten

---

[112] Zitiert nach Lyndall Gordon, *T. S. Eliot: An Imperfect Life* (1999), S. 286 f.
[113] Woolf, *Letters 6,* 10. Februar 1941, S. 472.
[114] »Das Schlachtfeld« im übertragenen Sinne (A.d.Ü.).

tauchte an dem einen oder anderen Samstagabend gelegentlich ein Ehemann auf. Das ›Shambles‹ war groß und gemütlich, und da es über eine eigene Kuh verfügte, mußten seine Bewohner keinen Mangel an Milch oder Butter leiden.

Für Eliot war es eine angenehme Situation: Er war ein anerkannter Dichter in einem Haus voller Frauen, die ihn umhegten und sich um ihn kümmerten. Er las ihnen *Onkel Remus* vor, und wann immer er ein neues Gedicht vollendet hatte (darunter zum Beispiel »Dry Salvages« und »East Coker«), bildeten sie sein erstes Publikum.

Eliot machte lange, einsame Spaziergänge und amüsierte sich darüber, daß Hopes Tante heimlich Zigaretten von ihm schnorrte[115], während die örtliche Feldhüterin (Margaret Behrens, eine vergessener Autorin von Romanen im Stil Edward Frederic Bensons, die in Schottland spielen) ihren Pekinesen einzufangen suchte, der nachts Hasen aufscheuchte. Dazwischen lagen ernsthafte Unterhaltungen über die Frage, ob Haustiere im Leben nach dem Tod auf ihre Frauchen und Herrchen warteten[116]. Hopes Schwester Margot Coker führte ihn in die Fuchsjagdgesellschaft ein, die sich beim Bicester-Haus traf. Die ganze Familie – Hope, ihre Mutter, ihr Bruder (General W. H. B. Mirrlees) und die Cokers – schloß Freundschaft mit Eliot.

Jahre später schrieb Eliot an Hope: »Sie wären überrascht, wenn Sie wüßten, wie oft und mit welcher Wehmut ich manchmal an Shamley zurückdenke. Ich denke an Shamley – und wenn ich Shamley sage, meine ich ›Shamley Wood‹ und das, was Mappie daraus gemacht hat – als mein Zuhause

---

[115] »Nein, *Hopie* war es, die Zigaretten geschnorrt hat!« rief ihr Neffe aus, nachdem er die Geschichte gehört hatte. »Sie bekam immer heftige Reueanfälle, wenn sie gesagt hatte: ›Ich rauche nie wieder.‹ Und dann, wenn sie es nicht mehr aushielt, lief sie raus, um vom Nächstbesten eine Zigarette zu schnorren – von Tom Eliot oder vom Gärtner, ganz egal. Sie war ein wunderbares Mädchen in Sachen Reue, muß ich sagen.«

[116] Gordon, *T. S. Eliot: An Imperfect Life* (1999), S. 367.

(obwohl ich es niemals wieder aufsuchen möchte – womit ich Shamley meine). Seit ich ein kleiner Junge war, kam es einem Zuhause am nächsten. Es ist gut möglich, daß die Arbeiten, die ich dort verfaßt habe, als meine besten gelten werden. Und ich werde bis in alle Ewigkeit jeden Tag einen Augenblick lang an Mappie denken, wie man so sagt.«[117]

***

1948 starb Lena Mirrlees. »Mrs. Mirrlees ist eine bemerkenswerte Frau«[118], betonte T. S. Eliot seinen Freunden gegenüber immer wieder, und damit hatte er zweifellos recht. Obwohl sie bei ihren vier (sich widersprechenden) Auftritten in den Romanen ihrer Tochter nicht gut weggekommen war, verdient eine Frau wie sie mehr biographische Aufmerksamkeit, als ihr hier gewidmet werden kann – immerhin lud sie Alfred North Whitehead und Alfred Edward Housmann zu einer Abendgesellschaft ein, um einen Gast zu unterhalten, reiste um die Welt, führte Haushalte auf zwei Kontinenten, verdiente sich die Bewunderung Eliots und gehörte zu denen, die Whitehead zu den Worten anregten, daß »kluge, wenn auch ungebildete Frauen, die viel von der Welt gesehen haben, in der Mitte des Lebens den eigentlich kultiviertesten Teil unserer Gesellschaft ausmachen«[119].

Nach dem Tod ihrer Mutter hielt Hope nichts mehr in England[120]. Sie fuhr erst nach Paris, dann nach Ägypten

---

[117] 7. Dezember 1952. Ich zitiere diesen Auszug aus einem bislang unveröffentlichten Brief mit freundlicher Genehmigung von Valerie Eliot, der Witwe des verstorbenen Dichters. Der Brief befindet sich unter den Mirrlees Papers an der University of Maryland in College Park.

[118] Robert Sencourt, *T. S. Eliot: A memoir* (1971), S. 177.

[119] Victor Lowe, *Alfred North Whitehead: The Man, His Work*, Bd. 2: 1910–1947 (1990), S. 29.

[120] Eliots Briefe an sie aus dieser Zeit drücken auch sein Mitgefühl angesichts der Belastungen aus, die nicht näher beschriebene Unglücksfälle auf sie ausübten. Vielleicht hat sie also noch mehr hinter sich gelassen als nur den Schmerz über den Tod ihrer Mutter. Auf jeden Fall war sie in England nicht glücklich.

und zog schließlich in die Universitätsstadt Stellenbosch am Kap der Guten Hoffnung in Südafrika. »So kehrte Hope an ihr Kap zurück«[121], schrieb sie in einem Gedicht, das ihre Liebe zu der neuen Heimat zum Ausdruck brachte, die zwar von Herzen kam, aber dennoch ziemlich oberflächlich war. Sie blieb fünfzehn Jahre lang dort, wobei sie ab und zu für einen Urlaub nach England zurückkehrte oder nach Amerika reiste[122].

Im Jahr nach Hopes Abreise wurde ein Kochbuch, mit dessen Zusammenstellung Mrs. Mirrlees einen Großteil ihres Lebens verbracht hatte, vervollständigt und posthum von ihrer Tochter Margot veröffentlicht. *Wishful Cooking* von Emily Lina Mirrlees[123] und Margaret Rosalys Coker wurde von Faber and Faber herausgebracht, was möglicherweise auf den Einfluß von Margots Freund Tom Eliot zurückzuführen ist[124]. Es enthielt viele Rezepte mit Zutaten, die 1949, in der Zeit der Nachkriegsrationalisierung, praktisch nicht erhältlich waren – daher der Name [*Wunschkochen* wie in *Wunschdenken*; A.d.Ü.]. Kurze biographische Einträge am Ende des Buches erläuterten das Verhältnis der Autoren zu einhundertundzehn Personen (Freunde, Angestellte und Verwandte), die Rezepte beigetragen hatten. Hope, die ihrer

[121] Noch ein unübersetzbares Wortspiel: Cape of Good Hope = Kap der Guten Hoffnung = Hope (A.d.Ü.).

[122] Sie hielt sich am Rand des universitären Lebens auf. »Einige Leute dort würden sich wohl an sie erinnern«, erklärte mir ihr Neffe. »Sie hat sich da eine Menge Feinde gemacht, fürchte ich. Ich habe keine Ahnung, warum.«

[123] Mrs. Mirrlees' Name wird nur hier und da in der Peacock-Biographie von Jane Harrison so geschrieben, sonst als »Lena«. Hat ihre eigene Tochter sich vertan? Sind alle anderen Erwähnungen fehlerhaft? Ich kann es nicht mit Sicherheit sagen. Ihr eigener Enkel gibt zu, daß er sich nicht mehr sicher ist, welche Schreibweise zutrifft. Er bevorzugt allerdings Lena.

[124] Eliots Briefwechsel mit Margot Coker wird in der Bodleian Library aufbewahrt. Ich habe ihn für dieses Nachwort nicht eingesehen, da die Schwestern sich niemals nahestanden.

Schwester niemals besonders nahe gestanden hatte, war nicht darunter[125].

***

Über Hopes Zeit in Südafrika läßt sich so gut wie nichts in Erfahrung bringen. Anscheinend hat sie dort nicht besonders viel getan. Aber sie liebte den Frühling am Kap: den Anblick der Jerseyrinder, die mit Reihern auf dem Rücken zwischen den Lilien grasten; den Geruch der Freesien, den klaren nächtlichen Sternenhimmel, das immerwährende Ritual, in dem die Berge ihre Farben wechselten, und die schwarzen Nymphen mit ihren blumenbunten Gewändern, die Bündel von Poinsettiablättern trugen. Unter dem Titel ›Sickness and Recovery at the Cape of Good Hope in Spring‹[126] schrieb sie ein Gedicht über all das. Der Anlaß war eine Krankheit, die sie ins Volkskrankenhaus gebracht hatte und an der sie beinahe gestorben wäre. Aber es fällt schwer, nicht hineinzulesen, daß sie ihrem Leben in Europa abgeschworen hatte, weil es sie krank machte.

Dieses Gedicht stammt, neben sieben anderen, aus einem Heft ohne Urheberrechtsvermerk, das schlicht mit *Poems* betitelt war und im Jahre 1963 von Mirrlees selbst in Kapstadt herausgegeben wurde. Das Büchlein wurde später in einer erweiterten Fassung als *Moods and Tensions: Seventeen Poems* ebenfalls privat veröffentlicht. Es war weder datiert noch mit einem Urheberrechtsvermerk versehen und

---

125 Andererseits war Hope auch keine große Köchin. *Flucht ins Feenland,* das eine Menge Kräuterkunde und altertümliche Details verarbeitete, nennt nur vier Gerichte: *Das bittersüße Geheimnis, Traumlotterie, Wahre Liebe in Asche* und *Todesveilchen* (hier S. 42). Obwohl alle diese Namen ziemlich aufregend klingen, können die Gerichte selbst nicht überzeugen. Ich möchte jeden Koch entmutigen, der glaubt, er könnte mit einem Rezept für *Traumlotterie* aufwarten, das den notwendigen Aufwand wert wäre.

126 »Krankheit und Genesung am Kap der Guten Hoffnung im Frühling« (A.d.Ü.).

enthielt widersprüchliche Korrekturen in Hope Mirrlees' Handschrift. 1976 wurde es von der Amate Press in Oxford neu herausgebracht. Diese Version war etwas herausgeputzt und enthielt eine Einleitung von Raymond Mortimer, skizzenhafte Illustrationen und einen Urheberrechtsvermerk (Hope hatte Erfahrungen mit Raubdrucken ihrer Romane in Amerika gemacht). Obwohl ein ganzes Jahrzehnt seit der letzten Veröffentlichung des Bandes vergangen war, waren nur vier neue Gedichte hinzugekommen. Die Gedichte selbst sind ziemlich dilettantisch. Vielleicht ist es grausam zu urteilen, daß sie nur ein paar gute Zeilen enthielten. Aber es ist auch gerechtfertigt. ›Bertha frightens Miss Bates‹ ist für Genreleser ansatzweise interessant, da es von dem Besuch einer getarnten Fee in einem Jane-Austen-Dorf erzählt, das so sauber und ordentlich wie ein glasierter Steinguttel-ler ist. Die Fee trägt mit Drogen versetzte Kuchen in einem Korb …

»… eerie things, half-ballad and half-flower,
Meadowsweet, lords and ladies, passion fruit,
The deadly nightshade and the insane root,
Such things as grow and twine in Proserpina's
bower …«[127]

Dieser Einbruch des Feenlands in den Alltag stattet Miss Bates einen Besuch ab, erschreckt die arme Frau zu Tode und verwandelt ihr Haus in eine Gruselwelt: Die alte Mrs. Bates sitzt im Kaminwinkel und grinst wie eine Hexe, so daß

[127] Ins Deutsche übertragen etwa: »… unheimliche Dinge, halb Ballade und halb Blume – Mädesüß, Herren und Damen, Passionsfrüchte – Der tödliche Nachtschatten und die Wurzel des Wahnsinns – Solche Dinge sind es, die in Proserpinas Laube ranken und gedeihen.« (A.d.Ü.)

»Grey polly becomes a bright macaw…
And cosy pussy on the worsted mat
Turned to ›a silken-haired Angora cat‹«[128]

Dann fällt die Wachsstiftzeichnung von Jane von der Wand, ein Omen des nahenden Todes. Aber wer ist Jane? Jane Fairfax aus *Emma*? Jane Austen selbst? Das Gedicht gibt keine Antworten, obwohl »our poor friend, still sobbing, ›My dear Jane!‹« [»unser armer Freund schluchzt noch immer: ›Meine geliebte Jane!‹«; A.d.Ü.] darauf hinweist, daß es Jane Harrison sein könnte.

Bertha – es handelt sich um den Namen der nordischen Göttin der Webkunst – geht, und die mit Drogen versetzten Kuchen werden gegessen.

»And with the first taste, prophecies of woe
Melted as magically as April snow.«[129]

Weggeworfene Blumen treiben durch das Dorf, suchen es mit Schrecken, Verzückung und Schönheit, verstörenden Träumen, der die Comus-Rotte[130] heim und bringen apokalyptischen Wahn über die Figuren aus Austens *Emma*. All dies könnte direkt aus *Flucht ins Feenland* stammen – ebenso wie der Jahrmarkt mit den »echten geflügelten Pferden am Karussell«, den die Kinder in Donwell Wood entdecken.

Daraufhin trifft ein ›Bote‹ ein. Emma selbst, die im ersten Teil des Gedichts zwar anwesend ist, aber niemals direkt auftritt, wird für stärker als die Macht der Feen befunden, weil

---

[128] Ins Deutsche übertragen etwa: »eine graue Kaulquappe sich in einen leuchtend bunten Ara verwandelt – und das Schmusekätzchen auf der Kammgarnmatte – in eine ›seidenhaarige Angorakatze‹« (A.d.Ü.).

[129] Ins Deutsche übertragen etwa: »Und bei der ersten Berührung des Gaumens schmelzen unheilvolle Prophezeiungen – wie Aprilschnee.« (A.d.Ü.)

[130] Aus dem Gedicht *Comus, a Mask* von John Milton (A.d.Ü.).

sie über ein »ungewöhnlich aufrechtes Gewissen« verfügt. Deshalb ist sie

»... not merely sane and sound
But pure enough to wear, one day, the Morning Star.«[131]

Das Feenreich und der Himmel halten sich die Waage, und letztlich ist Mirrlees sicher auf der Seite der Christenheit gelandet. Es ist reine Spekulation meinerseits, wenn ich vermute, daß dieses kleine Werk alles ist, was von Hopes viertem Roman übriggeblieben ist.

Zwei der drei Hefte schließen mit ihrer schlechtesten Arbeit, »A Doggerel Epitaph for my Little Dog, Sally« [»Ein Knittelvers-Epitaph für meinen kleinen Hund Sally«; A.d.Ü.] Das dritte schließt mit acht sentimentalen Zeilen über das tote Zimmermädchen ihrer Mutter, die mit »Jesus Wept« [»Jesus weinte«; A.d.Ü.] betitelt sind. Mirrlees' Rückzug aus Modernismus und Avantgarde war vollendet.

Mittlerweile arbeitete sie an zwei Biographien.

Biographien sind des weißen Mannes Friedhof für arbeitende Autoren. Die Arbeit nimmt zu, je mehr Zeit und Energie man zu investieren bereit ist. So war es auch bei Hope. Die Zeit, die sie nicht auf das nebulöse Harrison-Buch verwendete, widmete sie ihrem zweiten Projekt: einer Biographie von Sir Robert Bruce Cotton. Dabei wurde sie von

[131] [Ins Deutsche übertragen etwa: »Nicht nur bei klarem Verstande – sondern rein genug, um eines Tages den Morgenstern zu tragen.« (A.d.Ü.)] Alle vorhergehenden Zitate aus: Hope Mirrlees, *Moods and Tensions: Seventeen Poems*, S. 10–12. In *Contemporary Authors*, Bd. 155, S. 340, wird das Jahr der Veröffentlichung mit 1920 angegeben. Das ist mit Sicherheit ein Tippfehler: Das Gedicht selbst ist auf Juli 1961 datiert. Janet Saunders von der University of Maryland datiert das Büchlein auf 1965 (Saunders, »Guide to the Papers of Hope Mirrlees«, Archives and Manuscripts Department, University of Maryland at College Park Libraries, Dezember 1993). Ich habe zwei Exemplare dieses Hefts gesehen. Beide enthielten Korrekturen in der Handschrift der Autorin, wobei es sich um jeweils unterschiedliche Korrekturen handelte.

T.S. Eliot ermutigt, der sich über Jahrzehnte hinweg in einer Reihe von Briefen als der freundlichste, höflichste und mit Sicherheit geduldigste Herausgeber erwies, den man sich nur vorstellen kann.

A Fly in Amber: Being an Extravagant Biography of the Romantic Antiquary Sir Robert Bruce Cotton [*Eine Fliege in Bernstein. Eine extravagante Biographie über den romantischen Antiquar Sir Robert Bruce Cotton*; A.d.Ü.] (der Titel ist das Beste am ganzen Buch) wurde Faber and Faber 1946 als fast fertiges Buch präsentiert, das nur noch ein paar kleine Änderungen benötigte. Aber irgendwie schien immer mehr Arbeit anzufallen, die sich über Monate und Jahre hinzog. Es wurde schließlich im Jahr 1962 veröffentlicht, mit einer Danksagung an Eliot im Vorwort, »der das Buch dreimal lektoriert hat (er nennt es ›Penelopes Netz‹!) und ohne dessen Unterstützung ich es vielleicht nicht zu Ende gebracht hätte«. Das Buch ist trocken und schwierig, zeigt kein Mitleid mit dem Leser[132] und stellt

[132] Hier ein Beispiel: »Also war Cotton der einäugige Herr im Königreich der Blinden. Die Genealogie ist, um das klarzustellen, einer der weniger bedeutenden Zweige der Geschichtswissenschaft, und elisabethanische Herolde waren ebenso dumm wie leichtgläubig. Trotzdem ist es erschreckend, festzustellen, daß Cotton weniger über die Familie seiner Frau, die Brocases, wußte als wir. Wahrscheinlich teilte er ihren Glauben, daß sie normannischer Abstammung waren, eine Annahme, die im 18. Jahrhundert von Nichols bestätigt wurde, der uns in seinem *Leicestershire* darüber informiert, daß ›Sir Bernard Brocas, Ritter, 1066 mit Wilhelm dem Eroberer, unter dem er als wichtiger Kommandant diente, nach Großbritannien kam‹. Heute wissen wir jedoch, daß es sich um eine Familie aus der Gascogne handelte, die sich nicht vor der Regierungszeit Eduards III. in England niedergelassen hatte. Und obwohl Cotton seine Abstammung von den Bruces in hohen Ehren hielt, irrte er sich mindestens sein halbes Leben lang hinsichtlich des Mädchennamens der Vorfahrin, der er diese verdankte – ebenso wie über die Art und Weise, in der Conington ihm zuteil geworden war. Sein Freund Nicholas Charles, der Herold von Lancaster, der als Abgeordneter von Camden 1613 Huntington besuchte, beschreibt die Spenderin königlichen Bluts als die Tochter und Erbin (filia et haeres) von Robert de Wesenham, obwohl wir wissen, daß sie in Wirklichkeit die Enkelin des Letztgenannten war – von Geburt war sie eine Folville of Reresby.

außerdem nur die erste Hälfte der beabsichtigten Biographie dar[133]. Die Kritiken fielen negativ aus, und der zweite Band wurde niemals abgeschlossen, falls er überhaupt über das Forschungsstadium hinausgekommen ist.

***

In ihren letzten Jahren erwachte das Interesse an Hope Mirrlees wieder, was ganz allein der Neuauflage von *Flucht ins Feenland* bei Ballantine Books zu verdanken war. Lin Carter sprach für viele, als er in seiner Einleitung erklärte, überrascht gewesen zu sein, als er von der Existenz des Buches erfuhr, obwohl er zeit seines Lebens Fantasy-Leser gewesen sei. Er bemerkte auch, daß es ihm nicht gelungen sei, Mirrlees ausfindig zu machen. Trotzdem veröffentlichte er das Buch, da es durch das damals aktuelle US-amerikanische Urheberrecht nicht geschützt war.

Carter kann sich keine allzu große Mühe gegeben haben, Mirrlees aufzuspüren – sie lebte zu jener Zeit in »The Firs«,

Und es war nicht ihr zu verdanken, sondern einem Testament ihres Sohns von 1460, daß Robert de Wesenham Conington beerbte. Wir können davon ausgehen, daß Charles seine Erkenntnisse Cotton zukommen ließ und daß dieser sie bestätigte – denn das Manuskript, in dem sie festgehalten wurden, befindet sich in seiner Bibliothek. Und doch besaß er Folville-Urkunden, und vielleicht war es diesen zu verdanken, daß der Herold von Lancaster kurz nach seinem Besuch anscheinend von Zweifeln über die ganze Angelegenheit heimgesucht wurde. In einem Brief an Cotton schreibt er: ›Was die Cottons im Winkel zwischen den Adlern betrifft, glaube ich, daß es sich hier nicht etwa um eine Verbindung mit Wesenham handelt, sondern eher um eine mit den Folvilles.‹« (Hope Mirrlees: *A Fly in Amber* [1962], S. 102.)

[133] Es ist gut möglich, daß Mirrlees niemals beabsichtigte, die zweite Hälfte zu schreiben, die eine konventionellere Biographie gewesen wäre. Vielleicht hat sie es einfach nur behauptet, um das von ihr geplante (unkonventionelle) Buch an den Verlag zu bringen. Wie viele andere Autoren betrachtete sie das Belügen von Lektoren als läßliche Sünde. Als sie von Suzanne Henig interviewt wurde, erklärte sie jedoch, daß sie »keine Gedichte mehr schreibt und statt dessen ihre ganze Zeit dem zweiten Band der Cotton-Biographie widmet« (S. 21). Wo das Typoskript abgeblieben ist, falls eines existiert, ist jedoch unbekannt.

einem Haus voller Bücher auf einem Hügel oberhalb der Isis in Oxford. Auf jeden Fall wurde sie auf ihn aufmerksam oder eher auf seine Aktivitäten. Noch im selben Jahr kam es nach vierzig Jahren Stillschweigen zu einem hektischen Briefwechsel zwischen ihrem Agenten und Collins, in dem sie die Rechte an *Flucht ins Feenland* zurückforderte. Mirrlees war die Genugtuung vergönnt, im Jahre 1972 eine autorisierte Neuauflage in England in die Wege zu leiten. Außerdem wurde sie von wenigstens einer überehrfürchtigen jungen Gelehrten aufgesucht, die ihr ein paar naive Fragen stellte. Suzanne Henigs Artikel über Mirrlees im *Virginia Woolf Quarterly* ist eine der wenigen existierenden biographischen Quellen, aber hier und da kann man sich des Gefühls nicht erwehren, daß Hope der Versuchung erlag, Henig schamlos auf den Arm zu nehmen.

Da sollte man sich ihrer doch lieber so erinnern, wie ihr Neffe es tut: »Ich sehe sie als alte Frau vor mir, die in einem netten Haus in Oxford lebt, umgeben von Bücherstapeln, die bis an die Decke reichen, und die über ihr Alter lacht«, schrieb er. »Es stimmt schon, daß sie mit dem Alter zugenommen hat, und auch, daß sie ihre Schönheit verloren hat – abgesehen von ihren wunderschönen Augen.«[134] Auf jeden Fall verfügte sie über einen Sinn für schwarzen Humor und über die wunderbare Gabe, einem Augenblick eine besondere Note zu verleihen. Einmal, als ihr Neffe sie nach Frankreich fuhr, warf sie einen Blick in den Rückspiegel und bemerkte: »Hinter mir verblaßt alles, wie meine bewegte Vergangenheit.«[135]

Am 1. August 1978 starb Hope Mirrlees. »Ich glaube nicht, daß sie jemals krank war, nicht einmal erkältet, und als sie 98 war, legte sie sich zum Schlafen einfach in die Arme des Herrn. Ich hatte ihrem Haushälter und ihrem Arzt eine Menge Geld versprochen, falls sie sie noch die zwei Jahre

[134] Robin Mirrlees, in: *New York Review of Science Fiction*, S. 17 f.
[135] Robin Mirrlees, privater Briefwechsel.

bis zur 100 am Leben erhalten würden, aber es war vergeblich«[136], schrieb ihr Neffe, und obwohl er sich damit etwas verrechnet hatte (sie starb mit 91), zeigen seine Worte deutlich die Liebe, die sie in ihm geweckt hatte. Sie liegt auf dem Friedhof der Kathedrale von Glasgow begraben.

Im Internet ist *Lud-in-the-Mist* zur Zeit als Zip-Datei erhältlich, außerdem von einem Verlag, der sich auf Klassikerausgaben in Großdruck spezialisiert hat. In London wurde es kürzlich bei Gollancz im Rahmen der ›Fantasy-Masterworks‹-Reihe als hübsch ausgestattetes Taschenbuch neu aufgelegt (mit einem stimmungsvollen Titelbild von David Wyatt, das ursprünglich Tolkiens Bruchtal darstellen sollte). Es wird über eine bevorstehende französische Ausgabe geredet – es wäre die erste in dieser Sprache. Wenn alles nach Plan verläuft, wird darüber hinaus *Paris* im zweiten Band von *The Gender of Modernism* veröffentlicht, der 2003 von Bonnie Kime Scott an der Universität von Illinois herausgegeben werden soll – mit einer Einleitung und einem Kommentar von Julia Briggs. Damit wird dieses Gedicht zum ersten Mal seit der Erstauflage von 175 Exemplaren vollständig nachgedruckt. Das Buch, das Sie in Händen halten, ist – soweit ich weiß – die erste Veröffentlichung von Hope Mirrlees in deutscher Sprache.

Die Anzahl der Phantasten, die Hope Mirrlees' Einfluß für bedeutsam erachten, ist erstaunlich groß. Elizabeth Hand hat Mirrlees mit Velvet Underground verglichen, über deren erstes Album oft gesagt wird, daß es nur einhundertmal verkauft wurde – aber jeder, der es gekauft hat, hat danach eine Band gegründet. Dieser Einfluß, mag er auch verdeckt sein, wächst noch immer.

Die Geschichte, die durch Virginia Woolfs Tagebücher und Briefe hindurchschimmert, handelt vom Versagen, von vielversprechender Brillanz, die im Geflatter ungeschriebener

[136] Robin Mirrlees, in: *New York Review of Science Fiction*, S. 17 f.

Briefe verging, von Gedichten, die niemals begonnen wurden, von verpaßten literarischen Schiffen und Bussen, von verblassenden Freundschaften und von Tagebüchern, die niemals geführt wurden. Trotz alledem haben wir *Paris*. Wir haben *Flucht ins Feenland*. Beide Werke haben leidenschaftliche Anhänger – und auch wenn sich diese beiden Gefolgschaften weder überschneiden noch einander ganz und gar verstehen, gibt es sie. Es ist durchaus möglich, daß sich Hope Mirrlees' Reputation als Schriftstellerin, nachdem sie zeitweise völlig verblaßt war, wie der Phönix aus der Asche erheben wird.

QUELLENANGABEN

Peter Ackroyd, *T. S. Eliot: A Life* (New York: Simon and Schuster 1984).

Mary Beard, *The Invention of Jane Harrison* (Boston: Harvard University Press 2000).

Quentin Bell, *Virginia Woolf: A Biography* (New York: Harcourt Brace Jovanovich 1972).

Julia Briggs, »The Wives of Herr Bear«, in: *London Review of Books*, 21. September 2000.

Julia Briggs, E-Mail-Korrespondenz.

James Davidson, »Secret History«, in: *The Guardian: Saturday Review*, 29. Juli 2000 (zitiert nach der feministischen Website *Knitting Circle*).

Derek A. Dow, *Redlands House: Hospital, Hostel and Home* (Paisley: Scottish Ambulance Service 1985).

Charles Du Bos, *Approximations (4me serie)* (Paris: R. A. Correa 1930).

Neil Gaiman, Einleitung zu *Lud-in-the-Mist* (London: Millenium 2000).

Lyndall Gordon, *Eliot's New Life* (New York: Farrar Straus Giroux 1988).

Lyndall Gordon, *T. S. Eliot: An Imperfect Life* (New York: W. W. Norton & Co 1999).

Jane Ellen Harrison, *Reminiscences of a Student's Life* (London: Hogarth Press 1925).

Suzanne Henig, »Queen of Lud: Hope Mirrlees«, in: *Virginia Woolf Quarterly* I (1972), S. 8–23.

Christopher Isherwood, *Diaries*, Bd. 1: 1939–1960 (New York: HarperCollins 1996).

R. Brimley Johnson, *Some Contemporary Novelists (Women)* (London: Leonard Parsons 1920).

Hermione Lee, *Virginia Woolf* (New York: Vintage Books 1999).

Victor Lowe, *Alfred North Whitehead: The Man, His Work*, Bd. II: 1910–1947 (Baltimore/London: Johns Hopkins University Press 1990).

Hope Mirrlees, *Madeleine, One of Love's Jansenists* (London: W. Collins Sons & Co. 1919).

Hope Mirrlees, *Paris: A Poem* (Richmond, Surrey: Hogarth Press 1919) [S. 23 ff.; trotz der Jahresangabe 1920 gedruckt (HP Checklist 5)].

Hope Mirrlees, *The Counterplot* (London: W. Collins Sons & Co. 1924).

Hope Mirrlees, *Lud-in-the-Mist* (London: W. Collins Sons & Co. 1926).
Hope Mirrlees, »Quelques aspects de l'art d'Alexis Mikhailovich Remizov«, in: *Le Journal de Psychologie Normale et Pathologique*, 15. Januar – 15. März 1926, Kunst- und Philosophie-Ausgabe, S. 148–159.
Hope Mirrlees, *A Fly In Amber* (London: Faber and Faber 1962).
Hope Mirrlees, *Poems* (Kapstadt: Gothic Printing 1963). – Diese Literaturangabe stammt aus den *Contemporary Authors* (Beard gibt als Publikationsjahr 1962 an); das ausgesprochen einfach gestaltete Bändchen enthält weder eine Jahresangabe noch einen genauen Herausgebervermerk. Vielleicht war Gothic Printing einfach nur eine örtliche Druckerei.
Hope Mirrlees, *Moods and Tensions: Seventeen Poems* (Privatdruck, 1965) [Neuausgabe: Oxford & Tehran: Amate Press 1976].
Hope Mirrlees, *Flucht ins Feenland* (München: Piper 2003) [die Ausgabe, die Sie in Händen halten]
Hope Mirrlees / Jane Ellen Harrison (Übers.), *The Life of the Archpriest Avvakum, By Himself* (Richmond, Surrey: Hogarth Press 1924).
Hope Mirrlees / Jane Ellen Harrison (Übers.), *The Book of the Bear* (London: Nonesuch 1926).
Michael Mirrlees, Korrespondenz.
Robin Graf de La Lanne Mirrlees, Korrespondenz und Telephongespräche.
Sandra J. Peacock, *Jane Ellen Harrison: The Mask and the Self* (New Haven: Yale University Press 1988).
Anthony Powell, *Faces in My Time* (New York: Holt, Rinehart and Winston 1981).
Janet Saunders, »Guide to the Papers of Hope Mirrlees« (University of Maryland at College Park Libraries, Archives and Manuscripts Department, Dezember 1993).
Robert Sencourt, *T. S. Eliot: A Memoir* (New York: Dodd Mead 1971).
Miranda Seymour, *Ottoline Morrell: Life on the Grand Scale* (New York: Farrar Strauss Giroux 1992).
Alan Sheridan, *André Gide: A Life in the Present* (Cambridge: Harvard University Press 1999).
Diana Souham, *Gertrude & Alice* (London: HarperCollins 1991).
Jessie G. Stewart, *Jane Ellen Harrison: A Portrait from Letters* (London: The Merlin Press 1959).
Alice B. Toklas, *What is Remembered* (New York: Holt, Rinehart and Winston 1963).
Martha Vicinus, E-Mail-Korrespondenz.
Virginia Woolf, *The Letters of Virginia Woolf*, Bd. 2: 1912–1922, hrsg. v. Nigel Nicolson u. Joanne Trautmann (New York: Harcourt Brace Jovanovich 1976).
Virginia Woolf, *The Letters of Virginia Woolf*, Bd. 3: 1923–1928, hrsg. v. Nigel Nicolson u. Joanne Trautmann (New York: Harcourt Brace Jovanovich 1978).

Virginia Woolf, *The Letters of Virginia Woolf*, Bd. 4: 1929–1931, hrsg. v. Nigel Nicolson u. Joanne Trautmann (New York: Harcourt Brace Jovanovich 1979).
Virginia Woolf, *The Letters of Virginia Woolf*, Bd. 5: 1932–1935, hrsg. v. Nigel Nicolson u. Joanne Trautmann (New York: Harcourt Brace Jovanovich 1979).
Virginia Woolf, *The Letters of Virginia Woolf*, Bd. 6: 1936–1941, hrsg. v. Nigel Nicolson u. Joanne Trautmann (New York: Harcourt Brace Jovanovich 1980).
Virginia Woolf, *Diaries*, Bd. 4: 1931–1935, hrsg. v. Anne Oliver Bell (New York: Harcourt Brace Jovanovich 1983).
Virginia Woolf, *Diaries*, Bd. 5: 1936–1941, hrsg. v. Anne Oliver Bell (New York: Harcourt Brace Jovanovich 1984).
Virginia Woolf, *Tagebücher*, Bd. 1: 1915–1919, hrsg. v. Klaus Reichert (Frankfurt a. M.: S. Fischer 1990).
Virginia Woolf, *Tagebücher*, Bd. 2: 1920–1924, hrsg. v. Klaus Reichert (Frankfurt a. M.: S. Fischer 1994).
Virginia Woolf, *Tagebücher*, Bd. 3: 1925–1930, hrsg. v. Klaus Reichert (Frankfurt a. M.: S. Fischer 1999).

⁂DANK⁂

Der Übersetzer dankt Alan Raphaeline, der ihm dieses Buch mit wärmsten Empfehlungen in die Hand gedrückt hat und entsprechend eine Mitschuld an dieser deutschsprachigen Ausgabe trägt; Michael Swanwick für das großartige Nachwort und die geduldige Hilfe bei besonders ausgefallenen Vokabeln und Formulierungen; Georgia Wimhöfer – einmal mehr – für das Überarbeiten des Textes mit sicherer Hand; sowie Martina und Malcolm von Imrie & Dervis in London für die geduldige Jagd nach den Rechteinhabern.

{INHALT}

PIPER FANTASY

Hans Bemmann

Die beschädigte Göttin

Roman. 286 Seiten. Gebunden

Ein junger Märchenforscher entdeckt zufällig die erst kürzlich ausgegrabene Statue einer antiken Liebesgöttin. Auf rätselhafte Weise schlägt sie ihn in ihren Bann. Um so verblüffter ist er, als ihm kurz darauf eine Frau begegnet, die dem steinernen Bildwerk auf unerklärliche Weise gleicht und ihn mit ihren dunklen Augen verzaubert. Wie von unsichtbarer Hand geführt, gerät der Mann in eine phantastische, fremde Welt, in der er bedrohliche Abenteuer und lebensgefährliche Prüfungen bestehen muß. Auf der Suche nach dem Schlüssel zum Herzen der geheimnisvollen Fremden verschmelzen Phantasie und Wirklichkeit zu einer magischen Welt.

»Ein märchenhaftes, doppelbödiges, ein wahres Vergnügen.«
General-Anzeiger

06/1009/01/L